ÇA
1

STEPHEN KING

Stephen King

ÇA

1

Traduit de l'anglais
par William Desmond

Éditions J'ai lu

C'est avec gratitude que je dédie ce livre à mes enfants.
Ma mère et ma femme m'ont appris à être un homme;
mes enfants m'ont appris à être libre.

Naomi Rachel King, quatorze ans,
Joseph Hillstrom King, douze ans,
Owen Philip King, sept ans.

Enfants, la fiction n'est que la vérité que cache le
mensonge, et la vérité cachée dans ce récit est suffisamment simple : *La magie existe.*

Titre original :

IT

Aussi longtemps qu'il me souvienne, ce vieux patelin, c'était
*   chez moi*
Je serai mort depuis longtemps que ce patelin sera toujours
*   là.*
À l'ouest, à l'est, faut le regarder de près
Tu t'es pas arrangé, mais je t'ai toujours dans la peau.

Michael Stanley Band

Mon vieil ami, que cherches-tu ?
Après tant d'années ailleurs, voici que tu reviens
Plein d'images entretenues
Sous d'autres cieux,
Loin, très loin de la mère patrie.

Georges Seféris

PREMIÈRE PARTIE

TOUT D'ABORD,
L'OMBRE

Elles commencent !
les perfections s'affinent
La fleur déploie ses pétales colorés
    grande ouverte au soleil
Mais la langue de l'abeille
    Les manque
Elles retombent dans la terre grasse
    en criant
— on peut appeler cri
ce qui les parcourt, frisson
avec lequel elles se flétrissent et disparaissent

William Carlos Williams, *Paterson*
(Tr. J. Saulnier-Ollier, Aubier-Montaigne, 1981)

Venu au monde dans la ville d'un mort...
                    Bruce Springsteen

CHAPITRE 1

Après l'inondation (1957)

1

La terreur, qui n'allait cesser qu'au bout de vingt-huit ans (mais a-t-elle vraiment cessé ?), s'incarna pour la première fois, à ma connaissance, dans un bateau en papier journal dévalant un caniveau gorgé d'eau de pluie.

L'esquif vacilla, gîta puis se redressa, plongea crânement dans de perfides tourbillons et descendit ainsi Witcham Street jusqu'au carrefour avec Jackson Street. Tous les feux de signalisation étaient éteints, en cet après-midi de l'automne 1957, et pas une maison n'avait de lumière. Cela faisait une semaine qu'il pleuvait sans discontinuer et, depuis deux jours, le vent s'était mis de la partie. La plupart des quartiers de Derry se trouvaient toujours privés d'électricité.

Un petit garçon en ciré jaune et caoutchoucs rouges courait gaiement à côté du bateau de papier. La pluie, moins drue, crépitait, pour son oreille, comme sur un toit de tôle... bruit agréable, presque rassurant. Il s'appelait George Denbrough et avait six ans. Son frère William, connu de la plupart des gosses de la communale (comme des maîtres, qui ne se seraient pas permis de l'appeler ainsi devant lui) sous le sobriquet de Bill le Bègue, hoquetait à la maison les dernières quintes de toux d'un méchant rhume. En cet automne 1957, huit mois avant les vrais débuts de l'épouvante qui allait durer vingt-huit ans, Bill le Bègue avait dix ans.

C'est Bill qui avait conçu le bateau que faisait naviguer George. Il l'avait fabriqué dans son lit, adossé à une pile d'oreillers, tandis que leur mère jouait au piano *La Lettre à Élise*, dans le salon, et qu'au-dehors la pluie balayait inlassablement les fenêtres de la chambre.

Un peu avant l'intersection aux feux éteints, Witcham Street était interdite à la circulation par des fumigènes et quatre barrières orange ; sur chacune on pouvait lire : TRAVAUX PUBLICS DE DERRY. Au-delà, la pluie avait débordé des caniveaux qu'encombraient branches, cailloux et feuilles agglutinées en tas épais. L'eau avait tout d'abord, comme du bout des doigts, foré de petits trous dans la chaussée, avant de l'emporter à grandes poignées avides, dès le troisième jour de pluie. À midi, le quatrième jour, c'était par plaques entières que le revêtement dévalait la rue jusqu'au carrefour de Witcham et de Jackson, comme autant de radeaux miniatures. On avait lancé, un peu nerveusement, les premières plaisanteries sur Noé et son arche ce même jour. Les services de voierie de Derry avaient réussi à maintenir ouverte Jackson Street, mais Witcham Street restait impraticable depuis les barrières jusqu'au centre-ville.

Le pire était pourtant passé, de l'avis général. La Kenduskeag n'était pas sortie de son lit dans les Friches-Mortes, et était montée à quelques centimètres des berges en ciment du canal qui l'endiguait pour franchir le centre-ville. Juste à ce moment-là, une équipe d'hommes qui comprenait entre autres Zack Denbrough, le père de Bill et George, retiraient les sacs de sable entassés la veille dans une hâte fébrile. La crue avait en effet paru inévitable, avec son cortège de dégâts. Celle de 1931 avait fait plus de vingt victimes et coûté des millions de dollars. On avait retrouvé l'un des corps à quarante kilomètres de Derry. Les poissons lui avaient dévoré les deux yeux, le pénis, trois doigts

10

et l'essentiel de son pied gauche. Le malheureux serrait encore le volant d'une Ford dans ce qui restait de ses mains.

La rivière venait cependant d'entamer sa décrue et, grâce au nouveau barrage de Bangor, en amont, cesserait bientôt de constituer une menace. Telle était du moins l'opinion de Zack Denbrough, employé d'Hydroélectricité-Bangor. Pour l'instant il fallait faire face à la situation, rétablir le courant, et oublier ces mauvais moments. À Derry, la faculté d'oublier les tragédies et les désastres confinait à l'art, comme Bill Denbrough allait le découvrir avec les années.

George fit halte juste après les barrières, au bord d'une ravine creusée dans le goudron selon une diagonale presque parfaite qui traversait Witcham Street. Elle aboutissait de l'autre côté de la rue, à environ douze mètres en contrebas de l'endroit surélevé où il se tenait. Il éclata de rire — manifestation solitaire de joie enfantine, rayon de soleil trouant la grisaille de l'après-midi — tandis que son bateau était happé par les remous des rapides à échelle réduite qui dévalaient la ravine. Il passa ainsi d'un bord de Witcham Street à l'autre, tellement vite que George dut courir pour se maintenir à sa hauteur. L'eau boueuse jaillissait sous ses caoutchoucs dont les boucles cliquetaient gaiement, alors qu'il se précipitait vers son étrange mort. Il se sentait tout plein, à cet instant-là, d'un amour clair et simple pour Bill — amour un peu attristé du fait de l'absence de son frère, avec qui il aurait voulu partager sa joie. Certes, il essaierait de lui décrire ses aventures, une fois à la maison, mais il savait qu'il serait incapable de les lui faire voir comme Bill, dans le cas contraire, les lui aurait fait voir. Bill lisait bien, écrivait bien ; mais ce n'était pas uniquement pour cela qu'il raflait tous les premiers prix en classe — George, en dépit de sa jeunesse, s'en rendait compte lui-même. Bill savait raconter ; mais surtout, il savait voir.

George s'imaginait maintenant que son bateau était

une vedette lance-torpilles comme celles qu'il voyait dans les films de guerre au cinéma de Derry le samedi en matinée, avec son frère. John Wayne contre les Japs. La proue de papier journal soulevait de l'écume comme un vrai navire et atteignit ainsi le caniveau gauche de Witcham Street. Un autre ruisselet convergeait sur ce point, et le tourbillon qui en résultait risquait de le faire chavirer. Le bateau pencha de façon alarmante, et George poussa un cri de joie quand il le vit se redresser, pivoter et se précipiter vers le carrefour. George accéléra pour le rattraper. Au-dessus de lui, les rafales aigres du vent d'octobre secouaient des arbres que la tempête avait presque complètement dépouillés de leurs feuilles richement colorées. Moisson brutale.

2

Assis dans son lit, les joues encore enfiévrées (même si, comme la Kenduskeag, la fièvre allait en décroissant), Bill venait de finir le bateau — mais le mit hors de portée lorsque George tendit la main. « V-va me chercher la pa-paraffine, m-maintenant.

— La quoi ? C'est où ?

— Dans la c-cave, sur l'ét-tagère. Dans une boîte où y a écrit G-G-Gulf. Apporte-la-moi, avec un c-couteau, un b-bol et des a-a-allumettes. »

George ne discuta pas. Sa mère jouait toujours du piano, un autre morceau, plus sec et prétentieux, qu'il n'aimait pas autant que *La Lettre à Élise*; la pluie tambourinait régulièrement contre les vitres de la cuisine. Tous ces bruits étaient plutôt rassurants — pas comme l'idée de la cave. Il ne l'aimait pas et n'aimait pas en descendre les marches, s'imaginant toujours qu'il y avait quelque chose en bas dans le noir. Idiot, bien sûr, comme disaient son père et sa mère, mais surtout comme disait Bill. Et pourtant...

Même ouvrir la porte pour allumer lui répugnait

— c'était si exquisément stupide qu'il n'aurait osé en parler à personne — car il redoutait qu'une horrible patte griffue ne vienne se poser sur sa main au moment où elle cherchait le bouton pour le projeter dans les ténèbres au milieu des odeurs d'humidité et de légumes légèrement décomposés.

Stupide! Des choses griffues et velues, bavant du venin, ça n'existait pas. De temps en temps, un type devenait cinglé et tuait plein de gens — Chet Huntley en parlait parfois au journal du soir —, et bien sûr, il y avait les communistes; mais pas de monstre à la gomme habitant la cave. Il n'arrivait cependant pas à chasser cette idée. Au cours de ces interminables instants pendant lesquels il tâtonnait de sa main droite, à la recherche de l'interrupteur (tandis que sa main gauche étreignait l'encadrement de la porte), la cave lui semblait remplir l'univers. Et les odeurs d'humidité, de poussière et de pourriture se confondaient en une seule, inéluctable, celle du monstre. LE MONSTRE. L'odeur d'une chose sans nom: ça sentait Ça, Ça qui était accroupi, prêt à bondir, une créature prête à manger n'importe quoi, mais particulièrement friande de petits garçons.

Ce matin-là, il avait ouvert la porte et cherché interminablement le bouton, agrippé au chambranle, les yeux fermés, le bout de la langue dépassant du coin de la bouche comme une racine cherchant désespérément l'eau dans un désert. Marrant? Tu parles! *Tu t'es pas vu, Georgie? Georgie, qu'a la frousse du noir! Quel bébé!*

Le son du piano avait l'air de lui parvenir d'un autre monde, très loin, comme le bavardage et les rires de la foule sur une plage parviennent au nageur épuisé qu'emporte un courant sournois.

Sa main trouve le bouton. Ah!

Le tourne.

Rien, pas de lumière.

Oh, flûte! Le courant!

George retira son bras comme d'un panier de serpents. Il recula d'un pas, le cœur cognant dans sa poitrine. La panne d'électricité, évidemment ! Il l'avait oubliée. Jésus-Crisse ! Et maintenant ? Allait-il retourner dire à Bill qu'il ne pouvait pas ramener la paraffine parce qu'il n'y avait pas de lumière et qu'il avait peur d'être confronté à quelque chose dans l'escalier, pas à un communiste ou à un assassin maniaque, non, mais à quelque chose de pire ? Qu'une main putréfiée allait ramper sur les marches et venir le saisir à la cheville ? Un peu trop gros, tout de même. D'autres riraient, mais pas Bill. Il serait furieux. Il dirait : « Grandis un peu, Georgie ! Veux-tu ce bateau, oui ou non ? »

Comme si cette idée l'avait traversé, Bill lança de la chambre : « Tu-tu prends ra-racine ou quoi, Georgie ?

— Non, je l'ai, Bill, répondit-il aussitôt, se frottant le bras pour en faire disparaître la chair de poule qui le trahissait. J'en ai profité pour boire un verre d'eau.

— Gr-grouille ! »

Il descendit donc les quatre marches qui le mettaient à portée de l'étagère, le cœur dans la gorge, les cheveux de la nuque au garde-à-vous, les mains glacées, convaincu qu'à tout instant la porte de la cave allait se refermer toute seule, obstruer la lumière qui tombait des fenêtres de la cuisine. Et qu'il entendrait alors Ça, qui était pire que tous les cocos et les assassins du monde, pire que les Japs, pire qu'Attila, pire que les abominations de cent films d'horreur. Et son grondement grave emplirait ses oreilles pendant quelques secondes folles, avant qu'il ne se jette sur lui pour lui déchirer les entrailles.

L'odeur était pire que d'habitude, à cause de l'inondation. La maison, sur Witcham Street, n'était pas loin du sommet de la colline, et avait donc échappé au pire ; mais l'eau s'était infiltrée dans les anciennes fondations et l'air empuanti invitait à ne respirer qu'à petits coups.

George farfouilla aussi vite qu'il put parmi tout ce qui encombrait l'étagère — des vieilles boîtes de cirage Kiwi, des chiffons, une lampe à pétrole inutilisable, des bouteilles à peu près vides, une ancienne boîte plate de cire La Tortue. Celle-ci attira son attention sans raison, et il passa bien trente secondes, hypnotisé, à admirer la tortue qui ornait le couvercle. Puis il la rejeta et vit enfin, derrière, la boîte carrée avec le mot GULF écrit dessus.

Georges s'en empara vivement et bondit vers la porte, soudain conscient qu'un pan de sa chemise dépassait, et convaincu que cela signifiait la fin pour lui : la chose dans la cave allait presque le laisser sortir, puis le saisirait par la chemise, le ferait tomber et...

Il referma bruyamment la porte dans son dos. Il y resta appuyé, les yeux clos, transpirant du front et des aisselles, agrippé à la boîte de paraffine.

Le piano s'arrêta, et la voix de sa mère flotta jusqu'à lui : « Tu devrais la fermer un peu plus fort une autre fois, Georgie. Peut-être arriveras-tu à casser l'une des assiettes du service, dans le dressoir, si tu essayes vraiment.

— J' m'excuse, M'man.

— Espèce de taré ! » C'était Bill, parlant à voix basse pour ne pas être entendu de leur mère.

Georgie eut un petit reniflement. Sa peur s'était évanouie, aussi rapidement qu'un cauchemar lorsqu'on se réveille et qu'on regarde autour de soi pour s'assurer que rien de cela n'était vrai. Un pied par terre, on en a oublié la moitié ; sous la douche, les trois quarts. Et au petit déjeuner il n'en reste plus rien. Plus rien, jusqu'à la prochaine fois, où, sous l'emprise d'un nouveau cauchemar, toutes les frayeurs remonteront.

Cette tortue, se dit George en tirant le tiroir où se trouvaient les allumettes, *où est-ce que je l'ai déjà vue ?*

La question resta sans réponse, et il n'y pensa plus.

Il prit les allumettes, le couteau (lame tournée à l'extérieur, comme Papa lui avait appris) et le petit bol qu'il trouva sur le dressoir, dans la salle à manger. Puis il retourna dans la chambre de Bill.

« Qu'est-ce que t'es trouduc, G-Georgie », dit Bill

d'un ton aimable, en repoussant l'attirail de malade qui encombrait sa table de nuit : un verre vide, une carafe, des Kleenex, des livres, un flacon de Vicks dont l'odeur resterait pour Bill éternellement associée aux bronches chargées et au nez coulant. Sans oublier le vieux poste Philco, qui ne jouait ni Chopin ni Bach, mais un air de Little Richard... très doucement, si doucement, même, qu'il en perdait toute sa force primitive. Leur mère, pianiste formée à la Julliard School, avait le rock and roll en horreur.

« J' suis pas un trouduc, dit George, qui s'assit sur le bord du lit et posa les objets sur la table de nuit.

— Si. Rien qu'un grand trouduc marron sur pattes. »

George essaya d'imaginer un gosse correspondant à cette description et se mit à pouffer.

« Ton trouduc est plus grand qu'Augusta ! dit Bill, qui pouffa à son tour.

— Ton trouduc est plus grand que tout l'État ! » répliqua George, ce qui suffit à plier les deux garçons en deux pendant plus d'une minute.

S'ensuivit une conversation à voix basse, de celles qui n'ont de sens que pour les petits garçons : qui était le plus gros trouduc, qui avait le plus gros trouduc, quel trouduc était le plus marron, et ainsi de suite. Finalement, Bill lâcha l'un des mots interdits — accusant George d'être un gros trouduc marron merdeux — et ils éclatèrent de rire, ce qui déclencha une quinte de toux chez Bill. Elle s'atténuait un peu (le visage de Bill avait pris une teinte aubergine qui commençait à inquiéter George), lorsque le piano s'arrêta. Tout deux regardèrent en direction de la porte, l'oreille tendue vers le grincement du tabouret et le bruit des pas impatients de leur mère. Bill enfouit la tête dans le creux de son bras, étranglant la fin de la quinte, tout en indiquant la carafe de sa main libre. George lui versa un verre d'eau qu'il avala.

Le piano reprit — de nouveau *La Lettre à Élise*. Jamais Bill le Bègue n'oublierait ce morceau. Bien des années plus tard, elle lui donnerait encore la chair de poule ; le cœur lui manquerait et il se dirait : *C'était ce que jouait Maman le jour de la mort de George.*

« Tu vas encore tousser, Bill ?

— Non. »

Bill tira un Kleenex dans lequel il fit tomber un crachat épais avant de le rouler en boule et de le jeter dans une corbeille déjà à demi pleine de déchets identiques. Puis il ouvrit la boîte de paraffine et prit un cube à l'aspect cireux du produit dans le creux de la main. George l'observait attentivement, mais en silence. Bill n'aimait pas être bombardé de questions quand il faisait quelque chose, et George savait que son frère finirait par lui donner des explications s'il se taisait.

À l'aide du couteau, Bill coupa un petit morceau de paraffine qu'il plaça dans le bol. Puis il enflamma une allumette et la posa dessus. Les deux garçons observaient la petite flamme jaune tandis que le vent lançait des rafales affaiblies contre la fenêtre.

« C'est pour l'imperméabiliser. Sinon, il va s'imbiber d'eau et couler », dit Bill. Avec George, son bégaiement s'atténuait, pour disparaître parfois complètement. À l'école, en revanche, il pouvait être tel qu'il lui était impossible de parler. Tandis que ses camarades regardaient ailleurs, il restait paralysé, étreignant les rebords de son bureau, la figure prenant peu à peu la même teinte rouge que ses cheveux, les yeux réduits à deux fentes par l'effort qu'il faisait pour chasser un ou deux mots de sa stupide gorge. La plupart du temps, les mots finissaient par sortir. Parfois, rien ne venait. Une voiture l'avait renversé quand il avait trois ans, et il était resté sept heures inconscient. Maman attribuait à cet accident l'origine du bégaiement. George avait quelquefois l'impression que son père (et Bill lui-même) n'en était pas aussi sûr.

Dans le bol, la paraffine avait presque complètement fondu. La flamme pâlit, vacilla et s'éteignit. Bill plongea un doigt dans le liquide et le retira vivement

avec un sifflement retenu. Il eut un sourire d'excuse.
« Brûlant », dit-il. Au bout de quelques secondes il
recommença, et se mit à badigeonner les flancs du
bateau, où la paraffine, séchant rapidement, se
transforma en une pellicule laiteuse.

« Je peux en passer, moi aussi ? demanda George.

— Oui. Mais n'en mets pas sur la couverture,
sinon, tu vas voir Maman ! »

George plongea à son tour le doigt dans la paraffine encore chaude, mais supportable, et barbouilla
l'autre côté du bateau.

« Pas tant, trouduc ! fit Bill. Tu veux le faire couler dès sa première sortie ?

— S'cuse-moi.

— Ça va, ça va. Mais fais attention. »

George termina son côté, puis tint le bateau dans
ses mains ; il était un peu plus lourd, mais à peine.
« Au poil, dit-il. Je vais aller le faire naviguer.

— Ouais, vas-y, répondit Bill, l'air soudain fatigué
et encore patraque.

— Je regrette que tu ne viennes pas. » George
était sincère. Bill avait tendance à devenir autoritaire, mais il avait toujours les idées les plus
chouettes et il ne le frappait à peu près jamais.
« Après tout, c'est ton bateau, ajouta-t-il.

— Moi aussi, j'aurais aimé venir, fit Bill d'un ton
morose.

— Eh bien... » George dansait d'un pied sur l'autre, le bateau à la main.

« Mets ton ciré, sans quoi tu vas te choper un r-
rhume comme moi. Trop tard, sans doute. J'ai dû te
refiler mes mi-microbes.

— Merci, Bill. C'est un bateau super. » Puis il fit
quelque chose qu'il n'avait pas fait depuis longtemps et que Bill ne devait jamais oublier : il se
pencha sur lui et l'embrassa.

« Ce coup-ci, tu vas vraiment l'attraper, trouduc ! » dit Bill ; mais il avait tout de même l'air
content, et il sourit à son frère. « Et n'oublie pas de

ranger ce bazar. Sans quoi, Maman va grimper aux rideaux.

— T'en fais pas. » Il ramassa les objets et traversa la chambre, le bateau en équilibre instable sur la boîte de paraffine, elle-même de travers dans le petit bol.

« Ge-georgie ? »

George se retourna pour regarder son frère.

« Fais a-a-attention.

— Bien sûr. » Son front se plissa légèrement. C'était quelque chose que disait Maman, pas son grand frère. Aussi étrange que le baiser qu'il lui avait donné. « Bien sûr, que je ferai attention. »

Il sortit. Bill ne devait plus jamais le revoir.

3

Il courait donc à la poursuite de son bateau, du côté gauche de Witcham Street, aussi vite qu'il le pouvait ; mais le bateau prenait de l'avance, car l'eau dévalait plus vite encore. Son grondement allait s'amplifiant, et il s'aperçut qu'à une cinquantaine de mètres en contre-bas, elle quittait le caniveau pour cascader dans un conduit d'urgence que l'on n'avait pas encore refermé. Il formait un grand demi-cercle obscur sur le bord du trottoir, et, alors que George regardait dans cette direction, une branche dépouillée à l'écorce noire et luisante comme une peau de phoque s'engouffra dans sa gueule. Elle y resta accrochée un instant avant d'y disparaître. C'était là que se dirigeait son bateau.

« Oh, merde et merdouille ! » s'écria-t-il, consterné.

Il accéléra le pas, et crut pendant quelques secondes pouvoir rattraper le bateau. Mais l'un de ses pieds glissa sur quelque chose, et il alla s'étaler, s'écorchant le genou, avec un cri de douleur. De ce nouvel angle au ras du sol, il vit l'embarcation tourner deux fois sur elle-même, momentanément prisonnière d'un tourbillon, puis disparaître.

« Merde et merdouille ! » cria-t-il de nouveau, frappant la chaussée du poing. Il se fit mal et les larmes lui vinrent aux yeux. Quelle stupide façon de perdre le bateau !

Il se releva et s'approcha de la bouche d'égout. Il mit son bon genou à terre et regarda à l'intérieur. L'eau faisait un grondement creux en s'enfonçant dans les ténèbres, un bruit de maison hantée qui lui rappelait...

Un cri étranglé sortit de sa gorge et il sursauta.

Deux yeux jaunes le regardaient de là-dedans, des yeux comme ceux qu'il avait imaginés le guettant dans la cave, sans jamais les voir. *C'est un animal*, pensa-t-il de manière incohérente, *c'est tout ce que c'est, un animal, tout bêtement un chat qui a été emporté là-dedans...*

Il était cependant prêt à s'enfuir en courant — il allait s'enfuir en courant dans deux secondes, quand ses mécanismes mentaux auraient digéré le choc produit par ces deux yeux jaunes et luisants. Il sentait la surface rugueuse du macadam sous ses doigts, ainsi que l'eau froide qui les contournait. Il se vit se relever et battre en retraite, et c'est à cet instant qu'une voix — une voix agréable, au ton raisonnable — lui parla depuis la bouche d'égout. « Salut, Georgie ! » fit-elle.

George se pencha et regarda de nouveau. Il n'en croyait pas ses yeux ; c'était comme dans un conte de fées, ou comme dans ces films où les animaux parlent et dansent. Il aurait eu dix ans de plus, il serait resté incrédule : mais il avait six ans, et non seize.

Un clown se tenait dans l'égout. L'éclairage n'y était pas fameux, mais néanmoins suffisant pour que George Denbrough n'ait aucun doute sur ce qu'il voyait. Un clown, comme au cirque, ou à la télé. Un mélange de Bozo et Clarabelle, celui (ou celle, George n'était pas très sûr) qui parlait à coups de trompe dans les émissions du dimanche matin. Le visage du clown était tout blanc ; il avait deux touffes marrantes de cheveux rouges de chaque côté de son crâne chauve et un énorme sourire clownesque peint par-dessus sa propre bouche.

20

Il tenait d'une main un assortiment complet de ballons de toutes les couleurs, comme une corne d'abondance pleine de fruits mûrs.

Et dans son autre main, se trouvait le bateau en papier journal de George.

« Tu veux ton bateau, Georgie ? » fit le clown avec un sourire.

George lui sourit à son tour ; il ne put s'en empêcher. C'était le genre de sourire auquel on ne pouvait faire autrement que de répondre. « Oui, bien sûr, je le veux.

— "Bien sûr, je le veux !" fit le clown en riant. Voilà qui est bien dit, très bien dit ! Que penserais-tu d'un ballon ?

— Eh bien... oui ! » Il tendit une main hésitante, puis se reprit. « Je ne dois pas prendre les choses que me donnent des étrangers. C'est ce que Papa m'a dit.

— Ton papa a parfaitement raison, admit le clown du fond de son égout, toujours souriant. (*Comment ai-je pu croire*, se demandait George, *qu'il avait les yeux jaunes ?* Ils étaient d'un bleu brillant et pétillant, comme ceux de sa mère ou de Bill.) Parfaitement raison. C'est pourquoi je vais me présenter. Georgie, je m'appelle Mr. Bob Gray, aussi connu sous le nom de Grippe-Sou le Clown cabriolant. Grippe-Sou, je te présente George Denbrough. George, je te présente Grippe-Sou. Eh bien, voilà, nous ne sommes plus des étrangers l'un pour l'autre. Pas vrai ? »

George pouffa. « C'est vrai. » Il tendit de nouveau la main, et de nouveau la retira. « Comment t'es descendu là-dedans ?

— La tempête nous a balayés, moi et tout le cirque, répondit Grippe-Sou. Ne sens-tu pas l'odeur de cirque, Georgie ? »

Georgie se pencha. Ça sentait les cacahuètes, les cacahuètes grillées ! Et le vinaigre, ce vinaigre blanc que l'on verse sur les frites d'une bouteille avec un petit trou ! Ça sentait aussi la barbe à papa et les beignets frits, tandis que montait, encore léger mais prenant à la gorge, l'odeur des déjections de bêtes fauves. Sans oublier celle de la sciure. Et cependant...

Et cependant, en dessous, flottaient les senteurs de l'inondation, des feuilles en décomposition et de tout ce qui grouillait dans l'ombre de l'égout. Odeur d'humidité et de pourriture. L'odeur de la cave.

Mais les odeurs du cirque étaient plus fortes.

« Tu parles, si je les sens ! s'exclama-t-il.

— Tu veux ton bateau, Georgie ? demanda Grippe-Sou. Tu n'as pas l'air d'y tenir tant que ça », ajouta-t-il en le soulevant avec un sourire. Il était vêtu d'un ample vêtement de soie fermé d'énormes boutons orange ; une cravate d'un bleu électrique éclatant pendait à son cou, et il avait de gros gants blancs comme ceux que portent toujours Mickey et Donald.

« Si, j'y tiens, dit George, toujours penché sur l'égout.

— Veux-tu aussi un ballon ? J'en ai des rouges, des verts, des bleus, des jaunes...

— Est-ce qu'ils flottent ?

— S'ils flottent ? » Le sourire du clown s'élargit. « Et comment ! J'ai aussi de la barbe à papa... »

George tendit la main.

Le clown la lui prit.

Et George vit changer le visage de Grippe-Sou.

Ce qu'il découvrit était si épouvantable qu'à côté, ses pires fantasmes sur la chose dans la cave n'étaient que des féeries. D'un seul coup de patte griffue, sa raison avait été détruite.

« Ils flottent... », chantonna la chose dans l'égout d'une voix qui se brisa en un rire retenu. Elle maintenait George d'une prise épaisse de pieuvre ; puis elle l'entraîna dans l'effroyable obscurité où grondaient et rugissaient les eaux, emportant leur chargement de débris vers la mer. George détourna tant qu'il put la tête des ultimes ténèbres et se mit à hurler dans la pluie, à hurler inconsciemment au ciel blanc d'automne qui faisait ce jour-là comme un couvercle au-dessus de Derry. Des cris suraigus, perçants, qui tout au long de Witcham Street précipitèrent les gens à leur fenêtre ou sous leur porche.

« Ils flottent, gronda la voix, ils flottent, Georgie, et quand tu seras en bas avec moi, tu flotteras aussi... »

L'épaule de George vint buter contre le rebord en ciment du trottoir, et Dave Gardener, resté chez lui à cause de l'inondation au lieu d'aller travailler comme d'habitude au Shoeboat, ne vit qu'un petit garçon en ciré jaune qui hurlait et se tordait dans le caniveau, tandis que de l'eau boueuse et écumante transformait ses cris en gargouillis.

« Tout flotte, en bas », murmura la voix pourrie et ricanante ; puis il y eut soudain un bruit affreux d'arrachement, une explosion d'angoisse, et George Denbrough perdit connaissance.

Dave Gardener fut le premier sur place ; il arriva à peine quarante-cinq secondes après le premier cri, mais George était déjà mort. L'homme le saisit par le ciré, le tira dans la rue... et commença lui-même à crier quand le corps de l'enfant se retourna entre ses mains. Le côté gauche du ciré était maintenant d'un rouge éclatant. Du sang coulait dans l'égout depuis le trou déchiqueté où se trouvait autrefois le bras gauche ; des os emmêlés, horriblement brillants, dépassaient du vêtement déchiré.

Les yeux de l'enfant étaient grands ouverts sur le ciel blanc, et tandis que Dave se dirigeait d'un pas incertain vers ceux qui arrivaient, courant en désordre dans la rue, ils commencèrent à se remplir de pluie.

4

Quelque part en dessous, dans l'égout déjà plein à ras bord ou presque (« Jamais personne n'aurait pu tenir là-dedans ! s'exclama plus tard le shérif du comté au journaliste du *Derry News*, dans un accès de rage qui frisait l'hystérie. Hercule lui-même aurait été emporté par le courant »), le bateau en papier journal de George fila le long de conduits obscurs en ciment, dans le grondement et le chuintement de l'eau. Il avança quelques instants bord à bord avec un poulet crevé qui flottait sur le dos, ses pattes reptiliennes tournées vers le plafond dégoulinant ; puis à quelque confluent à l'est de la ville, le volatile fut emporté sur la gauche tandis que le bateau de George continuait tout droit.

Une heure plus tard, tandis que la mère de George se faisait administrer un calmant en salle d'urgence, à l'hôpital de Derry, et que Bill le Bègue restait pétrifié, blanc et silencieux dans son lit, écoutant sans les entendre les sanglots rauques de son père lui venant du salon où sa mère jouait *La Lettre à Élise* au moment où George était sorti, le bateau surgit d'une évacuation à la vitesse d'un boulet de canon et se retrouva sur un bief qui le ralentit, avant de le rejeter dans un cours d'eau sans nom. Lorsque, vingt minutes plus tard, il déboucha sur la Penobscot aux eaux gonflées et bouillonnantes, le ciel laissait apparaître ses premières déchirures bleues. La tempête était terminée.

Le bateau plongeait, oscillait, et prenait parfois l'eau, mais ne coulait pas ; les deux frères l'avaient bien imperméabilisé. J'ignore où il finit par s'échouer, s'il s'échoua jamais ; peut-être atteignit-il la mer et y navigue-t-il pour l'éternité, comme les bateaux magiques des légendes. Je sais seulement qu'il était toujours gaillard à chevaucher les remous de l'inondation lorsqu'il franchit les limites administratives de Derry (Maine), et par là même et pour toujours, celles de ce récit.

CHAPITRE 2

Après la fête (1984)

1

« Si vous tenez à savoir pour quelle raison Adrian portait ce chapeau, raconta plus tard son petit ami en larmes à la police, c'est parce qu'il l'avait gagné à la baraque Pitch Til U Win — là-bas, on gagne toujours quelque chose —, à la fête de Bassey Park, six jours avant sa mort. Et il en était fier. Il le portait parce qu'il aimait cette saloperie de ville ! ajouta, hystérique, Don Hagarty.

— Allons, allons, inutile d'être grossier », lui répondit l'officier de police Harold Gardener. Harold Gardener était l'un des quatre fils de Dave Gardener ; il avait cinq ans le jour où son père avait découvert le cadavre amputé d'un bras de George Denbrough. Pas tout à fait vingt-sept ans plus tard, à trente-deux ans, Harold se rendait bien compte de la réalité de la douleur et du chagrin de Don Hagarty, sans pouvoir toutefois le prendre au sérieux. L'homme — si l'on tenait à l'appeler ainsi — portait un pantalon de satin si serré qu'on pouvait lui compter les rides de la bite, sans parler du rouge à lèvres. Douleur ou pas, chagrin ou pas, ce n'était après tout qu'un pédé. Comme son ami, feu Adrian Mellon.

« On recommence, intervint l'acolyte de Gardener, Jeffrey Reeves. Vous êtes tous les deux sortis du Falcon et vous avez pris la direction du canal. Et après ?

— Combien de fois faudra-t-il vous le dire, bande d'idiots ? (Hagarty criait toujours.) Ils l'ont tué ! Ils l'ont jeté par-dessus bord ! Juste un jour ordinaire à Macho-Ville pour eux ! » Hagarty se mit à pleurer.

« Encore une fois, reprit Reeves patiemment. Vous êtes sortis du Falcon. Et après ? »

2

Dans une autre salle juste au bout du hall, deux flics de Derry interrogeaient Steve Dubay, dix-sept ans ; dans un bureau du premier étage, deux autres cuisinaient John « Webby » Garton, dix-huit ans ; et dans le bureau du chef de la police du cinquième, le chef, Andrew Rademacher, et le juge d'instruction, Tom Boutillier, tentaient de tirer les vers du nez à Christopher Unwin, quinze ans. Unwin, habillé d'un jean délavé, d'un T-shirt taché de graisse et de bottes de mécanicien, était en larmes. Rademacher et Boutillier s'occupaient personnellement de lui parce qu'ils avaient supposé, à juste titre, qu'il constituait le point faible du groupe.

« Allez, on recommence, dit Boutillier, exactement comme Reeves quelques étages en dessous.

— On ne voulait pas le tuer, balbutia Unwin. C'était le chapeau. On n'arrivait pas à croire qu'il oserait encore le porter après ce que Webby avait dit la première fois. On voulait juste lui faire peur, quoi.

— À cause de ce qu'il vous avait sorti, intervint Rademacher.

— Oui.

— De ce qu'il avait sorti à John Garton, plus précisément, l'après-midi du 17.

— Oui, à Webby. (Unwin éclata de nouveau en sanglots.) Mais nous avons essayé de le sauver quand nous avons vu que ça se passait mal... au moins moi et Stevie Dubay... on n'a jamais voulu le tuer !

— Arrête ces salades, Christopher, fit Boutillier. Vous l'avez bien balancé dans le canal, non ?

— Oui, mais...

— Et vous êtes venus tous les trois mettre les choses au point. Le chef Rademacher et moi, nous apprécions le geste, n'est-ce pas, Andy ?

— Et comment ! Il faut du courage pour ne pas renier ce qu'on a fait, Chris.

— Alors, ne fais pas le con en te mettant à mentir maintenant. Vous aviez bien l'intention de le balancer par-dessus bord dès l'instant que vous l'avez vu sortir du Falcon avec son petit copain, n'est-ce pas ?

— Non ! » protesta Unwin avec véhémence.

Boutillier sortit un paquet de Marlboro de sa poche de chemise. Il mit une cigarette à la bouche et tendit le paquet à Unwin.

L'adolescent en prit une. Sa bouche tremblait tellement que le juge avait du mal à suivre la cigarette avec l'allumette.

« Mais quand avez-vous vu qu'il portait le chapeau ? » reprit Rademacher.

Unwin tira une grosse bouffée, pencha la tête (ses cheveux graisseux lui tombèrent dans les yeux) et rejeta la fumée par le nez, qu'il avait piqueté de comédons.

« Ouais », dit-il dans un souffle, si bas qu'il était presque inaudible.

Boutillier s'inclina vers lui, un reflet brillant dans son œil brun. Il avait l'expression d'un prédateur, mais la voix restait douce. « Tu disais, Chris ?

— Je disais oui. Je crois. Je crois qu'on voulait le balancer. Mais pas le tuer. » Sur ces mots, il releva les yeux, l'air malheureux, aux abois, de quelqu'un d'incapable de comprendre les stupéfiants changements qui venaient d'avoir lieu dans sa vie depuis qu'il avait quitté la maison, la veille à sept heures et demie, pour la dernière nuit de la fête du canal de Derry, avec ses copains. « Mais pas le tuer ! répéta-t-il. Et ce type, sous le pont... j' sais toujours pas qui c'est.

— Quel genre de type ? » demanda Rademacher, sans trop de conviction. Ils avaient déjà eu droit à ce couplet, et aucun des deux n'y croyait — tôt ou tard, un homme accusé de meurtre finit par sortir le Mystérieux Inconnu. Boutillier lui avait même donné un nom : « le Syndrome du Manchot », d'après une vieille série télévisée.

« Le type en tenue de clown, fit Unwin avec un frisson. Celui avec les ballons. »

3

Les fêtes du canal, qui s'étaient déroulées du 15 au 21 juillet, avaient été un succès éclatant de l'avis de tous, ou presque, à Derry : un grand événement, autant pour le moral et le prestige de la ville que pour... son portefeuille. La raison d'être de cette semaine de festivités était le centenaire de l'ouverture du canal qui traversait le centre-ville. C'était grâce à ce canal que la ville avait pu se livrer complètement au commerce du bois entre 1884 et 1910 ; de sa mise en service dataient les années de prospérité de Derry.

On avait retapé la ville d'est en ouest et du nord au sud. On avait comblé et nivelé des nids-de-poule que certains citoyens prétendaient connaître depuis dix ans. On avait renouvelé le mobilier des immeubles municipaux dont on avait aussi ravalé les façades. On avait poncé le gros des graffiti les plus obscènes de Bassey Park (la plupart constitués de réflexions antihomosexuelles à la logique glaciale, comme : À MORT LES PÉDÉS, ou : SIDA, TRAIN DE DIEU POUR L'ENFER DES HOMOS !) qui déparaient les bancs et la passerelle couverte au-dessus du canal, connue sous le nom de pont des Baisers.

On avait ouvert un musée du Canal dans trois devantures de magasins inoccupés du centre-ville, pour y exposer les objets réunis par Michael Hanlon, bibliothécaire de la ville et historien amateur. Les plus vieilles familles de la région avaient prêté leurs pièces les plus précieuses, et, pendant toute la semaine, près de quatre mille personnes payèrent vingt-cinq cents chacune pour contempler des menus des années 1890, des outils de bûcheron des années 1880, des jouets d'enfants des années 20, et plus de deux mille photos et neuf courts métrages sur la vie quotidienne à Derry au cours des cent dernières années.

La Société des dames de Derry avait financé cette exposition, non sans refuser d'admettre certaines des pièces proposées par Hanlon (comme la célèbre Chaise à clochard des années 30, et des photos du massacre de la bande à Bradley). Néanmoins, ce fut aussi un grand succès, et personne ne tenait tellement à voir ces témoignages sanglants. Il valait beaucoup mieux mettre l'accent sur les choses positives.

On avait dressé une énorme tente en toile rayée pour les rafraîchissements dans le parc de Derry, des orchestres y jouaient tous les soirs. Bassey Park accueillit pour sa part une foire d'attractions avec des manèges et des stands tenus par des gens du cru. Un tramway spécial parcourait le secteur historique toutes les heures, avec pour terminus cette machine à sous criarde et avenante.

C'était là qu'Adrian Mellon avait gagné le chapeau qui allait signer son arrêt de mort. Un haut-de-forme avec une fleur et un bandeau sur lequel on lisait : J' ♥ DERRY.

4

« J' suis crevé », dit John « Webby » Garton. Comme ses deux amis, il était inconsciemment habillé à la Bruce Springsteen — alors que si on lui avait demandé son avis sur le chanteur, il l'aurait sans doute traité de pédé ou de nouille, et aurait professé son admiration pour des groupes « hard » comme Def Leppard, Twisted Sister et Judas Priest. Déchirées, les manches de son T-shirt exhibaient des bras lourdement musclés. Son épaisse tignasse châtaine lui retombait sur un œil (plus John Cougar Mellencamp que Springsteen). Des tatouages bleus ornaient ses biceps, des symboles ésotériques que l'on aurait dit tracés par une main d'enfant. « J' veux plus parler.

— Dis-nous simplement ce qui s'est passé à la foire, mardi après-midi », fit Paul Hughes. Ce dernier était choqué et écœuré par toute cette sordide affaire. Comme si la fête du canal, ne cessait-il de se répéter, s'était achevée sur un événement prévu par tous, mais que personne n'avait osé inscrire au programme des réjouissances. Sans quoi, il se serait présenté ainsi :

Samedi, 21 h : Grand concert de clôture avec l'orchestre du collège de Derry et les Barber Shop Mello-Men.
Samedi, 22 h : Feu d'artifice géant.
Samedi, 22 h 35 : Le sacrifice rituel d'Adrian Mellon met officiellement fin aux festivités.

« J'emmerde la foire, répliqua Webby.
— Simplement ce que tu as dit à Mellon et ce qu'il t'a dit.
— Oh, bordel ! fit Webby en roulant des yeux.
— Allez, Webby », intervint le partenaire de Hughes.
Webby roula de nouveau des yeux et recommença.

5

Garton avait vu les deux types, Mellon et Hagarty, partir en se tenant par la taille et en pouffant comme des filles. Il avait d'ailleurs tout d'abord cru qu'il s'agissait de filles. Puis il avait reconnu Mellon, qu'on lui avait déjà montré. À ce moment-là, Mellon se tourna vers Hagarty... et l'embrassa brièvement sur la bouche.

« Oh, les mecs, je vais gerber ! » s'était écrié Webby, dégoûté.

Chris Unwin et Steve Dubay l'accompagnaient. Quand Webby leur indiqua le couple, Steve lui dit que l'autre pédé s'appelait Don quelque chose, qu'il avait pris un gamin de Derry en stop et commencé à le peloter.

Mellon et Hagarty avaient repris leur marche en direction des trois garçons, s'éloignant du Pitch Til U Win pour gagner la sortie de la foire. Webby déclarerait plus tard aux policiers Hughes et Conley qu'il avait été blessé dans son « orgueil de citoyen » de voir un enfoiré de pédé avec un chapeau sur lequel était écrit J' ♥ DERRY. C'était une ânerie, ce chapeau — une réplique en papier d'un haut-de-forme avec une énorme fleur au-dessus qui s'inclinait dans toutes les directions. Apparemment, ce truc stupide avait blessé encore plus profondément l'orgueil de citoyen de Webby Garton.

Comme Mellon et Hagarty passaient, toujours se tenant par la taille, Webby leur lança : « Je devrais te faire bouffer ce chapeau, espèce d'enculé ! »

Mellon se tourna vers lui, battit coquettement des paupières et répondit : « Si tu veux quelque chose à bouffer, chéri, j'ai beaucoup mieux que mon chapeau. »

À ce stade, Webby avait décidé de refaire le portrait du pédé. Dans la géographie de son visage, des montagnes allaient s'élever, des continents dériver. Il ne laisserait personne suggérer qu'il était un suceur de queue. *Personne.*

Il se dirigea vers Mellon. Inquiet, Hagarty essaya d'entraîner son ami, mais celui-ci ne bougea pas, toujours souriant. Garton déclara plus tard aux policiers que Mellon devait être certainement pété à quelque chose. « C'est vrai, admit Hagarty quand la question lui parvint par l'intermédiaire des policiers Gardener et Reeves. Il s'était pété avec deux beignets aux pommes et au miel, son seul repas de toute la journée. » Il avait par conséquent été incapable de se rendre compte de la menace très réelle que représentait Garton.

« Mais c'était tout Adrian, ça, fit Don qui, en s'essuyant les yeux avec un mouchoir de papier, se barbouilla de maquillage scintillant. Il n'avait aucun sens du danger. Il faisait partie de ces doux dingues qui croient toujours que les choses vont s'arranger toutes seules. »

Il aurait pu prendre une sérieuse raclée déjà à ce moment-là, si Garton n'avait pas senti quelque chose tapoter son coude. Un bâton blanc. Il se retourna, et vit Frank Machen, un autre membre de la police de Derry. « Laisse tomber, mon bonhomme, dit-il à Webby. Occupe-toi de tes affaires et fiche la paix à ces deux mignonnes. Va t'amuser plus loin.

— Vous avez pas entendu de quoi il m'a traité ? » protesta Garton avec véhémence. Unwin et Dubay l'avaient rejoint et, sentant venir les ennuis, tentèrent de l'entraîner. Mais il se débarrassa d'eux et les aurait frappés s'ils avaient insisté. Sa virilité venait de subir un affront qu'il fallait venger. Personne n'irait raconter qu'il suçait des pines. *Personne.*

« Il ne me semble pas qu'il t'ait traité de quoi que ce soit, répliqua Machen. Il me semble par contre que c'est toi qui lui as parlé en premier. Et maintenant, dégage, fiston. Je n'ai pas envie de me répéter.

— Il m'a traité de pédé !

— Aurais-tu peur qu'il ait raison ? » demanda Machen, l'air sincèrement intéressé, ce qui eut le don de faire violemment rougir Garton.

Pendant tout cet échange, Hagarty s'était efforcé, de plus en plus angoissé, d'entraîner Mellon avec lui. Il commençait enfin à y réussir, quand Adrian par-dessus son épaule, lança d'un ton effronté : « Au revoir, mon amour !

— La ferme, petit con, dit sèchement Machen. Barre-toi d'ici. »

32

Garton voulut bousculer Mellon, mais Machen le retint.

« Je pourrais bien te foutre au trou. À te voir faire, je me dis même que l'idée n'est pas si mauvaise.

— *La prochaine fois, ça va faire vraiment mal !* » beugla Garton en direction du couple qui s'éloignait. Des têtes se tournèrent pour le regarder. « *Et si tu portes encore ce chapeau, je te tuerai ! On n'a pas besoin de tantes dans ton genre dans cette ville !* »

Sans se retourner, Mellon agita les doigts de sa main gauche (ses ongles étaient rouge cerise) et se déhancha exagérément. Garton voulut se dégager.

« Un mot de plus, un pas de trop, et tu es au trou, fit Machen d'une voix douce. Fais-moi confiance, mon garçon, je ne plaisante pas.

— Allons, Webby, intervint Chris Unwin, mal à l'aise. Laisse tomber.

— Vous aimez les mecs comme ça, vous ? lança Webby à Machen. Hein ?

— En ce qui concerne les tapettes, je reste neutre, répondit le flic. Ce qui me botte, moi, c'est la paix et la tranquillité, et tu chahutes un peu trop ce que j'aime, tête de macaroni. Maintenant, si tu as envie que je m'occupe de toi...

— Allez, viens, Webby, fit Steve Dubay d'un ton conciliant. On va se payer des hot-dogs. »

Garton s'éloigna, réajusta sa chemise avec des mouvements exagérés, et remit sa mèche en place.

Dans sa déposition, le lendemain de la mort d'Adrian Mellon, Machen déclara : « *La dernière chose que je l'aie entendu dire, pendant qu'il partait avec ses copains, c'est : " Il va morfler, la prochaine fois. "* »

6

« S'il vous plaît, il faut que je parle à ma mère, dit Steve Dubay pour la troisième fois. Faut absolument qu'elle calme mon beau-père, sans quoi, ça va barder quand je vais rentrer à la maison.

— Dans un petit moment », lui répondit l'officier de police Charles Avarino. Tout comme son coéquipier Barney Morrison, il savait bien que Dubay ne rentrerait pas ce soir chez lui, ni même, fort probablement, les soirs suivants pendant longtemps. Le garçon n'avait pas l'air de se rendre compte de la gravité de son affaire, et Avarino ne trouva pas surprenant d'apprendre un peu plus tard que Dubay avait quitté l'école à seize ans, époque à laquelle son Q.I. était de soixante-huit points sur l'échelle de Wechsler. (Il venait de tripler sa cinquième.)

« Dis-nous ce qui s'est passé lorsque tu as vu Mellon sortir du Falcon, l'encouragea Morrison.

— Non, vieux. Vaut mieux pas.

— Et pourquoi donc ? demanda Avarino.

— J'ai peut-être déjà trop parlé.

— Mais tu es venu pour parler, non ?

— Eh bien... euh... ouais, mais...

— Écoute un peu, fit Morrison d'un ton amical, s'asseyant à côté de lui et lui tendant une cigarette. Tu nous prends pour des pédés, Chick et moi ?

— Je sais pas...

— Est-ce qu'on a *l'air* de pédales ?

— Non, mais...

— Nous sommes tes amis, Stevie, reprit Morrison d'un ton solennel. Et crois-moi, Chris, Webby et toi, vous avez bien besoin de tous vos amis, en ce moment. Car demain, toutes les personnes sensibles dans cette ville vont hurler pour demander votre peau. »

Steve Dubay parut vaguement inquiet. Avarino, qui lisait à livre ouvert à travers ce crâne épais, le soupçonna de penser encore à son beau-père. Et bien qu'il n'eût aucune tendresse particulière pour la petite communauté homo de Derry — comme les autres flics de la brigade, il aurait été ravi de voir fermer pour toujours le Falcon —, ramener Dubay chez lui ne lui aurait pas déplu. Il aurait même pris plaisir à tenir les bras de ce morveux pendant que le beau-père lui aurait flanqué une bonne correction. Avarino n'aimait pas les homosexuels, mais ça ne signifiait pas pour lui qu'il fallait les torturer et les assassiner. Mellon avait été martyrisé. Lorsqu'on l'avait remonté de dessous le pont, le cadavre avait les yeux ouverts, exorbités de terreur. Et voilà que ce type, là, n'avait pas la moindre idée de ce à quoi il avait participé.

« On voulait pas lui faire de mal », répéta Steve. C'était sa position de repli, dès qu'il commençait à s'embrouiller.

« C'est justement pour ça que tu peux jouer franc-jeu avec nous, fit le plus sérieusement du monde Avarino. Tu dis la vérité, et si ça se trouve, il n'y aura pas de quoi fouetter un chat, n'est-ce pas, Barney ?

— Pas un chaton, admit Morrison.

— Allez, encore un coup, dit Avarino, enjôleur.

— Eh bien... », et lentement, Steve commença à parler.

7

Lorsque le Falcon ouvrit en 1973, Elmer Curtie avait pensé que sa clientèle se recruterait avant tout parmi les voyageurs : trois compagnies d'autocars se partageaient en effet le terminus voisin, Trailways, Greyhound et Aroostook County. Il avait oublié de tenir compte d'un fait : nombre de passagers des cars sont des femmes ou des familles avec des ribambelles d'enfants. Quant aux autres, ils ont leur bouteille au fond d'un sac en papier kraft et ne quittent jamais le véhicule. Ne descendaient donc, en général, que des marins ou des soldats qui ne consommaient qu'une bière ou deux ; difficile de se cuiter en dix minutes d'arrêt.

Quand, en 1977, Curtie avait commencé à prendre conscience de la dure réalité, il était dans les dettes jusqu'au cou et ne voyait pas comment s'en sortir.

L'idée de mettre le feu au Falcon pour toucher l'assurance lui vint bien à l'esprit, mais à moins de prendre les services d'un professionnel pour l'allumer, comment ne pas se faire prendre ? Et où trouvait-on les incendiaires professionnels, de toute façon ?

En février 1977, il se donna jusqu'au 4 juillet ; si, à cette date, les choses ne s'étaient pas améliorées, il mettrait la clef sous la porte et prendrait un Greyhound pour aller voir en Floride comment les choses se passaient.

Mais au cours des cinq mois suivants, le bar connut une stupéfiante et paisible prospérité, dans son décor noir et or ponctué d'oiseaux empaillés (taxidermiste amateur spécialisé dans les oiseaux, le frère d'Elmer était mort en lui laissant sa collection). Soudain, au lieu de tirer soixante demis et de servir une vingtaine de cocktails par soirée, il se mit à tirer cent bières et à servir autant d'apéritifs... certains soirs, presque deux fois plus.

La clientèle était jeune, courtoise et presque exclusivement masculine. Elle s'habillait souvent de manière extravagante, mais les tenues extravagantes, en ces années-là, étaient quasiment la norme, et ce n'est qu'en 1981 que Curtie se rendit compte que ses clients étaient presque tous homosexuels. Les habitants de Derry auraient ri de lui s'il leur avait fait cet aveu, et lui auraient demandé s'il les croyait nés de la dernière pluie, mais c'était pourtant la pure vérité. Comme le cocu de l'histoire, il fut le dernier au courant... Mais quand il le fut, il s'en contreficha. Il gagnait de l'argent, et si quatre autres établissements de Derry en faisaient autant, le sien était le seul que des clients mal embouchés ne démolissaient pas régulièrement. Il n'y avait pas de femmes, source de bagarres, et pédés ou non, ces types paraissaient connaître le secret pour se coudoyer sans s'affronter, contrairement aux hétérosexuels.

Une fois au courant des préférences sexuelles de ses habitués, il eut l'impression d'entendre partout des histoires grivoises sur le Falcon ; en fait, elles circulaient depuis des années. Ceux qui les propageaient avec le plus d'enthousiasme, s'aperçut-il, étaient des individus qui n'auraient pas mis les pieds au Falcon pour tout l'or du monde, ce qui ne les empêchait pas d'avoir l'air au courant de tout ce qui s'y passait.

D'après eux, on pouvait y voir des hommes danser joue contre joue en se frottant la queue en pleine piste de danse ; des hommes s'embrasser à pleine bouche au bar ; des hommes se faire tailler une pipe dans les toilettes. Il y aurait eu, paraît-il, une pièce un peu spéciale à l'arrière où un malabar attendait les amateurs en tenue nazi, le bras huilé jusqu'à l'épaule, prêt à remplir son office.

Il n'y avait pas un mot de vrai là-dedans. Lorsque des assoiffés venaient du terminus des cars prendre une bière ou un cocktail, ils ne remarquaient rien de spécial — certes, il y avait beaucoup de types, mais des milliers de bars, rendez-vous de travailleurs, étaient dans le même cas dans le pays. La clientèle était homosexuelle, mais pas stupide pour autant. Si elle désirait quelque chose d'un peu plus excitant, elle allait à Portland. Et si elle souhaitait du franchement cochon, il lui restait toujours New York ou Boston. Derry n'était qu'une petite ville de province, et sa communauté homo savait bien qu'elle ne devait pas faire de vagues.

Don Hagarty était un habitué du Falcon depuis deux ou trois ans, lorsqu'il y était venu pour la première fois, un soir de mars 1984, accompagné d'Adrian Mellon. C'était jusque-là un dragueur impénitent, que l'on voyait rarement plus de six fois de suite avec la même personne. Mais il était devenu évident, vers la fin avril (même aux yeux de Curtie, qui ne s'en souciait guère), que la liaison de Mellon et Hagarty serait plus durable.

Hagarty était rédacteur dans une entreprise d'ingénierie de Bangor, Adrian Mellon un écrivain indépendant qui publiait n'importe où — magazines de compagnies aériennes et régionaux, suppléments du dimanche, journaux de courrier érotique. Il avait un roman en cours, mais peut-être n'était-ce pas sérieux : il l'avait commencé au collège, et cela faisait douze ans qu'il y travaillait.

Il était venu à Derry pour écrire un article sur le canal, pour le compte d'un bimensuel chic, le *New England Byways*, publié à Concord. Adrian Mellon avait accepté cette enquête parce qu'il avait pu obtenir de la revue trois semaines de dépenses défrayées (avec notamment une agréable chambre au Derry Town House), et qu'il lui suffirait de cinq jours pour rassembler ses informations. Il comptait sur les deux autres semaines pour en recueillir sur d'autres sujets, thèmes d'éventuels articles à venir.

Mais au cours de ces trois semaines, il rencontra Don Hagarty, et, au lieu de retourner à Portland une fois écoulé ce délai, il se trouva un petit appartement sur Kossuth Lane. Il n'y habita qu'un mois et demi. Après quoi, il alla vivre chez Don.

8

Cet été-là, confia Hagarty à Harold Gardener et à Jeffrey Reeves, avait été le plus heureux de sa vie ; il aurait dû se méfier, ajouta-t-il. Il aurait dû savoir que quand Dieu mettait un tapis aussi moelleux sous les pieds d'un gars comme lui, c'était pour mieux le faire tomber en tirant dessus.

La seule ombre au tableau était la passion extravagante qu'Adrian manifestait pour Derry. Il avait un T-shirt sur lequel on lisait : LE MAINE, C'EST BIEN, DERRY C'EST MIEUX !, portait une veste à la gloire des Derry Tigers du collège de la ville et, bien sûr, il y avait le chapeau. Il prétendait trouver l'atmosphère ambiante roborative et stimulante pour la création. Peut-être était-ce vrai : pour la première fois depuis un an, il avait sorti le manuscrit de sa valise.

« Y travaillait-il vraiment ? demanda Gardener, qui

ne s'en souciait guère mais tenait à ce que Hagarty reste motivé.

— Oui. Les pages défilaient. Il disait que ce serait peut-être un roman nul, mais pas un roman inachevé. Il pensait finir en octobre, pour son anniversaire. Bien sûr, il ignorait ce qu'était vraiment Derry. Il croyait le savoir, mais il n'y était pas resté assez longtemps. Il ne m'écoutait pas quand j'essayais de le lui expliquer.

— Et c'est quoi, Derry, d'après toi, Don ? demanda Reeves.

— Ça ressemble beaucoup à une vieille putain crevée avec des asticots qui lui grouillent sur le con », répondit Don.

Les deux flics le regardèrent, muets de stupéfaction.

« C'est un sale trou, reprit Hagarty. Un véritable égout. Vous n'allez pas me raconter que vous l'ignorez, non ? Vous avez passé toute votre vie ici et vous ne le savez pas ? »

Aucun des deux ne répondit. Au bout d'un moment, Hagarty continua son récit.

9

Jusqu'au moment où Adrian Mellon était entré dans sa vie, Don Hagarty avait projeté de quitter Derry. Cela faisait trois ans qu'il y habitait, avant tout parce qu'il avait signé un bail à long terme pour un appartement avec une vue fabuleuse sur la rivière ; mais le bail arrivait à échéance et il s'en réjouissait. Finis, les interminables trajets Derry-Bangor et retour. Finies, les mauvaises vibrations ; à Derry, avait-il dit un jour à Adrian, il avait l'impression qu'à midi les horloges sonnaient treize coups. Si Adrian aimait Derry, Don en avait peur. Ça tenait surtout à l'attitude rigoureusement antihomo de la ville, attitude clairement exprimée aussi bien par les prédicateurs que par les graffiti de Bassey Park, et contre laquelle il s'était un jour insurgé — ce qui avait fait rire Adrian.

« Il n'y a pas une ville en Amérique, Don, qui n'ait son contingent d'antihomos, avait-il répondu. Ne me dis pas que tu l'ignores. Après tout, c'est l'ère des Ronald Ringard et des prêchi-prêcha.

— Viens donc faire un tour à Bassey Park, avait-il répondu lorsqu'il avait compris qu'Adrian était sincère, quand il voyait en Derry une ville provinciale comme une autre. Je veux te montrer quelque chose. »

Ils s'étaient rendus à Bassey Park — c'était à la mi-juin, environ un mois avant le meurtre d'Adrian, dit Don aux flics. Dans l'ombre aux odeurs désagréables du pont des Baisers, il avait montré l'un des graffiti à Adrian, qui avait dû craquer une allumette pour le déchiffrer.

MONTRE-MOI TA QUEUE PÉDÉ QUE JE TE LA COUPE.

« Je sais ce que les gens pensent de nous, avait dit Don. J'ai été rossé par des camionneurs à Dayton quand j'étais adolescent ; à Portland, des types ont mis le feu à mes chaussures devant une baraque à sandwichs pendant qu'un gros cul de flic restait assis dans sa caisse à se marrer. J'en ai vu pas mal... Mais jamais rien comme ça. Tiens, regarde par là. »

CREVEZ LES YEUX DE TOUS LES PÉDÉS AU NOM DE DIEU !

« Le mec qui a écrit ça ne peut être que complètement cinglé. Je me sentirais mieux s'il ne s'agissait que d'une personne, un isolé, mais... (Don avait balayé d'un geste la longueur du pont) il y en a partout, et je ne crois pas à l'auteur unique. C'est pour cela que je veux quitter Derry, Ade. Trop d'endroits et trop de gens ont quelque chose de profondément perverti.

— Ça peut tout de même attendre que j'aie fini mon roman, non ? S'il te plaît ! En octobre, je te le promets, pas plus tard. L'air est meilleur, ici. »

Il ne savait pas, expliqua avec amertume Don aux flics, que c'était de l'eau qu'il aurait dû se méfier.

Sans dire mot, Tom Boutillier et Harold Rademacher s'inclinèrent en avant. Chris Unwin, la tête basse,
s'adressait d'un ton monocorde au plancher. C'était la
partie qu'ils ne voulaient pas manquer, celle qui
expédierait au moins deux de ces petits merdeux à
Thomaston.

« La foire valait plus le coup, dit Unwin. Y commençaient à démonter tous les trucs qui vous secouent,
vous savez, comme le plateau du diable et le parachute. Aux autotampons, c'était marqué " fermé ". Y
avait que les manèges des gosses qui marchaient
encore. Alors on est allés aux baraques de jeux. Webby
a vu le Pitch Til U Win, il a payé cinquante cents, et il a
vu le même chapeau que le pédé. Mais il arrivait pas à
l'accrocher, et à chaque fois qu'il le manquait, il était
encore plus de mauvaise humeur. Et puis Steve...
d'habitude, il dit tout le temps : " Y a qu'à laisser
tomber, laisse tomber, ça vaut pas le coup ", vous
comprenez ? Sauf qu'il était surexcité comme un
malade, parce qu'il avait pris cette pilule, vous savez ?
Quelle pilule, j' sais pas. Rouge. Peut-être même légale.
Mais il arrêtait pas de tanner Webby et j'ai bien cru
que Webby allait le cogner. " T'es même pas foutu de
gagner ce chapeau de pédé, qu'y disait. Faut-y qu' tu
sois taré pour le rater comme ça. " Finalement, la
bonne femme lui a donné un prix, alors que l'anneau
était même pas tombé dessus, juste pour se débarrasser de nous, je crois. J' sais pas, mais il me semble. Un
truc qui fait du bruit, vous savez ? On souffle dedans,
ça gonfle et ça fait comme un pet en se déroulant. Et
puis, comme la foire allait fermer, on est sortis, et
Steve n'arrêtait pas d'asticoter Webby parce qu'il
avait raté le chapeau, et Webby ne disait rien, mais
c'est pas bon signe quand il la ferme comme ça. Je
savais que j'aurais dû essayer de changer de sujet de
conversation, mais je trouvais rien, vous comprenez ?

Alors, une fois dans le parking, Steve a dit : " Où vous voulez aller ? À la maison ? " Et Webby a répondu : " Allons tout d'abord faire un tour au Falcon voir si on trouve pas ce pédé. " »

Rademacher et Boutillier échangèrent un regard. Du doigt, le juge se tapota la joue : ce petit con en bottes de mécanicien l'ignorait, mais il parlait maintenant de meurtre avec préméditation.

« Alors moi, j'ai dit : " Il faut que je rentre à la maison ", et Webby a dit : " T'as la trouille d'aller à ce bar de pédés ? " Et moi, j'ai répondu : " Non, t'es con ! " Et Steve qu'était toujours pété ou je sais pas quoi a dit : " Allez ! On va tabasser une de ces tantes, on va tabasser une de ces tantes, on va tabasser... " »

11

Le minutage des itinéraires des uns et des autres n'aurait pas pu être pire. Mellon et Hagarty quittèrent le Falcon après avoir pris deux bières, passèrent à pied devant le terminus d'autocars et se prirent par la main sans même y penser ; un geste spontané. Il était dix heures vingt. À l'angle de la rue, ils tournèrent à gauche.

Le pont des Baisers était à un peu moins d'un kilomètre en amont, et ils avaient l'intention de traverser par le pont de la grand-rue, Main Street Bridge, qui était moins pittoresque. La Kenduskeag était à son étiage le plus bas de l'été, un mètre d'eau environ qui contournait paresseusement les piliers de ciment.

Quand la voiture arriva à leur hauteur (Steve les avait repérés dès leur sortie du Falcon et s'était mis à jubiler), ils abordaient le pont.

« Bloque-les, bloque-les ! » cria Webby Garton. Les deux hommes venaient de passer sous un lampadaire, et il avait remarqué qu'ils se tenaient par la main, ce qui l'avait mis en rage. Mais pas autant que le chapeau. La grande fleur de papier s'inclinait stupidement de-ci de-là. « Bloque-les, nom de Dieu ! »

Ce que fit Steve.

Chris Unwin nia avoir participé activement à ce qui suivit, mais ce ne fut pas ce que raconta Don Hagarty. D'après lui, Garton bondit de la voiture avant même qu'elle ne fût arrêtée, rapidement suivi par les deux autres. Échange verbal — mais du genre mauvais. Il n'y eut ni désinvolture ni fausse coquetterie de la part d'Adrian, conscient qu'ils étaient dans de très mauvais draps, ce soir-là.

« Donne-moi ce chapeau, dit Garton. Donne-le-moi, pédé !

— Tu nous laisseras tranquilles, si je te le donne ? » Adrian haletait de peur et regardait tour à tour Unwin, Dubay et Garton, les larmes aux yeux, l'air terrifié.

« Donne-le-moi, bordel ! »

Adrian le lui tendit. Garton sortit un cran d'arrêt de la poche de son jean et le réduisit en morceaux qu'il frotta contre le fond de son pantalon. Puis il les laissa tomber et les piétina.

Don Hagarty profita de ce que l'attention du groupe se concentrait sur Adrian et le chapeau pour s'éloigner un peu — à la recherche d'un flic, d'après ce qu'il déclara.

« Maintenant, vas-tu nous lais... », commença Adrian Mellon ; mais Garton le frappa au visage à cet instant-là, l'expédiant contre le garde-fou à hauteur de taille du pont. Adrian hurla et porta les mains à la bouche ; du sang se mit à couler entre ses doigts.

« Ade ! » cria Hagarty, qui revint en courant. Dubay lui fit un croche-pied. Il s'étala, et Garton, d'un coup de botte à l'estomac, l'envoya rouler du trottoir dans la rue. Une voiture passa. Se redressant sur les genoux, Hagarty hurla un appel. Elle ne ralentit pas. Le conducteur, dit-il à Gardener et Reeves, ne tourna même pas la tête.

« La ferme, pédé ! » Dubay accompagna son ordre d'un coup de pied à la mâchoire. À demi inconscient, Hagarty s'effondra sur le rebord du caniveau.

Un moment plus tard, il entendit une voix — celle de

Chris Unwin — qui lui disait de se barrer avant de connaître le même sort que son petit copain. Cet avertissement apparut aussi dans la déposition d'Unwin.

Hagarty entendait des coups sourds et les hurlements de son amant. Adrian était comme un gibier piégé, dit-il à la police. Hagarty rampa jusqu'au carrefour et vers le terminus brillamment éclairé, mais se retourna à un moment donné pour regarder.

Adrian Mellon, qui mesurait moins d'un mètre soixante-dix et devait faire tout au plus soixante kilos tout mouillé, servait de punching-ball à Garton, Dubay et Unwin dans une sorte de jeu à trois. Son corps avait les sursauts désarticulés d'une poupée de chiffon. Ils le frappaient, le rouaient de coups, déchiraient ses vêtements. Ses cheveux lui retombaient sur les yeux, le sang qui coulait de sa bouche imbibait sa chemise. Garton cogna à l'aine pendant que Hagarty regardait. Webby portait deux lourdes bagues à la main droite : l'une était celle du collège de Derry, l'autre venait du cours de travaux pratiques et était son œuvre. Les initiales entrelacées qui l'ornaient, DB, étaient celles d'un groupe « hard » qu'il admirait particulièrement, les Dead Bugs. Les bagues avaient ouvert la lèvre supérieure d'Adrian et cassé trois dents au ras de la gencive.

« *Au secours !* s'égosilla Hagarty. *Au secours ! Ils sont en train de le tuer ! Au secours !* »

Noirs, secrets, les immeubles de Main Street formaient une masse compacte. Personne ne se dérangea — pas même depuis cet îlot de lumière que constituait le terminus. Hagarty n'arrivait pas à le concevoir : des gens s'y trouvaient. Il les avait vus en passant devant avec Adrian. Aucun d'eux ne viendrait donc à leur aide ? Aucun ?

« *AU SECOURS, ILS VONT LE TUER, AU SECOURS, JE VOUS EN SUPPLIE, POUR L'AMOUR DE DIEU !* »

« À l'aide ! » murmura, avec un fou rire, une toute petite voix à la gauche de Don.

« On le balance ! » vociférait maintenant Garton avec de grands éclats de rire. Tous les trois, dit Hagarty à Gardener et Reeves, n'avaient cessé de rire tout en rouant Adrian de coups. « On le balance par-dessus bord !

— Par-dessus bord, par-dessus bord ! chantonnait Dubay.

— À l'aide ! » fit de nouveau la petite voix, toujours pouffant. On aurait dit celle d'un enfant qui ne peut se retenir.

Hagarty baissa les yeux et vit le clown — et c'est à partir de cet instant que le récit de Don perdit toute crédibilité aux yeux de Gardener et Reeves, car la suite était une véritable histoire de fous. Plus tard, cependant, Gardener se posa des questions. Quand il découvrit que le jeune Unwin avait également vu un clown — ou croyait en avoir vu un —, il se demanda s'il n'y avait pas là quelque chose. Mais son collègue, apparemment, ne se posa pas de questions, ou tout du moins n'en parla pas.

Le clown, d'après Hagarty, tenait à la fois de Ronald McDonald et de Bozo, le clown de la télé — ce fut ce qui lui vint en premier lieu à l'esprit. À cause des deux touffes hirsutes de cheveux orange. Mais en y repensant, il dut admettre que le clown ne ressemblait ni à l'un ni à l'autre. Le sourire peint sur le masque blanc était rouge, et non orange, et les yeux avaient un étrange reflet argenté. Des lentilles de contact, peut-être. Mais quelque chose en lui restait persuadé que ce reflet argenté était la véritable couleur de ses yeux. Le clown était habillé d'un ample vêtement avec des gros pompons orange en guise de boutons, et portait des gants de dessins animés.

« Si tu as besoin d'aide, Don, dit le clown, aide-toi d'un de ces ballons. »

Et il lui tendit ceux qu'il tenait à la main.

« Ils flottent, reprit le clown. En bas, nous flottons tous. Dans pas longtemps, ton ami va flotter, lui aussi. »

12

« Ce clown t'a appelé par ton nom », fit Jeff
Reeves d'un ton parfaitement neutre.

Par-dessus la tête inclinée de Don, il adressa un
clin d'œil à Gardener.

« Oui, dit Hagarty sans lever les yeux. Je sais ce
que vous pensez. »

13

« Donc, vous l'avez balancé par-dessus bord, dit
Boutillier.

— Pas moi ! » protesta Unwin en relevant la tête.
Il chassa les cheveux qu'il avait devant les yeux
d'une main et regarda les flics d'un air implorant.
« Quand j'ai compris qu'ils voulaient vraiment le
faire, j'ai essayé d'entraîner Steve, parce que je
savais que le type risquait d'être massacré... Il y
avait bien trois mètres jusqu'à la flotte... »

Pas trois, sept. L'un des hommes de Rademacher
avait pris soin de mesurer la hauteur.

« Mais on aurait dit qu'il était cinglé. Ils n'arrêtaient pas de crier tous les deux : " Par-dessus
bord ! Par-dessus bord ! " Ils l'ont attrapé, Webby
par les bras, Steve par le fond du pantalon, et...
et... »

14

Lorsque Don Hagarty comprit ce qu'ils voulaient
faire, il revint précipitamment vers eux en hurlant
à pleins poumons : « *Non ! Non ! Non !* »

Chris Unwin le repoussa violemment et Hagarty
alla atterrir sur le trottoir dans un bruit de dents
qui s'entrechoquaient. « Tu veux passer par-dessus

bord, toi aussi ? siffla Chris entre ses dents. Tu files, mignonne ! »

Les deux autres lancèrent à ce moment-là Adrian Mellon par-dessus le garde-fou ; Hagarty entendit le *plouf !* qu'il fit en touchant l'eau.

« Barrons-nous d'ici ! » lança Steve, avant de repartir avec Webby vers la voiture.

Chris Unwin alla regarder par-dessus le garde-fou. Il aperçut tout d'abord Hagarty, qui avançait vers la berge encombrée d'ordures au milieu des herbes, titubant et perdant l'équilibre à chaque instant. Puis le clown. D'un seul bras, le clown se mit à tirer Adrian vers l'autre rive, sans lâcher les ballons qu'il tenait de l'autre main. Adrian dégoulinait, s'étouffait, gémissait. Le clown leva la tête et sourit à Chris. Chris dit qu'il vit ses yeux qui brillaient comme de l'argent, et ses dents — grandes et énormes. « Comme celles d'un lion de cirque, ajouta-t-il. Vraiment grosses comme ça. »

Puis le clown tira sur l'un des bras de Mellon, l'amenant à hauteur de visage.

« Et alors, Chris ? » demanda Boutillier. Cette partie du récit lui cassait les pieds. Comme les contes de fées depuis ses huit ans.

« J'sais pas. Steve m'a attrapé à ce moment-là et m'a tiré vers la voiture. Mais... je crois qu'il l'a mordu au creux du bras. » Il leva de nouveau les yeux, l'expression incertaine. « Je crois que c'est ce qu'il a fait. Qu'il l'a mordu au bras. Comme s'il voulait le bouffer, les mecs. Comme s'il voulait lui bouffer le cœur. »

15

« Non, affirma Hagarty quand on lui présenta la version de Chris sous forme de questions. Le clown n'a pas tiré Adrian jusqu'à l'autre rive. » Ce n'était pas ce qu'il avait vu. Mais il admettait qu'arrivé à ce stade, il était loin d'être un observateur impartial. À ce stade, il s'était senti devenir fou.

Le clown, selon lui, se tenait sur la berge opposée, le corps d'Adrian dégoulinant (d'eau ? de sang ?) entre les bras. Le bras droit du malheureux passait, raide, derrière la tête du clown, et la tête du clown se trouvait bien dans le creux de ce·bras, mais il ne le mordait pas : il souriait. Hagarty maintenait l'avoir vu sourire.

Les bras du clown s'étaient tendus, et Don avait entendu les côtes craquer.

Adrian hurla. .

« Viens flotter avec nous, Don ! » fit le clown de sa grande bouche écarlate et souriante, puis il montra le dessous du pont d'une de ses mains gantées de blanc.

Des ballons flottaient, prisonniers de l'arche, non pas une douzaine, ou une douzaine de douzaines, mais par milliers, rouges, bleus, verts et jaunes, et sur tous on pouvait lire : J' ♥ DERRY !

16

« Ça fait·tout de même un joli paquet de ballons, fit Reeves en adressant un autre coup d'œil à Gardener.

— Je sais ce que vous pensez, répéta Hagarty du même ton lugubre.

— Tu as bien vu ces ballons ? » fit Gardener.

Lentement, Hagarty leva les mains à la hauteur des yeux. « Aussi clairement que je vois mes propres doigts en ce moment. Des milliers. On ne pouvait même plus voir le dessous du pont ; il y en avait trop. Ils ondulaient un peu et s'agitaient plus ou moins de haut en bas. Ça faisait un bruit. Un curieux bruit grinçant. Ils frottaient les uns contre les autres. Et les ficelles... une vraie forêt de ficelles blanches qui pendaient. On aurait dit des fils de toile d'araignée. Le clown a emporté Adrian là-dessous. J'ai vu son costume qu'effleuraient les fils blancs. Ade râlait horriblement, comme s'il étouffait. J'ai voulu aller l'aider... et le clown m'a regardé. J'ai vu ses yeux, et j'ai tout de suite compris à qui j'avais affaire.

48

— Et à qui, Don ? demanda doucement Gardener.

— À Derry, à cette ville.

— Et qu'est-ce que tu as fait, alors ?

— Je me suis enfui, pardi, espèce d'abruti ! » fit Hagarty en éclatant en sanglots.

17

Harold Gardener resta en paix avec lui-même jusqu'au 13 novembre, la veille du jour où John Garton et Steve Dubay devaient comparaître devant le tribunal de Derry pour le meurtre d'Adrian Mellon. Il alla voir Tom Boutillier pour lui parler du clown. Boutillier ne voulait pas revenir là-dessus ; mais quand il se rendit compte que Gardener risquait de faire des bêtises s'ils n'avaient pas un petit entretien, il y fut bien forcé.

« Il n'y avait pas de clown, Harold. Les seuls clowns, cette nuit-là, c'étaient les trois gosses. Tu le sais aussi bien que moi.

— Nous avons deux témoins...

— Foutaises. Unwin a décidé de nous faire le coup du Manchot dès qu'il a compris qu'il avait mis les pieds dans une affaire qui sentait mauvais. Quant à Hagarty, il était hystérique. Il était là, impuissant, alors que ces trois mômes massacraient son meilleur ami. Je suis surpris qu'il n'ait pas vu de soucoupes volantes. »

Mais Boutillier n'était pas parfaitement convaincu. Gardener le comprenait à son regard, et la manière dont le juge d'instruction cherchait à noyer le poisson l'irritait.

« Allons, dit-il, il s'agit de témoins indépendants. Ne me monte pas le bourrichon.

— Ah, tu crois que je te monte le bourrichon ? Imaginerais-tu par hasard qu'il y avait vraiment un clown vampire planqué sous Main Street Bridge ? Pour moi, c'est ça, se monter le bourrichon.

— Non, pas exactement, mais...

— Ou encore croire à cette histoire d'un milliard de ballons qu'aurait vus Hagarty sous le pont, chacun portant la même inscription que celle qui figurait sur le chapeau de son amant — ça aussi, c'est se monter le bourrichon.

— Vu comme ça, évidemment...

— Alors, pourquoi te mettre martel en tête avec ça ?

— Arrête un peu le contre-interrogatoire, veux-tu ? rugit Gardener. Tous les deux ont décrit la même chose ; et aucun des deux ne savait ce que l'autre disait ! »

Boutillier était jusqu'ici resté assis à son bureau, jouant avec un crayon. Il le déposa, se leva et se dirigea vers Gardener. Ce dernier avait beau faire douze centimètres de plus, il recula d'un pas devant la colère de l'autre.

« Tiendrais-tu à perdre cette affaire, Harold ?

— Non, bien sûr, m...

— Voudrais-tu que ces petites ordures se promènent en liberté ?

— Non !

— Bon, parfait. Puisque nous sommes tous les deux d'accord sur l'essentiel, je vais te dire le fond de ma pensée. Oui, il y avait peut-être bien un homme sous le pont, ce soir-là. Peut-être bien habillé en clown, même si, après tout ce que j'ai vu en matière de témoignage, il ne s'agissait sans doute que d'un clochard avec des frusques de récupération. Je crois qu'il était en bas à la recherche de pièces de monnaie ou de restes de bouffe — la moitié d'un hamburger jeté par quelqu'un ou les miettes au fond d'un sachet de frites. Ce sont leurs *yeux* qui ont fait le reste, Harold. N'est-ce pas vraisemblable ?

— Je ne sais pas », avoua Harold. Il ne demandait qu'à se laisser convaincre, mais étant donné la similitude des deux témoignages... non. Ce n'était pas vraisemblable.

« Et le fond de ma pensée, le voici. Je me fiche de savoir s'il s'agissait de Kinko le Clown, d'un type déguisé en Oncle Sam sur échasses ou d'Hubert, le joyeux Pédé. Si nous en parlons dans cette affaire, leur avocat va se jeter dessus comme la vérole sur le bas clergé. Il racontera que ces deux agneaux innocents bien propres dans leur costume neuf n'ont fait que jeter Mellon par-dessus le pont en manière de plaisanterie. Il fera remarquer qu'il était encore vivant après sa chute, grâce aux témoignages d'Unwin et surtout de Hagarty. Je l'entends d'ici : " Bien sûr que non, mes clients n'ont pas commis le meurtre : c'était un cinglé en costard de clown. " Si on en parle, c'est ce qui va se passer, et tu le sais aussi bien que moi.

— Unwin va en parler, lui.

— Mais Hagarty, non, remarqua Boutillier. Il a compris, lui. Et sans Hagarty, qui croira Unwin ?

— Euh... il y a nous, fit Gardener avec une amertume qui le surprit lui-même. Mais je suppose que nous ne dirons rien.

— *Oh, arrête de me pomper !* rugit Boutillier. Ils l'ont tué ! Ils ne se sont pas contentés de le foutre à l'eau. Garton avait un cran d'arrêt. Mellon a été frappé à sept reprises, y compris une fois au poumon gauche et deux aux testicules. Les blessures correspondent à la lame. Il a eu quatre côtes brisées, le travail de Dubay quand il l'a serré dans ses bras. D'accord, il a été mordu, au bras, à la joue gauche, au cou. Ça, c'est Unwin et Garton, à mon avis, même si nous n'avons qu'une seule empreinte assez claire, mais qui ne le sera pas assez aux yeux de la cour. Et enfin, il y a tout le morceau manquant au bras. Et après ? L'un d'eux adorait mordre, c'est tout. Je parie pour Garton, même si nous ne pourrons jamais le prouver. Et j'oubliais le lobe de l'oreille gauche de Mellon, disparu aussi. »

Boutillier s'arrêta, fusillant Harold du regard.

« Si nous nous empêtrons dans cette histoire de clown, jamais nous n'aurons leur peau. C'est ce que tu veux ?

— Non, je t'ai dit.

— Ce type était une tante, mais il ne faisait de mal à

personne, reprit Boutillier. Et voilà qu'arrivent ces trois Pieds-Nickelés avec leurs bottes de mécano, qui le tuent pour se marrer. Je vais les foutre au placard, mon vieux, et si jamais j'entends dire qu'ils se sont fait baiser leur petit trou du cul à Thomaston par les grands, je leur enverrai des cartes postales avec dessus : " J'espère qu'il avait le Sida. " »

Quelle fougue! pensa Gardener. *Et ces condamnations feront un excellent effet sur tes tablettes quand tu te présenteras au poste de procureur, dans deux ans.*

Mais il partit sans rien ajouter, car lui aussi voulait les voir à l'ombre.

18

John Webber Garton fut déclaré coupable de meurtre, et condamné à une peine de dix à vingt ans de réclusion, à passer dans la prison d'État de Thomaston.

Steven Bishoff Dubay fut déclaré également coupable de meurtre, et condamné à quinze ans de réclusion à la prison d'État de Shawshank.

Mineur, Christopher Philip Unwin eut droit à un procès séparé ; déclaré coupable d'homicide involontaire, on le condamna à six mois avec sursis (au centre de rééducation pour mineurs de South Windham).

Pour l'instant, les trois condamnations sont en appel ; on peut voir à peu près tout le temps Garton et Dubay en train de mater les filles ou de jouer à lancer des piécettes dans Bassey Park, non loin de l'endroit où l'on a retrouvé le corps déchiqueté d'Adrian Mellon qui flottait, arrêté par l'un des piliers de Main Street Bridge.

Don Hagarty et Chris Unwin ont quitté la ville.

Lors du procès principal, celui de Garton et Dubay, personne ne fit allusion au clown.

CHAPITRE 3

Six coups de fil (1985)

1

Stanley Uris prend un bain

Patricia Uris avoua plus tard à sa mère qu'elle aurait dû se douter que quelque chose n'allait pas. Elle aurait dû le savoir, car Stanley ne se faisait jamais couler de bain en début de soirée. Il prenait une douche tôt, chaque matin, et il lui arrivait parfois de mariner dans la baignoire, tard le soir (un magazine et une bière à portée de main), mais pas à sept heures du soir ; ce n'était pas son style.

Et puis il y avait eu cette histoire de bouquins. Il aurait dû en être ravi ; mais non. Pour des raisons obscures qu'elle ne comprenait pas, ces livres l'avaient bouleversé et déprimé. Trois mois avant cette épouvantable nuit, Stanley avait découvert que l'un de ses amis d'enfance était devenu écrivain — pas un véritable écrivain, avait expliqué Patricia à sa mère, mais un romancier. William Denbrough, lisait-on sur la couverture ; mais Stanley l'appelait parfois Bill le Bègue. Stan avait dévoré presque tous ses livres ; il lisait d'ailleurs le dernier le soir du bain — le soir du 28 mai 1985. Par curiosité, Patty en avait commencé un, au hasard, pour l'abandonner au bout de trois chapitres. Ce n'était pas un simple roman, avait-elle expliqué plus tard à sa mère, mais un livre d'horreur. Elle avait dit ça d'une traite, comme elle aurait dit « livre érotique ». Patty était une femme douce, la gentillesse même, qui ne brillait cependant pas par son sens de l'analyse. Elle aurait voulu faire comprendre à sa mère à quel point l'ouvrage l'avait effrayée et pour quelles raisons il l'avait bouleversée, mais elle en fut incapable. « C'était plein de monstres, dit-elle, qui pourchassaient de petits enfants. Il y avait des tueries et... je ne sais pas, des mauvais sentiments, des trucs comme ça. » Elle l'avait en fait trouvé presque pornographique. Mais bien qu'elle le connaisse, le mot lui échappait, car elle ne l'avait jamais prononcé. « Stanley avait l'impression d'avoir retrouvé un copain d'enfance... il parlait de lui écrire ; je savais qu'il ne le ferait pas... Je savais aussi que ces histoires le mettaient mal à l'aise... et... et... »

Et Patty Uris s'était mise à pleurer.

Ce soir-là — environ vingt-sept ans et demi après cette journée de 1957 qui avait vu la rencontre de George Denbrough et de Grippe-Sou le Clown —, Stanley et Patty se trouvaient dans le salon de leur maison, dans la banlieue d'Atlanta. La télé marchait. Assise en face du récepteur dans le canapé deux places, Patty partageait son attention entre un peu de raccommodage et l'une de ses émissions préférées, un spectacle avec jeux, *Family Feud.* Elle adorait tout simplement Richard Dawson et trouvait terriblement sexy la chaîne de montre qu'il portait en permanence, même si on n'aurait jamais pu le lui faire avouer. Elle aimait aussi l'émission parce qu'elle devinait presque toujours les réponses le plus souvent données (le jeu ne comportait pas vraiment de réponses justes ; seulement des réponses plébiscitées). Une fois, elle avait demandé à Stan pourquoi les questions qui lui semblaient, en général, si faciles, posaient tant de problèmes aux familles à l'écran. « C'est probablement beaucoup plus dur sous les projecteurs, avait-il répondu. C'est toujours plus dur quand c'est pour de

54

vrai. C'est là qu'on a le trac. » Elle avait cru voir passer une ombre sur son visage.

Ce devait être la pure vérité, avait-elle pensé. Stan avait de temps en temps de remarquables intuitions sur la nature humaine. Plus fines, estimait-elle, que celles de son vieil ami William Denbrough, qui s'était enrichi en publiant un monceau de livres d'horreur faisant appel à ce que la nature humaine a de plus bas.

Les Uris eux-mêmes n'avaient aucune raison de se plaindre : ils habitaient une banlieue charmante, et la maison qu'ils avaient payée quatre-vingt-sept mille dollars en 1979 aurait pu se revendre sans peine le double (non pas qu'elle voulût vendre, mais ce genre de chose est toujours bon à savoir). Quand, en revenant du Fox Run Mall, son country club, au volant de sa Volvo (Stanley roulait en Mercedes), elle voyait son agréable maison protégée par une haie de petits ifs, elle se disait : *Qui donc habite cette jolie maison ? Comment, c'est moi, pardi, moi, Mrs. Stanley Uris !* Une réflexion qui n'était pas pleinement heureuse ; il s'y mêlait un sentiment d'orgueil si violent qu'elle en était parfois mal à l'aise. Il y avait eu une fois, comprenez-vous, une gosse solitaire de dix-huit ans du nom de Patricia Blum à laquelle on avait refusé l'entrée de la soirée de fin d'études, qui avait lieu au country club de Glointon, dans l'État de New York. Certes, c'était de l'histoire ancienne, cet affront fait en 1957 à la petite youpine maigrichonne parce qu'elle avait un nom dont les consonances ne plaisaient pas à tout le monde ; de telles discriminations étaient à l'encontre de la loi, ha-ha-ha-ha ! C'était fini. Mais au fond d'elle-même, ça ne serait jamais fini.

Il y avait une Patty qui marchait toujours avec Michael Rosenblatt, n'écoutant que les craquements du gravier sous ses escarpins, en direction de la voiture que son père lui avait prêtée pour la soirée, après avoir passé l'après-midi à la bichonner. Une Patty qui marcherait toujours dans le bruit des graviers à côté de Michael dans son smoking blanc et ses chaussures de location — comme tout brillait, en cette douce nuit de printemps ! Elle portait elle-même une robe du soir vert pâle qui, d'après sa mère, lui donnait l'air d'une sirène, et elle avait trouvé très drôle l'idée d'une sirène juive, ha-ha-ha-ha ! Ils avaient marché la tête haute et elle n'avait pas pleuré — sur le moment — mais en fait, ils ne marchaient pas, ils battaient en retraite, comme s'ils puaient, se sentant plus juifs qu'ils ne s'étaient jamais sentis de toute leur vie, se sentant usuriers, charretiers, se sentant huileux, le nez long, la peau blême ; se sentant comme des youpins ridicules, avec l'envie d'être en colère et l'incapacité de se mettre en colère — la colère viendrait plus tard, quand ça n'aurait plus d'importance. Sur le coup, un seul sentiment l'avait envahie, la honte et la douleur de la honte. Alors, quelqu'un avait ri. D'un rire aigu, comme des trilles rapides de piano. Dans la voiture, elle avait pu enfin pleurer, tu parles ! Regarde un peu la sirène youpine au nom en forme d'étoile jaune qui chiale comme une Madeleine ! Mike Rosenblatt avait posé une main maladroite sur son cou pour la consoler, mais elle l'avait repoussé avec brusquerie, honteuse, se sentant sale, se sentant *juive*.

La maison agréablement protégée par sa haie d'ifs nains mettait un baume sur cette plaie... mais la plaie était toujours là. Comme la douleur et la honte ; et même le fait d'avoir été acceptée dans ce voisinage calme, élégant et aisé, ne pouvait empêcher qu'elle continuât de marcher sans fin dans le bruit des graviers écrasés. Pas plus que le fait d'être membre de ce country-club, où le maître d'hôtel l'accueillait toujours d'un « Bonsoir, Mrs. Uris » paisiblement respectueux. Quand elle rentrait, dans le confort de la Volvo, et voyait la maison surgir au milieu de sa pelouse bien verte, elle pensait souvent — un peu trop, à son goût — au rire en trilles. Avec l'espoir que la fille qui avait ricané vivait dans un misérable taudis, mariée à un goy qui la battait et la trompait avec la première venue, qu'elle en était à sa troisième fausse couche, avait des vertèbres déplacées, une descente d'organe et des kystes sur sa langue de vipère.

Elle se détestait d'avoir des pensées aussi peu charitables et se promettait de renoncer à ces cocktails amers de sorcière. Des mois passaient sans qu'elles reviennent. Elle se disait alors : *C'est peut-être enfin terminé. Je ne suis plus une gamine de dix-huit ans, mais une femme de trente-six ; celle qui n'entendait que l'interminable crissement du gravier, celle qui a repoussé la main de Mike Rosenblatt parce qu'elle était juive, a depuis vécu le double de temps. La stupide petite sirène est morte. Je peux maintenant l'oublier et être enfin moi-même. D'accord. Bon. Parfait.* Et puis elle se retrouvait quelque part, au supermarché par exemple, et entendait soudain un rire en cascade en provenance d'une autre allée ; alors son dos se hérissait, la pointe de ses seins durcissait jusqu'à la douleur, ses mains étreignaient la barre du caddy ou se crispaient et elle se disait : *On vient juste de dire à quelqu'un que je suis juive, que je ne suis qu'une youpine ridicule avec un gros nez, que Stan n'est qu'un youpin ridicule avec un gros nez, il est expert-comptable, certes, les Juifs sont bons en calcul, nous les avons admis au country-club, il a bien fallu, quand ce gynéco ridicule avec son gros tarin a gagné son procès, mais ils nous font marrer, marrer, marrer !* Ou bien elle entendait simplement le crissement fantôme des cailloux et les mots *Sirène ! Sirène !.*

Alors la haine et la honte l'envahissaient comme revient une migraine et elle était désespérée, non seulement pour elle-même mais pour toute la race humaine. Des loups-garous. Le livre de ce Denbrough — celui qu'elle avait essayé de lire — parlait de loups-garous. Loups-garous mon cul, oui ! Qu'est-ce que ce type savait des loups-garous ?

La plupart du temps, cependant, elle se sentait mieux que cela — sentait qu'elle était mieux que cela. Elle aimait son mari, sa maison, et arrivait en général à s'aimer elle-même et à aimer sa vie. Les choses se présentaient bien, ce qui n'avait pas toujours été le cas, bien entendu. Le jour où elle avait accepté la bague de fiançailles de Stanley, elle avait mis ses parents en colère et les avait rendus malheureux. Elle l'avait rencontré lors d'une soirée d'étudiantes. Ils avaient été présentés par un ami commun, et elle avait déjà l'impression de l'aimer à la fin de la soirée. Aux vacances de la mi-trimestre, elle en était sûre. Au printemps, quand il lui tendit un anneau orné d'un petit diamant avec une pâquerette glissée dedans, elle l'accepta.

À la fin, en dépit de leurs réticences, ses parents finirent aussi par l'accepter. Ils n'avaient guère le choix, même si Stanley Uris n'allait pas tarder à se lancer sur un marché du travail où les jeunes comptables ne manquaient pas ; et une fois dans cette jungle, pas question de s'appuyer sur des capitaux de famille — comme seul gage de fortune, il aurait leur fille. Mais à vingt-deux ans, Patty était une femme, et obtiendrait bientôt sa licence.

« Je vais devoir entretenir ce foutu binoclard jusqu'à la fin de ma vie, avait dit un soir son père en rentrant un peu éméché d'une soirée.

— Chut, elle va t'entendre », avait répondu Ruth Blum.

Elle avait entendu, et était restée très tard allongée dans son lit, bien réveillée, les yeux secs, se sentant tour à tour glacée et brûlante, et haïssant ses parents. Elle avait passé les deux années suivantes à se débarrasser de cette haine ; il y en avait déjà trop en elle. Parfois, se regardant dans une glace, elle apercevait le travail de sape qu'elle faisait, les rides fines qu'elle creusait. Elle avait gagné cette bataille, avec l'aide de Stanley.

Les parents de ce dernier avaient manifesté quelque inquiétude à l'idée de cette union. Ils n'allaient pas jusqu'à s'imaginer que Stanley était destiné à vivre éternellement dans la gêne et le besoin, mais ils trouvaient « les gosses un peu pressés ». Donald Uris et Andrea Bertoly s'étaient eux-mêmes mariés jeunes, mais ils semblaient l'avoir oublié.

Seul Stanley paraissait sûr de lui, confiant dans l'avenir et sans crainte devant les embûches que leurs parents voyaient partout semées sous leurs pas. C'est finalement lui qui avait eu raison. En juillet 1972, l'encre à peine sèche sur son diplôme, Patty avait décroché un poste de professeur d'anglais commercial à Traynor, une petite ville à soixante-cinq kilomètres au sud d'Atlanta. Lorsqu'elle évoquait la façon dont elle avait obtenu ce travail, ça lui semblait toujours un peu mystérieux. Elle avait établi une liste de quarante postes possibles grâce aux annonces de journaux professionnels, puis avait écrit quarante lettres en cinq nuits, où elle postulait en demandant un complément d'informations. Vingt-deux postes étaient déjà pourvus. En d'autres cas, les précisions sur les aptitudes exigées montraient clairement qu'elle aurait perdu son temps en maintenant sa candidature. Restaient une douzaine d'offres, assez voisines les unes des autres. Stanley était arrivé alors qu'elle se demandait si elle réussirait à remplir une douzaine de formulaires détaillés sans devenir complètement marteau. Après avoir regardé les papiers éparpillés sur la table, il avait posé un doigt sur la lettre en provenance de Traynor, qui n'était pourtant ni plus ni moins encourageante que les autres. « Celle-là », avait-il dit.

Elle l'avait regardé, stupéfaite de l'assurance de son ton. « Saurais-tu quelque chose sur la Géorgie que j'ignorerais ?

— Non. Je n'y suis allé qu'au cinéma. »

Elle avait levé les yeux, l'air interrogateur.

« *Autant en emporte le vent*. Vivien Leigh. Clark Gable. N'ai-je pas une pointe d'accent du Sud ?

— Oui, du sud du Bronx. Mais si tu ne sais rien de spécial sur la Géorgie, si tu n'y es jamais allé, comment... ?

— Parce que c'est bon.

— Tu ne peux pas le savoir, Stan !

— Si, je le sais. »

Elle avait senti un désagréable frisson lui remonter dans le dos en voyant qu'il ne plaisantait pas. « Comment le sais-tu ? »

Son léger sourire avait disparu, laissant place, pendant un instant, à une expression de perplexité. Ses yeux s'étaient assombris, comme s'il avait consulté quelque appareillage interne qui fonctionnait correctement mais qu'en fin de compte, il ne comprenait pas mieux qu'un individu moyen ne comprend le mécanisme de la montre qu'il porte au poignet.

« La Tortue n'a pas pu nous aider », avait-il dit soudain. Très clairement. Elle l'avait entendu. Il avait toujours ce regard tourné vers l'intérieur, regard méditatif et surpris, et elle s'était mise à avoir peur.

« Stanley ? De quoi parles-tu ? *Stanley ?* »

Il sursauta. Elle avait grignoté des fruits tout en consultant les formulaires, et sa main heurta le compotier. Il tomba sur le sol et se brisa. Ses yeux parurent s'éclaircir.

« Oh, merde ! Je suis désolé.

— Ça ne fait rien. De quoi parlais-tu, Stanley ?

— J'ai oublié. Mais je crois que nous devrions sérieusement penser à la Géorgie.

— Mais...

— Fais-moi confiance », avait-il répondu.

Et elle lui avait fait confiance.

L'entrevue s'était déroulée à la perfection. Elle savait qu'elle avait le poste en reprenant le train pour New York. Le chef de département l'avait immédiatement prise en sympathie, et c'était réciproque. La lettre de confirmation était arrivée une semaine plus tard. L'École commerciale de Traynor lui offrait un contrat d'essai et un salaire de neuf mille deux cents dollars par an.

« Vous allez crever de faim, avait rétorqué son père quand elle lui avait dit vouloir accepter le poste. Et en plus, tu vas en baver. »

60

Stan avait siffloté en mimant un joueur de violon lorsqu'elle lui avait rapporté cette conversation. Furieuse, au bord des larmes, elle avait été prise de fou rire et Stanley l'avait serrée dans ses bras.

Ils en avaient bavé, oui, mais ils n'avaient pas crevé de faim. Ils se marièrent le 19 août suivant. Patty était encore vierge. Elle s'était glissée, nue, entre les draps frais d'un hôtel de tourisme dans les Poconos, agitée, en proie à des émotions contradictoires, suite de violents et délicieux éclairs de désir et de sombres nuages d'effroi. Lorsque Stanley l'avait rejointe, tout musculeux, le pénis comme un point d'exclamation jaillissant d'une toison rousse, elle lui avait murmuré : « Ne me fais pas mal, chéri.

— Je ne te ferai jamais mal », avait-il répondu en la prenant dans ses bras, une promesse qu'il avait fidèlement tenue jusqu'à cette soirée du 28 mai 1985 — celle du bain.

Elle s'était bien sortie de son travail. De son côté, Stanley trouva un petit boulot : pour cent dollars par semaine, il conduisait le camion d'une boulangerie. En novembre de la même année, s'ouvrit un centre commercial à Traynor ; il obtint un poste à cent cinquante dollars par mois dans les bureaux de H & R Block. Leurs revenus combinés s'élevaient maintenant à dix-sept mille dollars par an — des revenus princiers, à leurs yeux, à une époque où l'essence se vendait trente-cinq cents le gallon, et où une miche de pain valait cinq cents de moins. En mars 1973, discrètement, Patty Uris arrêta de prendre la pilule.

Deux ans plus tard, Stanley quittait H & R Block et créait sa propre entreprise. Les quatre beaux-parents furent unanimes : c'était de la folie ! Non pas d'avoir sa propre affaire — Dieu fasse qu'il l'ait un jour ! —, mais c'était trop tôt, les responsabilités financières de Patty devenaient trop lourdes. (« Et si l'animal la met en cloque, confia Herbert Blum avec morosité à son frère après avoir passé la soirée à boire, ce sera à moi de payer pour tous. ») L'avis des parents était formel : un homme ne devait penser à se mettre à son compte qu'une fois acquise une certaine maturité — disons, à soixante-quinze ans.

De nouveau, Stanley paraissait avoir une surnaturelle confiance en lui. Il était jeune, brillant, doué, et présentait bien. Il s'était fait des relations en travaillant pour les Block. Là-dessus, on pouvait tabler. Mais il ne pouvait pas savoir que Corridor Video, un pionnier dans l'industrie naissance de la vidéo, était sur le point de s'installer sur un vaste terrain naguère cultivé, à moins de quinze kilomètres de la banlieue où les Uris avaient déménagé en 1979 ; il ne pouvait pas savoir non plus que Corridor décrocherait un important marché moins d'un an après son implantation à Traynor. Et même si Stan avait eu accès à ces informations, il n'aurait jamais cru que l'on confierait la responsabilité financière de ce marché à un jeune Juif binoclard qui avait le désavantage supplémentaire d'être originaire du Nord — un Juif au sourire avenant et à l'allure dégingandée, avec des traces d'acné juvénile encore visibles sur la figure. C'était pourtant ce qui s'était passé, comme si Stan l'avait su depuis le début.

Son travail pour CV lui valut une proposition de poste à plein temps de la part de l'entreprise. À trente mille dollars par an pour commencer.

« Et ce n'est qu'un début, avait-il dit à Patty, ce soir-là, une fois au lit. Ça va monter comme du maïs en août, mon cœur. Si personne ne fait sauter la planète dans les dix années qui viennent, ils vont se retrouver tout en haut du tableau, à côté de Kodak, Sony et RCA.

— Qu'est-ce que tu vas faire ? avait-elle demandé, connaissant déjà la réponse.

— Leur dire que j'ai eu le plus grand plaisir à travailler pour eux. »

Il rit, la serra contre lui et l'embrassa. Un moment plus tard il la chevauchait, et il y eut un, deux, trois orgasmes, comme autant de fusées brillantes dans un ciel nocturne... Mais toujours pas de bébé.

Son travail pour Corridor Video l'avait mis en contact avec quelques-uns des hommes les plus riches et les plus puissants d'Atlanta, et les Uris constatèrent avec étonnement qu'ils étaient pour la plupart très sympathiques. Ils trouvèrent chez eux un accueil, une gentillesse et une ouverture d'esprit inconnus dans le Nord. Patty se souvint de ce que Stanley avait une fois écrit à ses parents : *Les plus sympathiques de tous les riches Américains habitent à Atlanta. Je vais contribuer à rendre certains d'entre eux encore plus riches, et ils m'enrichiront par la même occasion. Je n'appartiendrai à personne, sinon à Patricia, ma femme, et comme elle m'appartient déjà, je suppose que c'est sans risque.*

Le temps de déménager de Traynor, et Stan avait créé sa société, où il employait six personnes. Leurs revenus, en 1983, avaient atteint un territoire inconnu, un territoire dont Patty n'avait entendu parler que par de vagues rumeurs : le pays fabuleux des revenus à six chiffres. Aussi facilement que l'on enfile une paire de tennis le samedi matin. Parfois, Patty en avait le frisson. Elle fit un jour une plaisanterie un peu contrainte sur les pactes avec le diable. Stanley avait ri à s'étouffer, mais elle n'avait pas trouvé ça aussi comique que lui.

La Tortue n'a pas pu nous aider.

Parfois, sans la moindre raison, elle se réveillait avec cette pensée à l'esprit, comme si c'était l'ultime fragment d'un rêve par ailleurs oublié ; elle se tournait alors vers Stanley, prise du besoin de le toucher, de s'assurer qu'il était toujours là.

Ils menaient une vie agréable — sans beuveries, sans aventures extraconjugales, sans drogues, sans ennuis, sans discussions violentes sur les projets d'avenir. Il n'y avait qu'un seul nuage, auquel la mère de Patty fit la première allusion. Rétrospectivement, que celle-ci eût été la première à rompre le tabou parut dans l'ordre des choses. Ruth Blum l'exprima sous la forme d'une question, qui figurait dans une lettre envoyée au début de l'automne 1979, réexpédiée de leur ancienne adresse à Traynor. Patty la lut dans un séjour encombré de cartons d'où débordaient leurs biens, l'air abandonnée, déracinée, perdue.

Pour l'essentiel, c'était la lettre classique de la maman à sa fifille. Quatre pages bleuâtres remplies d'une écriture serrée, chacune titrée : JUSTE UN PETIT MOT DE RUTH. Ses pattes de mouche étaient presque illisibles, et Stan s'était plaint une fois de ne pouvoir déchiffrer le moindre mot des lettres de sa belle-mère. « Pourquoi voudrais-tu les lire ? » lui avait-elle répliqué.

Celle-là, comme d'habitude, débordait de nouvelles des uns et des autres, évoquées par Ruth Blum sous la forme d'un delta aux ramifications s'étendant de plus en plus loin à partir du moment présent. Beaucoup de ceux dont lui parlait sa mère commençaient à s'effacer de la mémoire de Patty comme les photos d'un vieil album ; mais Ruth Blum était d'une inépuisable curiosité quant à leur santé et à leurs occupations, et donnait sur chacun des pronostics toujours sinistres. Son père souffrait de ses éternels maux d'estomac. Il était sûr qu'il s'agissait simplement de dyspepsie ; l'idée qu'il pût avoir un ulcère, écrivait Ruth, ne lui traverserait pas l'esprit tant qu'il n'aurait pas craché le sang — et encore. *Tu connais ton père, ma chérie : il travaille comme une mule, mais il raisonne aussi comme une mule, de temps en temps, Dieu me pardonne.* Randi Harlengen s'était fait opérer des « organes », on lui avait retiré vingt-sept kystes des ovaires, gros comme des balles de golf, mais non cancéreux, Dieu soit loué, tu te rends compte ? Ce devait être l'eau de New York. Patty ne pouvait pas se figurer le nombre de fois qu'elle avait remercié le Seigneur qu'eux, « les jeunes », fussent à la campagne, où l'air et l'eau (mais surtout l'eau) étaient meilleurs. Tante Margaret était toujours en procès avec la compagnie d'électricité, et Stella Flanagan s'était remariée...

Et au milieu de cette avalanche de potins, où les rosseries ne manquaient pas, entre deux cancans sans aucun rapport, Ruth Blum avait lâché comme en passant la Question redoutée : « Alors, quand allez-vous faire de nous des grands-parents ? On est prêts à le (ou la) gâter. Au cas où tu ne l'aurais pas remarqué, Patty, nous ne rajeunissons pas. »

Prise d'un coup de cafard et de regret pour leur ancien domicile de Traynor, incertaine de l'avenir et inquiète de ce qu'il leur réservait, Patty s'était rendue dans ce qui allait être leur chambre pour s'allonger sur le matelas (le sommier était encore dans le garage ; ainsi jeté sur le sol nu, le matelas avait l'air d'un objet échoué sur une étrange plage jaune). La tête dans les bras, elle était restée à pleurer pendant vingt minutes. La crise était fatale, se disait-elle. La lettre de sa mère n'avait fait que précipiter les choses, comme la poussière fait éternuer un nez déjà chatouilleux.

Stan voulait des gosses ; elle aussi. Ils étaient autant en accord sur ce sujet que sur leur goût commun pour les films de Woody Allen, leur manière de fréquenter la synagogue, leurs inclinations politiques, leur rejet de la marijuana et mille autres choses, importantes ou insignifiantes. Ils avaient disposé d'une pièce libre dans la maison de Traynor, qu'ils avaient partagée équitablement en deux : d'un côté un bureau et un fauteuil pour lire, de l'autre une machine à coudre et une table à jouer où elle faisait des puzzles. Ils étaient tellement d'accord sur la destination de cette pièce qu'ils n'en parlaient presque jamais — elle était là, comme leur alliance à l'annulaire gauche. On y loge-rait un jour Andy ou Jenny. Mais où était l'enfant ? La machine à coudre avec son panier de couture, la table à jouer, le bureau et le fauteuil semblaient chaque jour renforcer leurs positions respectives dans la pièce, et donc leur légitimité. C'était ce qu'elle pensait sans jamais le formuler (comme le terme « pornographique », c'était au-delà de ses capacités de conceptualisation). Elle se souvenait, un jour qu'elle avait ses règles, d'avoir ouvert le placard en dessous du lavabo de la salle de bains pour prendre une serviette hygiénique, et d'avoir eu l'impression que la boîte, d'un air suffisant, lui disait : *Salut, Patty ! Ce sont nous tes enfants. Nous sommes les seuls que tu auras jamais, et nous avons faim. Nourris-nous. Nourris-nous de sang.*

En 1976, trois ans après qu'elle eut renoncé à la pilule, ils consultèrent un certain Dr Harkavay, à Atlanta. « Nous voulons savoir s'il y a quelque chose qui ne va pas, avait dit Stanley, et si oui, s'il est possible de faire quelque chose. »

Ils passèrent les examens. Le sperme de Stan était parfait, les œufs de Patty fertilisables, ses trompes en très bon état.

Harkavay, qui ne portait pas d'alliance et avait l'allure d'un étudiant en fin de cycle, le visage souriant et bronzé de quelqu'un qui vient de passer une semaine à faire du ski dans le Colorado, leur dit que ce n'était peut-être qu'une question de nervosité. Il ajouta que c'était un cas classique ; qu'il semblait y avoir une corrélation psychologique qui, d'une manière ou d'une autre, revenait à de l'impuissance sexuelle : plus on voulait, moins on pouvait. Ils devaient se détendre. Ils devaient oublier tout souci de procréation en faisant l'amour.

Stan avait une expression renfrognée sur le chemin du retour. Patty lui demanda pour quelles raisons.

« Ça ne m'arrive jamais, dit-il.

— Quoi ?

— De penser à la procréation, pendant. »

Elle avait commencé par pouffer de rire, même si elle éprouvait déjà solitude et angoisse. Et cette nuit-là, alors qu'elle croyait Stan endormi depuis long-temps, il lui avait fait peur en parlant dans le noir, d'un ton neutre qu'étouffaient pourtant les larmes. « C'est moi, dit-il. C'est ma faute. »

Elle se tourna vers lui à tâtons et le prit dans ses bras.

« Ne sois pas stupide », répondit-elle. Mais son cœur battait fort, trop fort. Pas seulement parce qu'il lui avait fait peur ; on aurait dit qu'il avait lu dans ses pensées et qu'il y avait découvert la secrète conviction qui s'y cachait à son insu. Sans rime ni raison, elle sentit — elle sut — qu'il ne s'était pas trompé. Quelque chose n'allait pas, et ça ne venait pas d'elle, mais de lui. Quelque chose en lui.

« Arrête de dire des âneries ! » murmura-t-elle avec violence contre son épaule. Il transpirait légèrement, et elle se rendit soudain compte qu'il avait peur. La peur émanait de lui en vagues froides ; être nue à côté de lui, c'était comme être nue devant un réfrigérateur ouvert.

« Je ne raconte pas d'âneries et je ne suis pas stupide, dit-il de la même voix à la fois paisible et étranglée d'émotion. Et tu le sais. C'est moi. Mais j'ignore pour quelles raisons.

— Mais c'est une chose que tu ne peux pas savoir ! » répliqua-t-elle d'un ton dur — celui de sa mère quand elle avait peur. Et à l'instant même où elle prononça ces mots, un frisson lui parcourut le corps, la tordant comme un fouet. Stanley le sentit et la serra plus fort contre lui.

« Il m'arrive parfois, reprit-il, d'avoir l'impression de savoir. Je fais de temps en temps un rêve, un mauvais rêve, et je me réveille en me disant : " Ça y est, je sais maintenant, je sais ce qui ne va pas. " Pas seulement que tu ne puisses pas être enceinte — tout. Tout ce qui ne va pas dans ma vie.

— Mais Stanley, tout va bien dans ta vie !

— Je ne parle pas de quelque chose qui viendrait de l'intérieur. De ce côté, c'est parfait. Je parle de l'extérieur. Quelque chose qui aurait dû être réglé et qui ne l'est pas. Je me réveille de ce rêve et je me dis : " Toute cette vie agréable n'est rien d'autre que l'œil au milieu d'un cyclone que je ne comprends pas. " J'ai peur. Et puis ça disparaît tout seul. Comme un rêve. »

Elle n'ignorait pas qu'il lui arrivait de faire des cauchemars. Une demi-douzaine de fois, il l'avait réveillée par ses gémissements et ses mouvements. Sans doute, en d'autres occasions, avait-elle eu le sommeil trop profond. Mais à chaque fois qu'elle le touchait et le questionnait, il répondait la même chose, qu'il ne se souvenait pas. Il prenait alors une cigarette et fumait assis dans le lit, dans l'attente que les résidus de son rêve exsudent de ses pores comme une mauvaise sueur.

Pas de gosses. En cette nuit du 28 mai 85 — la nuit du bain —, leurs parents attendaient toujours de devenir grands-parents. La chambre supplémentaire était toujours inoccupée ; les Tampax et les Nana s'alignaient toujours sur l'étagère du placard, sous le lavabo ; tous les mois, Patty avait ses règles. Ruth Blum, fort occupée par ses propres affaires mais qui n'oubliait pas tout à fait les angoisses de sa fille, ne posait plus de questions, ni dans ses lettres, ni lors de leur voyage biannuel à New York. Finies les remarques humoristiques à base de vitamine E. Stanley ne faisait plus allusion au bébé, mais parfois, quand il ne savait pas qu'elle l'observait, elle voyait une ombre sur son visage. Comme s'il essayait désespérément de se souvenir de quelque chose.

En dehors de ce seul nuage, ils avaient mené une existence des plus agréables jusqu'à ce coup de téléphone au milieu de *Family Feud*, le soir du 28 mai. Patty, sa trousse à couture et sa vieille boîte de boutons à portée de la main, s'était attaquée à six chemises de Stan et à deux de ses blouses ; Stan, lui, s'était lancé dans la lecture du nouveau roman de William Denbrough, dans l'édition cartonnée. Sur la couverture, une bête montrait les dents. Au dos, on voyait un homme chauve à lunettes.

Stan était à côté du téléphone. Il prit le combiné et dit : « Bonsoir — maison Uris. »

Il écouta, et une ride se creusa entre ses sourcils. « Qui avez-vous dit ? »

Patty eut un bref instant de panique. Plus tard, honteuse, elle mentirait et dirait à ses parents qu'elle avait su que quelque chose n'allait pas dès l'instant où le téléphone avait sonné, mais en fait, il n'y avait eu

que cet instant, ce simple coup d'œil avant de reprendre sa couture. Mais peut-être n'était-ce pas si faux ;
peut-être avaient-ils tous les deux soupçonné que
quelque chose se préparait bien longtemps avant cette
sonnerie, quelque chose qui ne cadrait pas avec la belle
maison, sa pelouse et sa haie d'ifs nains, quelque chose
de tellement évident que ça n'avait guère besoin d'être
mentionné... ce bref instant de panique, comme un
coup vivement porté et retiré de pic à glace, suffisait.

« *Est-ce Maman ?* » fit-elle en silence, des lèvres, à cet
instant, craignant soudain que son père, qui pesait dix
kilos de trop et souffrait de ce qu'il appelait son « mal
d'estomac » depuis qu'il avait la quarantaine, n'ait eu
une attaque cardiaque.

Stan secoua la tête, puis eut un léger sourire à ce que
lui disait son correspondant. « Comment ? Toi, *toi ?*
Que je sois pendu si... Mike, mais comment as-tu ? »

Il se tut de nouveau et écouta. Comme son sourire
s'effaçait, elle reconnut ou crut reconnaître cette
expression sérieuse qu'il avait quand on lui exposait
un problème, un brusque changement de situation ou
un fait curieux ou intéressant. Sans doute cette dernière hypothèse était-elle la bonne, se dit-elle. Un
nouveau client ? Un ancien ami ? Elle revint à la télé,
où une femme embrassait furieusement Richard Dawson, les bras autour de son cou. Elle se fit la réflexion
que Richard Dawson devait être embrassé plus souvent que le soulier de saint Pierre — et aussi qu'elle ne
détesterait pas l'embrasser elle-même.

Tandis qu'elle cherchait un bouton noir assorti à
ceux de la chemise en jean de Stan, Patty se rendit
vaguement compte que la conversation se déroulait à
présent sur un mode plus régulier. Stan poussait de
temps en temps un grognement, et demanda une fois :
« En es-tu sûr, Mike ? » Finalement, après un long
moment de silence de sa part, il ajouta : « D'accord, je
comprends. Oui, je... oui. Oui, tout. J'ai la photo. Je...
quoi ? Non, je ne peux pas te le promettre absolument,
mais je vais y réfléchir sérieusement. Tu sais que...

oh ?... Il l'a fait !... Tu parles !... Moi aussi. Oui... bien sûr... merci... oui. Salut. » Il raccrocha.

Patty lui jeta un coup d'œil ; il avait le regard vide, perdu au-dessus du poste de télé. Sur l'écran, le public applaudissait la famille Ryan, qui venait de totaliser deux cent quatre-vingts points, essentiellement pour avoir répondu « Les maths » à la question : « Quels sont les cours que les enfants aiment le moins à l'école ? » Les Ryan ne se tenaient plus et poussaient des cris de joie. Stanley, lui, fronçait les sourcils. Elle raconterait plus tard à ses parents qu'elle l'avait trouvé un peu pâle, omettant d'ajouter que sur le moment, elle avait attribué ce phénomène à un effet de la lumière verdâtre de la lampe sous laquelle il lisait.

« Qui était-ce, Stan ?

— Hein ? » Il tourna les yeux vers elle. Elle interpréta son expression comme celle de quelqu'un d'absorbé, ou de légèrement ennuyé. Ce n'est que plus tard, repassant sans fin la scène dans sa tête, qu'elle commença à croire que c'était celle d'un homme en train de se débrancher méthodiquement de la réalité, fiche après fiche. Le visage d'un homme qui quittait le bleu et fonçait dans le noir.

« Au téléphone ? Qui était-ce ?

— Personne, dit-il. Personne, en fait. Je crois que je vais prendre un bain. » Il se leva.

« Un bain, à sept heures ? »

Il ne répondit pas et sortit de la pièce. Elle aurait pu lui demander si quelque chose n'allait pas ; elle aurait pu le suivre et s'inquiéter de savoir s'il n'avait pas mal au cœur — il était décontracté sur le plan sexuel, mais pouvait avoir d'étranges pudeurs à propos d'autres choses, et il aurait bien été capable de dire qu'il allait prendre un bain au lieu d'avouer qu'il avait envie de vomir. Mais on présentait une nouvelle famille dans l'émission, les Piscapos, et Patty était sûre que Richard Dawson allait trouver quelque chose de drôle à dire sur leur nom, sans compter qu'elle n'arrivait pas à trouver ce fichu bouton noir alors qu'elle savait pertinemment

70

qu'il y en avait plein la boîte. Ils se cachaient, évidemment, c'était la seule explication...

Elle le laissa donc partir et n'y pensa plus, jusqu'au moment où elle leva les yeux de l'écran et vit son fauteuil vide. Elle avait entendu couler l'eau, au premier, pendant cinq ou dix minutes... Mais elle prit conscience de ne pas avoir entendu la porte du frigo, ce qui signifiait qu'il n'avait pas sa bière. Quelqu'un l'avait appelé et lui avait collé un gros problème sur les bras ; lui avait-elle dit un seul mot pour le consoler ? Non. Avait-elle essayé d'en savoir un peu plus ? Non. Ou simplement remarqué que ça n'allait pas ? Non, pour la troisième fois. Tout ça à cause de cette émission. Les boutons n'étaient qu'une excuse.

Bon, d'accord. Elle irait chercher une bière, elle s'assiérait sur le bord de la baignoire, elle lui frotterait le dos, ferait la geisha, lui laverait les cheveux s'il voulait, et finirait bien par savoir de quoi il s'agissait... ou de qui.

Une bière à la main, elle monta au premier. La porte fermée de la salle de bains lui donna sa première pointe d'inquiétude. Elle n'était pas repoussée, mais fermée. Jamais Stan ne fermait la porte quand il prenait un bain. C'était d'ailleurs une plaisanterie entre eux : la porte fermée signifiait qu'il faisait ce que sa maman lui avait appris, la porte ouverte qu'il n'aurait rien contre le fait de faire quelque chose dont sa maman avait judicieusement laissé l'instruction à d'autres.

Patty tapota la porte du bout des ongles, et eut brutalement conscience, trop conscience, de leur cliquetis reptilien contre le bois. Frapper à la porte de la salle de bains, comme si elle n'était pas chez elle, ne lui était encore jamais arrivé depuis son mariage, pas plus qu'à aucune autre porte de la maison.

Son inquiétude grandit soudain, et elle pensa au lac Carson, où elle était allée souvent nager dans sa jeunesse. Au 1er août, l'eau y était tiède, presque chaude... et on tombait brusquement sur une poche plus froide qui faisait frissonner de surprise et de plaisir. Le plaisir en moins, c'était ce qu'elle ressentait maintenant ; mais si dans l'eau du lac Carson, la poche froide s'arrêtait le plus souvent à la taille, rafraîchissant ses longues jambes d'adolescente, elle entourait cette fois-ci son cœur.

« Stanley ? Stan ? »

Elle ne se contenta plus de gratter à la porte du bout des ongles, mais frappa sèchement, puis cogna, comme elle n'obtenait toujours pas de réponse.

« *Stanley !* »

Son cœur. Son cœur n'était plus dans sa poitrine. Il battait dans sa gorge, rendant sa respiration difficile.

« *Stanley !* »

Dans le silence qui suivit son cri (la seule idée qu'elle criait ici, à moins de dix mètres de l'endroit où elle posait sa tête tous les soirs pour dormir, ne réussit qu'à l'effrayer davantage), elle entendit un son qui fit monter la panique du plus profond d'elle-même comme un hôte indésirable. Un son si faible. *Plink...* Un silence. *Plink...* un silence. *Plink...* un silence. *Plink...*

Elle voyait les gouttes se former au bout du robinet, grossir et s'arrondir comme une femme enceinte, et puis tomber : *Plink.*

Ce seul bruit. Rien d'autre. Et elle fut soudain sûre, affreusement sûre, que ce n'était pas son père mais Stanley, qui venait d'être victime d'une crise cardiaque ce soir.

Avec un gémissement, elle saisit la poignée de porte en verre taillé et la tourna. La porte refusa de bouger : elle était verrouillée. Et brutalement, trois *jamais* lui vinrent successivement à l'esprit : Stan ne prenait jamais de bain à cette heure ; il ne fermait jamais la porte sauf s'il utilisait les toilettes ; il ne fermait de toute façon jamais la porte à clef.

Était-il possible, se demanda-t-elle follement, de se *préparer* à une crise cardiaque ?

Patty se passa la langue sur les lèvres, et éprouva une impression de papier de verre fin frottant sur une planche. Elle lança encore une fois son nom. Toujours pas de réponse, sinon la goutte régulière et têtue tombant du robinet. Baissant les yeux, elle s'aperçut qu'elle tenait toujours la boîte de bière à la main. Elle la contempla stupidement, le cœur battant à tout rompre, comme si c'était la première fois de sa vie qu'elle voyait de la bière en boîte. Et de fait, on aurait pu le croire, car lorsqu'elle cligna des yeux, elle se transforma en un combiné téléphonique noir, d'aspect aussi inquiétant qu'un serpent.

« Puis-je vous aider, madame ? Avez-vous un problème ? » lui cracha le serpent. Patty raccrocha violemment et recula d'un pas, frottant la main qui l'avait tenu. Elle regarda autour d'elle et se rendit compte qu'elle se trouvait dans le salon de télé, que la panique qui était montée jusqu'à son moi conscient avec le calme d'un rôdeur qui grimpe une volée de marches avait eu raison d'elle. Elle se rappela alors avoir laissé tomber la boîte de bière devant la porte de la salle de bains et s'être précipitée dans l'escalier en pensant vaguement : *Il doit y avoir une erreur quelque part, et ça nous fera bien rire dans un moment. Il a rempli la baignoire et s'est souvenu qu'il n'avait pas de cigarettes, alors il est sorti en chercher avant de se déshabiller...*

Oui. Sauf que comme il avait déjà fermé la porte de l'intérieur et que ça l'embêtait de la rouvrir, il avait ouvert la fenêtre au-dessus de la baignoire et était descendu du premier le long du mur comme une mouche. C'était évident, bien sûr.

La panique la gagnait de nouveau, comme un âcre café noir menaçant de déborder d'une tasse. Elle ferma les yeux pour mieux lutter contre elle. Et Patty restait là, parfaitement immobile, statue blême avec un cœur pulsant dans la gorge.

Elle se souvenait d'être descendue en courant, d'avoir trébuché, de s'être précipitée sur le téléphone, oui, évidemment, mais qui voulait-elle donc appeler ?

Une pensée insensée la traversa : *J'appellerais bien la Tortue, mais la Tortue ne peut rien faire pour nous.*

Ça n'avait pas d'importance, de toute façon. Elle avait dû être capable de faire le 17 et sans doute avait-elle dit quelque chose d'inhabituel, puisqu'on lui avait demandé si elle avait un problème. Certes, elle en avait un, mais comment expliquer à une voix sans visage que Stanley s'était enfermé dans la salle de bains et ne répondait pas, que le son régulier de la goutte d'eau tombant du robinet lui déchirait le cœur ? Il fallait que quelqu'un lui vienne en aide. Quelqu'un !

Elle porta la main à la bouche et se la mordit délibérément. Elle essaya de penser, de se forcer à penser.

Les doubles des clefs. Les doubles des clefs se trouvaient dans le placard de la cuisine.

Elle se leva, et heurta de sa pantoufle la boîte de boutons posée à côté de sa chaise. Il s'en renversa quelques-uns, qui brillèrent comme des yeux de verre à la lumière de la lampe. Elle en vit une bonne demi-douzaine de noirs.

À la porte du placard qui surplombait l'évier à deux bacs, était fixée à l'intérieur une planche vernie découpée en forme de clef géante — cadeau de l'un des clients bricoleurs de Stan, deux Noël auparavant. La planche comportait une rangée de petits crochets, au bout desquels dansaient les doubles de toutes les clefs de la maison ; en dessous étaient collés des morceaux de bande adhésive portant, de la petite écriture nette de Stan, en caractères d'imprimerie : GARAGE, GRENIER, S. DE BAINS HAUT, S. DE BAINS BAS, PORTE ENTRÉE, PORTE JARD. Un peu plus loin, sur deux crochets séparés, se trouvaient les clefs de voitures : MB et VOLVO.

Patty s'empara de celle marquée S. DE BAINS HAUT et commença à courir vers l'escalier, puis s'obligea à marcher. Courir faisait resurgir la panique, une panique qui ne demandait qu'à l'envahir. Et puis, si elle marchait, peut-être que tout irait bien. Ou alors, si quelque chose n'allait pas, Dieu — qui sait ? — la regarderait, verrait qu'elle marchait tranquillement et se dirait : *Bon, j'ai fait une gaffe, mais j'ai le temps de remettre les choses en ordre.*

74

D'un pas aussi calme qu'une femme qui se rend à la réunion de son Cercle, elle monta les escaliers et s'avança jusqu'à la porte de la salle de bains.

« Stanley ? » dit-elle, essayant de nouveau d'ouvrir la porte, soudain plus effrayée que jamais, refusant d'utiliser la clef car le seul fait de s'en servir avait quelque chose de trop définitif. Si Dieu ne se manifestait pas le temps qu'elle la tourne, alors, Il ne le ferait jamais. L'époque des miracles, après tout, était passée.

Mais la porte était toujours verrouillée ; la seule réponse était toujours le même *plink*... silence régulier.

Sa main tremblait, et la clef joua des castagnettes sur la plaque de propreté avant de pénétrer dans la serrure et de se mettre en place. Elle la tourna, et le pêne claqua. Son autre main voulut s'emparer du bouton de porte en verre. Il lui glissa de nouveau dans la paume, non pas parce que la porte était fermée, cette fois-ci, mais parce que la sueur le rendait glissant. Elle le serra de toutes ses forces et tourna. Puis elle poussa la porte.

« Stanley ? Stanley ? St... »

Elle regarda en direction de la baignoire, dont le rideau de douche bleu était repoussé à l'autre bout de son support d'acier, et n'acheva pas le nom de son époux. Elle resta simplement les yeux fixés sur la baignoire, le visage aussi solennel que celui d'un enfant pour son premier jour de classe. Dans un instant, elle allait se mettre à hurler, Anita McKenzie, sa voisine, l'entendrait, et Anita McKenzie appellerait la police, convaincue que quelqu'un était entré chez les Uris et y massacrait tout le monde.

Mais pour le moment, Patty Uris restait debout en silence, les mains repliées contre la poitrine, le visage grave, les yeux exorbités. Et son expression de contemplation presque religieuse se transforma bientôt en autre chose. Ses yeux s'ouvrirent encore plus, sa bouche se contracta en une grimace d'horreur. Elle voulait crier mais ne pouvait pas. Le cri était trop vaste pour sortir.

La salle de bains était éclairée par des tubes fluorescents. Avec tant de lumière il n'y avait pas d'ombres. On pouvait tout voir, qu'on le veuille ou non. L'eau du bain était d'un rose éclatant. Stanley gisait, adossé à la partie en plan incliné de la baignoire. Il avait la tête tellement rejetée en arrière que des mèches de ses cheveux noirs, pourtant courts, lui touchaient le dos entre les omoplates. Si ses yeux grands ouverts avaient encore été capables de voir, ils auraient vu Patty à l'envers. Sa bouche était ouverte comme par un ressort. Et son expression traduisait une horreur pétrifiée, abyssale. Un paquet de lames Gillette « Platine-Plus » était posé sur le bord de la baignoire. Stanley s'était ouvert l'intérieur des bras du poignet au creux du coude, et avait barré ces premières coupures d'une seconde, formant deux T majuscules sanglants. Les plaies étaient d'un rouge pourpre éclatant dans la dure lumière blanche. Les tendons et les ligaments à nu lui firent penser à des morceaux de bœuf à bas prix.

Une goutte d'eau grossit à la bouche chromée du robinet. S'engrossa, aurait-on pu dire. Scintilla, tomba. *Plink.*

Il avait plongé son index droit dans son propre sang et tracé un unique mot sur le carrelage bleu, au-dessus de la baignoire, en lettres énormes et tremblotantes. Une trace de doigt sanguinolente zigzaguait à la fin de la deuxième lettre — sa main avait laissé cette trace, remarqua-t-elle, en retombant dans l'eau, où elle flottait maintenant. Elle supposa que Stanley avait écrit le mot — son ultime impression du monde — au moment où il perdait conscience. C'était comme s'il avait crié vers elle :

Une autre goutte tomba dans la baignoire.

Plink.

Ce fut le signal. Patty Uris retrouva enfin sa voix. Ne pouvant détacher son regard des yeux brillants du cadavre de son époux, elle se mit à crier.

2

Richard Tozier prend la poudre d'escampette

Rich eut l'impression qu'il tenait bien le coup jusqu'au moment où il se mit à vomir.

Il avait écouté tout ce que Mike Hanlon lui avait raconté, avait dit ce qu'il fallait dire et donné les bonnes réponses aux questions de Mike, et il en avait même posé de son propre chef. Il avait vaguement conscience d'être en train de prendre l'une de ses voix — ni bizarre ni grotesque, comme celles qu'il prenait parfois à la radio (Porte-Doc le Délirant, le conseiller sexuel, était personnellement son rôle préféré, du moins en ce moment, et lui valait de la part de ses auditeurs des réactions positives presque aussi nombreuses que son inusable grand succès, colonel Buford Kissdrivel), mais au contraire riche, chaude, confiante. La voix du mec-vraiment-bien. Elle ne manquait pas d'allure, mais ce n'était qu'un faux, comme toutes les autres voix qu'il pouvait adopter.

« Dans quelle mesure te souviens-tu, Rich ? lui demanda Mike.

— Une faible mesure, répondit Rich, qui garda un instant le silence. Suffisamment, sans doute.

— Viendras-tu ?

— Je viendrai. » Et il raccrocha.

Il resta assis un moment dans son cagibi, enfoncé dans le fauteuil derrière le bureau, les yeux perdus au-dessus de l'océan Pacifique. Deux gamins, sur sa gauche, jouaient avec leur planche de surf, mais sans vraiment prendre les vagues avec. Il faut dire qu'il n'y en avait guère à chevaucher.

Son horloge de table — un coûteux objet à quartz, cadeau du représentant d'une société de disques — disait qu'il était 17 h 09, ce 28 mai 1985. Trois heures de décalage avec l'endroit d'où Mike avait appelé. Il y faisait déjà nuit ou presque. Il sentit un début de chair de poule à cette seule idée et eut envie de bouger et de s'occuper. Il commença bien entendu par mettre un disque — sans chercher, prenant le premier qui lui tombait sous la main parmi les milliers qui se serraient sur les étagères. Le rock and roll faisait presque tout autant partie de sa vie que les voix, et il lui était difficile de faire quoi que ce soit sans musique — à plein tube de préférence. Il était tombé sur une rétrospective Motown. Marvin Gaye, l'un des membres les plus récents de ce que Rich appelait parfois « les Clamsés & Co », ouvrait le récital avec *I Heard It Through the Grapevine* :

Oooh-hoo, I bet you're wond'rin' how I knew...

« Pas mal », dit Rich. Il eut même un léger sourire. C'était mal, pourtant, et il venait d'en prendre pour son grade, mais il avait le sentiment qu'il serait capable de faire face. Pas de panique.

Il s'apprêta à rentrer chez lui. À un moment donné, au cours de l'heure suivante, il lui vint à l'esprit que c'était comme s'il était mort et qu'il lui fût permis de prendre ses ultimes dispositions... sans parler de ses volontés en matière d'enterrement. Il avait l'impression qu'il s'en sortait joliment bien. Il essaya de joindre son agence de voyages habituelle, se disant que l'employée serait probablement sur l'autoroute, direction la maison, mais il tenta sa chance. Par miracle, elle était là. Il lui expliqua ce qu'il voulait, et elle lui demanda un petit quart d'heure.

« Je vous en dois une, Carol », dit-il. Au cours des trois dernières années, ils étaient passés de Mr. Tozier et Mrs. Feeny à Rich et Carol — plutôt familier, si l'on considère qu'ils ne s'étaient jamais rencontrés.

« D'accord, passez à la caisse, dit-elle. Pouvez-vous me faire Porte-Doc ? »

Sans même se racler la gorge pour trouver la voix — elle restait en général introuvable si l'on hésitait —, Rich annonça : « Porte-Doc le Délirant, votre conseiller sexuel, en ligne. Y a un gars qui est venu me voir l'autre jour et qui voulait savoir ce qu'il y avait de pire lorsqu'on attrapait le Sida. (Sa voix était passée un ton plus bas, son rythme s'était accéléré, et elle avait pris une allure désinvolte. C'était une voix américaine, mais qui évoquait cependant l'image d'un riche colon anglais, aussi charmant que délirant avec ses manières embrouillées. Qui était Porte-Doc ? Rich n'en avait pas la moindre idée, mais il le voyait toujours en costume blanc, en train de lire *Esquire* et de boire, dans des verres à pied, des choses qui sentaient le shampooing à la noix de coco.) Je lui ai répondu sans ambages : " Essayer d'expliquer à sa mère comment on se l'est fait refiler par une Haïtienne. " Jusqu'à la prochaine, Porte-Doc, votre conseiller sexuel qui vous dit : " Z'avez besoin de moi si vous restez de bois. " »

Carol Feeny hurlait de rire. « C'est parfait ! Parfait ! Mon petit ami n'arrive pas à croire que vous pouvez faire toutes ces voix, il pense que vous devez utiliser des filtres ou des trucs comme ça...

— Rien que le talent, ma chère. (Porte-Doc venait de laisser instantanément la place à W. C. Fields, nez rouge, chapeau claque, tenue de golf et tout l'attirail.) Je pète tellement de talent que j'ai été obligé de mettre un bouchon à tous mes orifices corporels pour l'empêcher de fuir comme... euh, de l'empêcher de fuir, quoi. »

La jeune femme partit d'un nouvel éclat de rire et Rich ferma les yeux. Il sentait venir une migraine.

« Soyez un chou et voyez ce que vous pouvez faire, d'accord ? » demanda-t-il, toujours W. C. Fields, sur quoi il raccrocha tandis qu'elle riait encore.

Il lui fallait maintenant redevenir lui-même et c'était dur — un peu plus dur tous les ans. Il est plus facile d'être courageux quand on est quelqu'un d'autre.

Il s'était mis à la recherche d'une paire de chaussures de sport et était sur le point de se rabattre sur des tennis lorsque le téléphone sonna de nouveau. C'était Carol Feeny, tous les records de temps battus. Il éprouva aussitôt le besoin de prendre la voix de Buford Kissdrivel, mais le combattit. Elle avait réussi à lui trouver une première classe sur un vol American Airlines sans escale Los Angeles-Boston. Il quitterait L. A. à 21 h 03 et arriverait à Logan vers cinq heures du matin. Un vol de Delta partait à 7 h 30 de Boston pour Bangor, où il débarquerait à 8 h 20. Elle lui avait réservé une berline confortable chez Avis, et il n'y avait que quarante kilomètres entre le comptoir d'Avis à l'aéroport de Bangor et le centre de Derry.

Seulement quarante kilomètres ! pensa-t-il. *C'est tout, Carol ? Peut-être si l'on compte en kilomètres. Cependant, vous n'avez pas la moindre idée de l'éloignement de ce patelin, et moi non plus d'ailleurs. Mais par tous les dieux, nous allons le découvrir.*

« Je n'ai pas réservé de chambre parce que vous ne m'avez pas précisé le temps que vous vouliez rester, dit-elle. Est-ce...

— Non, laissez-moi m'en occuper, coupa Rich, qui ne put empêcher Kissdrivel de prendre le dessus. Tu as été un aaamour, ma chèèère... »

Il raccrocha doucement — toujours les quitter sur un rire — puis composa le 207-555-1212 pour avoir l'assistance à l'annuaire du Maine. Il voulait le numéro du Grand Hôtel de Derry. Seigneur, ça, c'était un nom du passé ! Cela faisait — quoi ? Dix, quinze, vingt, vingt-cinq ans qu'il ne l'avait pas évoqué ! Aussi fou que cela parût, il soupçonnait que cela faisait vingt-cinq ans, au moins ; et si Mike ne l'avait pas appelé, il avait l'impression qu'il n'y aurait jamais repensé de sa vie. Pourtant, à une époque, il passait tous les jours devant ce grand tas de briques rouges — parfois même au pas de course, avec Henry Bowers et Huggins le Roteur, et aussi cet autre type, Victor quelque chose, sur les talons, tous trois vociférant des petites plaisanteries du genre : *On va te choper, gueule d'enfoiré ! On va te choper, petit démerdard ! On va te choper, pédé binoclard !* L'avaient-ils jamais chopé ?

Avant qu'il ait pu s'en souvenir, une standardiste lui demandait dans quelle ville.

« Derry, mademoiselle... »

Derry ! Seigneur ! Ce nom lui-même avait un goût étrange de chose oubliée dans sa bouche ; il avait l'impression d'embrasser une antiquité en le prononçant.

« Avez-vous un numéro pour le Grand Hôtel de Derry ?

— Un instant, monsieur. »

Sûrement pas. Il aura disparu. Rasé par un nouveau plan d'urbanisme. Transformé en boulodrome ou en arcade de jeux vidéo. Ou brûlé une nuit, à cause d'un représentant en godasses ivre fumant dans son lit. Disparu, Richie — tout comme les lunettes, inépuisable sujet de railleries pour Bowers. Qu'est-ce que disait cette chanson de Springsteen, déjà ? Jours de gloire... évanouis dans le clin d'œil d'une fille. Mais quelle fille ? Beverley, bien sûr, Bev...

Le Grand Hôtel de Derry avait peut-être changé, mais en tout cas pas disparu, car une voix neutre de machine se mit à égrener des chiffres : « Le numéro est ...9 ...4 ...1 ...8 ...2 ...8 ...2. Je répète... »

Mais Richard l'avait noté du premier coup. Soulagement que de raccrocher sur cette voix ronronnante ; il imaginait facilement le service des renseignements sous la forme d'un monstre globuleux profondément enterré sous terre, rivets transpirant, avec des milliers de tentacules chromés, version PTT du Dr Octopus. Le monde dans lequel vivait Richie lui paraissait chaque année un peu plus comme une maison hantée électronique, dans laquelle fantômes numériques et humains apeurés se côtoyaient, mal à l'aise.

Toujours debout. Pour paraphraser Paul Simon, toujours debout après tant d'années.

Il composa le numéro de l'hôtel qu'il avait vu pour la dernière fois à travers les verres de ses lunettes d'enfant. Rien ne fut plus fatalement facile — 1-207-941-8282. Il porta le téléphone à l'oreille, regardant par la vaste fenêtre de son bureau. Les surfeurs étaient partis ; un couple d'amoureux marchait sur la plage, main dans la main. Ils auraient pu poser pour le genre de posters qui ornaient le mur du bureau où travaillait Carol Feeny, tant ils étaient parfaits. Si ce n'était qu'ils portaient tous les deux des lunettes.

On va te choper, gueule d'enfoiré ! On va te péter tes binocles !

Criss, lui souffla d'un seul coup sa mémoire. *Son nom de famille était Criss. Victor Criss.*

Oh, Seigneur, il aurait préféré continuer de l'ignorer ; c'était trop tard — mais ça n'avait l'air d'avoir aucune importance. Quelque chose se passait dans les souterrains où Rich Tozier conservait sa collection personnelle de vieilleries dorées. Des portes s'ouvraient.

Sauf qu'il n'y a pas un seul enregistrement là en bas, n'est-ce pas ? En bas, tu n'es pas Rich Tozier, le disc-jockey vedette de la station KLAD, l'homme aux mille voix. Et ces choses qui s'ouvrent ne sont pas exactement des portes, hein ?

Il s'efforça de chasser ces pensées.

Surtout, ne pas oublier que je vais très bien. Tu vas très bien, Richie. Rich Tozier va très bien. Fumerais bien une sèche, c'est tout.

Cela faisait quatre ans qu'il avait arrêté de fumer, il pouvait bien en prendre une maintenant, non ?

Pas d'enregistrements, rien que des cadavres. Tu les as enterrés très profond mais il y a un séisme fou qui leur

*fait refaire surface. Tu n'es pas Rich Tozier le D-J, en bas ;
en bas, tu es juste Richie Tozier le Binoclard, tu es avec
tes copains et tu as une telle frousse que tu as les couilles
contractées en noyaux de pêches. Il n'y a pas de portes, il
n'y a rien qui s'ouvre. Ce sont des cryptes, Richie. Elles se
fendent en deux, et les vampires que tu croyais morts à
jamais se remettent à voler.*

Une cigarette, juste une. Même une Carlton ferait
l'affaire, pour l'amour du ciel.

*On va te choper, Binoclard ! On va te faire BOUFFER ton
putain de cartable !*

« Grand Hôtel de Derry », fit une voix masculine au
fort accent yankee ; elle avait fait tout ce chemin — à
travers la Nouvelle-Angleterre, le Middle West, sous
les casinos de Las Vegas — pour atteindre son oreille.

Rich demanda s'il pouvait réserver une suite, à
compter du lendemain. La voix lui répondit que oui, et
voulut savoir pour combien de temps.

« Je ne peux pas dire. Je viens pour... » Il s'interrompit un instant, soucieux de précision.

Pourquoi venait-il, exactement ? En esprit, il voyait
un garçon avec un cartable écossais poursuivi par deux
voyous ; un garçon qui portait des lunettes, mince, le
visage pâle, et qui aurait crié à toutes les petites brutes
qui passaient, de manière mystérieuse : *Frappez-moi !
Allez-y, frappez-moi ! Voici mes lèvres ! Écrasez-les-moi
sur les dents ! Voici mon nez ! Faites-le saigner et cassez-
le si vous pouvez ! Boxez-moi les oreilles, qu'elles deviennent comme des choux-fleurs ! Ouvrez-moi l'arcade sour-
cilière ! Voici mon menton, cognez sur le point de K.O. !
Voici mes yeux, si bleus, agrandis par ces horribles
lunettes, ces binocles cerclées de corne dont l'une des
branches tient avec un ruban adhésif. Cassez-les ! Enfon-
cez un éclat dans l'un de ces yeux et fermez-le à jamais !
Qu'est-ce que j'en ai à foutre ?*

Il ferma les yeux et répondit : « Je viens pour affaires
à Derry, mais je ne sais pas combien de temps
prendront les négociations. Si nous disions trois jours,
avec une option de renouvellement ?

« — Une option de renouvellement ? » demanda l'employé d'un ton sceptique. Rich attendit patiemment que l'idée fasse son chemin. « Ah oui, je comprends, c'est très bien !

— Merci. Et je... euh... j'espère que vous pourrez voter pour nous en novembre, se mit à dire John Kennedy. Jackie voudrait refaire le... euh... le Bureau Ovale, et j'ai un boulot tout trouvé pour mon... euh... mon frère Bobby.

— Mr. Tozier ?

— Oui ?

— Ah, très bien. Il y a eu quelqu'un d'autre en ligne pendant quelques secondes. »

Juste un vieux pote du GPC, le Grand Parti des Clamsés, au cas où tu te poserais la question. T'en fais pas, c'est rien, pensa-t-il. Un frisson le traversa, et il se dit à lui-même, presque désespéré : *Tu vas très bien, Rich.*

« Je l'ai entendu, moi aussi, dit-il. Sans doute une interférence. Alors, cette suite ?

— Oh, il n'y a pas le moindre problème. On fait des affaires à Derry, mais ce n'est pas la folie.

— Ah bon ?

— Oh, oui-oui. » Rich frissonna de nouveau. Ça aussi, il l'avait oublié, cette manière de répondre « oui » du nord de la Nouvelle-Angleterre. *Oui-oui.*

On va te choper, minable ! cria la voix fantomatique de Henry Bowers ; et il sentit de nouvelles cryptes se fracturer à l'intérieur de lui ; la puanteur qui lui montait au nez n'était pas celle des corps décomposés, mais celle des souvenirs décomposés. Et d'une certaine manière, c'était pire.

Il donna le numéro de sa carte American Express à l'employé et raccrocha. Puis il appela Steve Codall, le directeur des programmes de la KLAD.

« Quoi de neuf, Rich ? » demanda Steve. Les derniers sondages montraient que la station se portait bien sur le marché cannibale du rock en FM à

Los Angeles, et depuis, Steve avait été d'une humeur charmante, merci, Seigneur.

« Eh bien, tu vas peut-être regretter de m'avoir posé la question. Je prends la poudre d'escampette, Steve.

— Tu prends... (Rien qu'à sa voix, il imaginait le froncement de sourcils de Steve.) Je ne te suis pas très bien, Richie.

— Je prends mes cliques et mes claques. Je me tire.

— Qu'est-ce que ça veut dire, ça, " je me tire "? D'après l'emploi du temps que j'ai sous les yeux, tu es à l'antenne demain de deux à six dans l'après-midi, comme d'habitude. Tu as une interview de Clarence Clemons prévue à quatre heures dans le studio. Tu connais tout de même Clarence Clemons, Rich ?

— Mike O'Hara peut aussi bien faire l'interview que moi.

— Sauf que Clarence ne veut pas discuter avec Mike, Rich. Pas plus qu'avec Bobby Russel ni même avec moi. Clarence est un mordu de Buford Kissdrivel et de Wyatt le Tueur de Pouffiasses. C'est à toi qu'il veut parler, camarade. Et je n'ai pas du tout envie d'avoir un saxophoniste de cent cinquante kilos fou furieux dans mes studios, en train de courir partout comme un forcené.

— Il n'y a pas de course de forcené dans son passé, que je sache. C'est de Clarence Clemons que nous parlons, pas de Keith Moon. »

Il y eut un silence qui se prolongea sur la ligne. Rich attendit patiemment.

« Tu n'es pas sérieux, hein ? finit par demander Steve d'un ton plaintif. Je veux dire, sauf si tu viens d'apprendre la mort de ta mère, ou que tu as une tumeur au cerveau, on appelle cela une sale vacherie.

— Il faut que je parte, Steve.   .

— Est-ce que ta mère est malade ? Vient-elle — Dieu nous en garde ! — de mourir ?

— Elle est morte depuis dix ans.

— As-tu une tumeur au cerveau ?

— Même pas un polype rectal.

— C'est pas drôle, Rich.

— Non.

— Tu te comportes comme un parfait salopard, et je n'aime pas ça du tout.

— Moi non plus, ça ne me plaît pas. Mais il faut que j'y aille.

— Mais où ça ? Pourquoi ? Qu'est-ce qui se passe, enfin ? Parle, au moins !

— Quelqu'un m'a appelé. Quelqu'un que j'ai connu il y a très longtemps. Ailleurs. Il vient de se passer quelque chose. J'ai fait une promesse. Nous avons tous promis que nous reviendrions si ça recommençait. Je crois que c'est ce qui se passe.

— Quoi, " ça " ? De quoi parles-tu, Rich ?

— Je préfère ne pas en parler. *(Et puis, tu me croirais cinglé si je t'avouais la vérité : je l'ignore.)*

— Quand as-tu fait cette fameuse promesse ?

— Il y a longtemps. Pendant l'été 58. »

Il y eut de nouveau un silence qui se prolongea, et il comprit que Steve Covall essayait de déterminer si Rich Tozier le D.-J., alias Buford Kissdrivel, alias Wyatt le Tueur de Pouffiasses, etc., se foutait de lui ou était victime d'une forme de dépression nerveuse.

« Mais tu n'étais qu'un môme, remarqua-t-il d'un ton neutre.

— J'avais onze ans. J'allais sur mes douze. »

Encore un long silence. Rich attendit, patiemment.

« Très bien, dit Steve. Je vais chambouler le tableau de service. Mike va prendre ta place demain, et Chuck Foster les autres jours, si je peux dégoter le restaurant chinois dans lequel il se terre. Je vais faire cela parce que nous avons parcouru un sacré bout de chemin ensemble, Rich. Mais jamais je n'oublierai que tu m'as arnaqué.

— Ne dramatise pas, veux-tu ? dit Rich qui sentait son mal de tête s'aggraver. (Il savait ce qu'il faisait ; qu'est-ce que Steve s'imaginait ?) J'ai besoin de quelques jours de congé, c'est tout. Tu réagis comme si j'avais chié sur les bureaux du boss.

— Et pour quoi faire, ces jours de congé ? Pour une réunion de ton club boy-scout de Trifouillis-les-Oies, Dakota du Nord, ou de Pétaouchnock, Géorgie !

— Je crois qu'en fait, Trifouillis-les-Oies se trouve dans l'Arkansas, Patron, répliqua Buford Kissdrivel de sa voix d'outre-tombe, mais Steve n'était pas d'humeur à rire.

— Tout ça pour une promesse faite à onze ans ? Les promesses que l'on fait à onze ans ne sont pas sérieuses, bon Dieu. Et il ne s'agit pas seulement de ça, Rich, tu le sais bien. Nous ne sommes pas dans les assurances ou la banque, ici. Mais dans le showbiz, et ne me dis pas que tu l'ignores. Si tu m'avais donné une semaine de préavis, je ne serais pas là avec le téléphone d'une main et une boîte de Valium de l'autre. Tu es en train de me faire grimper aux rideaux et tu le sais très bien ; alors n'insulte pas mon intelligence. »

Steve criait presque, maintenant, et Rich ferma les yeux. Jamais il n'allait l'oublier, avait-il dit, et ça devait être vrai. Mais il avait aussi prétendu que les gosses de onze ne font jamais de promesses sérieuses : et ça, c'était faux. Rich ne se souvenait pas de quel genre de promesse il s'agissait (il n'était pas sûr de désirer s'en souvenir), mais elle avait été on ne peut plus sérieuse.

« Steve, il le faut.

— Ouais. Et je t'ai dit que je pourrais m'en sortir. Alors fous le camp, espèce d'arnaqueur.

— Voyons, c'est ridi... »

Mais Steve avait déjà raccroché. Rich en fit autant. Il avait encore la main sur l'appareil que la sonnerie retentissait ; il n'avait pas besoin de décrocher pour savoir que c'était de nouveau Steve, plus furieux que jamais. Lui répondre à ce stade ne ferait de bien à personne. Les choses ne pourraient qu'empirer. Il repoussa l'interrupteur sur la droite, coupant la sonnerie.

Il alla à l'étage, sortit deux valises d'un placard et les remplit d'un amas de vêtements qu'il ne prit même pas la peine d'examiner : des jeans, des chemises, des sous-vêtements, des chaussettes. Ce n'est que plus tard qu'il se rendit compte qu'il avait sélectionné des affaires de style jeune. Puis il redescendit avec les valises pleines.

Une photo de Big Sur par Ansel Adams ornait l'un des murs du séjour. Rich la fit pivoter sur des gonds invisibles. Il ouvrit le petit coffre mural qui se trouvait derrière et commença à fouiller parmi les paperasses : les titres de propriété d'une maison agréablement située entre la faille de San Francisco et la zone des feux de broussailles, dix hectares de forêt d'exploitation dans l'Idaho, un paquet d'actions. Il avait acheté ces dernières apparemment au hasard (dès que son agent de change le voyait arriver, il se prenait la tête entre les mains), mais elles avaient toutes régulièrement monté au fil des années. Il était parfois surpris à l'idée qu'il était presque — pas tout à fait, mais presque — un homme riche. Et tout ça, grâce au rock and roll... et aux voix, bien entendu.

La maison, la forêt, les actions, la police d'assurance et même un double de son testament. *Les liens qui te tiennent solidement attaché à l'existence*, pensa-t-il.

Il fut pris d'une impulsion soudaine, celle de saisir un briquet et de foutre le feu à tout cet assortiment putassier de par-la-présente-monsieur-Untel et le-porteur-de-ce-certificat. Il aurait pu le faire. Les papiers du coffre venaient de perdre toute signification, d'un seul coup.

C'est à ce moment-là qu'il ressentit son premier véritable accès de terreur, un accès qui n'avait rien de surnaturel. Ce n'était que la prise de conscience de la facilité avec laquelle on pouvait balancer sa vie à la poubelle. C'était ça, l'affolant. Il suffisait d'orienter le ventilateur sur tout ce que l'on avait mis des années à rassembler laborieusement et de le régler à fond. Facile. Tout brûler ou tout disperser aux quatre vents, puis prendre la poudre d'escampette.

Derrière les papiers, qui n'étaient, par rapport au fric, que des cousins au deuxième degré, se trouvait la réalité, le nerf de la guerre. Quatre mille dollars en coupures de dix, vingt et cinquante.

Tandis qu'il en bourrait les poches de son jean, il se demandait s'il n'avait pas su ce qu'il faisait, obscurément, quand il avait mis tout cet argent de côté. Cinquante dollars un mois, cent vingt le suivant, seulement dix le troisième. Du fric de rat-qui-quitte-le-navire. Du fric poudre-d'escampette.

« Bon Dieu, ça fout les jetons ! » dit-il, ayant à peine conscience d'avoir parlé. L'air absent, il regarda la plage à travers la vaste fenêtre. Comme les surfeurs, les amoureux avaient disparu.

Ah, oui, doc — tout ça me revient maintenant. Tu te souviens de Stanley Uris, par exemple ? J' te parie trois poils que je m'en souviens... Tu te rappelles comme on disait cela ? On trouvait que c'était très classe. Stanley Urine, comme l'appelaient les gosses. « Hé, Urine, hé, l'Assassin du Christ de mes deux ! Où tu te tailles ? Tu crois que l'un de tes pédés de copains va te filer cent balles ? »

Il claqua la porte du coffre-fort et remit en place la photographie. Quand avait-il pensé à Uris pour la dernière fois ? Cinq ans ? Dix ans ? Vingt ans ? Rich avait quitté Derry avec sa famille au printemps 1960 ; et comme tous les visages de la bande s'étaient estompés depuis ! La bande des perdants, des ratés avec leur club au milieu de ce que l'on appelait les Friches-Mortes — curieux nom pour un endroit où la végétation était aussi fournie. Jouant aux explorateurs dans la jungle, à l'unité de génie égalisant un terrain d'atterrissage sur un atoll tout en repoussant les Japs, jouant aux constructeurs de barrages, aux cow-boys, aux astronautes perdus dans un monde-forêt, tu l'as dit ; le nom pouvait bien changer, n'oublie pas de quoi il s'agissait en fait : de se cacher. De se cacher des grands balèzes. De Henry Bowers, Victor Criss, Huggins le Roteur et toute la bande. Quel assortiment de ratés ils faisaient ! Stan Uris avec son gros pif de Juif ; Bill Denbrough qui n'était pas capable de dire autre chose que « Ya-hou, Silver ! » sans bégayer lamentablement, au point de vous rendre marteau ; Beverley Marsh avec ses bleus partout, ses cigarettes planquées dans les manches de sa blouse ; Ben Hanscom, tellement gros que l'on aurait dit la version bipède de la baleine blanche, et Richie Tozier avec ses verres en cul de bouteille, ses vingt sur vingt en classe, sa grande gueule qui ne demandait qu'à se faire rectifier. Existait-il un mot pour les caractériser ? Oh, oui. Il en existe toujours un. Le mot juste. Dans ce cas précis : la bande de nouilles.

Comme cela lui revenait, comme tout lui revenait... et maintenant, il était là, debout dans son salon, tremblant de manière aussi incontrôlable qu'un clébard abandonné sous la tempête, tremblant parce que les types en compagnie desquels il avait couru n'étaient pas tout ce dont il se souvenait. Il y avait d'autres choses, des choses auxquelles il était resté des années sans penser, frissonnant juste en dessous de la surface.

Des choses sanglantes.

Une obscurité. Une certaine obscurité.

La maison de Neibolt Street, par exemple, et Bill hurlant : « *T-t-tu as tué mon frère, espèce de sa-sa-salopard !* »

Se souvenait-il ? Juste assez pour ne pas vouloir s'en souvenir davantage, et l'on pouvait parier trois poils là-dessus.

Une odeur de détritus, une odeur de merde et une odeur de quelque chose d'autre. D'encore pire que tout le reste. C'était la puanteur de la bête, la puanteur de Ça, dans les ténèbres en dessous de Derry, là où les machines grondaient sans interruption. Il se souvenait de George...

Mais c'était trop et il courut à la salle de bains, se cognant au passage dans son fauteuil Eames, ce qui faillit le faire tomber... Il y arriva, mais tout juste. Il glissa, à genoux sur les carreaux lisses comme un danseur de smurf excentrique, jusqu'aux toilettes dont il saisit les rebords, vomissant tripes et boyaux. Mais même après, ça ne s'arrêtait pas : il vit soudain George Denbrough comme si c'était hier, Georgie par qui tout avait commencé, Georgie qui avait été assassiné à l'automne 1957. Il était mort tout de suite après l'inondation, l'un de ses bras avait été arraché, et Rich avait chassé ce souvenir de sa mémoire. Mais parfois les souvenirs reviennent, oui, et comment !

Les spasmes s'estompèrent et Rich, à tâtons, chercha la poignée de la chasse. Son repas précédent, régurgité en jets violents, disparut élégamment dans la tuyauterie.

Dans les égouts.

Dans la pestilence et les ténèbres des égouts.

Il rabattit le couvercle, y posa le front et se mit à pleurer.

C'était la première fois que ça lui arrivait depuis la mort de sa mère, en 1975. Sans même y penser, il mit les mains en coupe sous ses yeux et les lentilles de contact qu'il portait glissèrent dans ses paumes, où elles restèrent, brillantes.

Quarante minutes plus tard, avec l'impression d'avoir été passé à la paille de fer, mais d'une certaine manière nettoyé, il jetait les valises dans le coffre de la MG et sortait en marche arrière du garage. Le jour baissait. Il regarda sa maison, avec ses plantations récentes ; il regarda la plage, et l'eau qui prenait une nuance d'émeraude pâle rompue par une étroite bande d'or battu. Et il eut la conviction qu'il ne reverrait jamais plus rien de tout cela, qu'il n'était qu'un homme mort qui marchait encore.

« Je rentre au pays, maintenant, murmura Rich Tozier pour lui-même. Je rentre au pays, et que Dieu me vienne en aide. »

Il passa une vitesse et démarra, éprouvant de nouveau l'impression qu'il avait été étonnamment facile de se glisser dans cette fissure qu'il ne soupçonnait pas, à l'intérieur de ce qu'il considérait comme une vie solide. Comme il était aisé de mettre le cap sur le côté sombre, de voguer hors du bleu pour foncer dans le noir !

Hors du bleu dans le noir, oui, c'était exactement cela. L'endroit où n'importe quoi pouvait attendre.

3

Ben Hanscom prend un verre

Si, en cette soirée du 28 mai 1985, vous aviez voulu trouver l'homme que le magazine *Time* avait qualifié d' « architecte le plus prometteur, peut-être, des États-Unis » (« La conservation de l'énergie en milieu urbain et les jeunes Turcs », *Time*, 15 octobre 1984), il aurait fallu commencer par emprunter la nationale 80 à la sortie d'Omaha, puis la voie secondaire 81 jusqu'à Sweldhom, traverser ce modeste patelin pour arriver, après avoir tourné deux fois à droite et trois fois à gauche, dans un trou à côté duquel Sweldhom était New York : Hemingford Home. Huit bâtiments, cinq d'un côté de la rue, trois de l'autre, constituaient le centre commercial ; la boutique du coiffeur, Coup'O Carré (avec dans la vitrine une affichette jaunissante datant d'au moins quinze ans sur laquelle avait été écrit à la main : SI VOUS ÊTES HIPPIE, ALLEZ VOUS FAIRE COUPER LES CHEVEUX AILLEURS), le cinéma (où ne passaient que des copies ultra-fatiguées), le Cinq-Dix-Quinze. Il y avait également une succursale de la Nebraska Homeowner's Bank, une station-service, une pharmacie et une quincaillerie spécialisée en petit matériel agricole — la seule entreprise ayant un vague air de prospérité dans le coin.

Enfin, à l'extrémité de la voie principale, situé un peu en retrait des autres constructions, comme un paria, en bordure du néant, se trouvait l'inévitable routier — la Roue rouge. Si vous étiez arrivé jusque-là, vous auriez vu, dans le parking poussiéreux et truffé de nids-de-poule, une Cadillac 1968 sur le retour, avec deux antennes de CB à l'arrière. À l'avant, la plaque à frime annonçait simplement : BEN'S CADDY. Et à l'intérieur, en vous dirigeant vers le bar, vous auriez trouvé votre homme — un type efflanqué, tanné, en chemise à carreaux, jean délavé et bottes de mécano avachies. De délicates pattes d'oie lui partaient du coin de l'œil, mais en dehors de ça, il n'était pas ridé. Il faisait bien dix ans de moins que son âge, et il en avait trente-huit.

« Bonjour, Mr. Hanscom », dit Ricky Lee en posant un napperon de papier sur le bar, tandis que Ben prenait un tabouret. Ricky Lee paraissait légèrement surpris. En fait, il l'était beaucoup. C'était la première fois qu'il voyait Hanscom un soir de semaine à la Roue rouge. Il venait prendre deux bières régulièrement, tous les vendredis en fin de journée ; le samedi, il s'en accordait quatre ou cinq. Il demandait toujours des nouvelles des trois garçons de Ricky Lee, et laissait toujours le même pourboire de cinq dollars en dessous du rond de carton lorsqu'il partait. À tout point de vue, professionnel comme personnel, il était de loin le client favori de Ricky Lee. Les dix dollars par semaine (à quoi s'ajoutait le billet de cinquante, que, depuis quatre ans, il glissait sans faute à la Noël sous le rond de carton), c'était très bien ; mais la compagnie du personnage valait encore davantage. Les gens de bonne compagnie sont une rareté, mais dans un boui-boui comme celui-ci, où le niveau des conversations est en dessous de celui de la mer, ce sont de vrais merles blancs.

En dépit de ses origines (la Nouvelle-Angleterre) et de son éducation (en Californie), Hanscom avait tout de l'extravagant Texan. Si Ricky Lee comptait sur son passage rituel tous les vendredis et samedis, il avait de bonnes raisons pour cela. Que Mr. Hanscom construise un gratte-ciel à New York (il y avait déjà bâti trois deš édifices les plus controversés des cinq dernières années), un nouveau musée à Redondo, ou un immeuble de bureaux à Memphis, immanquablement le vendredi soir, entre huit heures et neuf heures trente, la porte qui donnait sur le parking s'ouvrait sur sa silhouette nonchalante. Comme s'il habitait à l'autre bout du patelin et avait préféré faire un tour, faute d'un programme intéressant à la télé. Il possédait un Learjet et disposait d'une piste d'atterrissage privée sur sa ferme, à Junkins.

Deux années auparavant, à Londres, il avait dessiné le nouveau centre de communication de la BBC, dont il avait supervisé la construction. L'immeuble avait fait également l'objet de controverses passionnées (le *Manchester Guardian* : « Peut-être l'édifice le plus remarquable élevé à Londres depuis vingt ans », le *Daily Mirror* : « Mis à part la tête de ma belle-mère après une cuite, la chose la plus laide que j'aie jamais vue »). Ricky Lee s'était dit, quand Hanscom avait accepté ce travail : *Eh bien, je vais rester un bout de temps sans le voir. Peut-être qu'il finira par nous oublier complètement.* Et en effet, le vendredi suivant, Ben Hanscom n'avait pas donné signe de vie, même si Ricky Lee n'avait pu s'empêcher de lever vivement la tête à chaque fois que s'ouvrait la porte du parking, entre huit heures et neuf heures trente. *On le reverra plus tard, peut-être.* « Plus tard » fut le lendemain soir.

La porte s'était ouverte à neuf heures et quart, et il était tranquillement entré, en jean et T-shirt, avec ses vieilles bottes de mécano, comme s'il venait de traverser la rue. Et lorsque Ricky Lee s'était écrié, d'un ton presque joyeux : « Eh, Mr. Hanscom ! Doux Jésus ! Qu'est-ce que vous faites ici ? », il avait eu l'air légèrement surpris, comme si sa présence était la chose la plus naturelle du monde. Pendant les deux années que dura son contrat avec la BBC, cette visite hebdomadaire se renouvela. Il quittait Londres chaque samedi matin à onze heures en Concorde, expliqua-t-il à un Ricky Lee fasciné, et arrivait à Kennedy Airport, à New York, à dix heures et quart, soit quarante-cinq minutes *avant* son départ de Londres, à en croire les horloges (« Comme les voyages dans le temps ! » s'était exclamé Ricky Lee, impressionné). Une limousine l'attendait pour le conduire à Teterboro Airport, dans le New Jersey, un parcours qui ne prenait pas plus d'une heure dans le trafic plus fluide du samedi matin. Il se retrouvait sans problèmes aux commandes du Learjet vers midi, et se posait à quatorze heures trente à Junkins. En allant assez vite, cap à l'ouest, dit-il à Ricky, le jour paraissait durer éternellement. Après quoi il faisait une sieste de deux heures, puis passait une heure avec son contremaître et une demi-heure avec sa secrétaire ; il dînait, et venait enfin à la Roue rouge où il restait environ une heure et demie. Il s'y rendait toujours seul, s'asseyait toujours au bar et repartait toujours aussi seul ; il ne manquait pourtant pas de femmes, dans ce coin du Nebraska, qui n'auraient pas mieux demandé que de le distraire un peu. Une fois de retour à la ferme, il prenait six heures de sommeil, et tout le processus recommençait à l'envers. Ricky Lee impressionnait à coup sûr ses clients avec cette histoire. « Peut-être est-il homosexuel », avait suggéré une fois une femme. D'un bref coup d'œil, Ricky l'avait jaugée : permanente, vêtements, boucles d'oreilles — tout la désignait comme une BCBG de la côte Est, New York probablement. Sans doute venue rendre visite à un parent ou une amie d'école, et pressée de repartir. « Non, avait-il répondu. Mr. Hanscom n'est pas un pédé. — Comment le savez-vous ? avait-elle demandé, jouant avec une cigarette en attendant qu'il l'allumât, un léger sourire à ses lèvres dont le rouge brillait. — Je le sais, c'est tout. » Et c'était vrai. L'idée lui vint d'ajouter : Je crois que c'est l'homme le plus diablement solitaire que j'aie jamais rencontré. Mais il n'avait pas envie de se confier à cette New-Yorkaise qui l'observait comme une curiosité locale.

Ce soir-là, Mr. Hanscom avait l'air un peu pâle, et légèrement distrait.

« Salut, Ricky Lee », dit-il. Il s'installa sur un tabouret et se mit à étudier ses mains.

Ricky Lee savait qu'il devait passer les six ou huit

prochains mois à Colorado Springs, pour surveiller les travaux préliminaires d'un centre culturel des Rocheuses, un vaste complexe de six bâtiments taillés à flanc de montagne. « *Quand ce sera terminé, les gens vont dire que ça ressemble à des jouets qu'un enfant géant aurait laissés traîner sur un escalier*, avait expliqué Ben à Ricky Lee. *Pas tous, mais il y en aura pour le dire. Ils n'auront pas tout à fait tort. Mais ça va marcher, je crois. C'est le truc le plus monumental que j'aie jamais entrepris, et la mise en place va être redoutable. Je crois pourtant que ça va marcher.* »

Il a un peu le trac, s'était dit Ricky. Rien de surprenant à ça, rien de malsain non plus, d'ailleurs ; plus on est connu, plus on prête le flanc aux attaques. Ou alors il souffrait d'une vague infection. Les microbes ne manquaient pas dans le coin.

Ricky Lee prit une chope propre et la plaça sous le robinet.

« Pas ce soir, Ricky Lee. »

Ricky se tourna, surpris, et lorsque Ben Hanscom leva les yeux de ses mains, il eut un frisson de peur. Car Ben Hanscom n'avait pas l'air d'avoir le trac ou la grippe, mais de quelqu'un qui vient de prendre un coup terrible et qui tente encore de comprendre ce qui l'a frappé.

Il a perdu quelqu'un. Il n'est pas marié, mais tout le monde a une famille et quelqu'un vient de clamser dans la sienne. C'est sûr et certain.

Un client glissa une pièce dans le juke-box, et Barbara Mandrell se mit à chanter les déboires d'un ivrogne et d'une femme seule.

« Vous vous sentez bien, Mr. Hanscom ? »

Ben Hanscom regarda Ricky Lee avec des yeux qui avaient soudain dix, non, vingt ans de plus que le reste de son visage. Avec étonnement, le barman s'aperçut que ses cheveux grisonnaient. C'était la première fois qu'il le remarquait.

Hanscom sourit — d'un horrible sourire spectral. On aurait dit celui d'un cadavre.

« Pas tellement, Ricky Lee. Non, m'sieur. Pas ce soir. Pas bien du tout, même. »

Ricky reposa la chope et se dirigea vers le coin du bar où Hanscom s'était assis. Le bar était aussi vide, ce lundi soir, qu'il pouvait l'être en dehors de la saison de football : il y avait moins de vingt clients et Annie, assise près de la porte de la cuisine, faisait un château de cartes avec les menus.

« Mauvaises nouvelles, Mr. Hanscom ?

— Mauvaises nouvelles, c'est le mot. Mauvaises nouvelles du pays. » Il regarda Ricky Lee — non : il regarda à travers Ricky Lee.

« Je suis désolé de l'apprendre, Mr. Hanscom.

— Merci, Ricky Lee. »

Il se tut, et Ricky était sur le point de lui demander s'il n'y avait rien qu'il pût faire pour lui, lorsque Hanscom reprit : « Quelle est la marque de votre whisky, Ricky Lee ?

— Pour tous les autres, dans ce caboulot, c'est du Four Roses. Mais pour vous, je crois que ça sera du Wild Turkey. »

Hanscom eut un léger sourire. « Sympa de votre part, Ricky Lee. En fin de compte, reprenez donc cette chope. Et remplissez-la de Wild Turkey.

— La remplir ? s'exclama Ricky Lee, franchement surpris. Seigneur, mais vous allez ressortir à quatre pattes ! (*Si je ne dois pas appeler une ambulance avant*, ajouta-t-il en lui-même.)

— Pas ce soir, je ne crois pas. »

Du regard, Ricky Lee sonda brièvement Ben Hanscom pour vérifier qu'il ne plaisantait pas ; en moins d'une seconde, il constata que non. Il prit donc la chope sur une étagère au-dessus du bar, et la bouteille de Wild Turkey sur une autre en dessous. Le goulot de la bouteille cliqueta contre le bord de la chope quand il commença à verser. Il observait, fasciné malgré lui, l'alcool qui glougloutait ; jamais il n'avait versé une telle dose de whisky de toute sa vie de barman. Il y avait certainement plus qu'une touche de Texan chez Mr. Hanscom.

Appeler une ambulance ? Mon cul. Plutôt Parker &
Waters, qu'ils viennent avec le corbillard.

Il tendit malgré tout la chope à Ben. Le père de Ricky
Lee lui avait dit une fois que si un homme avait tout
son bon sens, il fallait lui donner ce qu'il demandait s'il
le payait, que ce soit de la pisse d'âne ou du vitriol.
Ricky Lee ignorait si le conseil était bon ou non, mais
savait en revanche que lorsqu'on tient un bar, il vaut
mieux laisser ses problèmes de conscience à l'entrée si
l'on veut en vivre.

Hanscom contempla la monstrueuse boisson pendant un moment, pensif, et demanda : « Qu'est-ce que
je vous dois pour un pot comme ça, Ricky Lee ? »

L'homme secoua lentement la tête, les yeux toujours
fixés sur la chope pleine de whisky, peu désireux de
croiser le regard vide de Ben. « Rien, répondit-il. C'est
offert par la maison. »

Hanscom sourit de nouveau, plus naturellement
cette fois. « Eh bien, je vous remercie, Ricky Lee. Je
vais maintenant vous montrer quelque chose que j'ai
appris au Pérou, en 1978. Je travaillais comme assis-
tant de Frank Billings, qui était à mon avis le meilleur
architecte du monde. Il a attrapé la fièvre et il en est
mort, en dépit de tous les antibiotiques que lui ont
balancés les médecins. Ce sont les Indiens qui travaillaient sur le projet qui m'ont fait connaître ce truc. Ils
boivent un tord-boyaux qui est plutôt raide, là-bas.
Vous en prenez une gorgée, et vous avez l'impression
que ça passe tout seul ; puis tout d'un coup, c'est
comme si quelqu'un venait d'allumer un chalumeau
dans votre gorge. Mais les Indiens boivent ça comme
du Coca-Cola ; pourtant je les ai rarement vus ivres, et
ils ignorent ce que c'est que le mal de tête. J'ai jamais
été assez gonflé pour essayer moi-même. Alors, c'est
cette nuit ou jamais. Apportez-moi donc ces quarts de
citron, là-bas.

Ricky Lee les prit, et les disposa sur un napperon
propre à côté de la chope de whisky. Hanscom en saisit

un, pencha la tête en arrière comme s'il allait s'administrer des gouttes dans les yeux, et commença à presser le citron dans sa narine droite.

« Doux Jésus ! » s'exclama Ricky Lee, horrifié.

Hanscom déglutit. Son visage s'empourpra. Des larmes se mirent à couler sur ses joues plates en direction de ses oreilles. Sur le juke-box, les Spinners chantaient maintenant : « Oh, Seigneur, je ne sais pas si je vais pouvoir supporter cela... »

À tâtons, Hanscom prit un autre morceau de citron sur le bar, et le pressa dans sa narine gauche.

« Nom de Dieu, vous allez vous faire sauter la caisse ! » murmura le barman.

Hanscom rejeta sur le bar les morceaux de citron pressé. Il avait les yeux injectés de sang, et respirait à petites bouffées, grimaçant. Du jus de citron limpide dégoulinait de ses deux narines jusqu'aux commissures des lèvres. Toujours à tâtons, il s'empara de la chope de whisky, la souleva, et en but le tiers. Ricky Lee regardait, pétrifié, sa pomme d'Adam monter et descendre.

L'architecte reposa la chope, eut deux frissons et hocha la tête. Il adressa un sourire à Ricky Lee. Il n'avait plus les yeux rouges.

« Ça marche à peu près comme ils le disaient. On a tellement mal au nez qu'on ne sent absolument pas ce qui vous descend dans la gorge.

— Vous êtes cinglé, Mr. Hanscom.

— Un peu, mon neveu. Vous vous en souvenez, de celle-là ? On le disait quand on était gamin. Un peu, mon neveu. Je ne vous ai jamais raconté que j'étais gros, autrefois ?

— Non, monsieur. Jamais », fit Ricky Lee dans un souffle. Il était maintenant convaincu que Ben Hanscom venait d'apprendre des nouvelles tellement épouvantables qu'il était devenu réellement cinglé... ou qu'il avait au moins perdu temporairement son bon sens.

« J'étais le gros lard classique. J'ai jamais joué au

base-ball ou au basket ; ni au gendarmé et aux voleurs, j'étais toujours pris le premier. Pas capable de m'en sortir. Gras comme un cochon. Et il y avait ces types de mon patelin qui me coursaient régulièrement. Un mec du nom de Reginald Huggins, que tout le monde appelait le Roteur. Un autre du nom de Victor Criss, plus quelques autres. Mais le véritable cerveau de la bande, c'était Henry Bowers. S'il y a jamais eu un gosse démoniaque sur cette foutue planète, Ricky Lee, c'était bien lui. Je n'étais pas le seul qu'il poursuivait ; mon problème était que je ne pouvais pas courir aussi vite que les autres. »

Hanscom déboutonna sa chemise et l'ouvrit. En se penchant, Ricky Lee vit une curieuse cicatrice à la hauteur de l'estomac, juste au-dessus du nombril. Boursouflée, blanche et ancienne. Une lettre, se rendit-il compte. Quelqu'un avait tracé un H sur le ventre de Mr. Hanscom, probablement bien longtemps avant qu'il n'atteigne l'âge adulte.

« Ça, c'est la signature de Henry Bowers. Elle date de mille ans. Et j'ai de la chance de ne pas avoir tout le reste de son nom dans la région.

— Mr. Hanscom... »

L'architecte prit les deux autres quarts de citron, un dans chaque main, et inclina la tête en arrière. Comme s'il se mettait des gouttes dans le nez. Il frissonna violemment, posa les restes de fruit, et but deux énormes rasades. Il frissonna une fois de plus, prit une troisième rasade, puis, à tâtons, les yeux fermés, attrapa le rebord rembourré du bar, comme un marin s'accroche à la rambarde par gros temps. Finalement il rouvrit les yeux et sourit à Ricky Lee.

« Je pourrais tenir le coup comme ça toute la nuit, dit-il.

— J'aimerais autant que vous en restiez là, Mr. Hanscom », répondit le barman, nerveux.

Annie arriva avec son plateau et demanda deux bières. Ricky Lee les tira et les lui passa. Il se sentait les jambes en coton.

« Est-ce que Mr. Hanscom va bien, Ricky Lee ? » demanda-t-elle, regardant par-dessus son épaule. Le barman se tourna pour suivre son regard. Ben Hanscom était penché par-dessus le bar, et pêchait des morceaux de citron dans le récipient où Ricky Lee disposait les garnitures de cocktail.

« Je ne sais pas, répondit-il. On ne dirait pas.

— Eh bien, sors les mains de tes poches et fais quelque chose, répliqua la serveuse qui, comme la plupart des femmes, avait un parti pris favorable envers Hanscom.

— Je sais pas. Mon paternel disait toujours que quand un type a tout son bon sens...

— Ton père n'avait pas autant de cervelle qu'un lapin, alors laisse tomber l'ancêtre. Arrête ça, ou il va se tuer. »

Ainsi muni de directives précises, Ricky Lee retourna à l'endroit où se tenait l'architecte.
« Mr. Hanscom ? Je pense que vous de... »

Ben Hanscom se redressa. Éternua. Et renifla le jus de citron qui coulait de son nez, comme s'il s'agissait de cocaïne. Puis il ingurgita une rasade de whisky, comme si c'était de l'eau. L'air solennel, il regarda Ricky Lee. « Bing-bang, j'ai vu tout le gang, qui dansait sur mon tapis de Padang ! » dit-il, ce qui le fit rire. Il restait peut-être cinq centimètres de whisky au fond de la chope.

« Ça suffit », dit Ricky Lee en tendant la main vers le verre.

Hanscom le repoussa doucement. « Les dégâts sont déjà faits, Ricky Lee, dit-il, les dégâts sont déjà faits, mon garçon.

— Je vous en prie, Mr. Hanscom...

— J'ai quelque chose pour vos gosses, Ricky Lee. Bon Dieu, j'ai failli oublier ! »

Il porta une main à la poche de sa veste en jean délavé. On entendit un bruit étouffé de métal.

« Mon père est mort quand j'avais quatre ans, reprit-il (son élocution n'était nullement altérée), en nous laissant un joli paquet de dettes, et ça. Je veux qu'ils aillent à vos enfants, Ricky Lee. » Il posa trois dollars d'argent « au chariot » sur le bar, qui brillèrent délicatement dans la lumière tamisée. Ricky Lee retint sa respiration.

« C'est très gentil, Mr. Hanscom, mais je ne peux...

— J'en avais quatre dans le temps, mais j'en ai donné un à Bill le Bègue et aux autres. Bill Denbrough, c'était son véritable nom. Mais on l'appelait Bill le Bègue. Comme on avait l'habitude de dire : un peu, mon neveu. C'est l'un des meilleurs amis que j'aie jamais eus. J'en avais quelques-uns, voyez-vous ; même un gros lard comme j'étais en avait. Bill le Bègue est écrivain, maintenant. »

À peine Ricky Lee l'écoutait-il. Il contemplait les dollars « au chariot », fasciné. 1921, 1923 et 1924. Dieu sait ce qu'ils valaient actuellement, ne serait-ce qu'au poids du métal.

« Je ne peux pas, répéta-t-il.

— Je me permets d'insister. » Ben Hanscom étreignit l'anse de la chope, qu'il vida d'un trait. Il aurait dû se trouver complètement ramollo, mais ses yeux ne quittaient pas ceux de Ricky Lee. C'étaient des yeux légèrement larmoyants et injectés de sang, mais le barman aurait juré sur une pile de bibles que c'étaient aussi ceux d'un homme tout à fait lucide.

« Vous me fichez la frousse, Mr. Hanscom », dit Ricky Lee. Deux années auparavant, un poivrot invétéré, du nom de Gresham Arnold, s'était présenté à la Roue rouge avec un rouleau de pièces de vingt-cinq cents à la main et un billet de vingt dollars fiché dans le ruban de son chapeau. Il avait tendu les pièces à Annie, avec mission d'alimenter le juke-box en permanence. Puis il avait posé le billet sur le bar, et demandé à Ricky Lee de payer une tournée générale. Ce Gresham Arnold avait eu son heure de gloire comme joueur de basket pour les Hemingford Rams, leur permettant d'emporter pour la première fois (et vraisemblablement la dernière) le championnat scolaire senior.

C'était en 1961. Un avenir brillant souriait au jeune homme. Mais il s'était fait étendre lors des contrôles du premier semestre suivant, victime de l'alcool, de la drogue et des soirées qui se prolongeaient tard. Il revint chez lui, bousilla la décapotable jaune que ses parents lui avaient offerte pour ses succès passés, et prit un poste de responsable des ventes dans l'entreprise de son père, agent de John Deere — matériel agricole. Cinq ans passèrent. Son père se sentait incapable de le mettre à la porte ; il revendit donc son fonds pour prendre sa retraite en Arizona, chagrin, vieilli avant l'âge par ce qui semblait être l'irréversible et inexplicable dégringolade de son rejeton.

Tant que l'entreprise avait appartenu à son père, Arnold avait au moins fait semblant de travailler, s'efforçant de ne pas succomber à la boisson ; mais après, il en était devenu l'esclave. Il pouvait être mauvais, mais il s'était montré doux comme un agneau le soir où il était arrivé avec son rouleau de pièces et où il avait payé le coup à tout le monde. Chacun l'avait remercié, et Annie avait pris soin de faire passer des disques de Moe Bandy, car Arnold Gresham aimait Moe Bandy. Il était resté au bar — perché sur ce même tabouret qu'occupait en ce moment Ben Hanscom, se rendit compte Ricky Lee avec une inquiétude grandissante — et avait bu trois ou quatre bourbons, chantonnant avec le juke-box, sans faire d'ennuis. Puis il était rentré chez lui à la fermeture de la Roue rouge et s'était pendu à l'aide de sa ceinture dans une pièce du haut. Cette nuit-là, les yeux de Gresham Arnold avaient eu une expression assez voisine de ceux de Ben Hanscom aujourd'hui.

« Je vous fiche la frousse, moi ? » demanda Hanscom, toujours sans quitter Ricky Lee des yeux. Il repoussa la chope et croisa les mains d'un geste ferme, devant les trois dollars d'argent. « Ce doit être vrai, reprit-il. Mais vous n'avez sûrement pas autant la frousse que moi, Ricky Lee. Et priez le Seigneur de ne jamais connaître ça.

— Mais... qu'est-ce qui se passe ? demanda le barman en passant la langue sur ses lèvres. Peut-être... peut-être pourrais-je vous aider ?

— Ce qui se passe ? (Ben Hanscom eut un petit rire.) Rien d'extraordinaire. J'ai reçu un coup de fil d'un vieil ami, ce soir. Un type du nom de Mike Hanlon. Je l'avais complètement oublié, mais ce n'est pas ça qui m'a fichu la frousse. Après tout, nous n'étions que des gosses, à l'époque, et les gosses oublient, non ? Un peu, mon neveu, qu'ils oublient. Ce qui m'a fichu la frousse, c'est d'être arrivé à mi-chemin jusqu'ici et de me rendre compte que ce n'était pas seulement Mike que j'avais oublié, mais tout ce qui concernait mon enfance, absolument tout. »

Ricky le regardait sans rien dire. Il n'avait pas la moindre idée de ce que ce discours signifiait, mais l'homme avait peur, c'était visible. Très peur. Assez bizarre de la part d'un personnage comme Ben Hanscom, mais ce n'était pas du chiqué.

« Je dis bien absolument tout, insista-t-il en frappant le bar de ses doigts repliés. Avez-vous jamais entendu parler, Ricky Lee, de quelqu'un victime d'amnésie au point de ne même pas se rendre compte qu'il est amnésique ? »

Ricky Lee secoua la tête.

« Moi non plus. Et voilà que je me suis retrouvé dans la Cadillac, ce soir, et que ça m'est tombé dessus d'un seul coup. Je me souvenais de Mike Hanlon, mais seulement parce qu'il venait de me téléphoner. Je me souvenais de Derry, mais uniquement parce que c'était de là qu'il appelait.

— Derry ?

— Mais c'était tout. J'ai été frappé par le fait de ne pas avoir une seule fois pensé à mon enfance depuis... depuis je ne sais pas quand. Et alors, juste comme ça, la marée des souvenirs a commencé à m'envahir. Comme par exemple ce que nous avions fait du quatrième dollar.

— Et qu'en avez-vous fait, Mr. Hanscom ? »

L'architecte regarda sa montre et se laissa soudain redescendre de son tabouret. Il chancela légèrement, très légèrement ; ce fut tout. « Je ne peux pas laisser filer le temps comme cela. Je prends l'avion, cette nuit. »

Ricky Lee retrouva instantanément son air inquiet, et Ben Hanscom se mit à rire.

« Je prends l'avion mais je ne le pilote pas. Pas cette fois. United Airlines, Ricky Lee.

— Ah bon. (Il se dit que son soulagement devait se voir, mais il s'en moquait.) Et où allez-vous ? »

Hanscom n'avait pas encore refermé sa chemise. Pensif, il contemplait les bourrelets blancs de la cicatrice sur son ventre. Puis il ferma les boutons.

« Je croyais vous l'avoir dit. Au pays. Je vais chez moi. Donnez ces dollars à vos gosses, Ricky Lee. » Il se dirigea vers la porte, et à la manière dont il se déplaçait et même dont il remontait son pantalon, il terrifia le barman. La ressemblance avec le défunt et fort peu regretté Gresham Arnold était soudain si criante qu'il avait presque l'impression de voir un fantôme.

« Mr. Hanscom ! » ne put-il s'empêcher de s'écrier.

Ben Hanscom se retourna, et Ricky Lee fit un pas involontaire en arrière. Il heurta des fesses les rayons à l'arrière du bar, et verres et bouteilles tintinnabulèrent un bref instant. Il avait reculé, pris de la conviction soudaine que l'architecte était mort. Oui, Ben Hanscom gisait mort quelque part, dans un fossé, dans un grenier, voire dans un placard avec un nœud coulant autour du cou, l'extrémité de ses bottes de cow-boy à quatre cents dollars se balançant à trois ou six centimètres du plancher ; et cette silhouette qui se tenait auprès du juke-box et qui le regardait n'était qu'un fantôme. Pendant un moment — un court moment, mais il fut assez long pour envelopper son cœur battant d'une couche de glace —, il eut l'impression qu'il voyait chaises et tables à travers l'homme.

« Qu'y a-t-il, Ricky Lee ?

— Euh, ri-rien, Mr. Hanscom. »

Ben Hanscom fixait le barman avec des yeux posés sur deux croissants violet foncé. L'alcool avait incendié ses joues. Son nez paraissait rouge et tuméfié.

« Rien », murmura de nouveau Ricky Lee, sans arriver à détacher le regard de ce visage, le visage d'un homme mort en plein péché capital et qui se tient à l'entrée des portes fumantes de l'enfer.

« J'étais gros et nous étions pauvres, dit Ben Hanscom. Ça me revient, maintenant. Je me souviens aussi de cette fille, Beverly, ou de Bill le Bègue qui m'a sauvé la vie avec le dollar d'argent. J'ai peur à en être fou de tout ce que je risque de me rappeler avant la fin de la nuit, mais peu importe à quel point je crève de frousse, car les souvenirs vont remonter. Tout est là, comme une grosse bulle qui ne cesse de croître dans ma tête. Mais je vais y aller, parce que tout ce que j'ai jamais eu et tout ce que j'ai maintenant, c'est d'une manière ou d'une autre à ce que nous avons fait alors que je le dois ; et dans ce monde, on paie toujours pour ce qui nous est donné. Peut-être est-ce pour ça que nous commençons par être des gosses. Dieu nous a fait près du sol, car il sait que nous sommes destinés à tomber souvent et à saigner beaucoup avant qu'on se soit rentré cette simple leçon dans la tête. On paie pour ce que l'on obtient, on possède ce pour quoi on a payé... et tôt ou tard, ce que l'on possède nous revient en pleine gueule.

— On vous revoit le week-end prochain, n'est-ce pas ? » demanda Ricky Lee, les lèvres sèches. Dans son malaise grandissant, c'est la seule chose à laquelle il était arrivé à se raccrocher. « On vous reverra comme d'habitude, n'est-ce pas ?

— Je ne sais pas, dit Ben Hanscom avec un sourire terrifiant. Je vais beaucoup plus loin que Londres cette fois-ci, Ricky Lee.

— Mr. Hanscom !

— Donnez les dollars à vos gosses », répéta-t-il. La porte se referma sur lui.

« Mais nom de Dieu, qu'est-ce que... ? » demanda Annie. Ricky Lee l'ignora et, poussant le battant qui fermait le bar, courut jusqu'à l'une des fenêtres qui donnaient sur le parking. Il vit s'allumer les phares de la Cadillac et entendit le moteur ronronner. Le véhicule quitta le parking en soulevant un nuage de poussière. Puis les feux de position arrière se réduisirent à deux points rouges sur la nationale 63, et le vent nocturne du Nebraska dissipa la poussière.

« Il s'est envoyé les trois quarts d'une bouteille de gnôle et tu le laisses partir dans cette énorme bagnole ! s'exclama Annie. Ce ne sont pas des façons, Ricky Lee.

— Ne t'en fais pas.

— Il va se tuer ! »

Et alors que c'était précisément ce que s'était dit Ricky Lee moins de cinq minutes auparavant, il se tourna vers elle quand les feux de position furent hors de vue, et secoua la tête. « Je ne crois pas. Et pourtant, à voir comme il était cette nuit, ce serait peut-être mieux pour lui.

— Mais qu'est-ce qu'il t'a dit ? »

De nouveau, il secoua la tête. Tout se mêlait dans son esprit, et il en résultait une impression d'absurdité. « Ça n'a pas d'importance. Mais quelque chose me dit que nous ne le reverrons jamais. »

4

Eddie Kaspbrak prend ses médicaments

Si l'on veut savoir tout ce qu'il y a à savoir sur un Américain ou une Américaine de la classe moyenne alors que s'approche la fin du millénaire, il suffit de jeter un coup d'œil dans son armoire à pharmacie — c'est du moins ce que certains prétendent. Mais, doux Jésus, explorer celle d'Eddie Kaspbrak tandis qu'il l'ouvre et renvoie de côté le reflet de son visage blanc aux yeux agrandis et fixes, c'est une autre paire de manches.

Sur l'étagère du haut, on trouve de l'Anacin, de l'Excedrin, de l'Excedrin PM, du Contac, du Gelusil, du Tylenol et une grosse bouteille bleue pleine de Vicks, qui ressemble à un crépuscule mélancolique mis sous verre. On trouve aussi une fiole de Vivarin, une autre de Serutan (« Natures écrit à l'envers », avait remarqué Lawrence Welk alors qu'Eddie n'était encore qu'un adolescent), et deux de lait de magnésie Phillips (l'ordinaire, qui a un goût de craie liquide, et le nouveau, parfumé à la menthe, qui a un goût de craie liquide parfumée à la menthe). Sans oublier un flacon de Rolaids familièrement appuyé à une grosse bouteille de Tums, qui voisine elle-même avec des tablettes de Di-Gel.

Deuxième étagère, visez un peu les vitamines : les E, les C, les C effervescentes ; les B (simples), les B (complexes) et les B-12. Et puis il y a la L-Lysine, qui est censée mettre un terme à vos problèmes de peau, et la lécithine, censée en mettre un à celui tout aussi gênant de l'accumulation de cholestérol autour de la grande pompe. Sans oublier le fer, le calcium et l'huile de foie de morue, ni, bien entendu, les pilules à effets multiples à prendre quotidiennement. Et pour faire bonne mesure, trônant en haut de l'armoire à pharmacie, une bouteille imposante de Geritol.

Jetons un coup d'œil à la troisième étagère, où sont disposées les troupes d'assaut de la médecine moderne. Ex-Lax. Les petites pilules Carter. Ces deux-là permettent à Eddie de faire passer le courrier. À côté, cependant, s'alignent le Kaopectate, le Pepto-Bismol et la préparation H, au cas où ledit courrier s'emballerait, ainsi que quelques Tucks sous couvercle à vis, simplement pour mettre de l'ordre une fois le courrier passé, que celui-ci soit réduit à une simple circulaire publicitaire ou à un bon vieux paquet par porteur spécial. Puis viennent la formule 44 pour la toux, le Nyquil et le Dristan pour les refroidissements, une grosse bouteille d'huile de castor, une boîte de Sucrets au cas où Eddie aurait mal à la gorge, et un quatuor d'antiseptiques buccaux : du Chloraseptic, du Cepacol, du Cepestat en aérosol et, bien sûr, la bonne vieille Listerine, souvent imitée mais jamais égalée. De la Visine et de la Murine pour les yeux. Du Cortaid et un onguent, la Neosporin, pour la peau (la deuxième solution au cas où la L-Lysine décevrait), un tube d'Oxy-5 et une bouteille en plastique d'Oxy-Wash — ah, et quelques pilules de tétracycline.

Et, massés dans un coin comme des conspirateurs amers, se tiennent trois flacons de shampooing au goudron.

Quant à la dernière étagère, elle est presque déserte, sinon que l'on passe maintenant au rayon des affaires vraiment sérieuses ; de quoi planer très haut ou s'écraser violemment : Valium, Percodan, Elavil, Darvon complex. On découvre aussi une autre boîte de Sucrets sur cette étagère, mais ce ne sont pas des pastilles pour la gorge qui s'y trouvent. Six Quaaludes les ont remplacées.

Eddie Kaspbrak croyait fermement à la devise scout.

Il entra dans la salle de bains avec un sac fourre-tout. Il le posa sur le lavabo, ouvrit la fermeture à glissière d'une main tremblante et commença à y déverser bouteilles, fioles, flacons et tubes. En d'autres circonstances, il les aurait pris délicatement, un par un, mais l'heure n'était plus à ces précautions. Comme Eddie le voyait, le choix était simple, aussi simple que brutal : ne pas arrêter de bouger, ou rester à ne rien faire assez longtemps pour avoir le temps de penser à tout ce que cela signifiait et en mourir de peur.

« Eddie ? appela Myra du bas de l'escalier. Qu'est-ce que tu fabriques ? »

Eddie laissa tomber l'innocente boîte aux Quaaludes dans le sac. L'armoire à pharmacie était maintenant entièrement vide, à l'exception du Midol de

Myra et d'un petit tube de Blistex presque vide. Il commença à remonter la glissière, hésita, puis ajouta le Midol. Elle pourrait toujours en acheter d'autre.

« Eddie ? » depuis le milieu de l'escalier, maintenant.

Eddie finit de remonter la glissière et quitta la salle de bains en balançant le sac. C'était un homme de petite taille, avec une tête timide de lapin. Il avait perdu presque tous ses cheveux, et ceux qui restaient poussaient en touffes apathiques. Le poids du sac le faisait sensiblement pencher du côté droit.

Une femme aux proportions tout à fait considérables grimpait laborieusement jusqu'au premier, et on entendait les craquements de protestation des marches.

« Mais enfin, qu'est-ce que tu FABRI-I-I-QUES ? »

Eddie n'avait pas besoin d'un psy pour comprendre qu'en un certain sens, il avait épousé sa mère. Myra Kaspbrak était énorme. Elle était simplement grosse lorsqu'elle avait épousé Eddie, cinq ans auparavant, mais il avait parfois l'impression d'avoir inconsciemment soupçonné son potentiel d'obésité ; et Dieu sait que sa mère était quelque chose, dans le genre. En atteignant le palier du premier, Myra paraissait plus monstrueuse que jamais. Elle portait une chemise de nuit gonflée d'une houle de grand large à la hauteur des seins et des hanches. Démaquillé, son visage brillait, très blanc. Elle avait l'air terriblement effrayée.

« Je dois partir pour quelque temps, répondit Eddie.

— Qu'est-ce que ça veut dire, ça, " partir pour quelque temps " ? Et ce coup de fil, qu'est-ce que c'était ?

— Rien. » Il fonça brusquement dans le couloir, en direction de la penderie. Il posa le fourre-tout, ouvrit les portes coulissantes, et repoussa dans un coin la demi-douzaine de costumes noirs accrochés là, et qui détonnaient sur les autres vêtements, plus colorés, avec lesquels ils voisinaient. Il portait toujours l'un de

110

ces costumes noirs quand il travaillait. Il se pencha dans l'odeur de la laine et de la naphtaline, et tira l'une des valises rangées au fond. Il l'ouvrit et commença à la remplir de vêtements.

L'ombre de Myra s'interposa.

« Qu'est-ce que c'est que cette histoire, Eddie. Où vas-tu ? Dis-le-moi !

— Je ne peux pas. »

Elle se tenait là, le regardant, s'efforçant de déterminer ce qu'elle allait dire ou faire. L'idée de simplement le repousser dans le placard et de s'y adosser jusqu'à ce que sa crise de folie soit passée lui traversa l'esprit, mais elle fut incapable de s'y résoudre. La solution n'avait pourtant rien d'irréalisable : elle avait huit centimètres et quarante kilos de plus que lui. En réalité, elle ne savait que dire ou que faire, car ce comportement ne lui ressemblait pas du tout. Elle n'aurait pas été davantage désorientée et effrayée, si elle avait trouvé leur nouveau poste de télévision flottant dans les airs en entrant dans le salon.

« Tu ne peux pas partir, finit-elle par remarquer. Tu m'as promis un autographe d'Al Pacino. » C'était ridicule comme argument, mais au stade où elle en était, mieux valait une absurdité que rien.

« Tu l'auras tout de même, répondit Eddie. C'est toi qui le conduiras. »

Oh, une raison de plus de mourir de peur s'ajoutait à toutes celles qui tourbillonnaient déjà dans sa pauvre tête. Elle poussa un petit cri. « Je ne peux pas... je n'arriverais jamais...

— Il le faudra bien. (Il examinait ses chaussures.) Il n'y a personne d'autre.

— Je n'ai plus un seul uniforme à ma taille ! Ils me compriment tous la poitrine.

— Demande à Dolores de t'en préparer un », répliqua-t-il, implacable. Il rejeta deux paires de chaussures noires, trouva un carton vide et y plaça une troisième paire. De bonnes chaussures noires, pouvant tenir un bon bout de temps, à peine un peu trop fatiguées pour être portées au travail. Quand on pilotait de riches citoyens dans New York pour gagner son pain, des citoyens souvent riches et célèbres, il fallait que tout soit impeccable... Mais là où il se rendait, il se disait qu'elles suffiraient largement. Quoi que ce soit qu'il y ait à y faire. Peut-être que Richie Tozier lui...

Mais les ténèbres menacèrent, et il sentit sa gorge se nouer. Pris d'un véritable sentiment de panique, Eddie se rendit compte qu'il avait déménagé toute l'armoire à pharmacie à l'exception de la chose la plus importante, son inhalateur, qui se trouvait au rez-de-chaussée, sur le meuble hi-fi.

Il rabattit brutalement le couvercle de la valise et la ferma. Il leva les yeux sur Myra, qui se tenait debout dans le couloir, les mains pressées autour de la colonne de graisse qu'était son cou, comme si c'était elle qui souffrait d'asthme. Elle le regardait fixement, une expression d'incompréhension et de terreur sur le visage, et il se serait volontiers senti désolé pour elle si son propre cœur n'avait pas déjà débordé de terreur.

« Qu'est-ce qui s'est passé, Eddie ? Qui c'était, au téléphone ? Tu as des ennuis, n'est-ce pas ? Dis, tu as des ennuis ? Mais quel genre d'ennuis ? »

Il se dirigea vers elle, le fourre-tout d'une main, la valise de l'autre, à peu près droit maintenant que les bagages s'équilibraient. Elle se déplaça de manière à lui barrer l'accès à l'escalier, et il crut tout d'abord qu'elle n'allait pas le laisser passer. Puis, comme son visage était sur le point de s'enfoncer dans le barrage en édredon de sa poitrine, elle s'écarta... craintivement. Il passa sans s'arrêter et elle éclata en sanglots pitoyables.

« J' suis pas capable de conduire Al Pacino ! braillat-elle. Je vais rentrer dans un poteau, il va m'arriver quelque chose, j'en suis sûre ! Eddie, j'ai peur ! »

Il jeta un coup d'œil à la pendule de la tablette, à côté de l'escalier. Neuf heures vingt. L'employé à la voix machinale de Delta lui avait dit qu'il avait déjà manqué le dernier vol pour le Maine, celui qui quittait La Guardia à huit heures vingt-cinq. Il avait alors appelé l'Amtrak et appris qu'un train partait pour Boston à onze heures trente, de Penn Station. Il descendrait à South Station, où il prendrait un taxi jusqu'au garage de Cape Cod Limousine, sur Arlington Street. Depuis de nombreuses années, cette société travaillait en liaison avec Royal Crest, celle d'Eddie, sur une base d'arrangements réciproques. Un simple coup de fil à Butch Carrington, à Boston, avait réglé la question de son déplacement vers le nord. Une Cadillac avec le plein l'attendrait, lui avait promis Butch. Au moins arriverait-il avec classe et sans un emmerdeur de client assis à l'arrière, empuantissant l'air de quelque gros cigare, et lui demandant où il pourrait se lever une poulette ou se procurer une ligne de coke, quand ce n'était pas les deux.

Une arrivée stylée, très bien, pensa-t-il. *La seule manière d'en faire une encore plus classe serait le corbillard. Mais ne t'en fais pas, Eddie, c'est sans doute comme ça que tu reviendras. Du moins, si tu es encore assez entier pour que ça vaille la peine.*

« Eddie ? »

Neuf heures vingt. Largement le temps de lui parler, largement le temps d'être gentil. Ah, si seulement c'était tombé sur sa soirée de bridge... s'il avait pu s'esquiver en douce, laissant un mot sous les plots magnétiques du frigo (la porte du réfrigérateur était l'endroit où il laissait tous les messages destinés à Myra, parce que là, elle ne les ratait jamais). S'échapper ainsi, comme un fugitif, n'aurait rien eu de glorieux, mais c'était encore pire comme ça. Aussi dur que lorsqu'il avait dû quitter la maison — il s'y était pris à trois reprises.

Chez soi, c'est l'endroit où se trouve son cœur, pensa-t-il. *Je le crois. Le vieux Bobby Frost dit que chez soi, c'est l'endroit où l'on ne peut pas ne pas vous accueillir. C'est aussi malheureusement l'endroit où, une fois que vous y êtes, on ne veut plus vous laisser repartir.*

Il se tenait en haut de l'escalier, son mouvement vers l'avant temporairement arrêté, plein d'angoisse, la respiration sifflante dans sa gorge réduite à un trou d'épingle, et regardait sa femme en larmes.

« Viens en bas avec moi et je te dirai ce que je peux », fit-il.

Eddie alla poser les deux bagages près de la porte de l'entrée. Il se souvint alors de quelque chose... ou plutôt le fantôme de sa mère, morte depuis bien des années mais qui lui parlait fréquemment dans sa tête, se souvint pour lui.

Tu sais que quand tu as les pieds mouillés, tu attrapes toujours froid, Eddie. Tu n'es pas comme les autres, tu as un organisme très fragile, il faut que tu fasses attention. C'est pourquoi tu dois toujours porter tes caoutchoucs quand il pleut.

Il pleuvait beaucoup à Derry.

Eddie ouvrit le placard de l'entrée, prit ses caoutchoucs, soigneusement rangés dans une poche en plastique, et les glissa dans sa valise.

Ça c'est un bon garçon.

Ils étaient tous les deux en train de regarder la télé quand les emmerdements avaient commencé. Eddie retourna dans la pièce de télé et pressa le bouton qui faisait descendre l'écran de MuralVision — un écran tellement vaste que Freeman McNeil, les dimanches après-midi, avait l'air de sortir tout droit des *Voyages de Gulliver*. Par téléphone, il appela un taxi. Le standardiste lui dit qu'il fallait compter quinze minutes. Eddie répondit que c'était parfait.

Il raccrocha et prit son inhalateur, posé sur le meuble de leur coûteuse chaîne hi-fi Sony à lecteur de compacts. *J'ai dépensé quinze cents billets pour un système haut de gamme afin que Myra ne puisse manquer une seule note des roucoulades de Barry Manilow*, pensa-t-il avec un soudain accès de culpabilité qui le fit rougir. Mais ce n'était pas juste, il le savait fort bien. Myra aurait été tout aussi contente de garder son vieux tourne-disque, tout comme elle aurait été ravie de

114

rester dans leur petite maison de quatre pièces des Queens jusqu'à ce qu'ils fussent tous les deux vieux et grisonnants (à la vérité, il y avait déjà un peu de neige sur la tête d'Eddie Kaspbrak). Il avait acheté la luxueuse chaîne pour la même raison que celle qui l'avait poussé à acheter la grande maison en pierre de taille de Long Island, où ils tournaient souvent tous les deux en rond comme deux petits pois dans une boîte : parce qu'il en avait les moyens, et parce que c'était la seule façon qu'il connaissait d'apaiser la voix de sa mère. Douce, effrayée, souvent confuse, toujours implacable. C'était une manière de lui dire : *J'y suis arrivé, M'man! Regarde tout ça! J'y suis arrivé! Et maintenant, pour l'amour du ciel, vas-tu enfin la fermer ?*

Eddie enfonça l'inhalateur dans sa bouche et, comme quelqu'un qui simulerait un suicide, il appuya sur la détente. Un nuage ignoblement parfumé à la réglisse déploya ses volutes jusqu'au fond de sa gorge, et Eddie inspira profondément. Il sentait s'ouvrir à nouveau tous les conduits par où l'air passait ; l'étau qui écrasait sa poitrine se desserra, et il entendit soudain, dans sa tête, des voix de spectres.

N'avez-vous pas reçu mon message ?

Je l'ai eu, Mrs. Kaspbrak, mais...

Eh bien, au cas où vous ne sauriez pas lire, permettez-moi de vous rappeler ce qu'il contenait. Êtes-vous prêt ?

Mais, Mrs. Kaspbrak...

Bien. Vous avez ouvert bien grandes vos oreilles ? Bon. Mon petit Eddie ne doit pas faire d'éducation physique. Je répète. IL NE DOIT PAS faire d'éducation physique. Eddie est très délicat, et s'il court, ou s'il saute...

Mrs. Kaspbrak ! J'ai dans mon bureau les derniers résultats des examens d'Eddie — c'est obligatoire. Eddie est un peu petit pour son âge, mais absolument normal en dehors de cela. J'ai simplement appelé votre médecin de famille pour qu'il me confirme que...

Êtes-vous en train de me traiter de menteuse, Monsieur le professeur d'éducation physique ? Il est ici, regardez-le ! N'entendez-vous pas la manière dont il respire. N'ENTENDEZ-VOUS PAS ?

Maman... s'il te plaît... je vais très bien...

Eddie, ne fais pas l'idiot. Je t'ai mieux élevé que ça. N'interromps pas un adulte quand il parle.

Je l'entends très bien, Mrs. Kaspbrak, mais...

Vous l'entendez ? Bon ! Je vous ai cru sourd, un instant. Il fait autant de bruit qu'un camion qui monte une côte en première, non ? Et si ça ce n'est pas de l'asthme...

Maman, je fe...

Tais-toi, Eddie, ne me coupe pas encore la parole. Si ce n'est pas de l'asthme, alors je suis la reine Elizabeth !

Eddie a souvent l'air de beaucoup s'amuser aux cours d'éducation physique, Mrs. Kaspbrak. Il adore participer à des jeux, et il court très vite. Au cours de notre conversation, avec le Dr Baynes, le mot « psychosomatique » est apparu. Je me demandais si vous n'aviez pas envisagé la possibilité que...

Que mon fils soit cinglé ? Est-ce ce que vous essayez de me dire ? VOUS ÊTES EN TRAIN DE ME DIRE QUE MON FILS EST CINGLÉ ????

Non, mais...

Il est délicat.

Mrs. Kaspbrak...

Il est très délicat.

Mrs. Kaspbrak ! Le Dr Baynes m'a confirmé qu'il n'avait rien...

« Rien sur le plan physique », finit Eddie. Le souvenir de cet épisode humiliant (sa mère poursuivant le professeur d'éducation physique de ses vociférations, dans le gymnase de l'école élémentaire de Derry, tandis qu'il haletait et se faisait tout petit à ses côtés et que les autres enfants les observaient, rassemblés autour de l'un des paniers du terrain de basket) lui revenait pour la première fois depuis des années. Ce n'était pas le seul que le coup de fil de Mike Hanlon allait faire surgir, il ne l'ignorait pas. Il en sentait toute une ribambelle d'autres, grouillant et se bousculant

116

comme les clients d'un magasin coincés dans le goulot de l'entrée, un jour de soldes monstres. Mais bientôt le goulot serait franchi, et ils seraient en liberté, il le savait bien. Et qu'allaient-ils trouver à acheter ? Sa santé mentale ? Ça se pouvait bien. À moitié prix. Endommagée par l'eau et la fumée. Tout Doit Partir.

« Rien sur le plan physique », répéta-t-il, prenant une profonde inspiration qui le fit frissonner, tandis qu'il glissait l'inhalateur dans sa poche.

« Eddie, pleurnicha Myra, dis-moi ce qui se passe ! »

Des traces de larmes brillaient sur ses joues rebondies. Elle ne cessait de se tordre anxieusement les mains ; on aurait dit deux petits animaux roses et glabres en train de jouer. Une fois, peu de temps après l'avoir officiellement demandée en mariage, il avait pris une photo de Myra, et placé le cliché à côté d'une photo de sa mère, morte d'une crise cardiaque à soixante-quatre ans. À l'époque de son décès, elle accusait plus de cent quatre-vingts kilos sur la balance — cent quatre-vingt-trois, exactement. Elle était devenue quelque chose de quasiment monstrueux, un corps qui semblait n'être fait que de bosses et de renflements géologiques, le tout surmonté d'un visage empâté jusqu'aux yeux, exprimant un effroi perpétuel. La photo qu'il avait placée auprès de celle de Myra datait cependant de 1944, et était de deux ans antérieure à sa naissance (*Tu as été un bébé extrêmement fragile, toujours malade. Plusieurs fois nous avons craint pour tes jours*, murmura le spectre maternel dans son oreille). En 1944, sa mère était relativement svelte : elle ne pesait que quatre-vingt-deux kilos.

Il avait procédé à cette comparaison, pensait-il, dans un ultime effort pour s'interdire de commettre un inceste psychologique. Il avait regardé sa mère, puis Myra, puis de nouveau sa mère. Elles auraient pu être sœurs tant elles se ressemblaient.

Et il s'était dit, en voyant les deux images presque identiques, que jamais il ne ferait une chose aussi insensée. Il savait que les gars, au boulot, lançaient déjà des plaisanteries sur Jack l'Anchois et sa morue, et encore, ils ne connaissaient que la moitié de l'histoire. Les plaisanteries et les allusions hypocrites, il pouvait les supporter ; mais tenait-il tant que cela à être le clown de ce cirque freudien ? Non. Certainement pas. Il allait rompre avec Myra. Il le ferait en douceur, parce qu'elle était vraiment très gentille et qu'elle avait encore moins d'expérience des hommes qu'il en avait des femmes. Alors, quand elle aurait disparu à l'horizon de son existence, il pourrait enfin prendre ces leçons de tennis dont il rêvait depuis si longtemps

(Eddie a souvent l'air de s'amuser beaucoup aux cours d'éducation physique)

sans parler du club de billard dont il pouvait être membre, à l'hôtel Plaza U.N.

(Eddie adore participer à des jeux)

ni du club de santé qui s'était ouvert sur la Troisième Avenue, juste en face de son garage...

(Eddie court très vite il court très vite quand vous n'êtes pas là quand il n'y a personne dans les parages pour lui rappeler à quel point il est fragile et je lis sur son visage Mrs. Kaspbrak qu'il sait déjà même à neuf ans que le plus beau cadeau qu'il pourrait se faire serait de courir vite dans n'importe quelle direction mais vous n'allez pas le laisser faire Mrs. Kaspbrak laissez-le donc COURIR !)

Mais il s'était tout de même résigné à épouser Myra. Les vieilles habitudes et les anciennes routines avaient fini par avoir le dessus. Chez soi, c'était l'endroit où, quand on devait y aller, on se faisait enchaîner. Oh, il aurait pu venir à bout du fantôme de sa mère. Une dure épreuve, certes, mais il aurait pu en sortir vainqueur si elle s'était posée en ces termes simples. C'était Myra elle-même qui avait fait pencher la balance du mauvais côté, celui de la dépendance. Myra l'avait accablé de tant de sollicitude, de soins, de douceur... Comme sa mère, Myra avait trouvé l'ultime point faible de sa personnalité : Eddie était d'autant plus délicat qu'il soupçonnait parfois de ne pas l'être du tout ; Eddie avait besoin d'être protégé de ses propres impulsions, de ses propres audaces.

Les jours de pluie, Myra sortait ses caoutchoucs de leur plastique et les posait près du portemanteau de l'entrée. À côté de ses tartines grillées au froment sans beurre, se trouvait tous les matins une assiette contenant ce qui aurait pu apparaître à première vue comme des céréales multicolores pour enfant, et qui était en fait un inventaire complet de vitamines (lequel se retrouvait maintenant dans son fourre-tout). Comme sa mère, Myra comprenait, et ça ne lui laissait aucune chance. Célibataire, il avait quitté sa mère à trois reprises, et à trois reprises, était revenu à la maison. Puis, quatre ans après que sa mère se fut effondrée raide morte dans l'entrée de leur appartement des Queens, bloquant si parfaitement la porte palière de la masse de son corps que les types du SAMU (appelés par les voisins d'en dessous, qu'avait alertés la monstrueuse et fatale dégringolade de Mrs. Kaspbrak mère) avaient dû fracturer la porte de la cuisine donnant sur l'escalier de service, il était retourné à la maison pour une quatrième et dernière fois. C'était du moins ce qu'il avait cru — *À la maison, à la maison avec Myra la Truie.* Car Myra était une truie, mais une truie toute douce ; il l'aimait, et jamais il n'avait eu la moindre chance d'y échapper. Elle l'avait attiré à elle de son œil hypnotique reptilien, celui de la compréhension.

De nouveau à la maison, pour l'éternité, avait-il alors pensé.

Mais peut-être étais-je dans l'erreur. Peut-être n'était-ce jamais la maison. Chez moi, qui sait si ce n'est pas là où je dois me rendre cette nuit ? La maison, c'est l'endroit où, quand on y arrive, on se trouve confronté à la chose dans le noir.

Il ne put retenir un frisson, comme s'il était sorti sans mettre ses caoutchoucs et avait attrapé un rhume carabiné.

« Eddie, je t'en supplie ! »

Elle s'était remise à pleurer. Les larmes étaient son ultime système de défense, tout comme pour sa mère : l'arme molle qui paralyse, qui transforme la tendresse et la gentillesse en défauts fatals de la cuirasse.

Non qu'il eût jamais eu grand-chose en matière d'armure, les cuirasses ne lui allaient pas très bien.

Les larmes avaient été plus qu'un système de défense pour sa mère ; elle s'en était servie de manière offensive. Myra les avait rarement utilisées avec autant de cynisme... mais avec ou sans cynisme, il se rendit compte qu'elle s'efforçait de les employer en ce moment... et qu'elle y réussissait.

Impossible de la laisser faire. C'était trop facile de se mettre à imaginer sa solitude, assis dans ce train fonçant vers le nord, vers Boston, dans les ténèbres, sa valise dans le filet à bagages, son fourre-tout bourré de soi-disant remèdes à ses pieds, la peur lui écrasant la poitrine. Trop facile de laisser Myra le conduire au premier et lui faire l'amour à grand renfort d'aspirine et de frictions à l'alcool. Puis elle le mettrait au lit, où ils feraient (ou non) l'amour d'une manière plus franche.

Mais il avait promis. *Promis*.

« Écoute-moi, Myra », dit-il, prenant intentionnellement un ton sec et froid.

Elle leva vers lui ses yeux humides, à l'expression désemparée et terrifiée.

Il crut qu'il allait lui expliquer, du mieux qu'il pourrait, comment Mike Hanlon l'avait appelé pour lui dire que tout avait recommencé, et que tous les autres, pensait-il, allaient venir.

Mais il lui tint un discours beaucoup plus rationnel.

« Avant toute chose, va au bureau dès demain matin. Vois Phil. Dis-lui que je viens de prendre l'avion et que c'est toi qui conduiras Al Pacino...

— Je ne pourrais jamais, Eddie ! gémit-elle. C'est une grande vedette. Si je me perds, il va me crier après, je sais qu'il le fera, il criera, ils crient tous quand un chauffeur se perd... et... je pleurerai... je pourrais avoir un accident... je vais sûrement avoir un accident... Eddie, il faut que tu restes à la maison...

— Arrête ça, *pour l'amour du ciel* ! »

Son ton la blessa et elle eut un mouvement de recul. Eddie s'agrippait à son inhalateur, bien décidé à ne pas s'en servir. Elle y verrait un signe de faiblesse, quelque chose qu'elle pourrait retourner contre lui. *Mon Dieu, si vous existez, soyez témoin que je ne veux faire aucun mal à Myra. Je ne veux pas la frapper, je ne veux pas lui faire ne serait-ce qu'un bleu. Mais j'ai promis, nous avons tous promis, nous avons scellé notre serment dans le sang, je t'en supplie, mon Dieu, aide-moi car je dois le respecter...*

« Je te déteste quand tu cries après moi, Eddie, souffla-t-elle dans un murmure.

— Et moi, je déteste te crier après, Myra », répondit-il, ce qui la fit grimacer. *Et voilà, tu lui fais encore mal, Eddie. Pourquoi ne pas lui flanquer une bonne correction une fois pour toutes ? Ce serait probablement moins dur. Et plus rapide.*

Soudain (c'était sans doute l'idée de donner une correction qui lui avait fait penser à lui), il revit la figure de Henry Bowers. C'était la première fois qu'il pensait à Bowers depuis des années, ce qui ne lui rendit pas la paix de l'esprit, au contraire. Bien au contraire.

Il ferma brièvement les yeux, puis les rouvrit et dit : « Tu ne te perdras pas. Il ne criera pas après toi. Mr. Pacino est quelqu'un de très gentil, de très compréhensif. » Il n'avait encore jamais eu l'occasion de lui servir de chauffeur, mais il se rassurait en se disant que les statistiques jouaient en sa faveur dans ce mensonge : si d'après un mythe populaire la plupart des célébrités passent pour des emmerdeurs capricieux, il en avait suffisamment conduit pour savoir que c'était faux, la plupart du temps.

Il y avait certes des exceptions — et celles-ci, en revanche, confinaient parfois à la monstruosité. Il priait avec ferveur pour que Mr. Pacino n'en fît pas partie.

« C'est vrai ? demanda-t-elle timidement.

— Oui, c'est vrai.

— Comment le sais-tu ?

— Demetrios l'a conduit deux ou trois fois, quand il était à Manhattan Limousine, répondit Eddie avec aplomb. Il a dit que Mr. Pacino laissait toujours cinquante dollars de pourboire.

— Qu'il me laisse cinquante cents, ça m'est égal, pourvu qu'il ne me crie pas après.

— Mais c'est aussi enfantin que deux et deux font quatre, Myra. Tu le prends demain soir à sept heures au Saint Regis, tu le conduis à l'immeuble ABC ; ils sont en train de répéter le dernier acte de cette pièce dans laquelle il joue — *American Buffalo*, je crois. Tu le ramènes au Saint Regis vers onze heures, puis tu retournes au garage, tu ranges la voiture et tu signes la feuille verte.

— C'est tout ?

— Oui, c'est tout. Tu peux faire ça les deux doigts dans le nez, Marty. »

En général, elle riait quand il déformait ainsi son nom, mais cette fois-ci, elle se contenta de le regarder avec une douloureuse et enfantine expression solennelle.

« Et s'il veut aller dîner quelque part au lieu de rentrer à son hôtel ? Ou aller prendre un verre ? Ou dans une boîte ?

— Je ne crois pas qu'il te le demandera, mais si oui, tu l'amènes. S'il t'a l'air parti pour une virée de toute la nuit, passé minuit, tu appelles Phil Thomas par radio-téléphone. À ce moment-là, il aura un chauffeur de libre pour te remplacer. Je ne t'aurais jamais collé ce truc-là sur le dos si j'avais eu quelqu'un de disponible, mais deux de mes types sont malades, Demetrios est en vacances et tous les autres sont de service. Tu seras bien au chaud dans ton lit à une heure du matin, Marty — une heure du matin au plus tard. Je te le garantis absolument. »

Il s'éclaircit la gorge et s'inclina en avant, coudes aux genoux. Instantanément, le spectre maternel se mit à murmurer : *Ne t'assois pas comme ça, Eddie. C'est une mauvaise attitude, et elle est nuisible pour tes poumons. Tu as des poumons très délicats.*

Il se redressa, à peine conscient de ce qu'il faisait.

« J'espère bien que ce sera la dernière fois que j'aurai à conduire, dit-elle, geignarde. Je suis devenue tellement empotée, depuis deux ans... et mes uniformes qui me boudinent !

— C'est la dernière fois, je te le promets.

— Qui t'a appelé, Eddie ? »

Avec à-propos, un faisceau lumineux vint balayer les murs, et le taxi donna un coup de klaxon après avoir fait demi-tour dans l'allée du garage. Il se sentit soulagé. Ils avaient passé les quinze minutes à parler de Pacino au lieu de Derry, de Mike Hanlon et de Henry Bowers. C'était l'essentiel. Pour Myra comme pour lui-même. Il ne voulait pas consacrer une seule minute de son temps à s'occuper de ces choses, à en parler ou à y penser.

Eddie se leva. « C'est mon taxi. »

Elle se mit debout avec tant de précipitation qu'elle se prit le pied dans sa chemise de nuit et tomba en avant. Eddie la rattrapa, mais pendant quelques instants, l'issue fut incertaine, du fait de leurs quarante kilos de différence.

Elle se mit de nouveau à larmoyer.

« Eddie, tu dois absolument me le dire !

— Je ne peux pas. Je n'ai pas le temps.

— Tu ne m'as jamais rien caché jusqu'ici, Eddie.

— Je ne te cache toujours rien. Pas vraiment. Je ne me souviens pas de tout. Pas encore, du moins. L'homme qui m'a appelé, c'était — c'est un vieil ami. Il...

— Tu vas tomber malade, le coupa-t-elle, au désespoir, le suivant tandis qu'il se dirigeait de nouveau vers l'entrée. Ça ne va pas rater. Laisse-moi t'accompagner, Eddie, je t'en prie. Je m'occuperai de toi. Pacino n'aura qu'à prendre un taxi, comme tout le monde, ça ne va pas le tuer, non ? Alors, d'accord ? »

Sa voix se faisait de plus en plus perçante, frénétique, et sous les yeux horrifiés d'Eddie, elle se mit à ressembler de plus en plus à sa mère, telle que celle-ci était au cours des mois qui avaient précédé sa mort : vieille, obèse et cinglée. « Je te frotterai le dos et te ferai prendre tes pilules... Je... Je t'aiderai... Je ne dirai rien si tu ne veux pas que je parle, mais tu peux tout me raconter... Eddie... *Eddie, je t'en supplie, ne pars pas ! Eddie, je t'en supplie ! T'en supplie !* »

Il traversait maintenant la vaste entrée à grandes enjambées, tête baissée, à l'aveuglette, comme un homme qui avance contre le vent. Sa respiration était de nouveau sifflante. Lorsqu'il souleva ses bagages, il eut l'impression qu'ils pesaient chacun cinquante kilos. Il sentit ses mains grasses et roses se poser sur lui, le toucher, l'explorer, s'accrocher à lui pleines d'un désir impuissant, sans force réelle, tandis qu'elle essayait de l'attendrir par ses larmes d'inquiétude.

Je ne vais jamais y arriver ! pensa-t-il, au désespoir. Son asthme s'emballait, devenait pire que lorsqu'il était enfant. Il tendit la main vers la poignée de porte, qui avait l'air de s'éloigner dans les ténèbres de l'espace extérieur.

« Si tu restes, je te ferai un gâteau au café et à la crème aigre, balbutia-t-elle. On mangera du pop-corn... Je te ferai ma recette de dinde, celle que tu aimes tant... pour le petit déjeuner demain, si tu veux... je vais m'y mettre tout de suite... avec une sauce aux abattis... *Eddie, je t'en supplie, j'ai peur, tu me fais affreusement peur !* »

Elle le saisit par le col et le tira en arrière, comme un costaud de flic empoignerait un individu louche tentant de filer. Dans un ultime effort, Eddie continua d'avancer... et lorsqu'il eut épuisé ses toutes dernières ressources, il sentit sa prise se relâcher.

Elle poussa un gémissement final.

Ses doigts se refermèrent sur la poignée — comme elle était merveilleusement froide ! Il ouvrit la porte et vit le taxi avec sa bande latérale en damier qui l'attendait, ambassadeur du pays des sains d'esprit. La nuit était claire, les étoiles scintillaient.

Il se retourna vers Myra, la respiration sifflante. « Il faut que tu comprennes que c'est quelque chose que je n'ai aucune envie de faire, dit-il. Si j'avais le choix, le moindre choix, je n'irais pas. Je t'en prie, essaie de comprendre cela, Myra. Je m'en vais, mais je reviendrai. »

(Voilà qui sentait le mensonge.)

« Quand ? Dans combien de temps ?

— Une semaine ; peut-être dix jours. Mais sûrement pas davantage.

— Une semaine ! s'exclama-t-elle, étreignant sa poitrine comme une diva dans un mauvais opéra. Une semaine, dix jours ! Je t'en supplie, Eddie, je t'en supplie !!!

— Arrête ça, Marty, veux-tu ? Arrête ça ! »

À son grand étonnement, elle se tut, et resta là à le regarder, les yeux rouges et larmoyants, pas en colère contre lui, simplement terrifiée pour lui et, incidemment, pour elle. Et peut-être pour la première fois depuis qu'il la connaissait, il sentit qu'il pouvait l'aimer en toute sécurité. Cela faisait-il partie du fait de s'éloigner ? Il lui sembla. Non : il en était sûr. Il avait déjà l'impression d'être à l'autre bout d'un télescope.

C'était peut-être très bien ainsi. Que voulait-il dire ? Qu'il venait finalement de décider que c'était très bien de l'aimer ? Même si elle ressemblait à sa mère quand sa mère était plus jeune et même si elle mangeait des biscuits au lit en regardant des séries télévisées débiles (les miettes allaient toujours de son côté), même si elle n'était pas très intelligente, même si elle comprenait et lui pardonnait ses remèdes, dans l'armoire à pharmacie, parce qu'elle planquait les siens dans le frigo ?

À moins que...

Ou alors...

D'une manière ou d'une autre, il avait déjà envisagé toutes ces hypothèses, à un moment ou un autre, au cours de leur existence étrangement appareillée, où il était fils, amant et époux ; maintenant, sur le point de quitter la maison pour la dernière fois (c'était une certitude), une nouvelle possibilité lui venait à l'esprit et une stupéfaction émerveillée l'envahit, comme l'aurait caressé l'aile d'un oiseau géant.

Se pouvait-il que Myra ait encore plus peur que lui ?

Se pouvait-il que sa mère eût eu encore plus peur que lui ?

Un autre souvenir de Derry jaillit de son subconscient, comme une fusée de mauvais augure. Il y avait autrefois, sur l'artère principale du centre-ville, à Derry, un magasin de chaussures : le Shoeboat. Sa mère l'y avait amené un jour (il ne devait pas avoir plus de cinq ou six ans, estima-t-il), et lui avait dit de s'asseoir et de rester tranquille tandis qu'elle se choisissait une paire de souliers blancs pour un mariage. Il était donc resté bien sage pendant un certain temps, tandis que sa mère parlait avec Mr. Gardener, l'un des vendeurs ; mais il n'avait que cinq (ou six) ans, et après que sa mère eut refusé la troisième paire que lui faisait essayer Mr. Gardener, Eddie, qui commençait à s'ennuyer, était allé à l'autre bout du magasin examiner un objet qui se trouvait là. Il avait tout d'abord pensé qu'il s'agissait simplement d'une caisse posée à l'envers ; une fois plus près, il pencha pour une sorte de bureau. Le plus bizarre qu'il eût jamais vu : il était tellement étroit ! Il était en bois poli et brillant, avec toutes sortes de lignes gravées dessus et de minuscules sculptures. Il y avait également trois petites marches — et il n'avait jamais vu de bureau avec des marches. Une fois tout près, il découvrit qu'il y avait une rainure en bas de l'objet, un bouton sur un côté et au-dessus — merveilleux ! — quelque chose qui avait tout à fait l'air du Spacescope du Captain Video.

Eddie avait fait le tour de l'appareil ; sans doute devait-il avoir six ans, car il avait été capable de lire l'inscription qui s'y trouvait, articulant chaque mot à voix basse :

VOS CHAUSSURES VOUS VONT-ELLES BIEN ?
VÉRIFIEZ VOUS-MÊME !

Il retourna de l'autre côté, monta les trois marches jusqu'à la petite plate-forme, et plaça un pied dans la rainure de l'appareil. Ses chaussures lui allaient-elles bien ? Eddie ne savait pas, mais il mourait d'envie de vérifier lui-même. Il plaça la tête dans la protection de caoutchouc et appuya sur le bouton. Un flot de lumière verte l'assaillit ; il voyait un pied, flottant à l'intérieur d'une chaussure remplie de fumée verte. Il agita les orteils, et ses orteils qu'il voyait s'agitèrent instantanément, comme il s'y attendait. Puis il se rendit compte qu'il ne voyait pas seulement ses orteils, mais également ses os ! Les os de son pied ! Il fit passer le gros orteil par-dessus le suivant, et les os sur l'écran formèrent un X affreux qui n'était pas blanc, mais d'un vert diabolique. Il voyait...

C'est à ce moment-là que sa mère cria — un cri de panique qui fit voler en éclats l'ambiance paisible du magasin comme une sirène de pompier. Il sursauta, et retira vivement son visage, effrayé, de l'appareil ; il vit alors sa mère qui fonçait sur lui à travers le magasin, sans chaussures, sa robe volant derrière elle. Elle renversa une chaise, et l'un de ces appareils à mesurer la pointure alla valser dans un coin. Sa poitrine se soulevait, agitée. Sa bouche dessinait un O écarlate d'horreur. Des têtes se tournaient pour la regarder.

« Sors de là, Eddie ! hurla-t-elle. On attrape le cancer, avec ces machines ! Sors de là ! Eddie ! Eddiiiiiie ! »

Il battit précipitamment en retraite comme si la machine était devenue brusquement brûlante. Mais dans sa panique, il oublia les trois marches qui étaient derrière lui. Ses talons manquèrent la première, et il commença à tomber lentement, tandis que ses bras s'agitaient de moulinets désordonnés dans un combat perdu d'avance pour garder l'équilibre. N'avait-il donc pas pensé, avec une sorte de joie malsaine : *Je vais tomber ! Je vais enfin savoir l'effet que ça fait de tomber et de se cogner la tête. Ça va être chouette !...* ? Ne se l'était-il pas dit ? Ou n'était-ce pas plutôt l'adulte qui imposait les interprétations qui lui convenaient sur ce qu'avait été son esprit d'enfant, où grondaient en permanence des conjectures confuses et des images à demi perçues (images qui perdaient leur sens du fait, précisément, de leur éclat) ?

La question, de toute façon, restait académique : il n'était pas tombé. Maman était arrivée à temps. Il avait éclaté en larmes, mais il n'était pas tombé.

Dans le magasin, tout le monde les regardait. De cela, il se souvenait. Il revoyait Mr. Gardener ramassant l'appareil à mesurer les pointures (non sans vérifier le bon fonctionnement de la glissière), tandis qu'un autre employé relevait la chaise renversée avec un geste de dégoût amusé, avant de reprendre bien vite son expression habituelle de neutralité bienveillante. Mais surtout, il se souvenait de la joue humide de sa mère, de son haleine brûlante et aigre. Il se souvenait de l'avoir entendue répéter à n'en plus finir à son oreille, dans un murmure : « Ne me refais jamais ça, tu entends ? Jamais ! Ne me refais jamais ça, jamais. » Telles étaient les litanies de sa mère pour conjurer les ennuis. Elle les avait ressassées l'année précédente, lorsqu'elle avait découvert que la baby-sitter, par une étouffante journée d'été, avait trouvé bon d'amener Eddie à la piscine municipale de Derry — c'était l'époque où la grande peur de la polio qui avait secoué les années 50 commençait à s'atténuer. Elle l'avait repêché dans la piscine, lui disant qu'il ne fallait jamais, jamais faire ça ; et tous les autres gosses les avaient regardés, comme les employés et les clients du magasin ce jour-là, et son haleine avait eu cette même pointe d'aigreur.

Elle avait quitté le Shoeboat, Eddie à sa remorque, en criant à l'adresse des employés qu'elle les reverrait tous au tribunal si son fils avait la moindre chose. Terrifié, Eddie avait pleuré pendant toute la matinée, et il fut pris d'une crise d'asthme comme jamais il n'en avait eu. Il était resté allongé sans dormir pendant une bonne partie de la nuit suivante, se demandant ce qu'était exactement le cancer, si c'était pire que la polio, si on en mourait, et si ça faisait très mal avant. Il se demandait aussi s'il n'irait pas en enfer ensuite.

Il venait de courir un grand danger, il le savait très bien.

Elle avait eu tellement peur ! C'est comme ça qu'il le savait.

Tellement peur.

« Marty, dit-il par-dessus le gouffre des années, tu ne m'embrasses pas ? »

Elle l'embrassa, le serrant tellement fort que dans son dos des os craquèrent. *Si nous étions dans l'eau, elle nous noierait tous les deux*, se dit-il.

« N'aie pas peur, lui murmura-t-il à l'oreille.

— Je ne peux pas m'en empêcher, gémit-elle.

— Je sais. » Il se rendit alors compte que son asthme s'était atténué pendant qu'elle lui broyait les côtes. Le sifflement avait disparu de sa respiration. « Je sais, Marty. »

Le chauffeur de taxi donna un nouveau coup d'avertisseur.

« Tu m'appelleras ? demanda-t-elle, des sanglots dans la voix.

— Si je peux.

— Eddie, ne peux-tu vraiment pas me dire de quoi il s'agit ? »

Mais s'il le faisait, cela la tranquilliserait-il ?

J'ai reçu un coup de téléphone de Mike Hanlon ce soir, Marty, et nous avons discuté pendant un moment, mais tout ce qu'il m'a dit se réduit à deux choses : « Ça a

129

recommencé », et : « *Viendras-tu ?* », *deux phrases qu'il m'a dites. Et maintenant je suis pris de fièvre, Marty, sauf que c'est une fièvre contre laquelle ton aspirine ne peut rien, et j'étouffe, j'étouffe, mais mon foutu inhalateur ne pourra rien y faire, car cet étouffement n'est pas dans mes poumons ou dans ma gorge mais autour de mon cœur. Je reviendrai si je peux, Marty, mais je me sens comme un homme à l'entrée d'un vieux puits de mine où l'attendent toutes sortes de pièges et de chausse-trapes, qui fait ses adieux à la lumière du jour.*

Ah oui ! Et comment, ça la calmerait !

« Non, répondit-il. Je ne crois pas pouvoir te le dire. »

Et avant qu'elle ait pu répliquer quelque chose (*Eddie, descends de ce taxi ! On y attrape le cancer !*), il s'éloigna d'elle à grands pas, de plus en plus vite. Il courait presque en arrivant à la hauteur du véhicule.

Elle se tenait toujours dans l'encadrement de la porte quand le taxi s'engagea dans la rue, toujours là quand il prit la direction de la ville — une grosse silhouette noire de femme se découpant sur le fond de l'entrée éclairée. Il agita une main, et eut l'impression qu'elle répondait à son geste.

« Et où allons-nous exactement ce soir, mon ami ? demanda le chauffeur de taxi.

— Penn Station », répondit Eddie dont la main qui agrippait l'inhalateur se détendit. Son asthme s'était replié vers le refuge inconnu où il mijotait entre deux assauts sur ses bronches. Il se sentait... presque bien.

Mais il eut plus que jamais besoin de l'inhalateur, quatre heures plus tard, brusquement tiré d'un léger assoupissement par un violent tressaillement qui provoqua un regard de curiosité légèrement inquiet de la part du type en tenue d'homme d'affaires, assis en face de lui, un journal à la main.

Me v'là de retour, Eddie ! s'écria joyeusement l'asthme. *Me v'là de retour, et cette fois, hé ! j'vais peut-être te tuer. Pourquoi pas ? Faudra bien, un jour ou l'autre, non ? Vais pas éternellement lanterner avec toi !*

Eddie sentait sa poitrine se tendre et se contracter. Il chercha son inhalateur à tâtons, le trouva, l'enfonça dans sa bouche et appuya sur la détente. Puis il s'enfonça de nouveau dans le haut siège du compartiment, frissonnant, dans l'attente du soulagement, tout occupé du rêve qui venait de le réveiller. Un rêve ? Seigneur, si ce n'était que cela ! Il redoutait que ce fût plus un souvenir qu'un rêve. Il y avait une lumière verte comme dans la machine à rayons X du marchand de chaussures, et un lépreux tout pourrissant y poursuivait un garçonnet hurlant du nom d'Eddie Kaspbrak, dans des tunnels souterrains. Il avait couru, couru

(Il court très vite avait dit le prof de gym à sa mère et pour courir vite il courait vite avec cette chose en décomposition à ses trousses oh vous pouvez le croire un peu mon neveu)

dans ce rêve où il avait onze ans, puis il avait été frappé par une odeur qui était comme la mort du temps, quelqu'un avait enflammé une allumette, il avait baissé les yeux et il avait vu le visage en putréfaction d'un garçon du nom de Patrick Hockstetter, un garçon disparu en juillet 1958 ; des asticots sortaient de ses joues, cette épouvantable odeur de gaz provenait de l'intérieur du cadavre — et dans ce rêve, souvenir plutôt que rêve, il avait aperçu, sur le côté, deux livres de classe gonflés d'humidité et couverts d'une moisissure verte : *Roads to Everywhere*, et *Understanding Our America*. Ils étaient dans cet état à cause de la nauséabonde humidité qui régnait ici (« Comment se sont passées mes vacances », une rédaction de Patrick Hockstetter : « Je les ai passées mort dans un tunnel ! De la mousse a poussé sur mes livres qui sont devenus gros comme des Bottin ! »). Eddie avait ouvert la bouche pour hurler et c'est au moment où les doigts rugueux du lépreux, rampant sur ses joues, s'étaient glissés entre ses lèvres qu'il s'était réveillé d'un violent sursaut pour se retrouver non point dans les égouts en dessous de Derry, Maine, mais dans une voiture-salon de l'Amtrak, près de la tête d'un train qui filait à travers Rhode Island sous une énorme lune blanche.

L'homme en face de lui hésita, se demanda s'il devait parler, et dit finalement : « Tout va bien, monsieur ?

— Oh oui, répondit Eddie. Je me suis endormi et j'ai fait un mauvais rêve ; et j'ai un peu d'asthme.

— Je vois. » L'homme reprit son journal et Eddie constata qu'il s'agissait de celui que sa mère surnommait parfois le *Jew York Times*.

À travers la fenêtre, s'étendait un paysage assoupi que n'éclairait que la lumière féerique de la lune. Ici et là s'élevaient des maisons, la plupart plongées dans l'obscurité, quelques-unes avec des lumières. Mais ces lumières paraissaient minuscules, de simples simulacres, comparées à la phosphorescence spectrale de la lune.

Il croyait que la lune lui parlait, se rappela-t-il soudain. *Henry Bowers. Dieu, qu'il était cinglé !* Il se demanda ce que Henry Bowers était devenu. Mort ? En prison ? À la dérive dans les plaines désertes du centre du pays, tel un virus incurable, attaquant n'importe qui aux petites heures de la nuit et tuant peut-être les gens assez stupides pour ralentir à son pouce levé afin de transférer les dollars de leur portefeuille dans le sien ?

Possible, possible.

Dans un asile de l'État, quelque part ? En train de contempler la lune, qui allait être bientôt pleine ? Lui parlant, écoutant des réponses qu'il était seul à entendre ?

Eddie estima cela encore plus vraisemblable. Il frissonna. *Les souvenirs de mon enfance commencent à me revenir. Voilà que je me rappelle comment se sont passées les vacances de cette obscure année morte de 1958.* Il sentait qu'il pouvait évoquer presque n'importe quelle scène de cet été-là s'il le voulait, mais il ne le voulait pas. *Oh, Dieu, si seulement je pouvais de nouveau tout oublier.*

132

Il inclina la tête contre la vitre sale de la fenêtre, tenant son inhalateur à la main comme on tiendrait un objet pieux, les yeux perdus sur la nuit dans laquelle s'enfonçait le train.

Vers le nord, se dit-il, mais c'était faux.

Il n'allait pas vers le nord ; il n'était pas dans un train mais dans une machine à remonter le temps. Il revenait en arrière, en arrière dans le temps.

Il crut entendre la lune grommeler.

Eddie Kaspbrak replia la main sur son inhalateur et ferma les yeux sur l'accès de vertige qui le saisissait.

5

Beverly Rogan prend une raclée

Tom était sur le point de s'endormir lorsque le téléphone sonna. Il se redressa maladroitement dans sa direction, mais sentit alors les seins de Beverly s'écraser sur son épaule, tandis qu'elle passait par-dessus lui pour attraper le récepteur. Il se laissa retomber sur son oreiller, se demandant vaguement qui pouvait bien appeler à une telle heure de la nuit, alors que leur numéro ne figurait pas dans l'annuaire. Il entendit Beverly dire « Salut ! » avant de couler de nouveau dans le sommeil. Il s'était envoyé près de trois packs — trois packs de six bières — pendant la retransmission du base-ball, et il était un peu dans les vapes.

Puis la voix de Beverly, aiguë et étrange, vint lui vriller les oreilles comme un pic à glace et il ouvrit de nouveau les yeux. Il essaya de s'asseoir, mais le cordon du téléphone s'enfonça dans son cou épais.

« Sors-moi ce truc de merde de là, Beverly », grogna-t-il. La jeune femme se leva vivement et fit le tour du lit, soulevant en même temps le fil du téléphone. Elle avait une chevelure d'un roux profond, qui tombait en cascade sur sa chemise de nuit, en ondulations naturelles, presque jusqu'à sa taille. Une chevelure de pute. Ses yeux ne vinrent pas effleurer le visage de Tom Rogan pour deviner l'humeur dans laquelle il se trouvait, et Tom Rogan n'aima pas ça. Il s'assit. Sa tête commençait à lui faire mal. Et merde, elle devait déjà lui faire mal avant, mais quand on dort, on ne s'en rend pas compte.

Il se rendit dans la salle de bains, urina pendant ce qui lui parut trois heures et décida, puisqu'il était debout, d'aller s'ouvrir une autre bière pour lutter, à sa manière, contre la menace de mal de tête.

Repassant par la chambre pour gagner l'escalier, avec son caleçon qui pendait comme des voiles d'en dessous une considérable bedaine, ses bras comme des dalles (il ressemblait davantage à un castagneur des quais qu'au président-directeur général de Beverly Fashions), il jeta par-dessus son épaule, d'un ton furieux : « Si c'est cet abruti de Lesley, dis-lui d'aller engueuler un mannequin et de nous laisser dormir ! »

Beverly lui jeta un bref coup d'œil, secoua la tête pour lui indiquer que ce n'était pas Lesley, et baissa les yeux sur le téléphone. Tom sentit se tendre les muscles de sa nuque. Voilà qui ressemblait à un congédiement. Renvoyé par la marquise. La marquise de Mesdeux. Ça commençait à avoir l'air de prendre une tournure de scène. Beverly avait peut-être besoin de se faire rafraî- chir la mémoire au sujet de qui menait la baraque, ici. C'était bien possible. Ça lui arrivait. Elle apprenait lentement.

Il descendit l'escalier et traversa le hall d'un pas traînant jusqu'à la cuisine, dégageant sans y penser le fond du caleçon qu'il avait coincé dans la raie des fesses, et ouvrit le réfrigérateur. Sous sa main, il ne trouva rien de plus alcoolisé qu'un reste de nouilles dans un Tupperware bleu. Il ne restait plus une seule bière. Même celle qu'il gardait en réserve à l'arrière (tout comme il conservait un billet de vingt dollars plié dans son permis de conduire en cas d'urgence) avait disparu. La partie s'était prolongée sur quatorze reprises, et tout ça pour rien. Les White Sox avaient perdu. Quelle bande de tarés, cette année !

Ses yeux flottèrent jusqu'aux bouteilles au contenu plus corsé, sur l'étagère vitrée qui surplombait le bar de la cuisine, et il s'imagina un instant en train de faire tomber une giclée de Beam sur un glaçon. Puis il retourna vers l'escalier, sachant que c'était aller audevant d'ennuis encore plus sérieux que ceux qu'il connaissait pour l'instant. Il jeta en passant dans le hall un coup d'œil à l'antique pendule à balancier, au pied de l'escalier, et vit qu'il était minuit passé. Cette information n'améliora pas son humeur qui de toute façon n'était jamais bonne, même dans les meilleurs moments.

Il monta l'escalier avec une lenteur délibérée, conscient — trop conscient — des battements amplifiés de son cœur. Ka-boum, ka-dam, ka-boum, ka-dam. D'entendre son cœur battre à ses oreilles et le sentir pulser à ses poignets le rendait nerveux. Parfois, lorsque ça lui arrivait, il se l'imaginait non pas comme une pompe à compression dépression, mais comme un gros cadran, sur le côté gauche de sa poitrine, dont l'aiguille effleurait de manière inquiétante la zone rouge. Elle lui déplaisait, cette connerie. Il n'en avait pas besoin, de cette connerie. Ce dont il avait besoin, c'était d'une bonne nuit de sommeil.

Mais l'espèce de connasse à laquelle il était marié se trouvait encore au téléphone.

« Je comprends ça, Mike... oui... oui. Moi aussi... Je sais... mais... »

Un silence plus long.

« Bill Denbrough ! » s'exclama-t-elle. Une fois de plus, la voix aiguë lui vrilla les tympans.

Il resta à l'extérieur de la chambre, le temps de reprendre sa respiration. Maintenant, c'était de nouveau ka-dam, ka-dam, ka-dam. Les coups de boutoir avaient cessé. Il imagina fugitivement l'aiguille qui s'éloignait du rouge et chassa cette image. Un mec, c'était ce qu'il était, et un sacré mec, nom de Dieu, pas une chaudière avec un thermostat. Il était en grande forme. En béton. Et s'il fallait le lui répéter, il serait ravi de s'en charger.

Il faillit entrer, mais se retint et resta un peu plus longtemps là où il se tenait, à l'écoute non pas de ce qu'elle disait en cherchant à savoir à qui elle parlait, mais de sa voix et de ses changements de ton. Et ce qui montait en lui était sa vieille et sinistre rage familière.

Il l'avait rencontrée dans un bar à célibataires du centre de Chicago quatre années auparavant. Ils n'avaient pas eu de difficultés à trouver un sujet de conversation, car ils travaillaient tous les deux dans l'immeuble Standard Brands, et avaient des connaissances communes. Tom travaillait pour une boîte de relations publiques, King & Landry, au quarante-deuxième ; Beverly Marsh, comme elle s'appelait alors, était modéliste assistante dans un atelier de mode, Delia Fashions, au douzième. Delia, qui devait connaître par la suite une certaine vogue dans le Middle West, s'adressait à une clientèle de jeunes. Chemises, blouses, châles et pantalons Delia se vendaient avant tout dans ce que Delia Castleman appelait les « boutiques pour les moins de vingt-cinq ans », rebaptisées « boutiques à camés » par Tom Rogan. Ce dernier comprit presque tout de suite deux choses fondamentales à propos de Beverly Marsh : elle était désirable, elle était vulnérable. En moins d'un mois, il en avait appris une troisième : elle avait du talent. Beaucoup de talent. Dans les dessins de ses petites robes et de ses blouses, il subodora une machine à fric d'un potentiel presque terrifiant.

Pas dans les boutiques à camés, avait-il alors pensé, en se gardant bien de le lui dire pour le moment. *Terminées les lumières tamisées, finies les remises phénoménales, à la poubelle les présentations merdeuses au fond du magasin à côté des bidules à se shooter et des T-shirts frappés au nom de groupes rock. Laissons ces conneries aux gagne-petit.*

Il en savait déjà énormément sur elle avant même

qu'elle ne se rende compte qu'il s'intéressait sérieusement à elle ; et c'était exactement ce que voulait Tom. Il avait passé sa vie à chercher quelqu'un comme Beverly Marsh, et il se déplaça à la vitesse d'un lion qui bondit sur une antilope. Non que sa vulnérabilité fût spécialement apparente. Beverly était une femme superbe, mince, avec tout ce qu'il fallait là où il fallait. Les hanches un peu étroites, peut-être, mais elle avait des fesses magnifiques et les plus beaux nénés qu'il eût jamais vus. Tom Rogan était un fétichiste des seins, depuis toujours, et il trouvait la plupart du temps décevants les nichons des femmes grandes. Elles portaient des chemises légères, et les pointes apparentes sous l'étoffe vous rendaient fous, mais une fois la chemise enlevée, on ne voyait plus que ça, des mamelons. Les seins eux-mêmes avaient l'air de boutons de tiroir. « Pas de quoi se remplir la pogne », aimait à dire son compagnon de chambrée au collège.

Oh, elle ne manquait pas d'allure, sans aucun doute, avec ce corps sculptural et ces superbes cheveux roux. Mais elle avait un point faible. Quelque part. Comme si elle envoyait des signaux qu'il était seul à pouvoir capter. Il était possible de remarquer certaines choses : sa façon nerveuse de fumer (mais il avait presque fini par en venir à bout) ; ses yeux incapables de s'immobiliser, n'osant jamais se poser sur ceux de son interlocuteur, quel qu'il fût, se dérobant aussitôt le contact établi ; son habitude de se frotter légèrement le coude quand elle était mal à l'aise ; l'aspect de ses ongles qui, s'ils étaient impeccables, étaient coupés sauvagement court. Tom avait remarqué ce détail lors de leur première rencontre. Elle avait pris son verre de vin blanc, et il avait pensé en voyant ses ongles : *Elle les garde courts comme ça parce qu'elle se les bouffe.*

Les lions ne pensent peut-être pas, en tout cas pas de la même manière que les êtres humains. Mais ils voient. Et quand des antilopes fuient le trou d'eau, alertées par l'âcre odeur de poussière de la mort qui approche, un félin sait observer celle qui traîne un peu à l'arrière du troupeau, soit qu'elle ait une patte abîmée, soit qu'elle soit naturellement plus lente — soit encore que son sens du danger soit moins développé. Et il est même possible que certaines antilopes (et certaines femmes) aient le désir secret d'être abattues.

Il entendit soudain un bruit qui l'arracha brutalement à ces souvenirs : le claquement d'un briquet.

Sa mauvaise rage l'envahit de nouveau. Une vague de chaleur, qui n'était pas entièrement désagréable, irradia de son estomac. Elle fumait. Elle avait eu droit à quelques-uns des séminaires spéciaux de Tom Rogan sur la question. Et voilà qu'elle recommençait. Elle apprenait lentement, soit, mais c'est avec les élèves lents que l'on voit les bons profs.

« Oui, disait-elle maintenant. Ouais, ouais. Très bien. D'accord... » Elle écouta un instant, et émit un rire étrange et haché qu'il ne lui connaissait pas. « Deux choses, puisque tu me le demandes. Réserve-moi une chambre et prie pour moi. Oui, d'accord... moi aussi. Bonne nuit. »

Elle raccrochait quand il rentra. Il avait eu l'intention de faire fort, de lui crier d'écraser ça, d'écraser ça tout de suite, TOUT DE SUITE ! mais les mots s'étranglèrent dans sa gorge quand il la vit. Elle s'était déjà trouvée par trois fois dans cet état : une fois avant leur première grande présentation de collection, une fois avant leur premier défilé en avant-première pour les acheteurs internationaux, et une fois encore lors de leur voyage à New York pour la remise du Prix international de la Mode.

Elle se déplaçait à grands pas dans la chambre. Sa chemise de nuit brodée blanche lui collait au corps, et elle tenait sa cigarette entre les dents (Dieu qu'il avait horreur de la voir avec un mégot au bec !), laissant échapper un ruban de fumée par-dessus son épaule, comme une cheminée de locomotive.

Mais c'est son visage qui lui cloua le bec, qui étouffa dans sa gorge les vociférations prévues. Son cœur fit une embardée — ka-BANG ! — et il grimaça, se disant qu'il ressentait non pas de la peur mais de la surprise à la voir ainsi.

Beverly était une femme qui ne s'animait vraiment que lorsque sa cadence de travail atteignait un rythme effréné. Toutes les occasions dont il se souvenait avaient un rapport avec sa carrière ; il avait alors découvert une autre femme que celle qu'il connaissait si bien — une femme qui brouillait de décharges sauvages d'électricité statique son radar à détecter la peur. La femme qui apparaissait dans les périodes de grande tension était forte mais hyper-tendue, impavide mais imprévisible.

Ses joues maintenant étaient en feu, une rougeur naturelle qui avait envahi le haut de ses pommettes. Elle avait l'œil grand ouvert et pétillant, dont toute trace de sommeil avait disparu. Sa chevelure ondoyait. Et... oh, regardez-moi ça, les mecs ! Mais regardez donc moi ça ! N'est-elle pas en train de sortir une valise du placard ? Une valise ? Nom de Dieu, oui !

Réserve-moi une chambre... et prie pour moi.

Eh bien, elle n'allait pas avoir besoin de la moindre chambre d'hôtel, du moins pas dans un avenir prévisible, parce que Mrs. Beverly Rogan allait rester bien sagement à la maison, merci beaucoup, et manger debout dans un coin pendant les trois ou quatre prochains jours.

En revanche, elle aurait peut-être besoin d'une ou deux prières avant qu'il en ait fini avec elle.

Elle jeta la valise au pied du lit, puis se dirigea vers sa commode. Dans le tiroir du haut, elle prit deux paires de jeans et un pantalon de velours. Les lança dans la valise, revint à la commode, toujours suivie du ruban de fumée. Elle en sortit un chandail, deux T-shirts, l'une de ses vieilles blouses Ship'nShore dans lesquelles elle avait l'air si ridicule mais qu'elle refusait de jeter. Celui qui l'avait appelé n'était pas du grand monde. Le style week-end à la campagne en petit comité.

Oh, il se fichait pas mal de l'identité de son correspondant et de l'endroit où elle devait se rendre, puisque de toute façon, elle n'irait nulle part. Ce n'était pas ça qui lui tarabustait obstinément le crâne, rendu douloureux par l'abus de bière et le manque de sommeil.

C'était la cigarette.

Elle était censée ne plus en avoir une seule. Mais elle lui avait menti — elle tenait la preuve entre les dents. Et comme elle n'avait toujours pas remarqué qu'il se trouvait sur le seuil, il s'offrit le plaisir d'évoquer les deux nuits au cours desquelles il l'avait soumise entièrement à son contrôle.

Je ne veux plus te voir fumer dans mon secteur, lui avait-il déclaré alors qu'ils revenaient à la maison après une soirée à Lake Forest. C'était un mois d'octobre. *Je suis déjà obligé de m'étouffer avec cette saloperie dans les soirées et au bureau, je ne veux pas en faire autant avec toi. Tu sais l'effet que ça fait ? Je vais te dire la vérité. C'est désagréable, mais c'est la vérité. C'est comme s'il fallait bouffer la morve de quelqu'un.*

Il s'était attendu à un minimum de protestations, mais elle s'était contentée de le regarder avec son expression de chien battu qui veut faire plaisir à son maître. Sa réponse, timide, faite à voix basse, avait été : *Entendu, Tom.*

On n'y reviendra pas ?

Non, Tom.

Et ils n'y étaient pas revenus. Tom avait été de bonne humeur pour tout le reste de la soirée.

Quelques semaines plus tard, à la sortie d'un cinéma, elle avait machinalement allumé une cigarette dans le hall et tiré dessus en allant jusqu'au parking. C'était par une nuit glaciale de novembre, avec un vent dément qui s'acharnait sur le moindre carré de peau dénudée. Tom se souvenait d'avoir senti l'odeur du lac, comme il arrive parfois par les nuits froides — une odeur plate, à la fois vide et fleurant le poisson. Il la laissa fumer sa cigarette. Il lui ouvrit même la porte quand ils arrivèrent à la voiture. Il se mit derrière le volant, referma sa propre porte et dit : *Bev ?*

Elle prit la cigarette entre deux doigts et se tourna vers lui, l'air interrogatif. Il lui en balança une bien sentie, du plat de la main contre le plat de sa joue, au point qu'il sentit des picotements dans la paume, et que la tête de Beverly alla heurter le protège-nuque. Ses yeux s'agrandirent de surprise et de douleur... et de quelque chose d'autre, également. Elle porta la main à la joue pour la tâter, pour toucher l'impression de chaleur et d'engourdissement brûlant qui l'envahissait. Elle s'écria : *Oooh, Tom !*

Il la regarda, les yeux réduits à une fente, un léger sourire aux lèvres, bien vivant, prêt à voir comment elle allait réagir. Son pénis durcissait dans son pantalon, mais il y faisait à peine attention ; ce serait pour plus tard. Pour l'instant, la leçon ne venait que de commencer. Il revoyait ce qui s'était passé. Son visage. Quelle avait donc été cette troisième expression fugitive ? Tout d'abord la surprise. Puis la douleur. Puis l'air

(nostalgie)

de se souvenir. Un souvenir précis. Ça n'avait duré qu'un instant. Elle n'avait même pas dû s'en rendre compte, pensa-t-il.

Tout — tout dépendrait de la première chose qu'elle dirait, il le savait parfaitement.

Ce ne fut pas : *Espèce de fils de pute !*

Ce ne fut pas : *À la revoyure, sale macho !*

Ce ne fut pas : *C'est fini entre nous, Tom.*

Elle l'avait simplement regardé, ses yeux noisette à l'expression blessée remplis de larmes, et avait dit : *Pourquoi as-tu fait ça ?* Sur quoi elle avait essayé d'ajouter quelque chose, mais au lieu de cela elle avait éclaté en sanglots.

Jette-la dehors.

Quoi ? Quoi, Tom ? Son maquillage coulait, laissant des traces noirâtres sur ses joues. Peu lui importait. Il aimait assez la voir dans cet état. Ça faisait un peu désordre, mais c'était aussi excitant. Ce côté salope le faisait bander.

La cigarette. Jette-la dehors.

La prise de conscience qui pointait, accompagnée de culpabilité.

J'ai oublié, c'est tout ! pleurnicha-t-elle.

Jette-la, Bev, ou tu vas avoir droit à une autre baffe.

Elle fit descendre la vitre et lança la cigarette. Puis elle se tourna vers lui, pâle, apeurée, mais d'une certaine manière sereine.

Tu ne peux pas... tu ne dois pas me frapper. C'est une... une... mauvaise base de départ pour une relation durable. Elle essayait de trouver un ton de voix, une façon adulte de s'exprimer, sans y arriver. Il l'avait fait régresser. Il était avec une enfant, dans cette auto. Voluptueuse et sexy comme l'enfer, mais une enfant.

« *Peux pas* » *et* « *dois pas* » *sont deux choses différentes, ma fille*, dit-il. Il parlait calmement, mais jubilait intérieurement. *Et c'est moi qui déciderai quelles sont les bases d'une relation durable ou non. Si tu peux le supporter, parfait. Si tu ne peux pas, tu peux aller faire un tour. Je ne te retiendrai pas. Je te botterai peut-être le cul comme cadeau de rupture, mais je ne te retiendrai pas. Nous sommes dans un pays libre. Que veux-tu que je te dise de plus ?*

Peut-être en as-tu déjà assez dit, avait-elle murmuré, sur quoi il l'avait de nouveau frappée, plus fort que la première fois, parce que la gonzesse qui pouvait se permettre de répondre à Tom Rogan n'était pas encore née. La reine d'Angleterre elle-même en prendrait pour son grade si elle essayait de se payer sa tête.

Cette fois, sa joue alla porter contre le rembourrage du tableau de bord. Sa main tâtonna à la recherche de la poignée et retomba ; elle resta accroupie dans son coin comme un lapin, une main sur la bouche, les yeux agrandis, pleins de larmes, terrorisés. Tom la contempla un instant, puis sortit de la voiture et en fit le tour. Il ouvrit la porte du côté passager. Le vent de novembre emportait la vapeur de son haleine dans l'obscurité, et l'odeur du lac devint plus forte.

Tu veux partir, Bev ? J'ai vu que tu cherchais la poignée, et je me suis dis que tu voulais partir. D'accord, très bien. Je t'ai demandé de faire quelque chose, et tu as dit que tu le ferais. Mais tu ne l'as pas fait. Alors tu veux partir ? Vas-y. Barre-toi. Y a pas de problème. Alors, tu descends de là ?

Non, murmura-t-elle.

Quoi ? J'ai rien entendu.

Non, je ne veux pas partir, dit-elle à peine plus fort.

Ces cigarettes te rendraient-elles aphone ? Si tu ne peux pas parler, va falloir que je te trouve un mégaphone. C'est ta dernière chance, Beverly. Parle assez fort pour que je t'entende. Veux-tu descendre de cette voiture ou veux-tu rentrer avec moi à la maison ?

J' veux revenir avec toi. Elle croisa les mains sur sa jupe comme une petite fille en disant cela. Elle n'osait pas le regarder. Des larmes coulaient sur ses joues.

Très bien, fit-il. *Parfait. Mais auparavant, tu vas me répéter ça, Bev :* « *J'ai oublié que je ne devais pas fumer en ta présence, Tom.* »

Elle leva les yeux sur lui, avec un regard blessé, suppliant, incohérent. Tu peux m'y obliger, disait-il, mais je t'en prie, ne le fais pas. Je t'aime, ne le fais pas. Arrêtons ça.

Non, il fallait aller jusqu'au bout. Car ce n'était pas ce qu'elle voulait tout au fond d'elle-même, et tous les deux le savaient.

Dis-le.

J'ai oublié que je ne devais pas fumer en ta présence, Tom.

Bien. Dis maintenant : « *Je suis désolée.* »

Je suis désolée, répéta-t-elle d'un ton lugubre.

La cigarette encore allumée gisait sur la chaussée comme un fragment de fusée. Un couple qui sortait du théâtre les avait regardés un instant, pendant que l'homme tenait ouverte la portière droite d'une Vega dernier modèle et que la femme s'installait, posant les

143

mains sur les genoux d'un geste affecté tandis que l'éclairage intérieur auréolait sa tête d'une douce lueur dorée.

Il écrasa la cigarette, l'émietta sur le macadam.

Et maintenant, dis : « Je ne le referai jamais sans ta permission. »

Je ne le referai jamais...

Elle se mit à balbutier.

... ja-mais... sans-sans-s...

Dis-le, Bev.

... sans ta permission.

Sur quoi il claqua la porte et revint s'installer au volant. Il démarra, et ils retournèrent jusqu'à leur appartement en ville. Ils n'échangèrent pas un mot. La moitié de leur relation s'était réglée dans le parking ; l'autre moitié le fut quarante minutes plus tard, dans le lit de Tom.

Elle ne voulait pas faire l'amour, avait-elle dit. Il lut néanmoins une vérité différente dans son regard et dans la manière dont elle exhibait ses jambes, et elle avait le bout des seins raide et dur quand il lui ôta sa blouse. Elle gémit quand il les effleura, et cria doucement quand il se mit à les sucer, l'un après l'autre, tout en les malaxant sans répit. Elle s'empara de sa main libre et la glissa entre ses jambes.

Je croyais que tu ne voulais pas faire l'amour, dit-il. Elle détourna le visage, mais retint fermement sa main, tandis que le mouvement de ses hanches ne faisait que s'accélérer.

Il la repoussa alors sur le lit... et il se montra doux et attentionné, lui retirant ses sous-vêtements avec une délicatesse presque féminine.

La pénétrer fut comme se glisser dans une huile exquise.

Il bougea en cadence avec elle, l'utilisant mais se laissant aussi utiliser par elle, et elle jouit presque tout de suite la première fois, gémissant et lui enfonçant les ongles dans le dos. Puis ils passèrent à un rythme plus long et plus profond, plus lent aussi, et à un moment

144

donné, il pensa qu'elle avait joui une deuxième fois. Tom était sur le point d'en faire autant ; dans ces cas-là, il se mettait à penser au nombre de coups marqués en moyenne par match par les White Sox, ou à qui pouvait bien essayer de lui piquer le budget de Chelsey, au boulot, et l'envie passait. Elle se mit alors à accélérer, finissant par perdre le rythme dans un cabrement surexcité. Il regarda son visage barbouillé de mascara (qui lui faisait des yeux de raton laveur) et de rouge à lèvres, et il se sentit lui-même approcher délicieusement de l'orgasme. Il souleva de plus en plus sèchement ses hanches — il n'avait pas encore une bedaine gonflée à la bière à cette époque — et leurs ventres furent comme deux mains battant de plus en plus vite.

Près de la fin, elle cria et le mordit à l'épaule de ses petites dents régulières.

Combien de fois as-tu joui ? demanda-t-il après qu'ils eurent pris une douche.

Elle détourna le visage et lui répondit d'une voix tellement basse que c'est à peine s'il put entendre : *En principe, ce n'est pas une question que l'on pose.*

Non ? Qui t'a dit ça ? Le gars Trucmuche ?

Il lui prit le visage d'une seule main, le pouce s'enfonçant profondément dans l'une de ses joues, le menton coincé dans la paume.

C'est à Tom que tu parles. Est-ce bien clair, Bev ? Réponds à Papa.

Trois fois, répondit-elle à contrecœur.

Bien. Tu peux prendre une cigarette.

Elle l'avait regardé avec une expression de méfiance, sa chevelure rousse répandue sur les oreillers, simplement vêtue d'une petite culotte. Le seul fait de la regarder ainsi suffisait à le faire redémarrer. Il avait hoché la tête.

Vas-y, avait-il dit. *Pas de problème.*

Trois mois plus tard, ils se mariaient civilement. Étaient présents deux des amis de Tom et une seule amie de Beverly, Kay McCall, que Tom appelait « la pute libérée aux gros nénés ».

Tous ces souvenirs repassèrent dans l'esprit de Tom en quelques secondes, comme un film en accéléré, tandis qu'il l'observait depuis la porte de la chambre. Elle en était au tiroir du bas de la commode, et jetait maintenant des sous-vêtements dans la valise — non pas le genre de choses qu'il aimait, satin glissant et soie délicate, mais des trucs de fillette en coton, tout fanés, l'élastique détendu ou rompu à la taille. Elle sortit même une épaisse chemise de nuit qu'on n'aurait pas désavouée dans *Mary Poppins*. Elle se mit à fouiller à l'arrière du tiroir pour voir ce qui pouvait bien encore s'y cacher.

Entre-temps, Tom Rogan, passant sur le tapis hirsute, s'était dirigé vers sa propre garde-robe. Pieds nus, il ne fit pas le moindre bruit. C'était la cigarette ; c'était ça qui l'avait vraiment rendu fou furieux. Cela faisait longtemps, trop longtemps, qu'il lui avait donné cette première leçon. Elle avait dû en prendre d'autres depuis, beaucoup d'autres, et certains jours de canicule, elle avait porté des blouses à manches longues, voire des cardigans boutonnés jusqu'au cou ; certains jours couverts, des lunettes noires. Mais cette première leçon avait été si soudaine et fondamentale...

Il avait oublié le coup de téléphone qui l'avait tiré de son sommeil de plomb. C'était la cigarette. Pour qu'elle fume en ce moment, c'est qu'elle avait oublié Tom Rogan. Temporairement, bien entendu, temporairement — mais même temporairement, c'était déjà foutrement trop. Les raisons qui avaient pu lui faire oublier son existence importaient peu. Aucune raison, de toute façon, ne pouvait le justifier.

Un large ruban de cuir noir se trouvait accroché à l'intérieur de sa penderie. La boucle avait été enlevée depuis longtemps, mais à l'endroit où elle se trouvait auparavant, la lanière avait été repliée sur elle-même et Tom Rogan passa la main dans la poignée ainsi formée.

Tom, tu as encore fait des bêtises ! lui disait parfois sa mère. « Parfois » n'était peut-être pas le terme exact ;

« souvent » serait plus juste. *Viens ici, Tommy ! Il faut que je te donne une raclée.* Sa vie d'enfant avait été ponctuée de raclées. Il avait fini par s'échapper en se réfugiant au collège de Wichita, mais, apparemment, une évasion définitive était quelque chose qui n'existait pas, car il continuait d'entendre la voix de sa mère en rêve : *Viens ici, Tommy, que je te donne une raclée. Une raclée...*

L'aîné de quatre enfants, il était devenu orphelin de père trois mois après la naissance du petit dernier. La mort de son père relevait d'ailleurs peut-être davantage du suicide ; il s'était versé une généreuse rasade de soude caustique dans un gobelet, et avait ingurgité ce brouet de sorcière installé sur le siège des toilettes. Mrs. Rogan avait dégoté un job à l'usine Ford. Tom, à onze ans, se trouva promu chef de famille. Et s'il faisait une connerie — si le bébé chiait dans ses langes après le départ de la baby-sitter et qu'il n'avait pas tout nettoyé avant le retour de sa mère..., s'il oubliait de faire traverser Megan au carrefour à la sortie de la crèche et que cette fouineuse de Mrs. Gant le voyait..., si M'man le trouvait en train de regarder *American Bandstand* pendant que Joey mettait la cuisine en pagaille..., si cela ou mille autres choses se produisaient... —, alors, après le coucher des petits, la canne maudite sortait du placard tandis que s'élevait l'invocation : *Viens ici, Tommy. Il faut que je te donne une raclée.*

Autant donner les raclées que les recevoir.

S'il n'avait rien appris d'autre sur la grand-route à péage de la vie, au moins avait-il appris cela.

C'est pourquoi il enfila la boucle et l'installa douillettement contre sa paume. Puis il referma le poing dessus. Il se sentait bien. Il se sentait comme un adulte. La bande de cuir noir pendait de sa main comme un serpent mort. Il n'avait plus mal à la tête.

Elle avait enfin trouvé cette dernière chose au fond du tiroir ; un vieux soutien-gorge de coton aux bonnets en forme d'obus. L'idée que l'appel téléphonique ait pu émaner d'un amant lui effleura brièvement l'esprit avant de disparaître. C'était ridicule. Une femme qui va retrouver son amant n'emporte pas ses vieilles blouses et ses sous-vêtements Petit-Bateau, avec leurs élastiques détendus. D'ailleurs, elle n'oserait pas.

« Beverly », dit-il doucement. Elle se retourna d'un seul bloc, en sursaut, les yeux agrandis, ses longs cheveux ondoyant.

La ceinture hésita, retomba un peu. Il ne la quittait pas des yeux, ressentant à nouveau cette vague impression de malaise. Oui, elle avait eu cette même expression avant chacun de ses grands défilés de mode, et il avait alors évité de se mettre sur son passage, ayant compris qu'elle débordait tellement de peur et d'agressivité mêlées qu'elle avait la tête comme pleine de gaz : à la moindre étincelle, tout exploserait. Elle n'avait pas vu dans ces défilés l'occasion de quitter Delia Fashions, de gagner sa vie, voire de faire fortune, par ses seuls talents. Cela aurait été normal pourtant ; mais s'il n'y avait eu que ça, elle n'aurait pas eu un talent aussi diabolioque. Ces shows avaient été pour elle des sortes de super-examens où elle était jugée par de redoutables professeurs. Elle se retrouvait devant une créature sans visage. Sans visage, mais avec un nom : *Autorité.*

C'était cette nervosité-là qui lui dilatait les yeux, en ce moment. Mais il n'y avait pas seulement son visage ; il émanait d'elle une aura presque visible, une surtension qui la rendait soudain à la fois plus désirable et plus redoutable qu'elle ne lui avait semblé depuis des années. Il avait peur parce qu'elle était là, tout entière, telle qu'elle était essentiellement et non pas réduite à ce que Tom Rogan voulait qu'elle fût ou croyait avoir fait d'elle.

Beverly paraissait à la fois en état de choc et effrayée. Mais aussi débordante d'une joie malsaine. Si une rougeur fiévreuse empourprait ses joues, elle avait également deux taches d'un blanc brutal en dessous de la paupière inférieure qui lui faisaient comme deux yeux de plus. Il y avait enfin cette vibration atténuée qui émanait de son front.

Et la cigarette dépassait toujours de sa bouche, remontant légèrement maintenant, comme si elle se prenait pour ce foutu Frank Roosevelt. La cigarette ! À cette seule vue, il sentit monter en lui une vague de fureur noire. Vaguement, très loin au fond de son esprit, il se souvint de ce qu'elle lui avait dit une fois, dans l'obscurité, parlant d'une voix sombre et apathique : *Un jour, tu vas finir par me tuer, Tom. T'en rends-tu compte ? Un jour, tu vas aller juste un peu trop loin et ce sera la fin. Tu vas craquer.*

Tu n'as qu'à faire ce que je te dis, Bev, et ce jour-là ne viendra jamais, avait-il répondu.

À cet instant, avant que la colère ne l'aveugle complètement, il se demandait si ce jour n'était pas justement venu.

La cigarette. Peu importait le coup de fil, la valise, son air bizarre. On allait s'occuper de la cigarette. Après quoi, il la baiserait. Puis ils discuteraient du reste. À ce moment-là, ça paraîtrait peut-être même important.

« Tom, dit-elle, Tom, il faut que...

— Tu fumes. » Sa voix avait l'air de venir de loin, comme retransmise par une bonne radio. « On dirait que tu as oublié, poussin. Où les cachais-tu ?

— Écoute, je vais l'éteindre », dit-elle en allant jusqu'à la porte de la salle de bains. Elle lança la cigarette — même de là, il devinait les marques de dents sur le filtre — dans la cuvette des chiottes. *Fsssssss.* « C'était un vieil ami, Tom. Un très très vieil ami. Il faut que...

— Que tu la fermes, un point c'est tout ! hurla-t-il. Tu la fermes ! » Mais la peur qu'il voulait voir apparaître — la peur de lui — ne se manifestait pas sur son visage. Il y lisait pourtant de la peur, mais elle venait du coup de téléphone, et Beverly n'était pas censée éprouver de peur de ce côté-là. On aurait presque dit qu'elle ne voyait pas la ceinture, qu'elle ne voyait pas

Tom lui-même, et il ressentit une pointe de malaise. Était-il bien ici ? Question stupide, et pourtant...

Cette question était si terrible et si élémentaire que pendant un instant il eut l'impression de se trouver sur le point d'être arraché à lui-même et de se mettre à flotter comme une fleur de pissenlit dans la brise. Puis il se reprit. Il était là, en chair et en os, et le foutu baratin de psy, ça suffisait pour cette nuit. Il était là, lui, Tom Rogan, en personne, et si cette cinglée de conne ne filait pas droit dans les trente secondes à venir, elle allait avoir l'air de quelqu'un tombé d'un train en marche.

« Faut que j' te donne une raclée, ma poulette, dit-il. Désolé. »

Il avait déjà vu ce mélange de peur et d'agressivité un jour. Oui. Pour la première fois, ça lui revenait clairement.

« Pose ce truc, répondit-elle. Il faut que j'aille à O'Hare le plus vite possible. »

(Es-tu bien présent ici, Tom ? En es-tu sûr ?)

Il repoussa cette pensée. Le morceau de cuir qui avait autrefois été une ceinture se balançait lentement devant lui comme un pendule. Il cligna des yeux et la regarda bien en face.

« Écoute-moi, Tom. Il se passe des choses graves dans ma ville natale. Des choses très graves. J'avais un ami, à cette époque ; on aurait sans doute pu dire que c'était mon petit ami, sauf que nous étions encore beaucoup trop jeunes pour ça. Ce n'était qu'un gosse de onze ans affligé d'un épouvantable bégaiement. Il est romancier, maintenant. Je crois même que tu as lu l'un de ses livres... *Les Rapides des ténèbres*, non ? »

Elle scrutait son visage, mais Tom restait sans expression. Il n'y avait que le pendule de la ceinture qui oscillait paisiblement. Il l'écoutait, la tête inclinée, ses jambes massives légèrement écartées. Puis elle se passa nerveusement la main dans les cheveux — d'un geste distrait —, comme si elle avait à penser à de nombreuses choses importantes et qu'elle n'avait pas vu la ceinture. Et l'horrible et angoissante question lui revint à l'esprit : *Es-tu bien présent ici ? En es-tu sûr ?*

« Ce bouquin a traîné là pendant des semaines et je n'avais jamais fait le rapprochement. J'aurais dû, peut-être, mais nous sommes tous plus âgés maintenant, et ça fait longtemps que je n'ai pas pensé à Derry, très longtemps. Peu importe. Bill avait un frère, George, qui a été tué avant que je connaisse vraiment Bill. Il a été assassiné. Et puis l'été suivant... »

Mais Tom avait déjà assez entendu de sornettes comme ça. Il fonça rapidement sur elle, rejetant le bras droit en arrière comme s'il s'apprêtait à lancer un javelot. La ceinture fendit l'air avec un sifflement. Beverly la vit venir et voulut l'éviter, mais son épaule heurta le chambranle de la porte de la salle de bains, et il y eut un claquement étouffé quand le cuir vint frapper son avant-bras gauche, sur lequel il laissa une marque rouge.

« J' m'en vais te fouetter, moi », dit Tom. Sa voix était normale, exprimant presque un regret, mais sa bouche lui découvrait les dents en un rictus figé. Il voulait voir cette expression dans son regard, cette expression de peur, de terreur et de honte, cette expression qui disait : *Tu as raison, je l'ai bien mérité*, qui disait aussi : *Oui, tu es là avec moi, je sens ta présence.* Alors l'amour pourrait revenir, ce qui était bien, ce qui était juste, parce qu'il l'aimait vraiment. Ils pourraient même avoir une discussion, si elle y tenait, sur qui exactement l'avait appelée et ce qu'il voulait. Mais ce serait pour plus tard, forcément. Pour l'instant, la leçon venait seulement de commencer. Le bon vieux deux temps, deux mouvements. Un, la raclée. Deux, la baise.

« Désolé, poussin.

— Tom ! Ne fais pas... »

Il balança la ceinture de côté, et elle vint

s'enrouler sur ses hanches, achevant sa course avec un claquement satisfaisant sur ses fesses. Et...

Et nom de Dieu, elle s'y accrochait! Cette salope s'accrochait à la ceinture!

Tom Rogan se trouva pendant un instant tellement stupéfait devant cet acte inattendu d'insubordination qu'il faillit lâcher son fouet, qu'il l'aurait lâché, en fait, n'eût été la boucle, solidement enroulée à son poignet.

Il tira la ceinture d'un coup sec.

« N'essaie surtout pas de me l'arracher, fit-il, la voix rauque. T'as compris? Refais encore un truc comme ça, et tu passeras un mois à pisser du jus de framboise.

— Arrête ça, Tom! » dit-elle. Son ton eut le don de le rendre furieux : on aurait cru un moniteur de sport s'adressant à un gosse de six ans qui pique sa crise. « Il faut que je parte, reprit-elle. Ce n'est pas une plaisanterie. Des gens sont morts, et j'ai fait une promesse, il y a très longtemps. »

Tom n'entendit à peu près rien. Il rugit et fonça sur elle, tête baissée, la ceinture virevoltant à l'aveuglette. Il la frappa tout en la tirant du seuil de la porte et en la poussant le long du mur. Il levait le bras, frappait, levait le bras, frappait, levait le bras, frappait. Plus tard, dans la matinée, il lui faudrait avaler trois tablettes de codéine avant d'être capable de lever la main plus haut que les yeux, mais pour l'instant, il n'avait conscience que d'une seule chose : elle le défiait. Non seulement elle avait fumé, mais *elle avait essayé de lui arracher la ceinture.* Ô bonnes gens, amis et voisins, elle l'avait bien cherché, et devant le trône de Dieu Tout-Puissant, il jurait qu'elle y aurait droit.

Il la repoussa ainsi le long du mur, faisant pleuvoir les coups sur elle. Elle se protégeait le visage des mains, mais il avait accès à tout le reste de son corps. La ceinture produisait de solides claquements dans le silence de la pièce. Mais elle ne criait pas, comme cela lui arrivait parfois, ni ne le suppliait d'arrêter, comme elle le faisait d'habitude. Pis que tout, elle ne pleurait pas, elle qui pleurait toujours. On n'entendait que le bruit de la ceinture et leurs respirations, celle de Tom, forte et rauque, celle de Bev, rapide et légère.

Elle fonça soudain vers le lit et la coiffeuse à côté. Les coups de ceinture avaient empourpré ses épaules ; ses cheveux ondulaient comme des flammes. Il la suivit de son pas lourd, plus lent ; mais il était énorme, imposant. Il avait joué au squash jusqu'au jour où il s'était déchiré le tendon d'Achille, deux ans auparavant ; depuis, il avait un peu (beaucoup, en fait) perdu le contrôle de son poids, mais les muscles étaient toujours là, puissants rouages enrobés de graisse. Il était cependant hors d'haleine, ce qui l'inquiétait un peu.

Il crut, quand elle arriva près de la coiffeuse, qu'elle allait s'accroupir à côté, voire tenter de se glisser dessous. Au lieu de cela, ses mains saisirent..., elle se retourna... et l'air se remplit soudain de missiles. Elle lui lançait ses produits de beauté. Une bouteille de parfum vint le frapper sèchement entre les seins, puis tomba à ses pieds où elle se brisa. Le parfum entêtant des fleurs l'étouffa à moitié.

« *Arrête ça !* rugit-il. *Arrête ça !* »

Au lieu d'obtempérer, ses doigts continuèrent à parcourir le dessus de verre de la coiffeuse, attrapant tout ce qu'ils trouvaient pour le lui lancer. Il avait porté la main à sa poitrine, à l'endroit où le flacon l'avait heurté, incapable d'admettre qu'elle l'avait frappé avec quelque chose, alors que d'autres objets volaient autour de lui. Le bouchon de verre l'avait entaillé. Ce n'était qu'une coupure bénigne, rien de plus qu'une égratignure triangulaire, mais il y avait une petite dame aux cheveux roux qui allait voir le soleil depuis un lit d'hôpital, oh oui ! Une certaine petite dame...

Un pot de crème l'atteignit au-dessus du sourcil droit avec force. Il entendit un coup sourd qui lui parut provenir de l'intérieur de sa tête. Il y eut une explosion de lumière blanche juste au-dessus du champ de vision de cet œil et il recula d'un pas, bouche bée, tandis qu'un tube de Nivéa le frappait à la hauteur de l'estomac et qu'elle se mettait — était-ce possible ? Mais oui ! — à crier après lui :

« *Je vais à l'aéroport, espèce de fils de pute ! Tu m'entends ? J'ai quelque chose à faire et je vais y aller ! Écarte-toi de mon chemin, tu ne m'en* EMPÊCHERAS PAS *!* »

Du sang coulait dans l'œil droit de Tom, piquant et chaud. Il l'essuya du revers de la main.

Il resta quelques instants immobile, la regardant comme s'il la voyait pour la première fois. Ce qui, en un certain sens, était vrai. Sa poitrine se soulevait rapidement ; son visage offrait un contraste de plans livides et de pommettes écarlates. Un rictus lui tirait les lèvres en arrière, découvrant ses dents. Elle avait cependant nettoyé le dessus de la coiffeuse ; le silo à missiles était vide. Il lisait toujours la peur dans ses yeux, mais pas la peur de lui.

« Tu vas ranger ces affaires », dit-il, luttant pour ne pas haleter en parlant. Ça n'aurait pas fait bon effet. Il aurait eu l'air affaibli. « Tu remettras ensuite la valise à sa place et tu te foutras au lit. Si tu fais ça, je ne serai peut-être pas trop méchant. Peut-être pourras-tu sortir de la maison dans deux jours et non dans deux semaines.

— Écoute-moi, Tom. » Elle parlait lentement, le regard très clair. « Si tu t'approches de moi, je te tuerai. As-tu bien compris, espèce de tas de graisse ? Je te tuerai. »

Et brutalement — à cause du souverain mépris qu'exprimait son visage, peut-être, ou parce qu'elle l'avait traité de « tas de graisse » ou simplement à cause de cet air de rébellion de ses seins qui se soulevaient et s'abaissaient —, il suffoqua de peur. Une peur qui ne se réduisait pas à quelques coups d'aiguillon, mais qui le submergeait entièrement, la peur horrible de ne pas être là.

Tom Rogan se précipita sur sa femme, sans pousser de rugissement cette fois ; il fonça aussi silencieusement qu'une torpille sous l'eau. Son intention n'était probablement plus de la battre et de la soumettre, mais de lui faire ce qu'elle avait imprudemment déclaré qu'elle lui ferait.

Il crut qu'elle allait s'enfuir, sans doute vers la salle de bains ou l'escalier. Au lieu de cela, elle resta ferme sur sa position. Sa hanche heurta le mur quand elle saisit la coiffeuse de toutes ses forces ; et dans le mouvement qu'elle fit pour lui lancer le meuble, elle se cassa deux ongles jusqu'à la chair, la sueur ayant rendu ses mains glissantes.

La coiffeuse oscilla pendant un moment sur un pied, et elle redoubla d'efforts. Tandis que le meuble dansait, son miroir renvoya la lumière du plafonnier et une vague, comme une pénombre d'aquarium, parcourut brièvement le plafond. Puis il s'inclina en avant, et l'un des bords vint heurter Tom en haut des cuisses. Il tomba à la renverse. Il y eut un tintinnabulement musical dû aux bouteilles qui dégringolaient et se brisaient à l'intérieur. Il vit le miroir venir heurter le sol à sa gauche et eut pour se protéger les yeux un mouvement qui lui fit perdre la ceinture. Des morceaux de verre se répandirent bruyamment, argentés au revers. Plusieurs le coupèrent, et il se mit à saigner.

Elle pleurait, maintenant, à gros sanglots suraigus. Mille fois elle s'était vue le quittant, rejetant la tyrannie de Tom comme elle avait rejeté celle de son père, se sauvant dans la nuit, les bagages empilés dans le coffre de la Cutlass. Elle n'était pas stupide, en tout cas pas au point de croire, alors qu'elle se tenait au milieu de tout ce gâchis, qu'elle n'avait pas aimé Tom et que d'une certaine manière elle l'aimait encore. Mais ça ne changeait rien à la peur et à la haine qu'il lui inspirait, ni au mépris qu'elle éprouvait pour elle-même, de l'avoir choisi pour d'obscures raisons enfouies dans le passé et qui n'auraient plus dû jouer. Son cœur ne se brisait pas ; il lui donnait plutôt l'impression de se consumer, de fondre dans sa poitrine. Avec l'angoisse que cette chaleur l'envahisse complètement et la rende folle.

Mais au-dessus de tout cela, dans un martèlement régulier au fond de son esprit, s'élevait la voix sèche et intraitable de Mike Hanlon : *ÇA est revenu, Beverly... ÇA revient... et tu as promis...*

La coiffeuse se souleva et se baissa, une fois, deux fois, trois fois. On aurait dit qu'elle respirait.

Se déplaçant avec agilité et prudence, lèvres pincées, commissures vers le bas, agitée de tics semblant annoncer des convulsions, elle franchit sur la pointe des pieds la zone couverte de débris de verre et s'empara de la ceinture au moment où Tom repoussait la coiffeuse de côté. Elle recula, glissant la main dans la boucle de cuir, et secoua la tête pour chasser les cheveux qui lui retombaient dans les yeux ; elle voulait voir ce qu'il allait faire.

Tom se releva. Il avait des coupures sur une joue ; sur son front s'allongeait en diagonale une estafilade fine comme un cheveu. Il fronça les sourcils tout en se redressant, et aperçut du sang sur son caleçon.

« Rends-moi cette ceinture », dit-il.

Au lieu de cela, elle fit un tour de plus autour de sa main et lui jeta un regard de défi.

« Arrête ça, Bev. Tout de suite.

— Si tu m'approches, je te fais cracher tes boyaux. » Les mots étaient bien sortis de sa bouche, mais elle n'arrivait pas à y croire. Et qui était au juste ce Cro-Magnon en sous-vêtements pleins de sang ? Son mari ? Son père ? L'amant qu'elle avait eu au collège et qui un soir lui avait cassé le nez, apparemment sur un simple caprice ? *Oh, mon Dieu, aidez-moi, aidez-moi maintenant !* pensa-t-elle. Et de nouveau, sa bouche parla : « Moi aussi je peux le faire. Tu es gros et lent, Tom. Je pars, et quelque chose me dit que c'est pour toujours. Je crois bien que c'est terminé, tous les deux.

— Qui c'est ce type, Denbrough ?

— Laisse tomber. J'étais... »

Elle se rendit compte presque trop tard que la

question n'avait pour but que de la distraire. Il n'avait pas fini sa phrase qu'il se jetait sur elle. La ceinture décrivit un arc en l'air, et le claquement qu'elle produisit en atterrissant sur la bouche de Tom rappelait celui d'un bouchon rétif sortant d'une bouteille.

Il poussa un couinement et porta vivement les mains à ses lèvres, l'œil agrandi, hagard. Du sang se glissa entre ses doigts et coula sur le revers de ses mains.

« Tu m'as fendu la lèvre, salope ! fit-il avec un gémissement assourdi. Nom de Dieu, tu m'as fendu la lèvre ! »

Il se dirigea de nouveau vers elle, mains tendues, la bouche ensanglantée. En fait, ses lèvres semblaient avoir éclaté en deux endroits différents. L'une de ses dents de devant avait perdu sa couronne. Comme elle le regardait, il la cracha de côté. Une partie d'elle-même avait envie de fuir cette scène et de fermer les yeux ; mais l'autre Beverly ressentait l'exultation d'un condamné à mort qu'un tremblement de terre vient inopinément de libérer de sa prison. Et cette seconde Beverly aimait beaucoup ça. *J'aurais adoré que tu l'avales ! Que tu t'étouffes avec !*

C'est cette Beverly-là qui fit tournoyer la ceinture pour la dernière fois — cette ceinture qui avait marqué ses fesses, ses jambes, sa poitrine. Cette ceinture dont il s'était servi un nombre incalculable de fois au cours des quatre dernières années. Le nombre de coups dépendait de l'importance de la bêtise. Tom arrivait à la maison et le dîner était froid ? Trois coups. Oh, hé, regardez ! Beverly a encore attrapé une contredanse. Un coup... sur la poitrine. Il n'était pas méchant : il lui laissait rarement des ecchymoses. Ça ne faisait même pas très mal. Si ce n'était l'humiliation. Ça, ça faisait mal. Et ce qui était encore plus douloureux, c'était de savoir que quelque chose, au fond d'elle-même, était friand de cette souffrance. Friand de cette humiliation.

Le dernier remboursera tous les autres, pensa-t-elle. Et elle frappa.

Elle porta le coup de côté, bas ; le cuir vint s'enrouler

entre ses jambes et frappa ses couilles avec un bruit sec mais appuyé — celui d'un tapis que l'on bat. Cela suffit. Tom Rogan perdit instantanément toute combativité.

Il poussa un couinement aigu mais sans force et tomba à genoux comme pour prier, les mains entre les jambes. Il rejeta la tête en arrière, et des cordes saillirent de son cou. Sa bouche en sang grimaçait tragiquement de douleur. Son genou gauche vint écraser la pointe effilée d'un gros éclat de verre, reste d'une bouteille de parfum, et il roula en silence de côté, comme une baleine qui s'échoue. Une des mains quitta l'entrejambe pour se porter au genou à vif.

Tout ce sang. Seigneur, il saigne de partout.

Il survivra, répondit froidement la nouvelle Beverly, celle que semblait avoir fait surgir le coup de téléphone de Mike Hanlon. *Des types comme lui survivent toujours. Il faut simplement se tirer d'ici à toute allure, des fois qu'il aurait envie de reprendre le tango. Ou avant qu'il décide d'aller à la cave décrocher la Winchester.*

Elle recula d'un pas et sentit un élancement de douleur dans le pied : elle venait de marcher sur un morceau du miroir de la coiffeuse. Elle se courba pour attraper la poignée de la valise, sans le quitter un instant des yeux. Puis elle recula jusqu'à la porte et descendit dans le hall. Elle tenait la valise à deux mains devant elle, se cognant les tibias à chaque pas qu'elle faisait à reculons. Son pied coupé laissait une empreinte sanguinolente sur le sol. Une fois en haut des marches, elle se tourna et descendit rapidement, sans s'autoriser à réfléchir. Elle craignait de ne plus avoir une seule pensée cohérente dans la tête, du moins pour l'instant.

Elle sentit que quelque chose lui effleurait la jambe et poussa un cri.

C'était l'extrémité de la ceinture, qu'elle tenait toujours enroulée autour de la main. Dans la pénombre, elle avait plus que jamais l'air d'un serpent noir. Elle la jeta par-dessus la rampe, avec une grimace de dégoût, et la vit atterrir en S sur le tapis du couloir, en bas des marches.

Une fois au pied de l'escalier, elle prit sa chemise de nuit par l'ourlet et la fit passer par-dessus sa tête. Elle était pleine de sang, et elle ne voulait pas la porter une seconde de plus. Elle la lança au loin, et le fin vêtement alla se poser en ondoyant sur un caoutchouc placé à côté de la porte de séjour, qu'elle recouvrit comme un parachute brodé. Elle se pencha, nue, sur sa valise. Elle avait le bout des seins glacé, aussi dur que du bois.

« RAMÈNE TON CUL LÀ-HAUT, BEVERLY ! »

Elle suffoqua, sursauta puis se pencha de nouveau sur la valise. S'il avait la force de crier autant, elle disposait alors de beaucoup moins de temps que ce qu'elle croyait. Elle souleva le couvercle, sortit une culotte, une blouse, un vieux Levi's, qu'elle enfila fébrilement à côté de la porte, sans quitter l'escalier des yeux. Mais Tom n'apparut pas là-haut. Il cracha son nom encore par deux fois, et à chacune, elle se recroquevilla devant cette voix, le regard hanté, les lèvres se retroussant sur les dents en un rictus incontrôlé.

Elle enfonça les boutons de la blouse dans les boutonnières aussi vite qu'elle put. Les deux du haut manquaient (bien sûr, son propre raccommodage était rarement fait) et elle songea qu'elle devait avoir l'air plus ou moins d'une pute à la recherche d'un dernier client pour pouvoir dire qu'elle avait gagné sa nuit — mais il fallait faire avec.

« JE TE TUERAI, SALOPE ! ESPÈCE DE SALOPE DE PUTE ! »

Elle fit claquer le couvercle, ferma les serrures. La manche d'une blouse dépassait comme une langue. Elle regarda une dernière fois autour d'elle, rapidement, se doutant qu'elle ne reverrait jamais plus cette maison.

Mais cette idée ne lui apporta que du soulagement ; elle ouvrit la porte et sortit sans hésiter.

Elle avait déjà dépassé trois carrefours, sans très bien savoir où elle se dirigeait, quand elle se rendit compte qu'elle était encore pieds nus. Le gauche, celui qu'elle s'était coupé, lui élançait sourdement. Il fallait qu'elle mette quelque chose aux pieds, et il était presque deux heures du matin. Son portefeuille et ses cartes de crédit étaient restés à la maison. Elle fouilla les poches de son jean, mais n'en tira que quelques bourres de charpie. Elle n'avait pas un sou sur elle, rien. Elle parcourut du regard le quartier dans lequel elle se trouvait — un quartier résidentiel avec de belles maisons, des pelouses parfaitement entretenues mais que des vitres noires.

Et soudain elle se mit à rire.

Beverly Rogan s'assit sur un muret bas, la valise entre ses pieds sales, ne pouvant s'arrêter de rire. Les étoiles étaient de sortie, et comme elles brillaient ! Elle pencha la tête de côté et rit à leur adresse, prise d'une jubilation sauvage qui la submergea comme une vague de fond, la soulevant, l'emportant, la purifiant ; une force d'une telle violence qu'elle en perdit toute pensée consciente ; son sang, seul, pensait, et de sa voix puissante parlait, à sa manière au-delà des mots, de désir, bien qu'elle ne sût jamais (et n'eût jamais envie de savoir) de quel désir il s'agissait. Il lui suffisait de ressentir cette chaleur qui l'emplissait avec insistance. *Le désir*, se dit-elle ; et à l'intérieur d'elle-même, la lame de fond de jubilation parut prendre de la vitesse et se précipiter vers quelque inévitable chute.

Elle rit aux étoiles, effrayée mais libre, pleine d'une terreur aussi aiguë qu'une douleur, aussi douce qu'une pomme mûre d'octobre, et quand une lumière s'alluma à l'étage des chambres, dans la maison au pied de laquelle elle se trouvait, elle saisit la poignée de sa valise et s'enfuit dans la nuit, sans cesser de rire.

6

Bill Denbrough s'accorde un congé

« *Partir ?* » répéta Audra. Elle le regardait, intriguée, un peu effrayée, et replia ses pieds sous elle. Le plancher était froid. Tout le cottage était froid, à vrai dire. Le sud de l'Angleterre avait connu un printemps exceptionnellement humide et froid, et à plusieurs reprises, au cours de sa promenade du matin ou du soir, Bill Denbrough s'était surpris à penser au Maine... et d'une manière vague, à Derry.

La maison comprenait, en principe, le chauffage central ; du moins était-ce ce que prétendait l'annonce. De fait, il y avait bien un fourneau, dans le petit sous-sol bien rangé, remisé dans ce qui avait été autrefois la réserve de charbon, mais Bill et Audra n'avaient pas tardé à s'apercevoir que Britanniques et Américains n'avaient pas la même conception du chauffage central. Pour les premiers, vous avez le chauffage central tant que vous ne pissez pas des glaçons dans les toilettes, le matin au réveil. On était justement le matin — huit heures moins le quart. Bill n'avait raccroché le téléphone que cinq minutes plus tôt.

« Tu ne peux pas partir comme ça, Bill, tu le sais bien.

— Il le faut. » Il y avait un buffet de l'autre côté de la pièce. Il alla prendre la bouteille de Glenfiddich sur l'étagère du haut et s'en versa un verre en en faisant tomber à côté. « Et merde, grommela-t-il.

— Qui était-ce, au téléphone, Bill ? De quoi as-tu peur ?

— Je n'ai pas peur.

— Ah ? tes mains tremblent toujours comme ça ? Tu prends toujours un whisky avant le petit déjeuner ? »

Il revint s'asseoir, les pans de sa robe de chambre lui battant les chevilles. Il s'efforça de sourire, mais c'était raté. Il y renonça.

À la télé, un journaliste dévidait sa série matinale de mauvaises nouvelles, avant de terminer par les résultats des derniers matchs de football. Lorsqu'ils étaient arrivés dans ce petit village de grande banlieue, Fleet, un mois avant le début du tournage, ils s'étaient tout deux émerveillés de la qualité technique de la télévision britannique — avec un bon appareil couleur, on en oubliait qu'il ne s'agissait que d'une image. *Davantage de lignes ou quelque chose comme ça*, avait expliqué Bill. *Je ne sais pas, mais c'est sensationnel*, avait répondu Audra. C'était avant de découvrir que l'essentiel des programmes était constitué de séries américaines genre *Dallas* et d'interminables retransmissions sportives allant du mortellement ennuyeux (les championnats de fléchettes, dans lesquels les participants avaient cet air hyper-tendu des lutteurs de sumo) au normalement barbant (le football anglais, et pire, le cricket).

« J'ai pensé plusieurs fois au pays, depuis quelque temps, dit-il en avalant une gorgée de whisky.

— Au pays ? »

Elle avait l'air tellement étonné qu'il ne put s'empêcher de rire.

« Pauvre Audra ! Mariée depuis onze ans à un type comme moi et tu ignores quasiment tout de moi... ! Qu'est-ce que tu sais, au juste ? » Il rit de nouveau et engloutit le reste de son verre. Mais elle perçut dans son rire quelque chose qui lui déplut autant que de le voir un whisky à la main à une heure aussi matinale. Il sonnait en fait comme un hurlement de souffrance.

« Je me demande, reprit-il, s'il en est de même pour les autres, si leur conjoint est aussi en train de découvrir combien peu ils en savent. C'est sans doute le cas.

— Je sais que je t'aime, Billy. Au bout de onze ans, ça me suffit.

— Je sais. » Il lui sourit — un sourire doux, fatigué, apeuré.

« S'il te plaît, dis-moi ce qui se passe. »

Elle le regardait de ses beaux yeux gris, assise dans le fauteuil miteux d'une maison de location, les pieds coincés sous l'ourlet de sa chemise de nuit ; il en était tombé amoureux, il l'avait épousée et il l'aimait toujours. Il essaya de voir la situation à travers ses yeux, de deviner ce qu'elle savait. Il tenta de présenter le tout comme une histoire. Possible, mais invendable, il ne l'ignorait pas.

C'est celle d'un jeune homme pauvre de l'État du Maine qui accède à l'Université grâce à une bourse. Toute sa vie, il a voulu être écrivain, mais lorsqu'il s'inscrit au cours d' « écriture créative », il se retrouve perdu sans boussole dans un étrange et effrayant pays. Il y a là un type qui veut devenir John Updike ; un autre, le Faulkner de la Nouvelle-Angleterre (sauf qu'il veut écrire des romans sur la vie sinistre des pauvres en vers libres) ; une fille qui admire Joyce Carol Oates, mais qui a le sentiment que comme cette dernière a été élevée dans une société sexiste, elle est « radioactive au sens littéraire du terme ». Oates est incapable d'être propre, d'après cette fille. Elle-même le sera davantage. Il y a un petit gros qui ne peut pas (ou ne veut pas) s'exprimer autrement qu'en grommelant. Il a écrit une pièce avec neuf protagonistes. Chacun ne dit qu'un seul mot. Peu à peu, les spectateurs se rendent compte que lorsque l'on met les mots à la queue leu leu, on obtient : « La guerre est l'arme des marchands de mort sexistes. » La pièce a reçu la meilleure note, A, du type qui enseigne en Eh-141 (séminaire supérieur d'écriture créative). Ce prof a lui-même publié quatre volumes de poésie, outre sa thèse, tout ça aux Presses de l'université. Il fume du hasch et porte un badge pacifiste. Le grommeleur obèse voit son œuvre montée par un groupe de théâtre guérillero, pendant la grève contre la guerre du Viêt-nam qui a réussi à fermer tous les campus en mai 1970. Le prof joue l'un des personnages.

Bill Denbrough, entre-temps, a écrit une nouvelle policière (meurtre dans une pièce fermée de l'intérieur) et trois nouvelles de science-fiction, plus quelques histoires d'horreur qui doivent beaucoup à Edgar Poe, Lovecraft et Richard Matheson. (Il comparera plus tard ces « œuvres de jeunesse » à des corbillards XIXe équipés d'un moteur turbo et peints en couleurs phosphorescentes.)

L'une des nouvelles de SF lui vaut un B.

Voilà qui est mieux, a écrit le prof sur la première page. *Dans la contre-révolution étrangère, on voit le cercle vicieux de la violence engendrant la violence. J'aime particulièrement vos vaisseaux spatiaux « nez-d'aiguille » en tant que symboles d'une incursion socio-sexuelle. Même si ce travail reste un peu confus dans l'ensemble, il est intéressant.*

Tous les autres ont décroché un C, et encore, dans le meilleur des cas.

Un jour, en plein cours, il finit par se lever, après une discussion sur les quatre pages qu'une jeune femme au teint jaunâtre a consacrées à la description d'une vache en train d'examiner un moteur au rebut dans un champ désert (peut-être après une guerre nucléaire). Cette discussion a duré soixante-dix minutes environ. La fille au teint jaunâtre, qui fume cigarette sur cigarette (des Winston) et presse de temps en temps les boutons qui se nichent dans ses tempes, voit dans son texte une prise de position socio-politique orwellienne. Tout le monde (y compris le prof) ou presque a l'air d'accord, mais l'analyse se traîne.

Lorsque Bill se lève, toute la classe le regarde. Il est grand, et a une certaine présence.

S'exprimant avec soin, sans bégayer (cela fait plus de cinq ans qu'il ne bégaye plus), il dit : « Je n'y comprends rien. Je n'y comprends rien du tout. Pourquoi une histoire devrait-elle être socio-quelque chose ? La politique... la culture... l'histoire... n'est-ce pas là les ingrédients naturels d'une histoire, si elle est bien racontée ? Je veux dire... (il regarde autour de lui, ne voit que des regards hostiles, et se rend vaguement compte qu'on considère ses propos comme une attaque. Peut-être, après tout. Sans doute pensent-ils qu'un marchand de mort sexiste se trouve parmi eux)... est-ce qu'on ne peut pas laisser une histoire être simplement une histoire ? »

Personne ne répond. Le silence se prolonge. Il reste là, regardant une paire d'yeux après l'autre. La fille jaunâtre lâche un nuage de fumée et écrase son mégot dans le cendrier qu'elle trimbale partout avec elle.

C'est finalement le prof qui prend le premier la parole et dit, d'une voix douce, comme s'il s'adressait à un enfant piquant une colère inexplicable : « Croyez-vous que Faulkner racontait simplement des histoires ? Que Shakespeare ne cherchait qu'à faire du fric ? Allez, Bill, dites-nous le fond de votre pensée.

— Je pense que ce n'est pas loin de la vérité », répond-il, après avoir sérieusement réfléchi à la question. Et dans leurs yeux, il lit sa damnation.

« Je dirais, fit le prof, jouant avec son stylo et souriant à Bill les yeux mi-clos, qu'il vous reste énormément de choses à apprendre. »

Les applaudissements partent de quelque part au fond de la salle.

Bill sort, mais revient la semaine suivante, bien déterminé à ne pas lâcher comme ça. Entre-temps, il a écrit une histoire intitulée « Les Ténèbres », dans laquelle un petit garçon découvre un monstre tapi dans la cave de la maison ; il l'affronte et finit par le tuer. Il a éprouvé une exaltation quasi religieuse en la rédigeant. Il avait plutôt l'impression de laisser couler l'histoire de lui que de l'écrire. À un moment donné, il a posé sa plume et tendu sa main douloureuse et brûlante dans la nuit à moins dix de décembre, où le changement de température l'a presque fait fumer. Il est sorti faire un tour, ses bottes crissant dans la neige comme de petits gonds qui réclament de l'huile, et il sentait l'histoire grossir dans sa tête ; c'était un peu effrayant, la façon dont elle exigeait de sortir, comme si elle allait lui jaillir des yeux si sa main n'était pas assez rapide pour la rendre concrète. « Je vais te faire sortir cette merde de là ! » confie-t-il alors au vent et à l'obscurité, puis il rit brièvement, un rire un peu nerveux. Il se rend compte qu'il vient de découvrir comment faire — au bout de dix ans, il a enfin trouvé le démarreur du bulldozer, énorme et silencieux, qui prend tant de place dans sa tête. Il a appuyé sur le bouton et le moteur s'est mis à tourner, à tourner. Pas jolie, jolie, la grosse machine. Pas le genre à emmener les filles au bal ; ni un signe extérieur de richesse. Elle est faite pour bosser. Elle peut tout renverser sur son passage. S'il ne prend pas garde, elle lui passera dessus.

Il se précipite à l'intérieur et termine « Les Ténèbres » à toute vapeur, écrivant jusqu'à quatre heures du matin pour finir par s'endormir sur l'appareil à relier. Si quelqu'un lui avait fait remarquer qu'il s'était inspiré de son frère George, il aurait été surpris. Cela faisait des années qu'il n'avait pas pensé à George — c'est du moins ce dont il était persuadé.

L'histoire lui est rendue avec un F comme un coup de fouet en travers de la première page, et ce commentaire, écrit en dessous en gros caractères : ROMAN DE GARE BON POUR LA POUBELLE. Bill prend les quinze feuillets de son manuscrit, va jusqu'au poêle, ouvre le portillon. Il est sur le point de les jeter au feu lorsqu'il est frappé par l'absurdité de son geste. Il retourne s'asseoir, regarde un poster des Grateful Dead et se met à rire. Roman de gare ? Parfait ! Plein de gens passent par les gares. « En avant pour le roman de gare ! » s'exclame-t-il à voix haute ; puis il éclate de rire jusqu'à ce que les larmes lui coulent des yeux.

Il retape la première page, celle qui comporte l'appréciation du prof, et envoie la nouvelle à un magazine masculin, *La Cravate blanche* (qui, d'après Bill, devrait plutôt s'appeler *Femmes nues à tous les étages*). Néanmoins, un encart explique qu'on recherche des histoires d'horreur et les deux numéros qu'il s'est procurés contiennent effectivement des histoires d'horreur, deux chacun, coincés entre des filles nues et des pubs pour des films porno et des pilules aphrodisiaques. L'une des nouvelles, due à un certain Dennis Etchison, est même très réussie.

Il envoie « Les Ténèbres » sans grand espoir — ce n'est pas la première fois qu'il soumet ses productions à des revues sans obtenir autre chose que des refus polis — et il est à la fois estomaqué et ravi quand *La Cravate blanche* lui annonce qu'elle achète la nouvelle pour deux cents dollars, payables à la parution. Le responsable éditorial ajoute un petit mot dans lequel il la qualifie de « la meilleure histoire d'horreur depuis " The Jar " de Bradbury. Quel dommage, ajoute-t-il, que moins de cent personnes lisent nos histoires ! » Mais Bill Denbrough s'en moque. Deux cents dollars !

Il va trouver son conseiller en éducation avec un formulaire d'abandon de cours pour le Eh-141. Le conseiller le signe. Bill Denbrough agrafe le formulaire à la note flatteuse de l'éditeur et appose les deux sur la porte du prof. Dans un coin du tableau d'informations, il aperçoit une caricature pacifiste. Et soudain, comme si elle agissait d'elle-même, sa main prend un stylo dans sa poche, et écrit ceci en travers de la caricature : *Si fiction et politique arrivent un jour à être réellement interchangeables, alors je me tuerai : je ne saurai pas quoi faire d'autre. La politique, ça change toujours. Les histoires, jamais.* Il s'arrête un instant puis (se sentant un peu mesquin mais incapable de se retenir) il ajoute : *Je dirais que vous avez encore beaucoup à apprendre.*

Le formulaire lui revient par la poste du campus trois jours plus tard, signé du prof. Dans la case NIVEAU AU MOMENT DE L'ABANDON, ne figure pas le médiocre C auquel ses travaux lui auraient donné légitimement droit, mais un autre F tracé d'une main rageuse. En dessous, le prof a écrit : *Croyez-vous que l'argent prouve quoi que ce soit, Denbrough ?*

« Eh bien, à la vérité, oui », déclare Bill Denbrough à son appartement vide, avec un nouvel accès de rire hystérique.

167

En fin de cursus universitaire, il se permet d'écrire un roman, car il n'a aucune idée de ce qui l'attend. Il sort de cette expérience blessé et effrayé... mais vivant, avec un manuscrit faisant près de cinq cents pages. Il l'envoie à un éditeur, Viking Press, sachant que ce ne sera que l'une des nombreuses étapes de son livre ; mais il aime le petit drakkar qui symbolise cette maison — autant commencer par elle. La première étape sera cependant la dernière : Viking achète le manuscrit... Et pour Bill Denbrough, le conte de fées commence. Celui que l'on appelait naguère Bill le Bègue connaît la gloire à vingt-trois ans. Trois ans plus tard, à quelque cinq mille kilomètres de la Nouvelle-Angleterre du Nord, il accède à une forme plus bizarre de célébrité en épousant à Hollywood une femme qui est une vedette de cinéma et son aînée de cinq ans.

Les échotiers mondains leur donnent six mois. Divorce ou annulation, tel est à leur avis le seul pari à prendre. Amis (et ennemis) de l'un et de l'autre partagent ce sentiment. En plus de leur différence d'âge, tout semble les séparer. Lui est grand, perd ses cheveux, manifeste une tendance à l'embonpoint et, en société, s'exprime avec lenteur — quand toutefois, il réussit à sortir un mot. Audra, de son côté, les cheveux châtain clair, faite au moule, est une femme superbe, une véritable créature de rêve à demi divine.

On l'avait engagé pour rédiger le scénario tiré de son deuxième roman, *Les Rapides des ténèbres* (avant tout parce que, parmi les clauses de cession de droits, figure en toutes lettres celle que l'auteur doit au moins réaliser la première mouture de l'adaptation cinématographique, en dépit des hauts cris de son agent), et il s'en est fort bien tiré. Puis on l'a invité à Universal City pour superviser les réaménagements, dans le cadre des réunions de production.

Son agent est une petite femme du nom de Susan Browne. Elle mesure exactement un mètre cinquante de haut. Elle déborde d'énergie jusque dans son langage, et elle se montre on ne peut plus catégorique :

« N'y va pas, Billy, dit-elle. Envoie-les se faire foutre. Y a beaucoup de fric d'engagé dans cette affaire, et ils trouveront bien quelqu'un de compétent pour donner un coup de brosse à ton scénario. Goldman lui-même, peut-être bien.

— Qui ?

— William Goldman. Le seul bon écrivain à avoir sauté le pas et à s'en être bien tiré.

— Mais de quoi parles-tu, Susan ?

— Il a réussi à faire son trou à Hollywood, et il est resté bon. Ce qui est aussi difficile que de vaincre un cancer du poumon. C'est possible, mais qui tient à essayer ? Le sexe, l'alcool, tu vas te brûler les ailes. Sans parler de leurs nouvelles saloperies de drogues. (Son œil noisette, pétillant d'une fascination un peu folle, a une expression aussi véhémente que ses paroles.) Et si c'est un nullard et non pas Goldman, qu'est-ce que tu en as à foutre ? Le bouquin est là sur l'étagère. Et ils ne peuvent pas en changer un mot.

— Écoute, Susan...

— C'est toi qui m'écoutes, Billy ! Prends l'oseille et tire-toi. Tu es jeune et solide. C'est ce qu'ils aiment. Si tu vas là-bas, ils vont commencer par te faire perdre le respect que tu as de toi-même, sans parler du talent d'écrire en allant tout droit de A à B. En fin de compte, ils vont te châtrer. Tu écris comme un adulte, mais tu n'es qu'un gosse avec une grosse tête.

— Il faut que j'y aille.

— Y a pas quelqu'un qui a pété ici ? Sûrement, parce que ça commence à puer.

— Mais il le faut, je n'ai pas le choix !

— Seigneur Jésus !

— Il faut que je quitte la Nouvelle-Angleterre. (Il redoute de dire ce qui va suivre — c'est comme lâcher un juron — mais il le lui doit bien !) Il faut que je quitte le Maine.

— Et pour quelles raisons, grands dieux ?

— Je ne sais pas. Mais il le faut.

— Parles-tu sérieusement, Billy, ou me racontes-tu une de tes histoires ?

— Sérieusement. »

Cette conversation a lieu au lit. Elle a de petits seins, gros comme des pêches, doux comme des pêches. Il l'aime énormément, mais pas de la bonne manière, comme ils le savent tous les deux. Elle est assise, un bouillonné de drap lui cache le sexe, elle allume une cigarette. Elle pleure, mais il doute qu'elle sache qu'il sait. Ce n'est que son œil trop brillant. Ce serait un manque de tact que d'en parler, et il n'en parle donc pas. Il ne l'aime peut-être pas de la bonne manière, mais il se fait beaucoup de mauvais sang pour elle.

« Eh bien, vas-y, dit-elle d'un ton sec et neutre en lui tournant le dos. Passe-moi un coup de fil quand t'en pourras plus, si tu en as encore la force. Je viendrai ramasser les morceaux, s'il en reste. »

Au cinéma, *Les Rapides des ténèbres* deviennent *La Fosse du démon noir*, avec Audra Phillips dans le premier rôle. Le titre est abominable mais le film tout à fait réussi. Et Bill Denbrough ne perd rien d'autre à Hollywood que son cœur.

« Bill », répéta Audra, l'arrachant à l'évocation de ces souvenirs. Elle avait coupé la télé. Il jeta un coup d'œil par la fenêtre et constata que le brouillard était toujours aussi épais.

« Je vais te dire tout ce que je pourrai, dit-il, tu le mérites bien. Mais fais tout d'abord deux choses pour moi.

— Entendu.

— Prépare-toi une autre tasse de thé et dis-moi ce que tu sais de moi. Ou ce que tu crois savoir. »

Elle le regarda, intriguée, et alla jusqu'au buffet.

« Je sais que tu es originaire du Maine », répondit-elle en se versant une nouvelle tasse de thé. Elle n'était pas anglaise, mais elle parlait avec une pointe d'accent anglais, qui venait du rôle qu'elle tenait dans *La Mansarde*, le film qu'ils étaient venus tourner ici, le premier écrit par Bill. On lui avait également proposé la mise en scène, mais grâce à Dieu il avait refusé ; sinon son départ brusqué aurait été une catastrophe. Il savait bien ce que tout le monde allait dire. Que Bill Denbrough s'était enfin montré sous son vrai jour. Encore un foutu écrivain, plus fou que tout un asile.

Et Dieu sait qu'il se sentait cinglé en ce moment !

« Tu avais un frère que tu aimais beaucoup et qui est mort, reprit Audra. Tu as grandi dans une ville qui s'appelle Derry, et ta famille a déménagé pour Bangor environ deux ans après la mort de ton frère, puis tu pars pour Portland quand tu avais quatorze ans. Tu m'as dit aussi que ton père était mort d'un cancer du poumon quand tu avais dix-sept ans. Tu as écrit un best-seller alors que tu étais encore étudiant, payant tes études grâce à une bourse et à un travail à temps partiel dans une usine de textile. Le brusque changement de revenus a dû te faire une impression bizarre, à l'époque... »

Elle revint vers le coin de la pièce où il se trouvait, et il vit à son expression qu'elle prenait conscience de zones d'ombre qui les séparaient.

« Je sais enfin que tu as écrit *Les Rapides des ténèbres* un an après, puis que tu es venu à Hollywood. Et une semaine avant le début du tournage, tu as rencontré une femme du nom d'Audra Phillips, qui était en train de perdre les pédales ; elle comprenait un peu par quoi tu étais passé — pour avoir elle-même été cinq ans auparavant une certaine Audrey Philpott. Cette femme était en train de couler...

— Audra, tais-toi ! »

Mais ses yeux ne cillèrent pas, et elle continua : « Et pourquoi ? On peut se dire la vérité, entre nous, que diable ! Je sombrais. J'avais découvert les poppers deux ans avant de te rencontrer, et la coke un an après les poppers. Je trouvais que c'était encore mieux. Une petite capsule le matin, une ligne de coke l'après-midi, une bonne bouteille le soir et du Valium pour dormir.

Les petites vitamines d'Audra. Trop d'interviews importantes, trop de grands rôles. Je ressemblais tellement à un personnage à la Jacqueline Susann que c'en était marrant. Sais-tu ce que je me dis quand je pense à cette époque, Bill ?

— Non. »

Elle prit un peu de thé, sans le quitter des yeux, et sourit. « Que c'était comme courir sur le tapis roulant de l'aéroport de Los Angeles. Comprends-tu ?

— Pas exactement, non.

— C'est un tapis roulant qui fait cinq cents mètres de long.

— Je le connais, dit-il, mais je ne vois pas...

— Tu montes dessus, et il t'emmène tranquillement jusqu'au tambour à bagages. Mais tu n'es pas obligé de rester immobile ; tu peux marcher dessus ; ou courir. Et tu as l'impression de marcher normalement ou de courir normalement, parce que ton corps ne se rend pas compte qu'à sa vitesse s'ajoute celle du tapis roulant. C'est pourquoi on a installé des panneaux RALENTISSEZ à son extrémité. Quand je t'ai rencontré, j'avais l'impression d'être arrivée à la fin du tapis roulant, d'être sur un sol qui n'avançait plus sous moi. J'étais là, la tête dix bornes en avance sur mes pieds. On ne peut pas garder l'équilibre ainsi. Tôt ou tard, on se casse la figure. Sauf que je ne me la suis pas cassée. Tu m'as rattrapée avant. »

Elle posa la tasse de thé et alluma une cigarette, les yeux toujours fixés sur lui. Il devina simplement son énervement au léger tremblement de la flamme du briquet, qui ne trouva pas tout de suite le bout de la cigarette.

Elle inspira profondément et rejeta aussitôt une bouffée de fumée.

« Ce que je sais de toi ? Que tu donnes l'impression de contrôler tout ce qui t'arrive. Oui. Tu n'as jamais l'air pressé d'avoir ton prochain verre, d'aller à ta prochaine réunion, à ta prochaine soirée. Tu n'as pas l'air de douter un instant que les choses te seront données quand tu le voudras. Tu parles lentement. Ça tient peut-être en partie au parler traînant du Maine; mais je crois que ça tient davantage à toi. Tu es le premier homme que j'aie rencontré, dans ce milieu, qui se permettait de parler lentement. Il fallait que je ralentisse moi-même pour t'écouter. Je t'ai regardé, Bill, et j'ai vu quelqu'un qui ne courait jamais sur le tapis roulant, quelqu'un qui savait où ça le mènerait. Tu paraissais complètement inaccessible au phénomène drogue et à l'hystérie générale. Tu ne louais pas de Rolls pour aller frimer le samedi soir sur les grands boulevards avec des plaques à tes initiales. Tu n'avais pas d'agent chargé d'alimenter en potins *Vanity Fair* ou *The Hollywood Reporter*. Tu n'es jamais passé au Carson Show, à la télé.

— Les écrivains n'y passent jamais, sauf s'ils savent faire des tours de cartes ou plier les petites cuillères à distance, objecta-t-il avec un sourire. C'est une loi nationale, quasiment. »

Il avait cru la faire sourire, mais elle resta impassible. « Je savais que tu serais là quand j'aurais besoin de toi. Lorsque je décollerais vraiment du bout du tapis roulant. Peut-être m'as-tu empêchée de prendre la petite pilule de trop après trop de gnôle. Peut-être que je m'en serais sortie toute seule et que je ne fais que dramatiser, mais je ne pense pas. Pas intérieurement, là où j'existe. »

Elle éteignit la cigarette après seulement deux bouffées.

« Et depuis, tu as toujours été là. Comme moi pour toi. Ça se passe bien au lit. Au début, ça me paraissait bigrement important. Mais ça se passe bien aussi en dehors du lit, et ça me semble maintenant encore plus important. J'ai l'impression que je pourrais même vieillir sans toi et ne pas m'effondrer pour autant. Je sais que tu bois trop de bière et ne prends pas assez d'exercice; je sais aussi que certaines nuits tu fais de mauvais rêves... »

Il sursauta, désagréablement pris de court. Il avait presque peur.

« Je ne rêve jamais. »

Elle sourit. « C'est ce que tu racontes aux journalistes quand ils te demandent d'où tu sors tes idées. Mais c'est faux. À moins que tu n'aies des problèmes de digestion quand tu te mets à grogner la nuit. Moi, je n'y crois pas.

— Est-ce que je parle ? » demanda-t-il, prudent. Il ne se souvenait d'aucun rêve, bon ou mauvais.

Audra acquiesça. « Parfois. Mais je n'arrive jamais à saisir ce que tu dis. Et une ou deux fois, tu as pleuré. »

Le visage vide, il la regarda. Il avait un mauvais goût dans la bouche qui lui descendait jusqu'au fond de la gorge comme une traînée d'aspirine mal dissoute. *Tu sais donc maintenant à quoi ressemble la peur. Il était temps, si l'on songe à tout ce que tu as écrit sur la question*, se dit-il. Il supposa que c'était une idée à laquelle on pouvait s'habituer. À condition de vivre assez vieux.

Les souvenirs commencèrent soudain à se bousculer en lui. Comme si un sac noir, au fond de son esprit, se mettait à gonfler et à menacer de cracher de méphitiques

(rêves)

images tirées de son inconscient pour les faire surgir dans le champ de vision mentale que commandait son esprit rationnel de veille ; si cela se produisait d'un seul coup, il deviendrait fou. Il tenta de les repousser, avec succès, mais non sans avoir eu le temps d'entendre une voix — la voix d'un enterré vivant qui serait montée du sol. La voix d'Eddie Kaspbrak.

Tu m'as sauvé la vie, Bill. Ils finissaient par me rendre fou, ces garçons. Par moments, j'avais l'impression qu'ils voulaient ma peau, vraiment...

« Tes bras », dit Audra.

Bill baissa les yeux. Il avait la chair de poule. Ou plutôt la chair d'autruche, tellement étaient grosses les bosses sur sa peau ; comme des œufs d'insecte. Tous deux regardaient sans rien dire, comme s'il s'agissait d'une intéressante curiosité, dans un musée. Lentement, la chair de poule se résorba.

Dans le silence qui suivit, Audra reprit : « Et je sais aussi une dernière chose. À savoir que quelqu'un t'a appelé ce matin des États-Unis, te demandant de me quitter. »

Il se leva, eut un bref coup d'œil pour les bouteilles d'alcool, puis alla dans la cuisine d'où il revint avec un verre de jus d'orange. « Tu sais que j'avais un frère et qu'il est mort ; ce que tu ne sais pas, c'est qu'il a été assassiné. »

Audra eut un léger hoquet d'étonnement.

« Assassiné ! Oh, Bill, comment se fait-il que tu ne m'aies...

— Jamais rien dit ? (Il eut de nouveau ce rire bref et sec, comme un aboiement.) Je l'ignore.

— Mais qu'est-ce qui s'est passé ?

— Nous vivions à Derry, à l'époque. On venait de subir une inondation, mais le pire était passé, et George s'embêtait. J'étais au lit avec la grippe. Il voulait que je lui fasse un bateau en papier journal. J'avais appris ça l'été précédent, en colo. Il avait imaginé de le faire naviguer sur les caniveaux de deux rues en pente, Witcham et Jackson Streets. Ils débordaient encore. Je lui ai fabriqué son bateau, il m'a remercié, et il est sorti. C'est la dernière fois que j'ai vu mon frère George vivant. Sans la grippe, je l'aurais peut-être sauvé. »

Il se tut, se frottant machinalement la joue gauche de la main droite, comme s'il vérifiait l'état de son rasage. Agrandis par ses verres, ses yeux avaient une expression songeuse... mais il ne la regardait pas.

« Ça s'est passé sur Witcham Street, pas très loin de l'intersection avec Jackson Street. Celui qui l'a tué lui a arraché le bras gauche comme un morveux arrache une aile à une mouche. L'autopsie a conclu qu'il était mort soit de l'état de choc, soit de la perte de sang. Je n'ai jamais bien vu où était la différence, quant à moi.

— Seigneur ! Oh, Bill...

— Tu te demandes sans doute pour quelles raisons je ne t'en ai jamais parlé. En vérité, je me le demande moi-même. Voilà onze ans que nous sommes mariés, et c'est la première fois que je te dis ce qui est arrivé à Georgie. Je connais toute ta famille, y compris tantes et oncles. Je sais que ton grand-père est mort dans son garage d'Iowa City, en faisant le con avec sa tronçonneuse après avoir bu un coup de trop. Tout cela je le sais parce que nous sommes mariés, et qu'au bout d'un certain temps, les gens mariés savent à peu près tout l'un de l'autre. Et même si ça les barbe et qu'ils n'écoutent pas, ils finissent par en être imprégnés comme par osmose. À moins que je ne me trompe ?

— Non, pas du tout.

— Et nous avons toujours parlé très librement, n'est-ce pas ? Et jamais au point de nous ennuyer et de devoir parler d'osmose ?

— Eh bien, jusqu'à aujourd'hui, c'est ce que j'aurais dit.

— Voyons, Audra ! Tu sais tout ce qui m'est arrivé depuis ces onze dernières années. Chaque affaire, chaque idée, chaque refroidissement, chaque ami et même chaque type qui a tenté de me faire du tort —, tu es au courant de tout. Tu sais que je couchais avec Susan Browne. Tu sais qu'il m'arrive de larmoyer quand j'ai trop bu et que je mets la musique trop fort.

— Les Grateful Dead en particulier, dit-elle, ce qui le fit rire ; et cette fois, elle lui rendit son sourire.

— Tu es aussi au courant des choses importantes — les projets qui comptent pour moi.

— Oui, il me semble. Mais cela... (Elle se tut, secoua la tête et réfléchit quelques instants.) Mais quel est le rapport entre ton frère et ce coup de fil, Bill ?

— J'y viendrai en temps voulu. N'essaie pas de me faire brûler les étapes, on s'y perdrait. C'est tellement énorme... et tellement... tellement horrible, bizarrement horrible, que je m'efforce de m'en approcher en

176

catimini. Vois-tu... ça ne m'est jamais venu à l'esprit de te parler de Georgie. »

Elle le regarda, fronça les sourcils, et esquissa ce geste de la tête qui trahit l'incompréhension.

« Ce que j'essaie de te dire, Audra, c'est qu'il y a plus de vingt ans que je n'ai pas pensé à George.

— Tu m'as pourtant dit que tu avais un frère du nom de...

— Je me suis contenté de répéter un fait, c'est tout. Son nom n'était qu'un mot. Il ne projetait aucune ombre dans mon esprit.

— Il en projetait sans doute une sur tes rêves, je crois, dit Audra d'une voix douce.

— Les grognements ? Les pleurs ? »

Elle acquiesça.

« Tu as probablement raison, admit-il. Tu as même certainement raison. Mais les rêves dont on ne se souvient pas ne comptent pas vraiment, n'est-ce pas ?

— Es-tu en train de m'expliquer que tu n'as pas pensé une seule fois à lui ?

— Pas une seule fois. »

Elle secoua la tête, sincèrement incrédule. « Pas même à sa mort horrible ?

— Pas jusqu'à aujourd'hui, Audra. »

Elle leva les yeux sur lui et de nouveau secoua la tête.

« Avant notre mariage, tu m'as demandé si j'avais des frères et sœurs, et je t'ai répondu que j'avais eu un frère, mais qu'il était mort quand j'étais encore gamin. Tu savais que j'avais perdu mes parents, et toi-même, tu es d'une famille tellement nombreuse que tu as largement de quoi t'occuper. Mais ce n'est pas tout.

— Que veux-tu dire ?

— George n'est pas le seul à être passé dans ce trou noir. C'est pareil pour Derry : ça fait plus de vingt ans que je n'y ai pas pensé. Tout comme les copains que j'avais là-bas — Eddie Kaspbrak, Richie la Grande Gueule, Stan Uris, Bev Marsh... (Il passa la main dans ses cheveux clairsemés et rit nerveusement.) C'est comme si j'avais souffert d'une amnésie tellement grave que j'avais oublié tout ça. Et quand Mike Hanlon a appelé...

— Qui est ce Mike Hanlon ?

— Un autre de nos copains — un copain que je me suis fait après la mort de Georgie. Évidemment, il a grandi, lui aussi, comme nous tous. C'était Mike au téléphone, par câble transatlantique. Il a dit : " Bonjour, je suis bien chez Mr. et Mrs. Denbrough ? " J'ai répondu que oui et il a dit : " C'est toi, Bill ? C'est Mike Hanlon au téléphone. " Ça ne me disait absolument rien. Il aurait pu aussi bien vouloir me vendre des encyclopédies. Puis il a ajouté : " De Derry. " Et quand il a dit ça, on aurait cru qu'une porte s'ouvrait en moi et qu'il en sortait une épouvantable lumière. Alors je me suis rappelé qui il était. Je me suis rappelé Georgie. Puis tous les autres. Ça s'est passé (il fit claquer ses doigts) comme ça. Et j'ai compris qu'il allait me demander de venir.

— De revenir à Derry ?

— Ouais. » Il enleva ses lunettes, se frotta les yeux et la regarda. De sa vie, elle n'avait jamais vu un homme avec un air aussi effrayé. « Revenir à Derry. Parce que nous l'avions promis, m'a-t-il rappelé. C'est vrai. Nous l'avons promis, tous. Toute la bande. Nous nous tenions dans le ruisseau qui court dans les Friches-Mortes, en cercle, la main dans la main, chacun avec les paumes entaillées ; un groupe de gosses qui jouent à devenir frères de sang. Sauf que c'était sérieux. »

Il tendit vers elle ses mains ouvertes, et elle vit, au creux de chacune d'elles, comme un petit treillis de lignes blanches : du tissu cicatriciel. Elle avait tenu cette main — ces deux mains — un nombre incalculable de fois, mais jamais encore elle n'avait remarqué ces cicatrices. Elles étaient à peine discernables, certes, mais elle aurait cru...

Et cette soirée ! La partie !

Pas celle où ils s'étaient rencontrés (même si elle était parfaitement symétrique de l'autre) mais celle qui avait fêté la fin du tournage de *La Fosse du démon noir*. Elle avait été bruyante et bien arrosée, dans le plus pur style « Topanga Canyon ». Il s'y était peut-être dit un peu moins de vacheries que dans d'autres soirées de L.A. auxquelles elle avait assisté, sans doute parce que le tournage s'était mieux passé que tout ce que l'on aurait pu normalement espérer et que chacun le savait. C'était pour Audra Phillips que ça s'était le mieux passé, puisqu'elle était tombée amoureuse de William Denbrough.

Comment s'appelait déjà la chiromancienne amateur ? Elle l'avait oublié, se rappelant seulement que c'était l'une des maquilleuses assistantes. Elle se souvenait comment la fille, à un moment de la soirée, avait enlevé sa blouse (elle portait en dessous le plus transparent des soutiens-gorge) et s'en était enturbannée pour se transformer en bohémienne. Complètement ivre de hasch et de vin, elle avait passé le reste de la soirée à lire les lignes de la main... jusqu'à ce qu'elle s'écroule.

Audra ne se rappelait plus si elle s'en était bien sortie ou non, avec humour ou bêtement ; elle était pas mal partie aussi elle-même ce soir-là. Mais ce dont elle se souvenait parfaitement, en revanche, c'était le moment où la fille avait pris sa main et celle de Bill, les avait comparées et déclarées parfaitement complémentaires. De vrais jumeaux ! s'était-elle exclamée. Elle n'avait pas oublié comment, piquée de jalousie, elle avait regardé la donzelle suivre les lignes dans la paume de Bill d'un ongle laqué à la perfection. Réaction stupide dans cette sous-culture qu'est le milieu bizarre du cinéma à L.A., où les hommes tapotent les fesses des femmes aussi souvent qu'à New York ils les embrassent sur la joue. Mais l'autre s'était attardée, avec un geste qui avait eu quelque chose d'intime.

Sauf qu'elle n'avait pas vu la moindre trace de cicatrice, à l'époque.

Elle avait observé la scène avec l'œil jaloux d'une amante, et elle ne doutait pas de la précision de son souvenir. Elle était sûre du fait.

Ce qu'elle expliqua à Bill.

Il acquiesça. « Tu as raison. Elles n'y étaient pas. Je ne pourrais pas en jurer, mais il me semble bien que je ne les avais pas non plus hier soir, au pub. Nous avons fait un bras de fer pour les bières, Ralph et moi, et je crois que je l'aurais remarqué. »

Il lui sourit. Un sourire sec, dépourvu d'humour et terrifié.

« Je pense qu'elles sont revenues lorsque Mike m'a appelé. C'est ce que je crois.

— Ce n'est pas possible, Bill. » Elle tendit néanmoins la main vers son paquet de cigarettes.

Bill regardait ses mains. « C'est Stan qui l'a fait, dit-il. Il nous a entaillés avec un fragment de bouteille de Coca-Cola. Je m'en souviens à la perfection, maintenant. (Il leva sur Audra des yeux qui, derrière ses verres, avaient l'air à la fois blessés et intrigués.) Je me rappelle l'éclat du verre dans le soleil, c'était une bouteille du nouveau modèle, le clair. Avant ça, les bouteilles de Coke étaient vertes, tu te souviens ? (Elle secoua la tête mais il ne la vit pas ; il étudiait toujours ses paumes.) Je n'ai pas oublié non plus comment Stan s'est ouvert les mains en dernier, en essayant de nous faire croire qu'il allait se couper aux poignets au lieu de s'entailler un peu les paumes. Je me disais que c'était juste de la frime, mais j'ai eu comme un mouvement vers lui... pour l'arrêter. Car pendant deux ou trois secondes, il a eu l'air sérieux.

— Ça suffit comme ça, Bill », dit-elle à voix basse. Cette fois-ci, il lui fallut immobiliser le briquet en se tenant le poignet droit de la main gauche, comme un policier en train de tirer. « Les cicatrices ne reviennent pas, reprit-elle. Ou elles restent, ou elles disparaissent.

— Tu les avais déjà vues, hein ? C'est bien ça ?

— Elles sont très légères, répliqua Audra d'un ton plus aigu qu'elle ne l'aurait souhaité.

— Nous saignions tous. Nous étions dans l'eau, pas très loin de l'endroit où nous avions construit le barrage, Eddie Kaspbrak, Ben Hanscom et moi...

— Ben Hanscom... l'architecte ?

— Y en a-t-il un de ce nom ?

— Mais enfin, Bill ! Il vient de construire le nouveau Centre de communication de la BBC ! On se bagarre encore pour savoir si c'est un chef-d'œuvre ou une catastrophe.

— Eh bien, j'ignore si c'est le même type ou non. Ça me paraît peu vraisemblable, mais pas impossible, après tout. Le Ben que j'ai connu était très fort quand il s'agissait de construire des trucs. Nous étions donc dans l'eau ; je tenais la main gauche de Bev Marsh d'un côté et la main droite de Richie Tozier de l'autre. Dans l'eau, un peu comme un baptême style Sud profond, après un prêche en plein air ; à l'horizon, on voyait le château d'eau de Derry. Il était aussi blanc et immaculé qu'une robe d'archange telle qu'on les imagine, et nous avons promis, sous serment, que si ce n'était pas fini, que si jamais ça recommençait... nous reviendrions. On s'y remettrait pour l'arrêter. Pour toujours.

— Mais arrêter *quoi* ? cria-t-elle, soudain furieuse après lui. Arrêter *quoi* ? De *quoi* parles-tu, nom de Dieu ?

— J'aurais préféré que tu ne de-de-demandes pe... », commença Bill, qui s'interrompit brutalement. Elle vit une expression d'horreur et de stupéfaction se répandre comme un nuage sur son visage. « Donne-moi une cigarette », demanda-t-il.

Elle lui passa le paquet. Il en alluma une. C'était la première fois qu'elle le voyait fumer.

« Dans le temps, je bégayais aussi.

— Tu bégayais ?

— Oui, à cette époque. Tu dis que je suis le seul homme que tu connaisses à L.A. qui se permette de parler lentement. À la vérité, c'est le contraire : je n'ose pas parler vite. Il ne s'agit pas de réfléchir ; ça n'a rien de délibéré ; ce n'est pas de la sagesse. Tous les anciens bègues parlent très lentement. C'est l'un des trucs que l'on apprend, comme de penser à son nom de famille juste avant de se présenter, car les bègues ont plus de difficultés avec les noms propres qu'avec les noms communs ; et pour eux, le plus redoutable de tous, c'est leur propre prénom.

— Il bégayait... » Elle eut un sourire mi-figue mi-raisin, comme s'il avait fait une plaisanterie qu'elle n'aurait pas comprise.

« Jusqu'à la mort de George, je bégayais modérément », dit Bill. Déjà, il entendait les syllabes doubler dans sa tête, comme si elles subissaient un effet de dédoublement infinitésimal dans le temps ; les mots sortaient sans peine, avec le même débit lent habituel, mais dans son esprit cela donnait *Ge-Ge-George* et *mo-modérément* au lieu de *George* et de *modérément*.

« Je passais par des moments vraiment pénibles, en fait, en particulier lorsqu'on m'interrogeait en classe — surtout si je connaissais la réponse et voulais la donner —, mais dans l'ensemble je m'en sortais. C'est devenu bien pire, cependant, après la mort de George. Les choses ont commencé d'aller mieux vers quatorze ou quinze ans ; il y avait une orthophoniste au lycée, Mrs. Thomas, qui était tout à fait remarquable. Elle m'a appris les bons trucs, comme penser à mon nom de famille juste avant de dire : " Salut, je m'appelle Bill Denbrough " à voix haute. Je prenais des cours de français et elle m'a montré comment passer au français quand je trébuchais sur un mot. En sorte que si l'on se retrouve comme un grand imbécile en train de répéter : " *Th-th-this buh-buh-buh-*... ", comme un disque rayé sans pouvoir en sortir, il suffit de passer au français, et " ce livre " vient tout seul. Ça marche à tous les coups. Et dès qu'on l'a dit en français, on peut revenir à l'anglais et " *this book* " sort sans problème. Bref, elle m'apprenait tous ces trucs-là, et tous m'ont aidé, mais le facteur déterminant a été d'oublier Derry et tout ce qui s'y était passé. C'est à partir du moment où nous avons vécu à Portland et que je suis allé au lycée que j'ai tout effacé de ma mémoire. Je n'ai pas tout oublié instantanément, mais à analyser les choses rétrospectivement, ça s'est passé en un laps de temps remarquablement court. Pas plus de quatre mois, peut-être. Bégaiement et souvenirs ont disparu simultanément. Quelqu'un a essuyé le tableau noir, et toutes les vieilles équations se sont effacées. »

Il finit ce qui lui restait de jus d'orange. « Quand j'ai bégayé sur " demande ", il y a quelques secondes, c'était la première fois que ça m'arrivait depuis peut-être vingt et un ans. »

Il la regarda.

« Tout d'abord les cicatrices, puis le bé-bégaiement ? Tu l-l'entends ?

— Tu le fais exprès ! s'exclama-t-elle, prise de frayeur.

— Non. J'imagine qu'il n'y a aucun moyen de convaincre quelqu'un de cela, mais c'est vrai. Il y a quelque chose de comique et de mystérieux dans le bégaiement, Audra. À un certain niveau, on ne s'en rend même pas compte. Cependant... c'est aussi quelque chose que l'on entend dans son esprit, comme si une partie était d'un instant en avance sur le reste. Comme l'un de ces systèmes d'écho que les jeunes mettaient dans leur bagnole, dans les années 50 ; le son du haut-parleur arrière arrivait avec une fraction de seconde de retard sur celui de l'avant. »

Il se leva et commença à arpenter fébrilement la pièce. Il avait l'air fatigué, et ce n'est pas sans une certaine impression de malaise qu'elle se dit qu'il avait travaillé très dur au cours des treize dernières années, comme s'il s'était agi de justifier la médiocrité de son talent par un labeur acharné et presque incessant. Une pensée encore plus désagréable lui traversa l'esprit ; elle essaya de la chasser, sans y parvenir. Et si ce coup de fil émanait en réalité de Ralph Foster, qui l'invitait à aller faire une partie de bras de fer ou de cartes, ou encore de Freddie Firestone, leur producteur, à propos d'un problème ou d'un autre ?

Sur quoi débouchaient de telles pensées ?

Eh bien, sur l'idée que toute cette histoire de Derry et de Mike Hanlon n'était rien d'autre qu'une hallucination, une hallucination due à une dépression nerveuse sur le point de se déclarer.

Mais les cicatrices, Audra, comment expliques-tu les cicatrices ? Il a raison, elles n'y étaient pas... et maintenant elles y sont. C'est la vérité, et tu le sais.

« Raconte-moi le reste, dit-elle. Qui a tué ton frère George ? Qu'est-ce que vous avez fait, ces autres gosses et toi ? Qu'avez-vous promis ?

— Je crois que je pourrais te le raconter, dit-il doucement. Il me semble que si je le voulais réellement, je le pourrais. J'ai presque tout oublié, pour l'instant, mais il suffirait de commencer pour que ça vienne. Je sens les souvenirs qui ne demandent qu'à émerger. Comme des nuages remplis de pluie. Sauf qu'il s'agirait d'une pluie immonde. Les plantes qui pousseraient après seraient monstrueuses. C'est quelque chose que je pourrais peut-être affronter avec les autres...

— Est-ce qu'ils sont au courant ?

— Mike dit qu'il les a appelés. Il pense qu'ils viendront tous. Sauf peut-être Stan. Il lui a fait une impression bizarre.

— C'est toute cette histoire qui me fait une impression bizarre, Bill. Ça me fiche une frousse terrible.

— Je suis désolé », dit-il. Puis il l'embrassa. Ce fut comme si un individu complètement étranger l'avait embrassée, et elle se sentit prise de haine pour ce Mike Hanlon.

« J'ai cru devoir t'expliquer tout ce que je pouvais, reprit-il ; je me suis dit que ce serait mieux que de s'échapper en douce dans la nuit. Ce que feront peut-être les uns ou les autres. Mais il faut que je parte. Et je pense que Stan viendra également, aussi étrange qu'il ait paru à Mike. À moins que ce ne soit parce que je ne m'imagine pas ne pas y retourner.

— À cause de ton frère ? »

Bill secoua lentement la tête. « Je pourrais te répondre que oui, mais ce serait mentir. Je l'aimais. Je sais que ça doit te faire drôle, après t'avoir dit que je n'avais pas pensé à lui depuis plus de vingt ans, mais j'aimais ce gosse comme ce n'était pas possible. (Il eut un petit sourire.) Il piquait des crises, mais je l'aimais. Tu comprends ? »

Audra, qui avait une sœur plus jeune, acquiesça.

« Mais ce n'est pas à cause de George. Je ne saurais pas expliquer... »

Bill contempla le brouillard matinal par la fenêtre.

« Je me sens comme doit se sentir un oiseau migrateur quand vient l'automne... il sait obscurément qu'il doit retourner chez lui. C'est l'instinct, vois-tu... et quelque chose me dit que l'instinct est comme le squelette de fer qui se cache sous toutes nos idées et notre libre arbitre. Il y a certaines choses auxquelles on est incapable de dire non, à moins de se faire sauter la caisse. On ne peut pas refuser, parce qu'en réalité on n'a pas le choix. On ne peut pas empêcher que ça arrive, c'est tout. Il faut que je parte. Cette promesse... elle est dans mon esprit comme un ha-hameçon. »

Elle se leva, et se dirigea vers lui d'un pas incertain ; elle se sentait très fragile, sur le point de se briser. Elle posa une main sur son épaule et l'obligea à se retourner.

« Emmène-moi avec toi, alors. »

L'expression d'horreur qui envahit son visage (non pas horreur d'elle, mais horreur pour elle) fut tellement évidente qu'elle recula d'un pas, réellement terrorisée pour la première fois.

« Non, répondit-il, c'est exclu, Audra. Je t'interdis même d'y penser. Pas question que tu approches de Derry à moins de cinq mille kilomètres ; Derry va se transformer en un coin affreux pendant les deux prochaines semaines. Tu vas rester ici, continuer le film et présenter toutes les excuses nécessaires pour moi. Promets-le-moi !

— Dois-je promettre ? dit-elle sans le quitter des yeux. En es-tu sûr, Bill ?

— Audra...

— En es-tu sûr ? Tu as fait toi-même une promesse,

185

et regarde à quoi ça t'a mené. Et moi, par la même occasion, moi qui suis ta femme et qui t'aime. »

Il l'avait prise aux épaules, et ses grandes mains l'étreignaient à lui faire mal. « Promets-le-moi, promets-le-moi, pr-pr-pr-pr-pro-pro-o-... »

Et elle ne put en supporter davantage, ce mot brisé pris dans sa gorge comme s'agite un poisson traversé par une foëne.

« Te le promettre ? D'accord, je te le promets ! (Elle éclata en sanglots.) Es-tu content, maintenant ? Seigneur ! Tu es cinglé, toute cette histoire est cinglée, et moi je promets ! »

Il passa un bras autour d'elle et la conduisit sur le canapé. Puis il lui apporta un brandy, qu'elle but à petites gorgées, reprenant peu à peu le contrôle d'elle-même.

« Et quand pars-tu ?

— Aujourd'hui. Par le Concorde. Je peux y arriver de justesse en allant directement en voiture à Heathrow, au lieu de prendre le train. Freddie voulait me voir au studio après le déjeuner. Tu y vas à neuf heures, mais tu ne sais rien, d'accord ? »

Elle acquiesça à contrecœur.

« Je serai à New York avant que les histoires commencent. Et à Derry avant le coucher du soleil, avec les bonnes correspondances.

— Et quand est-ce que je te revois ? » demanda-t-elle doucement.

Il passa son autre bras autour de ses épaules et la serra très fort contre lui, sans répondre à la question.

DERRY

PREMIER INTERMÈDE

─────────

*Combien d'yeux humains ont-ils jeté un regard furtif
sur leur anatomie la plus secrète, au cours des ans ?*

Clive Barker
Books of Blood

*L'extrait ci-dessous, comme tous ceux qui portent le titre d'*Intermède, *est tiré de* Derry, histoire cachée d'une ville, *de Michael Hanlon. Il s'agit d'un ensemble de notes et de fragments manuscrits qui n'ont jamais été publiés (et qui se présentent à peu près comme un journal), trouvé dans les coffres de la bibliothèque municipale de Derry. Le titre mentionné ci-dessus est celui qui figure sur la chemise dans laquelle ces notes ont été conservées jusqu'ici. Toutefois, l'auteur se réfère à plusieurs reprises à l'ouvrage, dans ses notes, de la manière suivante : «* Derry : coup d'œil en enfer par la porte de service. *»*
Tout laisse à penser que l'idée de publier ces notes a plus d'une fois traversé l'esprit de Mr. Hanlon.

Le 2 janvier 1985

Toute une ville peut-elle être hantée ?

Hantée, de la même manière que l'on dit que des maisons le sont ?

Il ne s'agit pas seulement d'un bâtiment de cette ville, ni d'un pâté de maisons ou d'une rue, ni d'un unique terrain de basket au milieu d'un parc de poche dont le panier se détacherait, en haut de son poteau, comme un incompréhensible et sanglant instrument de torture dans le soleil couchant. Non : pas une simple zone, mais tout. L'ensemble.

Est-ce possible ?

Écoutez.

Hanté : « Visité par des fantômes, des esprits. » (Petit Robert.)

Hantise : « Caractère obsédant d'une idée, d'une pensée, d'un souvenir... dont on ne parvient pas à se libérer. » (Petit Robert.)

Hanter : « Fréquenter habituellement... en parlant des esprits, des fantômes. » (Id.) Mais aussi : « Fréquenter un lieu de manière habituelle. »

Il existe également un vieux substantif oublié, une hante : « *Endroit où les animaux se nourrissent.* »

Qu'est-ce qui vient se nourrir à Derry ? Qu'est-ce qui se nourrit de Derry ?

Voyez-vous, il y a quelque chose de fascinant : j'ignorais qu'il était possible pour un homme d'être aussi terrorisé que je le suis, depuis l'affaire Adrian Mellon, et de continuer à vivre, et même à fonctionner. C'est comme si j'étais devenu le personnage d'une histoire ; or tout le monde sait qu'en principe, on n'éprouve une telle peur qu'à la fin de l'histoire, quand la chose venue des ténèbres jaillit des boiseries pour venir reprendre des forces... en vous dévorant, bien sûr.

En nous dévorant.

Mais si je suis dans une histoire, il ne s'agit pas de l'un des classiques de l'épouvante signé Poe, Lovecraft ou Bradbury. Si je ne sais pas tout, voyez-vous, je suis loin d'être totalement ignorant. Je ne m'y suis pas mis après avoir lu, dans le *Derry News*, un jour de septembre dernier, le compte rendu des auditions préliminaires du jeune Unwin, même si c'est cela qui m'a fait penser que le clown était peut-être de retour — le clown qui a assassiné George Denbrough. Non, c'est vers 1980 que je m'y suis mis, comme si quelque chose qui sommeillait en moi venait de se réveiller..., averti que le temps du retour de Ça pouvait bien être proche.

Quel quelque chose ? Le veilleur, je suppose.

À moins que ce ne soit la voix de la Tortue. Oui... je crois plutôt que c'était elle. Je sais que c'est ce qu'aurait pensé Bill Denbrough.

J'ai découvert des histoires d'horreur anciennes dans

de vieux livres, lu des informations sur d'anciennes atrocités dans de vieux journaux. Avec, constamment, au fond de mon esprit, ce grondement de coquillage chaque jour un peu plus fort, annonciateur de forces montant en charge ; et avec l'impression aussi de sentir l'âcre odeur d'ozone de la foudre à venir. J'ai commencé alors à prendre des notes pour un livre que je ne vivrai pas assez longtemps pour écrire. Et en même temps, ma vie continuait son train-train. À l'un des niveaux de mon esprit, je cohabitais et cohabite toujours avec les horreurs les plus grotesques, les plus délirantes ; à un autre, je continue de mener l'existence ordinaire d'un bibliothécaire de petite ville. Je remets des livres à leur place ; j'établis les cartes des nouveaux adhérents ; j'éteins les lecteurs de microfilms laissés branchés par des gens négligents ; je plaisante avec Carole Danner sur le plaisir que j'aurais à coucher avec elle, et elle me répond sur le même ton, qu'elle aussi ça lui ferait plaisir — mais nous savons l'un et l'autre qu'elle plaisante et moi pas, comme nous savons qu'elle ne restera pas bien longtemps dans un trou comme Derry alors que moi j'y vivrai jusqu'à ma mort, à rapetasser les pages déchirées des revues, à siéger à la commission mensuelle des acquisitions, ma pipe à la bouche, et une pile du *Journal des bibliothèques* à portée de la main..., m'éveillant au milieu de la nuit, les poings écrasés contre ma bouche pour étouffer un hurlement.

Erronées, les conventions gothiques du genre. Mes cheveux ne sont pas devenus blancs. Je ne suis pas somnambule. Je ne tiens pas de propos sibyllins et ne porte pas de gris-gris sur moi. Je crois que je ris un peu plus fréquemment, c'est tout, d'un rire qui sonne un peu trop aigu et bizarre, sans doute, car parfois les gens me jettent des regards curieux.

Une partie de moi-même — celle que Bill appellerait « la voix de la Tortue » — me dit que je devrais tous les contacter, ce soir. Mais en suis-je absolument certain, actuellement ? Non, bien sûr que non. Mais Seigneur, ce qui est arrivé à Adrian Mellon ressemble tellement à ce qui est arrivé à George, le frère de Bill le Bègue, à l'automne 1957 !

Si Ça a recommencé, je les appellerai. Il le faut. Mais pas maintenant. C'est trop tôt, de toute façon. Les choses avaient débuté lentement, la dernière fois, pour ne devenir sérieuses que pendant l'été 1958. J'attends donc... Et je remplis cette attente avec des mots dans ce carnet, ou en contemplant dans un miroir l'étranger que l'enfant est devenu.

L'enfant avait une expression studieuse et timide ; le visage de l'homme est celui d'un employé de banque dans un Western — le type qui n'a même pas une réplique à donner, celui qui lève les mains et prend un air terrorisé quand les bandits attaquent. Et si le scénario prévoit que quelqu'un doit être abattu par les méchants, ce sera lui.

Toujours le même, ce bon vieux Mike. Le regard un peu fixe, peut-être, et les paupières légèrement gonflées à cause d'un sommeil perturbé, mais pas au point qu'on le remarque. À moins de le regarder de très près — à la distance du baiser, distance à laquelle je ne me suis pas trouvé depuis longtemps. En me jetant un simple coup d'œil, on pourrait se dire : *Voilà quelqu'un qui lit trop*, mais c'est tout. Peu de chances de deviner le combat auquel se livre actuellement l'employé de banque au visage timide, combat pour tenir, pour ne pas devenir fou...

Si je donne ces coups de téléphone, cela pourra signifier la mort pour certains.

Ce n'est là qu'une des choses que je dois envisager, lors de ces nuits interminables, quand le sommeil ne vient pas et que je reste allongé dans mon pyjama de flanelle bleu, les lunettes soigneusement repliées sur la table de nuit à côté du verre d'eau, mis là au cas où je me réveillerais en ayant soif. Étendu dans le noir, je le bois à petites gorgées et me demande de quoi ils se souviennent exactement. J'ai parfois la conviction qu'ils ne se souviennent de rien, parce qu'ils n'ont aucun besoin de se souvenir. Je suis le seul à entendre la voix de la Tortue, le seul qui se rappelle, car je suis le seul à être resté ici, à Derry. Et comme ils se sont dispersés aux quatre vents, ils n'ont aucun moyen de savoir que leurs existences ont suivi des chemins parallèles. Les faire revenir, le leur montrer... oui, cela pourrait tuer l'un d'entre eux. Ou même tous.

C'est pourquoi j'y pense sans cesse ; je pense sans cesse à eux, dans un effort pour les voir comme ils étaient et comme ils doivent sans doute être maintenant, pour déterminer lequel d'entre eux est le plus vulnérable. Richie Tozier la Grande Gueule, me dis-je parfois ; c'était lui que Criss, Huggins et Bowers semblaient attraper le plus souvent, en dépit de l'obésité de Ben. C'était Bowers que Richie redoutait le plus — que nous redoutions tous le plus — mais les autres arrivaient aussi à le terroriser complètement. Si je le relance en Californie, ne va-t-il pas avoir l'impression cauchemardesque d'un retour des Grands Méchants, deux surgis de la tombe, et le troisième échappé de l'asile de Juniper Hill où il délire encore aujourd'hui ? D'autres fois, c'est Eddie qui me paraît avoir été le plus faible, Eddie avec son char d'assaut de mère et ses épouvantables crises d'asthme. Beverly ? Elle s'efforçait de parler comme les durs, mais elle avait aussi peur que les autres. Ou Bill le Bègue, que l'horreur ne quitte pas quand il tape sur sa machine à écrire ? Ou Stan Uris ?

Effilée comme un rasoir, la lame d'une guillotine est suspendue au-dessus de leurs têtes ; mais plus j'y pense, plus je suis convaincu qu'ils en ignorent la présence. Je suis celui qui peut déclencher le mécanisme ; il me suffit d'ouvrir mon répertoire et de les appeler les uns après les autres.

Mais je n'aurai peut-être pas besoin de le faire. Je m'accroche à l'espoir, de plus en plus ténu, d'avoir pris les cris de souris de mon esprit pusillanime pour la voix authentique de la Tortue. Qu'avons-nous, après tout ? Mellon en juillet. Le cadavre d'un enfant trouvé mort sur Neibolt Street en octobre, et un autre dans Memorial Park, début décembre, juste avant les premières neiges. Pourquoi pas un vagabond, comme l'écrivent les journaux ? Ou un cinglé, qui aurait depuis quitté Derry, ou se serait supprimé lui-même, pris de remords ou de dégoût, comme l'aurait fait le véritable Jack l'Éventreur, d'après certains livres ?

Peut-être.

Mais c'est juste en face de la vieille maison maudite de Neibolt Street que l'on a retrouvé la petite Albrecht... tuée le même jour que George Denbrough, vingt-sept ans auparavant. Et le petit Johnson, que l'on a découvert dans Memorial Park avec une jambe en moins... Memorial Park, c'est là aussi que se dresse le château d'eau de Derry, et le gamin gisait presque à son pied. Le château d'eau est à un jet de pierre des Friches-Mortes ; le château d'eau est également l'endroit où Stan Uris a vu ces garçons.

Ces garçons morts.

À ce stade, ce n'était peut-être encore que pures coïncidences ou simples mirages. Voire quelque chose entre les deux, une sorte d'écho maléfique. Pourquoi pas ? Il me semble que oui. Ici, à Derry, tout est possible.

Je crois que ce qui était là autrefois s'y trouve toujours : la chose de 1957 et 1958 ; celle de 1929 et 1930, quand un incendie, allumé par la Légion de la Décence, a ravagé complètement le Quartier noir ; celle de 1904, 1905 et du début de 1906 — au moins jusqu'à l'explosion des aciéries Kitchener ; celle de 1876 et 1877, la chose qui fait son apparition environ tous les vingt-sept ans. Parfois elle vient un peu plus tôt, parfois un peu plus tard, mais elle vient toujours. Au fur et à mesure que l'on remonte le temps, les fausses notes sont de plus en plus difficiles à retrouver car les témoignages vont s'amenuisant et les lacunes, dans l'histoire locale, sont de plus en plus grandes. Mais lorsque l'on sait où regarder — et vers quelles dates —, on a franchi une étape capitale pour la résolution du problème. Ça revient toujours, voyez-vous.

Ça.

Donc : oui, je crois que je vais passer ces coups de fil. Je crois que nous avons été désignés. Pour quelque obscure raison, nous avons été choisis pour y mettre un terme définitif. Destin aveugle ? Fortune aveugle ? Ou encore une fois, cette fichue Tortue ? Peut-être ordonne-t-elle aussi, en plus, de parler ? je l'ignore. C'est sans doute sans importance. *La Tortue ne peut pas nous aider*, disait Bill à l'époque ; ce qui était vrai alors doit encore l'être aujourd'hui.

Je nous revois, debout dans l'eau, nous tenant par la main, faisant le serment de revenir si jamais Ça recommençait — on aurait presque dit un anneau druidique, le sang de nos mains, paume contre paume, signant notre promesse. Un rituel peut-être aussi ancien que l'humanité elle-même, un moyen mysté-rieux de puiser à la source de tout pouvoir — celle qui court, souterraine, aux limites de ce que nous savons et de ce que nous soupçonnons.

Car les similitudes...

Mais voici que je fais mon Bill Denbrough, rabâ-chant comme lui bégayait, revenant toujours sur les mêmes choses, à savoir quelques faits et quantité de suppositions déplaisantes (et plutôt brumeuses) qui prennent un caractère de plus en plus obsessionnel à chaque paragraphe. Malsain. Inutile. Et même dange-reux. Mais il est tellement pénible d'attendre les événements !

En principe, ce carnet de notes a pour but de dépasser cette obsession en élargissant mon champ d'observation ; après tout, il ne s'agit pas seulement de l'histoire de sept mômes, tous plus ou moins malheu-reux, rejetés par leurs pairs et ayant dérapé dans un cauchemar pendant un été caniculaire, alors qu'Eisen-hower était encore Président. Si vous voulez, c'est une tentative pour faire prendre du champ à la caméra, afin qu'elle englobe toute la ville, ce lieu où près de trente-cinq mille personnes travaillent, mangent, dorment, copulent, font leurs courses, circulent, déambulent, vont à l'école ou en prison. Et d'où, parfois, ils disparaissent dans les ténèbres.

Pour savoir ce qu'est un lieu, je crois sincèrement qu'il faut savoir ce qu'il fut. Et si je devais absolument préciser le jour où tout ça a recommencé pour moi, je désignerais celui, au printemps 1980, où je rendis visite à Albert Carson, mort l'été dernier à quatre-vingt-onze ans, chargé d'ans comme d'honneurs. Il était resté bibliothécaire en chef de 1914 à 1960, une durée incroyable (mais il était lui-même incroyable), et personne ne me paraissait mieux placé que lui pour me dire par où commencer mes recherches historiques. L'entrevue eut lieu sous son porche, où il répondit à mes questions d'une voix éraillée car il luttait déjà contre le cancer de la gorge qui a fini par l'emporter.

« Y en a pas un seul qui vaut tripette. Comme vous le savez fort bien.

— Alors, par où dois-je commencer ?

— Commencer quoi, au nom du ciel ?

— Mes recherches sur l'histoire de la région. De la commune de Derry.

— Ah, bon. Il faut partir de Fricke et de Michaud. Ils passent pour être les meilleurs.

— Et une fois que je les aurai lus...

— Lus ? Seigneur, non ! Jetez-les à la corbeille à papier ! C'est ça, votre première étape. Ensuite, lisez Buddinger. Branson Buddinger était un chercheur lamentable qui souffrait d'une gaffomanie incurable, si la moitié de ce que j'ai entendu dire est vraie, mais quand il s'agissait de Derry, il s'en sortait mieux. Presque tous les faits qu'il rapporte sont faux, mais il a tout faux avec le juste sentiment des choses, Hanlon. »

Je ne pus m'empêcher de rire et Carson sourit de ses lèvres gercées — un accès de bonne humeur qui avait quelque chose d'un peu effrayant. Il avait l'air d'un vautour qui monte une garde joyeuse autour d'un animal fraîchement abattu, attendant qu'il soit décomposé à point avant de le déguster.

« Quand vous en aurez terminé avec Buddinger, lisez Ives. Notez tous les gens à qui il a parlé. Sandy Ives est toujours à l'université du Maine. Folkloriste. Après l'avoir lu, allez le voir. Payez-lui le restaurant ; à votre place, je l'amènerais à l'Orinoka, parce que le service n'en finit pas. Pressez-le à mort. Remplissez votre carnet de noms et d'adresses. Parlez aux anciens qu'il a connus — ceux qui sont encore en vie, on n'est pas très nombreux, ha, ha, ha ! — et soutirez-leur d'autres noms. À ce moment-là, vous aurez toutes les cartes en main, si vous êtes aussi malin que je le crois. Si vous arrivez à coincer assez de gens, vous finirez par trouver quelques trucs qui ne sont pas dans les livres. Par vous rendre compte aussi qu'ils perturbent votre sommeil.

— Derry...

— Quoi, Derry ?

— Quelque chose ne colle pas à Derry, n'est-ce pas ?

— Ne colle pas ? rétorqua-t-il de sa voix faible et râpeuse. Qu'est-ce que ça veut dire, " coller " ? Est-ce que ce qui colle, c'est de jolies photos de la Kenduskeag au coucher du soleil, Kodachrome, telle vitesse, telle ouverture ? Dans ce cas, tout colle à Derry, car de belles images comme ça, il y en a à la douzaine. Est-ce que ça colle, leurs foutus comités de vieilles filles desséchées pour sauver la maison du gouverneur ou pour apposer une plaque commémorative en face du château d'eau ? Si ça, ça colle, alors Derry est un vrai pot de colle, car ça ne manque pas, les pipelettes toujours prêtes à s'occuper des affaires des autres. Est-ce qu'elle colle, cette abominable statue en plastique de Paul Bunyan, en face de la mairie ? Ah, si j'avais une citerne de napalm et mon vieux briquet Zippo, croyez bien que je m'en occuperais, de cette cochonnerie... mais si l'on est assez éclectique pour apprécier même les statues en plastique, alors ça colle, Derry. La question est : qu'est-ce que ça veut dire pour vous

197

" coller ", Hanlon ? Hein ? Ou plutôt, que voulez-vous dire par " ça ne colle pas " ? »

Je ne pus que secouer la tête. Ou il savait, ou il ne savait pas. Il parlerait, ou il ne parlerait pas.

« Faites-vous allusion aux désagréables histoires que vous pourriez entendre ou à celles que vous connaissez déjà ? reprit-il. Des histoires désagréables, il y en a toujours. L'histoire d'une ville ressemble à ces immenses vieilles baraques pleines de pièces, de recoins, de greniers, de trappes à linge sale — pleines de planques et de cachettes..., sans parler d'un ou deux passages secrets, à l'occasion. Si vous vous lancez dans l'exploration de la baraque Derry, vous allez trouver toutes sortes de choses. Oui. Vous le regretterez peut-être par la suite, mais vous les trouverez. Et ce qui est trouvé ne peut pas être détrouvé, hein ? Certaines pièces sont fermées. Mais des clefs existent... elles existent. »

Une petite lueur matoise brilla dans le regard du vieillard.

« Vous pourrez imaginer que vous êtes tombé sur le secret le plus affreux de Derry... Mais il y en aura un de plus. Et encore un autre.

— Croyez-vous... ?

— Je crois que je vais vous prier de bien vouloir m'excuser. Ma gorge me fait très mal, aujourd'hui. C'est l'heure de mon médicament et de ma sieste. »

En d'autres termes, voici une fourchette et un couteau, mon ami ; et maintenant, à vous de trouver quelque chose à vous mettre sous la dent.

Je commençai donc par Fricke et Michaud ; je suivis le conseil de Carson et jetai les deux livres au panier, mais non sans les avoir lus auparavant. Ils étaient aussi mauvais qu'il l'avait dit. Puis je lus le Buddinger, recopiai les notes de bas de page pour les exploiter. Travail plus satisfaisant, mais les notes de bas de page sont une espèce étonnante, voyez-vous ; comme des sentiers serpentant dans un paysage sauvage et anarchique, ils se dédoublent, et se dédoublent encore ; à un moment donné, vous prenez la mauvaise direction et vous vous retrouvez dans un roncier inextricable ou dans un marécage aux sables mouvants. « Quand on en trouve une, avait dit un jour mon prof de bibliothéconomie, il faut l'écrabouiller avant qu'elle ne fasse des petits. »

Mais elles font des petits ; ce sont parfois de beaux enfants, mais la plupart du temps des avortons. Celles de *L'Histoire du vieux Derry* de Buddinger, au style emprunté, vagabondaient parmi un bon siècle de livres oubliés et de thèses poussiéreuses dans les domaines de l'histoire et du folklore, parmi aussi des articles de revues défuntes et des piles de registres municipaux à donner le tournis.

Mes entretiens avec Sandy Ives furent plus intéressants. Ses sources recoupaient de temps en temps celles de Buddinger, sans plus. Ives avait consacré une bonne partie de son existence à relever des traditions orales — des histoires de bonnes femmes, autrement dit — presque mot à mot, une technique qu'aurait certainement méprisée Branson Buddinger.

Ives avait rédigé un ensemble d'articles sur Derry au cours des années 1963-1966. La plupart des vieux auxquels il avait alors parlé étaient morts au moment où j'entrepris mes propres investigations, mais ils avaient eu des fils, des filles ou des neveux. Et, bien entendu, il ne faut pas oublier cette vérité première : tout vieillard qui meurt ne tarde pas à être remplacé par un autre ; quant aux bonnes histoires, elles ne meurent jamais, elles sont toujours transmises. Je m'assis donc sous quantité de porches, m'appuyai à quantité de piliers, bus quantité de thé, de bière (industrielle ou domestique), de mixtures diverses, d'eau du robinet et d'eau de source. J'écoutai beaucoup, et mon magnétophone tourna pendant des heures et des heures.

Buddinger et Ives étaient entièrement d'accord sur un point : les premiers colons blancs à s'être installés étaient à peu près trois cents, et anglais ; ils avaient une charte et étaient connus sous le nom de Derrie Company. La terre qui leur avait été concédée couvrait ce qui est aujourd'hui Derry, l'essentiel de Newport et de petites portions des villes environnantes. Et en l'an 1741, tout le monde disparut de la commune de Derry. Tout le monde était là en juin — trois cent quarante âmes à cette époque — mais en octobre, il n'y avait plus personne. Le petit village de maisons de bois devint complètement désert. L'une d'elles, qui se dressait à peu près à l'emplacement actuel du carrefour de Witcham et Jackson Streets, avait entièrement brûlé. Michaud tient pour acquis que tous les villageois ont été massacrés par les Indiens mais, en dehors de la maison incendiée, rien ne vient étayer cette thèse. Il est plus vraisemblable qu'un poêle mal réglé ait communiqué le feu à la maison.

Douteux, ce massacre par les Indiens. Pas d'ossements, pas de cadavres. Une inondation ? Pas cette année. Une épidémie ? Pas la moindre trace dans les autres villes de la région.

Les gens ont purement et simplement disparu. Tous. Tous les quatre cent quarante. Sans laisser un seul indice.

À ma connaissance, il n'y a qu'un cas vaguement semblable dans toute l'histoire américaine, celui de la disparition des colons de l'île Roanoke, en Virginie. Tous les écoliers en ont entendu parler, mais qui est au courant de l'affaire de Derry ? Pas même les gens qui y habitent, dirait-on. J'ai interrogé là-dessus plusieurs étudiants, tous inscrits au cours d'histoire du Maine : ils ne savaient rien. J'ai ensuite vérifié le texte, *Le Maine, autrefois et maintenant.* L'index comporte un peu plus de quarante entrées à « Derry » ; la plupart se rapportent à la vague de prospérité liée à l'exploitation du bois. Pas un mot sur la disparition des premiers colons... et néanmoins, ce... — comment le qualifierais-je ? — ce *silence* cadre avec le reste du tableau.

Une sorte de mur de silence entoure bien des choses qui se sont passées ici... et cependant, les gens parlent.

J'imagine que rien ne peut les en empêcher. Mais il faut écouter attentivement, ce qui est un talent rare. Je me flatte de l'avoir développé chez moi au cours des quatre dernières années. Un vieil homme m'a parlé de sa femme, qui avait entendu des voix qui s'adressaient à elle par la bonde de son évier, au cours des trois semaines qui précédèrent la mort de leur fille, au tout début de l'hiver 1957-1958. Cette fillette fut l'une des premières victimes de la vague de meurtres qui avait commencé avec George Denbrough et ne prit fin qu'au cours de l'été suivant.

« Une vraie cacophonie, elles jacassaient toutes en même temps », me dit-il. Il possédait une station-service Gulf sur Kansas Street et me parlait entre deux allers et retours, le pas traînant, à la pompe où il faisait le plein, vérifiait le niveau d'huile et essuyait les pare-brise. « Elle leur a répondu une fois, qu'elle m'a raconté. Malgré sa frousse. Elle s'est penchée sur la vidange et a crié dedans : " Qui diable êtes-vous ? " Et toutes ces voix lui ont répondu par des grognements, des sanglots, des rires, des hurlements, des sifflements, des jacasseries, on pourrait pas imaginer, y paraît. " Comment vous vous appelez ? " Elles auraient répondu alors comme l'homme possédé a répondu à Jésus : " Notre nom est Légion. " Elle est restée deux ans sans pouvoir approcher de l'évier. Pendant deux ans, j'ai passé douze heures par jour à la station, à me casser le cul, après quoi je devais faire toute la foutue vaisselle une fois à la maison. »

Il venait de prendre une bouteille de Pepsi dans le distributeur, à côté de la porte de son bureau, et je le regardais, ce vieil homme de plus de soixante-dix ans en combinaison de mécano grise et délavée, avec, aux coins des yeux et de la bouche, un delta de rides.

« Vous devez commencer à vous dire que j' suis complètement cinglé, reprit-il, mais je vais vous dire quelque chose d'autre, si vous arrêtez votre bidule, là. »

Je coupai l'enregistrement et lui souris. « Étant

donné tout ce que j'ai déjà entendu depuis deux ans, vous avez encore un bon bout de chemin à faire avant de me convaincre que vous êtes cinglé », répondis-je.

Il me rendit mon sourire, mais sans trace d'humour de sa part. « Un soir, je faisais la vaisselle, comme d'habitude ; c'était à l'automne 1958, quand les choses s'étaient tassées. Ma femme dormait à l'étage. Betty a été le seul enfant que Dieu a jugé bon de nous donner, et après sa mort, ma femme a passé beaucoup de temps à dormir. Bon, je retire la bonde, et l'eau commence à couler dans la vidange. Vous connaissez le bruit que font des eaux bien savonneuses, quand elles s'écoulent ? Une sorte de bruit de succion. C'était ce bruit que j'entendais, sans y prêter attention ; je me disais que j'allais sortir couper un peu de bois pour le feu, dans l'appentis. Et quand le bruit s'est calmé, j'ai entendu la voix de ma fille, qui venait de là-dedans. Qui riait dans cette saloperie de tuyau. Ouais, quelque part dans le noir, elle riait. Sauf qu'on aurait plutôt dit qu'elle criait, si l'on faisait un peu attention. Ou les deux. Elle criait et riait dans les tuyaux. Jamais je n'avais entendu quelque chose comme ça. Peut-être que je l'ai seulement imaginé, peut-être... Mais je ne crois pas. »

Il me regarda, et je lui rendis son regard. La lumière qui tombait par les vitres sales lui faisait un visage marqué par les années, lui donnait l'air aussi vieux que Mathusalem. Je me souviens avoir ressenti une impression de froid, de grand froid, à cet instant.

« Vous croyez que je raconte des blagues ? » me demanda le vieil homme, qui devait avoir à peine plus de quarante-cinq ans en 1957 et auquel Dieu n'avait donné que cet enfant, une fille, Betty Ripsom. Trouvée éventrée, raidie par le froid, tout au bout de Jackson Street, juste après les fêtes de Noël.

« Non, répondis-je, je ne crois pas que vous me racontez de blagues, Mr. Ripsom.

— Et vous dites la vérité vous aussi, remarqua-t-il avec une note d'émerveillement. Ça se lit sur votre visage. »

Je crois qu'il s'apprêtait à m'en dire davantage, mais une voiture entra dans la station et roula sur le fil qui déclenchait la sonnerie stridente du signal, au-dessus de nous. Nous sursautâmes tous les deux et je laissai échapper un petit cri. Ripsom se leva et se dirigea de son pas lent vers la voiture, tout en s'essuyant les mains avec un vieux chiffon. Lorsqu'il revint, il me jeta le regard peu amène qu'il devait réserver aux intrus qui ne lui inspiraient pas confiance. Je le saluai et pris congé.

Buddinger et Ives étaient d'accord sur un second point : quelque chose ne collait pas à Derry ; quelque chose n'avait jamais collé.

Je vis Albert Carson pour la dernière fois quelques mois avant sa mort. L'état de sa gorge avait empiré ; il n'en sortait plus qu'une sorte de petit sifflement murmuré. « Toujours l'idée d'écrire l'histoire de Derry, Hanlon ?

— Oui, plus ou moins. » Je n'avais évidemment jamais envisagé de rédiger une histoire de la commune — pas exactement — et je crois qu'il s'en doutait.

« Cela vous prendra vingt ans, susurra-t-il, et personne ne la lira. Personne ne voudra la lire. Laissez tomber, Hanlon. »

Il se tut quelques instants puis ajouta : « Buddinger a fini par se suicider, au fait. Le saviez-vous ? »

Bien entendu, je le savais. Mais seulement parce que les gens parlent et que j'avais appris à écouter. L'article du *Derry News* parlait d'un accident mortel dû à une chute, et indéniablement, Branson Buddinger avait fait une chute. Mais, avait oublié de préciser le journal, il était tombé d'un tabouret avec un nœud coulant autour du cou.

« Vous êtes au courant, pour le cycle ? »

Je le regardai, très surpris.

« Eh oui, murmura Carson. Tous les vingt-six ou vingt-sept ans. Buddinger savait, lui aussi, comme beaucoup d'anciens — sauf que s'il y a une chose dont ils ne veulent pas parler, c'est bien de ça, même si vous les faites picoler. Laissez tomber, Hanlon. »

Il tendit vers moi une main qui se referma sur mon poignet comme une serre d'oiseau, et je crus sentir la brûlure du cancer qui lui dévorait l'organisme, se gorgeant de tout ce qui s'y trouvait encore de consommable — c'est-à-dire plus grand-chose, à cette époque ; les étagères d'Albert Carson étaient presque vides.

« C'est quelque chose dont vous ne devez pas vous mêler, Michael. Il y a à Derry des choses redoutables. Laissez tomber. *Laissez tomber.*

— Je ne peux pas.

— Alors, soyez prudent », dit-il. J'eus soudain l'impression que les grands yeux effrayés d'un enfant me regardaient à travers le masque de ce mourant. « Très prudent. »

Derry.

Ma ville natale. Ainsi baptisée du nom d'un comté d'Irlande.

Derry.

Je suis né à l'hôpital de Derry ; j'ai été à l'école élémentaire de Derry ; j'ai fait mes études secondaires à Derry, tout d'abord à la Middle School de la 9e Rue, ensuite au lycée de Derry ; j'ai poursuivi à l'université du Maine (« Ce n'est pas à Derry, mais c'est tout comme », disent les vieux), puis je suis revenu tout droit ici. À la bibliothèque municipale de Derry. Je suis l'habitant d'une petite ville, menant la vie d'une petite ville, comme des millions d'autres.

Mais.

Mais :

En 1879, une équipe de bûcherons découvrit les restes d'une autre équipe qui avait hiverné dans un camp sur le cours supérieur de la Kenduskeag, à la pointe de ce que les gosses appellent toujours les Friches-Mortes. Neuf hommes en tout, tous hachés menus. Des têtes avaient roulé... sans parler des bras... d'un pied ou deux... et d'un pénis, que l'on avait retrouvé cloué au mur de la cabane.

Mais :

En 1851, John Markson empoisonna toute sa

famille ; après quoi, assis au milieu du cercle formé avec les cadavres des siens, il mangea toute une amanite phalloïde. Il dut connaître toutes les affres d'une épouvantable agonie. L'agent de police qui le découvrit écrivit dans son rapport qu'il crut tout d'abord que le cadavre lui souriait ; il parle de « l'horrible sourire blanc de Markson ». Le « sourire blanc » était la dernière bouchée du champignon mortel ; Markson avait continué à manger alors que les crampes tétanisaient les muscles de son corps.

Mais :

Le dimanche de Pâques 1906, les propriétaires des aciéries Kitchener (qui se trouvaient sur l'emplacement actuel du nouveau et clinquant centre commercial de Derry) avaient organisé une chasse aux œufs de Pâques pour « tous les enfants sages de Derry ». La chasse s'était déroulée sur les vastes terrains de l'aciérie, mais on avait pris la précaution d'en interdire les zones dangereuses, et des employés avaient accepté de monter la garde afin d'éviter aux gamins les plus aventureux la tentation de passer sous une barrière et de partir en exploration. On avait dissimulé cinq cents œufs en chocolat, ornés de joyeux rubans de couleur, et d'après Buddinger, il y avait au moins un œuf pour chaque enfant présent. Ils couraient en riant et en poussant des cris dans le calme dominical de l'aciérie et découvraient les œufs sous les cuves basculantes géantes, dans les tiroirs du bureau du contremaître, entre les grandes dents rouillées des roues à engrenage, à l'intérieur des moules du deuxième étage (sur les vieilles photos, ces moules avaient l'air de moules à gâteaux d'une cuisine de titan). Trois générations de Kitchener étaient présentes pour assister à ce joyeux tohu-bohu et remettre les prix à l'issue de la chasse, prévue pour quatre heures, que tous les œufs eussent été retrouvés ou non. Il n'y eut jamais de remise de prix. À trois heures quinze, l'aciérie explosa. Des décombres, on retira soixante-douze personnes avant la nuit. Le bilan final fut de cent deux morts, dont quatre-vingt-deux enfants. Le mercredi suivant, alors que la ville frappée de stupeur était encore sous le coup de la tragédie, une femme trouva la tête du petit Robert Dohay, neuf ans, accrochée dans les branches d'un pommier, au fond de son jardin. L'enfant avait la bouche barbouillée de chocolat et du sang sur les cheveux. Huit enfants et un adulte furent portés disparus. Ce fut la pire catastrophe dans les annales de Derry, pire encore que celle de l'incendie du Black Spot, en 1930 ; une catastrophe restée inexpliquée. Les quatre grands convertisseurs de l'aciérie étaient à l'arrêt ; les feux avaient été coupés, et non baissés.

Mais :

Le taux de crimes de sang à Derry est six fois supérieur à celui de toute ville de taille comparable de la Nouvelle-Angleterre. Je trouvais mes conclusions préliminaires tellement difficiles à croire que je confiai mes chiffres à un prof d'informatique du lycée qui, quand il n'était pas au clavier de son IBM, hantait la bibliothèque. Il poussa les calculs plus loin en ajoutant une douzaine de petites villes de plus à son « échantillon », et me fit cadeau d'un graphique tracé à l'ordinateur, où l'on voyait le trait qui représentait Derry dépasser du lot comme un pouce obscène. « Les gens d'ici doivent avoir un caractère particulièrement ombrageux » fut son seul commentaire. Je ne répondis rien. Si je l'avais fait, j'aurais pu lui dire que quelque chose avait forcément un caractère fort ombrageux à Derry.

Ici, à Derry, on compte entre quarante et soixante disparitions d'enfants inexpliquées par an. La plupart sont des adolescents. On les classe comme fugueurs. Je suppose que dans le lot, il doit bien y en avoir quelques-uns.

Et pendant ce que Carson aurait sans aucun doute appelé le « temps fort du cycle », le taux de disparitions augmente dans des proportions vertigineuses. En 1930, par exemple, l'année de l'incendie du Quartier noir, on a compté plus de cent soixante-dix disparitions d'enfants à Derry ; il ne s'agit bien sûr que de celles qui ont été signalées à la police et ont fait l'objet d'un rapport. *Rien de surprenant à cela*, me dit le chef actuel de la police quand je lui montrai mes chiffres. *C'était la Crise. La plupart des gens devaient probablement en avoir marre de bouffer des patates à l'eau ou de crever de faim chez eux, alors ils se sont cassés pour aller tenter leur chance ailleurs.*

Pendant l'année 1958, ont été signalées les disparitions de cent vingt-sept enfants, âgés de trois à dix-neuf ans, dans la ville de Derry. *A-t-on observé une crise en 1958 ?* ai-je demandé au chef Rademacher. *Non*, me répondit-il. *Mais les gens bougent beaucoup. Les mômes, en particulier, ont des fourmis dans les jambes. Une engueulade avec ses vieux parce qu'il rentre trop tard après une boum, et hop ! plus personne.*

Je montrai alors au chef Rademacher la photo de Chad Lowe, qu'avait publiée le *Derry News* en avril 1958. *Croyez-vous que celui-ci soit parti de chez lui après une engueulade avec ses parents parce qu'il était en retard ? Il avait trois ans et demi quand il a disparu de la circulation.*

Rademacher me lança un regard qui me rappela celui du pompiste et me dit qu'il avait pris le plus grand plaisir à notre entretien, mais que si je n'avais rien d'autre à lui demander, il avait du boulot. Je partis.

Hanté, hanter, hante.

« Souvent visité par les fantômes ou les esprits », comme dans la tuyauterie sous l'évier ; « réapparitions fréquentes ou régulières », comme tous les vingt-cinq, vingt-six ou vingt-sept ans ; « un endroit où se nourrissent les animaux », comme dans les cas de George Denbrough, Adrian Mellon, Betty Ripsom, la fillette des Albrecht, le garçon des Johnson.

Un endroit où se nourrissent les animaux. Oui, c'est ça ma hantise.

S'il se passe quoi que ce soit de nouveau, quoi que ce soit, je décrocherai le téléphone. Il le faudra. En attendant, il me reste mes suppositions, mon repos compromis, et mes souvenirs — mes maudits souvenirs. Oh, et j'ai encore autre chose : ce carnet de notes, non ? Mon mur des lamentations. Et me voilà assis ici, pris d'un tel tremblement que c'est à peine si je peux écrire, assis ici dans la bibliothèque désertée après la fermeture, à écouter les faibles craquements en provenance des sombres allées de livres et à surveiller les ombres projetées par la faible lumière des globes jaunes afin d'être bien sûr qu'elles ne bougent pas... qu'elles ne changent pas.

Assis ici, à côté du téléphone.

Poser la main dessus... le soulever... appuyer sur les touches qui me mettraient en contact avec tous les autres, mes vieux copains...

Nous sommes allés loin, ensemble.

Ensemble, nous sommes descendus dans les ténèbres.

Pourrions-nous échapper une seconde fois à ces ténèbres ?

Je ne crois pas.

Dieu fasse que je n'aie pas à les appeler.

Seigneur, je t'en prie.

DEUXIÈME PARTIE

JUIN 1958

Je me demande parfois ce que je vais bien pouvoir faire,
Il n'y a aucun remède à un cafard d'été.

Eddie Cochran

CHAPITRE 4

Ben Hanscom prend une gamelle

1

Vers 23 h 45, l'une des hôtesses de la classe affaire du vol 41 de United Airlines Omaha-Chicago reçoit un choc considérable. Elle croit pendant quelques instants que l'homme installé sur le siège A-1 est mort.

Lorsqu'il est monté à bord, à Omaha, elle a tout de suite pensé : « Oh, bon sang, voilà les ennuis qui commencent. Il est soûl comme un Polonais. » L'odeur de whisky qui se dégageait de lui lui a vaguement rappelé le nuage de poussière qui flotte constamment autour du petit garçon crasseux de la bande dessinée Peanuts. Le service en première classe la rend toujours nerveuse, parce qu'on y sert de l'alcool. Elle était sûre qu'il allait demander un verre — un double, probablement. Il faudrait alors se décider : le servir ou non. Sans compter que pour faire bonne mesure, le temps était à l'orage, et elle était convaincue qu'à un moment ou un autre, le type, un grand maigre habillé d'un jean et d'une veste à carreaux, allait se mettre à dégueuler.

Mais lors du premier service, l'homme dégingandé ne lui commande rien de plus fort qu'un verre de soda, dans les termes les plus courtois. Sa lumière d'appel reste éteinte, et l'hôtesse ne tarde pas à l'oublier complètement, car elle a fort à faire sur ce vol. Un vol du genre de ceux que l'on a envie d'oublier le plus vite possible ; à la vérité,

211

un vol au cours duquel on pourrait bien (si l'on en avait le temps) se poser quelques questions sur ses propres chances de survie.

Le United 41 slalome entre d'horribles foyers d'orage et d'éclairs comme un skieur chevronné descendrait une pente pleine de bosses. L'atmosphère est très agitée. Les passagers poussent des cris et lancent des plaisanteries contraintes sur les éclairs qu'ils voient brasiller entre les piliers épais des nuages qui entourent l'avion. « Dis, Maman, est-ce que c'est Dieu qui prend les anges en photo ? » demande un petit garçon ; et la mère, dont le teint a viré au verdâtre, est prise d'un rire nerveux. Le premier service est en fin de compte le seul du vol ce soir-là. Le signal « Attachez vos ceintures » ne s'éteint pas un seul instant. Les hôtesses restent cependant dans les allées, et répondent aux appels qui carillonnent en série.

« Ralph a du boulot ce soir », lui dit une collègue en la croisant ; elle s'éloigne vers la section touriste avec une provision de sacs en papier pour les victimes du mal de l'air. Il s'agit d'un code et d'une plaisanterie : Ralph a toujours du boulot sur les vols un peu secoués. L'avion fait une embardée, quelqu'un pousse un cri retenu, l'hôtesse se tourne, une main tendue pour reprendre l'équilibre, et plonge directement son regard dans les yeux immobiles et sans vie de l'homme assis sur le siège A-1.

Oh, mon Dieu, il est mort ! *pense-t-elle.* L'alcool qu'il a bu avant d'embarquer... les trous d'air... son cœur... mort de peur.

Les yeux du grand dégingandé sont posés sur elle, mais ils ne la voient pas. Ils ne bougent pas. Ils sont parfaitement vitreux. Sans aucun doute, ce sont là les yeux d'un homme mort.

L'hôtesse se détourne de ce regard affreux ; son propre cœur bat la chamade de manière incontrôlée, elle se demande ce qu'il faut faire, comment s'y prendre, et remercie Dieu que l'homme n'ait pas de voisin prêt à se mettre à crier et à provoquer la panique. Elle décide d'en parler tout d'abord à l'hôtesse en chef puis à l'équipage masculin à l'avant. Peut-être pourra-t-on l'envelopper dans une couverture et lui fermer les yeux. Le pilote laissera allumé le signal pour les ceintures même si le temps se calme; comme ça, personne n'ira aux toilettes à l'avant, et quand les autres passagers débarqueront, ils le croiront endormi...

Ces idées lui traversent rapidement l'esprit, et elle se tourne pour un coup d'œil de confirmation. Le regard mort et fixe est toujours posé sur elle... sur quoi le cadavre soulève son verre de soda et en prend une gorgée.

À cet instant, l'avion se met de nouveau à osciller, penche, et le petit cri de surprise de l'hôtesse se perd au milieu d'autres cris de peur moins contrôlés. Les yeux de l'homme bougent — pas beaucoup, mais assez pour qu'elle comprenne qu'il est vivant et qu'il la voit. Elle pense alors : Tiens, j'aurais juré qu'il avait cinquante ans bien sonnés quand il est monté à bord, mais il en a sûrement beaucoup moins, en dépit de ses cheveux qui commencent à grisonner.

Elle se dirige vers lui, malgré les tintements impatients des appels sur le tableau derrière elle (Ralph est vraiment débordé aujourd'hui; après un atterrissage parfait à O'Hare, les hôtesses jetteront soixante-dix sacs).

« Tout va bien, monsieur? demande-t-elle avec un sourire, qu'elle sent faux, irréel.

— À la perfection », répond l'homme dégingandé. Elle jette un bref coup d'œil sur la fiche, au-dessus du siège, et constate qu'il s'appelle Hanscom. « À la perfection, répète-t-il. Mais on est un peu secoués, ce soir, non? Ça doit vous empêcher de faire votre boulot... Ne vous en faites pas pour moi. Je vais... (il lui adresse un sourire spectral, un sourire qui lui fait penser à un épouvantail s'agitant au vent de novembre dans les champs glacés), je vais parfaitement bien.

— Vous aviez l'air...

(mort)

un peu perdu.

— Je pensais au bon vieux temps, répond-il. Je me

suis rendu compte il y a quelques heures à peine que c'était quelque chose qui existait, au moins en ce qui me concerne. »

Tintements de nouveaux appels. « Veuillez m'excuser, mademoiselle, mais... », fait une voix nerveuse.

« Eh bien, si vous êtes sûr que tout va bien...

— Je pensais au barrage que nous avions construit, des amis et moi, reprend Ben Hanscom. Les premiers amis que j'aie eus, je crois bien. Ils étaient déjà en train de le construire lorsque je... (il s'interrompt, paraît surpris et rit. Un rire honnête, presque un rire insouciant d'enfant, qui fait un effet très étrange dans l'appareil que secoue l'orage), lorsque je leur suis tombé dessus. Littéralement tombé dessus, presque. Peu importe. Leur barrage était une catastrophe, cela, je m'en souviens.

— Hôtesse ? Mademoiselle ?

— Veuillez m'excuser, monsieur. Je dois répondre aux autres appels, maintenant.

— Mais bien entendu. »

Elle se dépêche, soulagée d'être débarrassée de ce regard — ce regard mort, quasiment hypnotique.

Ben Hanscom se tourne vers le hublot. Des éclairs jaillissent d'énormes cumulus, à une douzaine de kilomètres sur la droite ; dans le bégaiement de leurs éclats, les nuages ont l'air de titanesques cervelles transparentes où grouillent de mauvaises pensées.

Il tâte la poche de sa veste à carreaux, mais les dollars d'argent n'y sont plus. Ils se trouvent dans celle de Ricky Lee. Il se prend soudain à souhaiter en avoir conservé un. Il se serait peut-être révélé utile. Bien sûr, on peut toujours s'adresser à une banque (du moins quand on ne se fait pas chahuter à neuf mille mètres d'altitude) et en acheter une poignée, mais que faire de ces foutus sandwichs au cuivre que le gouvernement refile en fait de pièces authentiques, à l'heure actuelle ? Et pour tout ce qui est loups-garous, vampires et autres entités qui ne rôdent qu'à la lumière des étoiles, c'est de l'argent qu'il faut, du bon argent. Il faut de l'argent pour arrêter un monstre. Il faut...

Il ferme les yeux. Autour de lui, l'air est plein de carillons. L'avion se balance et roule et tangue, et l'air est plein de carillons. Des carillons?

Non, des cloches.

Oui, des cloches, LA cloche, celle qui les résumait toutes, celle que l'on attendait toute l'année alors que le temps grignotait les jours d'école, celle que l'on commençait d'attendre dès la fin de la première semaine. LA cloche, qui était synonyme de liberté, l'apothéose de toutes les cloches d'école.

Ben Hanscom est assis sur son siège de première classe, parmi les roulements du tonnerre, à neuf mille mètres d'altitude, le visage tourné vers le hublot, et sent le mur du temps perdre soudain toute épaisseur. Un mouvement péristaltique terrible/merveilleux vient de commencer. Il pense : Mon Dieu, je suis digéré par mon propre passé.

Il ne le sait pas, mais le 28 mai 1985 est devenu le 29, tandis que dans la nuit et la tempête, l'avion franchit l'Illinois occidental. En dessous, les fermiers courbatus dorment comme des morts et rêvent leurs rêves de vif-argent — et qui sait ce qui peut se trouver dans leurs granges, leurs caves et leurs champs, tandis que marche l'éclair et que parle le tonnerre? Personne ne sait cela : on sait seulement que l'énergie est en liberté dans la nuit, et que l'air est rendu fou par les mégavolts de la tempête.

Mais à neuf mille mètres ce sont les cloches, tandis que l'avion débouche dans une zone dégagée et que sa trajectoire se stabilise; ce sont les cloches; c'est LA cloche pendant que Ben Hanscom dort; et pendant son sommeil, le mur qui sépare présent et passé s'effondre complètement, et il tombe en arrière à travers les années comme un homme tombe dans un puits profond — Voyageur du Temps *à la Wells, peut-être, tenant dans sa chute un barreau d'échelle tout en s'enfonçant toujours plus bas dans le pays des Morlocks où les machines pulsent sans jamais s'arrêter dans les tunnels de la nuit. C'est 1981, puis 1971, 1969; et soudain, voici juin 1958. Une éclatante lumière règne partout et derrière ses paupières fermées par le sommeil, les pupilles de Ben Hans-*

com se contractent à l'appel du rêve, car son cerveau lui montre non les ténèbres qui recouvrent l'Illinois mais le grand soleil d'un jour de juin à Derry, Maine, il y a de cela vingt-sept ans.

Des cloches.

LA cloche.

L'école.

L'école est.

L'école est

2

finie !

Le son de la cloche s'enfla et ronfla le long des corridors de l'école de Derry, gros bâtiment de brique édifié sur Jackson Street, et à son appel, les petits septièmes de la classe de Ben Hanscom lancèrent un cri de joie spontané. Mrs. Douglas, d'habitude la plus stricte des maîtresses, ne fit rien pour les calmer. Sans doute savait-elle que ce ne serait guère possible.

« Mes enfants ! commença-t-elle quand le tumulte se fut apaisé. Puis-je avoir votre attention une dernière fois ? »

Un brouhaha de bavardages excités, ponctué de quelques grognements, s'éleva alors dans la classe. Mrs. Douglas tenait leurs bulletins à la main.

« J'espère bien passer ! » pépia Sally Mueller à l'intention de Bev Marsh, assise dans la rangée voisine. Sally était brillante, jolie, vive ; Bev aussi était jolie, mais elle ne manifestait pas la même vivacité, dernier jour de classe ou non. Maussade, elle restait plongée dans la contemplation de ses baskets ; sur l'une de ses joues, un bleu tournait au jaunâtre.

« Moi, j'en ai rien à foutre », répondit Bev.

Sally eut un petit reniflement — les dames ne parlent pas comme ça, disait le reniflement. Elle se tourna alors vers Greta Bowie. C'était probablement à cause de l'excitation provoquée par la cloche signalant la fin de l'année scolaire que Sally avait par erreur adressé la parole à Beverly, pensa Ben. Sally Mueller et Greta Bowie appartenaient l'une et l'autre à ces riches familles qui avaient des maisons sur West Broadway, tandis que Bev venait des HLM miteuses du bas de la Grand-Rue. Deux mille quatre cents mètres à peine séparaient les deux quartiers, mais même des gosses comme Ben savaient qu'en fait la distance réelle était celle qui sépare la Terre de Pluton, au bas mot. Il suffisait de regarder le sweater bon marché de Beverly Marsh, sa jupe trop large qui venait sans doute du comptoir de l'Armée du Salut et ses baskets déchirées pour le comprendre. N'empêche, Ben préférait Bev ; il la préférait même de beaucoup. Sally et Greta étaient bien habillées, et quelque chose lui disait qu'on leur faisait des indéfrisables ou des trucs comme ça tous les mois, mais à ses yeux, cela ne changeait rien. Seraient-elles passées tous les jours chez le coiffeur qu'elles n'en seraient pas moins restées deux petites morveuses prétentieuses.

Il trouvait Bev bien plus chouette... et beaucoup plus jolie, même si pour tout l'or du monde, il n'aurait jamais osé le lui dire. Néanmoins, parfois, au cœur de l'hiver, quand la lumière à l'extérieur virait au jaune somnolent comme un chat roulé sur un sofa, quand Mrs. Douglas dévidait sa rengaine sur les maths (comment faire une division à plusieurs chiffres ou trouver le plus petit dénominateur commun de deux fractions pour pouvoir les additionner) ou sur les mines d'étain du Paraguay, en ces jours où il semblait que jamais l'école ne finirait mais que ça n'avait pas d'importance parce que dehors le monde était en décomposition..., en ces jours-là, Ben observait Bev de côté, de temps en temps, dérobant quelque chose de son visage, ce qui lui laissait le cœur à la fois désespérément douloureux et débordant de jubilation. Il se disait qu'il en pinçait pour elle, qu'il en était amoureux, et que c'était pour cela qu'il pensait toujours à elle lorsque, à la radio, les Penguins se mettaient à chanter : « Ange terrestre, ma tendre chérie, je t'aimerai toute la vie... » Ouais, c'était stupide, d'accord, aussi minable qu'un vieux Kleenex, mais c'était parfait comme ça car de toute façon, il ne dirait jamais rien. Il croyait que les garçons gros et gras n'étaient autorisés à aimer les jolies filles qu'en secret. S'il confiait ce qu'il ressentait à qui que ce soit (ce confident éventuel n'existait d'ailleurs pas), le dépositaire du secret en mourrait sans doute de rire. Et s'il avouait jamais à Beverly qu'il l'aimait, soit elle rirait aussi (mauvais), soit elle émettrait un hoquet de dégoût (encore pire).

« Et maintenant, présentez-vous à l'appel de vos noms. Paul Anderson... Carla Bordeaux... Greta Bowie... Calvin Clark... Cissy Clark... »

Et chacun des enfants vint à tour de rôle jusqu'au bureau de Mrs. Douglas (seuls les jumeaux Clark arrivèrent ensemble, main dans la main, il n'y avait que la longueur des cheveux de Cissy et sa robe qui permettaient de les différencier) prendre son bulletin couleur chamois, orné du drapeau américain et du Serment d'Allégeance côté face, et du « Notre Père » côté pile, avant de quitter la classe d'un pas mesuré... et de foncer comme un bolide dans le couloir jusqu'au portail d'entrée, battants grands ouverts. Ils se jetaient ensuite dans l'été et disparaissaient : certains à bicyclette, quelques-uns en gambadant, d'autres après avoir enfourché quelque invisible cheval, se frappant les cuisses pour produire un bruit de sabots, d'autres encore bras dessus bras dessous en chantant : « Tous les cahiers au feu et le maître au milieu... »

« Marcia Fadden... Franck Frick... Ben Hanscom... »

Il se leva, jeta furtivement à Beverly ce qu'il crut être sur le moment le dernier regard de l'été, et se dirigea vers le bureau de Mrs. Douglas — môme de onze ans affligé d'un pétrousquin grand quasiment comme le Nouveau-Mexique, lequel pétrousquin était empaqueté dans un horrible jean tout neuf dont les rivets de cuivre renvoyaient de petits éclairs de lumière et qui produisait un chuintement à chaque fois que ses grosses cuisses frottaient l'une contre l'autre. Ses hanches ondulaient comme celles d'une fille ; son estomac ballottait d'un côté et de l'autre. En dépit de la douce chaleur de la journée, il portait un ample haut de survêtement ; il ne s'habillait presque jamais autrement que de survêts lâches parce qu'il éprouvait une honte profonde de sa poitrine, et cela depuis le premier jour de classe après les vacances de la Noël, lorsqu'il avait porté l'une de ces nouvelles chemises que sa mère lui avait données et que Huggins le Roteur avait braillé : « Hé, les mecs ! Visez un peu c' que le Père Noël a apporté à Hanscom ! Une grosse paire de nénés ! » Le Roteur avait été tellement content de sa plaisanterie qu'il s'en était presque évanoui. D'autres aussi avaient ri, et notamment quelques filles. Si un trou conduisant en enfer s'était ouvert devant lui à cet instant, Ben y aurait sauté sans un bruit... ou tout au plus avec un léger murmure de gratitude.

Depuis ce jour-là, il portait des hauts de survêt. Il en possédait quatre, tous plus larges les uns que les autres, un brun, un vert et deux bleus. C'était l'une des rares choses sur lesquelles il avait tenu tête à sa mère, l'une des rares limites qu'il s'était senti obligé, au cours d'une enfance par ailleurs plutôt placide, de tracer dans la poussière. S'il avait vu Beverly rire avec les autres ce jour-là, à son avis, il en serait mort de honte.

« Ce fut un plaisir de t'avoir dans ma classe cette année, Benjamin, dit Mrs. Douglas en lui tendant son bulletin.

— Merci, Mrs. Douglas. »

Une voix de fausset moqueuse arriva du fond de la classe : « Merci-i-i-i, Missis Dougliiiiss. »

Henry Bowers, bien entendu. Henry était en septième au lieu de se trouver en sixième avec ses amis Huggins le Roteur et Victor Criss, étant donné qu'il avait redoublé l'année précédente. Ben soupçonnait qu'il allait tripler ; Mrs. Douglas ne l'avait pas appelé à son tour dans la liste alphabétique, ce qui était synonyme d'ennuis. Cela mettait Ben mal à l'aise, parce que si l'hypothèse se vérifiait, Ben s'en sentirait un peu responsable... et Henry le savait.

Pendant les épreuves finales, la semaine précédente, Mrs. Douglas les avait fait changer de place au hasard en tirant leurs noms d'un chapeau. Ben s'était retrouvé au dernier rang, à côté de Henry Bowers. Comme toujours, Ben avait enroulé le bras autour de sa copie, complètement penché sur elle, avec la sensation confortable et rassurante de son ventre pesant contre le bureau, suçant occasionnellement son crayon à la recherche de l'inspiration.

Vers le milieu de l'épreuve du mardi (mathématiques), un murmure était arrivé jusqu'aux oreilles de Ben. Il était aussi bas, de portée aussi faible et aussi professionnel que celui d'un détenu vétéran qui fait passer un message dans la cour de la prison : « Laisse-moi copier. »

Ben avait tourné la tête vers lui et l'avait regardé directement dans les yeux — des yeux noirs et furieux. Henry Bowers, à douze ans, était déjà un costaud. Le travail de la ferme lui avait durci les muscles des bras et des jambes. Son père, qui avait la réputation d'être cinglé, possédait un bout de terrain tout au bout de Kansas Street, le long de la ligne de Newport, et Henry passait au moins trente heures par semaine à bêcher, à désherber, à planter, à enlever les roches, à couper du bois et à récolter, quand du moins il y avait quelque chose à récolter.

Henry avait les cheveux coupés agressivement court, au point qu'on lui voyait la peau du crâne, et gominait ceux de devant au Butch-Wax, dont il avait toujours un tube dans la poche de son jean ; sur son front, les courtes mèches faisaient un effet de dents de moissonneuse. Il émanait de lui, en permanence, un mélange d'odeur de sueur et de parfum de chewing-gum aux fruits. À l'école, il portait un blouson de moto rose avec un aigle dans le dos. Un jour, un petit de neuvième fut assez téméraire pour se moquer du blouson rose.

Henry avait bondi sur le morveux, souple comme une belette et vif comme une vipère, et lui avait asséné deux coups de poing d'une main noircie par le travail. Le gamin perdit trois dents de devant, et Henry fut renvoyé pendant deux semaines. Avec cet espoir mal défini mais brûlant de ceux qui sont bousculés et terrorisés, Ben avait rêvé que ce renvoi serait définitif. Pas de chance. Les salauds s'en sortent toujours. À son retour, Henry était revenu rouler des mécaniques dans la cour de l'école, à la fois resplendissant et sinistre dans son blouson rose, les cheveux tellement gominés qu'on aurait pu s'y mirer. Gonflées et bleuies, ses paupières portaient encore les marques de la correction que son maboul de père lui avait infligée pour « s'être battu dans la cour de récré ». Ces traces finirent par disparaître ; mais pour les gosses qui devaient coexister avec Henry à Derry, la leçon resta. Pour autant que Ben le sût, personne, depuis lors, n'avait fait la moindre remarque sur le blouson rose avec un aigle dans le dos.

Quand Henry avait adressé à Ben son murmure à la fureur rentrée lui intimant l'ordre de le laisser copier, en l'espace de quelques secondes, trois pensées avaient traversé comme des fusées l'esprit du garçon (aussi nerveux et délié que son corps était mou et gros). Un : si Mrs. Douglas s'en apercevait, tous les deux auraient zéro. Deux : s'il ne laissait pas Henry copier, ce dernier le choperait presque à coup sûr après l'école et lui administrerait son légendaire doublé du droit, sans doute aidé par Huggins et Criss le tenant chacun par un bras.

C'étaient là les pensées d'un enfant, ce qui n'avait rien de surprenant puisqu'il avait onze ans. Mais la dernière, plus élaborée, était quasiment digne d'un adulte.

Trois : *Il peut m'attraper, c'est vrai. Mais je peux peut-être l'éviter pendant la dernière semaine de classe. Si je le veux vraiment, je suis presque sûr d'y arriver. L'été passera, et il oubliera, je crois. Ouais. C'est un vrai crétin.*

S'il rate sa compo, qui sait s'il ne triplera pas? Et s'il triple, je serai en avance sur lui. Plus jamais nous ne serons dans la même classe... j'irai avant lui à la grande école... Je... je pourrai être libre!

« Laisse-moi copier », murmura de nouveau Bowers. Ses yeux noirs jetaient des éclairs, exigeaient.

Ben secoua la tête et replia un peu plus le bras autour de sa copie.

« Je te choperai, gros lard », siffla Henry, légèrement plus fort, cette fois. Mis à part son nom, la feuille qu'il avait devant lui était vierge. Il était désespéré. S'il ratait cet examen et triplait, son père allait le battre comme plâtre. « Laisse-moi copier ou je te fais la peau. »

Ben secoua de nouveau la tête dans un tremblement de bajoues. Il avait peur, mais il était déterminé. Il se rendit compte que pour la première fois de sa vie, il avait consciemment adopté une ligne de conduite, et cela lui faisait également peur, quoiqu'il n'aurait pas su dire exactement pour quelles raisons ; il lui faudrait des années pour comprendre que c'était le sang-froid de son calcul, la soigneuse et pragmatique évaluation des coûts avec ce que cela présageait de l'état adulte, qui l'avait encore plus effrayé que les menaces de Henry. Henry, il pouvait l'éviter. L'âge adulte, où il pratiquerait probablement ce mode de pensée presque tout le temps, finirait par le rattraper.

« N'ai-je pas entendu quelqu'un parler là-bas au fond ? avait alors demandé Mrs. Douglas d'un ton net. Si c'est le cas, on s'arrête immédiatement. »

Le silence avait régné au cours des dix minutes suivantes. Studieuses, les jeunes têtes restaient penchées sur les feuilles d'examen qui dégageaient une odeur plaisante d'encre à stencil violette. C'est alors que le murmure de Henry avait flotté dans l'air, léger, presque inaudible, à glacer le sang par la calme assurance de sa promesse :

« T'es cané, gros lard. »

3

Ben prit son bulletin et s'enfuit, rendant grâce au Dieu, quel qu'il fût, qui protégeait les gros garçons de onze ans, de ce que les hasards de l'ordre alphabétique n'eussent pas permis à Bowers de quitter la classe le premier pour l'attendre à la sortie.

Il ne courut pas dans le corridor comme les autres enfants. Il pouvait courir, et remarquablement vite pour quelqu'un de son gabarit, mais il avait une conscience aiguë de son allure ridicule lorsqu'il le faisait. Il marcha rapidement, cependant, et quitta le hall qui sentait le livre pour le grand soleil de juin. Il resta quelques instants le visage levé vers la lumière, dans le bonheur de la chaleur de l'astre et de sa liberté. Septembre était à des millions d'années. Ce n'était peut-être pas ce que disait le calendrier, mais le calendrier mentait. L'été serait infiniment plus long que la somme de ses jours, et il lui appartenait. Il se sentit grand comme le château d'eau, immense comme la ville.

Quelqu'un lui rentra dedans, violemment. Les agréables rêveries estivales furent balayées de son esprit tandis qu'il titubait désespérément à la recherche de son équilibre, au bord des marches de pierre. Il attrapa la rampe juste à temps pour éviter une mauvaise dégringolade.

« Sors de mon chemin, gros paquet de tripes ! » C'était Victor Criss, les cheveux peignés en arrière avec la banane à la Elvis, gluants de brillantine. Il descendit les marches et gagna le portail d'entrée, mains dans les poches, le col de chemise relevé, dans le cliquetis des fers de ses bottes de mécano qu'il laissait traîner exprès.

Ben, le cœur battant encore fort, aperçut Huggins le Roteur de l'autre côté de la rue, un mégot à la main. Il fit signe à Victor et lui passa la cigarette quand ce dernier arriva à sa hauteur. Victor tira une bouffée, lui rendit le mégot et lui montra l'endroit où se tenait Ben, maintenant à mi-chemin de l'escalier. Puis il dit quelque chose et les deux garçons se séparèrent. Une vague de chaleur, celle du désespoir, traversa le visage de Ben. Ils finissaient toujours par vous avoir. C'était le destin, ou quelque chose comme ça.

« Tu aimes tellement le coin que tu vas y rester planté pour le reste de la journée ? » fit une voix près de lui.

Ben se retourna et de chaud, son visage devint brûlant. C'était Beverly Marsh, auréolée de l'éclat de ses cheveux châtain clair, les yeux d'un délicieux gris-vert. Son chandail, dont elle avait remonté les manches, s'effilochait à la hauteur du cou et flottait sur elle presque autant que le survêt de Ben. Certainement trop informe pour qu'on puisse voir si ses seins commençaient à pousser, mais Ben s'en moquait ; quand l'amour frappe avant la puberté, il peut s'enfler de vagues si claires et si puissantes que personne ne pourrait résister à son simple commandement, et Ben ne lui offrait aucune résistance. Il s'y abandonnait, un point c'est tout. Il se sentait à la fois stupide et exalté, et plus embarrassé qu'il ne l'avait jamais été de toute sa vie... mais aussi l'indiscutable objet d'une grâce particulière. Ces émotions désespérées étaient comme un breuvage entêtant qui le laissait à la fois joyeux et le cœur à l'envers.

« Non, coassa-t-il, je ne crois pas. » Un sourire immense se répandit sur son visage. Il se rendait compte qu'il devait avoir l'air idiot, mais il ne voyait aucun moyen de faire autrement.

« Eh bien..., c'est que l'école est finie, non ? Grâce à Dieu.

— Passe... (Un autre coassement ; il dut s'éclaircir la gorge, et il devint cramoisi.) Passe de bonnes vacances, Beverly.

— Toi aussi, Ben. À l'année prochaine. »

Elle descendit d'un pas vif les dernières marches, et Ben la saisit en un instantané d'amoureux : l'éclat du

224

tissu écossais de sa robe, le jeu de ses cheveux roux dans son dos, son teint de lait, une petite coupure qui se cicatrisait sur son mollet et (pour une raison mystérieuse, ce dernier détail souleva en lui une vague d'émotion d'une telle puissance qu'il dut s'accrocher de nouveau à tâtons à la rampe ; une émotion gigantesque, indicible et miséricordieusement brève, signe avant-coureur, peut-être, de désir sexuel, sans signification pour son corps où les glandes endocrines dormaient encore d'un sommeil sans rêve, mais aussi éclatante qu'un éclair de chaleur l'été) une chaînette de cheville en or, brillante, juste au-dessus de sa basket droite, qui lui renvoya le soleil en petits éclats vifs.

Il laissa échapper un son, un son curieux. Il descendit les dernières marches de l'escalier, aussi faible qu'un vieillard, et s'arrêta en bas pour la suivre du regard jusqu'à ce qu'elle ait disparu, après avoir tourné à gauche, derrière la haute haie qui séparait la cour de l'école du trottoir.

4

Il ne resta là que quelques instants, tandis que les gosses continuaient de passer en groupes, au pas de course et à grands cris. Se souvenant soudain de Henry Bowers, il s'empressa de rejoindre l'angle du bâtiment. Il traversa le terrain de jeux des tout-petits et sortit par le portillon qui donnait sur Charter Street ; là, il prit à gauche, sans un seul regard en arrière pour le tas de briques à l'intérieur duquel il venait de passer tous les jours de la semaine, ou presque, de ces neuf derniers mois. Il fourra le bulletin dans sa poche revolver et se mit à siffler. Il portait une paire de Keds, mais leurs semelles ne touchèrent pas le trottoir pendant au moins huit pâtés de maisons.

On les avait lâchés juste après midi ; sa mère ne

rentrerait pas à la maison avant six heures, car tous les vendredis, elle se rendait directement au supermarché après son travail ; le reste de la journée lui appartenait.

Il alla passer un moment au McCarron Park, où il resta assis sous un arbre sans rien faire, sinon murmurer de temps en temps, dans un souffle : « J'aime Beverly Marsh », se sentant plus enivré et romantique à chaque fois. À un moment donné, tandis qu'une bande de garçons envahissait le parc et installait les bases pour une partie de base-ball improvisée, il chuchota les mots : « Beverly Hanscom » par deux fois et dut ensuite enfouir son visage dans l'herbe pour rafraîchir ses joues brûlantes.

Peu après il se leva et, traversant le parc, gagna Costello Avenue. Cinq coins de rue plus loin se dressait la bibliothèque publique qui, à la réflexion, lui parut être sa destination initiale. Il était presque sorti du parc lorsqu'un petit huitième le vit et l'interpella : « Hé, les Nénés ! Tu veux jouer ? Nous avons besoin d'un batteur ! » Il y eut une explosion de rire. Ben s'enfuit aussi vite qu'il put, enfonçant la tête entre les épaules comme une tortue se retirant dans sa carapace.

Il se considérait néanmoins comme chanceux, en fin de compte ; les garçons auraient pu le poursuivre, juste pour le chasser, ou peut-être pour le faire tomber dans la poussière et voir s'il allait pleurer. Mais ils étaient aujourd'hui trop absorbés par la mise en place du jeu et des règles. Ben fut très heureux de les laisser débattre des arcanes qui précédaient la première partie de l'été et poursuivit son chemin.

Trois coins de rue plus loin, sur Costello, il fit une découverte intéressante (et avantageuse) sous la haie d'une maison. Il vit briller du verre par les déchirures d'un vieux sac en papier. Du pied, Ben tira le sac dans la rue. La chance semblait vraiment être de son côté : il contenait trois canettes de bière et trois grandes bouteilles de soda. En tout, calcula-t-il, vingt-huit cents sous cette haie, attendant qu'un gamin passe et s'en empare. Un gamin avec de la chance.

« C'est moi ! » se dit joyeusement Ben, sans la moindre idée de ce que lui réservait le reste de la journée. Il repartit, tenant le sac par le fond pour qu'il ne se déchire pas davantage. L'épicerie de Costello Avenue n'était qu'à deux pas ; Ben échangea les bouteilles contre de l'argent et une bonne partie de l'argent contre des confiseries.

Devant la vitrine « tout à un cent », il montra du doigt ce qu'il voulait, comme toujours ravi par le cliquetis du battant vitré monté sur roulement à billes, lorsque le vendeur le fit glisser. Il prit cinq longueurs de guimauve rouge, cinq de noire, et toutes sortes de friandises et de bonbons.

Ben ressortit, son petit sac en papier brun plein de sucreries à la main, avec encore quatre cents dans la poche droite de son nouveau jean. Il jeta un coup d'œil au sac débordant de douceurs, et soudain une pensée tenta de faire surface

(Continue à bâfrer comme ça et Beverly Marsh n'aura pas un regard pour toi)

mais elle était désagréable et il la repoussa facilement ; il avait l'habitude de chasser ce genre de pensées.

Si quelqu'un lui avait demandé : « Te sens-tu seul, Ben ? », il aurait eu un regard surpris pour celui qui lui aurait posé une question qui ne lui était jamais venue à l'esprit. Il n'avait pas d'amis, mais il avait ses livres et ses rêves, ses modèles réduits et son gigantesque jeu de construction avec lequel il édifiait toutes sortes de choses. Plus d'une fois, sa mère s'était exclamée que ses petites maisons en Lincoln Logs étaient plus jolies que les vraies, faites d'après des plans. Il possédait également un excellent Erector Set, et espérait bien recevoir le Super Set pour son anniversaire, en octobre. Avec, il pourrait construire une véritable pendule qui donnerait l'heure, et une voiture avec une vraie boîte de vitesses. « Seul ? aurait-il sans doute répondu, sincèrement interloqué. Hein ? Quoi ? »

Un enfant aveugle de naissance ne sait pas qu'il est

aveugle tant qu'on ne le lui dit pas. Et même alors, il ne se fait qu'une idée très théorique de ce qu'est la cécité ; seul celui qui a perdu la vue en possède la notion. Ben Hanscom n'éprouvait aucun sentiment de solitude pour avoir toujours été seul. La chose n'étant ni nouvelle ni limitée, il ne pouvait pas se rendre compte que la solitude était toute sa vie, qu'elle était simplement là, comme les deux articulations de son pouce et la petite irrégularité marrante de l'une de ses deux dents de devant, sur laquelle il passait la langue chaque fois qu'il se sentait nerveux.

Beverly était un doux rêve, les bonbons une douce réalité, les bonbons étaient ses amis. C'est pourquoi il dit à cette bizarre pensée d'aller se faire voir, ce qu'elle fit tranquillement, sans poser plus de problème. Et entre l'épicerie de Costello et la bibliothèque municipale, il liquida tout ce qu'il avait acheté. Il avait bien envisagé de garder les bonbons ronds, les Pez, pour regarder la télé le soir même — il aimait à les charger un à un dans le pistolet en plastique pour se les tirer ensuite dans la bouche, comme s'il se suicidait au glucose —, car il y avait un programme de rêve : *Whirlybirds*, avec Kenneth Tobey dans le rôle de l'héroïque pilote d'hélicoptère, *Dragnet*, des histoires vraies où les noms étaient changés pour protéger les innocents, et *Highway Patrol*, dans lequel Broderick Crawford jouait le rôle du policier Dan Matthews. Broderick Crawford était le héros préféré de Ben : il était rapide, mauvais, et envoyait tout le monde se faire foutre..., et surtout, Crawford était gros.

Il arriva à l'angle de Costello Avenue et de Kansas Street, qu'il traversa pour gagner la bibliothèque. Elle comprenait en réalité deux parties, un ancien bâtiment de pierre de taille en façade, édifié en 1890 avec l'argent des seigneurs du bois, et un immeuble bas à l'arrière, qui abritait la bibliothèque réservée aux enfants. Un corridor vitré reliait les deux constructions.

À cet endroit proche du centre-ville, Kansas Street

était à sens unique, et Ben ne regarda donc que d'un côté (à droite) avant de traverser. Eût-il regardé à gauche, le choc aurait été terrible. À l'ombre d'un vieux chêne énorme, qui se dressait sur la pelouse devant la Maison communale de Derry, se tenaient Huggins le Roteur, Victor Criss et Henry Bowers.

5

« Chopons-le, Hank ! » Victor en salivait presque.

Henry suivit des yeux le petit connard grassouillet qui traversait la rue, avec son ventre qui ballottait, son épi de cheveux qui s'agitait à l'arrière de son crâne, et son cul qui se tortillait comme celui d'une fille dans un blue-jean tout neuf. Il estima la distance entre leur groupe et Hanscom d'une part, et entre Hanscom et la sécurité de la bibliothèque de l'autre. Il pensa qu'il était possible de l'attraper avant qu'il y trouve refuge, mais le gros lard risquait de se mettre à crier. Un adulte pourrait s'interposer, ce que Henry voulait à tout prix éviter. Cette salope de Douglas lui avait dit qu'il avait raté ses maths et son anglais. Elle le faisait passer, mais à condition qu'il prenne quatre semaines de cours d'été. Henry aurait préféré tripler : son père ne l'aurait battu qu'une fois. Avec quatre heures à l'école pendant quatre des semaines où il y avait le plus de travail à la ferme, il allait lui ficher une bonne demi-douzaine de raclées, sinon davantage. Sa seule consolation, devant cette sinistre perspective, était l'idée de faire payer tout ça l'après-midi même à cette espèce de petit enculé plein de soupe.

Avec les intérêts.

« Ouais, allons-y, approuva le Roteur.

— Non. Attendons qu'il sorte. »

Ils regardèrent Ben ouvrir l'une des grandes doubles portes et disparaître à l'intérieur, puis ils s'assirent pour fumer des cigarettes et se raconter des histoires de représentant de commerce en attendant qu'il ressorte.

Ben finirait bien par sortir, Henry le savait bien. Et là, il allait lui faire regretter le moment où il était né.

6

Ben adorait la bibliothèque.

Il en aimait la constante fraîcheur, même par les journées les plus caniculaires d'un été long et chaud ; et le calme, que rompaient à peine d'occasionnels murmures et les coups de tampon assourdis d'un bibliothécaire classant les livres ou les cartes de lecteur, ou encore le bruit des pages tournées dans la salle des périodiques où se retrouvaient des messieurs âgés qui lisaient des journaux attachés à de longs bâtons plats. Il en aimait la qualité de la lumière, que ce soit celle des rayons de soleil obliques qui tombaient des hautes fenêtres étroites l'après-midi, ou celle que diffusaient les globes suspendus à des chaînes, les soirs d'hiver, tandis qu'à l'extérieur sifflait le vent. Il aimait l'odeur des livres, un parfum épicé, avec quelque chose de fabuleux. Il passait parfois par les rayons réservés aux adultes pour contempler ces milliers de volumes et il imaginait tout un monde à l'intérieur de chacun, comme il imaginait, par les crépuscules embrumés de la fin du mois d'octobre, alors que le soleil se réduisait à une ligne orangée amère sur l'horizon, les vies qui se déroulaient derrière toutes les fenêtres, les gens qui riaient, se disputaient, arrangeaient des fleurs, faisaient manger leurs enfants ou leurs animaux de compagnie, ou mangeaient eux-mêmes en regardant la téloche.

Il aimait l'impression de chaleur qu'il ressentait lorsqu'il empruntait le couloir vitré qui reliait le vieux bâtiment à la bibliothèque des enfants ; même en hiver, il y faisait chaud, sauf lorsque le temps était resté nuageux pendant deux jours de suite. Mrs. Starrett, la responsable de la bibliothèque des enfants, lui avait expliqué que c'était dû à un phénomène appelé

« effet de serre ». Ben avait été enchanté par cette notion. Des années plus tard, il construirait l'immeuble si controversé du Centre de communication de la BBC, à Londres ; mais la querelle aurait pu continuer de faire rage pendant mille ans sans que personne se doute (à part Ben lui-même) que ce n'était rien d'autre que le couloir vitré de la bibliothèque municipale de Derry placée à la verticale.

Il aimait aussi la bibliothèque des enfants, même si elle ne possédait pas le charme des pénombres de l'ancienne, avec ses globes et ses escaliers de fer en colimaçon tellement étroits que deux personnes ne pouvaient s'y croiser (l'une des deux devait faire marche arrière). La bibliothèque des enfants était claire, ensoleillée et légèrement plus bruyante en dépit des panneaux ON NE FAIT PAS DE BRUIT disposés un peu partout. Le bruit venait la plupart du temps du coin réservé aux plus petits, qui regardaient des livres d'images. À l'arrivée de Ben, ce jour-là, l'heure des histoires venait juste de commencer. Miss Davies, la jeune et jolie bibliothécaire, lisait *Les Trois Petits Cochons*.

« Qui heurte si fort à ma porte ? »

La jeune femme avait pris la grosse voix grondante du cochon de l'histoire. Parmi les petits, certains se cachaient la bouche et pouffaient, mais la plupart la regardaient de l'œil le plus sérieux du monde, acceptant la voix du cochon comme ils acceptaient les voix de leurs rêves, et leur expression grave reflétait l'éternelle fascination des contes de fées : le monstre serait-il vaincu, ou... les dévorerait-il ?

Des affiches aux couleurs éclatantes étaient accrochées un peu partout : celle du gentil garçon qui s'était lavé les dents au point que sa bouche écumait comme le museau d'un chien fou, celle du méchant garçon qui fumait des cigarettes (QUAND JE SERAI GRAND, JE VEUX ÊTRE TRÈS MALADE, COMME PAPA, disait la légende). Il y avait aussi une merveilleuse photo sur laquelle des millions de points lumineux brillaient dans l'obscurité. Dessous était écrit :

UNE IDÉE ALLUME MILLE CHANDELLES.
Ralph Waldo Emerson

On était invités à rejoindre les scouts ou à s'inscrire au club des filles. Des activités sportives et des spectacles de théâtre pour enfants étaient proposés, ainsi qu'un programme de lecture de l'été. Ben était un adepte enthousiaste de ce programme. Lors de l'inscription, on vous remettait une carte des États-Unis. Puis, pour chaque livre lu, si on avait rédigé une fiche, on vous donnait un collant à apposer sur la carte, un par État, avec toutes sortes d'informations sur sa flore, sa faune, l'année de son admission dans l'Union... Et on recevait un livre gratuit quand la carte était complète, avec les quarante-huit États. Une sacrée bonne affaire. Ben envisageait de faire ce que l'affiche recommandait : « Ne perdez pas de temps, inscrivez-vous tout de suite. »

Bien en vue, au milieu de cette sympathique débauche de couleurs, une affiche austère était punaisée au-dessus du bureau de retrait des livres ; pas de dessin, pas de superbe photo, rien que de gros caractères noirs sur du papier blanc :

N'OUBLIEZ PAS LE COUVRE-FEU
19 H
SERVICES DE POLICE DE DERRY

Le seul fait de la voir fit frissonner Ben. Dans l'excitation de la remise de son bulletin, de la crainte de Henry Bowers, de sa discussion avec Beverly et du début des vacances, il avait oublié le couvre-feu et les meurtres.

Les gens n'étaient pas d'accord sur leur nombre, mais tous admettaient en revanche qu'il y en avait eu au moins quatre depuis l'hiver dernier — cinq, si l'on comptait George Denbrough (car nombreux étaient ceux qui croyaient que la mort du petit Denbrough était due à quelque accident monstrueux). Le premier (indiscutable) était celui de Betty Ripsom, trouvée le lendemain de la Noël à proximité du chantier de construction de l'autoroute, au-delà de Jackson Street. On avait découvert la jeune fille, âgée de treize ans, mutilée et raidie par le froid dans la boue gelée. De cela, on n'avait rien dit dans les journaux, et aucun adulte n'en avait soufflé mot à Ben. C'était quelque chose qui était tout de même, d'une manière ou d'une autre, parvenu à ses oreilles.

Environ trois mois et demi plus tard, peu après l'ouverture de la pêche à la truite, un pêcheur qui parcourait la rive d'un cours d'eau à trente kilomètres à l'est de Derry planta son hameçon dans ce qu'il prit tout d'abord pour un morceau de bois. Puis apparut une main, suivie d'un poignet et des premiers quinze centimètres d'un bras ayant appartenu à une jeune fille. L'hameçon s'était fiché dans la peau qui relie l'index au pouce.

La police d'État avait découvert les restes du cadavre de Cheryl Lamonica soixante-dix mètres en aval, prisonniers d'un arbre tombé en travers du courant l'hiver précédent. C'était un pur hasard qui avait empêché que le corps ne fût entraîné dans la Penobscot et de là dans l'océan, avec les crues de printemps.

Cheryl Lamonica avait seize ans. Elle était de Derry, mais n'allait pas en classe; trois ans auparavant, elle avait donné naissance à une fille, Andrea, et vivait avec elle chez ses parents. « Cheryl était parfois un peu sauvage, expliqua le père en larmes à la police, mais c'était dans le fond une bonne petite. Andi n'arrête pas de me demander : " Où est Maman ? ", et je ne sais pas quoi lui répondre. »

La disparition de la jeune fille avait été signalée cinq semaines avant la découverte du corps. Assez logiquement, la police avait commencé ses investigations en partant de l'hypothèse que Cheryl avait été victime de l'un de ses amants. Elle en avait beaucoup. Un bon nombre appartenait à la base aérienne, sur la route de Bangor. « C'était tous ou presque des gentils garçons », déclara la mère de Cheryl. L'un de ces « gentils garçons » était un colonel de l'armée de l'air quadragénaire qui avait une femme et trois enfants au Nouveau-Mexique. Un autre était actuellement en prison à Shawshank pour vol à main armée.

Un amant, pensa la police. Ou peut-être tout simplement un étranger. Un maniaque sexuel.

Si l'on retenait cette dernière hypothèse, ce maniaque aimait aussi les garçons. À la fin avril, un professeur parti en randonnée avec sa classe de quatrième découvrit, dépassant d'une bouche d'égout de Merit Street, deux tennis rouges que prolongeaient les jambes d'une salopette en velours bleu. L'extrémité de cette rue était interdite par des barrières, et des bulldozers avaient dégagé l'asphalte à l'automne précédent, en vue des travaux d'extension de l'autoroute de Bangor.

Le corps était celui du petit Matthew Clement, âgé de trois ans, dont les parents avaient signalé la disparition la veille (le *Derry News* avait publié sa photo en première page : un bout de chou aux cheveux bruns qui souriait crânement à l'appareil, une casquette de base-ball perchée de guingois sur la tête). Les Clement vivaient sur Kansas Street, à l'autre extrémité de la ville. La mère, tellement frappée de stupeur par son chagrin qu'elle avait l'air de s'être réfugiée dans une boule de verre d'un calme absolu, expliqua à la police que Matthew faisait du tricycle sur le trottoir, devant la maison (sise à l'angle de Kansas Street et de Kossuth Lane). Elle était allée mettre son linge dans le séchoir, et quand elle avait regardé de nouveau par la fenêtre pour voir ce que faisait Matty, il avait disparu. Il ne restait plus que son tricycle renversé sur la pelouse qui séparait le trottoir de la rue proprement dite. L'une des roues arrière tournait encore lentement, et s'était arrêtée sous ses yeux.

Pour le chef de la police, Borton, c'en était trop. Il proposa le couvre-feu de sept heures lors d'une assemblée spéciale du conseil municipal, le lendemain soir. Adoptée à l'unanimité, la proposition prit effet le surlendemain. Les jeunes enfants devaient rester en permanence sous la surveillance d'un « adulte qualifié », d'après l'article qui parlait du couvre-feu dans le *Derry News*. Une réunion spéciale s'était tenue à l'école de Ben un mois avant; Borton était monté sur l'estrade, et, les pouces dans le ceinturon, avait affirmé aux enfants qu'ils n'avaient rien à craindre tant qu'ils observaient un certain nombre de règles simples : ne pas parler aux étrangers, ne monter en voiture qu'avec les gens qu'ils connaissaient très bien, toujours se souvenir que le Policier est votre Ami et... respecter le couvre-feu.

Deux semaines auparavant, un garçon que Ben ne connaissait que vaguement (il était dans l'autre septième de l'école) avait sondé l'une des bouches d'égout de Neibolt Street et aperçu une masse de cheveux qui y flottait. Ce garçon, du nom de Frankie ou Freddy Ross (ou Roth), faisait la chasse aux objets perdus avec un attirail de son invention, qu'il appelait LE FABULEUX BÂTON-COLLE. On sentait bien qu'il en parlait en lettres majuscules — voire éclairées au néon. Le fabuleux Bâton-Colle était constitué d'une branche de bouleau terminée par un gros paquet de chewing-gum à faire des bulles. À ces moments perdus, Freddy (ou Frankie) arpentait Derry armé de son bâton et faisait le tour des égouts et des évacuations d'eau. Il trouvait parfois de la monnaie — des pièces d'un cent, la plupart du temps, mais parfois des cinq ou même des vingt-cinq cents (des « quarters », auxquels il faisait allusion, pour des raisons connues de lui seul, en les appelant « monstre-des-quais »). Une fois le pactole repéré, le fabuleux Bâton-Colle entrait en action, passait entre la grille et ramenait à coup sûr la piécette.

Ben avait entendu parler de Freddy (ou Frankie) bien avant que les projecteurs de l'actualité se soient braqués sur lui, après qu'il eut découvert le corps de Veronica Grogan. « Il est vraiment répugnant », lui avait confié un jour un gosse du nom de Richie Tozier dans la cour de récréation. Tozier était un gamin tout maigre qui portait des lunettes. Ben pensait que sans elles il devait voir tout aussi bien que Mr. Magoo ; agrandis, ses yeux nageaient derrière les verres épais avec une expression de perpétuelle surprise. Il avait aussi deux énormes dents de devant qui lui avaient valu le surnom de Castor. Il se trouvait dans la même septième que Frankie (ou Freddy). « Il passe sa journée à farfouiller dans les égouts avec son Bâton-Colle, et tous les soirs, il remâche la gomme !

— Oh, nom d'un chien, que c'est dégueulasse ! s'était exclamé Ben.

— Tout juste, Auguste », avait répondu Tozier en s'éloignant.

Freddy (ou Frankie) avait manœuvré le fabuleux Bâton-Colle dans tous les sens à travers la grille de l'égout, croyant avoir découvert une perruque. Sans doute pensait-il la faire sécher et l'offrir à sa mère pour son anniversaire, ou quelque chose comme ça. Au bout de quelques minutes de godille infructueuse, il était sur le point de renoncer à sa prise lorsqu'un visage était apparu au milieu des eaux troubles, un visage avec des feuilles mortes collées sur ses joues blanches et de la boue dans ses yeux fixes.

Frankie (ou Freddy) avait couru chez lui en hurlant.

Veronica Grogan était en huitième dans une institution religieuse de Neibolt Street, dirigée par ce que la mère de Ben appelait les « Christiens ». On l'enterra le jour où elle aurait dû fêter son dixième anniversaire.

Après cette dernière horreur, Arlene Hanscom avait fait venir son fils dans le salon, un soir, et une fois installée sur le canapé, elle lui avait pris les mains et l'avait regardé attentivement dans les yeux. Un peu mal à l'aise, Ben lui avait rendu son regard.

« Est-ce que tu es fou, Ben ? commença-t-elle.

— Non, Maman ! » se récria Ben, plus mal à l'aise

que jamais. Il ne voyait absolument pas où elle voulait en venir. C'était la première fois, autant qu'il se souvenait, qu'elle prenait un air aussi grave.

« Non, en effet, fit-elle en écho, je ne le crois pas. »

Là-dessus, elle se tut pendant un assez long moment, ne regardant pas Ben, mais les yeux tournés pensivement vers la fenêtre. Ben se demanda fugitivement si elle n'avait pas oublié sa présence. C'était encore une jeune femme — elle n'avait que trente-deux ans —, mais le fait d'élever seule son enfant l'avait marquée. Elle travaillait quarante heures par semaine en salle de bobinage dans une filature de Newport, et après des journées où la poussière et la charpie avaient particulièrement volé, il lui arrivait de tousser pendant si longtemps et si sèchement que Ben en était effrayé. Ces nuits-là, il restait éveillé des heures dans son lit à côté de la fenêtre d'où il plongeait les yeux dans l'obscurité, à se demander ce qu'il deviendrait au cas où elle mourrait. Il se retrouverait orphelin, avait-il cru comprendre. Il deviendrait peut-être alors un enfant de l'Assistance (cela signifiait, croyait-il, qu'il lui faudrait vivre chez des fermiers qui le feraient trimer du lever au coucher du soleil), ou il serait envoyé à l'orphelinat de Bangor. Il essayait de se dire que c'était stupide de s'inquiéter, mais cela ne lui apportait aucun réconfort. Ce n'était pas seulement pour lui-même qu'il s'inquiétait, mais aussi pour elle. C'était une femme dure, sa maman, et il fallait en passer la plupart du temps par ce qu'elle voulait, mais c'était une bonne maman. Il l'aimait beaucoup.

« Tu as entendu parler de ces meurtres », reprit-elle enfin en se tournant de nouveau vers lui.

Il acquiesça.

« On a tout d'abord pensé qu'il s'agissait... (elle hésita sur le mot suivant, qu'elle n'avait jamais prononcé en présence de son fils, mais les circonstances étaient particulières et elle fit l'effort) de crimes sexuels. C'est peut-être vrai, peut-être pas. C'est peut-être fini, ou peut-être pas. Personne ne peut plus être sûr de rien, sinon qu'il y a un cinglé en liberté qui massacre les petits enfants. Est-ce que tu me comprends, Ben ? »

Il acquiesça.

« Et tu sais ce que je veux dire quand je te parle de crimes sexuels ? »

Il ne le savait pas — du moins pas exactement — mais il hocha de nouveau la tête. Si sa mère décidait de lui parler par-dessus le marché des abeilles et des oiseaux, il allait mourir d'embarras.

« Je m'inquiète pour toi, Ben. Je suis inquiète parce que je ne fais pas ce qu'il faut vis-à-vis de toi. »

Ben fit une grimace mais ne dit rien.

« Tu es souvent livré à toi-même. Trop souvent, je ne dis... Tu...

— Maman...

— Tais-toi quand je te parle, le coupa-t-elle, et Ben se tut. Tu dois être très prudent, Benny. L'été arrive et je ne voudrais pas te gâcher tes vacances, mais il faut que tu fasses très attention. Je veux te voir arriver au plus tard à l'heure du dîner tous les soirs. À quelle heure mangeons-nous ?

— À six heures.

— Exactement. Alors, écoute bien ce que je vais te dire : si je mets la table, verse ton lait et vois qu'il n'y a pas de Ben en train de se laver les mains à l'évier, je fonce sur le téléphone et j'appelle la police pour dire que tu n'es pas rentré. Tu comprends ?

— Oui, Maman.

— Et tu es bien convaincu que je le ferai ?

— Oui.

— Ce sera sans doute pour rien, si jamais je dois le faire. Je ne suis pas tout à fait ignorante en matière de jeunes garçons. Je sais que pendant les vacances d'été, vous vous lancez à corps perdu dans vos jeux et vos projets — à suivre les abeilles jusque dans leurs ruches, à jouer à la balle ou à je ne sais quoi. Dis-toi bien que je me doute un peu de ce que tes copains et toi avez en tête.

Ben acquiesça sobrement, songeant que si elle ignorait qu'il n'avait aucun ami, elle devait être loin d'en savoir autant sur sa vie d'enfant qu'elle le prétendait. Mais il n'aurait jamais, au grand jamais, envisagé de lui faire une telle réponse.

Elle prit quelque chose dans la poche de son tablier et le lui tendit. C'était une petite boîte en plastique. Il l'ouvrit. Quand il vit ce qu'il y avait à l'intérieur, il resta bouche bée. « Oh, là, là ! s'exclama-t-il, et son admiration était tout à fait sincère. Merci ! »

C'était une montre Timex avec des petits chiffres d'argent et un bracelet en imitation cuir. Elle l'avait mise à l'heure et remontée ; il entendait son tic-tac.

« Hé, c'est super-chouette ! » Il étreignit sa mère avec enthousiasme et déposa un baiser bruyant sur sa joue.

Elle sourit, contente de son plaisir. Puis elle reprit son expression de gravité. « Mets-la, garde-la, porte-la, remonte-la, fais-y attention et surtout, ne la perds pas.

— D'accord.

— Maintenant que tu as une montre, tu n'as aucune raison d'être en retard à la maison. N'oublie jamais ce que je t'ai dit : si tu es en retard, la police partira à ta recherche à ma demande. Au moins jusqu'à ce qu'ils aient pris le salopard qui tue les enfants par ici, pas question d'être une seule minute en retard, sans quoi je décroche le téléphone.

— Oui, Maman.

— Encore une chose. Je ne veux pas que tu traînes tout seul. Tu as bien compris qu'il ne fallait pas accepter de friandises d'un inconnu, ni monter avec lui en voiture — tu n'es pas fou, on est d'accord là-dessus, et tu es fort pour ton âge ; mais un adulte, en particulier s'il est cinglé, peut venir à bout d'un enfant, s'il le veut vraiment. Quand tu vas au parc ou à la bibliothèque, fais-toi accompagner d'un camarade.

— Je le ferai, Maman. »

Elle regarda une fois de plus par la fenêtre et laissa échapper un soupir qui trahissait son inquiétude. « Les choses vont bien mal, quand elles en sont à ce point. Il y a quelque chose d'affreux dans cette ville, de toute façon. Je l'ai toujours su. (Elle baissa de nouveau les yeux sur lui, sourcils froncés.) Tu aimes tellement te balader, Ben. Tu dois connaître tous les coins et les recoins de Derry, je parie. Au moins de la ville. »

Ben pensait qu'il était bien loin de connaître tous les coins de Derry, mais beaucoup lui étaient familiers. Cependant, le cadeau inattendu de la montre l'avait mis dans un tel état d'excitation qu'il aurait été d'accord avec sa mère, même si elle avait suggéré que John Wayne aurait dû jouer le rôle d'Adolf Hitler dans une comédie musicale sur la Deuxième Guerre mondiale. Il acquiesça donc.

« Tu n'as jamais rien vu de particulier, n'est-ce pas ? lui demanda-t-elle. Rien ni personne... de bizarre, de pas ordinaire, qui t'aurait fait peur ? »

Et à cause de la joie que lui avait procurée la montre, de son amour pour elle, de ce qu'avait de rassurant pour le petit garçon qu'il était l'inquiétude qu'elle manifestait pour lui (inquiétude en même temps un peu effrayante par sa véhémence non dissimulée), il faillit lui parler de ce qui s'était passé en janvier dernier.

Il ouvrit la bouche mais quelque chose comme une puissante intuition la lui fit refermer.

Rien de plus qu'une intuition, mais rien de moins. Un enfant peut de temps en temps éprouver l'intuition des plus complexes responsabilités de l'amour, sentir qu'en certains cas, la gentillesse commande de ne rien dire. C'est l'une des raisons qui le fit se taire. Mais il y avait quelque chose d'autre, qui n'était pas aussi noble. Elle pouvait être dure, sa maman. Très autoritaire. Elle ne disait jamais qu'il était « gros », mais qu'il était « costaud » (ajoutant parfois « pour son âge »), et souvent, elle lui apportait les restes du dîner pendant qu'il regardait la télé ou faisait ses devoirs ; il les mangeait, même si, au fond de lui-même, il se détestait obscurément d'agir de la sorte (mais sans toutefois détester sa maman de les lui donner : jamais Ben Hanscom ne se serait permis de détester sa maman ; Dieu l'aurait foudroyé s'il avait manifesté un sentiment d'une telle brutalité et d'une telle ingratitude). Et peut-être qu'au plus profond de lui-même — le fin fond de la Mongolie des pensées de Ben —, il soupçonnait ce qui la poussait à le suralimenter ainsi. Était-ce juste de l'amour ? Pouvait-il y avoir autre chose ? Sûrement pas. Mais... il se posait la question. Plus inquiétant, elle ne savait pas qu'il n'avait pas d'amis. Cette ignorance lui faisait perdre confiance en elle, dans la mesure où il se demandait quelle serait sa réaction s'il lui racontait ce qui lui était arrivé en janvier. En admettant qu'il lui fût arrivé quelque chose. Être à la maison à six heures et n'en plus bouger n'était pas si terrible, en somme. Il pourrait lire, regarder la télé,

(manger)

fabriquer des trucs avec ses jeux de construction. Mais rester coincé là toute la journée serait très pénible ; or elle risquait de l'y obliger s'il lui racontait ce qu'il avait vu (ou cru voir) en janvier dernier.

« Non, Maman, répondit-il. Juste Mr. McKibbon qui farfouillait dans la poubelle des autres. »

Elle rit d'autant plus qu'elle n'aimait pas ce McKibbon, qui était non seulement républicain mais aussi « christien », et cela mit fin à la discussion. Cette nuit-là, Ben resta éveillé fort tard, mais ses fantasmes n'étaient pas de se retrouver orphelin dans un monde impitoyable. Il se sentait aimé et en sécurité, allongé dans son lit, tandis qu'un rayon de lune venait en effleurer le pied. Il portait la montre à son oreille pour en entendre le tic-tac, puis l'approchait de ses yeux pour admirer la lueur fantomatique des chiffres au radium.

Il avait fini par s'endormir et par rêver qu'il jouait au base-ball avec d'autres garçons dans le parking abandonné derrière le dépôt de camions de Tracker Brothers. Il venait juste de frapper une balle si puissante qu'elle allait lui permettre de boucler un tour complet ; ses coéquipiers l'attendaient, enthousiastes, à la base de départ. Ils l'accueillirent à grand renfort de claques dans le dos, le soulevèrent sur leurs épaules et le portèrent en triomphe jusqu'à l'endroit où se trouvait leur équipement. Dans son rêve, il n'en pouvait plus de fierté et de bonheur... puis il avait regardé en direction de la base centre, à l'opposé du terrain, là où une barrière fermée d'une chaîne marquait la frontière entre le parking au sol cendré et la pente herbeuse qui descendait vers les Friches-Mortes. Une silhouette se tenait au milieu des graminées et des buissons bas, presque hors de vue. D'une main gantée de blanc, elle tenait un lot de ballons — rouges, jaunes, bleus, verts — et lui faisait signe de l'autre. Il ne distinguait pas le visage du personnage mais remarqua en revanche l'habit flottant avec ses énormes pompons orange sur le devant ainsi que le gros nœud papillon jaune et tombant.

C'était un clown.

Tout juste, Auguste, fit une voix spectrale.

Lorsque Ben se réveilla, le lendemain matin, il avait oublié son rêve, mais son oreiller était encore humide, comme s'il avait pleuré dans la nuit.

7

Il s'avança jusqu'au bureau principal de la bibliothèque des enfants, chassant aussi aisément les pensées qu'avait fait naître le rappel du couvre-feu, qu'un chien chasse l'eau de ses poils en se secouant.

« Bonjour, Benny », lui dit Mrs. Starrett. Comme Mrs. Douglas, elle aimait beaucoup Ben. Les adultes, en particulier ceux qui avaient pour tâche, entre autres, de se faire obéir des enfants, l'appréciaient en général : il était poli, réfléchi, parlait avec déférence et parfois avec un certain humour tranquille très personnel. C'était pour ces mêmes raisons que les autres enfants le tenaient pour un moins que rien. « En as-tu déjà assez des vacances ? »

Ben sourit. C'était la plaisanterie favorite de Mrs. Starrett. « Pas encore, répondit-il. Elles n'ont commencé (il jeta un coup d'œil sur sa montre) que depuis une heure dix-sept. Mais dans une heure ou deux... »

Mrs. Starrett ne put s'empêcher de rire, la main devant la bouche pour ne pas faire trop de bruit. Puis elle lui demanda s'il s'inscrivait au programme de lecture de l'été. Il répondit que oui ; elle lui donna une carte des États-Unis, et Ben la remercia.

Il alla musarder parmi les rayonnages, prenant un livre ici et là, le regardant, le remettant à sa place. Choisir des livres n'était pas une mince affaire ; cela nécessitait le plus grand soin. Adulte, on pouvait en prendre tant qu'on voulait, mais les enfants n'avaient droit qu'à trois ouvrages à la fois. Si l'on tombait sur un truc nul, on se retrouvait coincé.

Il finit par faire son choix : *Bulldozer*, *The Black Stallion* et un troisième qui sonnait comme un coup de feu dans la nuit : *Hot Rod*, d'un certain Henry Gregor Felsen.

« Celui-là ne va peut-être pas te plaire, remarqua Mrs. Starrett en tamponnant la fiche. C'est très sanglant. Je le conseille aux plus de seize ans, ceux qui viennent juste d'avoir leur permis de conduire, car il leur donne à réfléchir. Ils ont le pied plus léger pendant au moins une semaine.

— Eh bien, j'y jetterai juste un coup d'œil », répondit Ben. Sur quoi il s'éloigna le plus possible du coin des tout-petits, où le loup s'apprêtait à souffler la maison de l'un des trois petits cochons.

Il commença par *Hot Rod* et trouva que ce n'était pas si mal ; pas mal du tout, même. C'était l'histoire d'un adolescent, excellent conducteur, qu'un trouble-fête de flic tentait de faire rouler plus lentement. Ben découvrit qu'il n'y avait pas de limitations de vitesse dans l'Iowa, où se situait l'action. Ça c'était chouette.

Il parcourut ainsi trois chapitres, lorsque son regard fut attiré par un tout nouveau tableau. Sur l'affiche du haut (d'accord, on avait la manie des affiches ici), on voyait un facteur souriant qui donnait une lettre à un enfant. ON PEUT AUSSI ÉCRIRE DANS LES BIBLIOTHÈQUES, disait l'affiche. ÉCRIS DONC À UN AMI DÈS AUJOURD'HUI. SOURIRES GARANTIS !

Au-dessous de l'affiche, des casiers contenaient des cartes postales et des enveloppes pré-timbrées, ainsi que du papier à lettres à en-tête de la bibliothèque, représentée en bleu. Les enveloppes pré-timbrées étaient à cinq cents, les cartes à trois cents, les feuilles à un cent les deux.

Ben tâta sa poche. Les quatre cents restant de la vente des bouteilles s'y trouvaient toujours. Il marqua la page de son livre et alla au bureau de Mrs. Starrett. « Puis-je avoir l'une de ces cartes postales, s'il vous plaît ?

— Mais bien sûr, Ben. » Comme toujours, la bibliothécaire fut charmée de sa politesse grave, et attristée par ses proportions. Sa propre mère aurait dit qu'il creusait sa tombe avec ses dents. Elle lui donna la carte et le regarda pendant qu'il retournait à sa table, prévue pour six ; mais Ben s'y trouvait seul. Elle n'avait jamais vu Ben en compagnie d'autres garçons. C'était trop bête ; cet enfant possédait un trésor caché. Il ne le livrerait qu'au plus doux et patient des prospecteurs... Si jamais il s'en présentait un.

8

Ben prit son stylo à bille et rédigea l'adresse : *Miss Beverly Marsh, Lower Main Street, Derry, Maine.* Il ignorait le numéro exact, mais sa mère lui avait dit un jour que les facteurs, au bout de quelque temps, connaissaient bien leur clientèle. Si le facteur qui desservait le secteur de Lower Main Street faisait bien son travail, merveilleux. Sinon, la carte irait au rebut et il aurait perdu trois cents. Elle ne lui reviendrait pas, car il n'avait aucunement l'intention d'y apposer son adresse.

Tenant la carte l'adresse cachée (il ne prenait aucun risque, même s'il ne voyait personne de sa connaissance dans les parages), il alla prendre quelques feuilles de papier brouillon, revint s'asseoir, et commença à griffonner, rayer, griffonner de nouveau.

Au cours de la semaine qui avait précédé les compos de fin d'année, à l'école, ils avaient étudié les haïkus en cours d'anglais. Cette forme de poésie japonaise très codifiée, avait dit Mrs. Douglas, devait comporter dix-sept syllabes, pas une de plus, pas une de moins ; elle était en général centrée autour d'une seule image, liée à une émotion spécifique : tristesse, joie, nostalgie, bonheur..., amour.

Ben avait été fasciné. Les cours d'anglais lui plaisaient sans plus d'ordinaire. Il faisait son travail, mais en règle générale, il ne s'y impliquait pas outre mesure. Il y avait cependant dans le concept du haïku quelque chose qui enflammait son imagination et le rendait heureux, à la manière dont les explications de Mrs. Starrett sur l'effet de serre l'avaient rendu heureux. Les haïkus étaient de la bonne poésie, aux yeux de Ben, parce qu'elle était structurée. Il n'y avait aucune règle secrète. Dix-sept syllabes, une image liée à une émotion, et c'était fini. Gagné ! C'était net, efficace, contenu dans ses propres règles et ne dépendant que d'elles. Le simple fait de prononcer le mot, « haïku », lui faisait plaisir.

Sa chevelure, pensa-t-il ; et il la revit descendre l'escalier de l'école, tandis que ses cheveux flottaient sur ses épaules. Dessus, le soleil ne brillait pas tant qu'il ne s'y consumait.

Au bout de vingt minutes de concentration (avec une seule interruption pour aller chercher d'autres feuilles de brouillon), éliminant les mots trop longs, changeant ici, coupant là, Ben aboutit à ceci :

Feu d'hiver, braise de janvier,
Ta chevelure :
Ici brûle aussi mon cœur.

Il n'en était pas entièrement satisfait, mais c'était ce à quoi il pouvait arriver de mieux. Il craignait, en le triturant trop longtemps, de tomber dans la maniaquerie et de finir par obtenir quelque chose de pire. Ou de ne rien faire du tout. Ce qu'il ne voulait surtout pas. Les instants pendant lesquels elle lui avait parlé avaient été foudroyants pour Ben. Il tenait à les garder gravés dans sa mémoire. Beverly devait sans doute en pincer pour un plus grand que lui — un sixième ou un cinquième, même — et elle croirait le haïku de ce garçon. Elle en serait heureuse, et le jour où elle le recevrait se graverait aussi dans sa mémoire. Et même si elle devait toujours ignorer que Ben Hanscom en était l'auteur, c'était très bien, puisque lui le saurait.

Il recopia donc le poème tel quel sur la carte postale (en lettres d'imprimerie, comme s'il s'agissait d'une demande de rançon et non d'un poème d'amour), remit le stylo dans sa poche et glissa la carte à la fin de *Hot Rod*.

Puis il se leva, et salua Mrs Starrett en sortant.

« Au revoir, Ben, répondit-elle. Passe de bonnes vacances, mais n'oublie pas le couvre-feu.

— Je n'oublierai pas. »

Il franchit en flânant le passage entre les deux bâtiments, goûtant la chaleur avant la fraîcheur de la bibliothèque des adultes. Un vieil homme lisait le *Derry News* dans l'un des antiques fauteuils confortablement rembourrés de la salle des périodiques. En haut de la page, un gros titre annonçait : DULLES D'ACCORD POUR L'ENVOI DE TROUPES AMÉRICAINES AU LIBAN SI NÉCESSAIRE. On voyait aussi une photo d'Eisenhower, serrant la main d'un Arabe à la Maison-Blanche. La mère de Ben disait que lorsque l'on élirait Hubert Humphrey Président, en 1960, les choses commenceraient peut-être à bouger. Ben avait vaguement entendu parler d'une récession en cours, et sa mère avait peur d'un licenciement.

En caractères plus petits, en bas de page, on lisait : LA POLICE TOUJOURS À LA POURSUITE DU PSYCHOPATHE.

Ben poussa la grande porte de la bibliothèque et sortit. Une boîte aux lettres était placée au pied des marches. Il récupéra la carte et la posta. Il sentit son cœur battre un peu plus vite quand il la lâcha. *Et si jamais elle découvre que c'est moi ?*

Ne sois pas stupide, réagit-il, un peu inquiet de l'excitation qui le gagnait à cette idée.

Il remonta Kansas Street, à peine conscient de la direction qu'il prenait ; il s'en moquait éperdument. Son imagination venait de se mettre en route, et dans sa rêverie, Beverly Marsh venait vers lui, avec ses immenses yeux gris-vert, ses cheveux châtain clair attachés en queue de cheval. *Je voudrais te poser une question*, disait dans son esprit ce simulacre, *et il faut que tu me jures de dire la vérité. As-tu écrit ceci ?* ajoutait-elle en brandissant une carte postale.

C'était un rêve terrible, un rêve merveilleux. Il voulait que ça s'arrête tout de suite, il voulait que cela dure toujours. De nouveau, son visage fut en feu.

Ben marcha, rêva, changea les livres de bras et se mit à siffler. *Tu vas sans doute trouver que j'ai du toupet, mais je crois que j'ai envie de t'embrasser*, disait Beverly, les lèvres s'entrouvrant légèrement.

La bouche de Ben fut soudain trop sèche pour siffler.

« Je crois que je veux bien », murmura-t-il avec un sourire à la fois niais, enivré et magnifique.

S'il avait seulement baissé les yeux à ce moment-là, il se serait aperçu que trois ombres venaient de rejoindre la sienne ; s'il avait écouté, il aurait entendu le bruit des fers de Victor, presque à sa hauteur, en compagnie de Henry et du Roteur. Mais il n'entendait ni ne voyait quoi que ce soit. Ben se trouvait à mille lieues de là, sentant les lèvres de Beverly qui s'appuyaient doucement contre les siennes, tandis qu'il approchait une main timide du feu irlandais de ses cheveux.

9

Comme nombre de villes, grandes ou petites, Derry, conçue sans plan, avait grandi comme poussent les arbres. Les urbanistes n'auraient même pas pu dire où elle se situait à l'origine. Le centre se trouvait dans la vallée de la rivière Kenduskeag, qui traversait le quartier des affaires selon une diagonale sud-ouest nord-est. Le reste de la ville s'étageait sur les collines environnantes.

La vallée où s'étaient installés les premiers colons était à l'époque marécageuse et couverte de végétation. La Kenduskeag et la Penobscot, dans laquelle la première se jetait, offraient beaucoup de possibilités aux commerçants, mais n'attiraient que des ennuis à ceux qui cultivaient les champs ou bâtissaient des maisons trop près de leurs rives — auprès de celles de la Kenduskeag, en particulier, qui débordait tous les trois ou quatre ans. La ville courait toujours le risque d'être inondée, en dépit des sommes considérables dépensées depuis une cinquantaine d'années pour résoudre ce problème. Si la rivière avait été la seule responsable de ces inondations, un système de barrages aurait pu régler la question. Mais d'autres facteurs entraient en jeu, à commencer par les rives très basses de la Kenduskeag, et le système de drainage engorgé de toute la région. Il s'était produit depuis le début du siècle plusieurs inondations importantes à Derry, dont l'une, en 1931, avait été catastrophique. Pour couronner le tout, d'innombrables ruisseaux descendaient des collines sur lesquelles s'élevait la ville — comme le Torrault, où l'on avait trouvé le corps de Cheryl Lamonica. En période de fortes pluies, tous avaient tendance à quitter leur lit. « S'il pleut pendant trois semaines, c'est toute la ville qui a les sinus pris », avait dit une fois le père de Bill le Bègue.

248

La Kenduskeag était contenue dans un canal bétonné sur les trois kilomètres pendant lesquels elle traversait le centre-ville. Ce canal plongeait sous Main Street à la hauteur du carrefour de Canal Street avec Main Street, devenait rivière souterraine sur un peu moins d'un kilomètre avant de refaire surface à Bassey Park. Canal Street, où s'alignaient la plupart des bars de Derry comme des criminels mis en rang d'oignons par des flics, longeait le canal jusqu'à sa sortie de la ville et de temps en temps, la police allait repêcher la voiture de quelque ivrogne, tombée dans une eau polluée au-delà de toutes limites par les égouts et les déchets industriels. Les rares poissons que l'on attrapait dans le canal étaient d'immangeables mutants.

Au nord-est de la ville (vers le canal), on avait plus ou moins aménagé les berges de la rivière. En dépit des risques d'inondation, le commerce y était florissant. On voyait des gens se promener sur la rive, parfois main dans la main (si toutefois le vent soufflait du bon côté, car dans le cas contraire, les odeurs pestilentielles enlevaient tout romantisme à la balade), tandis qu'à Bassey Park se tenaient de temps en temps des réunions de scouts autour d'un feu de camp. Les citoyens de Derry furent sous le choc, en 1969, lorsqu'ils apprirent que dans ce même parc, des hippies (dont l'un avait cousu le drapeau américain sur le fond de son pantalon, ce qui lui valut de se retrouver au poste en moins de temps qu'il n'en faut pour dire Gene McCarthy) fumaient de la drogue et échangeaient de petites pilules ; l'endroit était devenu une véritable pharmacie à ciel ouvert. *Il n'y a qu'à attendre*, disaient les gens, *et vous verrez qu'il faudra un mort avant qu'on y mette bon ordre*. C'est finalement ce qui se produisit. On retrouva le cadavre d'un garçon de dix-sept ans, les veines pleines d'héroïne pratiquement pure. Après quoi les drogués abandonnèrent progressivement Bassey Park, que l'on disait hanté par le fantôme de l'adolescent. Histoire stupide, bien entendu, mais si elle contribuait à éloigner drogués et shootés de toutes sortes, elle avait au moins l'avantage d'être utile.

Au sud-ouest de la ville, la rivière posait un problème encore plus sérieux. Là, le passage de glaciers géants avait profondément raboté les collines, déjà soumises à l'érosion de la Kenduskeag et de ses innombrables affluents. Le socle rocheux apparaissait en de nombreux endroits, comme des ossements à demi déterrés de dinosaures. Les plus vieux employés municipaux de Derry savaient bien qu'après la première bonne gelée d'automne, il fallait s'attendre à réparer de nombreux trottoirs dans ce secteur ; le ciment se contractait, devenait friable, et on voyait soudain apparaître le soubassement rocheux, comme si la terre était sur le point d'accoucher de quelque chose.

Ce qui poussait le mieux dans la faible couche fertile du sol, c'étaient les plantes à racines peu profondes et d'un naturel frugal : des arbres rabougris, des buissons bas et épais, le sumac vénéneux et le chêne toxique infestaient donc tous les endroits possibles. C'était au sud-ouest, en contrebas par rapport à la ville, que s'étendait la zone connue à Derry sous le nom des Friches-Mortes. Celles-ci — au reste bien vivantes — se présentaient comme une bande de terre désordonnée d'environ deux kilomètres de large sur près de cinq kilomètres de long, et était limitée par l'extrémité de Kansas Street d'un côté et par Old Cape de l'autre. Old Cape était un ensemble de logements sociaux dont le système des égouts avait été si mal conçu que des toilettes et des canalisations y auraient réellement explosé, racontait-on.

La Kenduskeag traversait les Friches-Mortes par le milieu. La ville s'était édifiée au nord-est et de part et d'autre, mais ici, les seuls vestiges de Derry étaient la station de pompage numéro 3 (celle des égouts de la commune) et la décharge publique. Vues des airs, les Friches avaient l'air d'un grand poignard vert pointé sur le centre-ville.

Pour Ben, ces notions de géographie mâtinées de géologie signifiaient qu'il n'y avait plus de maisons à sa droite, mais une pente raide. Un garde-fou branlant, peint en blanc, courait le long du trottoir comme une protection dérisoire. Il entendait le murmure lointain de l'eau, et ce bruit était comme la bande-son du film qu'il se projetait dans la tête.

Il s'arrêta et parcourut les Friches du regard, s'imaginant toujours les yeux, l'odeur des cheveux de Beverly.

De là, la Kenduskeag se réduisait à une série de points scintillants perdus au milieu de l'épais feuillage. Certains gosses prétendaient qu'en cette époque de l'année, on y trouvait des moustiques gros comme des moineaux, et d'autres qu'il y avait des sables mouvants à proximité de la rivière. Ben ne croyait pas à l'histoire des moustiques, mais l'idée des sables mouvants le terrifiait.

Légèrement à sa gauche, il aperçut un nuage de mouettes qui tournoyaient et plongeaient : la décharge. Leurs cris lui parvenaient à peine. De l'autre côté se devinaient les Hauts de Derry et les toits bas des maisons d'Old Cape les plus proches des Friches. À la droite du lotissement se dressait, comme un doigt blanc trapu, le château d'eau de Derry. Directement aux pieds de Ben, une bouche d'égout rouillée dépassait du sol et dégorgeait des eaux d'une couleur indéfinissable qui disparaissaient dans un scintillement de rigoles sous le fouillis des arbres et des taillis.

L'agréable rêverie de Ben fut brutalement interrompue par un fantasme sinistre : et si une main de cadavre surgissait à cet instant de la bouche d'égout, juste au moment où il regardait ? Et s'il se tournait pour chercher une cabine téléphonique afin d'appeler la police, et voyait un clown à la place ? Un clown marrant en habits flottants avec de gros pompons orange en guise de boutons ? Et si...

Une main se posa sur l'épaule de Ben ; il hurla.

Il y eut des rires. Il fit vivement demi-tour, se tassant

251

contre la barrière blanche qui séparait ce lieu sain et sécurisant qu'était le trottoir de Kansas Street de la jungle sauvage des Friches (on entendit faiblement craquer le garde-fou), et il vit Henry Bowers, Huggins le Roteur et Victor Criss.

« Salut, les Nénés, dit Henry.

— Qu'est-ce que vous voulez ? demanda Ben, s'efforçant d'avoir l'air plein de courage.

— Te foutre une raclée », répondit Henry. Il semblait envisager cette perspective avec sobriété, et même gravité. Mais ses yeux noirs pétillaient. « Faut que j' t'apprenne quelque chose, les Nénés. Tu trouveras pas à y redire. T'aimes ça, apprendre des nouveaux trucs, hein ? »

Il tendit une main vers Ben, qui l'esquiva.

« Tenez-le, les mecs. »

Le Roteur et Victor le saisirent chacun par un bras. Ben couina, émettant un son faible de poulet qui trahissait sa frousse, mais il ne pouvait se retenir. *Mon Dieu, je t'en prie, fais que je ne pleure pas et qu'ils ne me cassent pas ma montre*, pensa Ben, affolé. Il ignorait s'ils en viendraient à casser sa montre ou non, mais il était à peu près sûr qu'il allait pleurer. À peu près sûr qu'il allait beaucoup pleurer avant qu'ils n'en aient fini avec lui.

« Jésouille, on dirait un cochon ! s'exclama Victor en lui tordant le bras. Trouvez pas qu'on dirait un cochon ?

— Ouais, un cochon », fit le Roteur en pouffant.

Ben tirait d'un côté et de l'autre. Le Roteur et Victor n'avaient pas de peine à suivre le mouvement puis à le redresser sèchement.

Henry s'empara du survêt de Ben et le souleva, faisant apparaître son ventre qui pendait par-dessus sa ceinture comme une outre gonflée.

« 'Gardez-moi ce bide ! hurla Henry, dégoûté et fasciné. Jésouille de Jésouille ! »

Victor et le Roteur rirent encore un peu. Ben lançait des regards éperdus autour de lui, à la recherche de secours. Personne. Derrière lui, en contrebas, les criquets stridulaient et les mouettes criaient au-dessus des Friches-Mortes.

« Vous feriez mieux d'arrêter ! » dit-il. Il ne balbutiait pas encore, mais presque. « Vous feriez mieux !

— Sinon ? lui demanda Henry, comme si la réponse l'intéressait vraiment. Sinon, quoi, les Nénés ? Hein ? »

Ben se retrouva soudain en train de penser à Broderick Crawford, l'acteur qui jouait Dan Matthews dans *Highway Patrol* — un saligaud dur à cuire, un saligaud vraie peau de vache, qui envoyait tout le monde se faire foutre — et il éclata en sanglots. Dan Matthews t'aurait balancé ces trois mecs par-dessus la barrière en bas de la ravine, dans les ronces, en trois coups de ventre.

« Hé, les potes, regardez-moi ce gros bébé ! » gloussa Victor, imité par le Roteur. Henry sourit un peu, mais il gardait la même expression grave et pensive, presque triste. Elle alarma Ben, car elle laissait peut-être entendre qu'il était parti pour plus qu'une simple raclée.

Comme pour confirmer cette intuition, Henry mit la main dans la poche de son jean et en sortit un couteau de chasse.

Une explosion de terreur secoua Ben. Il s'était jusqu'ici agité en vain de droite et de gauche. Soudain, il bondit en avant. Il crut pendant un instant qu'il allait se libérer. Il transpirait abondamment, et les deux garçons qui lui tenaient le bras n'avaient qu'une prise glissante. Le Roteur réussit tout juste à lui maintenir le poignet droit, mais Victor le lâcha complètement. Un autre effort et...

Avant de pouvoir le donner, cependant, Henry avait fait un pas en avant et le repoussait ; Ben repartit dans l'autre sens. Le garde-fou craqua beaucoup plus fort cette fois, et il le sentit plier légèrement sous son poids. Victor et le Roteur raffermirent leur prise.

« Vous me le tenez, vous deux, compris ? leur lança Henry.

— Sûr, Henry, dit le Roteur, une pointe d'inquiétude dans la voix. Il va pas se barrer, t'en fais pas. »

Henry avança jusqu'à ce que son ventre plat fût presque en contact avec l'abdomen rebondi de Ben. Ben le regardait, l'œil exorbité, sans pouvoir retenir ses larmes. *Pris, je suis pris!* gémissait une partie de lui-même. Il essaya d'arrêter ça, incapable de réfléchir avec ces gémissements qui n'arrêtaient pas, mais ce fut impossible. *Pris! Pris! Pris!*

Henry ouvrit la lame, qui était longue et large, et sur laquelle était gravé son nom. La pointe brilla au soleil de l'après-midi.

« J'vais te faire passer l'oral, les Nénés, fit Henry de sa voix pensive. C'est l'examen. J'espère que t'es prêt ? »

Ben éclata en larmes. Dans sa poitrine, son cœur battait follement. Coulant de son nez, de la morve vint s'accumuler sur sa lèvre supérieure. Les livres de la bibliothèque gisaient sur le sol, éparpillés. Henry marcha sur *Bulldozer*, jeta un coup d'œil à ses pieds et d'un seul coup de botte, le repoussa dans le caniveau.

« Voici la première question de l'exam, les Nénés. Quand quelqu'un te dit : " Laisse-moi copier " pendant la dernière compo, qu'est-ce que tu réponds ?

— Oui! s'exclama aussitôt Ben. Je réponds oui! Bien sûr! D'accord! Copie tant que tu veux! »

La pointe du couteau de chasse avança de quelques centimètres et vint s'appuyer sur l'estomac de Ben. Elle était aussi froide qu'un glaçon qui sort du frigo. Ben rentra le ventre tant qu'il put, à s'étouffer. Pendant quelques instants, le monde devint tout gris ; il voyait bouger les lèvres de Henry sans pouvoir distinguer ce qu'il disait. Comme si Henry avait été une télé sans le son... et le monde se mettait à ondoyer... à ondoyer...

Surtout, ne t'évanouis pas! s'écria en lui une voix pleine de panique. *Si tu t'évanouis, il peut devenir fou furieux au point de te tuer!*

Le monde se réajusta à peu près, et il s'aperçut que le

Roteur et Victor ne riaient plus. Ils avaient l'air nerveux, presque effrayés. Cela fit à Ben l'effet d'une gifle donnée avec une serviette mouillée. *Tout d'un coup, voilà qu'ils ne savent plus ce qu'il va faire, ni jusqu'où il est capable d'aller. Pas d'illusions à avoir ; les choses en sont au point que tu redoutais... pire encore, peut-être. Il faut réfléchir. C'est le moment ou jamais de te servir de ta tête. Car à son regard, on se dit qu'ils ont raison d'avoir peur. Ses yeux laissent voir qu'il est complètement cinglé.*

« C'est pas la bonne réponse, les Nénés, dit Henry. Si n'importe qui te dit : " Laisse-moi copier ", j'en ai rien à foutre de ce que tu fais, vu ?

— Oui, dit Ben, le ventre secoué de sanglots. Oui, vu.

— Bon, très bien. Ça fait une faute, mais il reste les questions principales. T'es prêt pour les questions principales ?

— Je... je crois. »

Une voiture arriva à petite vitesse dans leur direction. C'était une Ford 1951 poussiéreuse, avec un couple de personnes âgées assis à l'avant, raide comme des mannequins abandonnés au fond d'une vitrine. Ben vit la tête du vieil homme se tourner lentement vers lui. Henry se rapprocha de Ben, dissimulant le couteau. Ben sentit la pointe s'enfoncer juste au-dessus de son nombril. Elle était toujours aussi froide. Il ne comprenait pas comment c'était possible.

« Vas-y, crie ! gronda Henry, et je t'enroule les tripes autour du cou. » Ils étaient si près l'un de l'autre qu'ils auraient pu s'embrasser. Ben sentait l'odeur douceâtre de l'haleine au chewing-gum aux fruits de Henry.

La voiture passa et poursuivit son chemin sur Kansas Street, aussi sereine qu'un char dans un défilé de carnaval.

« Très bien, les Nénés, voici la deuxième question. Si moi je te dis : " Laisse-moi copier " pendant la compo de fin d'année, qu'est-ce que toi, tu réponds ?

— Oui, je dirai oui. Tout de suite. »

Henry sourit. « Bon, bien répondu pour celle-là, les

Nénés. Et maintenant, la troisième question : comment faire pour que tu ne l'oublies jamais ?

— Je... je ne sais pas », souffla Ben.

Henry sourit de nouveau. Son visage s'éclaira, et pendant un instant il fut presque beau. « Je sais ! s'écria-t-il, comme s'il venait de découvrir une grande vérité. Je sais, les Nénés ! Je vais graver mon nom sur ta grosse bedaine bien grasse ! »

Victor et le Roteur éclatèrent simultanément de rire. Pendant quelques instants, Ben éprouva une sorte de soulagement interloqué, croyant avoir été la victime d'un coup monté, d'une petite mystification organisée par les trois garçons pour lui filer la frousse de sa vie. Mais Henry Bowers ne riait pas, et Ben comprit soudain que les deux autres s'esclaffaient parce qu'ils étaient eux-mêmes soulagés. Il leur paraissait évident que Henry ne pouvait être sérieux. Sauf que Henry était on ne peut plus sérieux.

Le couteau de chasse monta verticalement, comme s'il pénétrait dans du beurre. Une traînée de sang d'un rouge vif apparut sur le ventre blême de Ben.

« Hé ! » fit Victor, une exclamation assourdie, comme s'il avait dégluti en même temps.

« Tiens-le ! gronda Henry. Tiens-le bien, tu m'entends ? » L'expression grave et pensive avait disparu du visage de Bowers, remplacée par une autre, grimaçante, démoniaque.

« *Jésouille-Criss, Henry, ne fais pas ça !* » s'écria le Roteur d'une voix étranglée, aiguë comme celle d'une fille.

Tout se passa très vite, alors, même s'il sembla à Ben Hanscom que ça n'en finissait pas ; on aurait dit une série d'instantanés, comme dans certains reportages photos de *Life*. Sa panique avait disparu. Il venait de découvrir quelque chose à l'intérieur de lui-même, quelque chose qui n'avait que faire de la panique et qui la dévora d'un coup.

Premier instantané : Henry lui a remonté le survêt jusqu'au-dessus des seins. Du sang coule de l'entaille verticale peu profonde au-dessus de son nombril.

Deuxième instantané : Henry donne un mouvement descendant au couteau, très vite, comme un chirurgien fou opérant sous un bombardement. Le sang coule.

En arrière, pense Ben froidement tandis que son sang coule et vient s'accumuler à la taille, arrêté par son jean. *Faut partir en arrière. C'est la seule direction dans laquelle je peux fuir.* Le Roteur et Victor ne le tenaient plus du tout. En dépit des ordres de Henry, ils avaient reculé, horrifiés. Mais s'il courait, Bowers le rattraperait.

Troisième instantané : Henry relie les deux coupures verticales d'une troisième plus courte, horizontale.

Ben sentit le sang couler dans ses sous-vêtements ; une trace gluante d'escargot progressait lentement le long de sa cuisse gauche.

Henry recula un instant, fronçant les sourcils comme un artiste qui peindrait un paysage. *Après le H vient le E*, se dit Ben. Cela le décida à agir. Il eut un geste comme pour avancer, et Henry le repoussa. Ben prit appui sur ses deux jambes, ajoutant ses propres forces à celles de Henry. Il heurta le garde-fou qui séparait Kansas Street du ravin donnant sur les Friches. À ce moment précis, il leva le pied droit et l'enfonça dans le bas-ventre de Henry. Ce n'était pas un geste de vengeance : Ben ne cherchait qu'à augmenter son élan. Cependant, quand il vit l'expression de surprise démesurée qui se peignit sur le visage de Henry, il se sentit gonfler d'une joie claire et sauvage, un sentiment d'une telle intensité qu'il crut pendant quelques instants que sa tête allait exploser.

Puis il y eut un craquement et un bruit d'éclatement en provenance de la balustrade. Ben aperçut Victor et le Roteur qui rattrapaient Henry, sur le point de s'affaler dans le caniveau à côté de ce qui restait de *Bulldozer*, avant de tomber lui-même dans le vide. Il se laissa aller avec un cri qui sonna presque comme un rire.

Ben vint heurter la pente du dos et des fesses juste en dessous de la bouche d'égout qu'il avait repérée précédemment ; eût-il atterri sur elle, il aurait très bien pu se rompre les reins. Au lieu de cela, il échoua sur un épais coussin d'herbes et de fougères et sentit à peine l'impact. Il fit un saut périlleux en arrière, se retrouva assis et se mit à glisser à reculons le long de la pente comme un gosse sur un toboggan vert géant, le survêt enroulé autour du cou, cherchant à se retenir à quelque chose mais ne faisant qu'arracher touffe après touffe les fougères et herbes à sorcière.

Il vit le haut du talus (qu'il se fût tenu là un instant auparavant lui paraissait impossible) s'éloigner à une vitesse folle de dessin animé, et les deux têtes de Victor et du Roteur qui le regardaient dévaler la pente, bouche bée. Il eut une pensée fugitive pour les livres de la bibliothèque. Puis il heurta violemment un obstacle et faillit se couper la langue en deux.

C'était le tronc d'un arbre couché qui venait d'interrompre ainsi la dégringolade de Ben, manquant de peu lui casser la jambe. Il remonta péniblement la pente pour dégager sa jambe, l'effort le faisant grogner. Il se trouvait à peu près à mi-chemin ; en dessous, les buissons devenaient plus épais. L'eau qui sortait de l'égout ruisselait sur ses mains.

Il y eut un hurlement venu d'en haut. Ben leva de nouveau les yeux et vit Henry qui volait littéralement par-dessus le talus, le couteau entre les dents. Il atterrit sur ses deux pieds, le corps rejeté en arrière afin de ne pas être déséquilibré ; après une série d'enjambées gigantesques, il se mit à glisser puis bondit à nouveau comme un kangourou.

« 'E vais 'e fai'e 'a peau, 'é Nénés ! » vociférait-il en dépit du couteau. Ben n'avait pas besoin d'un interprète professionnel pour comprendre : *Je vais te faire la peau, les Nénés !*

Alors, avec ce sang-froid tout nouveau qu'il s'était découvert quelques instants auparavant, Ben sut ce qu'il avait à faire. Il s'arrangea pour se remettre debout juste avant l'arrivée de Henry qui tenait maintenant son couteau à la main, tendu devant lui comme une baïonnette. Ben se rendit vaguement compte que la jambe gauche de son jean était déchirée et que sa cuisse saignait plus abondamment que son estomac... mais elle le soutenait et n'était donc pas cassée — c'était du moins ce qu'il espérait.

Ben s'accroupit légèrement pour maintenir son équilibre précaire et fit un pas de côté quand Henry voulut l'attraper d'une main, tandis que celle armée du couteau décrivait un grand arc. Ben perdit l'équilibre mais tendit sa jambe gauche dans sa chute ; elle heurta Henry au tibia, le fauchant avec la plus grande efficacité. Ben resta un instant bouche bée, un mélange d'admiration et d'excitation l'emportant momentanément sur sa terreur. Henry Bowers eut l'air de voler par-dessus l'arbre, exactement comme Superman ; il avait les bras tendus devant lui comme dans le film. Sauf que dans le film, Superman vole aussi naturellement que l'on boit un verre d'eau, alors que Henry avait l'air de quelqu'un à qui l'on vient d'enfoncer un tisonnier chauffé au rouge entre les fesses. Sa bouche s'ouvrait et se refermait, laissant échapper un filet de salive qui vint se coller à son oreille.

Puis il s'écrasa au sol. Le couteau lui vola des mains. Il roula sur une épaule, se retrouva sur le dos et s'enfonça dans les buissons, les jambes en V. Il y eut un cri, un bruit sourd, puis plus rien.

Ben resta assis, sonné, ne pouvant détacher les yeux des herbes écrasées qui marquaient l'endroit où Bowers avait disparu. Puis des cailloux commencèrent à rouler autour de lui. Victor et le Roteur, à leur tour, descendirent le talus. Ils se déplaçaient avec plus de prudence que Henry, et donc plus lentement, mais il ne leur faudrait pas plus de trente secondes pour l'atteindre s'il ne bougeait pas.

Il gémit. Ce cauchemar ne finirait donc jamais ?

Tout en les surveillant, il enjamba le tronc couché et se précipita vers le bas du ravin, soufflant comme un phoque. Il avait un point de côté. Sa langue le brûlait horriblement. Les buissons étaient maintenant presque aussi hauts que lui. L'odeur entêtante de la végétation luxuriante, livrée à elle-même, lui emplit les narines. Il entendait de l'eau couler pas très loin en babillant sur les pierres.

Il dérapa, roula de nouveau, glissa et heurta un rocher qui dépassait du dos de la main, avant de s'enfoncer dans un roncier qui arracha des petites bourres de coton à son survêt et égratigna ses mains et ses joues.

Il s'arrêta brutalement, se retrouvant en position assise, les pieds dans l'eau, dans le coude d'un petit ruisseau qui allait se perdre en serpentant dans l'épaisseur du sous-bois, sur sa droite. Dans cette direction, il faisait aussi noir que dans un four. Tournant la tête à gauche, il vit Henry Bowers gisant au milieu du cours d'eau, sur le dos. Ses yeux, à demi ouverts, ne montraient que du blanc. Du sang coulait d'une de ses oreilles et se diluait vers Ben en délicates volutes.

Oh, mon Dieu, je l'ai tué ! Oh, mon Dieu, je suis un assassin ! Oh, mon Dieu !

Oubliant que Huggins et Victor étaient à ses trousses (ou pensant peut-être qu'ils n'auraient plus envie de lui donner une raclée quand ils s'apercevraient que leur Chef impavide était mort), Ben remonta les quelques mètres qui le séparaient de Bowers — le garçon avait sa chemise en lambeaux, le jean noir de terre, une botte en moins. Ben avait vaguement conscience que ses propres vêtements ne valaient guère mieux et que son corps était assailli de douleurs. Sa cheville gauche le faisait souffrir plus que tout ; elle avait déjà gonflé dans sa tennis et il boitait comme un marin qui met pied à terre après une longue traversée.

Il se pencha sur Henry, dont les yeux s'ouvrirent soudain tout grands. D'une main sanguinolente et éraflée, il le saisit à la cheville ; ses lèvres bougèrent, mais il n'en sortit que le sifflement de sa respiration — ce qui n'empêcha pas Ben de comprendre : *Vais te tuer, gros lard !*

Se servant de la cheville de Ben comme appui,

Bowers voulut se relever, mais Ben se démena frénétiquement. La main glissa, puis lâcha prise. Ben partit en arrière, moulinant des bras, et tomba sur le cul pour la troisième fois, un record en moins de quatre minutes. Il se mordit aussi une deuxième fois la langue. La gerbe d'eau qu'il provoqua créa un bref arc-en-ciel. Mais Ben n'en avait rien à foutre. Il n'en aurait rien eu à foutre non plus de trouver une cassette pleine de pièces d'or. Il ne demandait qu'à retrouver sa vie médiocre de gros.

Henry roula sur lui, essaya de se lever, retomba. Puis réussit à se hisser sur les mains et les genoux, enfin sur les pieds. Il ne quittait pas Ben des yeux. De ces yeux noirs qu'il avait. Ses mèches courtes pointaient dans tous les sens, comme des panouilles de maïs après un coup de vent.

Ben fut saisi d'une colère soudaine. Non, c'était davantage que de la colère. Il était fou furieux. Il marchait tranquillement, les livres de la bibliothèque sous le bras, plongé dans une innocente rêverie dans laquelle il s'imaginait embrassant Beverly, n'embêtant personne. Et regardez-moi ça, mais regardez ! Les pantalons déchirés. La cheville gauche peut-être fracturée, en tout cas, sérieusement foulée. Des écorchures partout, la langue coupée, et le monogramme de ce salopard entaillé sur l'estomac. Que pensez-vous de ce joyeux merdier, les copains ? Mais ce fut probablement l'idée des livres, dont il était responsable, qui le poussa à charger Henry. Ses livres perdus, et l'image du regard de reproche de Mrs. Starrett quand il le lui dirait. Mais quelle que fût la raison, il fonça, lourdement, ses tennis détrempées faisant gicler l'eau dans tous les sens, et frappa sèchement Bowers aux couilles.

Henry lâcha un épouvantable cri râpeux qui sema la panique parmi les oiseaux, dans les arbres. Il resta quelques instants jambes écartées, les mains étreignant son entrejambe, les yeux écarquillés d'incrédulité. « Ug ! dit-il d'une petite voix.

— Exact, fit Ben.

— Ug, répéta Henry, encore plus faiblement.

— Exact », répondit Ben.

Bowers tomba alors lentement à genoux, ou plutôt se replia sur lui-même. Il regardait toujours Ben de ses yeux noirs et incrédules.

« Ug.

— Et comment ! »

Henry roula de côté, sans lâcher ses testicules, et commença à osciller sur lui-même.

« Ug, gémit-il, mes couilles ! Ug ! Tu m'as massacré les couilles ! U-ug ! » Il commençait à reprendre des forces, et Ben se mit à reculer pas à pas. Ce qu'il venait de faire le rendait malade, mais il était également plein d'une fascination indignée qui le paralysait. « Ug, mes couilles, bordel ! U-ug ! Mes nom de Dieu de couilles ! »

Ben aurait pu rester indéfiniment sur place (peut-être jusqu'à ce que Bowers eût repris assez de force pour se lancer à ses trousses), mais à cet instant, un caillou vint le frapper à la hauteur de l'oreille droite, provoquant un élancement tellement profond et douloureux qu'il crut avoir été piqué par une guêpe.

Il se tourna et vit les deux autres qui se dirigeaient vers lui à grandes enjambées, par le milieu de la rivière. Ils tenaient chacun une poignée de galets ronds ; Victor en lança un, qui siffla à l'oreille de Ben. Mais un deuxième le toucha au genou, lui arrachant un cri de douleur. Un troisième l'atteignit à la joue, et ses yeux se remplirent de larmes.

Il se précipita vers la rive opposée du ruisseau, qu'il grimpa aussi vite qu'il le put en s'accrochant aux racines qui dépassaient et aux buissons. Il atteignit le sommet (une dernière pierre le toucha à la fesse tandis qu'il s'y hissait) et jeta un bref coup d'œil en arrière.

Huggins s'agenouillait à côté de Bowers tandis qu'à quelques pas de lui, Victor lançait des cailloux ; l'un d'eux, de la taille d'une balle de tennis, fracassa le feuillage à côté de lui. Il en avait assez vu ; en fait, il en avait même trop vu. Pis que tout, Bowers commençait à se relever. Une vraie Timex, ce Bowers, il résistait à tout. Sans plus attendre, Ben fonça à grand fracas dans les buissons, clopinant dans une direction qu'il espérait être celle de l'ouest. S'il arrivait à rejoindre le lotissement, de l'autre côté, il pourrait mendier une pièce de cinq cents à quelqu'un et prendre le bus pour la maison. Une fois rentré, il verrouillerait la porte derrière lui et enfouirait ses vêtements déchirés et pleins de sang au fond de la poubelle; alors ce rêve délirant prendrait fin. Ben s'imagina assis dans un fauteuil de la salle de séjour, après avoir pris un bain, dans son peignoir en tissu éponge, en train de regarder des dessins animés à la télé tout en buvant son lait à la fraise. *Accroche-toi à cette idée!* s'intimat-il farouchement, poursuivant sa progression opiniâtre.

Les buissons le fouettaient au visage; il les repoussait. Les ronces s'accrochaient à lui et le griffaient; il s'efforçait de les ignorer. Il arriva sur une portion de sol plate, noire et boueuse. De l'autre côté poussaient, en rangs serrés, des sortes de bambous; une odeur fétide montait du sol. Une pensée qui ne présageait rien de bon

(sables mouvants)

lui traversa l'esprit comme une ombre tandis qu'il fouillait du regard le scintillement des eaux dormantes, entre les tiges des pseudo-bambous. S'y réfugier lui répugnait. Même sans sables mouvants, la boue lui aspirerait ses tennis. Il tourna donc à droite et, courant en lisière du bosquet de bambous, il arriva finalement dans une zone vraiment boisée.

Les arbres, des sapins pour la plupart, le tronc épais, avaient poussé partout et se disputaient l'espace et la lumière, mais le sous-bois était moins dense et lui permettait de se déplacer plus rapidement. Il ne savait plus très bien dans quelle direction il allait, mais pensait disposer au moins d'une petite avance. Derry fermait les Friches-Mortes sur trois côtés, tandis que le prolongement inachevé de l'autoroute les limitait sur le quatrième. Tôt ou tard, il déboucherait bien quelque part.

Il sentait de douloureux élancements à la hauteur de l'estomac, et il souleva ce qui restait de son survêt pour l'examiner. Il grimaça et émit un sifflement entre ses dents. Son ventre était comme une caricature géante de boule de Noël, taché de rouge par le sang et de vert par sa glissade le long de la pente. Il rabattit le survêt, sur le point de dégobiller.

Il entendit alors un bourdonnement bas et régulier qui venait de devant — une note ténue, à peine audible. Un adulte n'aurait eu qu'une idée : sortir à tout prix de là (d'autant plus que les moustiques avaient repéré Ben, et s'ils n'étaient pas aussi gros que des moineaux, ils se défendaient pas mal), et aurait ignoré le bruit ou ne l'aurait même pas entendu. Mais Ben était encore un enfant, et commençait à surmonter sa peur. Il obliqua sur la gauche et s'ouvrit un chemin entre des lauriers bas. Au-delà, dépassant du sol d'à peu près un mètre, se dressait un cylindre de béton d'un diamètre d'un mètre vingt environ. Il était fermé d'un couvercle à évents en fer, sur lequel apparaissaient en relief les mots DERRY SERVICE DES ÉGOUTS. Le bruit qui, d'où il était, se trouvait amplifié, venait de là-dedans.

Ben jeta un coup d'œil par l'un des évents mais ne put rien voir ; il entendait le grondement, ainsi qu'un bruit d'écoulement d'eau, mais c'était tout. Il respira profondément, et une bouffée âcre, mélange d'odeur d'humidité et de merde, monta dans ses narines. Il grimaça. Un égout, un point c'est tout. Ou à la rigueur, un égout qui se combinait avec un tunnel de drainage : il n'en manquait pas, dans cette ville qui craignait les inondations. Rien d'extraordinaire. Mais il avait ressenti un frisson un peu particulier. On voyait bien la trace du travail des hommes dans le fouillis de cette jungle, mais on devinait aussi la trace de la chose elle-même — ce tuyau de ciment qui surgissait du sol. Ben avait lu *La Machine à explorer le temps* de Wells, l'année précédente, et ce cylindre avec son couvercle de fer percé d'events lui rappelait les puits qui conduisaient dans l'horrible pays souterrain des Morlocks.

Il s'éloigna rapidement, tâchant de nouveau de trouver l'ouest. Il déboucha sur une petite clairière et tourna de façon à ce que son ombre soit exactement derrière lui ; puis il reprit son chemin en ligne droite.

Cinq minutes plus tard, il entendit de nouveau le bruit de l'eau courante, ainsi que des voix. Des voix de gosses.

Il s'arrêta pour écouter, et c'est à cet instant qu'il entendit des craquements de branches et d'autres voix derrière lui. Elles étaient parfaitement reconnaissables et appartenaient à Victor Criss, à Huggins et à l'inimitable Henry Bowers.

Le cauchemar, aurait-on dit, n'était pas encore terminé.

Ben chercha désespérément autour de lui un coin où se terrer.

10

Il en sortit environ deux heures plus tard, plus crasseux que jamais, mais ayant un peu récupéré. Lui-même avait peine à le croire : il avait somnolé.

En les entendant une fois de plus derrière lui, Ben avait été sur le point de rester complètement paralysé, comme un animal pris dans les phares d'un camion. Une dangereuse torpeur s'était mise à l'envahir. L'idée de se rouler en boule sur le sol comme un hérisson et de les laisser faire tout ce qu'ils voulaient lui effleura même l'esprit. C'était une idée insensée, mais... étrangement séduisante.

Au lieu de cela, Ben partit en direction des voix des autres enfants et essaya de démêler ce qu'ils disaient — n'importe quoi, pourvu qu'il arrivât à se débarrasser de cette effrayante paralysie de l'esprit. Un projet ; ils parlaient d'un projet. Il crut avoir déjà entendu une ou deux de ces voix. Il y eut un bruit d'éclaboussement, suivi d'éclats de rire joyeux et bon enfant. Ben se sentit empli d'une nostalgie stupide et prit encore plus vivement conscience de la situation dangereuse dans laquelle il se trouvait.

S'il devait être pris, inutile que ces gosses eussent à subir le même traitement que lui. Ben tourna de nouveau à droite. Comme beaucoup de gros, il avait le pied remarquablement léger. Il passa assez près des garçons pour apercevoir leurs silhouettes qui allaient et venaient entre lui et le scintillement de l'eau, mais aucun ne le vit ou ne l'entendit. Peu à peu, les bruits de voix s'estompèrent.

Il tomba sur un sentier étroit de terre battue. Il l'étudia un instant, et secoua la tête avant de plonger de nouveau dans le sous-bois. Il se déplaçait plus lentement, maintenant, écartant les buissons au lieu de foncer dedans. Il suivait toujours plus ou moins le cours d'eau au bord duquel jouaient les autres enfants. En dépit des arbres et des buissons qui limitaient son champ de vision, il se rendit compte qu'il était beaucoup plus large que celui dans lequel Henry et lui étaient tombés.

Encore un cylindre de béton, à peine visible au milieu d'un fouillis de ronces couvertes de mûres, bourdonnant paisiblement d'insectes. Au-delà, un talus donnait sur la rivière, et un vieil orme tordu tendait ses branches au-dessus de l'eau. À demi dénudées par l'érosion de la rive, ses racines ressemblaient à une masse de cheveux sales et en désordre.

Espérant qu'il ne s'y trouverait ni bestioles ni serpents, mais trop fatigué et sa peur trop engourdie pour vraiment s'inquiéter, Ben s'était glissé entre les racines, derrière lesquelles se trouvait une grotte miniature. Il s'y adossa, mais une racine enfonça un doigt rageur dans ses fesses. Se déplaçant légèrement, il put s'asseoir dessus dans un relatif confort.

Les trois voyous arrivèrent. Il avait cru — espéré — qu'ils suivraient peut-être le chemin, mais la chance n'était pas avec lui. Ils s'arrêtèrent tout près pendant quelques instants — au point que Ben aurait pu toucher l'un d'eux en tendant le bras.

« Je te parie que ces petits morveux l'ont vu, là-bas, dit le Roteur.

— Eh bien, on va s'en occuper », répondit Henry. Le trio repartit dans la direction d'où il était arrivé. Quelques instants plus tard, Ben entendit Bowers qui rugissait : « Qu'est-ce que vous branlez ici, bande de morpions ? »

Il y eut une réponse, que Ben ne put distinguer ; les gamins étaient trop loin, et à cet endroit, le bruit de la rivière — c'était bien entendu la Kenduskeag — était trop fort. Mais il eut l'impression que les mômes avaient peur ; il ne les comprenait que trop.

Puis Victor Criss lança à son tour quelque chose que Ben ne saisit pas entièrement : « Quel putain de barrage de bébé ! »

Barrage de bébé ? Garage à bébés ? À moins qu'il n'ait dit que les bébés le mettaient en rage. Ben avait peut-être mal compris.

« Démolissons-le ! » proposa le Roteur.

Il y eut des cris de protestation, bientôt suivis d'un hurlement de douleur. Quelqu'un se mit à pleurer. Oui, Ben pouvait se mettre à leur place. Ces trois salauds n'avaient pas réussi à l'attraper, mais ils pouvaient passer leur mauvaise humeur sur ces malheureux gosses.

« Ouais, on le démolit », dit Henry.

Éclaboussements, cris. Grands éclats de rire crétin de Victor et du Roteur. Un hurlement de fureur angoissé de l'un des gamins.

« Ne viens pas me casser les couilles, espèce de petit merdeux bafouilleur, vociféra Bowers. Y a plus personne qui va me les casser aujourd'hui. »

Il y eut un bruit de craquement. Le ruissellement de l'eau devint soudain plus fort, gronda quelques instants, puis revint à son babil placide. Tout d'un coup, Ben comprit. « Barrage de bébé », c'était bien ce qu'avait dit Victor. Les mômes — pas plus de deux ou

267

trois, lui avait-il semblé quand il était passé à côté —
étaient en train de construire un barrage. Henry et ses
acolytes venaient de le démolir. Ben se douta même de
l'identité des enfants. Le seul « petit merdeux bafouilleur » qu'il connaissait, à l'école de Derry, était Bill
Denbrough, de l'autre classe de septième.

« Tu n'avais pas besoin de faire ça ! s'exclama une
petite voix terrorisée que Ben reconnut également,
sans toutefois pouvoir mettre tout de suite un visage
dessus. Pourquoi l'avoir démoli ?

— Parce que j'en avais envie, pauv' con ! » beugla
Henry. Il y eut un bruit mat, suivi d'un cri de douleur
puis de sanglots.

« La ferme ! intervint à son tour Victor. La ferme, le
môme, ou je te tire les oreilles et te les attache sous le
menton ! »

Les sanglots se transformèrent en une série de
reniflements étouffés.

« On se barre, lança Henry. Mais avant, je voudrais
savoir quelque chose. Vous n'auriez pas vu un gros lard
de môme, il y a cinq ou dix minutes ? Un gros lard tout
coupé et plein de sang ? »

Il y eut une courte réponse que Ben ne distingua pas.

« T'es sûr ? reprit Henry. T'as intérêt, la Bafouille.

— J-je s-suis sûr.

— Barrons-nous. Il a probablement dû traverser un
peu plus bas, conclut Henry.

— Salut, les mômes ! fit Victor à la cantonade. Un
vrai barrage de bébé, croyez-moi. Vous êtes bien mieux
sans qu'avec. »

Bruits d'eau. La voix du Roteur, et venant de plus
loin, des mots impossibles à distinguer. En fait, il
préférait ne pas les distinguer. Le garçon qui avait
pleuré sanglotait de nouveau. L'autre lui parlait de
façon réconfortante ; Ben avait conclu qu'ils n'étaient
que deux, Bill le Bègue et le pleurnichard.

Mi-assis, mi-allongé, il tendait l'oreille vers les deux
garçons et les bruits que faisaient Bowers et ses deux
dinosaures d'acolytes en s'enfonçant dans les Friches.

Des rayons de soleil parvenaient jusqu'à lui et dessinaient de petites taches de lumière dans le fouillis de racines, au-dessus et autour de lui. C'était plein de boue, dans cette cachette, mais ce n'était pas si inconfortable... et il y était en sécurité. Le murmure de l'eau était apaisant. Même les pleurs du gosse étaient apaisants, à leur manière. Ses douleurs se confondaient en un élancement diffus, et le tapage des dinosaures avait complètement cessé. Il allait attendre un moment, juste le temps de s'assurer qu'ils ne revenaient pas, après quoi il se trouverait un chemin.

La pulsation du système de drainage provenait, par le sol, jusqu'à Ben ; il arrivait même à la sentir, une vibration faible et régulière qui se transmettait à la racine sur laquelle il était assis, puis à son dos. Il pensa de nouveau aux Morlocks, à leur chair nue ; il s'imagina qu'ils devaient dégager la même odeur d'humidité et de merde que celle qui montait par les évents des couvercles de fer. Il se représenta leurs puits, s'enfonçant profondément dans la terre, et les échelles rouillées qui permettaient d'y accéder. Il se laissa gagner par la somnolence, et à un moment donné, sa rêverie devint rêve.

11

Ce ne fut pas des Morlocks qu'il rêva, mais de ce qui lui était arrivé en janvier, de la chose qu'il n'avait pas été capable d'avouer à sa mère.

C'était le premier jour d'école après les longues vacances de la Noël. Mrs. Douglas avait demandé un volontaire pour rester après la classe, afin de l'aider à compter les livres qui avaient été remis juste avant les vacances. Ben avait levé la main.

« Merci, Ben », lui avait dit Mrs. Douglas en le gratifiant d'un sourire d'un tel éclat qu'il en avait senti la chaleur jusqu'aux orteils.

« Lèche-cul ! » avait soufflé Bowers.

C'était l'une de ces journées du Maine comme il y en a de temps en temps, à la fois superbe et terrible. Sans un nuage, avec une lumière qui brûlait les yeux, mais froide à faire peur. Un vent glacial et violent rendait encore plus pénibles les moins douze degrés qu'affichait le thermomètre.

Ben comptait les livres et donnait les numéros à haute voix; Mrs. Douglas les notait (sans même se soucier de vérifier son travail, ne serait-ce qu'une fois de temps en temps), puis ils portèrent tous les deux les volumes dans la salle où on les rangeait, empruntant des couloirs dans lesquels les radiateurs émettaient des claquements rêveurs. L'école avait tout d'abord été bruyante : fracas métallique des portes de casiers, cliquetis de la machine à écrire de Mrs. Thomas, dans le bureau, sonorités légèrement détonnantes de la chorale qui répétait, à l'étage, chuintement des chaussures de sport et martèlement du ballon dans le gymnase où l'on jouait au basket-ball, allant en s'accélérant au fur et à mesure qu'une équipe progressait vers le panier de l'autre.

Ces bruits cessèrent peu à peu jusqu'à ce que, une fois en place la dernière rangée de livres (il en manquait un), on n'entendît plus que le claquement des radiateurs, le son léger du balai de Mr. Fazio qui répandait de la sciure de bois, et le hurlement du vent, à l'extérieur.

Ben jeta un coup d'œil par l'unique et étroite fenêtre de la salle des livres et vit que la lumière déclinait rapidement dans le ciel. Il était quatre heures et le crépuscule n'allait pas tarder. Des pans de neige sèche enrobaient les balançoires et le toboggan des petits et tout était pétrifié par le gel. Il faudrait attendre le dégel d'avril pour que se desserrent ces étaux de glace. Il ne vit personne sur Jackson Street. Il attendit un peu, dans l'espoir de voir au moins une voiture franchir l'intersection Jackson-Witcham, mais en vain. Mis à part Mrs. Douglas et lui-même, tout le monde à Derry aurait pu être mort ou avoir disparu, du moins d'après ce qu'il voyait d'ici.

Il jeta un coup d'œil à l'institutrice et se rendit compte, non sans un frisson de terreur, qu'elle ressentait la même chose que lui ; il le devinait à son regard. Il avait quelque chose de profond, pensif et lointain qui n'était pas d'une femme de quarante ans : c'était un regard d'enfant. Elle avait les mains croisées juste en dessous de la poitrine, comme si elle priait.

J'ai la frousse, pensa Ben, *et elle aussi. Mais de quoi avons-nous peur ?*

Il l'ignorait. Puis elle le regarda, eut un rire bref presque gêné et dit : « Je t'ai gardé trop longtemps, Ben. Je suis désolée.

— Ça va très bien, Mrs. Douglas. » Il regarda ses pieds. Il l'aimait bien — pas de ce même amour sans bornes qu'il avait voué à Miss Thibodeau, sa première maîtresse d'école, mais il avait beaucoup d'affection pour elle.

« Je t'aurais bien ramené, si j'avais su conduire, reprit-elle. À moins que tu n'attendes un petit quart d'heure ; mon mari doit passer me prendre, et...

— Non merci, madame. Je dois être à la maison avant. » Ce n'était pas vrai, mais il éprouvait une curieuse aversion à l'idée de rencontrer Mr. Douglas.

« Ta mère pourrait peut-être...

— Elle ne conduit pas non plus. Ça ira très bien. Il n'y a qu'un kilomètre et demi de marche.

— Par beau temps, ce n'est rien, mais aujourd'hui... Promets-moi d'aller chez quelqu'un si tu as trop froid, Ben.

— Oh, bien sûr. Je rentrerai chez l'épicier de Costello Avenue, et j'irai me chauffer auprès du poêle. Mr. Gedreau ne dira rien. Et puis, j'ai mon pantalon matelassé et mon nouveau foulard de Noël. »

Mrs. Douglas eut l'air un peu rassurée... puis elle regarda de nouveau par la fenêtre. « On dirait qu'il fait terriblement froid ; ça semble si hostile... »

Il ne comprit pas le mot mais saisit très bien son sens. *Quelque chose vient de se passer, mais quoi ?*

Il venait de la voir, se rendit-il soudain compte, non pas comme une institutrice, mais comme une personne — voilà ce qui s'était passé. Il avait vu son visage, brusquement, d'une manière entièrement nouvelle ; c'était devenu un autre visage, un visage de poète fatigué. Il l'imagina rentrant chez elle avec son mari, assise à côté de lui dans l'auto, les mains croisées, tandis qu'il lui parlait de sa journée dans le bruit du système de chauffage. Il l'imagina préparant le repas. Une pensée étrange lui traversa l'esprit et une question conventionnelle lui vint aux lèvres : *Avez-vous des enfants, Mrs. Douglas ?*

« Je me dis souvent, à cette époque de l'année, que l'humanité n'était pas faite pour vivre si loin au nord de l'équateur, dit-elle. Pas ici, en tout cas. » Elle sourit, et quelque chose de son étrangeté disparut de son visage ou de ses yeux, et il fut capable de la voir, du moins en partie, comme il l'avait toujours vue. *Je ne la verrai jamais plus exactement comme avant*, songea-t-il, attristé.

« Je vais me sentir vieille jusqu'au printemps, où je me sentirai de nouveau jeune. C'est tous les ans comme ça. Es-tu sûr que ça va aller, Ben ?

— Ça ira très bien.

— Oui, je te fais confiance. Tu es un gentil garçon, Ben. »

Il regarda de nouveau ses pieds, les joues en feu ; il l'aimait plus que jamais.

Dans le couloir, Mr. Fazio lui dit, sans lever les yeux de la sciure que poussait son balai : « Fais attention aux doigts gelés, petit !

— Oui, monsieur. »

Il prit le pantalon matelassé dans son casier et l'enfila. Il s'était senti extrêmement malheureux lorsque sa mère avait exigé qu'il le porte encore cet hiver, en particulier par temps très froid, car pour lui c'était un vêtement de bébé ; mais aujourd'hui, il était content de l'avoir. Il prit lentement la direction de la sortie, remontant la fermeture de sa veste, serrant les cordons de son capuchon, enfilant ses moufles. À l'extérieur, il resta un instant en haut des marches enneigées, écoutant la porte se refermer — et se verrouiller — derrière lui.

Un ciel d'un bleu d'hématome planait au-dessus de l'école de Derry. Le vent soufflait régulièrement. Les cordes du drapeau tintaient contre le mât d'acier. Ce vent coupant mordit instantanément Ben au visage, engourdissant ses joues.

Attention aux doigts gelés, petit ! Et au nez.

Il remonta vivement son écharpe ; sa silhouette épaisse lui donnait l'air d'un gnome. En s'assombrissant, le ciel acquérait une sorte de beauté fantastique, mais Ben ne s'arrêta pas pour l'admirer. Il faisait trop froid. Il partit.

Au début, il avait le vent dans le dos, et ça n'allait pas trop mal. Il semblait même lui donner un coup de main. Mais à Canal Street, il devait tourner à droite, et il se retrouva avec le vent presque de face. Cette fois-ci, il paraissait au contraire l'empêcher d'avancer... comme s'il avait des comptes à régler avec lui. L'écharpe était utile, mais ne suffisait pas. Il avait les yeux douloureux, et l'humidité qui perlait de son nez gela. Il sentait ses jambes s'engourdir. À plusieurs reprises, il mit ses mains gantées sous ses aisselles pour les réchauffer. Le vent gémissait d'une voix plaintive, par moments presque humaine.

Ben était à la fois effrayé et excité. Effrayé, car du coup, il comprenait certaines histoires qu'il avait lues, comme les récits de Jack London sur le Grand Nord, dans lesquels des gens mouraient de froid. Il était tout à fait possible de mourir de froid par une telle nuit, où le thermomètre allait tomber à moins vingt-cinq.

Son excitation était plus difficile à expliquer. Elle se fondait sur un sentiment de solitude, et avait comme un parfum de mélancolie. Il était dehors ; il passait sur les ailes du vent, et personne, derrière les rectangles brillamment illuminés des fenêtres, ne l'apercevait. Tous, à l'intérieur, là où on trouvait lumière et chaleur, ignoraient qu'il passait ; lui seul le savait ; c'était comme un secret.

L'air en mouvement le brûlait de mille piqûres, mais il était propre et sain. Une fumée blanche sortait de son nez en filets bien nets.

Et lorsque le soleil se coucha, ne laissant qu'une ligne jaune orange sur l'horizon occidental, et que scintilla l'éclat cruel de diamant des premières étoiles, au-dessus de sa tête, il arriva à la hauteur du canal. Il n'était plus qu'à trois coins de rue de chez lui, maintenant, et il lui tardait de sentir de nouveau les picotements du retour de la chaleur sur son visage et dans ses jambes.

Cependant, il s'arrêta.

Le canal était gelé entre ses rives de béton, comme un lait de rose pétrifié, la surface craquelée, bosselée et opalescente. Parfaitement immobile et cependant tout à fait vivant dans la rude pureté de ce faux jour d'hiver, avec sa propre et laborieuse beauté.

Ben se tourna dans l'autre direction, vers le sud-ouest. Vers les Friches-Mortes. Il avait de nouveau le vent dans le dos, et son pantalon ondulait et claquait. Le canal courait tout droit entre les parois de béton sur environ huit cents mètres ; puis le béton s'interrompait et la rivière se déversait dans les Friches, réduites à cette époque de l'année à un monde squelettique de ronces givrées et de branches dénudées et raides.

Une silhouette se tenait sur la glace, en contrebas.

Ben l'observa et pensa : *Ce doit être un homme que je vois là en bas, mais est-ce possible qu'il soit habillé de cette manière ? Non, ce n'est pas possible !*

Le personnage était vêtu de ce qui semblait être un habit argenté de clown blanc, qui ondulait autour de lui dans le vent polaire, et portait des chaussures orange démesurées, assorties aux boutons en forme de pompons de son costume. Il tenait d'une main une poignée de fils retenant tout un lot de ballons colorés, et lorsque Ben se rendit compte que les ballons flottaient dans sa direction, le sentiment d'irréalité qui l'avait dès l'abord frappé ne fit que s'amplifier. Il ferma les yeux, se les frotta et les réouvrit. Les ballons paraissaient toujours flotter vers lui.

Il crut entendre encore une fois la voix de Mr. Fazio dans sa tête : *Attention au gel...*

Ce devait être un mirage ou une hallucination due à quelque mauvais tour que lui jouait le temps. Qu'un homme se tienne ainsi sur la glace était possible, de même qu'il était matériellement possible qu'il soit en tenue de clown. Mais les ballons ne pouvaient pas flotter vers lui, contre le vent ! Et c'était pourtant ce qu'ils semblaient faire.

« *Ben !* » l'appela le clown sur la glace. Ben crut que la voix n'était que dans son esprit, même si ses oreilles l'avaient entendue. « *Veux-tu un ballon, Ben ?* »

Il y avait quelque chose de si diabolique dans cette voix, de si horrible, qu'il eut envie de partir en courant aussi vite que possible, mais on aurait dit qu'il avait les pieds soudés au sol comme les installations du terrain de jeux des petits.

« *Ils flottent, Ben ! Ils flottent tous ! Essaies-en un, tu verras !* »

Puis le clown se mit à marcher sur la glace, se dirigeant vers le pont du Canal, sur lequel Ben se tenait. Ben le regarda approcher sans bouger, comme un oiseau regarde approcher un serpent. Les ballons auraient dû exploser, par ce froid intense, et flotter en arrière du clown, en direction des Friches... d'où, disait quelque chose au fond de lui-même, cette créature devait provenir.

Puis Ben remarqua autre chose.

Alors que les dernières lueurs du jour teintaient le canal en rose, le clown ne projetait aucune ombre. Absolument aucune.

« *Ça te plaira par ici, Ben* », dit le clown. Il était maintenant suffisamment près pour qu'on puisse entendre les *clud-clud* que faisaient ses chaussures marrantes comme il avançait sur la glace inégale. « *Cela te plaira, je te le promets ; tous les garçons et les filles que je rencontre s'y plaisent, parce que c'est comme l'Île des Plaisirs dans* Pinocchio *ou* Never-Never Land *dans* Peter Pan *; ils n'ont pas besoin de grandir ici et c'est ce que veulent tous les enfants ! Alors, viens ! Viens voir les paysages, prends un ballon, viens nourrir les éléphants et descendre le toboggan ! Oh, tu aimeras ça, Ben, oh Ben, comme tu vas flotter... »*

Et en dépit de sa peur, Ben se rendit compte qu'il y avait quelque chose en lui qui désirait le ballon. Y avait-il une personne au monde qui possédait un ballon flottant contre le vent ? Avait-on jamais entendu parler d'une chose pareille ? Oui, il désirait un ballon, et désirait voir le visage que le clown tenait incliné vers la glace comme pour se protéger du froid mortel.

Ce qui se serait passé, si la sirène de cinq heures, au sommet de l'hôtel de ville de Derry, n'avait pas mugi, Ben l'ignorait... et ne voulait pas le savoir. L'important était qu'elle eût mugi, un son comme un pic à glace s'enfonçant dans le froid insoutenable de l'hiver. Le clown releva la tête, comme saisi, et Ben vit son visage.

La momie ! Oh, mon Dieu, c'est la momie ! fut sa première pensée, accompagnée d'un tel sentiment d'horreur qu'il dut étreindre le parapet du pont pour ne pas s'évanouir. Bien sûr, ce n'était pas la momie, ce ne pouvait pas être la momie. Des momies égyptiennes, il y en avait tant qu'on voulait, il le savait, mais sa première pensée avait été qu'il s'agissait de *la* momie, le monstre poussiéreux joué par Boris Karloff dans ce vieux film qu'il avait vu le mois dernier à la télé — il s'était même couché très tard pour ça.

Non, ça ne pouvait être cette momie-là, les monstres de cinéma n'existent pas, tout le monde sait cela, même les petits enfants. Mais...

Ce n'était pas simplement du maquillage, et le clown n'était pas entortillé dans des bandelettes ; il portait bien des bandelettes, surtout autour du cou et des poignets, agitées par le vent, mais Ben avait une vue très nette de son visage. Il était profondément creusé de rides, la peau comme un vrai parchemin tout fripé, les joues en loques, les chairs desséchées. Sur le front, la peau était entaillée, mais il n'en coulait pas de sang. Ses lèvres exsangues s'ouvraient, souriantes, sur une gueule qu'ornaient quelques dents de guingois comme des pierres tombales. Il avait les gencives grêlées et noires. Impossible de voir ses yeux, mais quelque chose luisait tout au fond des trous charbonneux qu'étaient ses orbites plissées, quelque chose comme les joyaux glacés que l'on devine aux yeux des scarabées égyptiens. Et en dépit du vent contraire, il lui sembla que lui parvenaient des effluves de cannelle et d'épices, de suaires pourrissants imprégnés de drogues étranges, de sable et d'un sang si vieux qu'il s'était desséché en granules de rouille...

« Nous flottons tous en bas », coassa le clown-momie. Ben se rendit soudain compte avec horreur que le clown avait atteint il ne savait trop comment le pont et qu'il se tenait maintenant en dessous de lui, tendant une main sèche, déformée, d'où pendaient des lambeaux de peau froufroutant comme des oriflammes, une main qui laissait voir ses os d'ivoire jauni.

Un doigt presque entièrement décharné vint effleurer la pointe de sa botte. Sa paralysie prit brusquement fin. Il finit de traverser le pont à toutes jambes alors que la sirène de cinq heures gémissait encore à ses oreilles; il était déjà de l'autre côté quand elle s'arrêta. Ce ne pouvait être qu'un mirage — il fallait que ce fût un mirage. Il était impossible au clown de s'être approché autant pendant les dix ou quinze secondes où avait retenti la sirène.

Mais sa peur n'avait rien d'un mirage; non plus que les larmes brûlantes qui roulaient de ses yeux et gelaient aussitôt sur ses joues. Il courut, ses bottes martelant le trottoir, entendant derrière lui la momie habillée en clown qui se hissait sur le pont, ses ongles grinçant contre le fer, ses antiques tendons crissant comme des gonds rouillés. Il entendait aussi le sifflement aride de sa respiration, son nez chassant un air aussi dépourvu d'humidité que les tunnels enfouis sous la grande pyramide. Il sentait les effluves d'épices sableux et il savait que d'un moment à l'autre ses mains, aussi dépourvues de chair que les constructions géométriques qu'il édifiait avec son Erector Set, allaient descendre sur ses épaules. Elles l'obligeraient à se tourner, et il se trouverait face à face avec ce visage ridé et ricanant. La rivière délétère de son souffle allait l'inonder ; les orbites noires aux profondeurs habitées de vagues lueurs s'inclineraient sur lui. La bouche à demi édentée s'ouvrirait, et il aurait ses ballons. Oh oui, tous les ballons qu'il voudrait.

Mais quand il atteignit le coin de sa propre rue, en sanglots, le souffle court, le cœur battant la chamade à grands coups dans ses oreilles, quand il osa enfin regarder par-dessus son épaule, il ne vit qu'une rue déserte. Le pont en dos-d'âne, avec ses bas-côtés de béton et ses pavés de galets à l'ancienne, était également désert. Il ne pouvait voir le canal lui-même, mais quelque chose lui dit qu'il devait être aussi désert. Non — si la momie n'avait pas été une hallucination ou un mirage, sans doute l'attendait-elle sous le pont, comme le loup guette le petit Chaperon Rouge.

Ben se dépêcha de regagner la maison, regardant derrière lui tous les trois ou quatre pas jusqu'au moment où il referma et verrouilla la porte. Il expliqua à sa mère (qui était si fatiguée d'une journée particulièrement pénible à la filature qu'à la vérité il ne lui avait guère manqué) qu'il avait aidé Mrs. Douglas à compter les livres. Puis il se mit à table, où l'attendait un repas de nouilles agrémentées des restes de dinde du dimanche précédent. Il en dévora trois assiettes ; à chacune, la momie paraissait s'éloigner et se brouiller davantage. Elle n'était pas réelle, ces choses-là ne sont jamais réelles, elles n'accèdent à l'existence qu'entre les pubs des programmes de nuit de la télé ou le samedi en matinée, au cinéma ; là, avec un peu de chance, on avait droit à deux monstres pour vingt-cinq cents et, avec un quarter de plus, à tout le pop-corn qu'on était capable d'avaler.

Non, ils n'avaient aucune réalité. Les monstres de la télé, du cinéma et des BD n'étaient pas réels... du moins jusqu'au moment où l'on allait au lit sans pouvoir dormir ; jusqu'au moment où étaient sucés jusqu'au dernier les quatre bonbons que l'on avait placés sous son oreiller contre les sortilèges de la nuit ; jusqu'au moment où le lit lui-même se transformait en un lac de rêves méphitiques tandis qu'au-dehors hurlait le vent et que l'on redoutait de regarder vers la fenêtre de peur d'y voir un *visage*, un ancien *visage* ricanant qui n'aurait pas pourri mais se serait desséché comme une feuille, les yeux réduits à deux diamants enfoncés au plus creux d'orbites ténébreuses ; jusqu'au moment où l'on voyait une main noueuse comme une patte de rapace tenant un lot de ballons : *Viens voir les paysages, prends un ballon, viens nourrir les éléphants et descendre le toboggan ! Ben, oh, Ben, comme tu vas flotter !*

12

Ben s'éveilla en sursaut, haletant, encore plein du rêve de la momie, pris de panique dans l'obscurité qui vibrait, toute proche, autour de lui. Du coup, la racine ne le soutint plus et lui rentra une fois de plus dans le dos, comme si elle était exaspérée.

Il aperçut de la lumière et se précipita vers elle. Il surgit en rampant dans le soleil de l'après-midi, retrouva le babil de la rivière, et tout se remit en place. C'était l'été, et non pas l'hiver. La momie ne l'avait pas entraîné au fond de sa crypte solitaire ; Ben s'était simplement mis à l'abri des voyous dans un trou sablonneux, sous un arbre à demi déraciné. Il se trouvait dans les Friches. Henry et ses acolytes, incapables de flanquer à Ben la raclée spectaculaire promise, s'étaient vengés de façon minable sur deux gosses qui jouaient au bord de la rivière. *Salut, les mômes. Un vrai barrage de bébé, croyez-moi! Vous êtes mieux sans qu'avec.*

Ben jeta un regard désolé sur ses vêtements fichus. Il allait avoir droit aux trente-six parfums différents du saint enfer de la part de sa mère.

Le sommeil lui avait raidi les membres. Il se laissa glisser jusqu'à la berge et commença à remonter la rivière, grimaçant à chaque pas. Il n'était qu'une pelote de douleurs et d'élancements et on aurait dit qu'à chaque mouvement, tous ses muscles pilaient du verre cassé. La moindre parcelle de peau exposée était recouverte de sang séché ou en train de sécher. Il se consola à l'idée que les constructeurs du barrage auraient sans doute disparu. Il ignorait combien de temps il avait dormi, mais la rencontre avec Henry et ses amis avait certainement convaincu Denbrough et son copain que n'importe quel autre endroit — Tombouctou, par exemple — valait mieux pour leur santé.

Ben continuait à se traîner, broyant du noir, non sans se dire que si les voyous réapparaissaient maintenant, il n'aurait aucune chance de les distancer. À peine s'en souciait-il.

Il déboucha d'un coude que faisait la rivière et s'immobilisa, aux aguets. Les constructeurs du barrage, en fait, étaient toujours là. L'un des deux était bien Bill Denbrough ; il se trouvait agenouillé à côté de l'autre garçon, adossé à la rive en position assise. Ce dernier avait la tête tellement rejetée en arrière que sa pomme d'Adam ressortait comme une bosse triangulaire. Il avait du sang séché sous le nez, sur le menton, et jusque dans le cou. Il tenait un objet, mollement, dans une main.

Bill le Bègue se redressa vivement et aperçut Ben, qui se rendit aussitôt compte que quelque chose n'allait pas du tout chez le garçon adossé à la berge ; manifestement, Denbrough était mort de frousse. *Est-ce que ça va* jamais *finir ?* se dit-il pitoyablement.

« Je me de-demandais s-s-si tu-tu p-p-pourrais m'aider, fit Bill Denbrough. S-s-s-son i-i-inhalateur est vi-vi-vide. Il est p-peut-être... »

Son visage se raidit, devint tout rouge. Il se battait avec le mot, bafouillant comme une mitrailleuse. De la salive jaillit de ses lèvres, et il lui fallut au moins trente secondes de « m-m-m-m-m- » avant que Ben prît conscience qu'il voulait dire que l'autre garçon était mourant.

CHAPITRE 5

Bill Denbrough plus fort que le diable (1)

1

Bill Denbrough pense : Je suis presque un voyageur de l'espace ; je pourrais tout aussi bien me trouver à l'intérieur d'un obus tiré par un canon.

Bien qu'elle soit parfaitement exacte, cette réflexion, estime-t-il, n'a rien de réconfortant. En fait, pendant toute l'heure qui a suivi le décollage du Concorde de Heathrow (un vrai démarrage de fusée), il a dû faire face à une légère attaque de claustrophobie. L'avion est étroit, désagréablement étroit. Le repas est presque parfait, mais les hôtesses doivent se contorsionner, se plier et s'accroupir pour faire leur travail ; on dirait une troupe de gymnastes. Être témoin de leurs difficultés lui enlève une partie du plaisir qu'il éprouve à manger, même si son voisin de siège semble n'en avoir cure.

Ce voisin de siège ne fait rien pour arranger les choses. Il est gros, et pas particulièrement propre ; il s'est peut-être renversé une bouteille d'eau de toilette Ted Lapidus sur la tête, mais Bill détecte en dessous une odeur de sueur et de crasse qui ne trompe pas. Son coude gauche ne paraît pas non plus lui poser beaucoup de problèmes, il ne se gêne pas pour l'enfoncer de temps en temps dans les côtes de Bill.

Ses yeux sont sans cesse attirés par le cadran numérique à l'avant de la cabine. Il indique la vitesse à laquelle se propulse ce boulet franco-anglais. *Le Concorde vient d'atteindre sa vitesse de croisière, un peu au-dessus de Mach 2.* Bill, à l'aide de la pointe de son stylo, fait des opérations sur la montre à calculette qu'Audra lui a offerte pour la Noël. Si l'appareil est juste — Bill n'a strictement aucune raison d'en douter —, ils foncent donc à la vitesse de vingt-huit kilomètres à la minute. Il n'est pas sûr d'être content de le savoir.

Par le hublot, aussi petit et épais que celui des vieilles capsules spatiales Mercury, il voit un ciel non pas bleu, mais dans les tons crépusculaires du soir, alors qu'on est au milieu de la journée. Au point où ciel et mer se rencontrent, il devine une légère courbure. *Me voilà donc assis ici,* songe Bill, *un Bloody Mary à la main, et coudoyé par un gros type crasseux, en train d'observer la courbure de la Terre.*

Il a un léger sourire à l'idée qu'un homme capable de faire face à quelque chose comme ça ne devrait avoir peur de rien. N'empêche, il a peur, et pas simplement de voler à vingt-huit kilomètres à la minute dans cette étroite et fragile coquille. Il a presque l'impression de sentir Derry se précipiter sur lui : telle est bien l'expression qui convient. Vingt-huit kilomètres à la minute ou pas, il éprouve la sensation d'être parfaitement immobile tandis que Derry se jette sur lui, comme un énorme carnivore resté tapi pendant très longtemps et qui viendrait de jaillir de sa cachette. Derry ! ah ! Derry ! Écrirons-nous une ode à Derry ? Chanterons-nous la puanteur de ses manufactures et de ses rivières ? Le calme digne de ses rues aux arbres bien alignés ? Sa bibliothèque ? Son château d'eau ? Bassey Park ? Son école élémentaire ?

Les Friches-Mortes ?

Des lumières s'allument sous son crâne, des projecteurs puissants. Comme s'il était resté assis vingt-sept ans dans l'obscurité d'un théâtre, à attendre que quelque chose se passe et que finalement le spectacle commençât. Les projecteurs qui s'allument révèlent peu à peu la scène, qui n'est pas celle de quelque innocente comédie *comme* Arsenic et vieilles dentelles. *Aux yeux de Bill Denbrough, il s'agirait plutôt du* Cabinet du Dr Caligari.

Toutes ces histoires que j'ai écrites, *pense-t-il avec un amusement qu'il juge stupide*, tous ces romans, c'est de Derry qu'ils viennent ; Derry en est la source. Ils ont tous pour origine les événements de cet été-là et ce qui était arrivé à George, le précédent automne. À tous ces journalistes qui n'arrêtent pas de me poser LA QUES-TION..., je donne une réponse fausse.

Le coude de son gros voisin vient une fois de plus le heurter, et il renverse une partie de son verre. Bill a envie de protester, mais finalement s'abstient.

LA QUESTION, bien sûr, est : « Où trouvez-vous vos idées ? » Bill imagine que tous les écrivains de fiction doivent y répondre (ou faire semblant) au moins deux fois par semaine ; mais un type comme lui qui gagne sa vie en écrivant des choses qui n'ont jamais eu et n'auront jamais la moindre espèce d'existence doit s'en expliquer (ou faire semblant) bien plus souvent encore.

« Tous les écrivains ont un branchement qui plonge dans leur inconscient », leur répond-il, omettant d'ajouter qu'il doute chaque année un peu plus d'une chose comme l'inconscient. « Mais l'homme ou la femme qui écrit des histoires d'horreur est peut-être branché encore plus loin, dans une espèce de sous-inconscient, si vous préférez. »

Réponse élégante, mais pirouette à laquelle il n'a jamais cru. Inconscient ? Certes, il y a bien quelque chose comme ça, mais Bill estime que l'on fait beaucoup trop d'histoires à propos d'une fonction qui n'est probable-ment que l'équivalent mental des larmes lorsque l'on a une poussière dans l'œil, ou des gaz une heure après un repas trop copieux. La seconde métaphore est sans doute la meilleure des deux, mais il est difficile de répondre aux interviewers qu'en ce qui le concerne, tout ce qui est rêve, désir vague et sensation de déjà-vu se réduit à rien de plus qu'un chapelet de pets mentaux. Ils paraissent toutefois avoir besoin de quelque chose, tous ces malheureux journalistes avec leurs carnets de notes et leurs petits magnétophones japonais, et Bill ne demande qu'à les aider du mieux possible. Il sait combien écrire est un boulot difficile, un boulot sacrément difficile. Inutile de leur rendre la tâche plus pénible en leur répondant : « Mon ami, vous pourriez tout aussi bien me demander qui a cassé le vase de Soissons et vous ne seriez pas plus avancé. »

Il pense maintenant : Tu as toujours su qu'ils posaient la mauvaise question, même avant l'appel de Mike ; maintenant, tu connais aussi la bonne question. Elle n'est pas : « D'où tirez-vous vos idées ? », mais : « Pourquoi avez-vous ces idées ? » Le branchement existe bien, mais ce n'est pas de l'inconscient freudien ou junguien qu'il sort ; ce n'est pas d'un système d'égout mental qu'il s'agit, ni d'une caverne souterraine pleine de Morlocks attendant de faire leur apparition. Il n'y a rien d'autre à l'autre bout du branchement que Derry. Simplement Derry. Et...

Qui heurte si fort à ma porte ?

Il sursaute et se retrouve tout droit sur son siège, et c'est son coude, cette fois-ci, qui va s'enfoncer un instant dans les côtes du gros voisin.

« Faites attention, l'ami, dit le gros homme. Les places ne sont pas larges ici.

— Vous arrêtez de me cogner avec le vôtre et j-j'essaierai d'arrêter de v-vous cogner avec le-le mien. » Le gros homme lui lance un regard outré et incrédule (Mais de quoi parlez-vous donc ?) et Bill se contente de le soutenir jusqu'à ce que l'autre détourne les yeux en grommelant.

Qui est ici ?

Qui heurte si fort à ma porte ?

Il regarde de nouveau par le hublot et pense : On est plus fort que le diable. *Il sent se hérisser les poils de ses bras et de sa nuque. Il descend en une fois le reste de son verre. Un autre projecteur vient de s'allumer.*

Silver, sa bicyclette. Ainsi baptisée du nom du cheval du Ranger solitaire. Une grande Schwinn, de soixante-douze centimètres de haut. « Tu vas te tuer sur cet engin,

Billy », lui avait fait remarquer son père, sans inquiétude véritable dans la voix. Depuis la mort de George, plus grand-chose ne l'inquiétait. Avant, il était dur. Juste, mais dur. Après, on pouvait faire à peu près ce qu'on voulait. Il prenait des attitudes paternelles, tenait des propos paternels, mais ça n'allait pas plus loin. C'était comme s'il avait en permanence l'oreille tendue vers la porte, s'attendant à l'arrivée de George.

Bill l'avait vue dans la vitrine du marchand de cycles, sur Center Street. Elle était inclinée, toute triste sur sa béquille, plus grande que toutes les autres en montre, sans couleur là où les autres étaient éclatantes, avec des courbes là où les autres étaient droites et vice versa. Un panneau appuyé à la roue avant annonçait :

OCCASION
Faites-nous une proposition

En réalité, ce n'est pas ce qui s'était passé. Lorsque Bill entra dans le magasin, c'est le patron qui avança un chiffre, que Bill accepta : vingt-quatre dollars. Sa vie en aurait-elle dépendu, il n'aurait pas su comment aborder la question ni quel prix proposer. Vingt-quatre dollars, ça lui paraissait très honnête, presque généreux. Il paya avec l'argent qu'il économisait depuis sept ou huit mois : celui de son anniversaire, de la Noël, celui reçu pour passer la tondeuse. Il la fit rouler jusqu'à la maison dès que la neige commença à fondre pour de bon. C'était tout de même curieux : il n'y a pas un an, l'idée d'acheter une bicyclette ne lui serait pas venue à l'esprit. Or, c'était ce qui s'était passé : elle lui était venue soudain à l'esprit, peut-être au cours de l'une de ces interminables journées après la mort de George. Après son assassinat.

Au début, Bill faillit bien se tuer. Son premier essai se termina par une chute volontaire pour éviter de rentrer de plein fouet dans la barrière qui terminait Lossuth Lane (ce n'était pas tant la barrière qui l'avait impressionné que l'idée que de l'autre côté, les Friches ne se trouvaient qu'à vingt mètres en contrebas). Il revint de la balade avec

*une estafilade de vingt centimètres de long entre le poignet
et le coude de son bras gauche. Une semaine plus tard, à
peine, il n'avait pas pu freiner à temps et avait franchi le
carrefour de Witcham et Jackson à cinquante à l'heure
environ, gamin juché sur un mastodonte gris (il fallait
une imagination hors du commun pour voir Silver
couleur argent, malgré son nom), les cartes à jouer fixées
à la fourche crépitant comme des mitrailleuses contre les
rayons : une voiture serait-elle arrivée, c'en eût été fini de
lui. Comme Georgie.*

*Au fur et à mesure que le printemps avançait, il apprit
peu à peu à maîtriser Silver. Ni son père ni sa mère,
pendant cette époque, ne s'aperçurent qu'il courtisait la
mort sur son engin. Il se fit la réflexion qu'il ne leur avait
fallu que quelques jours pour qu'ils cessent de remarquer
la bicyclette : pour eux, ce n'était qu'une relique à la
peinture écaillée, appuyée au mur du garage les jours de
pluie.*

*Silver était cependant bien davantage qu'une relique
rouillée. Elle n'avait l'air de rien mais elle filait pourtant
comme le vent. L'ami de Bill — son seul véritable ami —
était un gosse du nom d'Eddie Kaspbrak, qui se défendait
bien en mécanique. Il avait montré à Bill comment
maintenir Silver en bon état : les boulons à resserrer
régulièrement, les pignons à huiler, comment tendre la
chaîne et réparer un pneu crevé.*

*« Tu devrais la repeindre », lui avait suggéré une fois
Eddie, mais Bill n'y tenait pas. Pour des raisons qu'il
n'arrivait même pas à s'expliquer à lui-même, il voulait
conserver la Schwinn dans l'état où il l'avait trouvée. Elle
avait vraiment l'air d'un chien crotté — la bicyclette
qu'un gamin insouciant laisserait sur la pelouse, sous la
pluie, un engin plein de jeu, de grincements et de frictions
anormales. Elle avait peut-être l'air d'un chien crotté,
mais elle filait comme le vent. Elle...*

« Elle battrait le diable », dit-il à haute voix, se mettant
à rire. Son gros voisin lui jette un regard inquisiteur ; son
rire a eu cette note stridente qui a fichu la trouille à
Audra, le matin même.

Oui, elle avait l'air d'un tas de ferraille, avec sa peinture écaillée, son porte-bagages démodé et son antique trompe à poire en caoutchouc noir — laquelle était définitivement soudée au guidon par un boulon rouillé de la taille d'un poing de bébé. Oui, un sacré tas de ferraille.

Si Silver filait ? Et comment, Seigneur !

Et c'était tant mieux, car Silver lui avait sauvé la vie fin juin 1958, la semaine qui avait suivi celle où il avait rencontré Ben Hanscom pour la première fois, quand, avec Ben et Eddie, ils avaient construit le barrage, celle aussi où non seulement Ben mais Richie Tozier la Grande Gueule et Beverly Marsh avaient fait leur apparition dans les Friches après la séance de cinéma du samedi après-midi. Il avait Richie derrière lui, assis sur le porte-bagages, le jour où Silver lui avait sauvé la vie... Il supposait donc que la bicyclette avait aussi sauvé la vie de Richie. Il se souvenait également de la maison d'où ils s'étaient enfuis, et comment ! Il s'en souvenait parfaitement. La foutue maison sur Neibolt Street.

Il avait pédalé pour être plus fort que le diable, ce jour-là, oh, oui ! Faut pas croire ! Un diable avec des yeux aussi brillants que de vieilles pièces de monnaie. Un vieux diable hirsute, la bouche pleine de dents sanguinolentes. Si ce jour-là Silver lui avait sauvé la vie, ainsi qu'à Richie, elle avait peut-être également sauvé celle d'Eddie, le jour où il avait rencontré Ben à côté des restes de leur barrage dispersé à coups de pied, au cœur des Friches. Henry Bowers (qui avait l'air de sortir d'une poubelle) avait donné un coup de poing sur le nez d'Eddie, lequel avait été pris d'une violente crise d'asthme et s'était retrouvé avec son inhalateur vide. Et Silver avait été la planche de salut, ce jour-là, oui.

Bill Denbrough, qui n'est pas monté sur une bicyclette depuis près de vingt-sept ans, regarde par le hublot d'un avion qui, en 1958, lui aurait paru relever de la pure science-fiction. Ya-hou, Silver, EN AVANT ! *pense-t-il. Et voici qu'il doit fermer les yeux sous le picotement soudain des larmes.*

Qu'est-ce que Silver est devenue ? Il ne s'en souvient

plus. Cette partie de la scène est encore dans le noir ; le projecteur qui doit l'éclairer n'a pas encore été allumé. Peut-être n'est-ce pas plus mal, peut-être est-ce un délai de grâce.

Ya-hou...

Ya-hou, Silver !

Ya-hou, Silver

2

« EN AVANT ! » cria-t-il. Le vent emporta les mots par-dessus son épaule comme une écharpe de crêpe ondulante. Sonores et puissants, ils jaillissaient comme un rugissement de triomphe. Le seul qu'il lançât jamais.

Debout sur les pédales, il descendait vers le centre-ville par Kansas Street, prenant de la vitesse, lentement tout d'abord. Une fois lancée, Silver roulait — mais la lancer n'était pas une mince affaire. Voir cette grande bicyclette grise prendre de la vitesse était comme le spectacle d'un gros avion s'élançant sur la piste. On a l'impression que jamais l'énorme engin, avec son lent dandinement, ne sera capable de quitter le sol ; l'idée paraît absurde. Puis on aperçoit son ombre en dessous ; à peine a-t-on le temps d'en prendre conscience qu'elle s'amenuise, se perd vers l'arrière et que l'appareil est en l'air, aussi élégant et gracieux que le rêve d'un esprit satisfait.

Silver était comme ça.

Bill arriva à un endroit plus en pente et se mit à pédaler plus vite, ses jambes comme deux pistons tandis qu'il se penchait sur le guidon de la bicyclette. Il avait très rapidement appris (après un ou deux coups, là où c'est le plus douloureux pour un garçon) à remonter son caleçon aussi haut qu'il le pouvait avant d'enfourcher Silver. Ce qui lui valut un peu plus tard, au cours de l'été, cette remarque de Richie : *Ça, c'est parce que Bill se dit qu'il pourrait avoir envie d'être papa plus tard. Moi, je ne trouve pas l'idée bien bonne, mais les mômes pourront toujours s'en prendre à leur mère, non ?*

Avec Eddie, ils avaient baissé la selle au maximum, et celle-ci venait le cogner et le racler dans le bas du dos tandis qu'il s'escrimait sur les pédales. Une femme qui arrachait les mauvaises herbes de son jardin s'abrita les yeux du soleil pour le regarder passer, avec un léger sourire. Sur sa grande bécane, le garçon lui rappelait un singe qu'elle avait vu une fois juché sur un monocycle, au cirque Barnum. *Il est bien fichu de se tuer*, se dit-elle, revenant à son jardin. *Ce vélo est trop grand pour lui.* Mais ce n'était pas son problème.

3

Bill avait eu assez de bon sens pour ne pas discuter avec les trois voyous quand ils avaient surgi des buissons, l'air aussi mauvais que des chasseurs sur la piste d'un gibier qui aurait déjà amoché l'un des leurs. Eddie avait en revanche imprudemment ouvert la bouche et Henry Bowers s'était défoulé sur lui.

Bill n'ignorait pas qui ils étaient : Henry, Huggins et Victor, les trois pires chenapans de l'école de Derry. Ils avaient déjà donné quelques corrections à Richie Tozier, avec qui Bill entretenait des rapports amicaux. De son point de vue, c'était en partie la faute de Richie, que l'on n'avait pas surnommé la Grande Gueule pour rien.

En avril dernier, Richie avait un jour lancé une remarque sur leurs cols, tandis que le trio passait dans la cour. Ces cols étaient relevés exactement comme ceux de Vic Morrow dans *Graine de violence*. Bill, assis à proximité contre un mur à lancer des billes sans conviction, n'avait pas tout saisi ; pas plus que Henry et ses amis... qui en avaient cependant assez entendu pour se tourner vers Richie. Peut-être avait-il cru s'exprimer à voix basse — sauf que s'exprimer à voix basse lui était à peu près impossible.

« Qu'est-ce que t'as dit, hé, binoclard ? s'enquit Victor.

— J'ai rien dit », répondit Richie. Ce désaveu, joint à l'expression de détresse qui se peignit sur son visage, aurait pu mettre un terme à l'incident. Malheureusement, la bouche de Richie était comme un cheval mal dressé qui bronche sans raison, et il ajouta tout soudain : « Tu devrais un peu te déboucher les oreilles, le balèze. Besoin d'explosifs ? »

Ils étaient restés un instant à le regarder, incrédules, puis s'étaient jetés sur lui. Bill le Bègue avait suivi la poursuite inégale de son début à son inévitable conclusion, toujours adossé au même mur. Inutile de s'en mêler, ces trois tordus ne seraient que trop contents de flanquer deux raclées pour le prix d'une.

Richie avait foncé en diagonale à travers le terrain de jeux des petits, sautant par-dessus la bascule, zigzaguant entre les balançoires, et ne s'était aperçu qu'au dernier moment qu'il s'était engagé dans une voie sans issue, puisqu'elle se terminait sur le grillage qui séparait le terrain de l'école du parc voisin. Il tenta l'escalade en s'agrippant de toute la force de ses doigts et de ses orteils crispés dans ses tennis, et il avait peut-être parcouru les deux tiers du chemin lorsque Henry (par sa veste) et Victor (par le fond de son pantalon) le firent brutalement retomber sur le dos. Richie se mit à hurler quand ils le détachèrent du grillage. Il perdit ses lunettes en heurtant l'asphalte ; il voulut les rattraper. D'un coup de pied, Huggins le Roteur les envoya valser — ce qui explique le ruban adhésif qui retint l'une des branches pendant tout l'été.

Bill avait fait la grimace et s'était dirigé vers l'avant du bâtiment pour observer Mrs. Moran, la maîtresse des petits, qui se précipitait pour les séparer ; mais il savait qu'ils auraient le temps de faire sa fête à Richie auparavant et qu'il serait en train de pleurer à son arrivée. Le bébé qui pleurniche, le bébé qui pleurniche, regarde le bébé qui pleurniche !

Avec le trio, Bill n'avait que des problèmes mineurs.

Ils se moquaient bien entendu de son bégaiement. Des brimades accompagnaient parfois les quolibets ; un jour de pluie, tandis qu'ils se rendaient au gymnase pour le déjeuner, Huggins avait fait tomber d'un coup de poing le sac qui contenait le repas de Bill puis l'avait piétiné de sa botte de mécano, réduisant tout en bouillie à l'intérieur.

« Oh, Jé-jésouille ! s'était-il écrié, feignant l'horreur. Désolé pour ton ca-ca-casse-croûte, d-du-duchnoque ! » Puis il avait tranquillement remonté le couloir vers l'endroit où se tenait Victor Criss, appuyé contre la fontaine d'eau potable à la sortie du vestiaire des garçons, riant à s'en faire une hernie. Mais ça ne s'était pas trop mal passé ; Bill avait mendié la moitié d'un sandwich au beurre de cacahuète et à la gelée à Eddie Kaspbrak, et Richie lui avait donné avec plaisir son œuf dur, l'un de ceux que sa mère mettait régulièrement tous les deux jours dans son casse-croûte et qui lui donnaient envie de dégueuler, prétendait-il.

Mais il valait mieux ne pas se trouver sur leur chemin, ou alors se faire invisible.

Eddie avait oublié cette règle élémentaire et ils le lui avaient fait payer. Au début, pendant que le trio s'éloignait vers l'autre rive à grands éclaboussements, ça ne s'était pas trop mal passé, en dépit de son nez qui saignait comme une fontaine. Une fois le tire-jus d'Eddie trempé, Bill lui avait donné le sien et l'avait fait se pencher en arrière en mettant une main sous sa nuque. C'était ce que sa mère faisait pour Georgie qui était sujet aux saignements de nez...

Oh, que ça faisait mal de penser à George...

Ce n'est que lorsque le tapage hippopotamesque des trois garnements qui avançaient dans les Friches devint complètement inaudible et que le saignement de nez se fut arrêté définitivement que la crise d'asthme d'Eddie éclata. Il commença à chercher son air, ses mains s'ouvrant et se refermant comme des pièges fragiles, sa respiration réduite à un sifflement flûté venant du fond de sa gorge.

« Merde ! fit-il en hoquetant, une crise d'asthme ! »

Il s'empara fébrilement de son inhalateur coincé au fond de sa poche ; on aurait presque dit un pulvérisateur de Windex, avec le petit injecteur à pression sur le dessus. Eddie s'enfonça l'appareil dans la bouche et appuya sur la détente.

« Ça v-va mieux ? demanda Bill, anxieux.

— Non, il est vide. » Le garçonnet regardait Bill avec des yeux qui se remplissaient d'épouvante et disaient : *Je suis fait, Bill, je suis fait !*

L'inhalateur vide roula de sa main. La rivière continuait son babil, sans se soucier le moins du monde de la quasi-impossibilité de respirer dans laquelle se trouvait Eddie. Bill pensa tout d'un coup que les trois voyous avaient eu raison au moins sur un point : leur barrage avait été un vrai barrage de bébé. Mais ils s'étaient rudement bien amusés, bon sang, et il éprouva une irrépressible fureur à l'idée de ce qui s'était passé.

« T-t-t'en fais p-p-pas, E-Eddie », dit-il.

Pendant les quarante minutes suivantes, environ, Bill resta assis auprès de lui, avec l'espoir que la crise d'asthme allait finir par se réduire peu à peu à un simple malaise. Mais au moment où Ben Hanscom avait fait son apparition, la peur commençait à le gagner. Non seulement la crise ne passait pas, mais elle ne faisait qu'empirer. Et la pharmacie de Center Street où Eddie prenait ses recharges se trouvait à plus de quatre kilomètres de là. Dans quel état risquait-il de retrouver Eddie, s'il allait chercher une recharge ? Inconscient ou

(je t'en supplie, ne pense pas un truc comme ça !)

ou même mort, insista son esprit, implacable.

(Comme Georgie, mort comme Georgie !)

Arrête de faire l'andouille ! Il ne va pas mourir !

Non, probablement pas. Mais s'il tombait dans les pommes ? Il ne pouvait pas le laisser... il resta donc sur place, sachant qu'il aurait dû partir puisqu'il ne pouvait rien faire pour Eddie, mais incapable de l'abandonner. Quelque chose d'irrationnel et de superstitieux en lui ne cessait de lui souffler qu'Eddie s'évanouirait dès qu'il se serait éloigné. C'est à ce moment-là qu'il releva la tête et aperçut Ben Hanscom, immobile, un peu en amont. Il ne lui était pas inconnu, bien entendu ; le gosse le plus gros d'une école jouit d'une sorte de notoriété assez désagréable. Ben était dans l'autre septième ; Bill l'apercevait parfois, tout seul dans un coin à l'écart des autres, soit en train de lire, soit en train de dévorer son déjeuner qu'il portait dans un emballage de la taille d'un sac marin.

Bill, en le voyant, lui trouva l'air en plus piteux état encore que Henry Bowers. Difficile à croire, mais vrai. Bill n'arrivait pas à imaginer quel affrontement titanesque les avait jetés l'un contre l'autre. Les cheveux de Ben se dressaient en mèches désordonnées et raidies par la boue. Son survêt ou son sweat-shirt (le vêtement était impossible à identifier, et de toute façon, ça n'avait plus d'importance) se trouvait réduit à l'état de serpillière imprégnée d'un mélange répugnant de sang, d'herbe écrasée et de terre. Son pantalon était ouvert aux deux genoux.

Ben vit Bill le regarder et eut un geste de recul ; l'inquiétude se lisait dans ses yeux.

« N-n-n-ne p-pars p-pas ! lui cria Bill, levant les mains, paumes en l'air, pour montrer qu'il était inoffensif. I-i-il a be-besoin d'aide. »

Ben se rapprocha, l'air toujours aussi méfiant. Il marchait comme si l'une de ses jambes lui faisait souffrir le martyre. « Est-ce qu'ils sont partis, Bowers et les autres ?

— Ou-oui. É-é-coute, p-peux-tu rester a-a-avec mon ami pendant que j-je vais ch-chercher son mé-médicament ? Il a de l'-l'-l'a...

— De l'asthme ? »

Bill acquiesça.

Ben remonta les ruines du barrage et vint s'agenouiller à côté d'Eddie avec une grimace de douleur.

Le garçon était toujours allongé, les yeux presque fermés, sa poitrine se soulevant péniblement.

« Qui l'a battu ? » demanda finalement Ben. Il leva les yeux, et Bill y lut la même colère de frustration qu'il avait lui-même ressentie peu auparavant. « C'est Henry Bowers ? »

Bill acquiesça.

« Tu m'étonnes. Bien sûr, vas-y. Je vais rester avec lui.

— M-m-merci.

— Oh, ne me remercie pas. C'est à cause de moi qu'ils vous sont tombés dessus. Pars, dépêche-toi. Il faut que je sois à la maison avant six heures. »

Bill partit sans rien ajouter. Il aurait aimé pouvoir dire à Ben qu'il n'y était pour rien, que ce n'était pas plus sa faute que ce n'était celle d'Eddie qui avait protesté stupidement. Des types comme Henry et ses potes étaient des catastrophes ambulantes ne demandant qu'à se déchaîner ; la version pour enfants des inondations, des tornades et des calculs biliaires. Ça lui aurait fait du bien de pouvoir le lui dire, mais il était tellement tendu qu'il lui aurait fallu vingt minutes pour en venir à bout — exclu, avec Eddie qui risquait de tomber dans les pommes d'un moment à l'autre.

Il partit au petit trop le long de la rivière, se retournant une seule fois ; il vit Ben Hanscom, l'air sinistre, qui ramassait des galets au bord de l'eau. Pendant un instant, il se demanda dans quel but. Puis il comprit : il préparait des munitions. Juste au cas où ils reviendraient.

4

Les Friches n'avaient plus de mystères pour Bill. Il était venu y jouer souvent au cours du printemps, parfois avec Richie, mais surtout avec Eddie, et plus rarement tout seul. Il n'avait certes pas exploré tout le secteur, mais il n'eut aucune difficulté à rejoindre Kansas Street depuis la Kenduskeag ; il aborda la rue à l'endroit où un pont de bois enjambait l'un des multiples ruisseaux sans nom qui faisaient partie du système de drainage de Derry et allaient se jeter en contrebas dans la rivière. Silver était remisée sous ce pont, accrochée à un pilier par une corde passée sous le guidon et la selle, pour que ses roues ne soient pas dans l'eau.

Bill défit la corde, la fourra dans sa chemise et traîna Silver jusqu'à la rue à la force des bras, suant et soufflant, non sans perdre l'équilibre par deux fois.

Finalement il arriva en haut. Il enfourcha l'engin.

Et comme toujours, une fois qu'il fut debout sur les pédales de Silver, il devint quelqu'un d'autre.

5

« Ya-hou, Silver, EN AVANT ! »

Le cri sortit de sa bouche, un ton plus grave que d'habitude ; c'était presque la voix de l'homme qu'il allait devenir. Silver prit lentement de la vitesse, son accélération marquée par le crépitement de plus en plus frénétique des cartes à jouer contre les rayons. Debout sur les pédales, Bill tenait le guidon par le dessous, poignets vers le haut, et avait l'air d'un homme qui tente de soulever des haltères prodigieusement lourds. À son cou, les tendons saillaient ; des veines pulsaient à ses tempes. L'effort lui tordait la bouche en une grimace tremblotante, tandis qu'il livrait le combat familier contre le poids et l'inertie pour faire avancer Silver.

Comme toujours, cet effort valait la peine.

Silver commença de rouler avec plus d'entrain, et les maisons se mirent à défiler. Sur sa gauche, là où Kansas Street croisait Jackson Street, la Kenduskeag perdait sa liberté pour devenir le canal. La rue, au-delà de l'intersection, descendait en pente raide vers le centre et le quartier commerçant de Derry.

Les croisements étaient fréquents, mais tous comportaient des stops en faveur de Bill, et l'éventualité d'un conducteur brûlant le signal et le réduisant à l'état d'une carpette sanglante sur la chaussée ne lui avait jamais traversé l'esprit. Il n'aurait de toute façon pas changé de comportement — alors que quelques mois avant ou après cette période à l'atmosphère étrangement orageuse qui allait du printemps à l'été 1958, cela l'aurait sans doute un peu refroidi. On aurait surpris Ben en lui demandant s'il ne se sentait pas seul ; on aurait pareillement surpris Bill en lui demandant s'il ne flirtait pas d'un peu trop près avec la mort. Toujours est-il que ses descentes de Kansas Street ressemblaient de plus en plus à une charge de kamikaze au fur et à mesure que le temps se réchauffait.

Bill se lança dans cette portion en pente de Kansas Street à pleine vitesse, courbé sur le guidon de Silver pour diminuer la résistance au vent, une main posée sur la poire de caoutchouc craquelée de sa corne pour avertir les distraits, ses cheveux roux ondulant derrière lui. Le cliquetis des cartes s'était transformé en un grondement régulier, et la grimace d'effort en un immense sourire niais. À sa droite, les maisons avaient laissé la place à des bâtiments commerciaux (entrepôts, usines de conditionnement de viandes, pour la plupart) dont l'image était brouillée par la vitesse (terrifiant mais satisfaisant). Sur sa gauche, le canal scintillait au coin de son œil.

« YA-HOU, SILVER, EN AVANT ! » cria-t-il triomphalement.

Silver vola par-dessus le premier dos-d'âne et ses pieds lâchèrent les pédales comme presque toujours à cet endroit. En roue libre, il était maintenant entièrement à la merci de l'ange gardien, quel qu'il fût, que Dieu avait désigné pour protéger les petits garçons. Il fit une embardée à soixante kilomètres à l'heure, vingt de plus que la vitesse autorisée.

Tout était oublié : son bégaiement, le regard vide de son père en train de tourner en rond dans l'atelier du garage, la poussière qui s'accumulait sur le piano toujours fermé de sa mère qui ne l'avait plus touché depuis les trois hymnes méthodistes qu'elle avait joués lors des funérailles de Georgie. Oublié aussi, George sortant sous la pluie dans son ciré jaune, le bateau en papier paraffiné à la main ; Mr. Gardener arrivant vingt minutes plus tard, le petit corps enroulé dans une couverture tachée de sang dans les bras ; le cri épouvantable de sa mère. Derrière lui, tout ça. Il était l'Éclaireur solitaire, il était John Wayne, il était qui il voulait et non pas un gosse qui chialait, avait peur et appelait sa ma-ma-man.

Les pieds de Bill retrouvèrent les pédales et il recommença son mouvement de piston, voulant toujours aller plus vite et atteindre une vitesse hypothétique — pas celle du son, celle de la mémoire — qui lui ferait franchir le mur de la souffrance.

Il fonçait, courbé sur le guidon, il fonçait pour battre le diable.

Le triple carrefour de Center, Main et Kansas arrivait à toute vitesse ; c'était un capharnaüm de voies à sens unique, de panneaux contradictoires et de feux de signalisation en principe coordonnés mais qui ne l'étaient jamais. Le résultat, comme l'avait signalé un éditorial du *Derry News* un an auparavant, était un système giratoire infernal.

Comme toujours, Bill jetait de brefs coups d'œil à droite et à gauche, estimant la circulation, repérant les nids-de-poule. S'il se trompait — s'il bégayait, en somme —, il risquait rien de moins que de se tuer.

Il fonça comme une flèche dans le trafic ralenti du carrefour encombré, brûla un feu rouge et vira sèchement à droite pour éviter une Buick qui se traînait. Un coup d'œil ultra-bref par-dessus l'épaule pour s'assurer que la voie du milieu était libre, et il s'aperçut que dans environ cinq secondes, il s'écraserait contre l'arrière d'une camionnette qui venait de s'arrêter carrément en plein croisement, tandis que son conducteur, un papi à la Eisenhower, se tordait le cou pour déchiffrer les panneaux, se demandant s'il n'allait pas se retrouver à Miami.

À la droite de Bill, un car de la ligne Bangor-Derry occupait la voie. Il n'en obliqua pas moins dans cette direction et franchit la brèche entre les deux gros véhicules à quelque soixante à l'heure. À l'ultime seconde, il détourna la tête d'un mouvement sec de soldat qui défile dans l'enthousiasme, pour éviter que le rétroviseur droit de la camionnette ne lui redessine la mâchoire. Les émanations brûlantes du diesel lui incendièrent la gorge comme une giclée d'alcool. Il entendit un grincement suraigu — le guidon venait de tirer un trait bien droit dans l'aluminium du car. À peine aperçut-il le chauffeur, un visage blanc sous la casquette de la compagnie, qui agitait un poing menaçant et lui criait quelque chose. Certainement pas « Bon anniversaire ! ».

Le pire (ou si l'on préfère le meilleur) du trajet se trouvait maintenant derrière lui. L'éventualité de sa propre mort s'était présentée à lui à plusieurs reprises, et il avait été capable de regarder ailleurs. Le car ne l'avait pas écrasé ; il ne s'était pas tué ; il n'avait pas écrasé les trois vieilles dames, un instant plus tard, avec leur sac de commissions et leur chèque de la Sécurité sociale ; il ne s'était pas aplati sur le haillon arrière de la camionnette de l'oncle Eisenhower. Et il attaquait la côte suivante, perdant de la vitesse comme saigne un blessé. Mais avec ce sang-là, il perdait autre chose, que l'on aurait pu appeler « désir », au fond. Le rattrapaient les pensées et les souvenirs — Hé, Bill, on t'avait un instant perdu de vue, mais nous revoilà ! — qui grimpaient sur lui, bondissaient dans ses oreilles et s'élançaient dans sa tête comme des mômes sur des luges. Il les sentait s'installer à leur place habituelle, leurs petits corps fiévreux se bousculant. Ouah ! Chouette ! Une fois de plus bien calés dans la tête de Bill ! Allez, pensons à George, d'accord ? Qui veut commencer ?

Tu penses trop, Bill.

Non, le problème n'était pas là ; en réalité, il imaginait trop.

Il tourna dans Richards' Alley pour déboucher dans Center Street quelques instants plus tard, pédalant lentement, la sueur lui coulant dans le dos et les cheveux. Il descendit de bicyclette en face de la pharmacie et entra dans le magasin.

6

Avant la mort de George, Bill aurait expliqué oralement à Mr. Keene l'essentiel de ce qui l'amenait. Le pharmacien n'était pas particulièrement aimable (du moins selon l'idée que Bill s'en faisait), néanmoins, il avait de la patience et ne plaisantait pas à tort et à travers. Mais le bégaiement de Bill était pire que jamais, et il voulait faire vite, très vite, quand il pensait à Eddie.

C'est pourquoi, lorsque Mr. Keene lui dit : « Bonjour, Billie Denbrough, que désires-tu ? » Bill prit une notice publicitaire pour des vitamines et écrivit au dos : *On jouait avec Eddie Kaspbrak dans les Friches et il a eu une crise d'asthme, il peut à peine respirer. Pouvez-vous me donner une recharge pour son inhalateur ?*

Il poussa le papier sur le comptoir recouvert d'une vitre. Mr. Keene le lut, releva la tête, vit l'anxiété dans les yeux bleus de Bill, et dit : « Bien sûr. Ne bouge pas d'ici, et ne touche à rien, veux-tu ? »

Bill ne cessa de se dandiner d'un pied sur l'autre d'impatience tant que Mr. Keene resta dans son arrière-boutique. L'attente ne dura pas cinq minutes, mais parut une éternité à Bill. Le pharmacien revint enfin et lui tendit, avec un sourire, un flacon en plastique souple. « Voilà qui devrait régler le problème, dit-il.

— M-m-m-merci, bafouilla Bill. Je n'n'n'ai pas d'a-a-ar...

— Ne t'inquiète pas, Mrs. Kaspbrak a un compte

301

chez moi. Je l'ajouterai, c'est tout. Je suis sûr qu'elle tiendra à te remercier de ta gentillesse. »

Bill remercia de nouveau Mr. Keene et partit rapidement. Le pharmacien fit le tour de son comptoir pour le suivre des yeux. Il le vit déposer sa recharge dans le panier du porte-bagages et enfourcher maladroitement sa bicyclette. *Est-il capable de faire rouler un engin pareil ?* se demanda Mr. Keene. *J'en doute. J'en doute sérieusement.* Mais le petit Denbrough réussit à démarrer sans tomber sur la tête, s'éloignant à coups de pédales pesants. La bicyclette à laquelle, dans l'esprit de Mr. Keene, il ne manquait que des roues carrées, zigzaguait dans tous les sens, tandis que l'inhalateur roulait dans le panier.

Le pharmacien eut un léger sourire. Si Bill l'avait aperçu, il y aurait vu la confirmation de son impression sur le caractère peu amène de Mr. Keene. C'était le sourire amer d'un homme qui avait trouvé davantage de sujets d'étonnement que de raisons de se réjouir dans la condition humaine. Oui, il allait mettre la recharge d'Eddie sur la facture de Sonia Kaspbrak qui, comme toujours, se montrerait surprise (et plus soupçonneuse que reconnaissante) du prix ridicule de ce médicament. « Les autres sont tellement chers ! » dirait-elle. Comme le savait le pharmacien, Mrs. Kaspbrak faisait partie de ces gens pour qui rien de ce qui est bon marché ne peut être réellement efficace. Il aurait très bien pu la gruger avec la préparation pour son fils — HydrOx Mist — et il avait été tenté de le faire... Mais à quoi bon exploiter bassement la folie de cette femme ? Ce n'était pas comme s'il en avait eu besoin pour vivre.

Bon marché ? Oh, mon Dieu, oui ! L'HydrOx Mist (*Administrer selon les besoins*, lisait-on sur l'étiquette adhésive qu'il collait sur chacune des recharges de l'inhalateur) était merveilleusement bon marché, et Mrs. Kaspbrak elle-même devait reconnaître que la préparation maîtrisait efficacement l'asthme de son fils, malgré cela. Elle était bon marché parce qu'il s'agissait tout simplement d'une combinaison d'oxygène et d'hydrogène, à laquelle était ajoutée une pointe de camphre afin de donner un parfum de médecine à la vaporisation.

En d'autres termes, le médicament pour l'asthme d'Eddie était de l'eau du robinet.

7

Il fallut à Bill plus longtemps pour revenir, à cause de la côte à grimper. À plusieurs reprises, il dut mettre pied à terre et pousser Silver ; il n'avait pas assez de force pour monter autre chose que des pentes douces.

Le temps de remiser la bicyclette sous le pont et de rejoindre le coude de la rivière, il était déjà quatre heures dix. Toutes sortes de suppositions sinistres lui traversaient l'esprit. Hanscom aurait déserté et laissé mourir le pauvre Eddie. Ou les trois grosses brutes auraient rebroussé chemin et leur auraient flanqué une terrible raclée. Ou... pis que tout... l'homme dont le boulot était d'assassiner les enfants aurait eu l'un ou l'autre, ou les deux. Comme il avait eu George.

Les commérages et les spéculations n'avaient pas manqué à propos de cette affaire. Bill bégayait affreusement, mais il n'était pas sourd, même s'il arrivait parfois qu'on le crût tel, car il ne parlait que dans les cas de nécessité absolue. Certaines personnes pensaient que le meurtre de son frère n'avait aucun rapport avec ceux de Betty Ripsom, de Cheryl Lamonica, de Matthew Clement ou de Veronica Grogan. D'autres au contraire prétendaient que les trois premiers avaient été victimes d'un même tueur, et les deux autres d'un « imitateur » du précédent. Une troisième école soutenait que les garçons et les filles n'avaient pas le même assassin.

Bill croyait que tous avaient été tués par la même personne..., s'il s'agissait bien d'une personne. Il se posait parfois la question. Comme il se demandait de temps en temps ce qu'il ressentait pour Derry, cet été-là. Cela tenait-il au deuil inachevé de George ? À la façon qu'avaient ses parents de l'ignorer, tellement noyés dans le chagrin d'avoir perdu le cadet, qu'ils ne semblaient même pas se rendre compte que Bill était toujours vivant, lui, et aurait pu se faire mal ? Cela tenait-il à ces éléments, combinés avec les autres meurtres ? À ces voix qui lui donnaient de temps en temps l'impression de parler dans sa tête, dans un murmure (et ce n'était certes pas des variantes de sa propre voix, car elles ne bégayaient pas : elles étaient calmes mais assurées), lui conseillant de faire ceci et de ne pas faire cela ? Était-ce tout cela qui donnait un aspect différent à Derry, maintenant ? Quelque chose de menaçant, avec des rues inexplorées qui, loin de l'attirer, paraissaient au contraire bâiller dans un silence lourd de présages ? Et pourquoi certains visages avaient-ils cet air oppressé et effrayé ?

Il l'ignorait, mais croyait — de même qu'il croyait que tous les meurtres étaient l'œuvre d'un même être — que Derry avait réellement changé, et que c'était la mort de son frère qui avait constitué l'amorce de ce changement. Les sinistres suppositions qu'il faisait en remontant la rivière venaient de l'idée, couvant en lui, que n'importe quoi pouvait se produire actuellement à Derry. N'importe quoi.

Mais quand il arriva au dernier coude, tout avait l'air normal. Ben Hanscom était toujours là, assis à côté d'Eddie. Eddie lui-même s'était redressé et, les mains sur les genoux, la tête inclinée, respirait péniblement. Le soleil avait suffisamment baissé pour projeter de longues ombres vertes sur le cours d'eau.

« Bon sang, tu as fait vite ! s'exclama Ben en se relevant. Je pensais avoir au moins encore une demi-heure à attendre.

— J'ai u-u-une bi-bicyclette ra-rapide », répondit Bill avec une pointe de fierté. Pendant quelques instants, les deux garçons s'observèrent avec circonspection. Puis Ben ébaucha un sourire, et Bill sourit à son

304

tour. Il était gros comme c'était pas possible, le drôle, mais il paraissait bien. Il n'avait pas bougé et il lui avait fallu un certain cran, avec Henry et ses deux Pieds-Nickelés qui rôdaient peut-être encore dans les parages.

Bill adressa un clin d'œil à Eddie qui le regardait, une expression de gratitude idiote sur le visage. « V-v-voilà ton t-truc, E-E-Eddie », fit-il en lui lançant l'inhalateur. Eddie se l'enfonça dans la bouche, le déclencha, et hoqueta convulsivement, puis il s'inclina en arrière, les yeux fermés. Ben l'observait, inquiet.

« Jésouille ! C'était vraiment sérieux, hein ? »

Bill acquiesça.

« J'ai vraiment eu la frousse pendant un moment, lui confia Ben à voix basse. Je me demandais s'il n'allait pas avoir des convulsions ou un truc comme ça. J'essayais de me souvenir de ce que nous avaient dit les types de la Croix-Rouge quand ils sont venus, en avril dernier. Tout ce qui me restait, c'était l'histoire du bout de bois qu'il fallait lui mettre dans la bouche pour qu'il ne se coupe pas la langue.

— Il m-me semble q-que c'est pour les é-é-épileptiques.

— Oui, je crois que tu as raison.

— Il n'aura pas de c-convulsions, de t-t-toute façon. Son mé-médicament est e-efficace, re-re-regarde. »

Eddie respirait déjà plus facilement. Il ouvrit les yeux et les regarda.

« Merci, Bill, dit-il. Tu parles d'une crise !

— C'est quand ils t'ont écrasé le-le nez que ça a-a-a commencé, non ? » demanda Ben.

Eddie eut un rire lugubre, se releva et mit l'inhalateur dans sa poche-revolver. « Mon nez, je n'y ai même pas pensé. C'est à ma mère que je pensais.

— Ouais ? Vraiment ? » Ben eut l'air surpris, mais il porta la main à son survêt en lambeaux et se mit à le tripoter nerveusement.

« Dès qu'elle va voir le sang sur ma chemise, il ne

lui faudra pas plus de cinq secondes pour me traîner jusqu'aux urgences de l'hôpital.

— Mais pourquoi ? demanda Ben. Tu ne saignes plus, non ? Tiens, je me souviens de ce gosse avec qui j'étais en maternelle, tu sais, Scooter Morgan, on l'avait amené aux urgences quand il était tombé des barres, mais parce que son nez n'arrêtait pas de pisser le sang.

— Ah oui ? fit Bill, intéressé. Est-ce qu'il est m-mort ?

— Non, mais il n'est pas venu à l'école pendant une semaine.

— Que je saigne encore ou non, peu importe pour elle, expliqua Eddie, morose. De toute façon, elle va m'y amener. Elle va penser que mon nez est cassé et que des morceaux d'os sont en train de me monter dans la cervelle, des trucs comme ça.

— Est-ce que les o-os p-peuvent monter dans le cer-cer-veau ? s'étonna Bill, qui trouvait la discussion de plus en plus passionnante.

— Je ne sais pas, mais si tu écoutes ma mère, n'importe quoi peut arriver. Elle m'amène aux urgences une ou deux fois par mois. J'ai cet endroit en horreur. Un jour, un infirmier lui a dit qu'on devrait lui faire payer un loyer. Elle était vraiment écœurée.

— Oh, là, là ! » s'exclama Ben. Il trouvait la mère d'Eddie drôlement bizarre — mais il ne se rendait pas compte que ses deux mains, maintenant, tripotaient nerveusement les restes de son survêt. « Pourquoi ne lui dis-tu pas non ? Je ne sais pas moi, quelque chose comme : " Hé, M'man, je me sens très bien, je préfère rester à la maison regarder un dessin animé à la télé ", tout bêtement.

— Hou, là ! fit Eddie, mal à l'aise, sans plus de commentaires.

— Tu t'appelles B-B-Ben Han-Hanscom, non ? demanda Bill.

— Ouais, et toi Bill Denbrough.

— Ou-oui. Et l-lui c'est E-E-E-E...

— Eddie Kaspbrak, compléta Eddie. J'ai horreur de t'entendre dire mon nom en bégayant, Bill. On dirait Elmer Fudd.

— Dé-désolé.

— Eh bien, je suis content de vous avoir rencontrés tous les deux », admit Ben. Il y eut un silence, un silence qui n'était pas vraiment désagréable. Ils devinrent amis le temps qu'il dura.

« Pourquoi ces trois mecs te couraient-ils après ? demanda finalement Eddie.

— Ils s-sont toujours a-a-après quelqu'un, intervint Bill. Je les dé-dé-déteste, ces sa-salauds. »

Ben ne répondit pas tout de suite, admiratif devant l'usage que Bill faisait de ce que sa mère appelait parfois les « Très Gros Mots ». Ben n'avait jamais prononcé un Très Gros Mot de sa vie (mais il en avait écrit un, tout petit, sur un poteau de téléphone, lors de la dernière fête de Halloween).

« Bowers s'est retrouvé à côté de moi pendant les dernières compos, finit par dire Ben. Il voulait copier sur moi. Je l'ai pas laissé faire.

— Ma parole, t'as envie de mourir jeune ! » dit Eddie avec une note d'admiration dans la voix.

Bill le Bègue éclata de rire. Ben lui jeta un regard aigu, conclut qu'il ne riait pas spécialement de lui (difficile de dire comment il le savait, mais le fait était là), et sourit.

« Ça doit être ça, admit-il. Toujours est-il qu'il est obligé de suivre les cours d'été et c'est pour ça qu'il m'a coursé avec ses copains.

— On d-dirait presque qu'ils t-t-t'ont fait la peau.

— Je suis tombé de Kansas Street, dans la pente. (Il regarda Eddie.) On va probablement se revoir aux urgences, maintenant que j'y pense. Quand ma mère va voir dans quel état sont mes affaires, c'est elle qui va m'y expédier à coups de baffes. »

Bill et Eddie éclatèrent simultanément de rire, et Ben se joignit à eux. Rire lui faisait mal à l'estomac mais il n'en continuait pas moins, d'un ton aigu légèrement hystérique. Finalement, il fut obligé de s'asseoir sur la berge, et le son mou de ses fesses heurtant le sol le fit rire encore plus fort. Il aimait la façon dont son rire se mélangeait aux leurs : non pas le fait que les rires soient mêlés, ce qu'il avait souvent entendu, mais que, pour une fois, son propre rire fasse partie du lot.

Il leva les yeux vers Bill Denbrough, leurs regards se croisèrent, et il n'en fallut pas davantage pour que le fou rire les reprenne.

Bill tira sur son pantalon, releva le col de sa chemise et se mit à déambuler d'un pas pesant et simiesque. Il prit la voix la plus basse possible et grommela : « J' vais vous faire la peau, morpions. Arrêtez d' m' faire chier. J' suis con, mais j' suis balèze. J' peux casser les noix avec mon crâne. J' peux pisser du vinaigre et chier du ciment. J' m'appelle Bowers l' petit Chéri, et j' suis le roi des enculés du coin. »

Eddie s'était effondré par terre et hurlait de rire en se tenant le ventre ; Ben était plié en deux, la tête entre les jambes, les larmes lui coulant des yeux et la morve du nez en longs filets clairs, et riait comme un bossu.

Bill s'assit avec eux, et ils se calmèrent peu à peu.

« C'est toujours ça de gagné : si Bowers va aux cours d'été, on n'aura guère de chances de le rencontrer ici, remarqua Eddie.

— Vous jouez souvent dans les Friches ? » demanda Ben. C'était une idée qui ne lui aurait jamais traversé l'esprit, vu la réputation de l'endroit, mais maintenant qu'il y était, il ne s'y trouvait pas si mal. En réalité, ce coin du rivage était tout à fait agréable, en ce moment de l'après-midi qui déclinait doucement vers le crépuscule.

« S-s-s-souvent, oui. C'est ch-chouette. Y a p-p-pratiquement p-p-personne qui nous embête, i-ici. On p-peut glander t-tant qu'on veut. B-B-Bowers et les au-autres n'y viennent ja-jamais, de t-t-toute façon.

— Toi et Eddie ?

— R-R-Ri-Ri... » Bill secoua la tête ; son visage se

tordait comme une serpillière quand il bégayait, remarqua Ben, qui se fit soudain cette réflexion curieuse qu'il n'avait pas bafouillé une seule fois quand il s'était moqué de Bowers. « Richie ! s'exclama enfin Bill qui se tut un instant avant de reprendre, R-Richie Tozier v-vient aussi en gé-général. Mais s-son p-père l'a g-gardé pour nettoyer leur g-g-gr...

— Leur grenier », compléta Eddie en jetant un caillou dans l'eau. *Plonk.*

« Ouais, je le connais, dit Bill. Dites, vous venez vraiment souvent ici, non ? » Cette idée le fascinait et en même temps le mettait dans un état stupide, une sorte de désir flou.

« P-pas mal souvent, ouais. V-viens donc de-demain, si si tu veux. E-E-Eddie et m-moi, on essayait de construire un b-b-barrage. »

Ben resta sans voix. Non seulement il était stupéfait par l'offre elle-même, mais aussi par la simplicité sans apprêt avec laquelle elle avait été faite.

« On devrait peut-être essayer autre chose, intervint Eddie. Il était pas terrible, ce barrage. »

Ben se leva, chassant la terre collée à ses gros jambons, et s'avança le long de la rive. Il y avait encore des piles emmêlées de petites branches, de chaque côté du cours d'eau, mais tout ce qu'ils avaient pu mettre d'autre avait été emporté.

« Il faudrait avoir quelques planches, dit Ben. Trouver des planches et en faire des rangées... placées face à face..., comme les tranches de pain d'un sandwich. »

Intrigués, Bill et Eddie le regardèrent. Ben se laissa tomber sur son bon genou. « Regardez, reprit-il. On met des planches ici et ici, en les enfonçant dans le lit de la rivière, face à face. D'accord ? Et puis, avant que l'eau les emporte, on remplit l'intervalle de cailloux et de sable...

— N-n-nous...

— Quoi ?

— N-nous l'avons fait.

— Ah ! » fit Ben, se trouvant (et ayant l'air, il en était

sûr) complètement idiot. Mais peu lui importait, car il se sentit soudain très heureux. Il ne se souvenait même plus quand il s'était senti aussi heureux pour la dernière fois.

« Ouais. Nous. Bon, si vous — si nous remplissons l'intervalle comme il faut, ça ne bougera pas. La planche d'amont s'appuiera sur le mélange de roches et de terre au fur et à mesure que l'eau montera. La deuxième planche penchera et finira sans doute par être emportée au bout d'un moment, je suppose, mais si nous avions une troisième planche... Tenez, regardez. »

Il fit un dessin dans le sable avec un morceau de bois. Bill et Eddie se penchèrent et étudièrent le petit schéma avec un intérêt réservé :

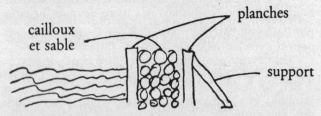

cailloux et sable

planches

support

« As-tu déjà construit des barrages ? demanda Eddie d'un ton respectueux, presque effrayé.

— Jamais.

— A-alors, c-co-comment sais-tu que ça v-va marcher ? »

Ben regarda Bill, intrigué. « Eh bien..., ça doit marcher, c'est tout. Pourquoi pas ?

— Mais co-comment le sais-tu ? » Ben sentit bien que la question n'avait rien de sarcastique et exprimait une curiosité sincère. « Co-comment tu p-peux le di-dire ?

— Je le sais, c'est tout », répondit Ben. Il regarda de nouveau son dessin, comme pour se confirmer à lui-même ce savoir. Il n'avait jamais vu de batardeau de sa vie, sur plan ou dans la réalité, et ne se doutait pas qu'il venait d'en faire un schéma très convenable.

« D'ac-cord, dit Bill en donnant à Ben une claque dans le dos. On se voit demain.

— À quelle heure ?

— E-E-ddie et moi, on se-sera là vers huit heures et demie...

— Si je ne suis pas encore à attendre aux urgences avec ma mère, ajouta Eddie avec un soupir.

— J'amènerai des planches, dit Ben. Y a un vieux, pas loin de chez nous, qui en a tout un stock. Je lui en piquerai quelques-unes.

— Emporte aussi un casse-croûte, des trucs tout prêts, lui conseilla Eddie.

— D'accord.

— As-tu d-d-des pi-pistolets ?

— J'ai ma Daisy à air comprimé, répondit Ben. C'est mon cadeau de Noël, mais ma mère devient furieuse quand je tire avec dans la maison.

— A-amène-le toujours, on j-jouera aux cow-boys, peut-être.

— D'accord, fit joyeusement Ben. Écoutez, les gars, il faut que je rentre à la maison dare-dare, maintenant.

— N-nous aussi. »

Les trois garçons quittèrent les Friches ensemble. Ben aida Bill à hisser Silver sur le talus. Eddie traînait un peu en arrière, la respiration de nouveau sifflante et regardant d'un air lugubre sa chemise tachée de sang.

Bill les salua, et partit, debout sur les pédales, en lançant un « Ya-hou, Silver, EN AVANT ! » retentissant.

« Mais elle est gigantesque, cette bécane ! remarqua Ben.

— Un peu, mon neveu », dit Eddie. Il venait de prendre un coup d'inhalateur et respirait de nouveau normalement. « De temps en temps il me fait monter derrière. Il me file une telle frousse que j'en ai presque la chiasse. C'est un type bien, Bill, c'est sûr. (Il dit ces derniers mots comme en passant, mais il y avait davantage d'enthousiasme dans son regard : de l'adoration, presque.) Tu sais ce qui est arrivé à son frère ?

— Non.

— Il est mort l'automne dernier. Un type l'a assassiné. En lui arrachant un bras, comme on arrache une aile à une mouche.

— Jésouille de Jésouille !

— Avant, il bégayait juste un peu, Bill. Maintenant, c'est tout le temps. T'as pas remarqué ?

— Euh... oui, un peu.

— Mais dans sa tête, ça bégaie pas, si tu vois ce que je veux dire.

— Ouais.

— Je te dis ça parce que si tu veux devenir l'ami de Bill, il vaut mieux pas lui parler de son petit frère. Pas lui poser la moindre question, rien. Il est complètement coincé là-dessus.

— Moi aussi, je le serais, si... », répondit Ben, qui se souvenait maintenant vaguement de l'histoire de ce petit que l'on avait tué, en effet, l'automne dernier. Il se demandait si sa mère avait pensé à George Denbrough lorsqu'elle lui avait offert sa montre, ou seulement aux meurtres les plus récents. « Ça ne s'est pas passé juste après la grande inondation ?

— Si. »

Ils avaient atteint le carrefour de Kansas et Jackson, où ils devaient se séparer. Des enfants couraient dans tous les sens, jouant à chat perché et se lançant des balles de base-ball. Un gosse affublé d'un bonnet à la David Crockett, la queue lui retombant entre les yeux, passa devant les deux grands en faisant rouler un Hula Hoop comme un cerceau, l'air avantageux. Ben et Eddie sourirent.

« Attends une minute, dit soudain Ben. J'ai une idée, si tu ne veux pas aller aux urgences.

— Ah, oui ? fit Eddie avec un regard où le doute le disputait à l'espoir.

— T'as pas un nickel ?

— J'ai mieux, le double, dix cents. Et alors ? »

Ben contemplait les taches marron sur la chemise. « Va t'acheter un lait au chocolat et renverses-en la moitié sur ta chemise. Une fois chez toi, tu diras à ta mère que t'as tout pris dessus. »

Le regard d'Eddie s'éclaircit. Depuis la mort de son père, quatre ans auparavant, la vue de sa mère avait considérablement baissé. Par coquetterie (et comme elle ne conduisait pas), elle refusait de porter des lunettes. Taches de chocolat ou de sang, avec un peu de chance, elle n'y verrait que du feu. Peut-être...

« Ça peut marcher.

— Mais ne dis pas que c'est une idée à moi si elle s'en aperçoit.

— Promis, répondit Eddie. Allez, à plus tard, mon canard.

— D'accord.

— Non, fit Eddie patiemment. Quand je te dis ça, tu es censé répondre : " À bientôt, escargot. "

— Oh. À bientôt, escargot !

— C'est bon. » Eddie sourit.

« Tu sais... vous êtes drôlement chouettes, tous les deux. »

Eddie eut l'air plus que gêné, presque nerveux. « C'est Bill qu'est chouette », dit-il en partant.

Ben le regarda descendre Jackson Street, puis il prit lui-même la direction de son domicile. À trois pâtés de maisons, vers le haut de la rue, il aperçut alors trois silhouettes qui ne lui étaient que trop familières, debout à un arrêt de bus au coin de Jackson et Main. Elles tournaient pratiquement le dos à Ben, un coup de chance pour lui. Il alla se dissimuler derrière une haie. Cinq minutes plus tard arrivait le Derry-Newport-Haven. Henry et ses amis jetèrent leurs mégots dans la rue et grimpèrent à bord.

Ben attendit que le car fût hors de vue et se dépêcha de rentrer chez lui.

Ce soir-là, pour la deuxième fois, il arriva quelque chose de terrible à Bill Denbrough.

Son père et sa mère étaient en bas, devant la télé, ne parlant guère, assis à chaque extrémité du canapé comme des serre-livres. Il y avait eu une époque où la salle de télé, qui donnait sur la cuisine, était pleine de bavardages et de rires, au point parfois qu'on n'entendait même plus ce qui se disait à la télé. « La ferme, Georgie ! » criait Bill. « Arrête de bâfrer tout le pop-corn et je la fermerai ! » rétorquait George. « Bill prend tout le pop-corn, Ma. — Donne-lui du pop-corn, Bill, et arrête de m'appeler " Ma ", Georgie. Ce sont les moutons qui font " Mâ ". » Ou alors, son père sortait une plaisanterie et tous riaient, même Maman. George ne les comprenait pas toujours, Bill le voyait bien, mais comme tout le monde riait, il riait aussi.

C'était une époque où ses parents jouaient déjà les serre-livres sur le canapé, mais où George et lui jouaient les livres. Bill avait une fois voulu faire le livre entre eux depuis la mort de George, pendant qu'ils regardaient la télé ; ce fut en vain. Il émanait d'eux des ondes glacées, contre lesquelles le système de dégivrage de Bill n'était pas suffisamment puissant. Il avait dû partir, car ce genre de froid lui gelait les joues et lui faisait monter les larmes aux yeux.

« J'-J'en ai en-entendu une b-bien bonne à l'é-école aujourd'hui », avait-il essayé une autre fois, quelques mois auparavant.

Pas de réponse. Sur l'écran, un criminel suppliait un prêtre, son frère, de le cacher.

Le père de Bill avait levé les yeux de son magazine et lui avait lancé un regard légèrement surpris. Puis il était retourné à sa lecture. Sur une photo, on voyait un chasseur tombé dans la neige, dominé de toute la hauteur d'un énorme ours blanc qui montrait les dents. « Mutilé par le tueur des terres désolées », titrait l'article. Bill avait pensé : *Je sais où il y en a, des terres désolées, moi. Juste ici, sur le canapé, entre mon père et ma mère.*

Sa mère n'avait même pas levé les yeux.

« Vous s-savez co-combien il faut de F-F-Français pour vi-visser une ampoule é-é-électrique ? » avait lancé Bill, sentant une fine rosée de sueur venir perler sur son front, comme cela lui arrivait parfois à l'école quand la maîtresse était restée si longtemps sans l'interroger qu'elle ne pouvait plus faire autrement que de s'adresser à lui. Il parlait trop fort, incapable de contrôler sa voix. Les mots résonnaient dans sa tête en furieux carillons, s'emmêlaient et s'éparpillaient.

« Sa-sa-vez-vous com-combien ?

— Un pour tenir l'ampoule et quatre pour tourner la maison, avait répondu Zack Denbrough, l'air absent, tout en continuant à feuilleter sa revue.

— As-tu dit quelque chose, chéri ? » demanda sa mère, tandis qu'à la télé, le frère qui était prêtre conseillait à son frère criminel de se rendre et de prier pour être pardonné.

Bill était resté assis, en sueur mais glacé. Le froid ne tenait pas au fait qu'il était le seul livre entre ces deux serre-livres. Non, Georgie était toujours présent, un Georgie qu'il ne pouvait voir, simplement, un Georgie qui ne réclamait jamais de pop-corn et que les taquineries de Bill ne faisaient plus protester. Jamais il n'y avait de chamailleries avec cette nouvelle version de George. Elle n'avait qu'un bras, et restait pâle et pensive dans la pénombre gris-bleu laissée par l'écran de télé ; peut-être n'était-ce pas de ses parents mais de George que venait ce grand froid glacial ; peut-être était-ce George, le tueur des terres désolées. Bill avait fini par fuir ce frère glacé et invisible et par se réfugier dans sa chambre où il s'enfermait longtemps à pleurer, le visage enfoui dans l'oreiller.

La chambre de George était demeurée inchangée depuis le jour de sa mort. Environ deux semaines après l'enterrement, Zack avait rempli un carton des jouets de son cadet, sans doute pour les donner à l'Armée du Salut ou un truc comme ça, s'était dit Bill. Sharon Denbrough l'avait vu avec le carton, et ses mains, comme deux oiseaux blancs effrayés, avaient volé jusqu'à sa tête et s'étaient profondément enfouies dans sa chevelure, étreignant les mèches comme pour les arracher. Bill avait assisté à cette scène et s'était aplati contre le mur, les jambes soudain en coton. Sa mère avait l'air aussi folle qu'Elsa Lanchester dans *La Fiancée de Frankenstein*.

« *Ne touche JAMAIS à ses affaires !* » avait-elle hurlé.

Zack avait reculé et, sans un mot, ramené le carton de jouets dans la chambre de George ; il les avait même remis exactement là où il les avait pris. Bill avait suivi son père et l'avait trouvé agenouillé auprès du petit lit (que sa mère refaisait régulièrement, mais une fois par semaine au lieu de deux), la tête appuyée à son bras poilu et musclé. Bill avait vu qu'il pleurait, ce qui n'avait fait qu'augmenter sa terreur. Il avait entraperçu soudain une épouvantable éventualité : peut-être que parfois les choses ne s'arrêtaient jamais d'aller de travers mais qu'au contraire elles ne faisaient qu'empirer jusqu'à ce que ce soit le bordel complet.

« P-Papa...

— Va-t'en, Bill ! » avait répondu son père, d'une voix étouffée et tremblante. Bill aurait terriblement voulu toucher le dos de son père, pour voir s'il n'y avait pas moyen d'apaiser les soupirs irrépressibles qui le secouaient. Il n'avait pas osé. « Va-t'en, avait repris son père. Barre-toi. »

Et il était parti. Il avait traversé le couloir du premier à pas de loup, entendant sa mère qui pleurait de son côté dans la cuisine, un son aigu et désespéré. *Pourquoi pleurent-ils comme ça, loin l'un de l'autre ?* s'était demandé Bill. Puis il avait chassé cette pensée.

Le soir du premier jour de vacances, Bill entra dans la chambre de George. Il avait le cœur qui cognait dans la poitrine et avançait maladroitement, raide de tension. Il venait souvent dans la chambre de George ; non qu'il aimât cette pièce : elle était tellement pleine de la présence de son frère qu'on l'aurait dite hantée. Il y entra sans pouvoir s'empêcher de penser que la porte du placard allait s'ouvrir d'un instant à l'autre dans un grincement et qu'il y verrait Georgie, parmi les chemises et les pantalons toujours soigneusement accrochés, un Georgie en ciré jaune souillé de filets de sang, avec une manche vide. Il aurait un regard vide, effroyable, comme ceux des zombies dans les films d'épouvante. Quand il sortirait du placard, ses caoutchoucs produiraient un bruit chuintant tandis qu'il traverserait la chambre en direction de Bill, assis sur le lit, bloc de terreur pétrifié...

S'il y avait eu une panne d'électricité, un des soirs où il était resté assis sur le lit de George à contempler les images accrochées aux murs et les modèles réduits sur le haut de la penderie, il était convaincu qu'il aurait eu une crise cardiaque, sans doute fatale, dans les dix secondes suivantes. Il y allait tout de même. Luttant avec sa terreur pour George le Fantôme, existait en lui un besoin muet mais puissant comme une faim de surmonter d'une manière ou d'une autre la mort de George et de se réconcilier avec l'idée qu'il n'était plus. Il ne s'agissait pas de l'oublier, mais de rendre son souvenir moins épouvantable. Il se rendait compte que ses parents n'y réussissaient pas très bien, et s'il voulait y arriver lui-même, il devrait le faire seul.

Mais il ne venait pas ici que pour lui-même ; il y venait aussi pour Georgie. Il l'aimait beaucoup et, pour deux frères, ils s'étaient rudement bien entendus. Oh, bien sûr, il y avait des disputes — Bill donnant une bonne claque à George, George rapportant à ses parents que son frère était descendu à la cuisine après l'extinction des lumières pour finir le reste de gâteau —, mais dans l'ensemble, ça se passait bien. C'était déjà assez horrible que George fût mort. Mais le transformer en un monstre d'épouvante, c'était encore pire.

Le môme lui manquait, c'était vrai. Sa voix lui manquait, son rire lui manquait, comme lui manquait le regard confiant que George avait parfois pour lui, sûr que Bill possédait la réponse, quelle que fût la question. Sans parler de cette chose plus que tout étrange : par moments, il avait le sentiment de mieux aimer George dans sa peur, car même ainsi (l'impression désagréable qu'un George à l'état de zombie se dissimulait dans la penderie ou sous le lit), il se souvenait mieux de l'amour qu'il avait pour lui et de celui que le petit lui portait. Dans son effort pour réconcilier les deux émotions, amour et terreur, Bill avait l'impression de se rapprocher d'une acceptation définitive plus que par tout autre moyen.

Il n'aurait su exprimer ces choses, qui n'étaient qu'un amas embrouillé dans son esprit. Mais son cœur, chaleureux et plein de nostalgie, comprenait, et là était l'important.

Il parcourait parfois les livres de George, ou bien manipulait ses jouets.

Il n'avait pas ouvert son album de photos depuis décembre dernier.

Le soir de la rencontre avec Ben Hanscom, Bill ouvrit la porte du placard de George (s'armant comme toujours de courage à l'idée de voir George lui-même parmi les vêtements, dans son ciré jaune, s'attendant à voir surgir de la pénombre une main exsangue qui viendrait s'agripper à son bras) et prit l'album de photos, sur l'étagère supérieure.

MES PHOTOGRAPHIES, lisait-on en lettres d'or sur la couverture ; et en dessous, toujours en lettres d'imprimerie retenues par du scotch jaunissant : GEORGE ELMER DENBROUGH, SIX ANS. Bill alla s'asseoir sur le lit où Georgie avait dormi, le cœur battant plus fort que jamais. Il n'aurait su dire pour quelles raisons il avait pris l'album, après ce qui s'était passé en décembre...

Une vérification, c'est tout. Juste pour te convaincre que la première fois ce n'était pas réel; que ton esprit s'était joué un tour à lui-même.

C'était une idée, après tout.

Vraie, peut-être. Bill soupçonnait cependant qu'il s'agissait de l'album lui-même, qui aurait ressenti une fascination insensée pour lui, Bill. Ce qu'il avait vu, ou croyait avoir vu...

Il l'ouvrit. L'album était plein de photos que George avait demandées à son père, à sa mère, à ses tantes et à ses oncles. Peu importait qu'il s'agisse de personnes et d'endroits qu'il connût; c'était l'idée de photographie qui, en soi, fascinait George. Quand il n'avait pas réussi, par ses harcèlements, à obtenir de nouvelles photos des uns et des autres, il s'asseyait en tailleur sur son lit, là où Bill était assis, et regardait les anciennes, tournant délicatement les pages, étudiant les clichés en noir et blanc les uns après les autres. Leur mère, quand elle était jeune et incroyablement belle; leur père, dix-huit ans à peine, la carabine à la main, en compagnie de deux autres chasseurs, le pied sur un daim abattu aux yeux ouverts; l'oncle Hoyt debout sur un rocher, brandissant un piolet; tante Fortuna, lors des comices agricoles de Derry, présentant fièrement un panier des tomates qu'elle avait fait pousser; une vieille Buick; une église; une maison; une route, venant de quelque part et allant quelque part. Des photos, prises par des inconnus pour des raisons oubliées, enfermées dans l'album d'un petit garçon mort.

Là, Bill se vit à trois ans, sur un lit d'hôpital, la tête enturbannée de pansements. Le bandage descendait jusqu'à ses joues et à sa mâchoire fracturée. Une voiture l'avait renversé dans le parking d'A&P, sur Center Street. Il ne lui restait guère de souvenirs de son séjour à l'hôpital, sinon qu'on lui avait donné des crèmes glacées liquides avec une paille et que sa tête l'avait abominablement fait souffrir pendant trois jours.

Là, toute la famille était réunie sur la pelouse de la maison, Bill à côté de sa mère et la tenant par la main, et George, encore bébé, dormant dans les bras de Zack. Et ici...

Ce n'était pas la fin de l'album, mais la dernière page qui comptait, car les autres étaient restées vides. Le dernier cliché était la photo de classe de George, prise en octobre l'année précédente, une dizaine de jours avant sa mort. George portait une chemise à col marin, et ses cheveux ébouriffés étaient aplatis à l'eau. Il souriait, révélant deux espaces vides où deux nouvelles dents ne pousseraient jamais — *À moins qu'elles ne continuent à pousser après la mort*, pensa Bill avec un frisson.

Il contempla la photo un certain temps et était sur le point de refermer le livre lorsque se produisit ce qui était déjà arrivé en décembre.

Les yeux de George, sur le cliché, se mirent à rouler et vinrent croiser le regard de George. Le sourire contraint devint une horrible grimace ricanante. Son œil droit eut un clignement qui disait : *À bientôt, Bill. Dans mon placard. Ce soir même, peut-être.*

Bill lança l'album au milieu de la chambre et porta les deux mains à la bouche.

L'album s'ouvrit en retombant ; bien qu'il n'y eût aucun courant d'air, les pages se mirent à tourner jusqu'à cette affreuse photo sous laquelle on lisait : LES AMIS DE L'ÉCOLE 1957-1958.

Du sang commença à en couler.

Bill restait assis, pétrifié, avec l'impression que sa langue, gonflée dans sa bouche, allait l'étouffer, la chair de poule sur tout le corps, les cheveux dressés sur la tête. Il voulut crier, mais ne put émettre qu'un minuscule gémissement laborieux.

Le sang coula sur la page, et de la page sur le plancher.

Bill s'enfuit en claquant la porte derrière lui.

CHAPITRE 6

L'un des disparus :
Récit de l'été 1958

1

On ne les trouva pas tous. Non, on ne les trouva pas tous. Et de temps en temps fleurissaient des hypothèses extravagantes.

2

Paru dans le *Derry News* du 21 juin 1958 (à la une) :

NOUVELLE DISPARITION D'ENFANT.
LA PEUR REVIENT

On signale la disparition d'un garçon de dix ans, Edward Corcoran, qui n'est pas rentré hier au soir à son domicile familial, 73, Charter Street à Derry. Cette disparition a fait resurgir des craintes sur le retour du meurtrier d'enfants de Derry.

Mrs. Macklin, la mère de l'enfant, a signalé qu'en fait elle n'avait plus vu son fils depuis le 19, journée qui marquait le début des vacances d'été.

Interrogé pour savoir pour quelles raisons il avait attendu vingt-quatre heures pour alerter la police, Mr. Macklin, le beau-père de l'enfant, a refusé de répondre. Richard Borton, le chef de la police, n'a pour sa part fait aucun commentaire. De source bien informée, nous pouvons cependant dire que les relations du jeune Corcoran avec son beau-père n'étaient pas très bonnes, et qu'il lui était déjà arrivé de passer la nuit hors de la maison familiale. D'après la même source, les mauvaises notes de fin d'année obtenues par l'enfant auraient pu jouer un rôle dans cette nouvelle fugue. Harold Metcalf, directeur de l'école de Derry, a refusé de donner des précisions sur les résultats scolaires du garçon, en faisant remarquer que cela ne regardait que lui et sa famille.

« J'espère que la disparition de cet enfant ne provoquera pas de panique inutile, a déclaré le chef Borton. On peut comprendre le malaise qui saisit notre communauté, mais je voudrais faire remarquer que nous enregistrons entre trente et cinquante affaires de disparition de mineurs par an ; on retrouve la plupart des fugueurs en bonne santé au cours de la semaine qui suit leur disparition, et j'espère que ce sera le cas avec Edward Corcoran, si Dieu le veut. »

Le chef Borton a rappelé ensuite sa conviction que les meurtres de George Denbrough, Betty Ripsom, Cheryl Lamonica, Matthew Clement et Veronica Grogan n'étaient pas le fait d'une même personne. « Ces crimes sont tous très différents », a-t-il déclaré, non sans ajouter que la police suivait actuellement plusieurs pistes. Interrogé hier soir par téléphone sur la valeur de ces pistes et l'éventualité d'une arrestation prochaine, le chef Borton s'est refusé à tout commentaire.

Le *Derry News*, 22 juin 1958 (à la une) :

LE TRIBUNAL ORDONNE
UNE EXHUMATION SURPRISE

Par un rebondissement bizarre de l'affaire Edward Corcoran, la cour a ordonné l'exhumation du jeune frère d'Edward, Dorsey, mort en mai 1957 de causes alors reconnues accidentelles. Le garçonnet avait été admis à l'hôpital de Derry, souffrant de fractures multiples, dont un traumatisme crânien. Il y avait été amené par son beau-père, qui avait déclaré que l'enfant était tombé d'une échelle en jouant dans le garage. Dorsey mourut sans reprendre connaissance.

Questionné pour savoir si Mr. ou Mrs. Macklin pourraient avoir une responsabilité dans la mort du cadet ou la disparition de l'aîné, signalée hier dans nos colonnes, le chef Borton s'est refusé à tout commentaire.

Au cours du mois de juin, le *Derry News* rapporta régulièrement l'évolution de cette affaire : tout d'abord l'arrestation de Macklin, accusé du meurtre de son beau-fils Dorsey Corcoran.

« Le rapport du médecin légiste montre que l'enfant a été affreusement battu », a déclaré le chef Borton. (...) Sans doute avec un marteau, mais en tout cas, et c'est l'important, de manière répétée et avec un objet dur. Les blessures, et notamment celles du crâne, ne correspondent pas avec celles que l'on pourrait s'infliger en tombant d'une échelle. Les médecins qui ont signé le permis d'inhumer (...) auront à répondre à des questions sérieuses dans cette affaire d'enfant battu (24 juin 1958).

Mrs. Henrietta Dumont, l'institutrice du jeune Edward Corcoran, disparu maintenant depuis une semaine, a déclaré que l'enfant venait souvent à l'école « couvert de bleus et d'ecchymoses (...). Trois semaines avant sa disparition, il est arrivé avec les deux yeux presque complètement fermés. Quand je lui ai demandé ce qui s'était passé, il m'a répondu que son père lui en avait " flanqué une " parce qu'il ne voulait pas manger sa soupe » (25 juin 1958).

Interrogé sur la mort de Matthew Clement et de Veronica Grogan, Macklin a opposé des alibis irréfutables, et après avoir été accusé du seul meurtre de Dorsey Corcoran, il a fini par s'effondrer le jour de son procès. (...) Il a reconnu avoir battu le garçonnet de quatre ans avec un marteau sans recul qu'il a ensuite enterré au fond du jardin avant de conduire l'enfant à l'hôpital.
Un terrible silence s'était abattu sur la cour tandis qu'en sanglotant, Macklin dévidait son histoire après avoir prétendu n'avoir battu ses beaux-fils qu'occasionnellement « pour leur propre bien ». « Je ne sais pas ce qui m'a pris. Je l'ai vu monter une fois de plus sur cette foutue échelle, alors j'ai pris le marteau qui traînait sur l'établi et j'ai commencé à le frapper avec. Mais je n'avais pas l'intention de le tuer, je le jure devant Dieu.
— Vous a-t-il dit quelque·chose avant de perdre connaissance (question de l'avocat général) ?
— Il m'a dit : " Arrête, Papa, je te demande pardon, je t'aime " », a répondu Macklin.
La crise de larmes de l'accusé prit ensuite de telles proportions que le président du tribunal dut prononcer une suspension de séance (24 juillet 1958).

OÙ SE TROUVE EDWARD CORCORAN ? titrait le *Derry News* du 18 septembre 1958. D'après le journal, Macklin clamait son innocence dans cette affaire de disparition, mais sa femme, qui venait d'entamer une procédure de divorce, prétendait qu'il mentait — ce que ne croyait pas, en revanche, le père Ashley O'Brian, aumônier catholique de la prison de Shawshank. « Il sait ce qu'il a fait au plus jeune, a déclaré le père O'Brian, mais s'il a fait quelque chose à l'aîné, il n'en a aucun souvenir. Dans le cas d'Edward, il est persuadé de n'avoir aucun sang sur les mains. »

Et le journal ajoutait : « ... la question continue cependant de troubler la population de Derry. Macklin est toutefois innocent des autres meurtres d'enfants qui se sont produits ici ; ses alibis sont en béton dans le cas des trois premiers, et il était en prison pour les sept autres qui ont eu lieu entre fin juin et début septembre. Ces dix meurtres restent donc autant d'énigmes.

« Dans une interview exclusive au *Derry News*, Macklin, la semaine dernière, a de nouveau réaffirmé son innocence. " Je les battais tous les deux, nous a-t-il confié au cours d'un monologue douloureux entrecoupé de sanglots. Je les aimais mais je les battais. Je ne sais pas pourquoi... j'aurais pu tout aussi bien tuer Edward, mais je jure devant tous les saints et Jésus lui-même qu'il n'en est rien. Je crois qu'il s'est enfui, et si tel est le cas, je dois en remercier Dieu. "

« À la question de savoir s'il n'était pas sujet à des trous de mémoire, il a répondu : " Jamais, autant que je sache. Je n'ignore pas ce que j'ai fait. J'ai voué ma vie au Christ et je vais passer le reste de ma vie à essayer de me racheter. " »

En 1960, on retrouva un corps extrêmement décomposé que l'on crut être un moment celui d'Edward Corcoran, et en juillet 1967, Macklin se donna la mort dans la prison de Falmouth. Il avait laissé un message « qui laissait supposer un état de grande confusion mentale », d'après le chef de la police de Falmouth, mais ce dernier refusa d'en dire davantage.

« De source bien informée, précisa le *Derry News* du 19 juillet 1967 dans un article en page 3, nous pouvons révéler que ce message, très bref, ne comportait que deux phrases : " J'ai vu Eddie la nuit dernière. Il était mort. " Cet " Eddie " pourrait très bien être le beau-fils de Macklin, dont la disparition, en 1958, n'a jamais été élucidée, et qui est à l'origine de la condamnation de Macklin pour le meurtre de son autre beau-fils, Dorsey Corcoran. En 1966, la mère d'Eddie Corcoran a demandé que son fils soit reconnu comme légalement mort afin de pouvoir entrer en possession de son livret de Caisse d'épargne. Il y avait seize dollars sur ce livret. »

3

D'ailleurs, Eddie Corcoran était bien mort.

Mort dans la soirée du 19 juin 1958, et son beau-père n'avait rien à voir là-dedans. Il mourut pendant que Ben Hanscom regardait la télé chez lui, avec sa mère, tandis que celle d'Eddie Kaspbrak appliquait sa joue sur le front de son fils avec anxiété, à la recherche de sa maladie favorite, la « fièvre fantôme » ; pendant que le beau-père de Beverly Marsh — un personnage qui, par son tempérament au moins, présentait de nombreux traits communs avec celui d'Eddie et Dorsey Corcoran — l'incitait, avec un vigoureux coup de pied au derrière, à « sortir de son chemin et à aller faire cette putain de vaisselle » ; pendant que Mike Hanlon se faisait injurier par des grands du lycée (dont l'un d'eux serait un jour le père d'un remarquable échantillon d'humanité, John « Webby » Garton, le casseur d'homosexuels) qui passaient dans une vieille Dodge, sur la route de Witcham, tandis qu'il désherbait le jardin de la petite maison familiale, pas très loin de la ferme du père (cinglé) de Henry Bowers ; pendant que Richie Tozier jetait un coup d'œil aux filles en tenue légère d'un exemplaire de la revue *Gem*, trouvé dans le tiroir aux sous-vêtements de son père, ce qui le faisait copieusement bander ; pendant enfin que Bill Denbrough lançait, horrifié et incrédule, l'album de photos de son frère mort à travers la chambre.

Bien qu'aucun ne se souvînt par la suite l'avoir fait, tous levèrent la tête à l'instant précis où mourut Eddie Corcoran..., comme s'ils venaient d'entendre un cri lointain.

Le *Derry News* avait eu au moins raison sur un point : le carnet de notes d'Eddie était assez mauvais pour qu'il puisse redouter de rentrer chez lui et d'affronter son beau-père. En plus, les disputes entre ses parents s'étaient multipliées au cours du mois, ce qui n'améliorait pas le climat familial. Quand la scène de ménage commençait à tourner au vinaigre, sa mère lançait à son beau-père des tombereaux d'accusations pour la plupart incohérentes. Lui répondait tout d'abord par des grognements, puis en hurlant à sa femme de la fermer, et finalement par les rugissements de rage d'un sanglier qui aurait piqué du museau dans un porc-épic. Cependant, Eddie ne l'avait jamais vu la frapper, et pensait qu'il n'oserait jamais. Il réservait ses coups de poing à Eddie et naguère à Dorsey ; et maintenant que Dorsey était mort, Eddie touchait la ration de son frère en sus de la sienne.

Ces affrontements hurlés se produisaient par cycles, avec un emballement vers la fin du mois, quand les factures dégringolaient. Il arrivait de temps en temps qu'un policier, appelé par les voisins, fasse une apparition pour leur dire de la mettre en veilleuse, ce qui en général suffisait à les calmer. Sa mère n'hésitait pas à provoquer le flic et à le mettre au défi de l'embarquer, mais en règle générale, son beau-père ne mouftait pas.

À son avis, son beau-père avait peur des flics.

Eddie adoptait un profil bas pendant ces périodes de tension. C'était plus sage, vous ne croyez pas ? Regardez ce qui était arrivé à Dorsey. Dorsey, de son point de vue, s'était trouvé au mauvais endroit au mauvais moment : le garage, le dernier jour du mois. On expliqua à Eddie que Dorsey était tombé de l'échelle. « Je lui ai bien dit cent fois de ne pas grimper dessus », avait ajouté son beau-père... mais sa mère ne le regardait plus qu'accidentellement, et quand leurs yeux se rencontraient, Eddie découvrait dans les siens une petite lueur coléreuse et effrayée qu'il n'aimait pas du tout. Quant au vieux, il restait assis en silence à la table de la cuisine, une bière à la main, sans rien regarder d'en dessous ses sourcils épais et tombants. Lorsque son beau-père gueulait (pas toujours, mais la plupart du temps), tout allait bien. C'était quand il arrêtait qu'il fallait faire attention.

Deux soirs auparavant, il avait lancé une chaise à Eddie lorsque celui-ci s'était levé pour voir ce qu'il y avait à la télé sur les autres chaînes ; une chaise de cuisine en alu tubulaire, qu'il avait soulevée au-dessus de la tête et envoyée valser. Elle avait atteint Eddie aux fesses et l'avait fait tomber. Il avait toujours mal aux fesses, mais n'ignorait pas qu'il s'en était bien tiré : il aurait pu être touché à la tête.

Puis il y avait eu le soir où le vieux s'était levé et, sans raison, avait frictionné le crâne d'Eddie avec une poignée de purée. Au mois de septembre précédent, Eddie avait eu la témérité de faire claquer la porte-moustiquaire en alu, en revenant de l'école, alors que son beau-père faisait un somme. Macklin était sorti de la chambre dans ses caleçons flottants, les cheveux en mèches tire-bouchonnées, avec une barbe de trois jours et une haleine chargée de deux jours de bière à la bouche. « Attends un peu, Eddie, que je t'en foute une pour avoir claqué la porte ! » Dans le vocabulaire de Rich Macklin, « en foutre une » était un euphémisme pour « foutre une terrible raclée ». Ce qui fut le cas ce jour-là. Eddie s'était évanoui quand le vieux l'avait lancé dans l'entrée. Sa mère y avait installé une paire de patères basses spécialement pour que Dorsey et lui puissent suspendre leurs vêtements. Leurs doigts d'acier rigides avaient labouré le bas du dos d'Eddie, et c'est à cet instant qu'il avait perdu connaissance. Quand il était revenu à lui, dix minutes plus tard, il avait entendu sa mère hurler qu'elle allait le conduire à l'hôpital et que ce n'était pas Rich Macklin qui pourrait l'arrêter.

« Après ce qui est arrivé à Dorsey ? avait contre-attaqué son beau-père. Tu tiens à finir en taule, la môme ? »

Elle ne dit plus un mot sur l'hôpital. Elle aida Eddie à regagner sa chambre et à se mettre au lit où il resta, tremblant de tout son corps, des gouttes de sueur perlant sur son front. Au cours des trois jours suivants, il ne quitta la chambre que quand il se retrouvait seul à la maison. Il se traînait alors lentement jusqu'à la cuisine, avec de petits gémissements, pour prendre la bouteille de whisky de son beau-père, sous l'évier ; quelques gorgées atténuaient la douleur. Au bout de cinq jours il n'avait presque plus mal, mais il pissa du sang pendant près de deux semaines.

Quant au marteau, il avait disparu du garage.

Qu'en dites-vous ? Qu'en dites-vous, amis et voisins ?

Certes, le marteau de charpentier — le marteau ordinaire — se trouvait toujours là. Seul le Scotti sans recul manquait. Le marteau spécial de son beau-père, celui qu'il interdisait aux enfants de toucher. « Si je vous prends à jouer avec, leur avait-il dit le jour où il l'avait acheté, vous allez vous retrouver avec les tripes en pendants d'oreilles. » Dorsey avait timidement demandé s'il coûtait cher. Le vieux avait répondu que oui, qu'il était rempli de billes d'acier et qu'il était impossible de le faire rebondir, même en tapant très fort.

C'était ce marteau qui avait disparu.

Les notes d'Eddie étaient mauvaises parce qu'il avait beaucoup manqué l'école depuis le remariage de sa mère, mais il était loin d'être stupide. Il pensait savoir ce qu'était devenu le Scotti sans recul. Il soupçonnait son beau-père d'avoir frappé Dorsey avec, puis de l'avoir enterré dans le jardin ou jeté dans le canal. Le genre de choses qui se produisaient souvent dans les BD d'horreur qu'il lisait, celles qu'il gardait sur l'étagère du haut de sa penderie.

Il se rapprocha du canal, qui ondulait entre les parois de béton. Un reflet de lune en forme de boomerang scintillait à la surface noire des eaux. Il s'assit et se mit à battre le ciment du talon de ses tennis, sur un rythme irrégulier. Le temps avait été très sec au cours des six dernières semaines, et l'eau coulait à quelque trois mètres en dessous de ses semelles usées. Mais, en y regardant de plus près, on apercevait sur les parois du canal les traces laissées par les différents niveaux atteints, auxquels il remontait parfois très facilement. Le béton était d'un brun très sombre juste au-dessus du niveau actuel puis s'éclaircissait en jaune et enfin en une couleur proche du blanc à la hauteur des talons d'Eddie.

L'eau s'écoulait silencieusement et sans heurt d'une arche de béton pavée à l'intérieur, passait devant Eddie et s'enfonçait sous la passerelle pour piétons en bois couverte qui reliait Bassey Park et le lycée de Derry. Les parapets, le plancher et même les poutres sous le toit étaient couverts d'initiales, de numéros de téléphone et de déclarations. Déclarations d'amour, mais aussi que Untel ou Untel aimait « sucer » ou « tailler une pipe » ; déclaration que ces derniers se feraient « peler l'oignon » ou « bourrer le troufignon avec du goudron chaud » ; sans compter des déclarations excentriques qui défiaient l'explication. L'une de celles qui avaient le plus intrigué Eddie au cours de ce printemps disait : SAUVEZ LES JUIFS RUSSES ! COLLECTIONNEZ LES TROUVAILLES DE VALEUR !

Qu'est-ce que cela signifiait, au juste ? Quelque chose, rien ? Quelle importance ?

Ce soir-là, Eddie ne se rendit pas sur le pont des Baisers ; rien ne l'invitait à passer du côté du lycée. Il envisageait de dormir dans le parc, peut-être parmi les feuilles mortes qui s'accumulaient sous le kiosque à musique ; mais pour l'instant, il se trouvait bien là où il était. Il aimait le parc et y venait souvent pour y réfléchir. Il tombait parfois sur des couples qui faisaient l'amour dans les bosquets disséminés çà et là, mais Eddie les laissait tranquilles et ils en faisaient autant. Il avait entendu raconter des histoires gratinées, dans la cour de récré, sur les pédés qui patrouillaient dans Bassey Park après la tombée de la nuit, et s'il ne remettait pas ces histoires en question, il n'avait jamais été importuné lui-même. Le parc était un endroit paisible, et le coin où il s'était assis était de loin son préféré. Il aimait le canal en toutes saisons, mais était fasciné par sa puissance terrible, irrésistible, dans les semaines qui suivaient la fonte des neiges ; par la façon dont l'eau surgissait en bouillonnant de l'arche et passait à ses pieds en grondant, blanche d'écume et transportant branches et brindilles, et toutes sortes de débris d'origine humaine. Il s'était imaginé plus d'une fois marchant au bord du canal en mars, avec son beau-père, et lui donnant une grande putain de bourrade ; il tomberait en hurlant, avec des moulinets désordonnés des bras, tandis qu'Eddie, debout sur le parapet, regarderait le courant l'emporter, sa tête réduite à une forme noire bouchonnante au milieu des tourbillons d'écume. Et les mains en porte-voix, il lui crierait : *C'EST POUR DORSEY, ESPÈCE DE VIEIL ENCULÉ ! QUAND TU ARRIVERAS EN ENFER, DIS AU DIABLE QUE LA CHOSE QUE JE TE SOUHAITE, C'EST DE TOMBER SUR UN TYPE DE TON GABARIT !* Jamais il ne le ferait, bien entendu, mais c'était un fantasme immensément satisfaisant. Le rêve idéal au bord de ce canal, un...

Une main se referma sur la cheville d'Eddie.

Il regardait au loin, vers le lycée, un sourire rêveur et charmant aux lèvres, tandis qu'il imaginait son beau-père emporté par le violent mascaret des eaux de printemps, sortant enfin de son existence. La prise, douce mais ferme, le surprit tellement qu'il faillit perdre l'équilibre et tomber dans le canal.

C'est l'un de ces pédés dont les grands parlent tout le temps, se dit-il, le temps de baisser les yeux. Il resta bouche bée. Un jet d'urine chaude se mit à couler le long de sa jambe, faisant une tache sombre sur son jean. Ce n'était pas un pédé.

C'était Dorsey.

Dorsey tel qu'il avait été enterré, avec son blazer bleu et son pantalon gris. Sauf que le blazer n'était plus qu'un haillon boueux, sa chemise un chiffon jaune et que le pantalon mouillé collait à ses jambes, réduites à deux manches à balai. Quant à la tête de Dorsey, elle avait subi un horrible effondrement, comme si elle s'était enfoncée dans son dos avant d'être repoussée en avant.

Dorsey souriait.

« *Eddiiiiee !* » croassa son jeune frère, exactement comme le faisaient les morts qui sortaient de leur tombe dans les BD d'épouvante. Le sourire s'élargit sur des dents jaunes et brillantes, tandis qu'au fond de sa gorge des choses semblaient grouiller.

« *Eddiiiieee... Je suis venu te voir, Eddiiiieee !* »

Eddie voulut crier. Grisâtres, des ondes de choc roulèrent sur lui, et il eut la curieuse sensation d'être en train de flotter. Mais ce n'était pas un rêve ; il ne dormait pas. La main qui tenait sa chaussure avait la blancheur d'un ventre de truite. D'une manière ou d'une autre, Dorsey devait s'agripper au béton par ses pieds nus ; il avait l'un des talons arraché.

« *Viens en bas, Eddiiiieee...* »

Il n'arrivait toujours pas à crier. Il n'avait pas assez d'air dans ses poumons pour cela, et ne réussit qu'à lâcher un étrange piaulement flûté. Tout son plus fort était exclu. Dans une ou deux secondes, sa tête allait éclater et plus rien n'aurait d'importance. La main de Dorsey était petite mais implacable. Les fesses d'Eddie commencèrent à glisser sur le rebord en ciment du canal.

Toujours poussant le même piaulement flûté, il tendit une main derrière lui et réussit à saisir l'autre angle du rebord en ciment, puis à regagner du terrain. Il sentit la main qui le lâchait, entendit un sifflement de colère et eut le temps de penser : *Ce n'est pas Dorsey. Je ne sais pas ce que c'est, mais ce n'est pas Dorsey.* L'adrénaline envahit alors son organisme, il s'éloigna en rampant, voulant courir avant même de s'être relevé, respirant à petites bouffées sifflantes.

Deux mains blanches vinrent se poser sur le rebord en béton avec un claquement mouillé. De la peau blême s'élançaient des gouttes d'eau dans le clair de lune. Le visage de Dorsey apparut au-dessus du rebord. Une étincelle rougeoyante luisait au fond de ses orbites enfoncées. Ses cheveux, mouillés, collaient à son crâne. Des traces de boue striaient son visage comme des peintures de guerre.

La poitrine d'Eddie se débloqua enfin. Il engloutit une bouffée d'air qu'il rejeta en un hurlement, bondit sur ses pieds et courut. Il regarda par-dessus son épaule, éprouvant le besoin de savoir ce que faisait Dorsey, avec pour résultat de foncer en plein dans un gros orme.

Ce fut comme si quelqu'un (son vieux, par exemple) avait fait sauter un pain de dynamite dans son épaule gauche. Des étoiles jaillirent et tourbillonnèrent sous son crâne. Il tomba au pied de l'arbre, assommé, tandis que du sang coulait de sa tempe gauche. Il fit le ludion dans les eaux de la semi-inconscience pendant peut-être quatre-vingt-dix secondes. Puis il réussit à se remettre de nouveau sur pied. Un grognement lui échappa quand il voulut lever le bras gauche, il n'y avait pas moyen. Il était complètement engourdi, comme très loin de lui. Il leva donc le droit et se frotta la tête, qui lui faisait un mal atroce.

Puis il se rappela pour quelles raisons il s'était jeté sur l'orme et regarda autour de lui.

Il vit le rebord du canal, d'une blancheur d'os et aussi rectiligne qu'une corde sous le clair de lune. Pas la moindre trace de la chose qui en était sortie... s'il y avait jamais eu une telle chose. Il continua de tourner pour décrire un cercle complet ; Bassey Park était aussi silencieux et immobile qu'une photo en noir et blanc. Les branches des saules pleureurs traînaient jusqu'au sol, et n'importe quoi d'accroupi et de fou pouvait se dissimuler dans leurs ténèbres.

Eddie commença à marcher, essayant de surveiller toutes les directions à la fois. Son épaule luxée lui élançait en un synchronisme douloureux avec ses battements de cœur.

« *Eddiiiieee*, gémit un souffle de brise dans les arbres, *tu ne veux pas me voir, Eddiiiieee ?* » Il sentit des doigts flasques de cadavre le caresser au cou. Il s'emmêla les pieds, tomba et s'aperçut que ce n'était qu'un rameau de saule agité par le vent.

Il se releva. Il voulut se remettre à courir, mais quand il essaya, une autre charge de dynamite éclata dans son épaule et il y renonça. Il se rendait compte qu'il aurait dû surmonter sa peur maintenant, et se traitait de morveux stupide terrifié par un reflet de lune, à moins qu'il ne se fût endormi sans s'en rendre compte sur un cauchemar. Mais en réalité, c'était exactement le contraire qui se produisait. Son cœur battait tellement vite qu'il n'en distinguait même plus les coups et il avait la certitude qu'il allait exploser de terreur. Il ne pouvait pas courir, mais une fois dépassé les saules, il se mit à trottiner en claudiquant.

Il ne quittait pas des yeux les lumières de la rue qui signalaient l'entrée principale du parc. Il s'y dirigeait tout droit et réussit à gagner un peu de vitesse en se disant : *Je vais arriver aux lumières et tout ira bien. Je vais arriver aux lumières et tout ira bien. Lumières brillantes, plus de choses effrayantes, lumières brillantes...*

Quelque chose le suivait.

Eddie l'entendait qui forçait brutalement son chemin au milieu des saules. S'il se tournait, il allait le voir. Il gagnait du terrain. Il entendait ses pas, une sorte de bruit de frottement et d'écrasement, mais il se refusait à regarder en arrière, il ne voulait regarder que les lumières. Les lumières, c'était bien, il n'avait qu'à continuer jusqu'aux lumières, il s'y trouvait presque déjà, presque...

C'est l'odeur qui le fit se retourner. Une odeur qui le submergeait comme si l'on avait laissé se putréfier à la chaleur de l'été un énorme tas de poissons. C'était la puanteur d'un océan mort.

Ce n'était plus Dorsey à ses trousses, maintenant, mais la Créature du Lagon noir. La chose avait un groin allongé et plissé ; un liquide verdâtre s'écoulait d'entailles noires qui dessinaient des sortes de bouches verticales dans ses joues. Elle avait des yeux blancs gélifiés et des mains palmées dont les doigts se terminaient par des griffes comme des rasoirs. Elle produisait un bruit de respiration pétillant de bulles. Quand elle vit qu'Eddie la regardait, ses lèvres d'un vert noirâtre se retroussèrent sur d'énormes crocs en un sourire mort et vide.

Elle se dandinait derrière lui, dégoulinante, et brutalement, Eddie comprit. Son intention était de le ramener dans le canal, de l'emporter dans les ténèbres humides du passage souterrain du canal. Et là, de le manger.

Eddie accéléra. Au-dessus du portail, la lampe au sodium se rapprocha. Il voyait son halo de moucherons et de papillons. Un camion passa, prenant la direction de la route numéro 2 ; le chauffeur montait ses vitesses et, terrifié, désespéré, Eddie pensa qu'il était peut-être en train d'écouter Buddy Holly à la radio, une tasse de café en carton à portée de la main, parfaitement inconscient de la présence, à moins de deux cents mètres de lui, d'un garçon qui serait peut-être mort dans moins d'une minute.

La puanteur. Son épouvantable et suffocante puanteur. Qui se faisait plus forte. Tout autour de lui.

C'est un banc du parc qui le fit trébucher. Des enfants l'avaient renversé par inadvertance un peu plus tôt dans la soirée, dans leur précipitation pour rentrer chez eux avant l'heure du couvre-feu. Le siège ne dépassait de l'herbe que de quelques centimètres, vert sur fond vert, pratiquement invisible dans la faible lumière de la lune. Il heurta le rebord de ses deux tibias et fut parcouru d'une onde de douleur lisse et exquise. Il s'effondra dans l'herbe.

Il regarda derrière lui et vit la Créature s'incliner, ses yeux comme des œufs pochés luisants, ses écailles laissant couler une bave couleur d'algue, ses ouïes s'ouvrant et se refermant au rythme du gonflement de son cou et de ses joues.

« *Arg !* croassa Eddie — le seul son, aurait-on dit, qu'il était capable d'émettre. *Arg ! Arg ! Arg ! Arg !* »

Il se mit à ramper, les doigts profondément enfoncés dans la terre, la langue pendante.

Dans la seconde qui précéda l'instant où les mains cornées de la Créature empestant le poisson se refermèrent sur sa gorge, il lui vint une pensée réconfortante : *Ce n'est qu'un rêve ; la Créature n'existe pas, Le Lagon noir n'existe pas non plus, c'est une invention du cinéma, et puis même, c'est en Amérique du Sud ou en Floride, un coin comme ça. Ce n'est qu'un rêve et je vais me réveiller dans mon lit ou peut-être au milieu des feuilles sous le kiosque et je...*

Les mains de batracien encerclèrent le cou d'Eddie, dont les cris rauques furent étouffés. Tandis que la Créature le retournait, les crochets chitineux qui terminaient ses doigts laissèrent des sillons sanglants à son cou. L'enfant plongea son regard dans ses yeux blancs et luisants. Il sentit la peau qui reliait les phalanges se resserrer sur sa gorge comme un goémon constricteur vivant. Rendu perçant par la terreur, son œil fut frappé par l'espèce d'aileron évoquant une crête de coq terminée par des pointes venimeuses, qui se dressait sur la tête bosselée à l'ossature épaisse. Tandis que les mains palmées le comprimaient, lui coupant l'air, il eut le temps de remarquer la nuance grisâtre et fumeuse que prenait la lumière de la lampe au sodium à travers cette crête sagittale membraneuse.

« Tu... n'es pas... réel », souffla Eddie en s'étouffant ; mais les nuages crépusculaires se refermaient sur lui, maintenant, et il se rendit vaguement compte que la Créature était bel et bien réelle. Après tout, elle était en train de le tuer.

Et cependant, il lui resta jusqu'à la fin un fond de rationalité : tandis que la Créature enfonçait ses griffes dans la chair tendre de son cou et que sa carotide laissait jaillir, sans douleur, un jet chaud qui alla arroser les plaques écailleuses, les mains d'Eddie continuèrent de chercher à tâtons, dans le dos du monstre, la fermeture à glissière. Elles ne retombèrent que lorsque la Créature arracha la tête au tronc avec un grognement de satisfaction.

Et tandis que s'estompait l'image qu'Eddie avait enregistrée de Ça, Ça commença à se changer rapidement en quelque chose d'autre.

4

Incapable de dormir, assailli de mauvais rêves, un garçon du nom de Michael Hanlon se réveilla peu de temps après les premières lueurs de l'aube. Lumière encore pâle, brouillée par une brume épaisse et basse qui se lèverait vers huit heures comme le simple emballage d'une parfaite journée de vacances, la première complète.

Mais pour l'instant, le monde était tout de gris et rose, et aussi silencieux qu'un chat qui marche sur un tapis.

Habillé d'un pantalon de velours côtelé, d'un T-shirt et de baskets montantes noires, Mike descendit au rez-de-chaussée, avala un bol de céréales Wheaties (il ne les aimait pas beaucoup mais avait eu envie du cadeau dans la boîte, l'anneau décodeur magique du capitaine Midnight), puis sauta sur sa bicyclette et se mit à pédaler vers la ville, roulant sur les trottoirs à cause du brouillard. Ce brouillard changeait tout. Les objets les plus ordinaires, comme les bouches d'incendie et les panneaux de signalisation, prenaient une allure mystérieuse, étrange et un peu sinistre. On entendait les automobiles sans les voir, et du fait des qualités acoustiques particulières du brouillard, il était impossible de dire si elles étaient lointaines ou proches, jusqu'au moment où on les voyait en émerger, précédées du halo d'humidité fantomatique qui entourait les phares.

Il tourna à droite sur Jackson Street, évitant le centre-ville, et gagna Main Street par Palmer Lane (passant, dans cette courte rue, devant le domicile qu'il occuperait plus tard, une fois adulte, sans le regarder.

C'était un bâtiment simple à un étage, avec un garage et une pelouse minuscule).

Après avoir pris à droite sur Main Street, il monta jusqu'à Bassey Park, pour le simple plaisir de rouler et de profiter du calme du petit matin. Une fois franchie l'entrée principale du parc, il laissa la bicyclette sur sa béquille et continua à pied jusqu'au canal. Il ne se sentait encore poussé que par son simple caprice. Il ne se doutait nullement que l'itinéraire qu'il suivait avait quelque chose à voir avec les cauchemars de la nuit ; il ne se souvenait d'ailleurs plus que très vaguement de ce qu'il avait rêvé, sinon que ces cauchemars s'étaient succédé jusqu'à ce qu'il se réveille en sueur et tremblant, à cinq heures du matin, avec l'idée de prendre un petit déjeuner rapide et d'aller faire un tour en ville à bicyclette.

Il fut frappé, dans le parc, par une odeur qu'il n'aima pas dans ce brouillard, une odeur de marée ancienne et salée. Une odeur qu'il connaissait déjà, car il arrivait souvent que les brouillards matinaux, à Derry, soient chargés des effluves de l'océan, pourtant à soixante kilomètres de là. Mais ce matin-là, l'odeur avait quelque chose de plus épais, de plus présent. De dangereux, presque.

Quelque chose attira son regard. Il se baissa, et ramassa un couteau de poche à deux lames d'un modèle bon marché. Quelqu'un avait maladroitement gravé les initiales E.C. d'un côté. Mike le regarda pensivement pendant quelques instants et l'empocha. Qui trouve garde, qui perd pleure.

Il regarda autour de lui. Près de l'endroit où il venait de trouver le couteau, un banc avait été renversé. Il le redressa, prenant soin de remettre les pieds de fer dans les trous qu'ils avaient creusés avec les années. Au-delà du banc, il aperçut une zone d'herbe écrasée... et, partant de là, deux sillons parallèles. L'herbe se relevait peu à peu, mais les deux traces étaient encore très nettes et se dirigeaient vers le canal.

Et il y avait du sang.

(L'oiseau tu te souviens l'oiseau tu te souviens.)

Mais il ne voulait pas se souvenir de l'oiseau et il en repoussa donc la pensée. *Une bagarre de chiens, c'est tout. L'un d'eux a dû sérieusement blesser l'autre.* Hypothèse convaincante qui n'arrivait cependant pas à le convaincre. La pensée de l'oiseau ne cessait de vouloir s'imposer, l'oiseau qu'il avait vu aux aciéries Kitchener, d'un genre qui ne figurait certainement pas dans *Le Guide des oiseaux* de Stan Uris.

Arrête. Et ne reste pas ici.

Mais au lieu de partir, il suivit les deux sillons tout en imaginant une sombre histoire dans sa tête. Un meurtre. Un gosse, dehors, tard le soir, après le couvre-feu. Le tueur l'attrape. Mais comment se débarrasser du corps ? En le traînant jusqu'au canal, pardi, et en le jetant dedans ! Comme dans un *Alfred Hitchcock présente.*

Les traces qu'il suivait auraient très bien pu être laissées par une paire de chaussures, des tennis, par exemple.

Mike frissonna et regarda autour de lui, incertain. Il y avait quelque chose d'un peu trop réaliste dans son histoire.

Et en supposant que ce n'était pas un homme mais un monstre qui l'avait fait ? Un monstre comme ceux des BD ou des livres d'horreur ou des films d'horreur ou

(un mauvais rêve)

un conte de fées ou un truc comme ça ?

Il décida que l'histoire ne lui plaisait pas, qu'elle était stupide. Il essaya de la chasser de son esprit, mais elle s'accrochait. Et alors ? Qu'elle reste. Elle était bête. Comme était bête l'idée d'aller faire un tour à bicyclette en ville, ou celle de suivre ces deux sillons d'herbe écrasée. Son père allait avoir toutes sortes de corvées à lui faire faire aujourd'hui. Il valait mieux retourner à la maison et s'y attaquer, ou il se retrouverait en train de rentrer le foin dans la grange, au plus chaud de l'après-midi. Ouais, il ferait mieux de repartir. C'était exactement ce qu'il allait faire.

Mais au lieu de revenir à sa bicyclette, de rentrer à la maison et de se mettre au travail, il suivit les sillons dans l'herbe. Il y avait ici et là d'autres gouttes de sang en train de sécher. Mais pas beaucoup, cependant. Pas autant qu'à l'endroit où l'herbe était restée écrasée, près du banc renversé.

Mike entendait maintenant la rumeur paisible du canal. Puis il vit le rebord de béton se matérialiser dans le brouillard.

Quelque chose d'autre, dans l'herbe. *Bonté divine, c'est mon jour, pour les trouvailles !* s'écria en lui son esprit avec une exultation douteuse. Une mouette cria alors au-dessus de lui et Mike grimaça, évoquant de nouveau l'oiseau qu'il avait vu un certain jour de printemps.

Quoi que ce soit, dans l'herbe, je ne veux pas le savoir. Il était sincère, tout à faire sincère, et pourtant, voici qu'il se baissait, les mains sur les genoux, pour voir ce que c'était.

Un morceau de vêtement déchiré avec un peu de sang dessus.

La mouette cria de nouveau. Mike contempla le haillon sanglant et se souvint de ce qui lui était arrivé au printemps.

5

Chaque année, aux mois d'avril et mai, la ferme Hanlon s'éveillait de son sommeil hivernal.

L'arrivée du printemps pour Mike Hanlon, ce n'étaient ni les crocus sous les fenêtres de la cuisine de sa maman, ni les enfants arrivant à l'école avec des billes ou les premières reinettes, ni même l'ouverture de la saison de base-ball par les sénateurs de Washington (qui en général se faisaient étriller pour l'occasion), non : c'était seulement le jour où son père prenait sa grosse voix pour demander à Mike de l'aider à pousser leur camion bâtard hors de la grange. La moitié avant venait d'une antique Ford modèle A, la moitié arrière d'une camionnette avec en guise d'abattant une ancienne porte de poulailler. Si l'hiver n'avait pas été trop froid, ils arrivaient en général à le faire démarrer dans leur allée. La cabine n'avait pas de portes, pas de pare-brise non plus. Le siège était la moitié d'un antique sofa récupéré à la décharge publique de Derry ; quant au levier de vitesses, il se terminait par un bouton de porte en verre.

Will Hanlon et Mike le poussaient dans l'allée, chacun d'un côté, et le laissaient prendre suffisamment de vitesse ; puis Will bondissait sur le siège, tournait le contact, réglait le retard à l'allumage, enfonçait la pédale d'embrayage et poussait le levier de vitesses en seconde, sa grosse main étreignant le bouton de porte. Sur quoi il rugissait : « Allez, mets le paquet ! » et relâchait l'embrayage. Le vieux moteur Ford toussait, s'étouffait, pétaradait, explosait... et parfois se mettait vraiment à tourner, tout d'abord en renâclant puis de plus en plus régulièrement. Will descendait alors la route jusqu'à la ferme des Rhulin, à grand bruit, effectuait son demi-tour dans leur entrée (s'il en avait fait autant dans celle de Butch Bowers, le cinglé de père de Henry, il aurait sans aucun doute été accueilli à coups de fusil), puis il revenait, le moteur toujours grondant comme un bombardier, l'échappement réduit à sa plus simple expression, tandis que Mike bondissait de joie et poussait des hourras et que sa mère venait sur le pas de la porte, s'essuyant les mains dans un torchon et faisant la dégoûtée sans conviction.

D'autres fois, il n'y avait aucun moyen de faire partir le camion. Mike attendait alors que son père revienne de la grange, la manivelle à la main et grommelant dans sa barbe. Mike était convaincu qu'il s'agissait de jurons, et son père lui faisait alors un peu peur. (Ce ne fut que bien plus tard, pendant l'une de ces interminables visites à l'hôpital où se mourait son père, qu'il découvrit que celui-ci grommelait de peur : un retour vicieux de manivelle, un jour, lui avait ouvert le coin de la bouche.)

« Recule-toi, Mike ! » disait-il en introduisant l'outil dans son logement, à la base du radiateur. Et quand la Ford A tournait enfin, Will disait que l'année suivante, il la changerait pour une Chevrolet, mais il ne le faisait jamais. La vieille Ford hybride restait toujours derrière la maison, dans l'herbe jusqu'aux essieux.

Assis à la place du passager, Mike sentait l'odeur d'huile chaude et de gaz d'échappement, excité par le vent aigu qui s'engouffrait par le pare-brise sans vitre et pensait : *Voilà, c'est le printemps. Tout le monde se réveille.* Et dans son âme s'élevait un silencieux cri de joie qui secouait les parois de ce lieu déjà joyeux. Il éprouvait de l'amour pour tout ce qui l'entourait et plus que tout pour son papa, qui avec un sourire lui lançait à pleine voix : « Accroche-toi bien, Mike ! On va te le pousser, ce tacot ! Tu vas voir courir les volatiles ! »

Il quittait alors l'allée ; les roues arrière soulevaient des gerbes de boue noire ou des mottes grises d'argile et tous deux étaient ballottés dans tous les sens sur le demi-sofa de la cabine, ce qui les faisait rire comme des fous. Will prenait soit la direction du champ de derrière, où poussait du foin, soit le champ sud (pommes de terre), soit le champ ouest (maïs et haricots), soit le champ est (pois, melons et citrouilles). À leur arrivée, les oiseaux jaillissaient devant le véhicule avec des pépiements de terreur. Ils levèrent une fois une perdrix, un oiseau magnifique au plumage du même brun que les chênes en automne, le ronflement explosif de ses ailes restant audible par-dessus le bruit du moteur.

Ces balades étaient pour Mike les portes qui donnaient sur le printemps.

L'année de travail commençait avec la récolte de rochers. Pendant toute une semaine, ils partaient avec la vieille Ford et chargeaient le plateau de blocs qui auraient pu casser un soc de charrue au moment du labour. La camionnette s'embourbait parfois dans la terre humide du printemps, et Will grommelait d'un ton sinistre dans sa barbe... encore des jurons, soupçonnait Mike. Il connaissait certains mots, certaines expressions, d'autres comme « fils de prostituée » l'intriguaient. Il était tombé sur ce mot dans la Bible, et s'il avait bien compris, une prostituée était une femme qui venait de Babylone. Il avait envisagé de poser la question à son père, un jour, mais comme la Ford était dans la boue jusqu'aux ressorts et que des nuées orageuses parcouraient le front de Will, il avait préféré attendre un moment plus favorable. Il avait fini par interroger Richie Tozier, qui lui avait répondu que son père à lui lui avait expliqué qu'une prostituée était une femme que l'on payait pour avoir des relations sexuelles avec elle. « C'est quoi, des relations sexuelles ? » avait demandé Mike — et Richie l'avait laissé en plan en se prenant la tête à deux mains.

Une fois, Mike avait demandé à son père comment il se faisait qu'il y eût encore des rochers alors qu'ils en avaient enlevé en avril dernier.

Ils se trouvaient à l'endroit où ils les déversaient, au coucher du soleil, le dernier jour de la récolte des pierres. Un chemin de terre battue reliait l'extrémité du champ ouest à cette ravine près des rives de la Kenduskeag, qui commençait à se remplir de tous les rochers qu'avec les ans, Will avait retirés de ses champs.

Le regard perdu sur cet amas de pierres (sous lequel, il le savait, pourrissaient les souches qu'il avait dû enlever une à une avant de pouvoir cultiver sa terre), Will avait allumé une cigarette et répondu : « Mon père me disait souvent que Dieu aimait les rochers, les mouches, le chiendent et les pauvres gens plus que tout le reste de sa Création, et que c'était pour ça qu'il y en avait autant.

— Mais on dirait qu'ils reviennent chaque année.

— Ouais, on dirait bien. Je ne vois pas d'autre explication possible. »

Un grèbe poussa son cri plaintif sur l'autre rive de la Kenduskeag ; l'eau avait pris une nuance rouge orangé profonde avec le crépuscule. Ce cri exprimait la solitude, une solitude telle que Mike en eut la chair de poule.

« Je t'aime, Papa, dit-il soudain, éprouvant cet amour avec tant de force que des larmes vinrent lui picoter les yeux.

— Tiens, moi aussi, je t'aime, Mikey », répondit son père en le serrant dans ses bras puissants. La rude flanelle de sa chemise vint frotter la joue de l'enfant. « Et qu'est-ce que tu dirais si on rentrait à la maison, maintenant ? Nous aurons tout juste le temps de nous prendre un bon bain chacun avant que ta mère appelle à la soupe.

— Bien dit !

— Bandit toi-même ! » rétorqua Mike Hanlon, et père et fils éclatèrent de rire, se sentant fatigués mais bien, bras et jambes courbatus mais pas trop douloureux, les mains rugueuses du contact des rochers mais ne leur faisant pas trop mal.

C'est le printemps ! pensa Mike ce soir-là, alors que la somnolence le gagnait dans sa chambre, pendant que, dans l'autre pièce, ses parents regardaient *Lunes de miel. C'est le printemps, merci mon Dieu, merci infiniment.* Et tandis qu'il se tournait pour dormir, s'enfonçant déjà dans le sommeil, il entendit de nouveau l'appel du grèbe qui, de son marais lointain, venait hanter les désirs de ses rêves. Le printemps était une période d'activité, mais aussi une période agréable.

Une fois terminée la collecte des pierres, Will remisait la Ford A dans les hautes herbes, derrière la maison, et sortait le tracteur de la grange, la herse en attelage. Will conduisait, et Mike se tenait sur la herse ou marchait à côté, pour ramasser les pierres qu'il trouvait encore. Puis venaient les semailles, qui suivaient les travaux d'été : biner, sarcler, biner, sarcler. Sa mère rapetassait Larry, Moe et Curly, leurs trois épouvantails, et son père posait un sifflet à orignaux sur leurs têtes — ce n'était qu'une vieille boîte de conserve avec une cordelette cirée tendue au milieu, et qui, avec le vent, produisait un son merveilleusement inquiétant et geignard. Les oiseaux pilleurs des champs ne tardaient pas à se rendre compte qu'ils n'avaient rien à craindre de Larry, Moe et Curly, mais le sifflet à orignaux les faisait régulièrement fuir.

Dès le mois de juillet, les récoltes commençaient en sus du binage et du sarclage ; les pois et les radis, tout d'abord, puis les laitues et les tomates, venues en semis et repiquées, puis le maïs et les haricots en août, puis encore du maïs et des haricots en septembre, avec les citrouilles et les courges. Quelque part au milieu de tout ça arrivaient les pommes de terre nouvelles ; après quoi, alors que raccourcissaient les jours et que l'air devenait vif, Mike et son père rentraient les sifflets à orignaux (lesquels avaient tendance à disparaître au cours de l'hiver). Le jour suivant, Will appelait Norman Sadler (qui était aussi stupide que son fils Moose mais d'infiniment meilleure composition), qui venait peu après avec sa machine à cueillir les pommes de terre.

Pendant les trois semaines suivantes, tout le monde se mettait à la récolte des pommes de terre. En plus de la famille, Will engageait trois ou quatre lycéens qu'il payait vingt-cinq cents le baril. La Ford A patrouillait le champ sud, le plus grand, toujours en première, l'abattant arrière abaissé, le plateau couvert de barils sur lesquels figuraient les noms des ramasseurs ; à la fin de la journée, Will ouvrait son vieux portefeuille tout plissé et payait chacun des cueilleurs en liquide. Mike était payé, ainsi que sa mère ; cet argent leur appartenait, et jamais Will Hanlon ne leur en demanda compte. Mike avait reçu cinq pour cent des revenus de la ferme à l'âge de cinq ans, âge auquel, lui avait dit alors son père, il était assez grand pour faire la différence entre du chiendent et un plant de petits pois. Il recevait chaque année un pour cent de plus et chaque année, après Thanksgiving, en octobre, Will calculait les profits de la ferme et en déduisait la part de Mike... mais Mike ne voyait jamais la couleur de cet argent-là. Il allait sur un compte pour ses études et en aucun cas on ne devait y toucher.

Venait enfin le jour où Normie Sadler repartait avec sa machine ; l'atmosphère était déjà grise et froide et de la gelée blanche, le matin, recouvrait les citrouilles orange empilées sur le côté de la grange. Mike se tenait devant la porte de la cour, mains dans les poches, et regardait son père remiser d'abord le tracteur puis la Ford A dans la grange. Et il se disait : *Voilà, nous sommes prêts à dormir de nouveau... Le printemps ?... évanoui. L'été ?... enfui. Les récoltes ?... terminées.* Ne restait plus que le croupion de l'automne : arbres effeuillés, sol gelé, de la dentelle de glace le long des berges de la Kenduskeag. Dans les champs, des corbeaux se posaient de temps en temps sur les épaules de Moe, Larry et Curly, et y restaient perchés tant qu'ils voulaient ; sans voix, les épouvantails étaient inoffensifs.

L'idée qu'une autre année se finissait ne consternait cependant pas exactement Mike (à neuf-dix ans, on est encore trop jeune pour y voir une métaphore de la mort), car il anticipait bien des plaisirs : des parties de luge dans McCarron Park, du patinage, des batailles de boules de neige, la construction de bonshommes de neige. Il faudrait aussi penser à une expédition en raquettes avec son père, à la recherche d'un arbre de Noël, et il pourrait rêver à ces skis de fond qu'il aurait peut-être en cadeau... L'hiver avait ses bons côtés ; mais voir son père rentrer la Ford A dans la grange

(évanoui le printemps enfui l'été terminées les récoltes)

le rendait toujours mélancolique, comme le rendaient mélancolique les escadrilles d'oiseaux en route vers le sud pour l'hiver, ou une certaine lumière oblique, au point qu'il éprouvait l'envie de pleurer sans raison. *Nous sommes prêts à dormir de nouveau...*

Il n'était cependant pas victime d'un cercle infernal école-corvées ; Will Hanlon répétait souvent à sa femme qu'un garçon devait avoir le temps d'aller « pêcher à la ligne ». Lorsque Mike revenait de l'école, il posait ses livres sur la télé, dans le séjour, se faisait ensuite un petit festin à son goût (avec une préférence marquée pour les sandwichs au beurre de cacahuète et aux oignons, ce qui horrifiait sa mère) et prenait enfin connaissance du mot que lui avait laissé son père, dans lequel il lui disait où il se trouvait, ce que lui, Mike, devait faire : quelles rangées de légumes sarcler ou cueillir, les produits à retourner, la grange à balayer et ainsi de suite. Mais au moins un jour ouvrable par semaine (parfois deux), il n'y avait aucun message ; et ce jour-là, Mike allait à la pêche, au moins métaphoriquement. C'étaient les meilleures journées ; il n'avait pas à se rendre dans un endroit particulier, et rien, donc, ne le pressait.

De temps en temps, son père lui laissait un autre type de message : « Va à Old Cape et observe les rails des tramways », par exemple. Mike se rendait à Old Cape, trouvait les rues où l'on n'avait pas enlevé les rails, étudiait attentivement ces derniers, et s'émerveillait à l'idée de trains ayant circulé au milieu des rues. Ils en parlaient tous les deux, le soir, et son père lui montrait de vieilles photos de son album sur Derry où l'on voyait fonctionner les trams, avec leur canne marrante qui allait du toit jusqu'aux fils électriques et leurs publicités pour des cigarettes sur le côté. Un autre jour, Will avait envoyé Mike à Memorial Park, là où s'élève le château d'eau, observer les oiseaux dans le bain qu'on leur avait construit. Il était aussi allé voir (avec son père, cette fois) l'abominable machine que le chef Borton avait trouvée dans un grenier, au tribunal ; on appelait ce gadget la Chaise à clochard. Elle était en fer, avec des menottes soudées aux bras et aux pieds. Des protubérances arrondies saillaient du dossier et du siège. L'engin rappelait à Mike une photo vue dans un livre — celle de la chaise électrique de Sing-Sing. Le chef Borton laissa Mike s'asseoir dessus et enfiler les menottes.

Dès qu'il eut épuisé la nouveauté inquiétante des menottes, Mike adressa un regard interrogateur à son père et à Borton, ne comprenant pas très bien ce que pouvait avoir d'horrible cette punition réservée aux vagabonds (les « vags » pour Borton) qui, dans les années 20 et 30, échouaient à Derry. Les bosses rendaient bien la chaise inconfortable et l'immobilisation des poignets et des chevilles limitait étroitement les mouvements, cependant...

« Tu n'es qu'un gosse, fit Borton en riant. Combien pèses-tu ? Trente, trente-cinq kilos ? La plupart des vags que le chef Sully a installés là-dessus autrefois devaient bien peser le double. Ils commençaient à ne plus se sentir très bien au bout d'une heure, à peu près ; plus bien du tout au bout de deux ou trois heures, et très mal au bout de cinq. Ils se mettaient à gueuler au bout de sept ou huit heures et presque tous pleuraient après seize ou dix-sept heures. Et quand ils avaient fini leurs vingt-quatre heures de chaise, ils ne demandaient qu'à jurer devant Dieu et les hommes qu'ils feraient un grand détour pour éviter Derry, lors de leur prochain passage en Nouvelle-Angleterre. À ma connaissance, on ne les revoyait presque jamais. Vingt-quatre heures sur la Chaise à clochard avait un immense effet persuasif. »

Il eut soudain l'impression que les protubérances du siège s'étaient multipliées et lui pénétraient plus profondément dans les fesses, le dos et même la nuque. « Est-ce que je peux sortir, s'il vous plaît ? » avait-il demandé, ce qui avait de nouveau fait rire Borton. Il y eut un instant, un bref instant, de panique, pendant lequel Mike se dit que Borton allait lui agiter ses clefs sous le nez et lui répondre : *Bien sûr, je vais te faire sortir... dans vingt-quatre heures !*

« Pourquoi tu m'as emmené voir la Chaise, Papa ? demanda-t-il sur le chemin du retour.

— Tu le sauras quand tu seras plus grand.

— Tu n'aimes pas beaucoup Borton, hein ?

— Non », avait répondu Will d'un ton si sec que Mike n'avait pas insisté.

Mais la plupart du temps, Mike prenait plaisir à se rendre là où son père l'envoyait, et à dix ans, il partageait déjà son intérêt pour les différentes strates de l'histoire de Derry. En regardant de près les cailloux qui tapissaient le bain des oiseaux du parc ou les rails du tram d'Old Cape, il avait éprouvé le sentiment aigu du passage du temps..., un temps qui possédait une réalité palpable, un poids invisible semblable à celui des rayons du soleil... (certains de ses camarades d'école avaient ri lorsque Mrs. Greenguss leur avait expliqué cela, mais Mike était resté trop interloqué à cette idée pour rire ; sa première pensée avait été : *La lumière a un poids ? Oh, Seigneur, mais c'est terrible !*), un temps qui était quelque chose qui finirait par l'engloutir.

Le premier message ainsi laissé par son père, en ce printemps 1958, avait été griffonné au dos d'une enveloppe glissée sous la salière. Une douceur merveilleuse, toute printanière, avait poussé sa mère à ouvrir en grand les fenêtres de la maison. *Pas de corvée. Si tu veux, va d'un coup de vélo à Pasture Road. Tu verras dans le champ à ta gauche des murs écroulés et de vieilles machines abandonnées. Jette un coup d'œil, ramène un souvenir. Surtout, ne t'approche pas du trou du sous-sol ! Sois de retour avant la nuit, tu sais pourquoi.*

Mike le savait.

Il dit à sa mère où il allait, et elle fronça les sourcils. « Pourquoi n'irais-tu pas voir si Randy Robinson ne veut pas venir avec toi ?

— Ouais, d'accord. Je m'arrêterai pour lui demander. »

Ce qu'il fit, mais Randy était parti pour Bangor avec son père pour vendre des semis de pommes de terre. Mike se rendit donc seul jusqu'à Pasture Road. C'était une bonne balade, plus de six kilomètres. Mike constata qu'il était trois heures lorsqu'il appuya sa bicyclette contre une vieille palissade en bois, sur la gauche de la route, et passa dans le champ au-delà. Il aurait environ une heure pour explorer l'endroit ; puis il devrait rentrer. D'habitude, sa mère gardait son calme du moment qu'il était là à six heures pour passer à table, mais un incident mémorable lui avait appris que ce n'était plus le cas cette année. Il était arrivé en retard, et elle avait presque fait une crise d'hystérie. Elle s'était jetée sur lui, un torchon à la main, en s'en servant comme d'un fouet, et il était resté bouche bée dans l'entrée, le panier d'osier avec la truite arc-en-ciel à ses pieds.

« Ne me fiche plus jamais la frousse comme ça ! criat-elle. T'entends ? Plus jamais ! Plus jamais ! »

Chaque « jamais » avait été ponctué par un coup de torchon. Mike s'était attendu à ce que son père intervînt, mais il n'avait pas bougé... Peut-être se doutait-il qu'elle tournerait sa colère de chat sauvage contre lui. Mike avait retenu la leçon ; une correction à coups de torchon avait suffi. À la maison avant le soir : Oui, m'dam, c'est compris.

Il traversa le champ en direction des ruines titanesques qui s'élevaient au milieu. Il s'agissait bien entendu de tout ce qui restait des aciéries Kitchener ; il était souvent passé devant à bicyclette mais n'avait jamais envisagé de les explorer, et n'avait jamais entendu un de ses camarades dire qu'il l'avait fait. Penché sur un tas de briques qui formait un cairn grossier pour l'examiner, il croyait maintenant comprendre pourquoi. Le champ était éclatant de lumière, sous un grand soleil de printemps (avec un pan d'ombre le traversant lentement quand un nuage se présentait), mais l'endroit n'en avait pas moins quelque chose d'inquiétant et mystérieux ; il régnait un silence lourd, rompu seulement par le vent. Il se sentait comme un explorateur qui vient de découvrir les derniers vestiges d'une fabuleuse cité perdue.

Un peu sur sa droite s'allongeait un pan d'un cylindre massif en briques. Il y courut à travers la prairie. C'était la cheminée principale de l'usine. Il jeta un coup d'œil dans son ouverture et un frisson glacé remonta son dos. Elle était assez vaste pour que quelqu'un puisse s'y tenir, mais il n'éprouva aucune envie d'y pénétrer ; Dieu seul savait quelles saletés s'y trouvaient encore, accrochées au revêtement de briques couvert de suie, à moins que quelques bestioles y aient élu résidence. Puis une rafale de vent produisit un son surnaturel en s'engouffrant dans l'ouverture de la cheminée effondrée, qui lui rappela celui des cordes cirées des sifflets à orignaux de son père. Il recula nerveusement, à la soudaine évocation du film qu'il avait regardé hier soir avec lui à la télé, *Rodan*. Sur le moment, il s'était rudement bien amusé, son père riant et criant : « Vise-moi l'oiseau ! » à chaque apparition de Rodan, imité sur un ton aigu par Mike, jusqu'à ce que leur mère, passant une tête à la porte, leur eût intimé de faire moins de bruit.

Mais maintenant, ça lui paraissait moins drôle. Dans le film, Rodan avait été arraché aux entrailles de la terre par des mineurs japonais en train de creuser le tunnel le plus profond du monde ; devant ce conduit tout noir s'étalant de tout son long, il n'était que trop facile d'imaginer l'oiseau accroupi à l'autre bout, ses ailes membraneuses de chauve-souris repliées sur le dos, fixant de ses yeux cerclés d'or la bouille de ce petit garçon dans les ténèbres...

Avec un frisson, Mike s'écarta.

Il s'éloigna de la cheminée, dont le fût couché était à moitié enfoncé dans le sol, mais comme le terrain montait légèrement, une impulsion le poussa à monter dessus ; de là, elle était beaucoup moins impressionnante avec ses briques que venait chauffer le soleil. Il resta un instant assis avant de se lever et d'avancer bras écartés (le chemin bombé sur lequel il se trouvait était en fait bien assez large, mais il jouait au danseur de corde dans un cirque), prenant plaisir à sentir le vent emmêler ses cheveux.

À l'autre bout, il sauta à terre et entreprit l'examen de ce qui traînait : encore des briques, des moules tordus, des morceaux de bois, des pièces métalliques rouillées. *Ramène un souvenir !* précisait le mot de son père ; il voulait quelque chose de bien.

Il se rapprocha en zigzaguant de la cavité qui donnait sur le sous-sol de l'usine, examinant les débris, non sans prendre garde à ne pas se couper sur les fragments de verre, très nombreux à cet endroit.

Mike n'avait pas pris à la légère l'avertissement de son père de rester à l'écart du trou ; il savait qu'un terrible accident s'était produit ici, une cinquantaine d'années auparavant. S'il était un seul lieu hanté à Derry, croyait-il, ce ne pouvait être que celui-ci. Mais en dépit de cela (ou à cause de cela), il était bien déterminé à ne pas repartir sans trouver un objet vraiment bien à ramener à son père.

Il avança lentement et avec précaution à proximité du trou qu'il se mit à longer ; mais une voix intérieure l'avertit dans un murmure qu'il en était trop près, qu'un versant, affouillé par les pluies de printemps, pouvait s'effondrer sous ses pas et le jeter dans ce trou où Dieu seul savait combien de bouts de ferraille se trouvaient encore, prêts à l'empaler comme un insecte et à le faire mourir d'une mort affreuse, toute de rouille et de tressaillements.

Il ramassa un châssis de vitre et le jeta de côté. Là se trouvait une louche digne de la table d'un géant, la poignée plissée et tordue par un inimaginable dégagement de chaleur. Là un piston tellement gros qu'il n'aurait pas pu le bouger, et encore moins le soulever. Il passa par-dessus. Il passa par-dessus et...

Et si jamais je trouve un crâne ? se dit-il soudain. *Le crâne de l'un de ces gosses qui ont été tués pendant qu'ils cherchaient des œufs de Pâques en chocolat en 1900 je ne sais plus combien ?*

Il parcourut des yeux le champ vide, aveuglant de lumière, désagréablement choqué à cette idée. À son oreille, le vent susurrait une note grave de coquillage, et une ombre vint traverser silencieusement le champ comme si passait une chauve-souris géante... ou un immense oiseau. Il fut de nouveau frappé par le calme qui régnait là et par l'étrangeté de ce champ avec ses piles de maçonneries éparpillées et ses carcasses métalliques échouées, penchant d'un côté ou de l'autre. On aurait dit qu'une épouvantable bataille avait eu lieu ici, il y avait très longtemps.

Arrête de faire l'idiot, se répondit-il à lui-même, mal à l'aise. *Ils ont trouvé tout ce qu'il y avait à trouver il y a cinquante ans. Après l'accident. Sinon, un autre gosse ou un adulte l'aurait trouvé, depuis le temps... Tu ne t'imagines tout de même pas que tu es la seule personne à être venue ici, à la chasse aux souvenirs ?*

Non... non, bien sûr, je ne le crois pas. Mais...

Mais quoi ? fit impérativement le côté rationnel de son esprit — qui parut à Mike s'exprimer un peu trop fort et un peu trop vite. *Même s'il y avait quelque chose à trouver, ça se serait décomposé depuis longtemps. Alors... quoi ?*

Dans les herbes, Mike trouva les restes éclatés d'un tiroir de bureau. Il jeta un coup d'œil dessus, le rejeta et se rapprocha insensiblement du trou, où les débris étaient plus fournis. Il allait bien trouver quelque chose là-dedans.

Et s'il y avait des fantômes ? Encore un « si ». Et s'il voyait apparaître des mains sur le rebord du trou, et s'ils se mettaient à revenir, les gosses, dans ce qui restait de leurs habits du dimanche, des habits tout pourris et déchirés, usés par cinquante ans de boues de printemps, de pluies et de neiges d'hiver ? Des gosses sans tête (il avait entendu dire à l'école qu'après l'explosion, une femme avait trouvé la tête de l'une des victimes dans un arbre, au fond de son jardin), *des gosses sans jambes, des gosses le ventre ouvert comme des poissons, des gosses comme moi qui voudraient peut-être descendre là-dedans et jouer... là où c'est sombre... sous les poutrelles de fer penchées, sous les grandes roues dentées rouillées...*

Oh, arrête ça, pour l'amour du ciel !

Mais il ne put réprimer le frisson qui lui parcourut de bas en haut le dos, et décida qu'il était grand temps de ramasser quelque chose, n'importe quoi, et de se barrer d'ici. Il se baissa, et presque au hasard, s'empara d'une roue dentée d'environ vingt centimètres de diamètre. À l'aide du crayon qu'il avait toujours sur lui, il chassa rapidement la terre prise entre les dents, puis glissa le souvenir dans sa poche. Il pouvait partir, maintenant, oui...

Mais ses pieds se dirigeaient dans la mauvaise direction, vers le trou du sous-sol, et il se rendit compte avec un sentiment lugubre d'horreur qu'il éprouvait le besoin de regarder à l'intérieur. Il lui fallait *voir*.

Il s'agrippa à une poutre spongieuse qui dépassait du sol selon un angle incliné, et oscilla vers l'avant dans son effort pour apercevoir le fond. Impossible. Il était encore à cinq mètres du rebord, beaucoup trop loin pour ça.

Peu importe que je voie ou non le fond. Je m'en retourne tout de suite. J'ai mon souvenir. Pas besoin de regarder dans ce vieux trou dégueulasse. D'ailleurs, Papa m'a dit de ne pas m'en approcher.

Mais il n'arrivait pas à se débarrasser de la curiosité inquiète et fiévreuse qui s'était emparée de lui. Il avança pas à pas, mal à l'aise, conscient qu'il n'aurait plus rien à quoi se raccrocher une fois que la poutre serait hors de portée, conscient aussi que le sol sous ses pieds était effectivement peu solide et friable. Il apercevait des dépressions le long du bord, comme des tombes effondrées, et comprit qu'il y avait des vides en dessous, autrefois.

Le cœur battant sur le rythme brutal d'un soldat marchant au pas, il atteignit le bord et regarda en bas.

Niché au fond du trou, l'oiseau leva la tête.

Sur le coup, Mike ne fut pas sûr de voir ce qu'il voyait. Tout le système nerveux assurant la communication de son corps fut comme paralysé, y compris au niveau qui véhiculait la pensée. Ce n'était pas simplement le choc de voir un oiseau monstrueux, un oiseau dont la poitrine était de la couleur de flamme de celle d'un rouge-gorge et dont les plumes étaient de ce gris-brun ébouriffé quelconque des moineaux ; c'était avant tout le choc de tomber sur quelque chose de totalement inattendu. Il avait cru voir des monolithes de métal rouillé baignant dans des flaques boueuses, à moitié submergés ; au lieu de cela, il contemplait un nid gigantesque qui remplissait complètement le trou qui avait été le cœur de l'usine. Il avait bien fallu l'équivalent d'une douzaine de balles de foin pour le bâtir, mais l'herbe argentée paraissait ancienne. L'oiseau était posé au beau milieu, ses yeux noirs dans leur anneau brillant aussi ténébreux que du goudron chaud ; pendant un instant insensé, avant que ne se rompe sa paralysie, Mike vit son propre reflet dans chacun.

Puis le sol se mit soudain à glisser de dessous ses pieds. Il entendit le bruit de racines peu profondes qui cassaient et comprit qu'il allait tomber.

Il se rejeta en arrière avec un cri, moulinant des bras pour conserver l'équilibre. Il n'y arriva pas et vint heurter lourdement le sol couvert de débris. Un dur morceau de métal rouillé lui rentra douloureusement dans le dos et il eut le temps de penser à la Chaise à clochard avant d'entendre le ronflement violent des ailes de l'oiseau.

Il se mit précipitamment à genoux, rampa, regardant en même temps par-dessus son épaule. Il le vit s'élever du trou. Ses serres écailleuses avaient une couleur orangée atténuée. Ses ailes, qui lui donnaient une envergure d'environ sept mètres, faisaient voler le foin desséché dans tous les sens, comme le vent que soulèvent les pales d'un hélicoptère. Il lança un cri comme un bourdonnement plein de craquements tandis que quelques plumes retombaient de ses ailes en tournoyant.

Mike se retrouva sur ses pieds et se mit à courir.

Il fonçait dans le champ, sans regarder derrière lui, bien trop épouvanté pour oser se retourner. L'oiseau ne ressemblait pas à Rodan, mais il sentait que c'était le même esprit qui venait de jaillir de la fosse des aciéries Kitchener comme un diable de sa boîte. Il trébucha, mit un genou à terre, se releva et repartit.

Le craquètement bourdonnant se reproduisit. Une ombre le recouvrit, et il vit la chose quand il leva les yeux : elle venait de passer à moins de trois mètres de sa tête. Son bec, d'un jaune sale, s'ouvrait et se refermait et révélait son intérieur rosé. Il vira pour revenir sur Mike. Le vent de ses ailes tourbillonna autour du garçon, chargé d'une désagréable odeur sèche : poussière de grenier, vieilleries mortes, coussins pourris.

Il obliqua à gauche et aperçut de nouveau la cheminée effondrée. Il poussa un sprint désespéré jusque-là, les bras comme deux pistons emballés contre ses côtes. L'oiseau craqueta, et il y eut un bruit de froissement d'ailes, comme des voiles qui faseyent. Quelque chose le heurta à la nuque. Une langue de feu en monta, s'étendant partout, tandis que du sang commençait à couler dans le col de sa chemise.

L'oiseau vira de nouveau, avec l'intention de le cueillir dans ses serres et de l'emporter, comme un faucon emporte un mulot. Pour le ramener dans son nid. Et le dévorer.

Comme il piquait sur lui, sans le quitter un instant de son œil noir, horriblement vivant, Mike obliqua de nouveau, sèchement. L'oiseau le manqua — de peu. L'odeur poussiéreuse de ses ailes était étouffante, insupportable.

Il courait maintenant le long de la partie intacte de la cheminée ; la vitesse brouillait les briques. Déjà il voyait l'endroit où se trouvait le trou ; s'il pouvait faire un crochet à gauche et s'y glisser, il serait peut-être tiré d'affaire, car l'oiseau lui paraissait trop gros pour y pénétrer à sa suite. Il faillit bien ne pas y arriver. Le rapace fonçait de nouveau sur lui dans de grands battements d'ailes qui soulevaient un véritable ouragan, les serres écailleuses tendues vers lui. Il poussa encore son cri, et cette fois, Mike crut y discerner une note de triomphe.

Il enfonça la tête dans ses épaules, et leva un bras qui cherchait à frapper. Les serres se refermèrent, et pendant quelques instants, l'oiseau le tint par l'avant-bras. L'étreinte était celle de doigts d'une force phéno-ménale qui se termineraient par des ongles acérés ; ils mordaient comme des crocs. Les ailes faisaient un bruit de tonnerre dans ses oreilles, et il n'avait qu'à peine conscience de la pluie de plumes qui tombait autour de lui et caressait ses joues de baisers de fantôme. Puis l'oiseau s'éleva et pendant un instant, Mike se sentit soulevé, mis debout, tiré sur la pointe des pieds... durant une seconde à glacer le sang, il se rendit compte que la pointe de ses baskets perdait contact avec le sol.

« *Lâche-moi !* » hurla-t-il, donnant un mouvement de torsion à son bras. La serre le retint un instant encore, puis la manche de sa chemise se déchira. Il retomba lourdement. L'oiseau protesta aigrement. Mike reprit sa course, fonçant au milieu des plumes de la queue de l'oiseau, l'odeur sèche l'étouffant à moitié. C'était comme s'il courait à travers une averse de plumes en rideau.

Toussant toujours, des picotements aux yeux dus autant aux larmes qu'aux ignobles poussières que dispersaient les plumes, Mike s'enfonça en trébuchant dans la cheminée effondrée. Il ne s'inquiétait plus de ce qui pouvait s'y tapir, maintenant, et se précipita à l'aveuglette dans le noir, dans l'écho plat de ses sanglots pleins de hoquets. Il avança ainsi sur quelque chose comme six ou sept mètres, puis se retourna vers le cercle de ciel éclatant. Sa poitrine se soulevait et retombait à un rythme effréné. Il prit soudain cons-cience que s'il s'était trompé dans son évaluation de la taille de l'oiseau ou de l'ouverture de la cheminée, il venait de se suicider aussi sûrement que s'il avait placé le canon du fusil de son père dans sa bouche et appuyé sur la détente. Il n'y avait aucune issue. Ce n'était qu'un tuyau, un cul-de-sac. L'autre bout de la chemi-née était enfoui dans le sol.

L'oiseau cria de nouveau, et soudain la lumière, à l'extrémité de la cheminée, disparut, comme il se posait à l'extérieur sur le sol. Il voyait ses pattes écailleuses, aussi grosses que des mollets d'homme. Puis le rapace baissa la tête et regarda dans le conduit. Mike se retrouva en train de contempler les yeux couleur de goudron frais brillant à l'iris cerclé d'or. Il ouvrait et refermait son bec régulièrement, avec à chaque fois un claquement sec semblable à celui de dents qui s'entrechoquent. *Son bec est effilé, très effilé. Je savais que les oiseaux possédaient un bec pointu, mais je n'y avais jamais fait attention*, se dit-il.

Nouveau craquètement. Il résonna si fort dans le conduit de briques que Mike se boucha les oreilles avec les mains.

L'oiseau entreprit alors de forcer l'ouverture de la cheminée.

« Non ! cria Mike, ce n'est pas possible ! »

La lumière se mit à baisser au fur et à mesure que le rapace s'infiltrait un peu plus dans le conduit *(Oh, Seigneur, comment ai-je pu oublier qu'un oiseau était surtout fait de plumes ? Comment ai-je oublié qu'il pouvait se comprimer ?)*. La lumière baissa, baissa... puis plus rien. Plongé dans des ténèbres absolues, étouffé par la suffocante odeur de grenier, il n'entendait plus qu'un bruit de plumes froissées.

Mike se laissa tomber à genoux et commença de fouiller à tâtons le sol incurvé. Il tomba sur un fragment de brique, dont les bords aigus étaient couverts de ce qui lui parut être, au toucher, de la mousse. Il tendit le bras en arrière et le lança. Il y eut un bruit sourd, et l'oiseau poussa son cri craquetant.

« Sors d'ici ! » hurla Mike.

Quelques instants de silence suivirent... puis le froissement d'ailes recommença ; l'oiseau reprenait sa progression dans le conduit. Mike explora fébrilement le sol, trouva d'autres morceaux de brique et commença à les lancer un à un. Après un coup mat contre l'oiseau, ils rebondissaient bruyamment contre la paroi de la cheminée.

Mon Dieu, je vous en supplie, mon Dieu, je vous en

supplie, mon Dieu, je vous en supplie! pensait Mike de manière incohérente.

Il lui vint à l'esprit de battre en retraite dans le conduit de la cheminée. Il était rentré par ce qui constituait en fait la partie inférieure ; on pouvait donc logiquement penser qu'il allait en se rétrécissant. Il pouvait certes battre ainsi en retraite, et avec un peu de chance atteindre un point jusqu'où l'oiseau ne pourrait se glisser.

Mais si le rapace restait coincé ?

Dans ce cas, ils mourraient tous les deux là-dedans, l'oiseau et lui. Ils mourraient et se décomposeraient dans le noir.

« Mon Dieu, je vous en supplie! » hurla-t-il sans se rendre compte qu'il le faisait. Il lança un autre fragment de brique, avec plus de puissance cette fois — ressentant, comme il l'expliqua beaucoup plus tard aux autres, l'impression que quelqu'un s'était trouvé derrière lui à cet instant et avait donné une formidable accélération à son bras. Il n'y eut pas le bruit mat de l'impact sur les plumes, ce coup-ci, mais un son d'éclaboussement, comme ferait la main d'un enfant s'écrasant dans son assiette de purée. Ce fut un cri de douleur et non pas de colère que poussa cette fois l'oiseau. Le ronflement sinistre de ses ailes remplit le conduit de cheminée ; un ouragan d'air empuanti fonça sur Mike, agitant ses vêtements. Il toussa, à moitié étouffé, et battit en retraite au milieu d'une pluie de mousse et de débris légers.

La lumière réapparut, faible et grise tout d'abord, puis de plus en plus éclatante au fur et à mesure que l'oiseau dégageait l'entrée. Mike éclata en sanglots, se remit à genoux et entreprit frénétiquement de rassembler des morceaux de brique. Sans réfléchir, il courut vers l'issue les mains pleines de fragments (couverts de mousse gris-bleu et de lichens comme des pierres tombales, il le voyait maintenant) et ne s'arrêta que lorsqu'il en fut tout près. Il fallait empêcher l'oiseau d'y entrer de nouveau.

Il s'accroupit en redressant la tête à la manière d'un perroquet sur son perchoir et vit où avait porté son dernier coup. L'oiseau n'avait pratiquement plus d'œil droit ; à la place du globule lisse de goudron frais, il y avait un cratère sanguinolent. Un liquide épais, grisâtre, s'accumulait au coin de son orbite avant de s'écouler le long de son bec. De minuscules parasites se tortillaient dans la nauséabonde déjection.

L'oiseau le vit et se jeta en avant. Mike se mit aussitôt à lui lancer des projectiles, qui le frappèrent à la tête et au bec. Il recula puis attaqua de nouveau, bec grand ouvert, révélant une fois de plus ses muqueuses roses mais aussi quelque chose d'autre qui laissa Mike un instant paralysé et lui-même bouche bée. L'oiseau avait une langue d'argent, dont la surface était aussi craquelée que celle d'une coulée volcanique qui vient juste de se refroidir.

Et sur cette langue, comme autant de bourres d'arbre qui auraient temporairement pris racine dessus, étaient posés un certain nombre de pompons orange.

Mike jeta son dernier fragment dans cette gorge béante et l'oiseau battit de nouveau en retraite, avec des cris de frustration, de colère et de douleur. Pendant un instant, Mike ne vit plus que ses serres, puis il y eut un bruit d'ailes et il disparut.

Un moment plus tard, il entendit le son cliquetant des serres sur la brique, au-dessus de lui. Il leva le visage — un visage qui avait pris une couleur gris-brun sous la pluie de débris, de poussière, de boue et de lichens que lui avait jetée le système de ventilation de l'oiseau, et où les seuls endroits clairs étaient ceux qu'avaient nettoyés les larmes de l'enfant.

L'oiseau faisait les cent pas au-dessus de sa tête : *Tak - tak - tak - tak*.

Mike recula dans le conduit, et recueillit d'autres fragments de briques qu'il empila aussi près de l'orifice qu'il osa. Si la chose revenait, il voulait pouvoir les lui lancer à bout portant. Dehors, il faisait toujours grand jour — on était en mai, et la nuit ne tombait que tard — mais l'oiseau déciderait peut-être d'attendre.

Mike déglutit et eut l'impression de sentir les parois desséchées de sa gorge frotter l'une contre l'autre.

Tak - tak - tak - tak.

Il avait une solide réserve de munitions, maintenant. Dans la pénombre du conduit, un peu en deçà de l'endroit où le soleil découpait une tache échancrée de lumière, on aurait dit une pile faite de vaisselle brisée. Mike se frotta les mains contre les jambes de son pantalon et attendit de voir la tournure qu'allaient prendre les événements.

Du temps s'écoula : cinq ou vingt minutes, il n'aurait su dire. Il n'avait conscience que d'une chose : l'oiseau faisait les cent pas comme un insomniaque debout à trois heures du matin.

Puis il y eut de nouveau ce grand battement d'ailes. L'oiseau se posa devant l'ouverture de la cheminée. À genoux juste à côté de sa réserve de briques, Mike commença à expédier ses missiles avant même qu'il eût le temps de présenter sa tête. L'un d'eux l'atteignit à la patte ; un filet de sang se mit à couler, presque aussi noir que son œil. Mike poussa un cri de triomphe, un son menu qui se perdit dans le caquètement de rage trompetant de l'oiseau.

« Va-t'en d'ici ! cria Mike. *Je vais continuer de t'en lancer tant que tu ne partiras pas, je le jure devant Dieu !* »

L'oiseau s'envola et vint reprendre sa garde sur le dessus de la cheminée.

Mike attendit.

Finalement, le bruit d'ailes se fit entendre encore une fois, et Mike se prépara à voir réapparaître les pattes de poule géante. Mais rien ne vint. Il attendit encore, convaincu qu'il devait s'agir d'un piège, jusqu'au moment où il se dit que ce n'était pas pour cette raison qu'il ne bougeait pas : il avait peur de sortir, il redoutait de quitter la sécurité relative de ce terrier.

Ne te laisse pas impressionner comme ça ! Tu n'es pas un vulgaire lapin !

Il mit des morceaux de brique dans sa chemise, et en prit autant qu'il le put dans ses mains. Il sortit du conduit, essayant de regarder partout à la fois, regrettant follement de ne pas avoir des yeux derrière la tête. Il ne vit que le champ qui s'étendait devant lui, avec les débris éparpillés et rouillés de l'explosion qui avait détruit les aciéries Kitchener. Il fit demi-tour, persuadé de se retrouver face à face avec l'oiseau perché sur le rebord de la cheminée comme un vautour, un vautour borgne, maintenant, attendant que le garçon le voie une dernière fois, avant une attaque finale à coups de bec où il le déchiquetterait et le dépiauterait jusqu'aux os.

Mais l'oiseau avait disparu.

Définitivement disparu.

Les nerfs de Mike lâchèrent.

Il poussa un hurlement déchirant de terreur et fonça vers l'antique palissade qui séparait le champ de la route, laissant tomber les fragments de briques qu'il tenait encore. Sa chemise sortit de son pantalon et il perdit presque toutes ses autres munitions. Il bondit par-dessus la palissade en prenant appui d'une seule main, comme Roy Rogers dans un film de cow-boys, saisit sa bicyclette par le guidon et courut en la poussant pendant plus de dix mètres avant de l'enfourcher. Puis il se mit à pédaler frénétiquement, sans oser jeter un seul coup d'œil en arrière, sans oser ralentir un seul instant, jusqu'à ce qu'il eût atteint le carrefour de Pasture Road et de Outer Main Street, où circulaient de nombreux véhicules.

Quand il arriva à la maison, il trouva son père en train de changer l'attelage du tracteur. Will observa qu'il avait l'air de s'être roulé dans la poussière. Mike hésita pendant une fraction de seconde, puis dit qu'il était tombé de bicyclette sur le chemin du retour, en voulant éviter un nid-de-poule.

« Tu ne t'es rien cassé, au moins ? demanda Will en examinant son fils des pieds à la tête.

362

— Non, m'sieur.

— Pas d'entorse ?

— Non-non.

— Sûr et certain ? »

Mike acquiesça.

« Est-ce que tu t'es ramené un souvenir ? »

Mike prit dans sa poche la petite roue dentée et la montra à son père, qui l'examina brièvement et détacha un minuscule débris de brique incrusté dans la main de son fils, juste en dessous du pouce, qui parut l'intéresser davantage.

« Ça vient de la vieille cheminée ? » demanda-t-il.

Mike acquiesça.

« Tu es entré à l'intérieur ? »

Une fois de plus, Mike hocha la tête.

« As-tu vu quelque chose de spécial ? » poursuivit Will qui, pour transformer la question en plaisanterie (alors qu'il l'avait posée sérieusement), ajouta : « Un trésor enfoui ? »

Mike esquissa un sourire et secoua la tête.

« Bon. Ne va pas raconter à ta mère que tu es allé farfouiller là-dedans. Elle commencerait par me tomber dessus et ton tour ne tarderait pas à venir. (Il regarda son fils de plus près.) Tu es sûr que ça va, Mike ?

— Quoi ?

— Je te trouve les traits un peu tirés.

— Je suppose que c'est la fatigue. N'oublie pas que ça fait dans les treize ou quatorze kilomètres aller-retour. Tu veux que je t'aide avec le tracteur, Papa ?

— Non, je l'ai suffisamment démoli comme ça pour la semaine. Va plutôt te laver. »

Mike s'éloigna mais il n'avait fait que quelques pas quand son père le rappela.

« Je t'interdis de retourner dans ce coin, dit-il. Du moins tant que toutes ces histoires n'ont pas été éclaircies et qu'on n'a pas attrapé le type qui... Tu n'as vu personne là-bas, n'est-ce pas ? Personne ne t'a poursuivi ou ne t'a crié après ?

— Je n'ai vu absolument personne, Papa. »

Will alluma une cigarette. « Je crois que j'ai eu tort de te dire d'y aller. Un coin abandonné comme celui-là... ça peut être dangereux. »

Leurs regards se croisèrent brièvement.

« Entendu, Papa. De toute façon, je n'ai aucune envie d'y retourner. Ça faisait un peu peur. »

Will hocha la tête. « Moins t'en diras, mieux ça vaudra. Et maintenant, va te laver. Et dis à ta mère de mettre deux ou trois saucisses de plus. »

Ce que fit Mike.

6

T'occupe pas de ça maintenant ! se dit Mike Hanlon, en observant les deux sillons qui allaient jusqu'au rebord de ciment du canal.

T'occupe pas de ça, il s'agissait peut-être d'un rêve, après tout, et...

Il y avait des taches de sang séché sur le rebord de béton.

Mike les regarda, puis baissa les yeux sur le canal. Les eaux noires s'écoulaient paisiblement. De l'écume jaune sale s'accrochait aux parois, dont elle se détachait parfois pour partir en tourbillons paresseux dans le courant. Pendant un instant — un bref instant —, deux amas de cette écume se rapprochèrent et formèrent comme un visage, un visage de gosse, les yeux tournés vers le ciel et pleins d'une expression d'épouvante et d'angoisse.

Mike en eut la respiration coupée.

Puis l'écume se dispersa, l'image s'effaça ; il y eut alors un *plouf !* bruyant sur sa droite. Mike tourna vivement la tête, avec un geste instinctif de recul, et crut deviner quelque chose parmi les ombres, à l'endroit où le canal sortait du tunnel après la traversée du centre-ville.

Puis il n'y eut plus rien.

Soudain, pris d'un frisson de froid, il retira de sa poche le couteau qu'il avait trouvé dans l'herbe et le jeta dans le canal. Il y eut un autre *plouf!*, petit, cette fois, et une vaguelette dont le cercle fut bientôt déformé en pointe par le courant, puis plus rien.

Plus rien, sinon la terreur qui se mit brutalement à le suffoquer et la certitude mortelle qu'il y avait quelque chose à proximité, quelque chose qui l'observait et qui évaluait ses chances, calculait le moment.

Il fit demi-tour, avec l'idée de revenir en marchant jusqu'à sa bicyclette — courir aurait été donner à sa peur la dignité qu'il aurait lui-même, ce faisant, perdue —, lorsque le *plouf!* bruyant se reproduisit, bien plus fort cette fois-ci. Il se retrouva en train de sprinter aussi vite qu'il le pouvait, vers le portail et sa bicyclette dont il releva la béquille d'un coup de pied; il se retrouva en selle, pédalant comme un forcené, l'odeur de marée plus forte que jamais... beaucoup trop forte. Elle était partout. Et l'eau qui dégouttait des branches d'arbre semblait faire beaucoup trop de bruit.

Quelque chose venait. Il entendit une sorte de pas traînant et lourd dans l'herbe.

Debout sur les pédales, il donnait tout ce qu'il pouvait et déboucha dans Main Street sans un regard en arrière. Il fonça jusqu'à la maison aussi vite qu'il put, se demandant pourquoi diable il avait eu l'idée saugrenue de venir ici..., ce qui avait bien pu l'attirer.

Puis il s'efforça de penser aux corvées qui l'attendaient, à toutes les corvées, rien qu'aux corvées, et au bout d'un moment, finit par y réussir.

Et quand il découvrit le titre du journal, le lendemain matin (NOUVELLE DISPARITION D'ENFANT. LA PEUR REVIENT), il pensa au couteau de poche qu'il avait jeté dans le canal, le couteau avec les initiales E. C. gravées sur le côté, et au sang qu'il avait vu sur l'herbe.

Il pensa aussi aux deux sillons parallèles qui venaient s'arrêter au bord du canal.

CHAPITRE 7

Le barrage dans les Friches-Mortes

1

Vu de la voie rapide à cinq heures moins le quart du matin, Boston a tout d'une ville morte remâchant quelque ancienne tragédie — une épidémie, peut-être, ou une malédiction. Lourd et étouffant, un parfum iodé vient de l'océan. Des bancs de brouillard matinal dissimulent les mouvements que l'on aurait autrement pu voir.

Roulant en direction du nord au volant de la Cadillac 84 noire de Cape Cod Limousine empruntée à Butch Carrington, Eddie Kaspbrak éprouve l'impression de sentir l'âge de cette ville; peut-être est-ce une impression que l'on ne peut ressentir dans aucune autre ville américaine. Boston est du menu fretin comparé à Londres et encore plus à Rome, mais d'une grande antiquité aux yeux des Américains. La ville se dresse sur ces collines basses depuis trois siècles, et a été construite à une époque où l'impôt sur le thé et le timbre n'existaient pas, où Paul Revere et Patrick Henry n'étaient pas nés.

Cette ancienneté, ce silence et cette odeur de brume venue de la mer — tout cela rend Eddie nerveux. Et quand il est nerveux, il a recours à son inhalateur. Il le met dans sa bouche et pulvérise un nuage revivifiant au fond de sa gorge.

Il y a bien quelques rares personnes dans les rues, un piéton ici et là sur les passerelles réservées à leur usage, qui démentent l'impression d'errer dans une histoire de ville condamnée à la Lovecraft, une ville d'antiques perversions et de monstres aux noms imprononçables. Des commis, des infirmières et des employés s'agglutinent là, par exemple, autour d'un arrêt de bus, le visage encore gonflé de sommeil.

Ils ont raison, *se dit Eddie.* Tenez-vous-en aux bus, laissez tomber le métro. C'est une mauvaise idée, les trucs souterrains. À votre place, je n'y descendrais pas non plus. Pas là-dessous, pas dans les tunnels.

Mauvais, de penser à ça ; s'il ne change pas de sujet de réflexion, il va devoir utiliser de nouveau l'inhalateur. Il est soulagé de trouver un peu plus de circulation sur Tobin Bridge.

Puis un panneau lui indique la route 95 pour tout le nord de la Nouvelle-Angleterre ; il est saisi d'un frisson de tout son être ; ses mains se retrouvent momentanément soudées au volant. Il aimerait se persuader qu'il est sur le point de tomber malade, qu'il a attrapé un virus ou qu'il souffre de ces « fièvres fantômes » qu'affectionnait sa mère, mais il ne s'y trompe pas. C'est la cité qu'il laisse derrière lui, sur la frontière silencieuse entre le jour et la nuit, et ce que lui promet ce panneau qui sont en cause. Il est malade, d'accord, c'est vrai, mais ce n'est ni un virus ni une fièvre fantôme. Ses souvenirs l'empoisonnent.

J'ai la frousse, *se dit-il.* On retrouve toujours la frousse derrière tout ça. Une frousse omniprésente, mais que l'on a tout de même fini par surmonter, plus ou moins. Nous nous en sommes servis. Oui, mais comment ?

Impossible de s'en souvenir. Il se demande si les autres le peuvent. Pour lui, pour eux, il espère bien.

Le ronronnement d'un camion augmente à sa gauche. Les phares de la Cadillac sont toujours allumés, et Eddie passe momentanément en code pendant que le véhicule le double. Le chauffeur le remercie de deux appels. Il l'a fait sans y penser, automatiquement. Si tout pouvait être aussi simple que ça, pense-t-il.

Il suit les panneaux qui mènent à la 1-95. Le trafic en

direction du nord est très fluide, alors que les voies en direction du sud, vers la ville, commencent à se remplir en dépit de l'heure matinale. Eddie manœuvre en souplesse la grande automobile, anticipant presque tous les changements de direction ; cela fait des années — littéralement — qu'il ne s'est pas trompé, manquant une sortie d'autoroute. Il choisit la bonne file avec le même automatisme qu'il est passé en code un peu plus tôt, avec le même automatisme qui lui faisait retrouver son chemin dans les Friches de Derry. Le fait que ce soit la première fois qu'il circule dans Boston, l'une des villes américaines où il est le plus facile de s'égarer, ne semble pas l'émouvoir un instant.

Il se souvient soudain de quelque chose d'autre de cet été ; de Bill lui disant un jour : « Ma pa-role, E-Edie, t'as u-une b-boussole dans la-la tête ! »

Comme ça lui avait fait plaisir ! Et ça lui fait encore plaisir tandis qu'il engage la Cadillac sur l'autoroute. Il pousse la limousine jusqu'à quelques kilomètres à l'heure en dessous de la limitation de vitesse, et trouve un programme musical paisible à la radio. Il se dit qu'il serait mort pour Bill, à cette époque, s'il l'avait fallu. Si Bill le lui avait demandé, Eddie aurait simplement réagi en répondant : « Bien sûr, Bill... tu peux me dire quand ? »

Cette idée le fait rire — un rire qui se réduit en fait à un petit reniflement, mais le son qu'il a produit déclenche un vrai rire, cette fois. Il n'a guère l'occasion de rire, en ce moment, et il ne s'attend pas à de multiples « ah-ah » (l'expression de Richie, comme quand il disait : « On devrait se payer quelques ah-ah aujourd'hui ») au cours de ce sinistre pèlerinage. Mais, songe-t-il, si Dieu peut être assez ignoble pour poursuivre de sa malédiction les fidèles en ce qu'ils ont de plus précieux dans l'existence, il est peut-être aussi assez tordu pour leur accorder un bon ah-ah de temps en temps.

« As-tu eu de bons ah-ah récemment, Eds ? » dit-il à voix haute. Il rit de nouveau. Bon Dieu, ce qu'il pouvait détester ça, quand Richie l'appelait Eds ! Mais au fond, il *y avait quelque chose qui lui plaisait là-dedans, aussi. Un peu comme Ben Hanscom quand Richie l'appelait Meule de Foin. Quelque chose... comme un nom secret. Une identité secrète. Une façon de devenir des êtres sans rapport avec les peurs, les exigences et les espoirs incessants de leurs parents. Ce n'était pas pour de la merde que Richie prenait ses voix bien-aimées, et peut-être savait-il qu'il était important pour des vauriens comme eux d'exister de temps en temps sous une autre personnalité.*

Eddie jeta un coup d'œil aux pièces de monnaie alignées sur le tableau de bord (encore une habitude de professionnel de la route). Quand le péage automatique arrivait, pas de course frénétique au porte-monnaie, pas de risque de s'apercevoir que l'on n'avait pas le compte.

L'idée de monnaie lui faisait penser aux dollars d'argent ; non pas ces sandwichs au cuivre bidons, mais aux vrais dollars d'argent, avec Dame Liberté frappée dessus dans ses grands voiles. Les dollars d'argent de Ben Hanscom. Oui, mais n'était-ce pas Bill ou Ben ou encore Beverly qui s'était une fois servi de l'un d'eux pour leur sauver la vie ? Il n'est pas tout à fait sûr de cela. En fait, il n'est sûr de rien... ou bien est-ce qu'il refuse de se souvenir ?

Il faisait noir là-dedans, *se dit-il soudain.* Ça, je ne l'ai pas oublié. Il faisait bougrement noir là-dedans.

Boston se trouve maintenant loin derrière lui et le brouillard commence à se dissiper. Devant lui s'étend le Maine et toute la Nouvelle-Angleterre du Nord. Devant lui l'attend Derry, et c'est à Derry que se dissimule quelque chose qui devrait être mort depuis vingt-sept ans et qui ne l'est pas. Quelque chose avec autant de visages différents que Lon Chaney. Mais de quoi s'agit-il exactement ? Ne l'avaient-ils pas vu à la fin dépouillé de ses masques, tel qu'il était vraiment ?

Ah, il se rappelle déjà tant de choses... mais pas suffisamment.

Il se rappelle avoir aimé Bill Denbrough ; très bien, même. Bill ne se moquait jamais de son asthme ; Bill ne le traitait jamais de fillette ou de poule mouillée. Il aimait

370

Bill comme un grand frère idéal... ou un père. Bill savait faire des choses. Découvrait les coins intéressants. Connaissait les trucs à voir. Quand on courait avec Bill, on courait pour être plus fort que le diable et on riait beaucoup... sans pour autant perdre haleine. Et arriver à ne presque pas perdre haleine, il n'y avait rien de meilleur dans l'existence, nom de Dieu ! Eddie l'aurait juré à la face du monde. Quand on courait avec le grand Bill, on avait chaque jour sa ration de ah-ah.

« *Sûr, les gars,* TOUS *les jours* », fit-il en empruntant une voix à Richie Tozier ; et il rit de nouveau.

Le barrage avait été une idée de Bill, et d'une certaine manière, c'était le barrage qui avait soudé leur groupe. Ben Hanscom leur avait montré comment le construire — et ils y avaient tellement bien réussi que cela leur avait valu quelques ennuis avec Mr. Nell, le flic de service — mais l'idée était de Bill. Et si tous, Richie excepté, avaient vu des choses étranges — effrayantes, même — depuis le début de l'année à Derry, c'était Bill qui avait trouvé le premier le courage d'en parler à voix haute.

Ce barrage...

Ce foutu barrage !

Il se souvint de Victor Criss : « *Salut, les mômes. Un vrai barrage de bébé, croyez-moi. Vous êtes bien mieux sans qu'avec.* »

Le lendemain, avec un large sourire, Ben Hanscom leur avait dit :

« *Nous pourrions*

« *Nous pourrions inonder*

« *Nous pourrions inonder toutes les*

2

Friches, si nous voulions. »

Bill et Eddie jetèrent un regard de doute à Ben, puis au matériel qu'il avait apporté avec lui : quelques planches (piquées dans l'arrière-cour de Mr. McKibbon, ce qui n'était guère condamnable, lui-même les ayant probablement piquées ailleurs), une masse et une pelle.

« J' sais pas, dit Eddie avec un coup d'œil à Bill. Hier, ça n'a pas très bien marché. Le courant emportait tout au fur et à mesure.

— Ça va marcher, dit Ben, regardant lui aussi Bill pour qu'il prenne la décision finale.

— Y a qu'à e-essayer. J'ai a-appelé R-R-R-chie Tozier ce m-matin. Il a d-dit qu'il v-viendrait p-plus tard. Il pourra p-peut-être n-n-nous aider, S-S-Stanley au-aussi.

— Stanley qui ? demanda Ben.

— Uris », répondit Eddie. Il observait toujours Bill, d'un regard prudent, car il ne lui semblait pas le même, ce matin ; il était plus calme, moins enthousiaste pour le projet de barrage. Bill était pâle et restait distant.

« Stanley Uris ? Je ne crois pas le connaître. Est-ce qui va à l'école élémentaire ?

— Il est de notre âge, mais il vient juste de finir sa huitième, expliqua Eddie. Il est rentré à l'école avec un an de retard parce qu'il a été très malade quand il était petit. Tu te dis que t'as pris la pâtée, hier, mais tu devrais être bien content de ne pas être Stan. Y a toujours quelqu'un pour lui tomber dessus.

— I-Il est j-j-juif. Des t-tas de go-gosses le détestent p-parce qu'il est j-j-juif.

— Ah bon ? fit Ben, impressionné. Juif, hein ? » Il se tut, puis reprit, à mots prudents : « Est-ce que ce n'est pas un peu comme un Turc, ou comment, déjà ? Un Égyptien ?

— J-Je crois que c'est p-plutôt c-comme un T-T-Turc », répondit Bill, qui ramassa l'une des planches apportées par Ben et se mit à l'examiner ; elle faisait un peu moins de deux mètres de long pour moins d'un mètre de large. « M-Mon père d-dit que presque t-tous les J-Juifs ont de g-gros nez et b-beaucoup d'argent, mais S-St-St...

— Mais Stan a un nez normal et il est toujours fauché, poursuivit Eddie.

— Ouais », dit Bill. Son visage, pour la première fois de la journée, s'éclaira d'un véritable sourire.

Ben sourit.

Eddie sourit.

Bill rejeta la planche, se leva et chassa le sable du fond de son pantalon. Il se dirigea vers le bord de l'eau, où les deux autres le suivirent. Bill enfonça les mains dans ses poches revolver et soupira profondément. Eddie était sûr qu'il allait dire quelque chose de sérieux. Son regard alla d'Eddie à Ben puis revint sur Eddie, mais il ne souriait plus. Eddie sentit une pointe de frayeur.

Mais tout ce que Bill déclara fut : « T'as b-bien ton in-inhalateur, E-Eddie ? »

Ce dernier donna une tape à sa poche. « Chargé jusqu'à la gueule.

— Au fait, ça a marché avec le lait chocolaté ? lui demanda Ben.

— Au poil ! » s'exclama Eddie avec un éclat de rire, imité par Ben, tandis que Bill les regardait, intrigué mais souriant. Eddie lui expliqua le stratagème, et Bill sourit de nouveau.

« La-la m-m-mère d'E-Eddie a peur qu'il c-casse et de n-ne pas p-pouvoir se f-faire r-r-rembourser ! »

Eddie renifla et fit semblant de le pousser dans la rivière.

« Fais gaffe, trouduc, dit Bill, imitant Henry Bowers de manière impressionnante. J' vais te tordre tellement la tête que tu pourras te voir en train de t'essuyer. »

Ben roula à terre, hurlant de rire. Bill lui jeta un coup d'œil, toujours souriant, toujours les mains dans les poches, mais toujours un peu distant, un peu ailleurs. Il regarda Eddie avec un geste de la tête en direction de Ben.

« Un peu dé-débile, c-ce mec, dit-il.

— Ouais », convint Eddie, qui sentait toutefois qu'il

y avait un côté artificiel dans sa manière de plaisanter. Il avait quelque chose en tête, et sans doute le lâcherait-il quand il serait prêt ; sauf qu'il n'était pas sûr d'avoir envie de savoir de quoi il s'agissait. « Mentalement retardé, ce mec.

— Mentalement pétardé, commenta Ben en pouffant.

— V-Vas-tu nous m-montrer co-comment construire ce b-barrage ou v-vas-tu r-rester a-assis sur ton g-gros c-cul toute la j-journée ? »

Ben se releva. Il regarda tout d'abord la rivière, qui s'écoulait à une vitesse modérée. La Kenduskeag n'était pas bien large en ce point éloigné des Friches, mais elle n'en avait pas moins été la plus forte, hier. Ni Bill ni Eddie n'avait pu imaginer comment prendre solidement pied dans le courant. Mais Ben souriait, du sourire de quelqu'un qui envisage de faire du jamais vu... quelque chose d'amusant et de pas trop difficile. Eddie pensa : *Il a trouvé comment faire. Je crois vraiment qu'il a trouvé.*

« D'accord, dit Ben. Enlevez vos chaussures, les mecs. Faudra mouiller vos petits petons. »

La voix de la mère d'Eddie s'éleva aussitôt, aussi rude et autoritaire que celle d'un flic qui règle la circulation : *Il n'en est pas question, Eddie, il n'en est pas question ! Les pieds mouillés, c'est la meilleure façon — il y en a mille autres — d'attraper un refroidissement. Et un refroidissement, c'est la route ouverte à la pneumonie, alors pas question !*

Bill et Ben s'étaient assis sur la rive, et retiraient leurs tennis et leurs chaussettes. Ben alla jusqu'à rouler les jambes de son pantalon. Bill regarda Eddie — un regard clair et chaud, plein de sympathie. Eddie eut soudain la certitude que le grand Bill savait exactement ce qui lui était passé par la tête, et il eut honte.

« T-T'arrives ?

— Ouais, bien sûr », répondit Eddie qui s'assit à son tour et se déchaussa tandis que sa mère continuait de rouspéter dans sa tête... mais sa voix devenait de plus en plus faible et lointaine, remarqua-t-il avec soulagement, comme si quelqu'un avait planté un hameçon dans le dos de sa robe et la tirait loin de lui le long d'un corridor sans fin.

3

C'était l'une de ces parfaites journées d'été qui, dans un monde où tout n'était qu'ordre et clarté, ne pourrait jamais s'oublier. La brise légère qui soufflait suffisait à tenir à l'écart le gros des bataillons de moustiques et de mouches noires. Le ciel était d'un bleu éclatant, flambant neuf. Il devait faire autour de vingt-cinq degrés, et les oiseaux chantaient et s'affairaient dans les buissons et les arbres. Eddie n'eut besoin qu'une fois de son inhalateur ; sa poitrine se fit légère et sa gorge lui donna l'impression magique de s'élargir à la taille d'une autoroute. L'appareil passa le reste de la matinée oublié au fond de sa poche revolver.

Ben Hanscom, qui avait paru si timide et peu sûr de lui la veille, se transforma en un général débordant de confiance dès que la construction du barrage battit son plein. Il grimpait de temps en temps sur la berge et là, mains boueuses aux hanches, il étudiait l'état d'avancement des travaux en murmurant pour lui-même. Il passait parfois une main dans ses cheveux qui, vers onze heures, se dressaient en mèches raides et comiques.

Eddie, incertain au début, éprouva peu à peu un sentiment d'allégresse qui se transforma en quelque chose d'à la fois bizarre, terrifiant et tonique. Un sentiment si étranger à son état d'esprit habituel qu'il lui fallut attendre le soir, alors qu'allongé dans son lit, il se repassait le film de la journée, pour lui donner un nom. *La puissance*. Il avait éprouvé un sentiment de puissance. Leur truc allait marcher, bon Dieu, mieux encore que ce que Bill et lui (et peut-être même Ben) avaient rêvé.

Il voyait aussi combien Bill se prenait au jeu — avec retenue, au début, toujours préoccupé par ce qu'il avait à l'esprit, puis s'impliquant peu à peu avec de plus en plus de conviction. Il donna une ou deux fois une bonne tape sur l'épaule de Ben en lui disant qu'il n'était pas croyable — ce qui eut le don de faire rougir à chaque fois le gros garçon.

Ben fit placer à ses deux camarades, en travers du courant, une planche qu'ils tinrent pendant qu'il l'enfonçait à coups de masse dans le lit du cours d'eau. « Voilà, elle est en place, mais continue à la tenir, sans quoi le courant va l'emporter », dit-il à Eddie, qui resta où il se trouvait, tandis que l'eau débordait la planche et transformait ses doigts en étoiles de mer ondulantes.

Ben et Bill disposèrent une deuxième planche à cinquante centimètres en aval de la première, que Ben enfonça à coups de masse, avant de remplir l'intervalle de terre scremplir l'intervalle de terre sablonneuse prise sur la berge, pendant que Bill la maintenait. Au début, le mélange fut emporté aux extrémités de la planche en volutes cendreuses, et Eddie pensa que ça ne marcherait jamais ; mais Ben commença à ajouter des cailloux et de la vase collante prise dans le lit de la rivière, et les fuites diminuèrent. En moins de vingt minutes, il avait réussi à édifier un remblai brunâtre de pierres et de terre entre les deux planches, au milieu du courant. Eddie se croyait presque victime d'une illusion d'optique.

« Si on avait du vrai ciment... et pas seulement... de la terre et des cailloux, il faudrait transporter toute la ville du côté d'Old Cape... dès la semaine prochaine », dit Ben en jetant sa pelle sur la berge, où il s'assit pour reprendre son souffle. La réflexion fit rire Bill et Eddie, et il leur répondit par un sourire. Dans ce sourire, on devinait le fantôme du beau visage d'adulte qui serait un jour le sien. L'eau commençait à s'élever derrière la planche en amont.

Eddie demanda ce qu'il fallait faire pour l'eau qui fuyait aux extrémités.

« Laisse-la. Ça n'a pas d'importance.

— Pas d'importance ?

— Non, pas un poil.

— Et pourquoi ?

— J' sais pas dire exactement ; il faut en laisser passer un peu, c'est tout.

— Comment le sais-tu ? »

Ben haussa les épaules. *Comme ça, c'est tout*, signifiait le geste. Eddie se tut.

Quand il eut soufflé, Ben prit une troisième planche — la plus épaisse des quatre ou cinq qu'il avait laborieusement transportées jusque dans les Friches — et la cala soigneusement contre celle d'aval que tenait toujours Bill, enfonçant solidement l'extrémité opposée dans le lit de la rivière ; ainsi était créé l'arc-boutant que prévoyait son dessin de la veille.

« Parfait, dit-il, faisant un pas en arrière, le sourire aux lèvres. Vous allez pouvoir lâcher maintenant, les mecs. Le mélange entre les planches va prendre l'essentiel de la pression. L'autre planche prendra le reste.

— L'eau ne va pas l'emporter, celle-là ? demanda Eddie.

— Au contraire, elle va l'enfoncer davantage.

— Et s-si tu te t-t-trompes, on te f-fait la p-peau !

— Trop aimable ! »

Bill et Eddie lâchèrent. Les deux planches horizontales craquèrent un peu, s'inclinèrent un peu... et ce fut tout.

« Eh bien merde ! s'écria Eddie.

— F-Formidable ! fit Bill avec un grand sourire.

— Ouais, répondit Ben. Cassons la croûte. »

4

Ils mangèrent assis sur la rive, presque en silence, regardant l'eau qui montait derrière le barrage et fuyait aux deux extrémités. Ils avaient déjà altéré la géographie des berges, constata Eddie : les eaux détournées y découpaient des festons et des creux. Sous leur regard, le nouveau cours de la rivière déclencha une petite avalanche sur l'autre rive.

En amont, l'eau s'accumulait en une mare approximativement circulaire, débordant même sur le talus de la rive en un endroit. Des rigoles scintillantes commencèrent à s'infiltrer sur l'herbe et entre les buissons. Eddie se mit à prendre lentement conscience de ce que Ben avait compris le premier : le barrage était déjà construit. Les vides restant entre les planches et les berges étaient des biefs. Ne connaissant pas le terme, Ben n'avait pu l'expliquer à Eddie. De l'autre côté des planches, la Kenduskeag, gonflée, ne faisait plus entendre le babil de l'eau sur les rochers et les graviers ; tout ce qui se trouvait en amont était en dessous du niveau de l'eau maintenant. De temps en temps, de la terre et des mottes herbeuses, minées par le courant, tombaient avec de petits *plouf!*.

En aval, en revanche, la rivière était presque à sec ; de petits filets d'eau couraient impatiemment au milieu, mais c'était à peu près tout. Des pierres immergées depuis une éternité séchaient au soleil. Eddie les contemplait avec un certain émerveillement auquel se mêlait cet autre sentiment. C'était leur œuvre. C'était eux qui avaient construit le barrage. Il vit sauter une grenouille, et se dit que la petite reinette devait se demander où était passée l'eau ; l'idée le fit rire.

Ben rangeait soigneusement ses emballages vides dans sa boîte à lunch. Les proportions du festin qu'il avait disposé avec une technique de professionnel avaient stupéfait Bill et Eddie : deux sandwichs au beurre de cacahuète et à la gelée ; un sandwich au saucisson cuit ; un œuf cuit dur (accompagné de son sel dans un sachet de papier ciré), deux rangées de figues sèches, trois énormes gâteaux secs au chocolat et un Ring-Ding.

« Qu'est-ce que ta mère a dit quand elle a vu dans quel état tu rentrais ? lui demanda Eddie.

— Hmmmm ? » Ben se détacha de la contemplation de la mare qui s'agrandissait et rota délicatement derrière sa main. « Oh ! Eh bien, je savais qu'elle faisait ses courses, et je suis arrivé avant elle à la maison. J'ai pris un bain et je me suis lavé la tête. J'ai jeté mon jean et mon sweat-shirt. Je ne sais pas si elle va s'en apercevoir. J'ai des tas de sweat-shirts et de survêts, mais je crois que je vais devoir m'acheter moi-même un autre jean avant qu'elle se mette à farfouiller dans mes affaires. »

À l'idée de gaspiller son argent sur un achat aussi peu essentiel, Ben eut une fugitive expression de morosité.

« Et tes blessures ? demanda à son tour Bill.

— Je lui ai dit que j'étais tellement excité à cause des vacances que j'étais sorti en courant, et que j'étais tombé dans l'escalier », répondit Ben, qui se trouva à la fois stupéfait et un peu vexé de voir que Bill et Eddie riaient. Bill, qui mâchait un morceau de gâteau au chocolat que lui avait fait sa mère, recracha un jet brun de miettes et fut pris d'une quinte de toux. Eddie, riant toujours aux larmes, lui donna des tapes dans le dos.

« Pourtant, j'ai bien failli tomber dans l'escalier, dit Ben. À cause de Victor Criss qui m'a poussé, pas parce que je courais.

— Je crèverais d-de chaud dans un-un s-sweat-shirt comme ç-ça », dit Bill en finissant son gâteau.

Ben hésita. Pendant quelques instants, on aurait pu croire qu'il n'allait pas répondre. « C'est mieux quand on est gros, dit-il finalement. Je veux dire, les sweat-shirts.

— À cause de ton bide ? » demanda Eddie.

Bill renifla. « À cause de ses n-n-né-nés.

— Ouais, de mes nénés, et alors ?

— Ouais, fit Bill d'un ton conciliant, et a-alors ? »

Il y eut un moment de silence gêné, puis Eddie lança soudain : « Hé, regardez ! L'eau est toute noire sur les côtés du barrage !

« — Oh, crotte ! fit Ben en bondissant sur ses pieds. Le courant est en train d'emporter la terre ! Bon Dieu, si seulement j'avais du ciment ! »

Les dégâts furent rapidement réparés, mais même Eddie comprit tout de suite ce qui se passerait s'il n'y avait pas quelqu'un en permanence pour pelleter de la terre : l'érosion ferait s'effondrer la planche amont contre la planche aval, après quoi tout s'écroulerait.

« On peut renforcer les côtés, remarqua Ben. Ça n'arrêtera pas l'érosion, mais ça la ralentira.

— Le sable et la boue risquent d'être tout de suite emportés, non ? demanda Eddie.

— On se servira de touffes d'herbe. »

Bill acquiesça, sourit et approuva du pouce levé. « A-A-A-llons-y. J-Je creuserai et t-t-tu nous diras où m-mettre les m-mottes, Gros Ben. »

De derrière eux une voix joyeuse et stridente les interpella avec un accent irlandais à couper à la tronçonneuse : « Bon Dieu de bon Dieu, m'avez transformé les Friches en piscine, ma parole ! »

Eddie se tourna, non sans remarquer comment Ben s'était raidi, lèvres serrées, au son d'une voix étrangère. Au-dessus d'eux, sur le chemin que Ben avait traversé la veille, se tenaient Richie Tozier et Stanley Uris.

Richie descendit en quelques bonds sur la rive, jeta un coup d'œil non dépourvu d'intérêt à Ben et pinça la joue d'Eddie.

« Arrête tout de suite, Richie ! J'ai horreur que tu fasses ça !

— Mais non, t'adores ça, Eds, rétorqua Richie avec un immense sourire. Alors, quelles sont les nouvelles ? Quelques bons ah-ah à se mettre sous la dent ? »

5

Ils arrêtèrent les travaux vers quatre heures. Assis beaucoup plus haut sur la berge (l'endroit où Bill, Ben et Eddie avaient cassé la croûte était maintenant sous l'eau), ils contemplaient leur œuvre. Ben lui-même n'en revenait pas. En lui, le sentiment de la réussite luttait avec une sourde angoisse. Il se surprit à évoquer *Fantasia*, où l'on voit Mickey Mouse incapable d'arrêter le balai après l'avoir mis au travail...

« Foutrement incroyable ! » commenta doucement Richie Tozier en repoussant ses lunettes sur son nez.

Eddie lui jeta un coup d'œil, mais Richie n'avait pas attaqué l'un de ses numéros ; il restait pensif, le visage presque solennel.

De l'autre côté de la rivière, où le terrain s'élevait faiblement avant de redescendre en pente douce, ils avaient créé un nouveau marécage. Bruyères et houx baignaient dans trente centimètres d'eau. D'où ils étaient, ils apercevaient même le marécage qui lançait des pseudopodes et s'étendait insidieusement vers l'ouest. Inoffensif cours d'eau sans profondeur encore le matin, la Kenduskeag, au-delà du barrage, s'était transformée en un petit lac allongé, gonflé d'eau, calme.

Vers deux heures, l'agrandissement de ce lac avait fait s'effondrer les berges, de part et d'autre du barrage, au point que les déversoirs s'étaient mis à couler à pleins bords. Tout le monde, à part Ben, était parti en expédition à la décharge pour ramener des matériaux, pendant que le chef des travaux disposait méthodiquement ses mottes de terre. Non seulement l'équipe des crocheteurs avait trouvé des planches, mais elle ramenait en outre quatre pneus lisses, une portière rouillée de Hudson 1949 et un gros morceau de tôle ondulée. Sous la direction de Ben, ils avaient ajouté deux ailes au barrage original, bloquant ainsi l'écoulement latéral de l'eau. Rabattues vers l'amont, ces ailes retenaient ainsi encore mieux le courant.

« L'homme qui détourne les fleuves ! dit Richie. Tu es un génie, mec !

— N'exagérons rien, fit Ben avec un sourire.

— J'ai quelques Winston, reprit Richie. Qui en veut une ? »

Il extirpa le paquet rouge et blanc, tout froissé, de la poche arrière de son pantalon, et le fit passer à la ronde. Eddie, effrayé à l'idée de son asthme, refusa. Stan refusa aussi. Bill en prit une et Ben en fit autant après quelques instants de réflexion. Richie sortit une pochette d'allumettes publicitaires et alluma la cigarette de Ben puis celle de Bill. Il était sur le point d'allumer la sienne lorsque Bill souffla l'allumette.

« T'es vraiment trop bon, Denbrough, espèce de crétin ! »

Bill eut un sourire d'excuse. « Ç-Ça porte m-malheur d'en allumer t-trois d'af-d'affilée.

— Et tu crois que ça n'a pas porté malheur à tes vieux, le jour où t'es né ? » rétorqua Richie en craquant une autre allumette. Il s'allongea et croisa les mains sous sa nuque. Il tenait la cigarette verticalement entre les dents. « Une Winston, c'est vraiment bon ! fit-il avant de tourner légèrement la tête avec un clignement d'œil à l'intention d'Eddie. Pas vrai, Eds ? »

Eddie s'aperçut que Ben regardait Richie avec un mélange de stupéfaction émerveillée et de circonspection. Il pouvait le comprendre ; lui-même connaissait Richie depuis quatre ans, et il restait pourtant un mystère pour lui. En classe, il décrochait régulièrement des bonnes notes pour son travail, et des notes déplorables pour sa conduite. Celles-ci lui valaient de solides corrections de son père, et mettaient sa mère dans tous ses états ; il promettait à chaque fois de bien se tenir... pour vingt-cinq ou cinquante cents. Le problème de Richie tenait à ce qu'il était incapable de rester tranquille plus d'une minute, et incapable de se taire plus d'une seconde à la fois. Ici, au fin fond des Friches, il ne courait pas de grands risques, mais les Friches n'étaient pas le Pays Merveilleux, et ils ne pouvaient être les Enfants Sauvages que pendant quelques heures par jour (l'idée d'un enfant sauvage avec un inhalateur dans la poche fit sourire Eddie). L'ennui, avec les Friches, c'était qu'il y avait toujours un moment où il fallait partir. Dans le reste du monde, les conneries de Richie ne cessaient de lui valoir toutes sortes de problèmes — avec les adultes, ce qui était malsain, et avec Henry Bowers, ce qui l'était davantage.

Son arrivée théâtrale, un peu plus tôt, constituait un exemple parfait. Ben Hanscom n'avait même pas fini de lui dire « Salut ! » qu'il se jetait à genoux à ses pieds, et se lançait dans une série de salamalecs démesurés, bras tendus, frappant des mains (*fouap !*) la rive boueuse à chaque prosternation. Il s'était mis en même temps à prendre l'une de ses voix.

Richie disposait d'un registre d'une douzaine de voix différentes. Son ambition, avait-il confié à Eddie (un jour de pluie où ils lisaient les albums de *Little Lulu* dans la petite pièce mansardée au-dessus du garage des Kaspbrak), était de devenir le plus grand ventriloque du monde. Encore mieux qu'Edgar Bergen, et on le verrait à la célèbre émission d'Ed Sullivan toutes les semaines. Si Eddie admirait tant d'ambition, il craignait qu'il ne connaissse des déboires. Tout d'abord, les différentes voix de Richie ressemblaient beaucoup à celle de Richie Tozier. Ce qui ne l'empêchait pas d'être très drôle — de temps en temps. Qu'il se réfère à ses jeux de mots ou aux pets sonores qu'il lâchait, Richie parlait toujours d'en sortir « une bonne », ou « un bon ». Il en sortait fréquemment de l'une et l'autre sortes... et en règle générale fort peu à propos. Ensuite, ses lèvres bougeaient quand il faisait le ventriloque. Et pas seulement sur les labiales, comme « p » ou « b », mais sur tous les sons. En troisième lieu, quand il disait qu'il allait laisser tomber, ça n'allait jamais bien loin. La plupart de ses amis étaient trop gentils (ou peut-être trop conquis par son charme parfois enchanteur mais souvent épuisant) pour lui faire remarquer ces petites imperfections.

Pour accompagner ses grands salamalecs devant un Ben Hanscom bien gêné, Richie avait pris sa voix du nègre Jim. Bill le laissa s'égosiller un moment puis intervint : « Ne t'-t'inquiète pas, Ben. Ce n'est qu-que Ri-Richie. Il est c-cinglé. »

Richie bondit sur ses pieds. « J' t'ai entendu, Denbrough. T'as intérêt à me fiche la paix ou je te jette Meule de Foin dessus.

— Ce-ce qu'il y avait de m-meilleur en t-toi a coulé le l-long de la j-jambe de ton p-p-père.

— Exact, mais ce qui reste est pourtant pas mal, hein ? Comment ça va-t'y, Meule de Foin ? Richie Tozier, c'est mon nom, faire des voix, mon péché mignon. » Il tendit la main. Ne sachant que faire, Ben tendit la sienne ; Richie se retira. Ben était au comble de la confusion, mais Richie eut finalement pitié de lui.

« Moi, c'est Ben Hanscom, au cas où ça t'intéresserait.

— Je t'ai vu à l'école. (Il eut un geste de la main vers la mare qui s'agrandissait.) Ton idée, sans doute. Ces crétins ne seraient même pas capables d'allumer un pétard avec un lance-flammes.

— Parle pour toi, Richie, intervint Eddie.

— Oh ! Tu veux dire que l'idée serait de toi, Eds ? Seigneur, je suis désolé. » Il se laissa tomber aux pieds d'Eddie et reprit ses salamalecs de forcené.

« Arrête ça, tu me balances de la boue ! » cria Eddie.

Il bondit une fois de plus sur ses pieds et pinça la joue d'Eddie. « Qu'il est mignon, ce petit ! s'exclama-t-il.

— Arrête, j'ai horreur de ça !

— Laisse tomber, Eds. Qui a construit le barrage ?

— C'est B-Ben qui n-nous a montré.

— Bon travail. » Richie se tourna vers Stanley Uris qui attendait paisiblement derrière lui, mains dans les poches, la fin du numéro. « Tu vois ici le mec Uris, reprit Richie à l'intention de Ben. Stan est juif. Il a aussi tué le Christ. C'est en tout cas ce que m'a raconté Victor Criss, un jour. Depuis, je n'ai pas quitté Stan d'une semelle ; je me dis que s'il est si vieux que ça, il doit être en âge de nous payer une bière. Pas vrai, Stan ?

« — C'était pas moi mais mon père, je crois bien », répondit Stan sans forcer la voix, qu'il avait agréable. Tout le monde éclata de rire, Ben compris. Eddie, les larmes aux yeux, ne s'arrêta que lorsque sa respiration devint sifflante.

« Une bien bonne ! » s'écria Richie, se mettant à marcher à grands pas, bras levé comme un arbitre de football qui signalerait un point marqué. « Stan le Mec en a sorti une bien bonne ! Moment historique ! Ya-hou, ya-hou, YA-HOU !

— Salut, dit Stan à Ben, comme si Richie n'existait pas.

— Salut, répondit Ben. On était dans la même classe au cours élémentaire. Tu étais celui...

— Qui ne disait jamais rien, compléta Stan avec un demi-sourire.

— Exact.

— Stan ne dirait pas merde même s'il en avait la bouche pleine, intervint Richie. Ce qui lui arrive régulièrement, ya-hou, ya-hou, YA-HOU...

— La f-ferme un peu, R-Richie.

— D'accord, mais auparavant, j'ai une désagréable nouvelle à vous annoncer ; je crois que votre barrage va être emporté. Une terrible inondation menace la vallée, camarades. Les femmes et les enfants d'abord ! »

Et sans se soucier de relever son pantalon, ni même d'enlever ses tennis, Richie sauta dans l'eau et se mit à jeter de la terre sur l'aile la plus proche du barrage, là où le déversoir naturel entraînait de nouveau des filets boueux. Le bout du ruban adhésif qui maintenait la branche de ses lunettes, détaché, pendait sur sa joue et s'agitait pendant qu'il travaillait. Bill croisa le regard d'Eddie, sourit un peu et haussa les épaules. Richie tout craché, ça. Capable de vous faire tourner en bourrique, alors que l'on ne pouvait s'empêcher d'aimer l'avoir avec soi.

Ils travaillèrent sur le barrage pendant les deux heures suivantes. Richie obéit aux ordres de Ben (que ce renfort de deux gosses intimidait un peu) avec une parfaite bonne volonté, les exécutant à un rythme effréné. À la fin de chaque mission, il venait au rapport, saluant comme un officier anglais et claquant les talons boueux de ses tennis l'un contre l'autre. À la moindre occasion, il se mettait à haranguer ses compagnons en adoptant l'une ou l'autre de ses voix : le colonel allemand, Toodles, le maître d'hôtel britannique, le sénateur du Sud, le commentateur des actualités filmées.

Le travail avança à grands pas ; un peu avant cinq heures, le barrage terminé, ils se retrouvèrent tous assis sur la berge pour un repos bien mérité. La portière de voiture, le morceau de tôle ondulée et les vieux pneus avaient trouvé leur place, soutenus par une impressionnante levée de terre et de pierres. Bill, Ben et Richie fumaient ; Stan était allongé sur le dos. On aurait pu croire qu'il contemplait simplement le ciel ; mais Eddie, qui le connaissait bien, savait que Stan observait les arbres, sur l'autre rive de la rivière, à la recherche d'oiseaux dont il pourrait noter la présence dans son carnet, ce soir. Eddie lui-même, assis en tailleur, se sentait fatigué et un peu ramolli. Les autres lui donnaient le sentiment d'être le plus fantastique groupe de copains dont on pût rêver ; ils se sentaient vraiment bien ensemble, comme si leurs angles coïncidaient. Il n'arrivait pas à mieux s'expliquer son impression, mais comme il ne ressentait aucun besoin réel d'éclaircissement, il se contenta de s'y abandonner.

Il porta les yeux sur Ben, qui tenait maladroitement sa cigarette à demi consumée et crachait fréquemment, comme si son goût ne lui plaisait guère. Il l'éteignit, et couvrit le long mégot de terre.

Le regard de Ben croisa alors celui d'Eddie. Gêné, il détourna les yeux.

C'est à ce moment-là qu'Eddie vit sur le visage de Bill une expression qu'il n'aima pas. Ce dernier avait les yeux perdus au loin, sur l'autre rive, l'air songeur et mélancolique, hanté, presque.

Comme s'il avait deviné ses pensées, Bill regarda Eddie, qui lui sourit ; il ne répondit pas à son sourire. Il jeta alors sa cigarette et regarda les autres. Richie lui-même gardait le silence, perdu dans ses propres pensées — événement aussi fréquent qu'une éclipse de lune.

Eddie savait que Bill attendait toujours un moment de calme parfait avant de dire quoi que ce soit d'important, tellement s'exprimer lui était difficile. Il aurait bien aimé avoir lui-même quelque chose à raconter, ou que Richie se mette à prendre l'une de ses voix. Il eut soudain la certitude que lorsque Bill ouvrirait la bouche, ce serait pour dire quelque chose de terrible, quelque chose qui changerait tout. La main d'Eddie alla automatiquement chercher l'inhalateur au fond de sa poche et le tint prêt. Il avait agi inconsciemment.

« Est-ce q-que j-j-je peux vous d-dire quelque chose, l-les mecs ? » demanda Bill.

Tous les regards se tournèrent vers lui. *Sors-nous une blague, Richie !* pensa Eddie. *Sors-nous une blague, dis quelque chose, n'importe quoi, mets-le dans l'embarras, ça m'est égal, pourvu qu'il la ferme. Je ne veux pas savoir ce que c'est, je ne veux pas que les choses changent, je ne veux pas crever de frousse.*

Dans son esprit, une voix crépusculaire croassa : *Je le ferais pour dix cents.*

Eddie frissonna et s'efforça de chasser cette voix et l'image qu'elle avait subitement évoquée : la maison de Neibolt Street avec son jardin de devant envahi d'herbes et de tournesols géants s'inclinant dans le vent.

« Bien sûr, Grand Bill, dit Richie. De quoi il retourne ? »

Bill ouvrit la bouche (anxiété accrue pour Eddie), la referma (soulagement) et la rouvrit (anxiété double).

« Si v-vous riez, l-les mecs, ja-jamais plus je f-ferai des trucs a-avec vous. C'-c'est une histoire de f-fous, mais j-je vous jure que c'est v-vraiment a-arrivé.

— On ne rira pas, dit Ben, regardant à la ronde, n'est-ce pas ? »

Stan secoua la tête, imité par Richie.

Eddie aurait voulu dire : *Mais si, Bill, nous allons nous marrer à en hurler, on dira que tu es vraiment stupide ; alors pourquoi ne pas plutôt la fermer tout de suite ?* Mais bien sûr, il en était incapable. Il s'agissait du Grand Bill, après tout. Et lui aussi, malheureux, secoua la tête. Non, il ne se moquerait pas de Bill. Jamais de la vie il avait eu aussi peu envie de rire.

Tous assis en cet endroit qui surplombait le barrage que Ben leur avait permis de construire, leurs yeux allant du visage de Bill à l'étang qui s'agrandissait pour revenir sur Bill, ils écoutèrent en silence l'histoire de l'album de photographies du petit frère mort, du clin d'œil de l'image de George au sang qui avait ensuite coulé de la photo. Ce fut un récit long et laborieux ; à la fin, Bill était tout rouge et en sueur. Jamais Eddie ne l'avait autant entendu bégayer.

Quand il se tut, Bill les regarda tour à tour, une expression de défi mêlé de crainte sur le visage. Ben, Richie et Stan, s'aperçut Eddie, trahissaient un même sentiment de terreur et de solennité, sans la moindre trace d'incrédulité. Il se sentit poussé par un besoin presque irrépressible de bondir sur ses pieds et de crier : *Quelle histoire idiote ! Ne va pas me raconter que tu crois une histoire pareille ! Et si toi tu y crois, tu ne vas tout de même pas t'imaginer que nous allons avaler ça. On ne cligne pas de l'œil sur les photos ! Les albums ne peuvent pas saigner ! Tu es complètement siphonné, Grand Bill !*

Mais il en fut bien incapable, car il avait aussi sur le visage cette expression solennelle de peur. Il la sentait.

Reviens ici, petit ! murmura dans sa tête la voix éraillée. *Je vais te sucer pour rien. Reviens ici !*

Non, s'il te plaît, va-t'en, je ne veux plus penser à ça ! gémit intérieurement Eddie.

Reviens, petit.

C'est alors qu'Eddie vit quelque chose d'autre — pas

388

sur le visage de Richie (il n'en était du moins pas sûr) mais sur ceux de Stan et de Ben. Il savait de quoi il s'agissait, car son visage arborait aussi cette expression.

Tous avaient retrouvé une expérience personnelle dans le récit de Bill.

Je te sucerai pour rien.

La maison du 29, Neibolt Street se trouvait juste à côté de la gare de triage de Derry. Elle était vieille et ravaudée de planches ; son porche s'enfonçait peu à peu dans le sol, sa pelouse était envahie de mauvaises herbes au milieu desquelles gisait un vieux tricycle renversé et couvert de rouille, une roue en l'air.

Mais sur le côté gauche du porche, à la hauteur d'une zone sans herbe, on apercevait les fenêtres sales qui donnaient sur la cave de la maison, au milieu des fondations de briques branlantes. C'est à l'une de ces fenêtres qu'Eddie avait vu pour la première fois, six semaines auparavant, la tête du lépreux.

6

Le samedi, quand Eddie ne trouvait personne avec qui jouer, il lui arrivait souvent de se rendre à la gare de Derry, sans motif précis : l'endroit lui plaisait.

Il partait à bicyclette par Witcham Street, prenait au nord-ouest par la route numéro 2 ; l'école religieuse de Neibolt Street s'élevait à l'angle de cette route et de Neibolt Street à environ deux kilomètres de là. Ce bâtiment scolaire en bois, modeste mais pimpant, s'ornait de la devise LAISSEZ VENIR À MOI LES PETITS ENFANTS, en lettres dorées de soixante centimètres de haut, au-dessus de sa porte d'entrée. Parfois, le samedi, Eddie entendait de la musique et des chants en passant. Il s'agissait d'hymnes, mais le pianiste rappelait davantage Jerry Lee Lewis qu'un joueur d'harmonium. Les chants ne lui paraissaient pas tellement religieux non plus, même s'il était beaucoup question de « l'ami que nous avons en Jésus ». De l'avis d'Eddie, les chanteurs semblaient s'amuser un peu trop ; mais chants sacrés ou non, leur musique plaisait à Eddie (lui rappelant parfois Jerry Lee dans *Whole Lotta Shakin' Goin' On*) qui s'arrêtait parfois de l'autre côté de la rue, appuyait sa bicyclette contre un arbre et faisait semblant de lire alors qu'il n'avait d'oreilles que pour la musique.

Les samedis où l'école religieuse était fermée, il continuait jusqu'à la gare de Derry, jusqu'à l'endroit où finissait Neibolt Street, un ancien parking où l'herbe poussait dans les craquelures de l'asphalte. Il appuyait sa bicyclette à la palissade et regardait les mouvements des trains ; ils étaient nombreux ce jour-là. Sa mère lui avait dit qu'autrefois, on pouvait prendre un train de passagers de la GS & WM à ce qui était alors la gare de passagers de Neibolt Street, mais que ce type de train avait cessé de circuler à peu près à l'époque de la guerre de Corée. On aurait pu partir de Derry et traverser tout le Canada avec un seul changement, lui avait-elle expliqué. Mais qui avait envie de prendre le train, alors qu'il suffisait de sauter dans sa voiture ?

Cependant, les longs trains de marchandises passaient encore par Derry, chargés de pâte à papier et de pommes de terre pour le sud, et de produits manufacturés en direction du nord — vers des villes comme Bangor, Millinocket ou Houlton. Eddie aimait particulièrement les trains qui partaient pour le nord, avec leur chargement de Ford ou de Chevrolet flambant neuves. *Un jour, j'aurai une voiture comme ça. Comme ça ou même mieux. Peut-être même une Cadillac*, s'était-il promis.

Il y avait en tout six voies qui convergeaient vers la gare, dont celle qui se dirigeait à l'est, vers la côte. Un ou deux ans auparavant, alors qu'Eddie se tenait près de cette dernière, un cheminot ivre lui avait lancé une bourriche depuis un wagon à bestiaux, alors que le train roulait lentement. Eddie eut un geste de recul, bien que le paquet fût tombé sur le ballast à trois mètres de lui. Il y avait des choses dedans qui grouillaient. « Dernier train de la ligne, mon garçon ! » lui avait crié l'homme, qui tira une petite bouteille plate de sa poche, la vida, tête renversée, et la jeta ensuite sur le ballast où elle vola en éclats. Puis le cheminot lui montra la bourriche. « Amène donc ça à ta maman ! Avec les compliments de la Southern Seacoast, la ligne qui mène tout droit au chômage ! » Il s'était penché en avant pour lancer ces derniers mots, le convoi prenant de la vitesse, et Eddie avait bien cru pendant un instant qu'il allait en tomber.

Une fois le train parti, Eddie s'approcha de la boîte et l'examina prudemment, sans y toucher. Les bestioles qui s'agitaient dedans avaient un aspect glissant et peu ragoûtant. Si l'homme avait dit qu'elles étaient pour lui, Eddie les aurait laissées là où elles étaient. Mais il lui avait demandé de les amener à sa maman, et comme Ben, Eddie bondissait à ce seul nom.

Il alla piquer un bout de corde dans l'un des ateliers déserts en tôle préfabriqués, et attacha la bourriche au porte-bagages de sa bicyclette. Sa mère avait commencé par étudier le colis avec autant de méfiance que lui, puis s'était mise à crier — mais de joie plus que de peur. La bourriche contenait quatre homards de plus d'un kilo chacun, les pinces immobilisées. Elle les avait fait cuire pour le dîner et avait manifesté de la mauvaise humeur lorsque son fils avait refusé d'y goûter.

« Qu'est-ce que tu crois que les Rockefeller sont en train de manger, dans leur propriété de Bar Harbor ? lui demanda-t-elle, indignée. Des sandwichs au beurre de cacahuète et à la gelée ? Non, du homard, exactement comme nous ! Allez, vas-y ; essaye, au moins ! »

Mais Eddie ne voulut pas. C'était peut-être vrai ce que disait sa mère, mais lui avait le sentiment qu'il ne pouvait pas, avec le souvenir de cet horrible grouillement dans la bourriche. Elle n'arrêtait cependant pas de lui répéter à quel point ils étaient délicieux et ne cessa de l'importuner que lorsqu'il se mit à haleter et dut avoir recours à son inhalateur.

Eddie battit en retraite dans sa chambre et lut. Sa mère appela une vieille amie, Eleanor. Celle-ci ne tarda pas à arriver, et les deux femmes se mirent à lire les ragots de vieux journaux de cinéma, qui les faisaient pouffer de rire, tout en s'empiffrant de salade de homard. Lorsque Eddie se leva, le lendemain, sa mère ronflait encore dans son lit en lâchant des pets fréquents, longs et langoureux comme un son de cornet. Mis à part des traces de mayonnaise, il ne restait plus rien dans le grand saladier.

Ce fut en effet le dernier train de la Southern Seacoast que vit Eddie. Quelque temps plus tard, il rencontra Mr. Braddock, le chef de gare, et lui demanda timidement ce qui s'était passé. « La compagnie a fait faillite, c'est tout. Si tu lisais les journaux, tu verrais que ça arrive partout en ce moment dans ce foutu pays. Tire-toi d'ici, maintenant. C'est pas un endroit pour un môme. »

Après cela, Eddie était allé parfois marcher le long de la voie de la Southern Seacoast, se repassant dans la tête les noms magiques des stations desservies : Camden, Rockland, Bar Harbor (prononcer Baa Haabaa), Wiscasset, Bath, Portland, Ogunquit, les Berwicks, avec l'accent doux et monotone de l'est ; il suivait ainsi la ligne jusqu'à ce que la fatigue le gagne. Les herbes qui poussaient entre les traverses l'attristaient. Il avait aperçu une fois des mouettes (du genre bien grasses qui fouillent les tas d'ordures et qui n'en ont rien à foutre de ne jamais avoir vu le grand large, mais ce jour-là, ça ne lui vint pas à l'esprit) virevolter en criant au-dessus de sa tête, et leur appel mélancolique l'avait même fait un peu pleurer.

La gare avait autrefois possédé un portail d'entrée mais il avait été jeté à bas au cours d'une tempête, et personne ne s'était soucié de le faire réparer, si bien qu'Eddie pouvait aller et venir à peu près à sa guise, en dépit de Mr. Braddock qui le virait *manu militari* quand il le voyait (ou quand il voyait n'importe quel gamin). Il fallait aussi se méfier des conducteurs de camions qui poursuivaient les gosses (mais jamais très loin) car ils les soupçonnaient (parfois à juste titre) de chaparder dans leur chargement.

Pour l'essentiel, c'était néanmoins un endroit tranquille. Il y avait une cabane de garde — mais elle était toujours vide et les carreaux cassés n'avaient jamais été remplacés. Le service de sécurité permanent n'existait plus depuis à peu près 1950. Mr. Braddock chassait les gosses à coups de pied le jour, et un veilleur de nuit passait trois ou quatre fois par nuit dans une vieille Studebaker équipée d'un projecteur directionnel à la hauteur du déflecteur. C'était tout.

Il y avait parfois des clochards et des vagabonds, cependant. Leur présence était bien la seule chose que redoutait Eddie — ces hommes aux joues non rasées, à la peau abîmée, aux mains couvertes d'ampoules, aux lèvres fendillées par le froid. Ils descendaient quelque temps avant de partir plus loin avec un autre train. Ils avaient parfois des doigts en moins, étaient en règle générale ivres et quémandaient toujours des cigarettes.

Un jour, Eddie avait vu l'un de ces gaillards ramper d'en dessous du porche de la maison du 29, Neibolt Street, et lui offrir de lui tailler une pipe pour vingt-cinq cents. Eddie avait battu en retraite, la peau glacée, la bouche aussi sèche que de l'amadou. L'une des narines du clochard avait disparu et exhibait un conduit rouge et galeux.

« J'ai pas vingt-cinq cents, avait répondu Eddie en reculant vers sa bicyclette.

— Je te le ferai pour dix cents », croassa l'homme, se rapprochant de lui. Il portait de vieux pantalons de flanelle verdâtres, sur le devant desquels du pus jaune avait durci. Il ouvrit sa braguette et passa la main à l'intérieur. Il s'efforçait de sourire ; son nez était une horreur sanguinolente.

« Je... je n'ai pas dix cents, non plus », dit Eddie qui

pensa soudain : *Oh, mon Dieu, il a la lèpre ! S'il me touche, je vais l'attraper moi aussi !* Il perdit son sang-froid et courut. Il entendit le pas pesant du vagabond qui accélérait derrière lui ; ses chaussures, maintenues par des ficelles, produisaient des claquements mous dans l'herbe folle, devant la petite maison vide.

« Reviens, petit ! je te sucerai pour rien. Reviens ici ! »

Eddie avait bondi sur sa bicyclette, la respiration sifflante, sentant sa gorge se refermer et se réduire à une tête d'épingle. Un poids écrasait sa poitrine. Il pesa tant qu'il put sur les pédales et il commençait à prendre de la vitesse, lorsque l'une des mains du clochard s'empara du porte-bagages. La bicyclette oscilla. Eddie jeta un coup d'œil par-dessus son épaule et vit l'homme qui courait à la hauteur de la roue arrière *(IL GAGNE DU TERRAIN !!)*, ses lèvres étirées découvrant des chicots noircis dans une expression qui pouvait tout aussi bien être du désespoir que de la fureur.

En dépit des pierres qui lui écrasaient la poitrine, Eddie n'en avait pas moins continué à pédaler de toutes ses forces, s'attendant à chaque instant à ce qu'une main couverte de gale se refermât sur son bras ; il se voyait déjà désarçonné et jeté dans un fossé, où l'homme lui ferait Dieu sait quoi. Il n'avait pas osé se retourner avant d'avoir atteint le carrefour de Neibolt Street et de la route numéro 2. Le vagabond avait disparu.

Eddie garda cette épouvantable histoire pour lui pendant presque une semaine, et la confia finalement à Richie Tozier et Bill Denbrough, un jour qu'ils lisaient des BD au-dessus du garage.

« Il n'avait pas la lèpre, hé, idiot ! se moqua Richie. Il avait la vérole ! »

Eddie consulta Bill du regard pour savoir si Richie ne le faisait pas marcher. Jamais il n'avait entendu parler de cette maladie ; Richie pouvait aussi bien l'avoir inventée.

« Ça existe vraiment, la vérole, Bill ? »

Bill acquiesça gravement. « Le v-vrai nom, c'est la s-syphilis. Vé-vérole, c'est de l'a-argot.

— Mais c'est quoi ?

— Une maladie qu'on attrape en baisant, dit Richie. Tu sais ce que c'est que baiser, hein, Eddie ?

— Bien sûr », dit Eddie, espérant qu'il ne rougissait pas trop. Il savait qu'en devenant plus grand, quelque chose sortait du pénis quand il était dur. Pour le reste, Vincent « Boogers » Taliendo l'avait mis au courant, un jour à l'école. D'après Boogers, quand on baisait, on frottait son zob contre le ventre d'une fille jusqu'à ce qu'il devienne dur (le zob). Puis on continuait de frotter jusqu'à ce qu'on éprouve « la sensation ». Quand Eddie lui demanda ce qu'il voulait dire, Boogers s'était contenté de secouer la tête d'un air mysté-rieux. C'était indescriptible, avait-il précisé ; on s'en rendait compte dès que ça arrivait. Il avait ajouté qu'on pouvait s'y exercer dans son bain, en se frottant le zob avec le savon Ivory (Eddie avait essayé, mais n'avait éprouvé au bout d'un moment qu'une banale envie d'uriner en fait de sensation). Dès qu'on avait la sensation, le truc sortait du pénis. La plupart des gosses appelaient ça la « purée », avait dit aussi Boo-gers, mais son grand frère prétendait que le nom scientifique était la « jute ». Toujours est-il que lorsque la sensation se manifestait, il fallait se prendre le zob, et le diriger à toute vitesse sur le nombril de la fille dès que la purée sortait. Elle entrait dans le ventre de la fille et y faisait un bébé.

« Est-ce que les filles aiment ça ? » avait demandé Eddie à Boogers Taliendo. Lui-même était glacé d'hor-reur. « Je suppose que oui », avait répondu l'autre, désarçonné.

« Maintenant, écoute-moi, Eds, dit Richie. Certaines femmes ont cette maladie. Certains hommes aussi, mais surtout des femmes. Un type peut l'attraper d'une femme...

— Ou-ou d'un autre ty-type, s'il est p-pédé.

— Exact. Ce qu'il faut savoir, c'est qu'on attrape la vérole en baisant avec quelqu'un qui l'a déjà.

— Qu'est-ce que ça fait ? demanda Eddie.

— Tu pourris », répondit simplement Richie.

Eddie ouvrit de grands yeux, horrifié.

« C'est moche, je sais, mais c'est la vérité. C'est ton nez qui part en premier. T'as certains types, qui perdent leur nez comme ça, d'un seul coup ! Puis c'est le zob.

— A-A-Arrête, Richie, j-je viens juste de m-manger.

— Hé, mec, c'est scientifique.

— Mais alors, quelle est la différence entre la lèpre et la vérole ? insista Eddie.

— Tu n'attrapes pas la lèpre en baisant », répliqua vivement Richie, partant dans un accès de fou rire qui laissa ses deux camarades interloqués.

7

À la suite de cette aventure, la maison du 29, Neibolt Street avait acquis un statut très particulier dans l'imagination d'Eddie. À la vue de sa cour envahie d'herbe, de son porche affaissé et des planches clouées en travers des fenêtres, il se sentait pris d'une fascination malsaine. Et six semaines auparavant, il avait garé sa bicyclette sur le bord de la route en gravier (le trottoir s'interrompait quatre maisons plus haut) avant de traverser le jardinet jusqu'au porche.

Il s'était retrouvé, le cœur cognant dans la poitrine, avec ce même goût sec dans la bouche que la première fois : à écouter le récit de la photo vivante de Bill, il comprit que ce qu'il avait ressenti en s'approchant de la maison était comparable à ce que Bill avait éprouvé dans la chambre de George. Il avait l'impression de ne plus contrôler ce qu'il faisait, mais d'être poussé par quelque chose.

Ce n'étaient pas ses pieds qui bougeaient, aurait-on dit, mais la maison, broyant du noir et silencieuse, qui paraissait s'avancer vers l'endroit où il se tenait.

Il entendait, venant de la gare, le bruit atténué d'un diesel ainsi que, de temps en temps, le claquement métallique et liquide à la fois des tampons. On enlevait des wagons, on en accrochait d'autres — on constituait un train.

Sa main s'empara de l'inhalateur, mais curieusement, son asthme ne vint pas lui étreindre la gorge comme le jour où il avait fui le clochard au nez pourri. Il n'avait conscience que du sentiment de son immobilité tandis qu'il regardait la maison s'avancer sournoisement vers lui, comme si elle glissait sur une voie invisible.

Eddie regarda sous le porche; il n'y avait personne, ce qui n'avait rien d'étonnant. On était au printemps, et c'était plutôt de la fin septembre à la mi-novembre que les vagabonds passaient par Derry. Pendant cette période, ils arrivaient à trouver quelques journées de travail dans les fermes environnantes, s'ils étaient à peu près présentables; il y avait la cueillette des pommes de terre et des pommes, les barrières à neige à retaper, les toits des granges et des hangars à rapiécer avant l'arrivée de décembre et de ses frimas.

Aucun clochard sous le porche, mais de nombreuses traces de leur passage : boîtes et canettes de bière vides, bouteilles d'alcool vides, une couverture raide de crasse allongée contre les fondations de brique comme un chien mort. Il y avait également des morceaux de papier journal chiffonnés et une vieille chaussure; il régnait une lourde odeur de détritus. D'épaisses couches de feuilles mortes devaient pourrir là-dessous.

Eddie ne put s'empêcher de ramper sous ce porche; il sentait les battements de son cœur jusque dans la tête, maintenant, accompagnés d'éclairs blancs qui traversaient son champ de vision.

L'odeur était encore pire en dessous — mélange de gnôle, de sueur et du parfum brun des feuilles en décomposition. Ces dernières ne craquaient même pas sous ses mains et ses genoux, et n'émettaient qu'un chuintement mou.

Je suis un clochard, pensa absurdement Eddie. *Je suis un clochard et je brûle le dur. C'est mon truc. J'ai pas un rond, j'ai pas de baraque, mais j'ai récupéré une bouteille, un dollar et un coin pour roupiller. J'vais ramasser des pommes cette semaine et des patates la suivante et quand la terre sera verrouillée par le gel comme de l'argent dans un coffre de banque, eh bien, je sauterai dans l'un de ces wagons de la GS & WM qui empestent la betterave, je m'installerai dans un coin, sous du foin, je me taperai un godet et un morceau de quelque chose. Et si je ne me fais pas virer par un des mecs de la sécurité des trains, je sauterai sur un wagon de la 'Bama Star et je filerai vers le sud pour aller cueillir des citrons et des oranges. Et si on m'arrête pour vagabondage, j'irai construire des routes pour les touristes. Bon Dieu, je l'ai déjà fait, non ? Je suis juste un vieux clochard solitaire, j'ai pas un rond, j'ai pas de maison, mais il y a une chose que j'ai : une maladie qui me bouffe. Ma peau se fend, mes dents tombent, et savez quoi ? Je sens que je tourne à l'aigre comme une pomme qui pourrit, je le sens arriver, je sens que ça me bouffe de dedans, sans trêve ni répit.*

Eddie repoussa la couverture crasseuse du bout des doigts, ne pouvant retenir une grimace en la touchant. L'une des fenêtres basses qui donnaient sur la cave se trouvait juste derrière, un carreau brisé, l'autre rendu opaque par la crasse. Il s'inclina vers l'ouverture, se sentant presque hypnotisé. Il s'approcha des ténèbres de la cave, respirant cette odeur du temps — choses desséchées, moisissures — de plus en plus, et le lépreux l'aurait certainement attrapé si son asthme n'avait pas choisi cet instant précis pour déclencher une crise. Un poids terrible, indolore mais angoissant, écrasait ses poumons, tandis que sa respiration adoptait ce rythme sifflant familier qu'il avait en horreur.

Il recula, et c'est alors qu'apparut le visage. Il se présenta de manière si soudaine, si inopinée (et cependant en même temps si prévisible), que le jeune garçon

398

n'aurait pas pu crier même s'il n'avait pas eu de crise d'asthme. Ses yeux s'agrandirent démesurément, sa bouche s'entrouvrit avec effort. Ce n'était pas le clochard au nez amputé, mais un être qui lui ressemblait. Terriblement. Et cependant... cette chose ne pouvait être humaine ; impossible d'être autant bouffé de partout et vivant en même temps.

Entaillée, la peau de son front laissait voir l'os blanc d'où s'épanchait une sorte de mucus jaunâtre et qui donnait une impression de projecteur blafard. Le nez se réduisait à deux arches de cartilage brut enjambant deux rigoles sanguinolentes. L'une des orbites abritait un œil bleu à l'expression joyeuse ; l'autre débordait d'une masse de tissus brun-noir. La lèvre inférieure pendait comme un morceau de foie. Le lépreux n'avait pas de lèvre supérieure, et exhibait un ricanement permanent de dents proéminentes.

Il lança une main par la vitre brisée, l'autre à travers le carreau intact, qu'il fit voler en éclats. Des mains avides de saisir et d'étreindre, couvertes de plaies et d'un grouillement de vermine.

Avec des miaulements et des hoquets, Eddie recula à quatre pattes, sur le point de ne plus pouvoir respirer. Son cœur était un moteur emballé incontrôlable dans sa poitrine. Le lépreux paraissait habillé d'un étrange costume argenté en haillons. Des choses grouillaient entre ses mèches de cheveux bruns.

« Que dirais-tu d'une petite pipe, Eddie ? » grinça l'apparition, un sourire cauchemardesque à ce qui lui restait de bouche. Il chantonna : « Bobby te fait ça pour dix cents, il te le fait quand tu veux, et c'est quinze cents pour le grand jeu. (Il cligna de son œil unique). Je m'appelle Bob Gray, Eddie. Et maintenant que nous avons été convenablement présentés... » L'une de ses mains vint s'abattre sur l'épaule d'Eddie, qui piaula faiblement.

« C'est très bien », reprit le lépreux. Avec un sentiment irréel d'épouvante, Eddie se rendit compte qu'il allait sortir en rampant par la fenêtre. L'armure osseuse de son front pelé fit éclater le mince montant de bois qui séparait les deux panneaux vitrés ; ses mains s'agrippaient à la terre et aux feuilles en décomposition. Ses épaules commencèrent à passer par l'ouverture, sans que l'unique œil bleu, flamboyant, quittât un instant Eddie.

« Voilà, Eddie, j'arrive, tout va bien, croassa-t-il. Tu vas aimer ça là en bas avec nous. Certains de tes amis s'y trouvent déjà. »

Les mains crochues se tendirent de nouveau, et dans un coin de son esprit en proie à la terreur panique, l'enfant eut soudain la froide certitude que si cette chose touchait sa peau nue, il se mettrait lui-même à se putréfier. Cette idée rompit la paralysie qui s'était emparée de lui. Il battit en retraite sur les mains et les genoux, se tourna et se précipita vers l'autre bout du porche. D'étroits rayons de soleil poudreux tombant entre les fentes du plancher venaient zébrer de temps en temps sa figure ; des toiles d'araignées s'accrochèrent à ses cheveux. Il jeta un coup d'œil derrière lui et vit que le lépreux était à demi sorti de la cave.

« Ça va te faire du mal de courir, Eddie ! » lui lança le lépreux.

Eddie avait atteint l'autre bout du porche, fermé par un léger treillis. Le soleil brillait au travers, imprimant des diamants de lumière sur ses joues et son front. Il baissa la tête et fonça sans la moindre hésitation, fracassant tout l'entrelacs de baguettes dans un grand bruit de clous rouillés arrachés. De l'autre côté l'attendait une jungle de rosiers à travers laquelle il se précipita en se remettant sur ses pieds, sans sentir les égratignures des épines sur les bras, les joues et le cou.

Il put enfin se retourner et partir sur ses jambes flageolantes, tout en tirant l'inhalateur de sa poche ; il en prit une bouffée. Cela ne s'était pas produit, ce n'était pas possible... Il n'avait fait qu'imaginer le clochard dans sa tête et il s'était simplement

(monté un spectacle)

raconté une histoire, un film d'horreur, comme ceux

des séances du samedi après-midi avec Frankenstein ou le loup-garou, au Bijou, au Gem ou à l'Aladdin. C'était ça, bien sûr. Il s'était lui-même fichu la trouille ! Quel crétin il était !

Il eut même le temps d'un éclat de rire nerveux à l'idée de la vigueur insoupçonnée de son imagination, avant que les mains pourrissantes n'apparaissent d'en dessous le porche, s'accrochant aux rosiers avec une férocité brutale, tirant dessus et les dénudant non sans y déposer des perles de sang.

Eddie hurla.

Le lépreux se dégageait en rampant. Il vit alors qu'il portait un costume de clown, avec des gros pompons orange sur le devant en guise de boutons. La chose vit Eddie et sourit. Le cratère qui lui servait de bouche s'ouvrit, laissant pendre la langue. Eddie hurla de nouveau, mais personne n'aurait pu entendre le cri étouffé d'un enfant hors d'haleine depuis la gare où pilonnait le diesel. La langue du lépreux se mit à s'allonger et à se dérouler comme un serpentin de fête, se terminant en pointe de flèche. Elle rampait dans la boue, écumeuse, suintant d'une humeur jaunâtre épaisse, couverte d'un grouillement de vermine.

Les rosiers, sur lesquels le printemps avait posé les premières touches de vert tendre lorsque Eddie était passé au travers, noircissaient et se desséchaient.

« Une pipe », murmura le lépreux en se redressant sur ses pieds, chancelant.

Eddie bondit vers sa bicyclette. La même course effrénée que l'autre fois, si ce n'est qu'elle se déroulait maintenant comme un cauchemar dans lequel on avance avec une lenteur angoissante en dépit de tous ses efforts... Et dans ces rêves, n'entend-on pas ou ne sent-on pas toujours quelque chose, un Ça, qui gagne du terrain ? Est-ce que l'haleine pestilentielle de Ça ne vous étouffe pas toujours, une haleine comme celle qui venait maintenant aux narines d'Eddie ?

Il crut un instant — instant d'espoir insensé — qu'il s'agissait vraiment d'un cauchemar. Peut-être allait-il se réveiller dans son lit, en larmes... mais vivant. En sécurité, surtout. Puis il repoussa cette idée au charme mortel, au réconfort fatal.

Il n'essaya pas d'enfourcher immédiatement sa bicyclette, mais courut au contraire à côté, tête baissée, pesant sur le guidon. Il avait l'impression de se noyer, non pas dans de l'eau, mais dans sa propre poitrine.

« Une petite pipe, murmura de nouveau le lépreux. Reviens quand tu veux, Eddie. Amène tes copains. »

Il crut se sentir effleuré par les doigts putréfiés à la hauteur de la nuque, mais il ne s'agissait sans doute que d'une toile d'araignée accrochée sous le porche et qui lui pendait dans le cou. Sa peau se hérissa. Il bondit enfin sur sa bicyclette et se mit à pédaler comme un forcené, sans s'inquiéter de sa gorge réduite à un trou de tête d'épingle, sans en avoir rien à foutre de son asthme, sans se retourner. Il était presque arrivé chez lui lorsqu'il jeta pour la première fois un coup d'œil par-dessus son épaule, et bien entendu ne vit rien, sinon deux gosses qui se dirigeaient vers le parc pour y jouer au ballon.

Cette nuit-là, raide comme un piquet dans son lit, sa main droite tenant fermement l'inhalateur, scrutant les ténèbres, il entendit le lépreux murmurer : *Ça va te faire du mal de courir, Eddie.*

8

« Oh ! la, la ! », fit Richie d'un ton respectueux ; c'était le premier commentaire depuis que Bill Denbrough avait terminé son récit.

« Est-ce q-qu'il t-te reste des ci-cigarettes, R-R-Richie ? »

Richie lui donna la dernière qui lui restait du paquet qu'il avait subtilisé, déjà à moitié vide, dans un tiroir du bureau de son père. Il lui donna même du feu.

« Ce n'était pas un rêve, Bill ? demanda soudain Stan.

— A-Absolument pas, répondit Bill en secouant la tête.

— C'est bien réel », dit Eddie à voix basse.

Bill lui jeta un regard aigu. « Q-Quoi ?

— J'ai dit que c'était bien réel, reprit Eddie, le regardant presque comme s'il lui en voulait. Ça s'est vraiment passé, ça s'est produit. » Et avant d'y songer, avant de savoir ce qu'il allait dire, il se retrouva en train de leur raconter l'histoire du lépreux sorti en rampant du sous-sol de la maison de Neibolt Street. Au milieu de son récit, l'air se mit à lui manquer et il lui fallut se servir de son inhalateur ; à la fin il éclata en sanglots suraigus qui secouèrent son petit corps.

Tous le regardaient, gênés, et Stan posa une main sur son épaule. Bill lui donna une accolade maladroite tandis que les autres détournaient les yeux.

« T-Tout v-va bien, E-Eddie, tout v-va bien.

— Moi aussi je l'ai vu », dit soudain Ben Hanscom, d'un ton de voix rude où perçait une note de frayeur en dépit de sa retenue.

Eddie releva la tête, le visage toujours inondé de larmes, les yeux rouges et tuméfiés. « Quoi ?

— J'ai vu le clown, reprit Ben. Sauf qu'il n'était pas comme tu l'as dit, en tout cas pas quand je l'ai rencontré. Il n'était pas du tout... visqueux. Tout sec, au contraire. (Il se tut, et regarda ses mains, posées sur ses cuisses éléphantesques.) J'ai cru que c'était la momie.

— Comme dans les films ? demanda Eddie.

— Oui, mais pas exactement, répondit Ben lentement. Dans les films, elle a l'air bidon. Ça fait peur, mais on se rend bien compte que c'est truqué, hein ? Les bandages sont trop impeccables, par exemple. Mais ce type... il avait l'air d'être une vraie momie... je veux dire, comme si on en trouvait une au fond d'une pyramide. Sauf le costume.

— Q-Q-Quel cos-costume ?

— Argenté, avec de gros pompons orange sur le devant », fit Ben en regardant Eddie.

Ce dernier en resta bouche bée. Au bout d'un instant, il dit : « Dis-le tout de suite si tu blagues... Il m'arrive encore de... de rêver à ce type sous le porche.

— Ce n'est pas une blague », assura Ben, qui commença à raconter son histoire, lentement, en partant du moment où il s'était porté volontaire pour aider Mrs. Douglas à ranger ses livres, pour finir par les mauvais rêves que lui aussi faisait. Il parlait sans regarder les autres, comme s'il éprouvait une grande honte pour son comportement. Il ne releva pas une seule fois la tête pendant tout son récit.

« Tu dois avoir rêvé, dit finalement Richie, qui, devant la grimace de Ben, reprit précipitamment : Ça n'a rien de personnel, Ben, mais tu dois bien te rendre compte que des ballons ne peuvent pas flotter comme ça, contre le vent...

— Les photos ne clignent pas de l'œil non plus », objecta Ben.

Troublé, Richie regarda tour à tour Ben et Bill. Accuser Ben de rêver tout éveillé était une chose ; en accuser Bill en était une autre. Bill était leur chef, celui vers lequel ils se tournaient tous. Personne ne l'avait jamais dit ; c'était inutile. Mais Bill était leur tête pensante, celui qui trouvait toujours quelque chose à faire un jour de pluie, celui qui se souvenait des jeux que les autres avaient oubliés. D'une certaine façon, bizarrement, ils sentaient qu'il y avait quelque chose d'adulte en Bill qui les rassurait ; son sens des responsabilités, peut-être, ou l'impression qu'il n'hésiterait pas à les prendre si cela devenait nécessaire. Et pour dire la vérité, Richie croyait l'histoire de Bill, aussi insensée qu'elle fût. Et peut-être n'avait-il aucune envie de croire à celle de Ben, voire à celle d'Eddie.

« Il ne t'est jamais rien arrivé de... semblable, hein ? » demanda Eddie à Richie.

Ce dernier garda quelques instants le silence, commença à dire quelque chose, secoua la tête, et finit par lancer au bout d'un moment : « La chose la plus effrayante que j'aie vue récemment, je vais vous dire ce que c'était : Mark Prenderlist en train de lansquiner dans le parc McCarron. Jamais rien vu d'aussi moche !

— Et toi, Stan ? demanda Ben.

— Non », répondit Stan un peu trop vivement en regardant ailleurs. Son petit visage était tout pâle et il avait les lèvres blanches à force de les serrer.

« Y-Y-Ya quelque chose, S-Stan ?

— Non, je vous ai dit ! » fit Stan en bondissant sur ses pieds. Il se dirigea vers la rive, mains dans les poches, et resta à regarder l'eau qui débordait du barrage original et continuait de monter derrière la deuxième tranche des travaux.

« Allons, Stanley, voyons ! » l'encouragea Richie en adoptant un fausset suraigu. C'était une autre de ses voix, grand-mère Grunt. Quand il l'adoptait, il marchait à pas menus, un poing dans le dos, et caquetait comme une poule effrayée. L'imitation était néanmoins bien loin d'être convaincante.

« Assez de chichis, Stanley, raconte à ta vieille Mamie comment tu as vu le méééééchant clown, et je te donnerai un biscuit au chocolat. Tu n'as qu'à me di...

— La ferme ! aboya brusquement Stan, fonçant sur Richie qui, pris de court, fit deux ou trois pas en arrière. La ferme !

— D'accord, d'accord, bwana », fit Richie en s'asseyant. Il observait Stan, incrédule. Ce dernier avait les joues écarlates, mais il paraissait plus effrayé que furieux.

« Ça va, intervint Eddie d'un ton calme. Ne te formalise pas, Stan.

— Ce n'était pas un clown », admit Stanley. Son regard sautait de l'un à l'autre, agité. Il paraissait lutter avec lui-même.

« T-T-Tu peux p-parler, dit Bill, lui aussi d'un ton calme. N-Nous l'avons bien f-fait.

— Ce n'était pas un clown. C'était... »

À cet instant précis, le baryton sonore et raboté au whisky de Mr. Nell l'interrompit, les faisant tous sursauter comme si on venait de leur tirer dessus : « Jai-sus-Christ à la jambe de bois ! Gardez-moi ce désastre ! Jai-sus-Christ ! »

CHAPITRE 8

La chambre de Georgie
et la maison de Neibolt Street

1

Richie Tozier ferme la radio, qui l'assourdit avec Madonna dans Like a Virgin *sur WZON (la station de rock de Bangor, d'après ses propres déclarations hystériquement réitérées), s'engage sur le bas-côté de la route, coupe le moteur de la Mustang louée chez Avis à l'aéroport de Bangor et quitte le véhicule. Il entend sa propre respiration jusqu'à l'intérieur de sa tête. Il vient de voir un panneau indicateur qui a soulevé la chair de poule dans tout son dos:*

Il passe devant la voiture et s'appuie des mains sur le capot; on entend les menus claquements que fait un moteur en se refroidissant. Un geai cajole brièvement puis se tait, tandis que les grillons continuent à striduler. C'est tout pour la bande sonore.

Il a vu le panneau, il l'a dépassé, et soudain, il est de nouveau à Derry. Au bout de vingt-cinq ans, Richie Tozier la Grande Gueule est de retour chez lui. Il a...

Brutalement, des aiguilles de douleur insupportable s'enfoncent dans ses yeux, balayant ses réflexions. Il pousse un petit cri étranglé et porte les mains à son visage. La seule fois où il a ressenti une douleur du même genre, mais en moins cuisant, remonte au jour où, au collège, un cil s'était pris sous l'un de ses verres de contact. Aujourd'hui, ce sont ses deux yeux qui le font souffrir.

Ses mains n'ont pas encore touché son visage que la douleur a disparu.

Il baisse lentement les bras, songeur, et regarde la route numéro 7. Il a quitté l'autoroute à la sortie Etna-Haven; pour un motif qui lui reste obscur, il n'a pas voulu arriver par l'autoroute, qui était encore en construction dans la région de Derry, le jour où ses vieux et lui avaient secoué la poussière de la bizarre petite ville de leurs chaussures et pris la direction du Middle West. Il aurait certes fait plus vite en restant sur l'autoroute, mais il aurait aussi commis une erreur.

C'est pourquoi il a d'abord emprunté la route numéro 9 et traversé le village endormi de Haven avant de tourner sur la route numéro 7. Le jour commençait à poindre tandis qu'il progressait.

Puis le panneau. Il était du même modèle que tous ceux qui marquent les limites des six cents et quelques villes que compte le Maine; mais comme celui-ci lui a broyé le cœur!

Penobscot
County
D
E
R
R
Y
Maine

Au-delà, un panneau des Elks, un autre du Rotary Club, et pour compléter la trinité, un dernier proclamant LES LIONS DE DERRY RUGISSENT POUR LE FOND UNI ! *Au-delà, ce n'est que la route numéro 7, continuant en ligne droite entre le moutonnement des pins et des sapins. Dans la lumière et le silence du jour qui triomphe de la nuit, ces arbres ont cette qualité*

408

rêveuse et irréelle de volutes de fumée gris-bleu, immobilisées dans l'air figé d'une pièce scellée.

Derry, *pense-t-il*. Dieu me vienne en aide. Derry. Le diable m'emporte.

Il est sur la route numéro 7. À huit kilomètres de là, si le temps ou une tornade n'en a pas eu raison entre-temps, se trouve la ferme Rhulin, où sa mère achetait ses œufs et presque tous ses légumes. Trois kilomètres de plus, et la route numéro 7 devient la route de Witcham et bien entendu ensuite Witcham Street. Dieu nous donne, alléluia, un monde sans fin, amen. Quelque part entre la ferme Rhulin et la ville, il passera devant la ferme Bowers et la ferme Hanlon. Peu après la ferme Hanlon, il verra les premiers scintillements de la Kenduskeag et les premiers fouillis broussailleux de verdure empoisonnée. Les luxuriantes basses terres que pour une raison inexplicable on appelait les Friches-Mortes.

Je me demande vraiment si je vais être capable de tenir le coup ; autant dire toute la vérité, les gars. Je ne sais pas si je vais pouvoir.

La nuit précédente s'est déroulée pour lui comme un rêve. Un rêve qui s'est poursuivi tant qu'il a continué de voyager, d'avancer, d'aligner les kilomètres. Mais maintenant qu'il s'est arrêté (ou plutôt que le panneau l'a arrêté), il vient de s'éveiller à une étrange vérité : ce rêve était la réalité. Derry est la réalité.

On dirait qu'il est incapable d'arrêter l'évocation de ses souvenirs ; ceux-ci vont finir par le rendre fou, croit-il. Il se mord la lèvre, s'étreint les mains très fort, comme pour éviter de voler en éclats. Il sent qu'il ne va pas tarder à voler en éclats. On dirait qu'il y a au fond de lui un fou impatient de ce qui va arriver, mais en dehors de ça, il ne se demande qu'une chose : comment vais-je me débrouiller pour franchir l'étape des quelques prochains jours ? Il...

De nouveau ses pensées s'interrompent.

Un daim s'avance sur la route. Il entend même le b[...] feutré de ses sabots sur la chaussée.

Richie *s'arrête de respirer* — avant de r[...]

douceur. Il regarde, stupéfait, il n'avait jamais imaginé que sa vie mouvementée pourrait lui réserver un tel spectacle. Il fallait revenir ici pour trouver ça.

C'est en fait une biche, sortie du bois à droite ; elle s'arrête au milieu de la 7, de part et d'autre de la ligne blanche discontinue. Ses yeux noirs contemplent Richie Tozier avec douceur ; il lit de l'intérêt dans ce regard, mais pas de peur.

Il la regarde, émerveillé, et se dit qu'elle est un heureux présage, un signe quelconque à la Mrs. Azonka ou une connerie comme ça. C'est alors que lui revient, de manière inattendue, un souvenir lié à Mr. Nell. La frousse qu'il leur avait fichue ce jour-là, leur tombant dessus juste après que Bill, Eddie et Ben avaient raconté leur histoire !

Et tandis qu'il contemple la biche, Rich prend une profonde inspiration et se retrouve en train de parler l'idiome de l'une de ses voix... celle, pour la première fois depuis vingt-cinq ans ou plus, du flic irlandais, qu'il avait incorporée à son répertoire après cette journée mémorable. Elle débaroule dans le silence du matin comme une énorme boule de bowling, plus puissante encore qu'il s'y attendait :

« Jai-sus-Christ à la jambe de bois ! Qu'est-ce qu'une petite mignonne comme toi fabrique dans ce coin perdu ? Jaisus-Christ ! Ferais mieux de rentrer chez toi avant que j'en parle au père O'Staggers ! »

Avant que ne retombe l'écho, avant que le premier geai scandalisé ne commence à le tancer pour ce sacrilège, la biche exhibe sa queue blanche comme un drapeau d'armistice et disparaît au milieu des pins couleur de fumée, ne laissant derrière elle qu'un petit tas de crottin ⬩⬩⬩ *pour montrer que même à trente-sept ans, Richie* ⬩⬩⬩ *est encore capable d'en sortir une bien bonne de* ⬩⬩⬩ *temps.*

410

⬩⬩⬩ *à rire. Doucement tout d'abord ; puis il est* ⬩⬩⬩ *dicule achevé de la situation — sur le bord* ⬩⬩⬩ *Maine, au petit matin, à cinq mille* ⬩⬩⬩ *en train de hurler des incongruités* à une biche avec l'accent d'un flic irlandais. Son rire enfle, se transforme en fou rire, le fou rire en hurlements; il est finalement obligé de s'accrocher à la voiture, pleurant comme une fontaine, et se demandant vaguement s'il ne va pas mouiller son pantalon. Chaque fois qu'il reprend un peu le contrôle de lui-même, ses yeux se posent sur le petit tas de crottin et un nouvel accès de fou rire le prend.

Reniflant, hennissant, il finit par réussir à se glisser derrière le volant; il fait repartir le moteur de la Mustang. Un camion-citerne passe, ronflement sonore accompagné d'une gifle d'air. Richie repart derrière lui. Pour Derry. Il se sent mieux, maintenant, maître de lui... à moins que ce ne soit le fait de se déplacer, d'avaler les kilomètres, qui favorise le retour du rêve?

Il se reprend à penser à Mr. Nell — et au jour du barrage. Il leur avait demandé qui avait eu l'idée de cette petite plaisanterie. Il se revoit, lui et les quatre autres, échangeant des regards gênés, et se souvient comment Ben s'était finalement avancé, tout pâle, les yeux baissés, les bajoues tremblantes dans l'effort qu'il faisait pour ne pas bafouiller. Le pauvre gosse devait s'imaginer qu'il allait en prendre pour cinq ans au pénitencier de Shawshank, se dit Richie, mais il y était allé tout de même. Ce faisant, il les avait tous obligés à le soutenir. C'était ça ou passer pour des méchants à leurs propres yeux. Pour des froussards. Tout ce que n'étaient pas leurs héros, à la télé. Un geste qui avait soudé leur groupe, pour le meilleur et pour le pire. Et la soudure, apparemment, a tenu vingt-sept ans. Les événements font parfois comme les dominos; le premier renverse le deuxième qui renverse le troisième — et c'est parti.

Quand, se demande Richie, a-t-il été trop tard pour revenir en arrière? À quel moment Stan et lui étaient-ils arrivés, pour prendre part à la construction du barrage? À quel moment Bill leur avait-il parlé de la photo d'école sur laquelle son frère lui avait cligné de l'œil?... Aux yeux de Richie Tozier, il semble que le premier

*domino soit tombé quand Ben Hanscom s'était avancé et
avait déclaré : « C'est moi qui leur ai montré*

2

comment le faire. C'est ma faute. »

Mr. Nell était resté immobile, lèvres serrées, les mains sur sa grosse ceinture de cuir noir. Il regardait tour à tour Ben et le petit lac qui ne cessait de croître, avec la tête de quelqu'un qui n'arrive pas à croire ce qu'il voit. C'était un Irlandais corpulent, aux cheveux prématurément blanchis et ondulés, soigneusement peignés en arrière sous la casquette bleue de flic. Il avait des yeux d'un bleu éclatant, un nez d'un rouge éclatant, et des foyers de petits capillaires éclatés sur les joues. Il était d'une taille au-dessus de la moyenne, mais pour les cinq garçons qui se tenaient, penauds, devant lui, il devait bien mesurer deux mètres cinquante.

Mr. Nell ouvrit finalement la bouche pour parler, mais Bill s'avança à côté de Ben et ne lui en laissa pas le temps.

« C-C-C-C'est m-moi q-qui ai e-eu ce-cette -i-i-idée », réussit-il à sortir péniblement. Il prit une énorme bouffée d'air, et, sous l'œil d'un Mr. Nell impassible dont l'insigne flamboyait royalement au soleil, Bill bafouilla le reste de ce qu'il voulait dire : ce n'était pas la faute de Ben ; Ben n'avait fait que se pointer par hasard et leur montrer comment faire correctement ce qu'ils faisaient mal.

« Moi aussi, intervint soudain Eddie en venant se placer de l'autre côté de Ben.

— C'est quoi, ça, " moi aussi "? demanda Mr. Nell. Ton nom ou ton adresse, cow-boy à la manque ? »

Eddie rougit violemment, jusqu'à la racine des cheveux. « J'étais avec Bill avant que Ben soit là, c'est tout ce que je voulais dire. »

Richie alla se placer à côté d'Eddie. L'idée de faire

une ou deux voix lui traversa bien l'esprit, mais à la réflexion (ce phénomène était une chose aussi rare que délicieuse pour Richie), il se dit que cela risquerait d'empirer les choses ; Mr. Nell n'avait pas l'air d'être d'humeur ah-ah-nante, comme disait parfois Richie. Les ah-ah étaient même sans doute la dernière chose qu'il avait à l'esprit. C'est pourquoi Richie se contenta de dire : « J'étais aussi dans le coup », et la ferma.

« Comme moi », dit Stan en se plaçant à côté de Bill.

Ils se tenaient tous les cinq en rang d'oignons devant Mr. Nell. Ben regarda à sa droite et à sa gauche, plus que désorienté, comme stupéfait d'avoir leur soutien. Pendant un instant, Richie crut bien que Meule de Foin allait éclater en larmes de gratitude.

« Jai-sus ! » répéta Mr. Nell ; il prenait un ton dégoûté, mais son visage parut soudain trahir une envie de rire. « Vous me faites une belle bande de rigolos, tous les cinq. Si jamais vos parents apprennent où vous étiez aujourd'hui, va y avoir des derrières échauffés, ce soir. »

Richie ne put se retenir plus longtemps. Sa bouche s'ouvrit, c'est tout, et se mit à jacasser, comme d'habitude.

« Comme ça va-t'y dans vot' cambrousse, Mr. Nell ? beugla-t-il. Ah, ça fait ben plaisir de vous voèr, sûr et certain, v' s'êtes un sacré gaillard d'homme, j' vous jure qu...

— Et moi, j' te jure que tu ne vas plus pouvoir t'asseoir pendant dix jours si tu continues, mon jeune ami », le coupa sèchement Mr. Nell.

Bill se tourna vers Richie et gronda : « P-Pour l'amour d-d-de Dieu, R-Richie, f-f-ferme-la !

— Excellent conseil, maître William Denbrough, dit Mr. Nell. J' suis prêt à parier que Zack ignore que tu es en ce moment dans les Friches, en train de jouer au milieu des flottilles de colombins, hein ? »

Bill, les yeux baissés, secoua la tête. Des roses sauvages empourpraient ses joues.

Mr. Nell s'adressa à Ben : « Je n'ai pas retenu ton nom, fiston.

— Ben Hanscom, m'sieur », fit Ben dans un murmure.

Mr. Nell hocha la tête et examina de nouveau le barrage. « Ton idée, Ben ?

— C'est moi qui leur ai dit comment faire, oui. » Le murmure de Ben était devenu presque inaudible.

« Eh bien, en voilà un sacré ingénieur ! Dis-moi, mon bonhomme, tu connais que dale au système de drainage de Derry, j' suis prêt à parier ? »

Bill secoua la tête.

Presque gentiment, Mr. Nell expliqua : « C'est un système double. Une partie retient les déchets humains solides — la merde, si ça n'offense pas tes chastes oreilles —, et l'autre emporte les eaux usées, c'est-à-dire l'eau des toilettes, des éviers, des douches, des machines à laver. Cette eau s'écoule par les égouts de la ville.

« Bon, on peut dire que tu n'as causé aucun problème pour le système qui nous débarrasse des déchets solides, puisqu'ils sont déversés un peu plus bas dans la Kenduskeag, par pompage. Il doit y avoir une bonne tapée de colombins en train de sécher ici et là au soleil grâce à toi, mais aucun risque de voir la merde coller au plafond chez les gens.

« Mais pour ce qui est des eaux usées..., il n'existe pas de pompe, comprends-tu ? Elles s'écoulent le long des pentes dans ce que les grosses têtes d'ingénieur appellent des fosses de drainage. Et j' suis prêt à parier que tu sais où se déversent ces fosses, mon bonhomme, non ?

— Ici », fit Ben en montrant le secteur en amont du barrage, en grande partie submergé grâce à ses soins. Il n'avait pas levé les yeux ; de grosses larmes commençaient à couler lentement sur ses joues. Mr. Nell fit semblant de ne rien remarquer.

« Tout juste, mon gros p'tit père. Toutes les fosses de drainage se déversent dans des cours d'eau qui aboutissent dans les Friches. En fait, bon nombre des ruisseaux qui arrivent ici ne sont que des eaux usées ; les sorties sont tellement enfouies dans les broussailles qu'on ne les voit pas. La merde va d'un côté et tout le reste de l'autre, Dieu bénisse l'intelligence des hommes, et il ne vous est pas venu à l'esprit une seconde que vous aviez passé toute la sainte journée à patauger dans la pisse et les eaux sales de Derry, hein ? »

Eddie se mit soudain à haleter et dut se servir de son inhalateur.

« Savez ce que vous avez fait ? Toute l'eau a reflué dans six ou huit des bassins de décantation qui desservent Witcham, Kansas et Jackson, sans compter les petites rues qui les relient. (Mr. Nell fixa Bill Denbrough d'un regard froid.) L'un d'eux communique avec ton propre foyer, maître Denbrough. Et voilà comment l'eau ne va plus s'écouler des éviers, des machines à laver, et comment les évacuations vont joyeusement refluer vers les caves. »

Ben laissa échapper un gros sanglot, comme un aboiement. Les autres lui jetèrent un coup d'œil et se détournèrent. Mr. Nell posa sa grande main sur l'épaule de Ben ; elle était calleuse et dure, mais non sans une certaine douceur aussi.

« Allons, allons, ne dramatisons pas, mon bonhomme. On n'en est peut-être pas encore là ; disons que j'ai un poil exagéré pour que vous compreniez. On m'a envoyé voir si un arbre n'était pas tombé en travers du courant ; ça se produit de temps en temps. Après tout, en dehors de vous et moi, qui a besoin de savoir que ce n'était pas ça ? Il y a en ce moment en ville des affaires un peu plus sérieuses qu'une petite histoire d'eau refoulée. Je dirai dans mon rapport que j'ai localisé le tronc en travers et que des garçons m'ont donné un coup de main pour le sortir de là. Sans donner de noms. Pas de citation à l'ordre de la nation pour la construction d'un barrage dans les Friches. »

Du coin de l'œil, il observait les cinq gamins. Ben s'essuyait furieusement les yeux avec son mouchoir, tandis que Bill regardait pensivement le barrage ; Eddie ne lâchait pas son inhalateur ; et Stan se tenait à côté de Richie, une main sur son bras, prêt à le lui broyer s'il manifestait la moindre intention de dire autre chose que « Merci, m'sieur ».

« Vous n'avez rien à faire dans un coin pareil, les enfants, reprit Mr. Nell. Il y a bien soixante maladies différentes qui mijotent dans ce potage. D'un côté la décharge, de l'autre des ruisseaux pleins de pisse et d'eaux sales, sans parler des moustiques, des mouches noires, des ronces et des sables mouvants... Non, vous n'avez rien à faire dans un endroit pareil. Quatre parcs tout propres dans la ville pour jouer au ballon à votre disposition, mes p'tits gars, et c'est ici que je vous trouve. Jai-sus-Christ !

— Ça nous p-p-plaît d'y ve-venir, dit soudain Bill, une note de défi dans la voix. Q-Q-Quand nous y-y ve-venons, p-personne n'est l-là p-p-pour nous c-c-c-cas-casser les p-p-pieds.

— Qu'est-ce qu'il raconte ? demanda Mr. Nell à Eddie.

— Que quand nous venons ici, il n'y a personne pour nous casser les pieds, dit Eddie, la voix menue et sifflante, mais le ton ferme. Et il a raison. Quand nous allons au parc pour jouer au base-ball, par exemple, les autres disent : " Ouais, d'accord, vous voulez être deuxième ou troisième base ? " »

Richie se mit à caqueter : « Eddie qui nous en sort une bien bonne ! Et... sous votre nez ! »

Mr. Nell tourna vivement la tête vers lui.

Richie haussa les épaules. « S'cusez. Mais il a raison. Bill aussi a raison. On aime bien venir ici. »

Richie crut bien que Mr. Nell allait se mettre en colère, mais le flic aux cheveux blancs le surprit — lui et les autres — en se contentant de sourire. « Ouais, ouais. Moi aussi j'aimais bien le coin quand j'étais gamin. Je ne vous l'interdirai pas. Mais faites bien gaffe à ce que je vais vous dire. (Il tendit un doigt vers eux, et tous le regardèrent, l'expression sérieuse.) Si vous venez jouer ici, que ce soit toujours en groupe, comme aujourd'hui. Ensemble. Vous me comprenez ? »

Ils hochèrent la tête en chœur.

« *Tout le temps* ensemble. Pas de jeu de cache-cache où chacun est seul dans son coin. Vous savez tous ce qui se passe en ce moment. Je vous interdis d'autant moins de venir ici que ça ne changerait rien. Mais pour votre propre bien, ici ou ailleurs, restez en groupe. (Il regarda Bill.) Tu n'es pas d'accord avec moi, maître Bill Denbrough ?

— S-S-Si, m'sieur, fit Bill. Nous r-resterons en-en...

— N'en dis pas plus. Donne-moi ta main. »

Bill tendit la main et Mr. Nell la serra.

Richie se débarrassa de la main de Stan et fit un pas en avant. « Sûr et certain, m'sieur Nell, v' s' êtes un prince parmi les hommes ! Un sacré, sacré type ! » Il prit l'énorme patte de l'Irlandais dans sa petite main et la secoua énergiquement, un large sourire sur la figure. Amusé, le flic reconnut une parodie lamentable de Franklin Roosevelt.

« Merci, mon garçon, dit Mr. Nell en récupérant sa main. Va falloir travailler un peu ça, parce que pour l'instant, tu as autant l'accent irlandais que Groucho Marx. »

Les autres garçons éclatèrent de rire, surtout de soulagement. Et rire n'empêcha pas Stan d'avoir un regard de reproche pour Richie : *Tu es vraiment incorrigible !*

Mr. Nell serra les mains à la ronde, en terminant par Ben.

« Tu n'as pas à avoir honte, mon bonhomme. Ce n'est qu'une erreur de jugement. Quant à votre truc, là en bas... C'est dans un livre que tu as trouvé le plan ? »

Ben secoua la tête.

« T'as inventé ça tout seul ?

— Oui, m'sieur.

417

— Eh bien, nom d'une pipe! Tu feras de grandes choses, un jour ou l'autre, sûr. Mais pas dans les Friches, c'est pas le coin pour ça. (Il regarda autour de lui, songeur.) Ça n'a jamais été le coin pour ça ; trop pourri. (Il soupira.) Allez, les enfants, détruisez-moi ce truc. Je vais aller pisser un coup et m'asseoir là-haut à l'ombre en attendant que vous remettiez les choses en ordre. » Il jeta un regard ironique à Richie en disant ces derniers mots, comme s'il l'invitait à faire une autre de ses sorties.

« Oui, m'sieur », se contenta de dire humblement Richie. Mr. Nell acquiesça, satisfait, et les garçons se remirent au travail, se tournant une fois de plus vers Ben, mais cette fois-ci, pour qu'il leur dise comment défaire le plus rapidement possible ce qu'ils avaient bâti selon ses instructions. Mr. Nell tira une bouteille brune de sa tunique et ingurgita une large rasade. Il toussa, souffla bruyamment et regarda les enfants, les yeux humides, l'expression bienveillante.

« Et c' que c'est que v' savez dans vot' bouteille, m'sieur ? lui lança Richie d'où il se tenait, dans l'eau jusqu'aux genoux.

— Tu pourras jamais la fermer, Richie ? siffla Eddie.

— Ça ? » fit Mr. Nell, l'air légèrement surpris, regardant de nouveau sa bouteille dépourvue de toute étiquette. « C'est le sirop pour la gorge des dieux, mon garçon. Voyons maintenant si tu es capable de pelleter aussi vite que tu parles. »

3

Un peu plus tard, Bill et Richie se retrouvèrent dans la côte de Witcham Street. Bill poussait Silver ; après avoir construit puis détruit le barrage, il ne disposait tout simplement plus de l'énergie indispensable pour propulser l'engin à sa vitesse de croisière. Les deux garçons étaient sales, ébouriffés et recrus de fatigue.

Stan leur avait demandé s'ils ne voulaient pas venir

chez lui faire une partie de Monopoly ou de Parcheesi, mais ils avaient refusé ; il se faisait tard. Ben, l'air épuisé et déprimé, avait dit préférer rentrer chez lui voir si personne n'avait rapporté les livres de la bibliothèque. Il avait quelque motif de l'espérer, car chaque volume contenait une carte où figuraient le nom et l'adresse de l'emprunteur. Eddie expliqua qu'il voulait voir *The Rock Show* à la télé ; Neil Sedaka devait passer, et il tenait à vérifier si Sedaka n'était pas un Noir. Stan lui dit qu'il était idiot, que Sedaka était blanc, qu'on s'en apercevait rien qu'en l'écoutant. Eddie protesta, et lui fit remarquer qu'il avait toujours pris Chuck Berry pour un Blanc, jusqu'au jour où il l'avait vu dans *Bandstand*.

« Ma mère pense toujours qu'il est blanc, ajouta Eddie, et c'est tant mieux. Elle ne me laisserait sans doute plus écouter sa musique si elle apprenait que c'est un nègre. »

Stan avait parié quatre BD à Eddie que Neil Sadaka était blanc, et ils étaient partis ensemble chez Eddie pour en avoir le cœur net.

Et c'est ainsi que Bill et Richie s'étaient retrouvés tout seuls, marchant dans la direction de la maison de Bill, sans beaucoup parler. Richie se mit à repenser à l'histoire de l'album de George, avec la photo qui s'animait. En dépit de sa fatigue, une idée lui vint à l'esprit. Une idée idiote... mais qui n'était pas non plus sans attrait.

« Billy mon pote, dit-il, arrêtons-nous cinq minutes, pause café, veux-tu ? J' suis mort.

— On n'aurait p-pas cette ch-chance ! » répondit Bill, qui néanmoins fit halte et posa soigneusement Silver en bordure de la pelouse du séminaire de Derry ; puis les deux garçons s'installèrent sur les marches qui conduisaient à l'entrée de la grande bâtisse victorienne.

« Quelle j-journée ! » fit Bill, morose. Il avait deux taches mauves sous les yeux, et son visage trahissait la fatigue de quelqu'un qui n'en peut plus. « Il vaudra mieux appeler chez t-t-toi quand on sera à la m-maison. S-inon tes v-vieux vont se ronger les sangs.

— Ouais, bien sûr. Écoute, Bill... »

Richie s'interrompit, repensant à la momie de Ben, au lépreux d'Eddie et à ce que Stan avait failli leur raconter. Pendant un instant, quelque chose affleura son esprit, quelque chose qui avait à voir avec la statue de Paul Bunyan. Mais, grâce à Dieu, il ne s'était agi que d'un rêve.

Il repoussa toutes ces absurdités et se lança :

« Si on allait dans la chambre de George, chez toi ? J'aimerais voir cette photo. »

Bill regarda Richie, bouleversé. Il voulut parler et n'y réussit pas, tant était forte la tension. Il se contenta de secouer violemment la tête.

« Tu as entendu l'histoire d'Eddie, Bill. Et celle de Ben. Est-ce que tu y crois ?

— J-Je ne sais p-pas. Je c-crois qu'ils ont d-dû voir quelque ch-chose.

— Ouais, moi aussi. Et je suis sûr que tous les autres gosses qu'on a tués dans le secteur auraient une histoire comme ça à raconter. La seule différence avec Ben et Eddie, c'est qu'ils n'ont pas été pris. »

Bill souleva les sourcils, mais sans manifester une grande surprise. Richie se doutait bien que Bill avait pu faire le même raisonnement ; il bafouillait, mais il n'était pas idiot.

« Réfléchis maintenant à ça, Grand Bill ; un type a très bien pu se déguiser en clown pour tuer les enfants. Ne me demande pas pourquoi, mais qui peut dire pour quelles raisons agissent les cinglés ?

— D'a-d'a-d'a...

— D'accord. C'est pas tellement différent du joker dans une histoire de Batman. » Le seul fait d'exposer ses idées excitait Richie. Il se demanda brièvement s'il essayait honnêtement de prouver quelque chose ou s'il n'était pas en train d'embobiner Bill afin de pouvoir voir la chambre et la photo. En fin de compte, c'était probablement sans importance. Le seul fait de voir une lueur d'excitation dans l'œil de Bill suffisait.

« M-Mais, et l'histoire d-de la ph-photo, dans tout ç-ça ?

— Qu'est-ce que tu en penses, toi ? »

À voix basse, sans regarder Richie, Bill répondit qu'il pensait qu'il n'y avait aucun rapport avec les meurtres. « Je c-crois que c'-c'était le f-fantôme de G-Geo-Georgie.

— Un fantôme dans une photo ? »

Bill acquiesça.

Richie resta pensif. L'idée de fantôme ne troublait nullement son jeune esprit. Il était convaincu de leur existence. Avec des parents méthodistes, Richie allait à l'église tous les dimanches et au catéchisme tous les mardis soir. Il connaissait déjà assez bien la Bible, et il savait qu'il y avait toutes sortes de choses bizarres dedans. D'après la Bible, Dieu lui-même était au moins un fantôme pour un tiers, mais ce n'était qu'un début. On croyait aux démons dans la Bible : Jésus en avait fait sortir tout un troupeau d'un type. Vraiment marrants, ceux-là. Quand Jésus avait demandé au type qui il était, les démons avaient répondu en lui disant de s'engager dans la Légion étrangère ; ou un truc comme ça. La Bible regorgeait d'histoires de ce genre, toutes parfaitement vraies, d'après le révérend Craig et les parents de Richie. Ce n'était donc pas tant l'explication elle-même de Bill qui le gênait que la logique qui la sous-tendait.

« Mais tu as dit que tu avais peur ; pourquoi aurais-tu peur du fantôme de George, Bill ? »

Bill porta une main tremblante à sa bouche avant de parler. « Il est p-probablement en-en c-colère a-après moi. C'est m-ma f-faute, s'il est m-mort. Je l'ai en-envoyé a-avec le b-b-b... » Il fut incapable de sortir le mot, et mima donc le bateau d'une ondulation de la main. Richie acquiesça pour montrer qu'il le comprenait... mais qu'il n'était pas d'accord.

« Je ne crois pas, dit-il. Si tu l'avais descendu, je dis

pas. Ou même si tu lui avais donné un fusil chargé, par exemple, et s'il s'était accidentellement tué avec. Mais ce n'était pas un fusil, juste un bateau de papier. Tu ne voulais pas lui faire de mal ; en fait (Richie leva un doigt qu'il agita comme un avocat qui avance un argument), tu voulais seulement faire plaisir à ton petit frère, non ? »

Bill s'efforça de se souvenir, désespérément. Ce que Richie venait de lui dire l'avait fait se sentir un peu mieux, pour la première fois depuis la mort de George, c'est-à-dire depuis des mois. Mais il y avait quelque chose en lui qui tenait absolument à ce qu'il ne se sente pas mieux, qui tenait à ce que ce soit sa faute ; peut-être pas entièrement, mais au moins en partie.

Sinon, comment expliquer cette zone glaciale sur le canapé entre son père et sa mère ? Sinon, comment se faisait-il que plus personne ne parlait à table, pendant les repas ? On n'entendait plus que des bruits de couteaux et de fourchettes, et quand il n'en pouvait plus, il demandait qu'on l'ex-ex-excuse et filait.

Comme si le fantôme, c'était lui ; une présence qui parlait et se déplaçait, mais que l'on n'entendait pas, que l'on ne voyait pas ; on la sentait vaguement, sans en accepter la réalité.

L'idée qu'il était responsable ne lui plaisait pas, mais l'autre alternative, dans ce cas, lui plaisait encore moins : il aurait fallu, pour expliquer le comportement de ses parents, admettre que toute l'attention qu'ils lui avaient dévolue, tout l'amour qu'ils lui avaient porté, n'avaient été que le résultat de la présence de George ; George parti, il ne restait plus rien pour lui. Et tout cela s'était produit accidentellement, sans aucune raison. S'approcher de cette issue, c'était entendre les vents de la folie souffler au-delà.

Il revint donc sur ce qu'il avait fait, senti et dit le jour de la mort de Georgie, une part de lui-même espérant que Richie avait dit vrai, l'autre espérant tout autant que non. En tant que grand frère, il n'avait pas été un saint vis-à-vis de son cadet, rien n'était plus certain. Ils s'étaient souvent battus. N'y avait-il pas eu de bagarre, ce jour-là ?

Non, pas de bagarre. Lui-même s'était senti bien trop patraque pour prendre l'initiative d'une querelle avec George. Il avait dormi et rêvé de quelque chose, rêvé d'une

(tortue)

petite bestiole marrante, il ne se souvenait pas de quoi, et il s'était réveillé alors que s'affaiblissait le bruit de la pluie, dehors, et que George grommelait, boudeur, dans la salle à manger. Il lui avait alors demandé ce qui n'allait pas. George était venu dans sa chambre et lui avait dit qu'il essayait de fabriquer un bateau de papier en suivant les directives de son illustré favori, sans arriver à s'en sortir. Bill avait dit à George d'amener l'illustré (il voulait confirmer ses souvenirs du camp d'été où il avait appris la technique des bateaux de papier). Assis à côté de Richie sur les marches du séminaire, il se souvint du regard extasié de George quand il avait vu le bateau prendre forme ; il se rappela la joie que lui avait procurée ce regard ; Georgie le prenait vraiment pour un as, un champion, le genre de type qui triomphe de toutes les difficultés. Bref, il s'était senti un authentique grand frère.

Le bateau avait tué George, mais Richie avait raison : ce n'était pas comme s'il avait donné à Georgie un fusil chargé pour jouer avec. Bill n'avait aucune idée de ce qui allait lui arriver. Comment aurait-il pu deviner ?

Il prit une profonde inspiration qui le fit frissonner, et eut l'impression qu'un gros rocher (dont il n'avait jamais soupçonné la présence) venait d'être enlevé de sa poitrine. Il se sentit immmédiatement mieux, à tous points de vue.

Il ouvrit la bouche pour expliquer cela à Richie — mais au lieu de cela, il éclata en sanglots.

Inquiet, Richie passa un bras sur les épaules de Bill (non sans avoir jeté un rapide coup d'œil à la ronde pour être sûr que personne ne les prendrait pour un couple de tapettes).

« Tout va bien, Bill, tout va bien, d'accord ? Allez, vieux, ferme-moi ces robinets.

— *Je n'ai ja-ja-jamais v-voulu qu-qu'il m-m-meure*, larmoya-t-il, bafouillant plus que jamais. *JA-JAMAIS J-J-JE N'AI P-P-PENSÉ UN T-T-TRUC P-PAREIL !*

— Nom d'une pipe, Bill, je le sais bien. Si t'avais voulu lui faire sa fête, tu l'aurais poussé dans l'escalier, ou un truc comme ça. (Maladroitement, Richie tapota l'épaule de Bill et le serra contre lui avant de le relâcher.) Bon, allez, on arrête de chialer, d'accord ? On dirait un bébé. »

Peu à peu, Bill se calma. Ça lui faisait toujours mal, mais la douleur lui paraissait en quelque sorte plus propre, comme s'il avait débridé une plaie et retiré ce qui était putréfié à l'intérieur. L'impression de soulagement persistait.

« J-Je n'ai ja-jamais v-voulu sa m-mort, et si t-tu racontes à-à quelqu'un que j'-j'ai chialé, j-je te f-fous mon p-poing dans la g-gueule.

— Je ne dirai rien, promis. C'était ton frère, nom d'une pipe. Si on me tuait mon frère, je chialerais comme une Madeleine.

— Mais t'-t'as pas de f-frère.

— Ouais, mais si j'en avais un.

— Tu chialerais ?

— Sûr. » Richie se tut, observant Bill d'un air inquiet ; il se demandait s'il en avait vraiment fini. Il avait les yeux rouges et continuait de se les essuyer avec son tire-jus, mais, conclut Richie, le gros de la crise était certainement passé. « Ce que je veux dire, c'est que je ne vois pas pourquoi George voudrait te hanter. C'est ce qui me fait dire que la photo a peut-être quelque chose à voir... euh, à voir avec l'autre, là. Le clown.

— M-mais peut-être q-que G-George ne le sait p-pas, lui. Peut-être q-qu'il p-pense que... »

Richie comprit où Bill voulait en venir et le coupa

d'un geste de dénégation : « Quand t'es clamsé, tu sais tout ce que les gens pensaient de toi, Bill. (Il s'exprimait avec l'air indulgent d'un grand professeur corrigeant les idées stupides d'un cul-terreux.) C'est dans la Bible : " Ouais, si on ne peut pas voir à travers le miroir actuellement, nous verrons comme si c'était une vitre après notre mort. " C'est dans la première Épître aux Thessaloniciens ou la deuxième aux Babyloniens, j'ai oublié. Ça veut dire...

— J-J'ai compris.

— Alors, qu'est-ce que tu en dis ?

— Hein ?

— Allons dans sa chambre et regardons l'album. Ça nous donnera peut-être un indice sur celui qui tue les gosses.

— J'ai la frousse.

— Moi aussi. » Richie avait répondu d'instinct, histoire de décider Bill, puis quelque chose de lourd se déplaça en lui et il se rendit compte qu'il avait, effectivement, une peur bleue.

4

Les deux garçons se glissèrent dans la maison comme des fantômes.

Le père de Bill était encore au travail ; sa mère se trouvait dans la cuisine, plongée dans un livre de poche, assise à la table. L'odeur du repas — brandade de morue — parvenait jusque dans l'entrée. Richie appela chez lui pour que sa mère ne le croie pas mort, tout de suite en arrivant.

Mais la mère de Bill les entendit et s'enquit de ce qui se passait depuis la cuisine ; Richie expliqua que sa propre mère passerait le prendre dans un moment.

Ils allèrent à l'étage, dans la chambre de Bill. Elle était rangée comme une chambre de garçon, c'est-à-dire que sa mère n'aurait eu qu'un léger mal de tête en l'examinant. Les étagères croulaient sous les livres et les BD empilées à la diable, tandis que les 45-tours, les jouets et les modèles réduits disputaient la place à d'autres livres sur le bureau, où trônait également une machine à écrire, une vieille Underwood de bureau ; ses parents la lui avaient offerte pour Noël, deux ans auparavant, et Bill s'en servait de temps en temps pour écrire des histoires, avec plus de fréquence depuis la mort de George. Cette manière de « faire semblant » lui procurait un certain soulagement.

Le tourne-disque était posé à même le sol, des vêtements entassés dessus ; Bill les fourra dans un tiroir du bureau et prit une demi-douzaine de 45-tours qu'il empila sur le gros tube du distributeur. Les Fleetwoods commencèrent à chanter *Come Softly Darling*.

Richie se pinça le nez.

Bill ne put s'empêcher de sourire, en dépit de son cœur qui cognait. « Ils n-n'aiment p-pas le r-rock. C-Celui-là, c'est m-mon c-cadeau d'anniversaire. J'ai aussi d-deux P-Pat Boone et d-deux T-Tommy Sands. Je m-me passe L-L-Little R-Richard et J-Jay Hawkins quand i-ils ne sont p-pas là. Mais s-si elle entend la-la m-musique, elle n-nous croira d-dans ma ch-chambre. Viens. »

La chambre de George était de l'autre côté du couloir, la porte fermée. Richie la regarda et se passa la langue sur les lèvres.

« Elle n'est pas fermée à clef ? » murmura-t-il. Il se prit soudain à espérer qu'elle soit barricadée. Il avait du mal à croire que l'idée d'y pénétrer était de lui, tout d'un coup.

Bill, tout pâle, secoua la tête et tourna le bouton de porte. Il entra et se tourna vers Richie, qui hésita un instant avant de le suivre. Bill referma la porte derrière eux ; la musique se réduisit à un son étouffé. Le cliquetis de la serrure fit tressaillir Richie.

Il regarda autour de lui, à la fois mort de peur et dévoré de curiosité. La première chose qu'il remarqua fut l'odeur sèche de renfermé. *Ça doit faire longtemps que l'on n'a pas ouvert la fenêtre, ici... ça doit faire longtemps que quelqu'un n'y a pas respiré, c'est vraiment l'impression que ça donne,* pensa-t-il. Il frissonna de nouveau et de nouveau se passa la langue sur les lèvres.

Son regard tomba sur le lit de George et il pensa à l'enfant, dormant maintenant pour toujours sous un matelas de terre au cimetière de Mount Hope. Pourrissant. Sans avoir les mains croisées sur la poitrine, car pour cela il faut en avoir deux, et il manquait tout un bras à George quand on l'avait enterré.

Richie laissa échapper un petit bruit de gorge ; Bill se tourna et lui jeta un regard interrogateur.

« Tu as raison, fit-il d'une voix enrouée. C'est rudement inquiétant, ici. Je me demande comment tu as pu y venir seul.

— C'é-était m-mon frère, répondit simplement Bill. Par m-moments, j-j'en ai envie, c-c'est tout. »

Il y avait des posters sur les murs, des posters pour les petits. L'un d'eux représentait Tom Terrific, le personnage du dessin animé *Captain Kangaroo*, un autre les neveux de Donald, marchant dans la nature en bonnet de raton laveur. Sur un troisième, Mr. Do arrêtait la circulation pour qu'un groupe d'enfants puissent traverser la rue. ON ATTEND LA PRÉSENCE DU PRÉPOSÉ POUR TRAVERSER ! lisait-on en dessous. George l'avait lui-même colorié.

Il était pas très bon pour rester entre les lignes, le pauv' môme, pensa Richie, avec un frisson. Il n'aurait jamais l'occasion de s'améliorer. Richie regarda la table, près de la fenêtre. Alignés au garde-à-vous par Mrs. Denbrough, à demi ouverts, se tenaient les bulletins de notes de George. À les voir ainsi, sachant qu'il n'y en aurait pas d'autres, que l'enfant était mort avant d'être capable de rester entre les lignes qu'il coloriait et que sa vie s'était achevée irrévocablement, pour l'éternité, sur ces bulletins de la maternelle et de l'école, l'imbécile réalité de la mort vint frapper Richie de plein fouet, pour la première fois de sa vie. Comme si un gros coffre-fort de fer était venu s'enfouir dans son cerveau.

Je pourrais mourir! s'écria-t-il en lui-même, horrifié par une sorte de sentiment de trahison. *Ça arrive à n'importe qui! À tout le monde!*

« Bon Dieu, bon Dieu de bon Dieu! fit-il d'une voix chevrotante, incapable de dire autre chose.

— Ouais, fit Bill dans un souffle, s'asseyant sur le lit de George. Regarde. »

Richie suivit le doigt de Bill et vit l'album de photos qui gisait sur le plancher, refermé. MES PHOTOGRAPHIES, lut Richie. GEORGE ELMER DENBROUGH, 6 ANS.

Six ans! s'écria la voix intérieure, avec toujours le même sentiment d'avoir été trahie. *Six ans pour toujours! N'importe qui! Merde! Tout le monde!*

« Il é-était ou-ouvert, dit Bill. A-Avant.

— Eh bien, il s'est refermé de lui-même », dit Richie, mal à l'aise, en s'asseyant à côté de Bill. Sans quitter des yeux l'album de photos. « Comme un livre.

— Les p-p-pages, j-je veux bien, m-mais pas la c-couverture. E-Elle s'est re-refermée d-d'elle-même. (Il regarda Richie solennellement, les yeux très noirs dans son visage blême et fatigué.) I-Il veut q-que ce soit t-toi qui le r-rouvres. C'est ce-ce que j-je pense. »

Richie se leva, et se dirigea lentement vers l'album. Il gisait en dessous de la fenêtre masquée seulement par de légers rideaux. Dans la cour, il aperçut un pommier d'où pendait, de la plus grosse branche, torse et noire, une balançoire que faisait osciller le vent.

Ses yeux revinrent sur l'album de George.

Une tache marron s'étalait sur la tranche, vers les pages du milieu. Ce pouvait tout aussi bien être du ketchup desséché. Évidemment. Rien n'était plus facile que d'imaginer George regardant son album de photos un hot-dog ou un hamburger bien dégoulinant à la main ; il prenait une grosse bouchée, et un peu de ketchup giclait sur l'album. Les enfants sont sujets à ce genre de petits accidents involontaires. Ce pouvait être du ketchup, mais Richie savait que non.

Il effleura l'album et retira sa main : il lui avait donné une impression de froid. Il était pourtant placé de telle manière que le soleil d'été, puissant et à peine filtré par les légers rideaux, aurait dû le chauffer toute la journée ; il dégageait néanmoins une sensation de froid.

Eh bien, je ne vais pas y toucher, pensa Richie. *De toute façon, je n'ai aucune envie de regarder dans ce stupide album plein de têtes que je ne connais pas. Je crois que je vais dire à Bill que j'ai changé d'idée. Nous n'aurons qu'à aller dans sa chambre pour lire des illustrés un moment, après quoi je rentrerai chez moi, on mangera et j'irai me coucher tôt parce que je suis pas mal fatigué ; et quand je me réveillerai demain matin, je serai convaincu qu'il s'agit bien de ketchup. Voilà ce que je vais faire. Ben oui.*

C'est ainsi qu'il ouvrit l'album avec des mains à mille kilomètres de lui, tout au bout de longs bras de plastique, et qu'il regarda la tête des gens et les coins de rue, les oncles et les tantes, les bébés et les maisons, les vieilles Ford et les vieilles Studebaker, les lignes de téléphone, les boîtes aux lettres, les palissades, les jantes de voiture avec de l'eau croupissante dedans, la grande-roue de la foire d'East County, le château d'eau, les ruines des aciéries Kitchener...

Il tournait les pages de plus en plus vite ; brusquement, elles devinrent blanches. Il revint en arrière, bien décidé à s'en sortir tout seul. Il y avait une photo du centre de Derry, avec Main et Canal Street, datant des années 30, puis plus rien.

« Il n'y a pas la moindre photo de classe là-dedans, dit Richie, regardant Bill avec une expression où se mêlaient soulagement et exaspération. Qu'est-ce que tu nous as raconté ?

— Q-Q-Quoi ?

— La dernière, c'est cette photo du centre-ville, autrefois. Après, c'est vide. »

Bill se leva et vint rejoindre Richie. Il examina le document : Derry près de trente ans auparavant, avec des autos et des camions d'un modèle antique, des lampadaires tout aussi démodés avec des grappes de globes comme de gros raisins, des piétons près du canal, immobilisés un pied en l'air par l'objectif. Il tourna la page ; comme l'avait dit Richie, il n'y avait rien.

Non, un instant, pas tout à fait. Restait l'un de ces petits angles en papier noir et cellophane dans lesquels on glissait les photos pour les retenir.

« Elle é-était là, dit-il en tapotant l'angle de papier. Regarde.

— Nom d'une pipe ! Mais qu'est-ce qu'elle est devenue ?

— J-Je ne sais p-pas. »

Bill avait pris l'album des mains de Richie et le tenait maintenant sur ses genoux. Il revint en arrière, et étudia les photos accumulées par George. Il abandonna au bout d'une minute, mais les pages continuèrent à se tourner, toutes seules, lentement mais régulièrement, avec un fort bruit de froissement qui avait quelque chose de délibéré. Bill et Richie échangèrent un regard, l'un et l'autre l'œil exorbité, et revinrent à l'album.

Il arriva de nouveau à la dernière image, et les pages arrêtèrent de tourner. Le centre de Derry en couleur sépia, la ville telle qu'elle était bien avant leur naissance.

« Hé ! » fit tout d'un coup Richie en reprenant l'album à Bill. Il n'y avait plus de peur dans sa voix, maintenant, et une expression d'émerveillement venait de se peindre sur son visage. « Merde de merde !

— Q-Quoi. Qu'est-ce q-qu'il y a ?

— Nous ! C'est nous, là, sur la photo ! Jésouille-Christouille ! Mais regarde ! »

Bill saisit le livre par l'un des côtés. Penchés sur la page, ils avaient l'air de choristes déchiffrant une partition. Bill prit une profonde inspiration, et Richie comprit que lui aussi voyait la même chose.

Sous la surface brillante de la vieille photo en noir et blanc, deux jeunes garçons marchaient sur Main Street en direction de l'intersection avec Center Street —

l'endroit où le canal passait sous terre pour un peu plus de deux kilomètres. Ils se détachaient nettement devant le muret de béton qui bordait le canal. L'un d'eux portait des pantalons de golf, l'autre quelque chose qui avait presque l'air d'un costume marin. Il avait une casquette de tweed perchée sur la tête. Ils étaient de profil trois quarts par rapport à l'objectif, et regardaient quelque chose de l'autre côté de la rue. Le garçon en pantalons de golf était sans aucun doute Richie Tozier, et son camarade en costume marin et casquette de tweed, Bill Denbrough.

Ils se contemplaient, hypnotisés, sur une photographie presque trois fois plus vieille qu'eux. Richie sentit sa bouche devenir aussi sèche que de l'amadou et aussi lisse que du verre. Quelques pas en avant des deux garçons se tenait un homme retenant son Fedora par le bord, un pan de manteau relevé par un coup de vent. Il y avait des Ford Modèle-T dans la rue, une Pierce-Arrow, des Chevrolet avec des marchepieds.

« Je n'a-arrive p-pas à c-c-croi... », commença Bill, et c'est à cet instant-là que la photo se mit à s'animer.

La Ford-T qui se trouvait au milieu du carrefour (et aurait dû y rester éternellement, ou du moins jusqu'à la dissolution de la photo) acheva de le franchir, en laissant derrière elle des fumées d'échappement. Une petite main blanche apparut à la vitre du conducteur pour indiquer un changement de direction à gauche. Elle s'engagea dans Court Street et sortit du cadre du cliché, disparaissant ainsi.

La Pierce-Arrow, les Chevrolet, les Packard se mirent toutes à rouler, s'évitant les unes les autres au croisement. Au bout de vingt-huit ans, le pan du manteau de l'homme retomba. Ce dernier enfonça vigoureusement son chapeau et se mit à marcher.

Les deux garçons achevèrent leur tour d'horizon et se présentèrent de face, et l'instant suivant, Richie comprit ce qu'ils avaient regardé quand il vit un chien galeux apparaître dans Center Street. Le garçon en costume marin — Bill — monta deux doigts à la bouche et siffla. Interloqué au point d'être incapable de bouger ou de penser, Richie se rendit compte qu'il avait entendu le sifflement, qu'il entendait le ronronnement irrégulier des automobiles. Le niveau sonore était faible, comme s'ils se trouvaient derrière un vitrage épais, mais les bruits étaient bien là.

Le chien lança un coup d'œil aux deux garçons et poursuivit son chemin. Ils se mirent à rire comme des baleines et reprirent leur marche ; c'est alors que le Richie de la photo prit Bill par un bras et lui montra le canal, vers lequel ils se tournèrent.

Non, ne fais pas ça, ne fais pas ça ! pensa Richie.

Ils s'avancèrent jusqu'au muret bas de béton et soudain le clown jaillit au-dessus comme un horrible diable de sa boîte — un clown qui avait la tête de Georgie, les cheveux ramenés en arrière et collés, un sourire hideux à la bouche, les lèvres barbouillées de blanc et sanguinolentes, les yeux comme deux trous noirs. L'une de ses mains tenait les ficelles de trois ballons. Avec l'autre, il essaya de prendre le garçon en costume marin par le cou.

« N-N-N-Non ! » cria Bill en portant la main à la photo.

En mettant la main *dans* la photo.

« Arrête, Bill ! » hurla Richie en lui attrapant la main.

Il s'en fallut d'un rien. Il vit le bout des doigts de Bill pénétrer la surface de la photo et passer dans un autre monde. Il vit le bout des doigts perdre les couleurs chaudes de la vie et prendre les teintes blêmes qui passent pour du blanc dans les vieux clichés. En même temps, ils devinrent petits et comme déconnectés. On aurait dit cette illusion d'optique particulière à l'eau : la partie de la main en dessous de la surface semble flotter indépendamment de la partie qui est au-dessus.

Une série de coupures en diagonales apparurent à l'endroit où les doigts de Bill devenaient ceux de la photo, comme s'il avait mis la main entre les pales d'un ventilateur en marche.

Richie le prit par l'avant-bras et tira de toutes ses forces. Tous deux tombèrent à la renverse, tandis que l'album était projeté à terre et se refermait dans un claquement sec. Bill porta les doigts à la bouche, des larmes de douleur dans les yeux. Du sang coulait sur ses paumes et ses poignets en filets délicats.

« Fais-moi voir, Bill.

— Ça f-fait mal », répondit Bill en tendant la main à Richie, paume vers le bas. Une série de coupures entaillait son index, son majeur et son annulaire. Le petit doigt avait à peine effleuré la surface de la photographie (en avait-elle une ?) et n'avait pas été touché, apparemment ; Bill confia plus tard à Richie que l'ongle avait cependant été coupé aussi nettement qu'avec des ciseaux de manucure.

« Seigneur, Bill, dit Richie, vite, du Tricostéril ! » C'était tout ce qui lui venait à l'esprit. Nom d'une pipe, ils avaient eu de la chance : s'il n'avait pas tiré sur son bras comme il l'avait fait, Bill aurait pu y laisser les doigts. « Il faut arranger ça. Ta mère risque...

— T-T'occupe pas de m-ma mère, répondit Bill, qui reprit l'album de photos en répandant des gouttes de sang sur le plancher.

— Ne retouche pas à ce truc ! s'écria Richie en le saisissant frénétiquement par les épaules. Tu as déjà failli perdre tes doigts ! »

Bill se débarrassa de lui d'un mouvement du torse et se mit à feuilleter l'album, avec sur le visage une sinistre expression, pleine de détermination, qui fit davantage peur à Richie que tout le reste — surtout quand il vit la lueur de folie dans l'œil de son ami. Ses doigts ensanglantés laissaient des taches rouges sur les feuilles. Ces taches, comme l'autre, ne tarderaient pas à ressembler à des traces de ketchup. Évidemment.

Il tomba enfin sur la photo du centre de Derry.

La Ford-T était revenue au milieu du carrefour. Les autres véhicules étaient figés aux mêmes endroits qu'auparavant. L'homme qui marchait tenait toujours le rebord de son Fedora, et le pan de son manteau se gonflait d'air.

Les deux garçons avaient disparu.

Il n'y avait aucun enfant sur le cliché. Mais...

« Regarde ! » murmura Richie, avec un geste prudent pour ne pas approcher le doigt trop près de l'image. Un demi-cercle apparaissait au-dessus du parapet du canal ; le sommet de quelque chose de rond.

Quelque chose comme un ballon.

5

Ils sortirent juste à temps de la chambre de George. La mère de Bill n'était pour l'instant qu'une voix au bas de l'escalier et une ombre contre le mur. « Êtes-vous en train de vous battre, les garçons ? demanda-t-elle sèchement. J'ai entendu un bruit de chute.

— On cha-chahutait j-juste un peu, M-M'an », répondit Bill en jetant à Richie un coup d'œil qui lui disait : *Toi, la ferme, hein !*

« Arrêtez-moi ça immédiatement. J'ai cru que le plafond allait me tomber sur la tête.

— O-Oui, Maman. »

Ils l'entendirent qui retournait vers le devant de la maison. Autour de sa main blessée, Bill avait enroulé son mouchoir, qui s'imbibait de sang ; il allait en dégoutter d'un instant à l'autre. Les garçons descendirent à la salle de bains, et Bill laissa la main sous le robinet jusqu'à ce qu'elle arrêtât de saigner. Une fois nettoyées, les coupures, pourtant très fines, se révélèrent profondes. Voir leurs lèvres blanches et la chair rouge à l'intérieur donna envie de vomir à Richie, qui les banda de Tricostéril aussi vite qu'il put.

« Ça f-fait ho-horriblement m-mal, dit Bill.

— On n'a pas idée, non plus, de fourrer la main dans un truc comme ça, crétin ! »

Bill, solennel, regarda les anneaux de tissu adhésif

434

puis leva les yeux sur Richie. « C'é-était le c-clown. Il e-essayait de se-se f-faire p-passer pour G-G-George.

— Exact. Tout comme il essayait de se faire passer pour la momie dans l'histoire de Ben. Et pour le clochard malade dans celle d'Eddie.

— Le lépreux ?

— Oui.

— Mais est-ce q-que c'est v-vraiment un c-clown ?

— C'est un monstre, répondit carrément Richie. Une sorte de monstre. Qui se trouve quelque part ici, en plein Derry. Et qui tue les gosses. »

6

Peu de temps après l'incident du barrage dans les Friches, Mr. Nell et l'histoire de la photo qui bougeait, Richie, Ben et Beverly Marsh se trouvèrent face à face non pas avec un monstre, mais avec deux, un samedi. Ils payèrent même pour cela (Richie, du moins, paya). Ces deux monstres étaient certes effrayants, mais nullement dangereux, car ils poursuivaient leurs victimes sur l'écran du cinéma Aladdin tandis que Richie, Ben et Beverly assistaient à leurs exploits depuis le balcon.

L'un des monstres était un loup-garou, joué par Michael Landon. Il était chouette, car même quand il devenait le loup-garou, il conservait sa coupe de cheveux en catogan. L'autre était cette espèce d'affreux branleur, joué par Gary Conway, ramené à la vie par un descendant de Frankenstein, qui jetait en pâture tout ce qu'il ne gardait pas à des alligators installés dans son sous-sol. Également au programme : des actualités avec les dernières modes de Paris et la plus récente explosion au décollage d'une fusée Vanguard à Cape Carnaveral, deux dessins animés, et BIENTÔT SUR NOS ÉCRANS. Avec entre autres *J'ai épousé un monstre venu de l'espace* et *The Blob*, que Richie inscrivit immédiatement sur ses tablettes.

Ben resta particulièrement tranquille pendant le spectacle. Meule de Foin avait bien failli se faire repérer par Henry, Huggins et Victor un peu plus tôt, et Richie ne cherchait pas plus loin l'explication de son silence. Ben avait cependant complètement oublié la présence des trois voyous (assis en dessous, presque au premier rang, se passant du pop-corn et n'arrêtant pas de chahuter). La vraie raison de ce silence s'appelait Beverly. Sa proximité avait quelque chose de tellement enivrant qu'il en était presque malade. Son corps se couvrait de chair de poule, pour lui paraître l'instant suivant aussi brûlant que s'il était atteint de fièvre tropicale dès qu'il bougeait. Quand sa main effleura celle de la fille en attrapant du pop-corn, il se mit à trembler d'exaltation. Il se dit plus tard que ces trois heures passées dans la pénombre à côté de Beverly avaient été à la fois les plus longues et les plus courtes de toute sa vie.

Richie, loin de se douter que Ben était en train de vivre les affres d'un amour d'enfance, se sentait en pleine forme. Dans la hiérarchie de ses goûts cinématographiques, il ne connaissait rien de mieux que deux films d'horreur dans un cinéma envahi par des jeunes criant à qui mieux mieux aux passages les plus sanglants. Il ne faisait absolument pas le rapprochement entre les deux séries B d'American-International Pictures et ce qui se passait actuellement en ville... pas encore, du moins.

Il avait vu la projection annoncée dans le *Derry News* du vendredi matin et en avait presque immédiatement oublié la mauvaise nuit qu'il venait de passer — il avait fini par se lever pour allumer la lumière de sa penderie, un vrai stratagème de bébé, mais auparavant, il avait été incapable de fermer l'œil une minute. Le lendemain matin, cependant, les choses lui avaient paru normales... ou presque. Il commença par se dire que Bill et lui avaient été victimes d'une hallucination collective. Évidemment, les coupures aux doigts de Bill n'étaient pas une hallucination, mais peut-être s'était-il coupé aux feuilles de l'album de George ? Ça coupe, le papier. Peut-être. Et puis, aucune loi ne l'obligeait à y penser pendant les dix prochaines années, hein ? Aucune.

Et c'est ainsi, après avoir vécu des événements qui auraient conduit n'importe quel adulte chez le plus proche psychanalyste, que Richie Tozier se leva, s'envoya un gigantesque petit déjeuner de crêpes, tomba sur l'annonce des deux films d'horreur dans la page spectacles du journal et fit le compte de ses fonds ; comme ils étaient plutôt bas (pour ne pas dire inexistants), il entreprit le siège de son père. But : obtenir des corvées.

Mr. Tozier, déjà vêtu de sa blouse de dentiste pour le petit déjeuner, reposa la page des sports et se versa une autre tasse de café. C'était un homme d'aspect agréable, au visage fin. Il portait des lunettes cerclées de métal, avait un début de calvitie, et devait mourir d'un cancer du larynx en 1973. Il regarda l'annonce que lui indiquait son fils.

« Des films d'horreur, hein ? fit Wentworth Tozier.

— Eh oui, répondit Richie, tout sourire.

— Quelque chose me dit que tu as envie d'aller les voir.

— Ouais !

— Quelque chose me dit aussi que tu vas être pris de convulsions mortelles si jamais tu ne peux aller voir ces deux navets.

— Ouais, ouais, j'en mourrai ! Je sais que j'en mourrai ! Graaaaaag ! » Richie se laissa tomber de sa chaise, s'étreignant la gorge, la langue sortie. C'était le procédé très particulier employé par Richie Tozier pour faire du charme.

« Seigneur, Richie, vas-tu arrêter ça ? lui lança sa mère depuis la cuisinière, où elle lui préparait deux œufs à mettre sur une crêpe.

— Bon sang, Rich, lui dit son père, tandis qu'il se remettait sur sa chaise, j'ai certainement dû oublier de te donner ton argent de poche, lundi dernier. Je ne vois pas comment expliquer autrement que tu sois sans le sou dès vendredi.

— Euh...

— Dépensé ?

— Euh...

— Voilà un sujet éminemment profond de réflexion pour un garçon à l'esprit aussi léger. » Wentworth Tozier posa un coude sur la table et vint appuyer son menton dans la paume de sa main, contemplant son unique fils avec ce qui semblait être une totale fascination. « Où est-il passé ? »

Richie adopta immédiatement la voix de Toodles, le maître d'hôtel britannique : « Ah, que Monsieur me pardonne, mais je l'ai dépensé, Monsieur. Ma contribution à l'effort de guerre. La pierre que j'ai apportée à notre lutte contre les Huns sanguinaires, Monsieur. Le...

— Le plus beau tas de foutaises que j'aie jamais entendues, oui, le coupa son père d'un ton aimable en tendant la main vers le pot de confiture de fraises.

— Épargne-moi tes grossièretés à table, s'il te plaît, intervint Maggie Tozier tandis qu'elle portait ses œufs à Richie. Quant à toi, Rich, je me demande vraiment pourquoi tu as tellement envie de te bourrer le crâne avec ces nullités.

— Voyons, Maman... », protesta Richie. Il prenait un air désespéré, mais il jubilait intérieurement. Il lisait dans ses parents comme dans un livre (un livre beaucoup feuilleté et très aimé) et il était tranquille : il allait obtenir ce qu'il voulait, des corvées et la permission d'aller au cinéma samedi après-midi.

Wentworth se pencha vers son fils, souriant largement. « Quelque chose me dit que tu te retrouves là où je voulais que tu sois, dit-il.

— Ah bon ? fit Richie en lui rendant son sourire, un peu mal à l'aise.

— Oh, oui ! Notre pelouse t'est bien connue, Richie ? Tu n'en ignores rien ?

— Monsieur sait que la pelouse n'a aucun secret

pour moi, Monsieur. Elle est un peu... touffue, n'est-ce pas ?

— C'est bien cela, oui, admit Wentworth, prenant le même ton que son fils. Et c'est toi, Richie, qui vas remédier à cet intolérable état des choses.

— Moi ?

— Oui, toi. D'un bon coup de tondeuse.

— D'accord, Papa, entendu », dit Richie, soudain pris d'un terrible soupçon. Et si jamais son père pensait à toute la pelouse et non pas seulement à celle de devant ?

Le sourire de Mr. Tozier s'élargit, se transformant en une grimace prédatrice de requin. « TOUTE la pelouse, bien entendu, ô rejeton débile de mes reins féconds. Devant, derrière, sur les côtés. Et quand tu auras terminé, je poserai dans ta main deux rectangles de papier vert avec le portrait de George Washington d'un côté et une pyramide surmontée de l'œil éternellement ouvert de l'autre.

— Je ne te suis pas très bien, P'pa, dit Richie, qui redoutait au contraire d'avoir trop bien compris.

— Deux dollars.

— Deux dollars pour toute la pelouse ! s'exclama Richie, sincèrement mortifié. Mais c'est la plus vaste de tout le quartier ! Allons, P'pa ! »

Wentworth soupira et reprit son journal. Sur la page de titre, on lisait : NOUVELLE DISPARITION D'ENFANT. LA PEUR REVIENT. Richie pensa un bref instant à l'étrange album de George Denbrough pour se dire aussitôt qu'il avait dû être victime d'une hallucination... et que dans le cas contraire, ça s'était passé hier et qu'aujourd'hui était un autre jour.

« Je me dis que tu ne tiens pas tant que ça à voir ces films, en fin de compte », remarqua Mr. Toziez, dont les yeux, l'instant suivant, apparurent au-dessus du journal, étudiant Richie (l'air assez content de lui, il faut l'avouer). Comme un homme avec un carré en main étudie son adversaire au poker par-dessus ses cartes.

« Quand ce sont les jumeaux Clark qui la font, tu leur donnes deux dollars chacun !

— C'est exact, admit Wentworth. Mais autant que je sache, ils ne meurent pas d'envie d'aller au cinéma demain, eux. Ou alors, c'est qu'ils sont en fonds, car cela fait un moment qu'on ne les a pas vus débarquer pour vérifier l'état de l'herbage qui entoure notre domicile. Toi, en revanche, tu meurs d'envie d'y aller et tu n'en as pas les moyens. Cette sensation d'oppression au milieu de ton corps, Richie, vient peut-être des quatre crêpes et des deux œufs que tu viens d'enfourner, ou peut-être aussi de la pression que j'exerce sur toi. Hum ? » Les yeux de Mr. Tozier replongèrent derrière le journal.

« C'est du chantage, qu'il exerce sur moi ! » protesta Richie, outré, à l'intention de sa mère, qui grignotait un toast sans beurre (elle essayait de maigrir une fois de plus). C'est du chantage, j'espère que tu t'en rends compte ?

— Oui, mon chéri, je m'en rends compte. Tu as de l'œuf sur le menton. »

Richie s'essuya. « Trois dollars, et tout sera fait quand tu seras de retour ce soir », demanda-t-il au journal.

Les yeux de son père firent une nouvelle et brève apparition. « Deux dollars cinquante.

— Nom d'un chien ! Toi et Harpagon !

— Mon idole ! répliqua Wentworth de derrière son journal. Décide-toi, Richie. Je voudrais pouvoir lire ces résultats tranquillement.

— C'est d'accord », fit Richie avec un soupir. Quand tes vieux te tiennent par là où ça fait mal, ils savent vraiment y faire ; assez ah-ah-nant, en y pensant bien.

Pendant qu'il tondait, il exerça ses voix.

7

Il en termina (devant, derrière et sur les côtés) à trois heures, vendredi après-midi, et se retrouva le samedi matin avec deux dollars et cinquante cents dans son jean. Quasiment une petite fortune. Il appela Bill, mais celui-ci lui annonça, morose, qu'il devait se rendre à Bangor pour un test orthophonique.

Richie compatit et ajouta : « En-envoie-les s-se f-f-faire foutre, G-Grand B-Bill !

— P-Parle à m-mon c-cul, ma t-tête est m-malade, T-Tozier ! » rétorqua Bill en raccrochant.

Richie appela ensuite Eddie Kaspbrak, qu'il trouva encore plus déprimé que Bill ; sa mère s'était procuré des billets de bus valables pour la journée, et ils allaient rendre visite à ses tantes à Haven, Bangor et Hampden. Toutes trois étaient grosses, comme Mrs. Kaspbrak, et toutes trois vieilles filles. « Elles vont me pincer les joues et me dire : " Comme il a grandi, ce petit ", tu vas voir, dit Eddie.

— C'est parce qu'elles te trouvent tout mignon, Eds, comme moi. Ah, l'adorable petit garçon, qu' j' me suis dit, la première fois qu' je t'ai vu !

— Tu es un vrai salopard, Richie.

— Quand tu en connais un, tu les connais tous. Tu descendras dans les Friches, la semaine prochaine ?

— Je pense, oui, si vous en êtes. On pourrait jouer aux cow-boys.

— Peut-être. Mais... je crois que Bill et moi, on a quelque chose à te raconter.

— Quoi ?

— Il me semble que c'est plutôt à Bill de te le dire. Allez, salut. Embrasse tes tantes pour moi.

— Très drôle. »

Son troisième appel fut pour Stan le Mec, mais ses parents étaient en pétard contre lui : il venait de casser la baie vitrée du salon. Il avait joué à la soucoupe volante avec un plat à tarte qui avait pris un mauvais virage. Patatras ! Il était de corvée pour tout le week-end et probablement pour le week-end suivant. Richie compatit de nouveau et demanda si on le verrait dans la semaine aux Friches-Mortes. Stan répondit que oui, probablement, sauf si son père le consignait à la maison.

« Nom d'une pipe, Stan, c'était juste une vitre.

— Ouais, mais t'as pas vu la taille », répondit Stan en raccrochant.

Richie était sur le point de quitter le séjour, lorsqu'il pensa à Ben Hanscom. Il trouva une seule Mrs. Hanscom dans l'annuaire, et supposa à juste titre que ce devait être sa mère.

« J'aimerais bien venir, mais j'ai déjà dépensé tout mon argent de la semaine », répondit Ben. Il avait l'air déprimé et un peu honteux de l'avouer, ayant tout gaspillé en bonbons, friandises et sodas divers.

Richie, qui roulait sur l'or (et n'aimait pas aller seul au cinéma), lui proposa un prêt.

« Ouais ? Vraiment ? Tu ferais ça ?

— Bien sûr, dit Richie, intrigué, pourquoi pas ?

— Alors, c'est d'accord ! lança joyeusement Ben. D'accord ! Ça va être très chouette ! Deux films d'horreur ! Tu as bien dit qu'il y avait une histoire de loup-garou ?

— Ouais.

— J'adore les histoires de loup-garou, mec !

— Mollo, Meule de Foin, tu vas mouiller ton froc ! »

Ben éclata de rire. « On se retrouve devant l'Aladdin, d'accord ?

— Ouais, parfait. »

Richie raccrocha et contempla le téléphone, pensif. Il prit soudain conscience de la solitude dans laquelle vivait Ben Hanscom, et du coup, se sentit plein de générosité. Il sifflait en montant les escaliers. Il se plongea dans des illustrés en attendant l'heure du spectacle.

8

Il faisait une agréable journée ensoleillée avec une légère brise. Claquant des doigts, Richie descendait Center Street en direction de l'Aladdin tout en chantonnnant *Rockin' Robin*. Il se sentait bien. Il se sentait toujours bien quand il allait au cinéma ; il aimait ce monde magique de rêves. Il était navré pour ses copains retenus par de mornes devoirs en un tel jour — Bill et son orthophoniste, Eddie et ses tantes, et le pauvre vieux Stan qui allait passer l'après-midi à récurer les marches du perron ou à balayer le garage, tout ça parce qu'un moule à tarte avait viré à droite alors qu'il aurait dû virer à gauche.

Richie n'avait pas oublié son yo-yo ; il le sortit de sa poche et essaya une fois de plus de le faire « dormir ». C'était un talent qu'il rêvait d'acquérir, sans résultat jusqu'ici. Ce petit con ne voulait rien savoir. Soit il descendait et remontait bille en tête, soit il descendait pour le compte et restait en bas, pendu au bout de sa ficelle.

À mi-chemin, il aperçut une fille en jupe plissée beige et en blouse blanche sans manches, assise sur un banc, non loin de Shook's Drugstore. Elle dégustait ce qui lui parut être une crème glacée à la pistache. Sa chevelure roux-auburn chatoyante, avec des mèches cuivrées presque blondes, retombait jusqu'au milieu de son dos ou presque. C'était Beverly Marsh.

Beverly plaisait beaucoup à Richie — disons plutôt qu'il l'aimait bien. Il la trouvait agréable à regarder (il n'était pas le seul, il le savait ; des filles comme Sallie Muller et Greta Bowie la haïssaient, encore trop jeunes pour comprendre comment il était possible d'avoir tout ce que l'on voulait et d'être tout de même en compétition avec une fille qui vivait dans l'un des taudis du fin fond de Main Street), mais elle lui plaisait avant tout parce qu'elle n'était pas une mauviette et avait un excellent sens de l'humour. En outre, elle avait souvent des cigarettes. Il l'aimait bien, en somme, parce qu'elle était un chic type. Il s'était cependant surpris par une ou deux fois à se demander quelle pouvait être la couleur de ses sous-vêtements, ce qui n'est pas le genre de chose que l'on se demande à propos des autres types...

Et puis, devait admettre Richie, elle était rudement jolie pour un type.

En s'approchant du banc où elle mangeait sa crème glacée, Richie resserra la ceinture d'une gabardine invisible, rabaissa le bord d'un feutre tout aussi invisible et se glissa dans la peau d'Humphrey Bogart. En y ajoutant la voix, il devint vraiment Bogart, au moins à ses propres yeux. N'importe qui d'autre aurait trouvé simplement Richie Tozier un peu enrhumé.

« Salut, ma poulette, dit-il en nasillant, une fois près d'elle. Absurde d'attendre le bus ici. Les nazis ont coupé toute retraite. Le dernier avion part à minuit. Tu le prends. Il a besoin de toi, ma poulette. Comme moi..., mais je m'en sortirai.

— Salut, Richie », dit Bev. Quand elle se tourna vers lui, il aperçut un bleu qui tournait au violet-noir sur sa joue droite, comme l'ombre d'une aile de corbeau. Il fut une fois de plus frappé par son charme, et pour la première fois, prit conscience qu'elle était probablement très belle. Jusqu'alors, il n'avait jamais pensé qu'il puisse y avoir de femmes très belles ailleurs qu'au cinéma, ou qu'il soit possible pour lui d'en connaître une. C'était peut-être le bleu qui lui avait révélé sa beauté, par contraste, la marque attirant tout d'abord l'attention et renvoyant ensuite au reste : les yeux gris-bleu, les lèvres bien ourlées et naturellement rouges, la peau d'enfant crémeuse et sans défaut. Quelques taches de rousseur étaient dispersées sur son nez.

« Tu veux ma photo ? demanda-t-elle en relevant la tête d'un air provocant.

— J'ai celle de ton passeport, ma poulette (de nouveau Boggie), mais quand tu auras quitté Casablanca, faudra m'en envoyer une autre.

— Tu es nul, Richie. Tu ressembles autant à Humphrey Bogart que moi à Ida Lupino. » Mais elle souriait en disant cela.

Richie s'assit à côté d'elle. « Tu vas au cinéma ?

— Je suis fauchée. Est-ce que je peux voir ton yo-yo ? »

Il le lui tendit. « Je devrais le rendre ; il n'y a pas moyen de le faire " dormir ", alors qu'en principe il peut. Je me suis fait avoir. »

Beverly passa un doigt dans la boucle de la ficelle, tandis que Richie repoussait ses lunettes sur son nez pour voir si elle savait s'y prendre. Elle tenait le yo-yo dans le creux de la main, paume en l'air, et le laissa rouler le long de son index. Il descendit au bout de sa ficelle, et « s'endormit ». Elle eut un petit geste du doigt (Viens ici !) et le yo-yo se réveilla aussitôt, remontant la ficelle pour atterrir dans sa paume.

Mais elle n'en resta pas là, et enchaîna sur d'autres figures, terminant par deux « tours du monde » (dont l'un passa bien près d'une vieille dame qui leur jeta des regards furibonds), le yo-yo revenant docilement dans sa main pour terminer. Elle retourna s'asseoir à côté de Richie, qui la regardait bouche bée d'admiration non feinte. Son expression la fit éclater de rire.

« Ferme-la, tu vas attraper des mouches ! »

Richie obtempéra sur-le-champ.

« De toute façon, pour le dernier coup, j'ai eu de la chance. C'est la première fois de ma vie que je réussis deux " tours du monde " de suite. »

D'autres enfants arrivaient, en route pour le cinéma. Peter Gordon accompagnait Marcia Fadden. On prétendait qu'ils étaient ensemble, mais Richie soupçonnait que leurs liens étaient surtout de voisinage (leurs maisons se jouxtaient) et qu'ils étaient tellement crétins qu'ils avaient besoin l'un de l'autre pour se soutenir. Bien qu'à peine âgé de douze ans, Peter Gordon arborait déjà une acné virulente. Il lui arrivait parfois de traîner en compagnie de Bowers,

Criss et Huggins, mais il était trop pusillanime pour entreprendre quelque chose de son propre chef.

Il y eut un échange de quolibets aigres-doux, qui se termina sur de vagues menaces : « On se reverra bientôt, binoclard (Gordon) !

— Le jour où tu voudras, tocard (Richie) ! » Réplique qui eut le don de faire hurler de rire Beverly. Elle s'appuya pendant un instant à l'épaule du garçon, qui eut le temps de trouver que ce contact et l'impression d'un poids léger qui l'accompagnait n'étaient pas vraiment désagréables. Ils se redressèrent.

« Quelle belle paire d'andouilles, dit-elle.

— Ouais, je parie que Mademoiselle pisse de l'eau de rose, dit Richie, faisant de nouveau pouffer Bev.

— Non, du Chanel numéro 5, répondit-elle d'une voix étouffée, car elle avait porté les mains à la bouche.

— Tu l'as dit, admit Richie, qui n'avait aucune idée de ce qu'était du Chanel numéro 5. Bev ?

— Oui ?

— Peux-tu me montrer comment le faire " dormir " ?

— Je crois. Je n'ai jamais essayé d'apprendre à quelqu'un d'autre.

— Mais toi, comment as-tu appris ? Qui t'a montré ? »

Elle lui jeta un regard dégoûté. « Personne ! J'ai trouvé toute seule. Comme pour faire tournoyer le bâton. Je me défends très bien au bâton...

— T'as pas les chevilles qui enflent, par hasard ?

— Mais c'est la vérité. Et pourtant, je n'ai pris aucun cours, rien.

— Tu peux vraiment faire la majorette ?

— Oui.

— Tu vas devenir capitaine de majorettes, au lycée, non ? »

Elle sourit — un sourire que Richie n'avait encore jamais vu : à la fois rusé, cynique et triste. Il eut un mouvement de recul devant le pouvoir mystérieux qu'il révélait, comme il avait eu un mouvement de

446

recul quand la photo de l'album de George s'était animée.

« Ça, c'est bon pour Marcia Fadden, dit-elle, ou pour Sally Mueller et Greta Bowie. Des filles qui pissent de l'eau de rose. Leurs pères payent pour les équipements, les uniformes. Elles ont un avantage. Jamais je ne serai capitaine.

— Nom d'une pipe, Bev, ce n'est pas la bonne façon de voir...

— Si, c'est la bonne. (Elle haussa les épaules.) Je m'en fiche. Pourquoi voudrais-tu que j'aie envie de faire des sauts périlleux et de montrer ma petite culotte au monde entier ? Tiens, Richie, regarde. »

Pendant les dix minutes suivantes, Bev montra à Richie comment faire « dormir » son yo-yo, et il fit quelques progrès. Tout d'un coup, il leva les yeux sur l'horloge du bâtiment de la Merril Trust, de l'autre côté de la rue, et sauta sur ses pieds. « Nom d'une pipe, s'exclama-t-il en fourrant le yo-yo dans sa poche, faut que j'y aille, Bev ! Je dois retrouver Meule de Foin. Il va penser que j'ai oublié.

— Meule de Foin ?

— Oh, Ben Hanscom. C'est moi qui l'appelle comme ça. Comme Calhoun la Meule de Foin, le lutteur. »

Beverly lui fit les gros yeux. « Ce n'est pas très gentil. J'aime bien Ben.

— Me fouettez pas, bwana ! s'écria Richie, style négrillon des plantations, en roulant des grands yeux. Moi êt'e t'ès bon nèg'e, Ma'am !

— Richie », fit Bev, doucement.

Il se tut aussitôt. « Moi aussi, je l'aime bien. Nous avons tous construit un barrage dans les Friches, il y a deux jours et...

— Vous allez jouer là-bas ? Toi et Ben ?

— Bien sûr, toute une bande, même. C'est rudement chouette, ce coin. » Il jeta un nouveau coup d'œil à l'horloge. « Faut vraiment que je me tire ! Ben va attendre.

— D'accord. »

Mais au lieu de cela, il resta un bref instant hésitant et reprit : « Viens avec moi, si tu ne fais rien.

— Je te l'ai dit, je n'ai pas un sou.

— Je te paierai ta place. Je suis en fonds. »

Elle se retourna et jeta ce qui restait de son cône de crème glacée dans la poubelle, derrière le banc. Il y avait une sincère pointe d'amusement dans ses yeux gris-bleu clair, quand elle les tourna vers lui. Elle fit semblant d'arranger sa coiffure et lui demanda : « Oh, mon cher, serait-ce un rendez-vous ? »

Pour une fois (fait exceptionnel), Richie se trouva pris au dépourvu. Il sentit même le rouge lui monter aux joues. Il avait fait cette offre de la manière la plus naturelle, comme il l'avait faite à Ben... sauf qu'il avait parlé d'avancer l'argent à Ben, non ? Eh oui. Il n'avait rien dit de tel à Bev.

Richie se sentit tout d'un coup tout maladroit. Il avait baissé les yeux devant son regard amusé, et se rendait compte que sa jupe avait légèrement remonté dans le mouvement qu'elle avait fait pour jeter le cône de gaufre, ce qui découvrait ses genoux. Il leva les yeux, mais il tomba sur les légers renflements de sa poitrine naissante, et il ne se sentit pas mieux.

Comme souvent quand il se sentait gêné, Richie se réfugia dans les clowneries.

« Oui, c'est un rancart ! s'écria-t-il en se jetant à genoux devant elle, les mains jointes. Viens, je t'en prie, viens, je t'en supplie ! Si tu dis non, je me tue sur place !

— Oh, Richie, tu es vraiment cinglé ! » dit-elle, pouffant de nouveau... mais n'avait-elle pas une pointe de rouge aux joues ? Elle n'en était que plus jolie. « Allez, relève-toi avant qu'on t'embarque pour l'asile ! »

Il obtempéra et se sentit un peu plus à l'aise, comme s'il venait de retrouver l'équilibre. Une petite pointe de folie aidait toujours à se sortir des situations embarrassantes, croyait-il. « Alors, tu veux bien venir ?

— Bien sûr ! Merci beaucoup, Richie. Tu te rends

compte ? Mon premier rendez-vous ! Attends seulement que je raconte tout ça dans mon journal, ce
soir. » Les deux mains serrées contre sa poitrine
naissante, elle se mit à battre rapidement des cils et
éclata de rire.

« J'aimerais mieux si tu n'appelais pas ça comme ça,
dit Richie.

— Tu n'es pas très romantique, lui reprocha-t-elle
avec un soupir.

— Pas pour un sou. »

Il se sentait néanmoins extrêmement content de lui.
Le monde lui parut soudain très clair et très amical. Il
se surprit à jeter des coups d'œil furtifs à la jeune fille.
Elle regardait les vitrines — robes et chemises de nuit
dans celle de Cornell-Hopley's, linge de maison à la
Grange aux affaires — et il observait sa chevelure,
l'ovale de sa joue, ou la façon dont ses bras nus
sortaient des ouvertures circulaires de la blouse. Tous
ces détails le ravissaient. Il n'aurait su dire pour
quelles raisons, mais jamais ce qui s'était passé dans la
chambre de George, chez Bill Denbrough, ne lui avait
semblé aussi loin. Il était temps de partir, temps
d'aller retrouver Ben, mais il aurait volontiers prolongé ces instants, pendant que les yeux de Bev
parcouraient les vitrines, tant il se sentait bien près
d'elle.

9

Les gosses faisaient la queue au guichet de l'Aladdin,
leur pièce de vingt cents à la main, puis entraient dans
la salle. Regardant à travers les portes vitrées, Richie
vit une foule de jeunes agglutinés autour du comptoir à
friandises. La machine à pop-corn était en sur-régime
et débitait cornet sur cornet. Pas de Ben.

« Peut-être est-il déjà entré, suggéra Beverly.

— Il a dit qu'il n'avait pas d'argent. Et c'est pas la
Fille de Frankenstein, là, qui le laisserait entrer sans

billet », répondit Richie avec un geste du pouce en direction de Mrs. Cole, qui avait commencé à vendre des billets à l'Aladdin au temps du muet. Ses cheveux, teints en rouge éclatant, étaient tellement clairsemés que l'on voyait la peau de son crâne ; elle avait d'énormes lèvres pendantes qu'elle barbouillait d'un rouge à lèvres violacé ; de féroces taches rouges recouvraient ses joues, et ses sourcils étaient passés au crayon noir. Mrs. Cole était une parfaite démocrate : elle éprouvait une haine identique pour tous les enfants.

« Je ne voudrais pas entrer sans lui, nom d'une pipe, mais la séance va commencer. Qu'est-ce qu'il peut bien fabriquer ?

— Achète-lui son billet et laisse-le à la caissière, proposa judicieusement Beverly. Quand il arrivera... »

Ben déboucha à cet instant-là du coin de la rue. Il était hors d'haleine, et son ventre ballottait sous son sweat-shirt. Il aperçut Richie et lui fit signe de la main ; c'est alors qu'il vit Bev. Sa main s'immobilisa. Ses yeux s'agrandirent. Il acheva son geste, puis s'avança d'un pas plus mesuré vers la marquise de l'Aladdin.

« Salut Richie », dit-il avec un bref coup d'œil pour Bev, comme s'il avait craint qu'un regard trop prolongé ne se traduise par une brûlure au second degré. « Salut, Bev.

— Bonjour, Ben », répondit-elle. Il se fit un étrange silence entre elle et Ben ; il ne s'agissait pas d'une gêne, pensa Richie, mais de quelque chose de presque puissant. Il sentit une petite pointe de jalousie, car il venait de se passer quelque chose entre eux et il en avait été exclu quelle qu'eût été cette chose.

« Nom d'une pipe, Meule de Foin, j'ai bien cru que tu t'étais dégonflé. Tu vas voir, mon vieux, ces films vont bien te faire perdre cinq kilos et à la fin t'auras les cheveux tout blancs ! Et tu vas tellement trembler de frousse qu'il faudra une civière pour te sortir.

— J'étais ici, répondit Ben à Richie qui s'avançait

vers la caisse, mais j'ai été me planquer au coin de la rue quand ces types sont arrivés.

— Quels types ? demanda Richie, qui s'attendait à la réponse.

— Bowers, Criss et Huggins, et d'autres aussi. »

Richie émit un sifflement. « Ils doivent déjà être entrés. Ils ne sont pas au comptoir.

— Ouais, je crois.

— Moi, à leur place, je claquerais pas mon fric pour des films d'horreur. Je resterais à la maison et je me regarderais dans la glace. Autant d'économisé. »

Bev éclata joyeusement de rire, mais Ben ne fit qu'esquisser un sourire. Henry Bowers avait commencé en l'égratignant un peu vivement, mais avait terminé en voulant le tuer. Ben en était convaincu.

« Tu sais pas ? reprit Richie. On va aller au balcon. À tous les coups, ils seront au deuxième ou au troisième rang, les pieds sur les dossiers.

— Tu en es sûr ? » demanda Ben, craignant que Richie n'ait pas idée de ce que représentaient ces mauvaises nouvelles — la pire de toutes ayant nom Henry Bowers.

Richie, qui avait échappé de peu à ce qui aurait pu être une terrible raclée de la part de Henry Bowers et de sa clique de cinglés, trois mois auparavant (il avait réussi à les semer au rayon jouets de Freese's, un grand magasin), comprenait beaucoup mieux ce que Ben voulait dire que ce dernier ne l'imaginait.

« Si je n'en étais pas sûr, je ne rentrerais pas, dit-il. J'ai envie de voir ces films, Meule de Foin, mais pas au point de me faire faire la peau.

— Et puis, s'ils nous font des ennuis, il n'y aura qu'à dire à Foxy de les virer », remarqua Beverly. Foxy était le surnom de Mr. Foxworth, le patron de l'Aladdin, un homme de petit gabarit, au teint jaune et d'aspect sinistre. Il vendait les confiseries et le pop-corn, psalmodiant une éternelle litanie : « Chacun son tour, chacun son tour, chacun son tour. » Avec son smoking râpé et sa chemise amidonnée élimée, il avait tout à fait l'air d'un entrepreneur de pompes funèbres ayant fait de mauvaises affaires.

Le regard dubitatif de Ben se porta de Bev à Foxy et de Foxy à Richie.

« Tu ne peux tout de même pas les laisser contrôler ton existence, fit doucement Richie, non ?

— C'est vrai », soupira Ben. En réalité, il n'en était pas si sûr... Mais la présence de Beverly avait bouleversé les données du problème. Si elle n'avait pas été là, il aurait tenté de persuader Richie d'aller un autre jour au cinéma ; si Richie avait insisté, il aurait pris la tangente. Mais voilà : Bev était là. Il ne voulait pas avoir l'air d'une poule mouillée en sa présence. De plus, l'idée d'être à côté d'elle au balcon, dans l'obscurité (même si Richie se plaçait entre eux, ce qu'il craignait), exerçait sur lui un attrait puissant.

« Nous attendrons le début de la séance pour entrer, dit Richie, qui donna un coup de poing sur le bras de Ben et reprit, souriant : Merde, Meule de Foin, tu veux vivre éternellement ? »

Ben fronça un instant les sourcils, puis partit d'un rire hennissant, imité par Richie, puis par Bev.

Richie s'approcha de nouveau de la caisse. Lèvres en Tranches-de-Foie lui jeta un regard suspicieux.

« Bonjour-bonjour, chère madame, fit Richie (voix du baron Trouduc). Je souhaiterais procéder à l'achat de trois billets pour ce spectacle si typiquement américain.

— Pas de baratin et dis-moi ce que tu veux, petit ! » aboya Tranches-de-Foie à travers le rond découpé dans la vitre. Quelque chose dans la façon qu'elle avait d'abaisser et de soulever ses sourcils mit Richie tellement mal à l'aise qu'il se contenta de pousser un billet tout froissé d'un dollar dans le guichet et de gommeler : « Eh bien, trois places.

— Ne faites pas les idiots, ne jetez pas les cornets de pop-corn, ne criez pas, ne courez pas dans le hall et les allées, dit-elle en lui rendant vingt-cinq cents, tandis que les billets jaillissaient de la fente.

— Non, ma'am », dit Richie en retournant auprès de Bev et de Richie. « Ça fait toujours chaud au cœur de voir à quel point cette vieille péteuse adore les enfants. »

Ils attendirent le début de la séance à l'extérieur, sous le regard soupçonneux de Tranches-de-Foie dans sa cage de verre. Richie régala Beverly de l'histoire du barrage, déclamant les répliques de Mr. Nell avec sa nouvelle voix (flic irlandais). Bev commença par pouffer et ne tarda pas à rire aux éclats. Ben lui-même esquissa un sourire, mais son regard ne cessait d'aller des portes vitrées de l'Aladdin au visage de Beverly.

10

Le balcon était parfait. Pendant la première bobine de *Frankenstein Junior*, Richie repéra Henry Bowers et sa bande de tordus, juste au deuxième rang, comme il l'avait prévu. Ils étaient cinq ou six en tout, tous des septièmes, sixièmes ou cinquièmes, et tous leurs bottes de moto sur les dossiers de la première rangée. Foxy venait, leur disait de les mettre à terre ; ils obtempéraient. Dès qu'il avait tourné le dos, les bottes réapparaissaient. Dix minutes plus tard, la comédie recommençait. Foxy n'avait pas le courage de les vider, et ils le savaient.

Les films étaient vraiment bien. Le jeune Frankenstein était convenablement balourd. Le loup-garou adolescent faisait davantage peur... peut-être parce qu'il avait quelque chose de triste. Certes il avait été victime de l'hypnotiseur, mais c'était à cause de la rage et des mauvais sentiments qu'il avait en lui qu'il s'était transformé en loup-garou. Richie se demanda s'il y avait beaucoup de personnes comme ça, dissimulant d'ignobles sentiments. Bowers débordait de tels sentiments, mais ne se souciait guère de les cacher.

Beverly était assise entre les garçons, mangeait du pop-corn dans leurs cornets, criait, se cachait les yeux, riait parfois. Quand le loup-garou se mit à poursuivre la jeune fille, elle enfouit son visage dans le bras de Ben, et Richie entendit distinctement le hoquet de surprise qu'il eut, en dépit des hurlements des deux cents gosses du parterre.

Finalement, le loup-garou fut tué. Dans la dernière scène, un flic déclarait solennellement à un autre flic, que cet exemple devrait montrer aux gens qu'il vaut mieux ne pas jouer avec ce qui relève de Dieu. Le rideau tomba, les lumières s'allumèrent. Il y eut des applaudissements. Richie goûtait un bonheur sans mélange, si ce n'était un léger mal de tête; il allait de nouveau falloir rendre visite au toubib-pour-les-yeux et changer de verres. Quand il entrerait au lycée, c'est des culs de bouteille qu'il allait avoir devant les mirettes, pensa-t-il, morose.

Ben tira sur sa manche. « Ils nous ont vus, Richie, dit-il d'un ton de voix sec et désolé.

— Quoi ?

— Bowers et Criss. Ils ont levé les yeux en sortant. Ils nous ont vus !

— D'accord, d'accord ! Calme-toi, Meule de Foin. Caaalme-toi, là. On va sortir par la porte de côté. Pas de quoi s'en faire. »

Ils descendirent l'escalier, Richie en tête, Bev au milieu et Ben fermant la marche en regardant par-dessus son épaule toutes les deux marches.

« Est-ce que ces types t'en veulent vraiment, Ben ? demanda Beverly.

— Ouais, je crois bien. Je me suis battu avec Henry Bowers le dernier jour de l'école.

— Est-ce qu'il t'a fait mal ?

— Pas autant qu'il aurait voulu. C'est pour ça qu'il est encore furieux. »

Richie intervint : « Not' bon vieux Bibendum s'est quelque peu fait écorcher, murmura Richie, d'après ce qu'on m'a dit. Je ne crois pas que ça lui a fait plaisir non plus. » Il poussa la porte de la sortie latérale, et les trois enfants se retrouvèrent dans l'allée qui séparait l'Aladdin et Nan's, un restaurant qui servait des sandwichs. Ils dérangèrent un chat qui fouillait dans une poubelle ; l'animal fila vers le fond de l'allée fermée par une palissade, sur laquelle il grimpa avant de disparaître. Il y eut un fracas de couvercle de poubelle, et Bev sursauta, saisissant le bras de Richie. Elle éclata d'un rire nerveux. « J'ai encore la frousse à cause du film ! s'exclama-t-elle.

— Salut, tête de nœud », fit la voix de Henry Bowers, derrière eux.

Le trio fit brusquement demi-tour. Henry, Victor et le Roteur se tenaient à l'entrée de l'allée. Il y avait deux autres types, un peu en retrait.

« Et merde, j'étais sûr que ça allait arriver », gémit Ben.

Richie se tourna vivement vers l'Aladdin, mais la porte s'était refermée et ne pouvait pas s'ouvrir de l'extérieur.

« Allez, dis bonjour, tête de nœud ! » lança Henry en se jetant soudainement sur Ben.

Ce qui arriva par la suite resta gravé dans la mémoire de Richie comme les images d'un film : de telles choses ne peuvent tout simplement pas se produire dans la vie. Dans la vie, les petits enfants reçoivent leur raclée, ramassent leurs dents et rentrent chez eux.

Mais les choses ne se passèrent pas ainsi cette fois.

Beverly fit un pas en avant, presque comme si elle avait eu l'intention d'aller (par exemple) serrer la main de Bowers, dont les bottes tintaient sur le sol. Il était suivi de Victor et du Roteur, les deux derniers montant la garde à l'entrée de l'allée.

« Laisse-le tranquille ! cria Beverly. Tu n'as qu'à t'attaquer à quelqu'un de ta taille !

— Il est aussi gros qu'un semi-remorque, salope ! gronda Henry, toujours aussi courtois. Et maintenant, sors de mon... »

Le pied de Richie partit — partit sans qu'il eût le temps d'y penser, comme en d'autres occasions sortaient de sa bouche des plaisanteries qui pouvaient être dangereuses pour sa santé. Henry s'entrava et s'effondra. Le sol de briques de l'allée était glissant, tant il était jonché des détritus qui débordaient des poubelles du restaurant. Henry glissa comme le poids d'un jeu de galet.

Il voulut se relever, la chemise maculée de marc de café, de boue et de feuilles de laitue. « *Je vais vous faire la PEAU !* » brailla-t-il.

Ben était resté jusqu'à cet instant-là paralysé de terreur. En lui, quelque chose cassa. Il laissa échapper un rugissement et s'empara de l'une des poubelles. Il la tint en l'air pendant une seconde ou deux, ressemblant plus que jamais à Calhoun la Meule de Foin, tandis que les détritus en tombaient. Une expression de fureur peinte sur son visage plus blanc qu'un linge, il jeta la poubelle qui vint frapper Henry dans le bas du dos. Le voyou s'aplatit de nouveau.

« Barrons-nous d'ici ! » hurla Richie.

Ils partirent en courant vers la sortie de l'allée. Victor Criss se plaça d'un bond en face d'eux. Avec un nouveau rugissement, Ben baissa la tête et lui rentra dedans à mi-corps. Victor laissa échapper un cri étranglé et se retrouva au sol.

Le Roteur réussit à saisir Beverly par sa queue de cheval, la projetant rudement contre le mur de brique de l'Aladdin, sur lequel son bras frotta. Elle se dégagea et fonça, suivie de Richie qui saisit un couvercle de poubelle en passant. Huggins lança son poing, de la taille d'un jambonneau, mais Richie brandit le rond de métal galvanisé contre lequel il vint heurter. Il y eut un *booinng !* sonore, presque musical. Richie sentit l'impact lui remonter jusqu'à l'épaule ; mais Huggins poussa un hurlement et se mit à sautiller sur place en tenant sa main qui commençait à gonfler.

L'un des garçons en sentinelle avait attrapé Beverly, et Ben s'empoignait avec lui, tandis que le dernier de la bande lui martelait les reins. Une fois de plus, Richie lança son pied, qui entra sèchement en contact avec les fesses du boxeur. Ce dernier hurla de douleur. Richie prit le bras de Beverly d'une main, celui de Ben de l'autre.

« Courez ! » cria-t-il.

Le garçon qui était aux prises avec Ben lâcha Bev et envoya un coup de poing à Richie. Après une brève explosion de douleur, son oreille s'engourdit et devint toute chaude, tandis qu'un sifflement aigu remplissait sa tête. Comme celui des écouteurs dans un contrôle d'audition, à l'école.

Ils se précipitèrent dans Central Street. Les gens se retournaient pour les voir. La bedaine de Ben faisait du yo-yo ; la queue de cheval de Bev dansait. Richie tenait ses lunettes contre son nez pour ne pas les perdre. Ça sifflait toujours dans sa tête et il se disait que son oreille allait gonfler, mais il se sentait en pleine forme. Il se mit à rire, bientôt imité par Bev, puis par Ben.

Ils s'engouffrèrent dans Court Street et s'effondrèrent sur un banc en face du commissariat de police : le seul endroit de Derry où ils pouvaient être en ce moment en sécurité, leur semblait-il. Beverly passa un bras autour du cou de Ben, un autre autour de celui de Richie et les étreignit furieusement tous les deux.

« C'était fantastique, dit-elle, les yeux jetant des éclairs. Vous les avez vus, ces types ? Dites, vous les avez vus ?

— Pour les voir, je les ai vus, répondit Ben. Et j'aimerais bien que ce soit la dernière fois. »

Cette réplique suscita une nouvelle tempête d'éclats de rire. Richie s'attendait à voir d'un instant à l'autre Bowers et sa bande déboucher dans Court Street et leur tomber dessus, commissariat ou pas, mais il riait tout de même. Beverly avait raison. Ils avaient été fantastiques.

Le Club des Ratés en a réussi une bien bonne ! cria Richie, exubérant. Wacka-wacka-wacka ! (Il mit les mains en porte-voix devant sa bouche.) Ya-HOU, ya-HOU, ya-HOU ! »

Un flic passa la tête par une fenêtre ouverte au

premier et cria : « Barrez-vous d'ici, les mômes, et qu'
ça saute ! Allez faire un tour ! »

Richie ouvrit la bouche pour répliquer quelque
chose de brillant (sans doute en adoptant sa dernière
trouvaille, la voix du flic irlandais) mais Ben lui donna
un coup de pied dans les tibias. « La ferme, Richie »,
dit-il, immédiatement surpris d'avoir pu proférer un
tel ordre.

« Il a raison, Richie, ajouta Bev en le regardant avec
gentillesse. Bip-bip !

— D'accord, d'accord. Qu'est-ce que vous voulez
faire, les mecs ? Tiens, on devrait aller demander à ce
brave Henry s'il n'a pas envie de faire une partie de
Monopoly.

— Mords-toi la langue, Richie.

— Hein ? Qu'est-ce que ça veut dire ?

— Laisse tomber. Il y a des types tellement igno-
rants ! »

Avec hésitation, rouge jusqu'à la racine des cheveux,
Ben demanda : « Il ne t'a pas fait mal, en te tirant sur
la queue de cheval, Beverly ? »

Elle lui sourit gentiment, et acquit à cet instant la
certitude que c'était lui (comme elle l'avait déjà
soupçonné) l'auteur de la carte postale avec le beau
haïku. « Non, ce n'était pas bien méchant.

— Descendons dans les Friches », proposa alors
Richie.

C'est donc là qu'ils allèrent, ou plutôt qu'ils s'enfui-
rent. Richie se dit plus tard qu'ils avaient ce jour-là
créé un précédent pour tout l'été. Les Friches étaient
devenues leur coin. Tout comme Ben avant sa rencontre avec les garnements, Bev n'y était jamais « descendue ». Ils marchaient à la file indienne sur l'étroit
sentier, Richie devant, Beverly au milieu, Ben derrière.
Sa jupe oscillait agréablement et des vagues de sensa-
tions imprécises submergeaient Ben à ce spectacle,
aussi puissantes que des crampes d'estomac. Elle
portait le bracelet à sa cheville ; il scintillait au soleil
de l'après-midi.

Ils traversèrent le bras de la Kenduskeag que les garçons avaient barré en utilisant des pierres émergées, découvrirent un autre chemin, et finirent par se retrouver sur la rive de l'embranchement est du cours d'eau, beaucoup plus dégagée que l'autre. La rivière était éblouissante dans cette lumière. Sur leur gauche, on apercevait deux de ces cylindres de béton recouverts d'une plaque. En dessous, surplombant la rivière, se trouvaient des tuyaux de ciment. Il en coulait deux filets d'eau trouble. *Quelqu'un fait sa crotte en ville, et voilà où ça aboutit*, songea Ben en se souvenant des explications de Mr. Nell sur le système des égouts de Derry. Il éprouva un pénible sentiment de colère impuissante. Les poissons abondaient certainement autrefois, dans cette rivière ; aujourd'hui, on n'aurait guère eu de chance d'attraper une truite — bien plus de pêcher un morceau de papier hygiénique.

« C'est tellement beau, ici ! fit Bev avec un soupir.

— Ouais, pas mal, admit Richie. Les mouches noires sont parties, et il y a assez de vent pour que les moustiques nous fichent la paix. » Il la regarda, une lueur d'espoir dans les yeux. « T'aurais pas des cigarettes, par hasard ?

— Non. J'en avais deux, mais je les ai fumées hier.

— Dommage », dit Richie.

Une sirène retentit, et ils regardèrent tous les trois passer en cahotant un long train de marchandises qui, sur la rive opposée des Friches-Mortes, se dirigeait vers la gare de triage. Nom d'une pipe, si c'était un train de voyageurs, ils auraient une sacrée vue, songea Richie. Tout d'abord les taudis des pauvres d'Old Cape, puis les marécages à bambous de l'autre côté de la Kenduskeag et enfin, juste avant de quitter les Friches, le dépotoir à ordures municipal, une ancienne gravière où couvait le feu.

Pendant un moment, il se prit à penser de nouveau à l'histoire d'Eddie — le lépreux et la maison abandonnée de Neibolt Street. Il chassa cette idée et se tourna vers Ben.

« Alors, qu'est-ce que tu as préféré, Meule de Foin ?

— Euh ? » fit Ben en se tournant vers lui, l'air coupable. Tandis que Bev regardait au-delà de la Kenduskeag, perdue dans ses propres pensées, il avait dévoré des yeux son profil... et s'était posé des questions sur le bleu qu'elle avait à la joue.

« Dans le film, idiot. Qu'est-ce que tu as préféré ?

— J'ai bien aimé quand le Dr Frankenstein a jeté les corps aux crocodiles, sous la maison, répondit Ben.

— C'était dégoûtant, dit Bev avec un frisson. J'ai horreur de ce genre de bêtes. Ça et les piranhas et les requins.

— Ouais ? C'est quoi, les piranhas ? demanda Richie, immédiatement intéressé.

— Des poissons minuscules, expliqua Beverly. Avec plein de dents minuscules, mais aiguisées comme des rasoirs. Et si tu tombes dans une rivière où il y en a, ils te mangent en moins de deux jusqu'à l'os.

— Houlà !

— J'ai vu un film une fois là-dessus. On voyait des indigènes qui avaient besoin de traverser la rivière ; leur passerelle s'était effondrée. Alors ils ont mis une vache à l'eau, au bout d'une corde, et ils ont traversé pendant que les piranhas mangeaient la vache. Quand ils ont tiré sur la corde, il ne restait plus que le squelette. J'en ai fait des cauchemars pendant une semaine.

— Si seulement j'avais des poissons comme ça ! s'exclama Richie. Je les mettrais dans la baignoire de Bowers !

— À mon avis, il ne prend jamais de bains, fit Ben en pouffant.

— Ça, je ne sais pas, dit Bev, mais je peux vous dire qu'il vaudrait mieux faire attention à ces types. (Elle toucha le bleu qui marquait sa joue.) Mon paternel m'est tombé dessus avant-hier parce que j'avais cassé une pile d'assiettes. Une fois par semaine, ça suffit. »

Il y eut un moment de silence qui aurait pu être embarrassant mais ne le fut pas. Richie le rompit en remarquant qu'il avait préféré le passage où le jeune loup-garou se fait le méchant hypnotiseur. Sur quoi ils parlèrent cinéma pendant une heure. Bev remarqua des pâquerettes et en cueillit une, qu'elle alla placer sous le menton de Richie puis sous celui de Ben pour savoir s'ils aimaient le beurre. Tandis qu'elle tenait la fleur sous leur menton, chacun d'eux eut nettement conscience de son contact léger contre leurs épaules et de l'odeur fraîche de ses cheveux. Son visage ne fut proche de celui de Ben que pendant deux ou trois secondes, mais la nuit même il rêva du regard qu'avaient eu ses yeux pendant cet intervalle de temps, bref et éternel.

La conversation se languissait quand ils entendirent des bruits de pas en provenance du sentier. Tous trois se tournèrent aussitôt dans cette direction et Richie prit soudain conscience, de manière aiguë, qu'ils avaient la rivière derrière eux. Toute retraite leur était coupée.

Les voix se rapprochèrent. Ils se levèrent, Richie et Ben se plaçant un peu en avant de Beverly sans même y penser.

Les broussailles s'agitèrent au débouché du sentier et soudain Bill Denbrough en émergea, accompagné d'un autre gosse que Richie connaissait vaguement. Il s'appelait Bradley quelque chose, était affligé d'un terrible zézaiement et, pensa Richie, avait dû se rendre à Bangor avec Bill chez l'orthophoniste.

« Grand Bill ! s'écria-t-il, puis, prenant la voix de Toodles : Nous sommes heureux de vous voir, Mr. Denbrough. »

Bill les regarda et sourit — et une étrange conviction s'empara de Richie, tandis que Bill regardait tour à tour Beverly, Ben, puis ce Bradley quelque chose. Beverly faisait partie du groupe, disaient les yeux de Bill ; Bradley Machin, non. Il pouvait rester un moment aujourd'hui, voire même revenir dans les Friches — personne ne lui dirait : « Désolé, le Club des Ratés affiche complet, nous avons déjà notre bafouilleur de service » —, mais il n'en faisait pas partie. Il n'était pas des leurs.

Cette pensée se traduisit par une peur aussi soudaine qu'irrationnelle. Richie se sentit pendant quelques instants comme un nageur qui s'est trop éloigné. *Nous sommes attirés dans quelque chose. Nous avons été choisis, élus. Il n'y a là rien d'accidentel. Sommes-nous déjà au complet ?* songea-t-il en un éclair d'intuition.

Puis cette intuition fut engloutie dans le flot anarchique de ses pensées, comme éclate en morceaux une vitre sur un sol de pierre. En outre, ça n'avait pas d'importance ; Bill était là et Bill s'en occuperait. Il ne laisserait pas les événements échapper à son contrôle. Il était le plus grand de la bande, et incontestablement le plus beau. Richie n'avait qu'à observer à la dérobée les yeux de Bev, posés sur Bill, et ceux de Ben, un peu plus loin, qui ne quittaient pas le visage de Bev, sans illusions et malheureux, pour le savoir. Bill était aussi le plus fort, et pas seulement physiquement. Il y avait encore bien autre chose, mais comme Richie ignorait le sens de termes comme « charisme » ou « magnétisme », il sentait simplement que la force de Bill avait des racines profondes et pouvait se manifester de bien des façons, parfois inattendues. Et Richie soupçonnait que si jamais Beverly avait « le béguin » pour lui, peu importait l'expression, Ben ne serait pas jaloux (comme lui le serait, se dit Richie, si elle avait eu le béguin pour lui) ; il accepterait la chose comme allant de soi. Il y avait également autre chose : Bill était bon. Stupide de penser une chose pareille (il la sentait d'ailleurs davantage qu'il la pensait), mais le fait était là. Bonté et force semblaient rayonner de Bill. Il était comme le chevalier d'un de ces vieux films, un film passablement ringard qui ne vous en fait pas moins pleurer et applaudir à la fin. Fort et bon. Et cinq ans plus tard, alors que s'étaient rapidement estompés les souvenirs que Richie avait conservés de cet été, il se dirait que John Kennedy lui rappelait Bill le Bègue.

Qui ? lui demanderait son esprit.

Il lèverait les yeux, vaguement intrigué, et secouerait la tête. *Un type que j'ai connu... un type que j'ai connu il y a longtemps,* ajouterait-il, en repoussant ses lunettes sur son nez pour dissiper la vague impression de malaise avant de retourner à ses devoirs.

Bill Denbrough mit les mains sur les hanches, eut un sourire solaire et dit : « Eh-Eh bien, n-nous voilà... qu'est-ce q-qu'on fait, m-maintenant ?

— T'as pas des cigarettes ? » fit Richie, plein d'espoir.

11

Cinq jours plus tard, alors que le mois de juin tirait à sa fin, Bill dit à Richie qu'il voulait aller à Neibolt Street, inspecter le porche sous lequel Eddie avait vu le lépreux.

Ils arrivaient juste devant la maison de Richie, Bill poussant Silver à la main. Il avait pris Richie sur le porte-bagages pendant l'essentiel du trajet (la balade à fond la caisse dans Derry avait été un grand moment), mais il valait mieux que la mère de son copain ne les vît pas arriver dans un tel équipage.

Dans le panier de Silver, se trouvaient des pistolets d'enfant avec lesquels ils avaient joué tout l'après-midi dans les Friches ; Beverly Marsh était arrivée vers trois heures, équipée d'un jean défraîchi et d'une vieille carabine à air comprimé dont la détonation avait perdu toute vigueur — au point que lorsqu'on appuyait sur la détente bricolée au sparadrap, elle émettait un son sifflant de matelas pneumatique qui se dégonfle. La spécialité de Bev était le tireur isolé japonais ; elle savait très bien monter aux arbres et s'y embusquer pour canarder ceux qui passaient au pied. Sur sa joue, le bleu n'était plus qu'une ombre jaunâtre.

« Qu'est-ce que tu as dit ? demanda Richie, choqué... mais aussi un peu intrigué.

— J-Je veux jeter u-un c-coup d'œil s-sous ce pporche », expliqua Bill. Il y avait de l'entêtement dans son ton, mais il ne regardait pas Richie, et ses joues s'étaient empourprées.

Mrs. Tozier était installée devant la maison, en train de lire. Elle interpella les garçons quand elle les aperçut : « Voulez-vous une tasse de thé glacé ?

— On arrive, Maman, lança Richie avant de se tourner vers Bill. On y trouvera rien du tout, reprit-il. Il a sans doute vu un clochard et a complètement déformé l'histoire. Tu connais Eddie.

— O-Oui, je c-connais E-Eddie. Mais sou-souviens-toi de la ph-photo dans l'album. »

Mal à l'aise, Richie dansa d'un pied sur l'autre. Bill leva la main droite. Il ne portait plus de pansement, mais on distinguait parfaitement les cicatrices circulaires sur les trois premiers doigts.

— Ouais, mais...

— É-É-Écoute-moi. » Bill se mit à parler lentement, sans lâcher Richie du regard. Une fois de plus, il rappela les similitudes entre l'histoire de Ben et celle d'Eddie, et ce qu'ils avaient vu sur la photo qui s'était animée. Il avança l'idée que le clown avait pu assassiner les enfants que l'on avait retrouvés morts à Derry depuis le mois de décembre précédent. « S-Sans compter les au-autres, c-ceux qui ont dis-disparu, p-peut-être, co-comme E-E-Edie C-Corco-coran.

— Mais il avait la trouille de son beau-père, objecta Richie. Il manquait pas de raisons de se barrer, merde !

— J-Je veux b-bien. Je l-le co-connaissais, m-moi aussi. Et je s-sais que son p-père le b-battait. M-mais je-je sais aussi qu'il l-lui a-a-arrivait de p-passer la nuit de-dehors p-pour être l-loin de lui.

— Autrement dit, le clown l'aurait eu pendant une de ces nuits ? commenta Richie, songeur. C'est bien ça ? »

Bill acquiesça.

« Et toi, qu'est-ce que tu veux ? Un autographe ?

— Si l-le clown a t-tué les autres, a-a-alors il a t-tué G-Geo-Georgie », dit Bill, sans lâcher le regard de

Richie. Ses yeux exprimaient une dureté sans compromis, sans pardon possible. « J-Je veux l-le tuer.

— Seigneur Jésus ! fit Richie. Mais comment vas-tu t'y prendre ?

— M-Mon père a un p-pistolet. (Il postillonnait en parlant, mais Richie s'en rendait à peine compte.) I-Il ne s-sait pas que j-je le sais. Il est s-sur l'éta-tagère du haut de s-son p-placard.

— Parfait si c'est un homme, objecta Richie, et si nous arrivons à le trouver sur une pile d'ossements d'enfants...

— J'ai versé le thé, les garçons ! leur lança joyeusement Mrs. Tozier. Venez donc tant qu'il est bien frais !

— On arrive, on arrive, M'man ! » répondit Richie avec un grand sourire parfaitement artificiel, qui disparut dès qu'il se retourna vers Bill. « Parce que moi, je ne tiens pas à descendre un type simplement parce qu'il est habillé en clown, Billy. Tu es mon meilleur ami, mais je ne le ferai pas et je ne te laisserai pas faire si je peux t'en empêcher.

— Et s-si on t-trouve la p-pile d'ossements ? »

Richie se passa la langue sur les lèvres et resta quelques instants sans rien dire. Puis il demanda à Bill : « Et si ce n'est pas un homme, Bill, que feras-tu ? Si c'est une espèce de monstre ? Si des choses pareilles existent réellement ? Ben Hanscom a dit que c'était une momie et que les ballons flottaient contre le vent, qu'elle ne projetait pas d'ombre. Quant à la photo dans l'album de ton frère... ou on l'a imaginé, ou c'était de la magie, et à mon avis, nous n'avons rien imaginé. Tes doigts n'ont rien imaginé, hein ? »

Bill secoua la tête.

« Alors, qu'est-ce qu'on va faire si ce n'est pas un homme, Bill ?

— F-Faudra essayer au-autre chose.

— Ah oui ? Je vois ça d'ici. Tu lui tires dessus toutes tes balles, il continue d'avancer comme le jeune loup-garou dans le film qu'on a vu, Ben, Beverly et moi. Alors tu te sers de ta fronde, ta Bullseye. Et si la

Bullseye ne marche pas, je lui lance de ma poudre à éternuer. Et si la poudre à éternuer ne marche pas et qu'il continue à avancer, on lui crie : " Pouce, Monsieur le Monstre, c'est pas du jeu. Écoutez, on va aller à la bibliothèque faire quelques lectures et on revient tout de suite, veuillez nous excuser. " C'est ça, qu'on va lui dire, Grand Bill ? »

Il regardait son ami, agitant la tête rapidement. Il était déchiré entre l'envie de voir Bill insister pour aller examiner le porche et le désir désespéré qu'il abandonnât cette idée. D'une certaine manière, c'était comme s'ils venaient d'entrer dans l'un des films d'horreur du samedi après-midi à l'Aladdin, mais d'une autre — et c'était crucial —, ça n'avait strictement rien à voir. Parce qu'il n'y avait aucun danger dans un film où l'on savait soit que les choses se termineraient bien, soit que, de toute façon, ce n'était pas sa peau qui était en jeu. Déjà l'affaire de la photo de Georgie, ce n'était pas du cinéma. Il avait cru l'oublier, mais il n'avait jamais fait que se monter le coup, car il ne distinguait que trop bien les cicatrices qui encerclaient les doigts de Billy. S'il ne l'avait pas tiré en arrière...

Incroyablement, Bill souriait. Il souriait vraiment ! « T-Tu as voulu v-voir l'a-album de photos, dit-il. Mainte-tenant, j-je veux t'amener v-voir une m-maison. Un p-prêté pour u-un r-rendu.

— Un fauché qui parle de prêter ! » répliqua Richie, et tous deux éclatèrent de rire.

« De-demain m-matin, dit Bill, comme si la question était résolue.

— Et si c'est un monstre ? objecta Richie, ne lâchant pas son ami du regard, à son tour. Si le pétard ne l'arrête pas, s'il continue à avancer ?

— F-Faudra e-essayer au-autre chose, répéta Bill. On d-doit bien trouver. » Il rejeta la tête en arrière et rit comme un loufdingue, bientôt imité par Richie. Il était impossible d'y résister.

Ils remontèrent l'allée dallée qui conduisait au

porche de chez Richie. Maggie Tozier avait préparé deux énormes verres de thé glacé amélioré à la menthe et un plateau de gaufres à la vanille.

« A-Alors tu v-veux bien ?

— Non, mais je viendrais tout de même », dit Richie.

12

« Tu l'as ? » demanda Richie avec anxiété.

Il était dix heures, le lendemain matin, et les deux garçons poussaient leurs bicyclettes sur Kansas Street, le long des Friches. Le ciel était gris et triste ; la pluie était annoncée pour l'après-midi. Richie n'avait pas réussi à s'endormir avant minuit, et il se disait que Denbrough avait l'air d'avoir connu le même problème ; ce bon vieux Bill exhibait une paire de Samsonite, une sous chaque œil.

« Je l'ai, répondit Bill en tapotant le duffel-coat vert qu'il portait.

— Fais-le voir, dit Richie, fasciné.

— Pas maintenant, objecta Bill avec un sourire. Quelqu'un d-d'autre p-pourrait le voir. M-Mais re-regarde ce que j-j'ai apporté. » Il passa la main sous le duffel-coat et en ramena sa fronde.

« Oh, merde, on est dans le pétrin ! » s'exclama Richie en se mettant à rire.

Bill fit semblant d'être vexé. « C'é-était t-ton idée, T-T-Tozier. »

La fronde datait de son précédent anniversaire, un compromis dû à Zack Denbrough : son fils désirait une 22 long rifle, et sa femme ne voulait pas entendre parler d'une arme à feu pour un gamin si jeune. « Entre des mains expertes, votre fronde Bullseye peut se révéler aussi efficace qu'un bon arc de frêne ou qu'une arme à feu », proclamait la notice qui l'accompagnait, précisant aussi qu'une fronde pouvait être dangereuse et que le propriétaire ne devait pas plus s'amuser à viser quelqu'un avec l'une des vingt billes d'acier données en prime qu'avec une arme à feu chargée.

Bill n'était toujours pas devenu un expert (et soupçonnait qu'il ne le deviendrait jamais), mais trouvait justifiés les conseils de prudence de la notice ; les élastiques étaient très puissants, et quand on atteignait une boîte de conserve, la bille y faisait un sacré trou.

« Tu t'en sors mieux qu'au début, Grand Bill ?

— Un p-peu », répondit-il, ce qui n'était vrai qu'en partie. Après avoir beaucoup étudié les croquis de la notice (mystérieusement appelés « figs », comme dans « fig. 1, fig. 2 », et ainsi de suite) et s'être exercé dans un parc au point de s'ankyloser le bras, il avait réussi à atteindre la cible (qui faisait également partie du cadeau) environ trois fois sur dix. Un jour, il avait même mis dans le mille. Enfin presque.

Richie tendit les élastiques, les laissa claquer et rendit la fronde à Bill. Il ne fit pas de commentaires, mais en lui-même il doutait qu'elle pût valoir le pistolet de Zack Denbrough s'il s'agissait d'abattre un monstre.

« Ah ouais ? dit-il. T'as amené ta fronde, d'accord, la belle affaire ! Regarde donc ce que j'ai amené, moi ! » Et de sa veste il tira un paquet orné d'un dessin où l'on voyait un homme, les joues aussi gonflées que celles de Dizzy Gillespie, en train d'éternuer. POUDRE À ÉTERNUER DU DR WACKY, lisait-on sur le paquet. SUCCÈS GARANTI !

Les deux garçons se regardèrent pendant quelques instants qui se prolongèrent, avant d'éclater simultanément de rire à en hurler.

« On est v-vraiment p-prêts à tout », commenta finalement Bill, toujours secoué de fou rire, en s'essuyant les yeux du revers de sa manche.

« T'as la tête comme mon cul, Bill le Bègue.

— Je c-croyais que c'était l'in-inverse ! Bon, é-coute. On v-va planquer t-ta bé-bécane dans les F-Friches. Là où j-je mets Silver q-quand n-nous jouons. T-Tu monteras d-derrière m-moi, s'il f-faut se t-tirer en vi-vitesse. »

Richie acquiesça, n'éprouvant aucun besoin de discuter. Sa Raleigh (il se cognait parfois les genoux au guidon quand il pédalait vite) avait l'air d'une naine à côté de l'édifice style portique décharné qu'était la bicyclette de Bill. Bill était plus fort, et Silver plus rapide ; il le savait.

Ils arrivèrent au petit pont, et Bill aida Richie à ranger sa bicyclette en dessous. Puis les deux garçons s'assirent et tandis que grondait un véhicule au-dessus de leur tête, Bill ouvrit son duffel-coat et prit l'arme de son père.

« Fais d-drôlement ga-gaffe, dit Bill en le tendant à Richie, après que celui-ci eut émis un sifflement admiratif. Y a p-pas de sé-sécurité s-sur un pis-pistolet comme ç-ça.

— Il est chargé ? » demanda Richie. L'arme, un PPK Walther que Zack Denbrough avait récupéré pendant l'Occupation, paraissait incroyablement lourde.

« P-Pas enco-core, répondit Bill en tapotant sa poche. J'ai l-les b-balles ici. Mais m-mon pater-ternel dit que si on f-fait pas a-attention, un re-revolver peut s-se char-charger t-tout seul. C'est co-comme ç-ça qu'on s-se f-fait tuer. » Un sourire étrange était apparu sur son visage tandis qu'il disait cela : il n'en croyait pas un mot tout en y souscrivant complètement.

Richie comprit. Une impression de menace latente, retenue, émanait de l'arme, impression que ne lui avaient jamais produite les fusils de son père (sauf peut-être celui à répétition, tel qu'il était, incliné, muet et huilé dans un coin du placard du garage). Mais ce pistolet, ce Walther... il n'avait été créé que dans un but, aurait-on dit : tuer des gens. Richie eut un frisson en se rendant compte qu'effectivement, il avait été conçu pour cela. Que pouvait-on faire d'autre avec ? Allumer ses cigarettes ?

Il tourna le canon vers lui, prenant soin d'éloigner son doigt de la détente. Un seul regard dans cet œil noir sans paupière lui fit parfaitement comprendre la raison du sourire de Bill. Il se souvint de son propre père lui disant : *Si tu n'oublies jamais qu'une arme déchargée est une chose qui n'existe pas, tu n'auras jamais de problème de ta vie avec les armes à feu, Richie.* Il rendit le revolver à Bill, soulagé d'en être débarrassé.

Bill le remit dans son duffel-coat. La maison de Neibolt Street parut soudain moins effrayante à Richie... en revanche, la possibilité que du sang fût versé lui parut beaucoup plus d'actualité.

Il regarda son ami, envisageant peut-être de lui rappeler cette éventualité, mais il vit l'expression du visage de Bill, la comprit et dit seulement : « Prêt ? »

13

Comme toujours, lorsque Bill finissait par lever de terre son deuxième pied, Richie éprouva la certitude qu'ils allaient tomber et fendre leur stupide crâne sur le ciment. Le grand vélo zigzaguait follement dans tous les sens. Les cartes à jouer fixées à la fourche cessèrent de tirer au coup par coup et mitraillèrent en rafale. Les embardées d'ivrogne s'accentuèrent et Richie ferma les yeux en attendant l'inévitable.

Bill mugit alors : « Ya-hou, Silver, EN AVANT ! »

La bicyclette prit un peu de vitesse, les zigzags à donner mal au cœur s'atténuèrent et disparurent. Richie cessa d'étreindre comme un malade la taille de Bill, et s'accrocha au porte-bagages de la roue arrière. Ils traversèrent Kansas Street en diagonale, foncèrent dans la pente de plus en plus vite et prirent la direction de Witcham où ils débouchèrent bientôt comme un boulet de canon. Bill dut incliner la bicyclette à fond pour passer et mugit de nouveau : « Ya-hou, Silver ! »

— Lâche pas les pédales, Grand Bill ! cria Richie, tellement mort de frousse qu'il n'était pas loin d'en faire dans son pantalon, ce qui ne l'empêchait pas de rire comme un forcené. Tiens bon la route ! »

Pour lui donner raison, Bill redressa l'engin et, debout sur les pédales, se mit à pomper des deux jambes à un rythme infernal. À voir le dos de Bill, qui était d'une largeur exceptionnelle pour un gamin de onze ans allant sur ses douze ans, chaque épaule s'inclinant tour à tour sous le duffel-coat tandis qu'il faisait porter son poids d'une pédale sur l'autre, Richie se sentit soudain convaincu qu'ils étaient invulnérables... qu'ils vivraient éternellement. Euh... Bill, en tout cas. Bill ne se rendait pas compte à quel point il était fort, sûr de lui et parfait.

Ils continuaient de foncer, tandis que les maisons se faisaient plus rares et les carrefours plus espacés.

« *Ya-hou, Silver !* » beugla une fois de plus Bill, à quoi Richie répliqua sur le même ton de vocifération : « Ya-hou, Silve', Missié, voilà bien qui s'appelle fai'e du vélo ! Ya-hou, Silve', *EN AVANT !* »

Ils longeaient maintenant des champs tout verts, qui paraissaient plats et sans profondeur sous le ciel plombé. On devinait la vieille gare de briques, au loin. À sa droite, s'alignaient des hangars en préfabriqué. Silver cahota sur un premier passage à niveau, puis sur un deuxième.

Ils arrivèrent enfin à la hauteur de Neibolt Street, qui prenait sur la droite. GARE ET DÉPÔT DE DERRY, lisait-on sous le nom de la rue. Autrefois bleu, le panneau pendait de travers, tout rouillé. En dessous, une pancarte encore plus grande, lettres noires sur fond jaune, annonçait (comme un commentaire sur les chemins de fer eux-mêmes) : VOIE SANS ISSUE.

Bill s'engagea dans Neilbolt Street, s'approcha du trottoir sur lequel il posa le pied. « On v-va marcher à-à partir d'ici. »

Richie quitta le porte-bagages avec des sentiments mêlés de soulagement et de regret. « D'accord. »

Ils restèrent dans la rue, car le trottoir était craquelé et plein d'herbes. Dans le dépôt de triage, non loin de là, un diesel tournait lentement, paraissait s'arrêter et repartait. Une ou deux fois, ils entendirent le tintement de métal de wagons que l'on accouplait.

« T'as pas la frousse ? » demanda Richie.

Bill, qui poussait Silver par le guidon, tourna un instant la tête vers son ami et acquiesça. « Si. P-Pas t-toi ?

— Et comment ! »

Bill avait interrogé son père la veille sur Neibolt Street. Il lui avait dit, rapporta-t-il à Richie, que les employés des chemins de fer — ingénieurs, mécaniciens, mais aussi employés de la gare et des ateliers — occupaient presque toutes les maisons de cette rue jusqu'à la fin de la Deuxième Guerre mondiale. Le déclin de la rue avait suivi celui de la gare. Plus Bill et Richie s'avançaient, plus les maisons étaient espacées, miteuses et sales. Les trois ou quatre dernières, des deux côtés, avaient leurs ouvertures condamnées par des planches, leur jardin envahi d'herbes folles. Un panneau À VENDRE pendait, solitaire, agité par le vent, du porche de l'une d'elles. Il faisait à Richie l'impression d'être vieux de mille ans. Le trottoir s'interrompit ; ils marchaient maintenant sur un chemin de terre battue où poussaient de maigres touffes d'herbe.

Bill s'arrêta et fit un signe. « C'est l-là », dit-il doucement.

Le 29, Neibolt Street avait autrefois été une maison pimpante peinte en rouge style Cape Cod. Peut-être, pensa Richie, un ingénieur avait-il vécu ici ; il imaginait un célibataire toujours en jeans, un type qui ne passait chez lui que quatre ou cinq jours par mois et écoutait la radio tout en jardinant ; un type qui mangeait surtout des grillades (mais pas de légumes, même s'il en faisait pousser pour ses amis) et qui, le soir venu, pensait à la Fille-laissée-derrière-lui.

Le rouge n'était plus maintenant que du rose délavé, avec de grandes parties pelées qui avaient l'air de plaies. Les fenêtres étaient toutes aveuglées de planches, et la plupart des bardeaux de bois avaient sauté. Les mauvaises herbes poussaient anarchiquement des deux côtés de la maison, et devant, ce qui restait du gazon s'ornait de la première floraison de pissenlits de la saison. Sur la gauche, une haute palissade de bois, qui avait peut-être été autrefois blanche mais dont le gris s'accordait aujourd'hui à celui du ciel, s'enfonçait en ondulations d'ivrogne au milieu de broussailles humides. Vers le milieu, elle abritait un carré de tournesols monstrueux, dont le plus grand mesurait bien deux mètres cinquante. Ils avaient un aspect boursouflé déplaisant. La brise les agitait et ils semblaient se dire les uns aux autres : *Les garçons sont ici, quelle agréable surprise. Encore des garçons. Nos garçons.* Richie frissonna.

Tandis que Bill installait soigneusement Silver contre un orme, Richie observa la maison. Il remarqua la roue qui émergeait des herbes touffues, près du porche, et la montra à Bill. C'était le tricycle renversé mentionné par Eddie.

Ils regardèrent la rue dans les deux sens. Elle était complètement déserte. Le halètement du moteur croissait et décroissait, un son qui semblait suspendu dans le ciel bas comme un charme hypnotique. On entendait de temps en temps un véhicule passer sur la route numéro 2, mais on ne pouvait le voir.

Le diesel ronflait, se calmait, ronflait, se calmait.

Les grands tournesols hochaient gravement la tête. *Des garçons tout frais ? De bons garçons. Nos garçons.*

« Tu-tu es p-prêt ? demanda Bill, ce qui fit sursauter Richie.

— Tu sais, j'étais justement en train de me dire que je devais rendre aujourd'hui les livres à la bibliothèque. Je devrais peut-être bien...

— A-Arrête tes sa-salades, R-R-Richie. Es-t-tu prêt, oui ou-ou n-non ?

— Je crois que oui », répondit Richie, sachant fort bien qu'il ne l'était pas et qu'il ne le serait jamais pour ce genre de scène.

Ils traversèrent la pelouse foisonnante en direction du porche.

« Re-regarde p-par là », dit Bill.

Sur le côté gauche du porche, le treillis de bois pendait, retenu par le fouillis des buissons. On voyait les clous rouillés qui avaient été arrachés. C'était un coin d'anciens rosiers, et tandis que les roses de part et d'autre du lattis démoli s'épanouissaient nonchalamment, celles qui étaient directement dans son axe ou tout à côté étaient fanées et mortes.

Bill et Richie échangèrent un coup d'œil sinistre. Tout ce qu'Eddie leur avait raconté se vérifiait jusqu'ici ; sept semaines après, les preuves étaient encore là.

« Tu ne veux tout de même pas aller là-dessous, hein ? demanda Richie, d'un ton presque de supplication.

— N-non, dit Bill, mais j-je vais t-tout de même y-y-y aller. »

Richie comprit, le cœur battant, qu'il était parfaitement sérieux. Cette lumière grise était de retour dans les yeux de Bill, où elle brillait de manière soutenue. Il y avait sur son visage une détermination, une volonté inébranlables qui le faisaient paraître plus âgé. *Il a réellement l'intention de le tuer, s'il est encore ici. De le tuer et peut-être de lui couper la tête pour la ramener à son père et lui dire : « Regarde, c'est ça qui a tué George, et peut-être maintenant vas-tu me parler le soir en rentrant, même si c'est pour me dire comment s'est passée la journée ou qui a perdu aux dés la tournée des cafés du matin. »*

« Bill... », dit-il. Mais Bill était déjà parti vers l'autre extrémité du porche, par où Eddie avait dû pénétrer. Richie fut obligé de courir pour le rattraper, et il faillit tomber lorsqu'il trébucha sur le tricycle que la rouille, en le rongeant, ramenait à la terre.

Il rejoignit Bill alors que celui-ci s'accroupissait pour regarder sous le porche. Il n'y avait pas trace de treillis à ce bout ; quelqu'un (un clochard, sans doute) l'avait arraché depuis longtemps pour accéder à l'abri en dessous, pour se protéger de la neige de janvier, des pluies froides de novembre ou des violents orages d'août.

Richie s'accroupit à côté de lui, le cœur lui martelant la poitrine. Il n'y avait rien sous le porche, sinon des amas de feuilles en décomposition, des journaux jaunâtres et des ombres. Trop d'ombres.

« Bill, répéta-t-il.

— Q-quoi ? » Bill avait ressorti le Walther de son père. Il fit tomber le chargeur dans son autre main et prit quatre balles dans sa poche, qu'il chargea soigneusement, une à une. Richie le regardait faire, fasciné, puis regarda de nouveau sous le porche. Il vit quelque chose d'autre, cette fois. Du verre brisé. Des éclats qui luisaient à peine dans la pénombre. Son estomac se mit à le tirailler douloureusement. Ce n'était pas un sot, et il comprit que ce détail était bien près de confirmer l'histoire d'Eddie. Ces éclats de verre sur les feuilles qui pourrissaient sous le porche signifiaient que la fenêtre avait été brisée récemment, de l'intérieur. Depuis la cave.

« Q-quoi ? » répéta Bill en se tournant vers Richie. Son visage, blanc comme un linge, avait une expression terrible.

« Rien, dit-il.

— T-tu viens ?

— Ouais. »

Ils rampèrent sous le porche.

L'arôme des feuilles en décomposition plaisait habituellement à Richie, mais l'odeur qui régnait là-dessous n'avait rien d'agréable. Leur amas spongieux cédait sous les mains et les genoux, et il avait l'impression qu'on aurait pu s'y enfoncer de plus de cinquante centimètres. Il se demanda soudain ce qu'il ferait si jamais une main ou une griffe surgissait d'entre les feuilles pour le saisir.

Bill examinait la fenêtre brisée. Il y avait des débris de verre tout alentour. Le montant de bois qui séparait auparavant les deux vitres, brisé en deux, avait volé jusque sous les marches du porche. Le haut du cadre de la fenêtre pointait vers l'extérieur comme un os fracturé.

« Quelque chose a cogné là-dessus rudement fort », fit Richie dans un souffle. Bill, qui regardait à l'intérieur — ou du moins essayait —, acquiesça.

Richie le poussa du coude jusqu'à ce qu'il puisse voir quelque chose lui aussi. La cave, plongée dans la pénombre, était jonchée de caisses et de boîtes diverses. Le sol de terre dégageait une odeur d'humidité semblable à celle des feuilles. Une chaudière imposante occupait un pan de mur sur la gauche ; des tuyaux en partaient vers le plafond bas. Un peu plus loin, dans le coin, Richie distingua une sorte de stalle fermée de planches. Il pensa tout d'abord à une stalle de cheval, mais a-t-on jamais mis des chevaux dans les caves ? Puis il lui vint à l'esprit que dans une maison aussi ancienne, la chaudière devait brûler du charbon et non du mazout. On ne l'avait pas changée parce que personne ne voulait de cette baraque. Le truc, là, sur le côté, était un seau à charbon. Sur la droite, on distinguait une volée de marches qui conduisait au rez-de-chaussée.

Et voici que Bill se mettait en position assise..., se courbait en avant... et avant que Richie eût pu se convaincre de ce qu'allait faire son ami, ses jambes disparaissaient par la fenêtre.

« Bill, pour l'amour du ciel ! siffla-t-il, qu'est-ce que tu fabriques ? Sors de là ! »

Bill ne répondit pas. Il glissa à l'intérieur par un mouvement de reptation, accrochant son duffel-coat à la hauteur du bas du dos, et manquant de peu un éclat de verre encore fiché dans le bois qui ne l'aurait pas arrangé. Une seconde après, Richie entendit le bruit de ses tennis contre le sol de terre battue.

« Qu'il aille se faire foutre ! » se dit à lui-même Richie d'une voix chevrotante, tout en scrutant le rectangle obscur dans lequel son ami venait de disparaître. « T'es complètement cinglé, Bill ! »

La voix de Bill monta jusqu'à lui. « T-Tu peux r-rester là-haut si-si tu v-veux, R-R-Richie. M-Monte la garde. »

Au lieu de cela, il roula sur lui-même et engagea les jambes dans ce qui restait du cadre avant de piquer une crise de nerfs, espérant ne pas se couper les mains ou le ventre sur les échardes de verre.

Quelque chose l'empoigna aux jambes, et il ne put retenir un hurlement.

« C-C'est j-juste m-moi », fit Bill à voix basse. Un instant plus tard, Richie se retrouvait à côté de lui dans la cave, rentrant sa chemise dans son pantalon. « Qui c-croyais-tu q-que c'était ? reprit Bill.

— Le père Fouettard, répliqua Richie avec un rire mal assuré.

— T-Toi, tu vas p-par là et m-m-moi, par i-ici...

— Ça va pas la tête, non ? » Il entendait les battements de son cœur jusque dans sa voix, dont l'émission était hachée et inégale. « Je te colle au cul, Grand Bill ! »

Ils se dirigèrent tout d'abord vers le tas de charbon, Bill en tête, le revolver à la main, suivi de près par Richie s'efforçant de regarder partout à la fois. Bill resta quelques instants immobile le long de la dernière planche qui isolait le tas de charbon du reste de la cave, puis en fit le tour d'un bond, pointant l'arme à deux mains. Richie ferma les yeux de toutes ses forces, dans l'attente de l'explosion. Elle ne vint pas. Il rouvrit prudemment les yeux.

« R-Rien que d-du charbon », dit Bill avec un petit rire nerveux.

Richie le rejoignit et constata qu'il restait en effet un tas de charbon qui rejoignait presque le plafond au fond de la stalle et descendait en pente douce jusqu'à leurs pieds.

« Allons... », commença Richie — et à cet instant, la porte en haut des marches s'ouvrit violemment, heurtant le mur à grand bruit ; un peu de la lumière du jour pénétra jusque dans la cave.

Les deux garçons hurlèrent.

Ils entendirent des grognements. Ils étaient puissants, comme ceux d'un animal sauvage en cage. Ils virent une paire de tennis apparaître sur les premières marches, puis par-dessus, des jeans délavés. Des mains qui se balançaient...

Sauf qu'il ne s'agissait pas de mains, mais de pattes. D'énormes pattes torses.

« *Gr-grimpe s-sur le t-t-tas de ch-charbon !* » hurla Bill à Richie qui restait paralysé, ayant soudain compris ce qui venait vers eux, ce qui allait les tuer dans cette cave qui empestait la terre humide et le vin frelaté que l'on avait renversé dans les coins. Mais il avait besoin de voir. « *Y a u-une f-fenêtre en haut d-du t-tas !* »

Les pattes étaient couvertes d'une épaisse toison brune frisée et torsadée ; des ongles ébréchés terminaient les doigts. Richie vit apparaître une veste de soie. Noire avec un liseré orange — les couleurs du lycée de Derry.

« *Gr-Gr-Grimpe !* » hurla Bill en donnant à Richie une gigantesque bourrade. Richie alla s'étaler dans le charbon, dont les angles et les arêtes aigus le reçurent douloureusement, le tirant de son hébétude. Du charbon lui roula sur les mains. Le grognement fou continuait, ininterrompu.

La panique engloutit l'esprit de Richie.

À peine conscient de ce qu'il faisait, il se précipita sur la montagne de charbon, avançant, glissant, repartant vers l'avant, sans cesser de hurler. En haut du tas, la fenêtre était noire de poussière de charbon et ne laissait pénétrer aucune lumière. Une crémone la fermait. Richie la saisit et voulut la tourner en y mettant toute sa force. Elle ne bougea pas. L'effrayant grognement se rapprochait.

Une détonation partit en dessous de lui, un bruit assourdissant dans cet endroit clos. L'odeur de la poudre, puissante et acide, vint piquer les narines de Richie. Elle le tira suffisamment de sa panique pour qu'il eût le temps de se rendre compte qu'il tournait la crémone dans le mauvais sens. Il inversa son effort, et elle céda avec un long grincement rouillé, tandis que de la poussière de charbon venait saupoudrer ses mains comme du poivre.

Il y eut une deuxième détonation, tout aussi assourdissante. Bill Denbrough hurla : « *TU AS TUÉ MON FRÈRE, ESPÈCE DE SALOPARD !* »

Pendant quelques instants, la créature qui avait descendu les escaliers émit des sons entre le rire et la parole — comme si quelque chien vicieux s'était mis à aboyer des mots ; et Richie crut comprendre que la chose en veston d'uniforme lycéen avait répondu : *Et je vais te tuer, toi aussi.*

« *Richie !* » cria alors Bill ; Richie entendit le charbon qui se remettait à rouler pendant que Bill se précipitait vers le sommet du tas. Les grognements et les rugissements continuaient ; il y eut un craquement de planche éclatée, tandis que se mêlaient aboiements et hurlements, des sons sortis tout droit d'un cauchemar.

Richie donna une poussée violente à la fenêtre, sans se soucier du verre qui pourrait lacérer ses doigts. C'était un détail, maintenant. Elle ne se brisa pas, mais s'ouvrit vers l'extérieur sur ses antiques gonds d'acier couverts de rouille. Nouvelle avalanche de poussière de charbon, cette fois sur le visage de Richie. Il sortit sur le côté de la maison en se tortillant comme une anguille et sentit l'odeur fraîche et douce de l'air tandis que les hautes herbes caressaient son visage. Il se rendit très vaguement compte qu'il pleuvait ; il voyait les énormes tiges des tournesols géants, vertes et velues.

Le Walther partit une troisième fois et la bête dans la cave hurla, un son primitif de rage pure. « *Il m-m'a eu, R-Richie ! Au se-secours ! Richie ! I-Il m'a eu !* » cria alors Bill.

Richie se retourna et, à quatre pattes, vit le rond de terreur qu'était le visage de son ami, tourné vers la fenêtre sur-dimensionnée de la cave par laquelle autrefois, tous les mois d'octobre, on faisait rouler le charbon de l'hiver

Bill gisait étalé sur le charbon. Ses mains s'agitaient

en direction de la fenêtre, mais inutilement car elle était hors de portée. Sa chemise et son duffel-coat étaient remontés jusqu'à mi-poitrine et il était tiré en arrière par quelque chose que Richie n'arrivait pas à distinguer nettement. Une chose comme une grande masse d'ombre qui se déplaçait derrière Bill. Une masse d'ombre qui grondait et produisait des sons inarticulés presque humains.

Richie n'avait pas besoin de la voir plus distinctement. Il l'avait déjà vue le samedi précédent, sur l'écran de l'Aladdin. Tout cela était fou, complètement fou, mais il ne vint pas une seule seconde à l'esprit de Richie de douter de sa propre raison ou des conclusions qu'il fallait tirer.

Le loup-garou adolescent venait d'avoir Bill Denbrough. Sauf que ce n'était pas Michael Landon, le visage grimé, le corps couvert d'une fausse fourrure. C'était bien réel.

Comme pour le prouver, Bill cria de nouveau.

Richie tendit les deux mains et s'empara de celles de Bill, qui tenait toujours le Walther dans la droite. Pour la deuxième fois, ce jour-là, Richie plongea son regard dans l'œil noir sans paupière... mais cette fois-ci il était chargé.

On se disputait Bill : Richie le tenant par les poignets, le loup-garou par les chevilles.

« B-Barre-toi d'ici, R-R-Richie ! Barre-toi ! »

Soudain la figure du loup-garou sortit de l'obscurité. Il avait un front bas et aplati, couvert de rares poils, les joues creuses et velues. Ses yeux, brun foncé, manifestaient une horrible compréhension. Sa mâchoire inférieure tomba et il se mit à gronder. Une écume blanche coulait des deux coins de son épaisse lèvre inférieure en deux filets qui gouttaient de son menton. Sur son crâne, les cheveux étaient ramenés en arrière dans une immonde parodie de catogan. Il rejeta la tête en arrière et rugit, sans quitter Richie des yeux.

Bill réussit à gagner du terrain ; Richie le saisit par l'avant-bras et tira. Pendant un instant, il crut qu'il allait l'emporter. Le loup-garou s'empara alors de nouveau des chevilles de Bill, qui fut brutalement tiré en arrière, vers les ténèbres. La chose était plus forte. Elle s'était emparée de Bill et n'entendait pas y renoncer.

Alors — sans la moindre idée de ce qu'il faisait ni des raisons qui le poussaient à le faire —, Richie entendit la voix du flic irlandais lui sortir de la bouche, la voix de Mr. Nell. Non pas celle de Richie Tozier faisant l'une de ses imitations ringardes ; pas exactement non plus la voix de Mr. Nell. C'était la voix de tous les flics irlandais qui avaient battu le pavé dans l'histoire de la police américaine :

« *Laisse filer, mon garçon, ou j' te fends ton crâne épais ! Je l' jure par Jai-sus ! Lâche-le tout de suite, bâtard, ou tu auras ton propre cul pour déjeuner !* »

Dans la cave, la créature laissa échapper un rugissement de rage à crever les tympans... mais Richie eut l'impression qu'il s'y trouvait aussi une note de douleur, ou peut-être de peur.

Il tira de nouveau, de toutes ses forces, et Bill vola par la fenêtre, s'étalant sur l'herbe. Il regarda Richie, les yeux agrandis par l'horreur. Le devant de son duffel-coat était tout noir de charbon.

« V-Vi-Vite ! fit Bill, haletant. Il f-faut que... », ajouta-t-il dans un gémissement, s'accrochant à la manche de Richie.

Le charbon roulait de nouveau en avalanche dans la cave. L'instant suivant, la tête du loup-garou vint s'encadrer dans la fenêtre. Il leur montra les dents, grognant, tandis que ses mains s'accrochaient à l'herbe.

Bill tenait toujours le Walther — pas un seul instant il ne l'avait lâché. Il l'étreignait maintenant à deux mains, les yeux réduits à deux fentes. Il tira. Encore une détonation assourdissante. Richie vit une partie du crâne du loup-garou emportée, tandis qu'un torrent de sang ruisselait le long de sa joue, et venait poisser ses poils puis le col de son uniforme scolaire.

Avec un rugissement, il entreprit de passer par la fenêtre.

Avec lenteur, rêveusement, Richie alla cueillir le paquet avec l'image de l'homme qui éternuait dans sa poche arrière. Il le déchira pendant que la créature hurlante et pissant le sang s'extrayait du cadre, ses griffes creusant de profonds sillons dans la terre meuble. Richie écrasa alors le paquet et cria, avec la voix du flic irlandais : « *Barre-toi chez toi, morpion !* » Un nuage blanc vola dans la figure du loup-garou. Il arrêta instantanément de rugir et se mit à fixer Richie avec une expression de surprise presque comique, tout en émettant des sons sifflants. Rouges et larmoyants, ses yeux roulaient vers le garçon et paraissaient enregistrer ses traits pour l'éternité.

Puis il commença à éternuer.

Incoercibles, les éternuements se succédaient. Des jets filamenteux de salive giclaient de son museau. Des caillots de morve vert-noir jaillissaient de ses narines. L'un d'eux atteignit Richie et lui brûla la peau comme si c'était de l'acide. Il s'essuya vivement avec un cri de douleur et de répulsion.

On lisait toujours de la colère sur le visage de la bête, mais à cela s'ajoutait la douleur, impossible de s'y tromper. Bill l'avait peut-être blessée avec le revolver de son père, mais Richie lui avait davantage fait mal... tout d'abord avec la voix du flic irlandais, puis avec la poudre à éternuer.

Seigneur, si seulement j'avais aussi du poil à gratter et peut-être un caqueteur qui sait si je ne pourrais pas le tuer ? se demanda Richie, pendant que Bill le saisissait par le col et le tirait sèchement en arrière.

Ce fut une chance. Le loup-garou s'était arrêté d'éternuer aussi instantanément qu'il avait commencé, et se jetait sur Richie — vite, incroyablement vite.

Richie aurait tout aussi bien pu rester assis là, l'enveloppe vide de poudre à éternuer à la main, à contempler le monstre dans une espèce d'état d'émerveillement hébété — notant combien sa fourrure était brune, combien son sang était rouge, à quel point, dans la réalité, il n'y avait rien en noir et blanc —, jusqu'à ce que ses pattes viennent se refermer sur son cou, jusqu'à ce que ses griffes lui arrachent la gorge, si Bill ne l'avait empoigné et remis sur ses pieds.

Richie le suivit en trébuchant. Ils coururent jusque sur le devant de la maison, et Richie pensa : *Il ne va pas oser nous poursuivre plus loin, nous sommes déjà dans la rue ou presque, il ne va pas oser nous chasser, il ne va pas oser, pas oser...*

Il osa. Il pouvait l'entendre juste derrière lui, qui grognait, poussait des sons inarticulés et larmoyait.

Silver était toujours à sa place, appuyée contre un arbre. Bill jeta l'arme de son père dans le panier du porte-bagages (où il avait si souvent transporté ses faux revolvers !) et enfourcha son engin. Richie hasarda un coup d'œil tout en s'installant dans l'espace restreint entre la selle et le panier et vit le loup-garou qui traversait la pelouse et se dirigeait vers eux ; il était à moins de dix mètres. Sang, larmes et morve se mêlaient sur sa veste d'écolier ; sous la peau arrachée de sa tempe droite, on voyait luire un fragment de l'os frontal. Deux traînées pâteuses et blanchâtres de poudre à éternuer partaient de chacune de ses narines. Richie remarqua aussi deux autres détails qui achevaient de rendre le tableau parfaitement horrible. La veste que portait la chose ne comportait aucun système de fermeture ; au lieu de cela, il y avait ces espèces de gros boutons orange, duveteux comme des pompons. Le deuxième détail était encore pire ; il fut sur le point de lui faire perdre connaissance, ou du moins, il faillit s'abandonner au monstre et se laisser tuer. Un nom, cousu avec du fil d'or, apparaissait sur le revers de la veste — le genre de truc qu'on peut se faire faire chez Machen's pour un dollar si la fantaisie vous en prend.

Sur la partie gauche et ensanglantée de la veste, tachés mais lisibles, figuraient les mots RICHIE TOZIER.

Le loup-garou avançait toujours vers eux.

« *Vas-y, Bill !* » hurla Richie.

Silver se mit en mouvement, mais avec lenteur, avec beaucoup trop de lenteur. Il fallait tellement de temps à Bill pour la lancer...

Le loup-garou s'engagea dans la rue creusée d'ornières au moment où Bill était déjà debout sur les pédales au milieu de Neibolt Street. Du sang tachait les jeans délavés du monstre, et Richie, qui s'était de nouveau retourné, plein d'une épouvantable et incontrôlable fascination voisine de l'hypnose, vit que les coutures avaient craqué en plusieurs endroits et laissaient dépasser des touffes de poils rudes.

Silver zigzaguait follement dans tous les sens. Bill était tendu sur les pédales, tenant le guidon par en dessous, la tête tournée vers le ciel nuageux, les tendons de son cou gonflés et saillants. Les cartes à jouer tiraient encore au coup par coup.

Une patte se tendit vers Richie. Il poussa un hurlement de détresse et l'évita, rentrant la tête dans les épaules. Le loup-garou retroussa les babines et grogna. Il était tellement près que Richie distinguait la cornée jaunâtre de ses yeux et sentait l'odeur douceâtre de chair putréfiée que dégageait son haleine. Ses dents étaient des crocs déchiquetés.

Richie hurla de nouveau quand il lança une deuxième fois la patte, qui ne le manqua que de quelques centimètres. Le monstre y avait mis tellement de violence que les cheveux du garçon furent soufflés en arrière par le vent.

« *Ya-hou, Silver, EN AVANT !* » hurla Bill à pleins poumons.

Ils venaient d'atteindre le point le plus haut d'une légère pente ; bien peu de chose, en fait, mais suffisamment pour permettre de lancer Silver. Les cartes à jouer commencèrent à mitrailler. Bill pompait des deux jambes comme un forcené. Les zigzags prirent fin, et Silver fonça tout droit en direction de la route numéro 2.

Dieu soit loué, Dieu soit loué, Dieu soit loué ! pensait Richie de manière incohérente.

Le loup-garou rugit de nouveau — *Ô mon Dieu, on dirait qu'il est JUSTE À CÔTÉ DE MOI !* — et Richie eut le souffle coupé par sa chemise et sa veste, tirées en arrière et venues écraser sa gorge. Il émit un gargouillis étouffé et réussit à attraper Bill par la taille juste avant d'être arraché à la bicyclette. Bill partit en arrière mais sans lâcher le guidon. Un instant, Richie crut bien que la grande bicyclette allait se soulever de l'avant et les renverser tous les deux. C'est alors que sa veste, déjà destinée depuis quelque temps au sac à chiffons, se déchira en deux dans un grand craquement, un bruit étrange comme un pet monumental. Richie respira de nouveau.

Il tourna la tête et plongea directement son regard dans les yeux bourbeux à l'expression meurtrière.

« Bill ! » essaya-t-il de hurler, mais l'appel sortit sans force de sa bouche. Bill parut néanmoins l'avoir entendu. Il se mit à pédaler avec encore plus de vigueur, comme il n'avait jamais pédalé de sa vie. Il avait l'impression de s'arracher les tripes et sentait dans le fond de sa gorge le goût épais et cuivré du sang, tandis que ses yeux, exorbités, semblaient prêts à lui sortir de la tête. Sa bouche, grande ouverte, avalait l'air en bouffées monstrueuses. Un sentiment insensé de joie s'empara de lui, impossible à nier ; il était fait de sauvagerie, de liberté, de l'impression de n'appartenir qu'à soi. Un désir. Il se tenait debout sur les pédales, les encourageait, les martelait.

Silver continuait de prendre de la vitesse. Elle commençait à sentir la route, commençait à planer. Bill la sentait s'éveiller.

« *Ya-hou, Silver, ya-hou, Silver, EN AVANT !* » cria-t-il de nouveau.

Richie n'entendait que trop le bruit de course des tennis sur le macadam retrouvé. Il se tourna. Le loup-garou le frappa juste au-dessus des yeux avec une force incroyable, et Richie crut bien un instant qu'il lui avait arraché le haut du crâne. Le paysage s'assombrit brusquement autour de lui, tandis que les sons tour à tour s'estompaient et s'amplifiaient. Le monde perdit ses couleurs. Richie se colla désespérément contre Bill tandis que du sang chaud venait lui picoter les yeux.

La patte frappa de nouveau, atteignant cette fois-ci le garde-boue. Richie sentit la bicyclette qui oscillait dangereusement, sur le point de verser, pour finir par se redresser. Bill poussa encore un coup son *ya-hou, Silver !* qui parut à Richie lointain comme l'ultime réverbération d'un écho.

Il ferma les yeux, s'accrocha à Bill et attendit la fin.

14

Bill avait lui aussi entendu le bruit des pas et compris que le clown n'avait pas abandonné la poursuite, mais il n'avait pas osé se retourner. Il le saurait toujours à temps s'ils étaient rattrapés et jetés à terre. C'était la seule chose qui importait.

Vas-y, mon garçon, pensa-t-il. *Mets tout le paquet maintenant ! Mets tout ce que t'as dans les tripes ! Allez, Silver, ALLEZ !*

Une fois de plus, Bill Denbrough se trouva donc en train de courir pour être plus fort que le diable, sauf que cette fois-ci, le diable se présentait sous la forme d'un clown au ricanement hideux, dont la figure dégoulinait de fond de teint, dont les lèvres se retroussaient sur un sourire ignoble de vampire et dont les yeux étaient deux pièces d'argent brillantes. Un clown qui, pour quelque invraisemblable raison, portait une veste aux couleurs du lycée de Derry par-dessus son costume argenté aux pompons orange.

Vas-y, mon garçon, vas-y, Silver ! Qu'est-ce que t'en dis ?

Neibolt Street défilait de plus en plus vite. Les cartes crépitaient joyeusement. Le martèlement de pieds de leur poursuivant ne s'était-il pas estompé légèrement ?

Il n'osait toujours pas se retourner pour regarder. Richie lui étreignait la taille à lui couper le souffle ; il lui aurait bien dit de le serrer moins fort, mais il ne voulait pas gaspiller son énergie en paroles.

Devant eux, comme le plus beau des rêves, se dressait le panneau de stop du carrefour de Neibolt Street avec la route numéro 2. Plus loin, sur Witcham, passaient des voitures. Dans l'état d'épuisement épouvanté où il se trouvait, cela relevait quasiment du miracle pour Bill.

C'est alors qu'il risqua un coup d'œil par-dessus son épaule, car il allait lui falloir freiner sous peu (ou inventer quelque chose de vraiment original).

Ce qu'il vit lui fit donner un brutal coup de rétropédalage. Silver dérapa, laissant du caoutchouc sur le macadam avec sa roue arrière, et la tête de Richie vint brutalement heurter Bill à la hauteur de son épaule droite.

La rue était complètement vide.

Mais à environ vingt-cinq mètres derrière eux, près de la première des maisons abandonnées (sorte de cortège funéraire conduisant au dépôt des trains), il aperçut un bref éclair orange, à proximité d'une bouche d'égout qui s'ouvrait dans le trottoir.

Bill émit un son inarticulé, et se rendit compte, presque trop tard, que Richie était en train de tomber de Silver, les yeux renversés de telle manière qu'on ne lui voyait plus que l'arc inférieur de l'iris, à la limite de la paupière supérieure. La branche rafistolée de ses lunettes pendait de travers. Du sang coulait lentement de son front.

Bill le saisit par le bras, tous deux glissèrent vers la droite et Silver se déséquilibra. Ils s'effondrèrent au milieu de la rue, dans un enchevêtrement de bras et de jambes. Bill heurta violemment le sol du coude et poussa un cri de douleur ; le bruit fit tressaillir les paupières de Richie.

« Je vais vous montrer comment vous emparer de ces trésors, Señor, mais ce type, là, Dobbs, est bougrement dangereux », dit Richie en hoquetant. C'était sa voix Pancho Vanilla, mais ce qu'elle avait d'irréel, de complètement détaché de la situation, fit peur à Bill. Ce dernier vit quelques poils bruns épais accrochés à la blessure peu profonde que Richie avait à la tête ; ils étaient plus ou moins tire-bouchonnés, comme les poils pubiens de son père. Il se sentit encore plus effrayé en les voyant et envoya une grande gifle à Richie.

Celui-ci poussa un cri, ses paupières cillèrent et s'ouvrirent toutes grandes. « Pourquoi tu me frappes, Bill ? Tu vas casser mes lunettes. Elles ne sont pas bien brillantes, déjà, au cas où tu n'aurais pas remarqué.

— Je c-croyais que t-tu étais en train de m-mourir ou-ou un t-truc co-comme ç-ça », répondit Bill.

Richie s'assit lentement et porta une main à la tête. Puis il émit un grognement et dit : « Qu'est-ce qui s'est p... », et la mémoire lui revint. Ses yeux s'agrandirent d'effroi et il se releva sur les genoux, la respiration haletante.

« C-Calme-toi, R-R-Richie. C'est p-parti, c'est p-parti. »

Richie vit la rue vide où rien ne bougeait et éclata soudain en sanglots. Bill le regarda un instant et passa un bras autour de ses épaules, le serrant contre lui. Richie s'accrocha au cou de son ami et lui rendit son étreinte. Il aurait voulu dire quelque chose de marrant, comment par exemple que Bill aurait dû essayer de se servir de la fronde contre le loup-garou, mais rien ne sortit de sa bouche, sinon les sanglots qui continuaient de le secouer.

« A-Arrête, R-Richie, dit Bill. A-A... » Puis lui-même éclata à son tour en pleurs, et ils restèrent ainsi dans la rue, à genoux, serrés l'un contre l'autre à côté de la bicyclette renversée, et leurs larmes tracèrent des sillons nets sur leurs joues noircies par la poussière de charbon.

CHAPITRE 9

Nettoyage

1

Quelque part au-dessus de l'État de New York, dans l'après-midi du 29 mai 1985, Beverly Rogan est prise d'une envie de rire qu'elle étouffe en plaçant les deux mains devant la bouche, craignant d'être prise pour une folle, mais incapable de se contrôler.

On riait beaucoup à l'époque, se dit-elle. C'était quelque chose de nouveau, une lumière de plus dans l'obscurité. On avait tout le temps la frousse, mais on était incapables de s'arrêter de rire, comme moi en ce moment.

Le type assis à côté d'elle dans le siège proche de l'allée est un jeune homme aux cheveux longs et à l'aspect engageant. Il lui a lancé quelques coups d'œil admiratifs depuis le décollage de l'avion, à Milwaukee, vers quatorze heures trente, mais a respecté son désir manifeste de ne pas parler. Après deux tentatives d'engager la conversation auxquelles elle n'a réagi que par politesse, il a sorti un roman de Ludlum de son sac de voyage et s'est plongé dans la lecture.

Mais maintenant il le referme, le doigt glissé à la page où il s'est interrompu, et dit, avec une pointe d'inquiétude : « Vous êtes sûre que tout va bien ? »

Elle opine de la tête, s'efforçant de retrouver son sérieux, mais ne peut retenir un reniflement de rire rentré.

Il esquisse un sourire, intrigué, l'air interrogatif.

« Ce n'est rien », dit-elle, s'efforçant toujours de prendre un air sérieux, mais sans succès ; plus elle s'obstine, plus elle a envie d'éclater. Comme au bon vieux temps. « Je viens juste de me rendre compte que je ne sais même pas sur quelle compagnie je voyage. J'ai simplement aperçu cette espèce de grand c-canard sur le c-c-côté... », mais c'en est trop avec ce symbole. Elle est reprise d'un joyeux accès de fou rire. Autour d'elle on la regarde, et certains passagers froncent les sourcils.

« Republic, dit-il.

— Pardon ?

— Vous êtes propulsée dans le ciel à huit cents kilomètres à l'heure par les bons soins de Republic Airlines. C'est sur le dépliant. » Il retire celui-ci de la poche du dossier devant lui ; le symbole de Republic figure en effet dessus. On y explique comment se servir des masques à oxygène, comment prendre la position repliée en cas d'atterrissage forcé, où se trouvent les radeaux et les gilets de sauvetage. « Le dépliant pour l'entrée au paradis », ajoute-t-il. Et cette fois-ci, ils éclatent de rire tous les deux.

Il est vraiment beau garçon, pense-t-elle soudain ; c'est une réflexion rafraîchissante, de celles qu'on s'attend à avoir au réveil, quand on a encore l'esprit reposé. Il est habillé d'un chandail et de jeans délavés, et porte les cheveux longs, retenus en arrière par un lacet de cuir ; ce détail lui rappelle l'éternelle queue de cheval de son enfance. Elle se dit : Je suis prête à parier qu'il a une jolie petite queue de collégien. Assez longue pour s'amuser, mais pas assez grosse pour être vraiment prétentieuse.

Le fou rire la reprend, un fou rire impossible à contenir. Elle s'aperçoit qu'elle n'a même pas un mouchoir pour s'essuyer les yeux, ce qui la fait rire encore plus fort.

« Il vaudrait mieux vous calmer, sinon l'hôtesse va vous jeter par la portière », dit-il solennellement ; mais elle ne peut qu'acquiescer tout en continuant à s'esclaffer, l'estomac et les côtes douloureux.

Il lui tend un mouchoir blanc impeccable ; s'en servir contribue à l'aider à retrouver son calme. Elle ne s'arrête cependant pas tout de suite, son rire s'amenuisant en hoquets et petits reniflements. Et elle ne peut pas penser au canard du fuselage sans être reprise de bouffées d'hilarité.

Elle lui rend le mouchoir et le remercie.

« Bon sang, madame, qu'est-ce qui vous est arrivé aux doigts ? » dit-il en lui retenant la main un instant, l'air inquiet.

Elle baisse les yeux et voit ses ongles cassés lors de la bagarre avec Tom. Le souvenir du moment où elle a renversé la coiffeuse est plus douloureux que les élancements qui viennent de ses doigts, et cette fois-ci, elle s'arrête de rire pour de bon.

« Je me les suis coincés dans la portière, en arrivant à l'aéroport », répond-elle en pensant au nombre de fois où elle a menti à propos de ce que Tom lui avait fait, au nombre de fois où elle a menti à propos de ce que son père lui avait fait. Est-ce la dernière fois, l'ultime mensonge ? Ce serait merveilleux... presque trop merveilleux pour être croyable. Une image lui vient : Celle d'un médecin qui va voir un malade atteint d'un cancer au stade terminal et qui lui dit : Votre radio montre que la tumeur est en train de se résorber. Nous ignorons pour quelles raisons, mais c'est pourtant ce qui se passe.

« Ça doit faire affreusement mal ! s'exclame-t-il.

— J'ai pris de l'aspirine. » Elle ouvre une fois de plus l'hebdomadaire du bord, même s'il sait sans aucun doute qu'elle l'a déjà parcouru deux fois.

« Quelle est votre destination ? »

Elle referme la revue et le regarde avec un sourire. « Vous êtes très gentil, mais je n'ai pas envie de parler. D'accord ?

— D'accord, lui répond-il en lui rendant son sourire. Mais si vous voulez prendre un verre à la santé du gros canard en arrivant à Boston, je suis votre homme.

— Merci, mais j'ai un autre avion à prendre. »

Elle ouvre encore le magazine mais se retrouve plongée

dans la contemplation de ses ongles déchiquetés. Deux d'entre eux présentent une tache violacée. Dans son esprit, elle entend Tom qui hurle dans l'escalier : « Je te tuerai, salope ! Espèce de salope de pute ! », elle frissonne. Elle a froid. Une salope pour Tom, une salope pour les petites mains qui faisaient des conneries juste avant la présentation des collections, une salope pour son père bien avant Tom et les couturières.

Une salope.

Espèce de salope.

Putain de salope.

Elle ferme quelques instants les yeux.

Son pied, celui qu'elle a coupé sur un fragment de bouteille de parfum en fuyant la salle de bains, l'élance davantage que ses doigts. Kay lui a donné de l'Urgo, une paire de chaussures ainsi qu'un chèque de mille dollars qu'elle a encaissé dès neuf heures du matin.

En dépit des protestations de Kay, elle a rédigé un chèque équivalent sur une feuille de papier ordinaire. « Il paraît que l'on peut faire un chèque sur n'importe quoi », a-t-elle répondu à son amie, puis elle a ajouté, avec un rire gêné : « Mais à ta place, je l'encaisserais rapidement, avant que Tom pense à bloquer le compte. »

Bien qu'elle ne se sente pas fatiguée (elle se rend néanmoins compte qu'elle ne tient plus que sur les nerfs et grâce au café noir de Kay), la nuit qu'elle vient de passer a pris l'inconsistance d'un rêve.

Elle se souvient avoir été suivie par trois adolescents qui l'ont appelée et sifflée mais n'ont pas osé en faire davantage. Elle se souvient de son soulagement lorsqu'elle a aperçu les lumières d'un magasin « sept à onze » éclairant de ses fluos le trottoir d'un carrefour. Elle y est entrée et a laissé l'employé boutonneux plonger du regard dans l'ouverture de son corsage tandis qu'elle s'efforçait de le convaincre de lui prêter quarante cents pour le téléphone. Ce ne fut pas difficile, la vue étant ce qu'elle était.

Elle appela tout d'abord Kay, faisant le numéro de mémoire. Le téléphone sonna une douzaine de fois, et elle commença à croire que Kay était à New York. Puis la voix endormie de son amie grommela : « J'espère que ça vaut la peine, à une heure pareille ! » au moment où elle allait raccrocher.

« C'est Bev, Kay, dit-elle, hésitant quelques instants avant de reprendre. J'ai besoin d'aide. »

Il y eut un bref moment de silence puis Kay répondit, d'un ton de voix parfaitement réveillé : « Où es-tu ? Qu'est-ce qui s'est passé ?

— Je suis dans un sept à onze au coin de Streyland Avenue et d'une autre rue. Je... j'ai quitté Tom, Kay. »

La voix de Kay, emphatique et excitée : « Bien ! Enfin ! Bravo ! Je viens te chercher ! Ce fils de pute ! Ce fumier ! Je saute dans la foutue Mercedes et je passe te prendre ! Je vais engager une fanfare ! Je...

— Je vais prendre un taxi, Kay », la coupa Bev, qui tenait les deux autres pièces de dix cents dans sa paume en sueur. Dans le miroir circulaire du fond du magasin, elle vit l'employé boutonneux perdu dans la contemplation de ses fesses avec une concentration rêveuse. « Mais il faudra que tu le paies quand j'arriverai. Je n'ai pas un sou sur moi.

— Je lui filerai cinq dollars de pourboire, oui ! s'écria Kay. C'est la meilleure nouvelle depuis la démission de Nixon ! Tu ramènes tes fesses par ici, ma cocotte, et... (elle s'interrompit un instant, avant de reprendre, plus sérieuse, mais d'un ton de voix plein de sympathie et d'amour, au point que Bev en eut les larmes aux yeux) je remercie Dieu que tu te sois finalement décidée, Bev. Je suis sincère. Dieu soit loué ! »

Kay McCall est une ancienne modéliste qui s'est mariée riche, a divorcé plus riche encore et qui a découvert le féminisme en 1972, environ trois ans avant de rencontrer Beverly. À l'époque de sa plus grande popularité (controversée), elle fut accusée d'avoir adopté ses nouvelles idées après s'être servie des lois patriarcales archaïques pour extorquer à son industriel d'ex-mari jusqu'au dernier cent que ces lois lui accordaient.

« Des conneries ! a une fois confié Kay à Bev. Les gens

493

qui racontent ça n'ont jamais été obligés de coucher avec Sam Chacowicz. En deux temps trois mouvements, telle était sa devise, le cher homme. Je ne l'ai pas volé ; j'ai simplement touché ma prime de risque rétroactivement. »

Elle a écrit trois ouvrages : l'un sur le féminisme et le travail des femmes, l'autre sur le féminisme et la famille, et le dernier sur le féminisme et la spiritualité. Les deux premiers ont connu un réel succès, mais elle est en quelque sorte passée de mode depuis le dernier, qui date de trois ans. Beverly pense qu'au fond, c'est un soulagement pour elle. Elle a fait des investissements judicieux (« Féminisme et capitalisme ne sont pas mutuellement exclusifs », a-t-elle dit un jour à Bev) et c'est maintenant une femme à la tête d'une petite fortune, avec une maison en ville et une autre à la campagne, et deux ou trois amants, assez virils pour tenir la distance au lit mais pas au point de la battre au tennis. (« Quand ils y arrivent, je les vire aussitôt », prétend-elle. Bev n'est pas sûre que ce ne soit qu'une plaisanterie.)

Avec les deux autres dix cents, Bev a appelé un taxi ; ce fut un soulagement de s'y installer avec sa valise et de ne plus sentir le regard de l'employé posé sur elle.

Kay l'attendait à l'entrée de son allée, un vison passé par-dessus sa chemise de nuit, en mules roses avec de gros pompons duveteux aux pieds. Pas des pompons orange, Dieu merci — Bev serait repartie dans la nuit en hurlant. La balade en taxi a eu quelque chose de fantasmagorique : les choses lui revenaient, les souvenirs se bousculaient à une telle vitesse, clairs et précis, que la peur l'avait gagnée. Comme si on venait de lancer le moteur d'un énorme bulldozer dans sa tête, qui se serait mis à creuser un cimetière mental dont elle ignorait jusqu'à la présence. Simplement ce n'étaient pas des cadavres qu'il extrayait, mais des noms, qu'elle n'avait pas évoqués depuis des années : Ben Hanscom, Richie Tozier, Greta Bowie, Henry Bowers, Eddie Kaspbrak... Bill Denbrough. Bill en particulier, Bill le Bègue, comme ils l'appelaient avec cette franchise d'enfant que l'on appelle parfois de la candeur, parfois de la cruauté. Il lui avait paru si grand, si parfait... tant qu'il n'avait pas ouvert la bouche, du moins.

Des noms... des lieux... des événements qui se sont produits.

Se sentant tour à tour glacée et bouillante, elle s'est rappelée les voix dans les tuyaux d'évacuation... et le sang. Elle avait crié, et son père lui en avait balancé une bonne. Son père — Tom...

Elle eut les larmes aux yeux quand Kay paya le chauffeur (que le pourboire laissa stupéfait).

Kay la fit entrer, la poussa sous la douche, lui donna ensuite une robe, lui offrit du café qu'elle avait préparé entre-temps, examina ses blessures, badigeonna son pied coupé de mercurochrome avant de mettre un pansement adhésif. Elle versa une généreuse rasade de brandy dans la deuxième tasse de café de Bev et l'obligea à la descendre jusqu'à la dernière goutte. Après quoi, elle fit griller deux faux-filets qu'elle servit accompagnés de petits champignons sautés.

« Très bien, dit-elle. Qu'est-ce qui s'est passé ? Est-ce qu'on appelle les flics ou est-ce qu'on se contente de t'envoyer à Reno ?

— Je ne peux pas te dire grand-chose, répondit Bev. Ça te paraîtrait trop démentiel. Ce qui est arrivé est surtout de ma faute... »

Kay porta sur la table une claque retentissante. Une véritable détonation qui fit sursauter Beverly.

« Je t'interdis de parler comme ça ! lança Kay, les joues en feu, les yeux étincelants. Depuis combien de temps sommes-nous amies ? Neuf ans, dix ans ? Si je t'entends encore dire une fois que c'était ta faute, je vais dégueuler. Tu m'entends ? Je vais TOUT dégueuler. Ça n'a jamais été ta faute, ni aujourd'hui, ni hier, ni jamais, jamais ! Tous tes amis ne redoutaient qu'une chose, que tu te retrouves dans un fauteuil roulant, sinon au cimetière ! Oui, on avait peur qu'il te tue ! »

Beverly la regardait, les yeux agrandis.

« Et c'est toi qui aurais été la coupable, dans ce cas, coupable au moins d'être restée à attendre que ça arrive.

Mais maintenant tu l'as quitté. Dieu soit remercié pour ses petites faveurs. Mais arrête de me raconter que c'était ta faute alors que te voilà les ongles arrachés, le pied coupé et des marques de ceinture sur les épaules.

— Il ne m'a pas frappé avec sa ceinture », protesta Bev. Elle mentait par réflexe... comme fut un réflexe la rougeur qui lui monta brusquement aux joues, tant sa honte était profonde.

« Si tu en as fini avec Tom, autant en finir aussi avec ces mensonges », dit Kay doucement. Elle eut pour Bev un regard chargé de tellement de tendresse que celle-ci dut baisser les yeux. Elle sentait le sel de ses larmes au fond de la gorge. « Qui croyais-tu donc tromper ? » reprit Kay, toujours sur le même ton. Elle vint prendre les mains de Bev par-dessus la table. « Les lunettes de soleil, les blouses à manches longues et ras du cou..., c'était peut-être bon pour les clients. Mais pas pour tes amis, Bev, pas pour ceux qui t'aiment. »

Et c'est alors que Beverly s'était mise à pleurer, longuement, à gros sanglots, tandis que Kay la tenait contre elle. Plus tard, juste avant de se mettre au lit, elle dit à son amie ce qu'elle pouvait : qu'un vieil ami de Derry, la ville où elle avait grandi, venait de lui téléphoner et de lui rappeler une promesse faite très longtemps auparavant. Le moment de l'honorer était arrivé, avait-il dit. Viendrait-elle ? Oui, avait-elle répondu. C'est alors que ses ennuis avec Tom avaient commencé.

« Mais c'était quoi, cette promesse ? »

Beverly secoua lentement la tête. « C'est quelque chose que je ne peux pas te dire, Kay. Ce n'est pourtant pas l'envie qui m'en manque. »

Kay rumina un moment cette réponse et acquiesça. « Très bien. C'est correct. Qu'est-ce que tu vas faire de Tom quand tu reviendras du Maine ? »

Et Bev, qui avait de plus en plus l'impression qu'elle n'en reviendrait jamais, répondit seulement : « Je me rendrai directement chez toi, et nous en déciderons ensemble. D'accord ?

— Tout à fait d'accord. C'est une promesse, également ?

— Dès mon retour, fit Bev fermement. Tu peux y compter. » Sur quoi elle serra Kay très fort dans ses bras.

Une fois le chèque de Kay encaissé et les chaussures de Kay aux pieds, elle prit un car Greyhound pour Milwaukee, craignant que Tom ne fût à l'aéroport O'Hare à la guetter. Kay, qui l'avait accompagnée à la banque et à la gare routière, essaya de la dissuader.

« O'Hare est bourré de gens des services de sécurité, objecta-t-elle. Tu n'as pas à avoir peur de lui. S'il s'approche, tu n'as qu'à hurler comme s'il t'égorgeait.

— Je préfère l'éviter, c'est le meilleur moyen.

— Tu ne craindrais pas par hasard qu'il te fasse changer d'idée ? » s'enquit Kay, le regard inquisiteur.

Beverly revit leur groupe, tous les sept debout dans le courant, Stanley avec le fragment de bouteille de Coke à la main brillant au soleil ; elle évoqua la légère douleur ressentie au creux de la paume lorsqu'il l'entailla, et cet instant où ils avaient formé un cercle en se prenant par la main et s'étaient promis de revenir si ça recommençait jamais... de revenir et de le tuer pour de bon.

« Non, répondit-elle. Il ne pourrait pas me dissuader d'y aller. Mais il pourrait me faire mal, service de sécurité ou pas. Tu ne l'as pas vu la nuit dernière, Kay.

— J'en ai assez vu à d'autres occasions, répondit Kay, sourcils froncés. Le salopard qui se prend pour un homme.

— Il était complètement fou. Les gardes risqueraient de ne pas l'arrêter assez vite. C'est mieux ainsi, crois-moi.

— Très bien », dit Kay à regret. Avec une pointe d'amusement, Bev se dit que son amie regrettait qu'il n'y eût pas de confrontation, pas de grande scène.

« Encaisse rapidement ton chèque, lui répéta Bev, avant qu'il ait l'idée de bloquer le compte. Il le fera, c'est sûr.

— Entendu. S'il fait ça, j'irai voir cet enfant de salaud avec un fouet et le mettrai hors service.

— Ne t'approche pas de lui, Kay, dit vivement Bev. Il est dangereux. Crois-moi. On aurait dit (mon père, faillit-elle lâcher) un vrai sauvage.

— C'est bon. Tâche de ne voir que le bon côté de la chose ; va honorer ta promesse. Mais n'oublie pas non plus celle que tu m'as faite.

— Je ne l'oublierai pas », répondit Bev, sachant qu'elle mentait. Il y avait trop d'autres choses auxquelles elle voulait penser : ce qui s'était passé l'été de ses onze ans, par exemple. Comment elle avait montré à Richie Tozier l'art de faire « dormir » un yo-yo. Aux voix dans la vidange. À quelque chose qu'elle avait vu, quelque chose de si horrible que son esprit refusait encore de le lui laisser évoquer au moment où elle embrassait Kay avant de monter dans le car dont le moteur ronronnait.

Maintenant, tandis que l'avion au canard sur le fuselage entame sa longue descente vers la région de Boston, son esprit revient sur ces événements... sur Stan Uris... sur un poème anonyme arrivé sur une carte postale... sur les voix... sur les quelques secondes où elle s'était trouvée face à face avec quelque chose qui était peut-être infini.

Elle se dit, le regard perdu par le hublot, que le mal que peut faire Tom n'est rien en comparaison du mal dont la chose qui les attend à Derry peut être l'auteur. La présence de Bill Denbrough sera la seule compensation, si on peut parler de compensation... Il fut un temps où une fillette de onze ans du nom de Beverly Marsh était amoureuse de Bill Denbrough. Elle se souvient de la carte postale avec le merveilleux poème. Elle a su autrefois qui l'avait écrit. Mais elle l'a oublié depuis, comme elle a oublié les mots du poème... mais elle pense que c'était peut-être Bill.

Lui revient soudain à l'esprit le soir où elle s'apprêtait à aller se coucher, ce samedi où elle était allée voir les films d'horreur avec Richie et Ben. Après son premier rendez-vous. Elle avait fait la maligne avec Richie — provoquer était sa manière de se défendre dans la rue, à cette époque

— mais quelque chose en elle avait été touché, excité et même un peu effrayé. Richie avait tout payé, comme quand on sort avec un homme. Puis, après, il y avait eu ces garçons qui les avaient poursuivis... le reste de l'après-midi passé dans les Friches... Bill Denbrough qui était arrivé avec un autre môme, elle avait oublié qui, mais pas la façon dont les yeux de Bill s'étaient posés sur elle quelques instants, et le choc électrique qu'elle avait ressenti... le choc et la vague de chaleur qui avait parcouru tout son corps.

De tout cela elle se souvient : elle avait mis sa chemise de nuit et était allée se laver les dents dans la salle de bains ; elle avait pensé qu'il lui faudrait longtemps pour trouver le sommeil, tant elle avait de choses qui lui trottaient dans la tête, des choses sympathiques, car tous paraissaient des gosses gentils, avec lesquels on pouvait blaguer, en qui on pouvait même avoir confiance. Ce serait chouette. Ce serait... presque le paradis.

C'est en pensant à tout cela qu'elle avait pris son gant de toilette, qu'elle s'était inclinée sur le lavabo pour s'asperger d'eau et que la voix

S T E P H E N
KING

Epouvante, polar, science fiction, Stephen King sait nous faire mourir de peur. Il sait reformuler nos terreurs ancestrales pour les intégrer dans notre environnement technologique. Comme autrefois Edgar Poe ou Lovecraft, le King règne aujourd'hui sur le Fantastique.

Carrie
835/3
Shining
1197/5
Danse macabre
1355/4
Cujo
1590/4
Christine
1866/4
Peur bleue
1999/3
A Talker's Mills, paisible bourgade du Maine, le loup-garou revient à chaque pleine lune et dévore sauvagement ses victimes.

Charlie
2089/5
Simetierre
2266/6
Différentes saisons
2434/7
La peau sur les os
2435/4 Polar

Brume
- Paranoïa
2578/4
- La Faucheuse
2579/4
Running Man
2694/3 Polar
Etats-Unis 2025 : une nouvelle tyrannie. Une chaîne unique de télévision et une émission vedette : «La Grande Traque». Les yeux rivés sur le petit écran, le peuple regarde la mort en direct.

ÇA
**2892/6, 2893/6 & 2894/6
également en coffret FJ 6904**
Qu'ont-ils vu qui aurait rendu les autres fous ? Quelle chose innommable ? Quoi que ce fut, c'était là de nouveau... ÇA ! l'ordure aux cent têtes.

Les Tommyknockers
**3384/4, 3385/4 & 3386/4
également en coffret FJ 6659**
Jim a peur pour Bobbi. Quelque chose d'étrange se passe à Haven. Tard, la nuit dernière les Tommyknockers sont arrivés... Le grand cirque de l'épouvante peut commencer.

La tour sombre
- Le pistolero
2950/3 Science-Fiction
Deux hommes marchent dans un désert calciné, cruel, aveugle. L'un pourchasse l'autre. Mais le gibier n'est peut-être pas celui qu'on croit.

- Les trois cartes
3037/7 Science-Fiction
- Terres perdues
3243/7 Science-Fiction
Misery
3112/6
Marche ou crève
3203/5 Polar
Le Fléau
Edition intégrale
**3311/6, 3312/6 & 3313/6,
également en coffret FJ 6616**
On avait cru d'abord à une banale épidémie de grippe. Mais quand les cadavres jonchèrent les routes, il fallut se rendre à l'évidence : le Fléau n'épargnerait personne.

Rage
3439/3 Polar
A neuf heures vingt, après un entretien destroy, Charlie met le feu aux vestiaires du collège. Puis, il flingue le prof d'algèbre. Charlie se sent bien : il est allé jusqu'au bout.

Chantier
2974/6 Polar
Minuit 2
3529/7
Après minuit, tout bascule. Le temps se courbe et s'étire, se replie ou se brise en emportant un morceau de réel. Après minuit, l'heure où l'on peut rencontrer le pire !

Minuit 4
3670/8 (Avril 94)
Après *Minuit 2*, le maître de l'épouvante récidive : deux nouveaux cauchemars à vous glacer le sang !

ÉPOUVANTE

Depuis deux siècles, le roman d'épouvante fascine des générations de lecteurs avides et terrifiés. Mary Shelley, Bram Stoker lui ont donné ses lettres de noblesse. Stephen King, Dean Koontz, Joe Lansdale, Brian Stableford et d'autres talentueux inventeurs de cauchemars ont régénéré ses thèmes.

Sous le signe du surréel, le genre est une véritable plongée dans des jardins secrets où fleurit l'horreur.

KOONTZ DEAN R.

Sous le soleil de Californie, il joue avec les fantasmes de l'Amérique d'aujourd'hui.

Spectres
1963/6 Inédit
Quelle force maléfique s'est abattue sur Snowfield ? Dès leur arrivée, Jenny et Lisa ont ressenti une impression étrange. Puis les cadavres s'accumulent... Un itinéraire sanglant dans une atmosphère terrifiante.

L'antre du tonnerre
1966/3 Inédit
Le rideau des ténèbres
2057/5
Le visage de la peur
2166/4 Inédit
L'heure des chauves-souris
2263/6
Feux d'ombre
2537/7
Chasse à mort
2877/6

Les étrangers
3005/9
Les yeux foudroyés
3072/8
Il l'avait tué à coups de hache parce qu'il n'était pas assez fort pour l'achever à mains nues. Sans regrets ni remords, puisque c'était un de ces gobelins. Et maintenant, ils surgissaient de partout...

Le temps paralysé
3291/6
Midnight
3623/8 (Février 94)
Tout commence par une série de crimes inexpliqués, dans une petite ville américaine. L'enquête va révéler qu'un informaticien mégalomane a trouvé le moyen de faire muter la race humaine, en injectant des microprocesseurs dans le sang. Ses victimes deviennent alors des montres incontrôlables. Inexorablement, la contagion s'étend...

ANDREWS™ VIRGINIA C.

Ma douce Audrina
1578/4
Étrange existence que celle d'Audrina ! Sur cette petite fille de sept ans, pèse l'ombre d'une autre : sa sœur aînée, morte il y a bien longtemps dans des circonstances tragiques et qu'elle est chargée de faire revivre.

BARKER CLIVE

Livres de sang - 2
3690/4 (Mai 94)

BLATTY WILLIAM P.

L'exorciste
630/4
Lorsque la personnalité de Regan se disloque, Chris MacNeil doit se rendre à l'évidence : sa fille est possédée. Damien Karras; prêtre et psychiatre sera-t-il son seul recours ?

CAMPBELL RAMSAY

Spirale de malchance
3711/8 (Juin 94)

CITRO JOSEPH A.

L'abomination du lac
3382/4

CLEGG DOUGLAS

La danse du bouc
3093/6 Inédit
Pontefact, Virginie. Une petite ville tranquille. jusqu'au jour où une force démoniaque semble en prendre possession, déchaînant des cauchemars atroces.

Gestation
3333/5 Inédit
Neverland
3578/5

COLLINS NANCY A.

La volupté du sang
3025/4 Inédit
Internée dans un asile d'aliénés, Sonia Blue est en réalité un vampire. Lorsqu'elle parvient à s'échapper, c'est pour se venger de ceux qui ont cherché à la détruire.

COYNE JOHN

Fury
3245/5 Inédit

GARTON RAY

Tapineuses vampires
3498/3

HODGE BRIAN

La vie des ténèbres
3437/7 Inédit

ÉPOUVANTE

JAMES Peter
Possession
2720/5 Inédit
Cette nuit-là, Alex fut réveillée par une ombre. Elle ouvrit les yeux et découvrit son fils, debout à côté de son lit. C'était impossible ! Elle avait été reconnaître son cadavre à la morgue...
- Salut m'man, dit Fabian.

JETER K. W.
La source furieuse
3512/4

KAYE Marvin
Lumière froide
1964/3

KOJA Kathe
Brèche vers l'enfer
3549/5
Décérébré
3650/4 (Mars 94)

LANSDALE Joe. R
Les enfants du rasoir
3206/4 Inédit

LEVIN Ira
Un bébé pour Rosemary
342/3

MATHESON Richard
La maison des damnés
612/4

McCAMMON Robert R.
Mary Terreur
3264/7 Inédit

MICHAELS Philip
Graal
2977/5

MONTELEONE Thomas
Fantasma
2937/4 Inédit
Lyrica
3147/5 Inédit

QUENOT Katherine E.
Blanc comme la nuit
3353/4
Peut-on oublier le jour où l'on a retrouvé le corps de sa petite fille décapité et calciné ? Dix-neuf ans plus tard, les cauchemars assaillent sans relâche Harley.

SAUL John
La Noirceur
3457/6 Inédit

SELTZER David
La malédiction
796/2 Inédit

SHELLEY Mary
Frankenstein
3567/9
Le plus célèbre des romans d'épouvante, qui naquit, au début du siècle dernier, à la suite d'un pari, sous la plume de la jeune épouse du poète Shelley : à la recherche du secret de la vie, le Dr. Frankenstein parvient à animer une créture reconstitué à l'aide de débris humains. Mais le monstre lui échappe et sème la terreur.

SIMMONS Dan
Le chant de Kali
2555/4
Des cadavres qui ressuscitent, une déesse dévoreuse d'âmes : il est des endroits maléfiques. Calcutta est de ceux-là. Lorsque Luczak le comprend, il est peut-être déjà trop tard : la déesse Kali a accompli son œuvre !

STABLEFORD Brian
Les loups-garous de Londres
3422/7 Inédit
Menant une enquête en Egypte sur les phénomènes occultes, un homme et un enfant sont propulsés dans un univers peuplé de songes sataniques. Pendant ce temps, à Londres, les loups-garous se réveillent.

STOKER Bram
Dracula
3402/7
D'un château perdu dans les Carpates au port de Londres, Dracula, le comte vampire étend son ombre meurtrière sur toute l'Europe. Un des grands classiques de l'Epouvante.

STRIEBER Whitley
Wolfen
1315/4
Les prédateurs
1419/4
Animalité
3587/6

WATKINS Graham
Sacrifices aztèques
3603/6 (Février 94)

WHALEN Patrick
Les cadavres ressuscités
3476/6 Inédit

ANTHOLOGIE
Histoires de sexe et de sang
3225/4
Vingt nouvelles à frémir, par les maîtres de l'épouvante : Robert Bloch, Gary Brandner, Ramsey Campbell, Les Daniels, Stephen Gallagher, Ray Garton, Graham Masterton...

Science-Fiction

En 1970, J'ai lu crée la première collection de poche de Science-Fiction, mettant à la portée d'un très vaste public des chefs-d'œuvre méconnus.

Aujourd'hui, J'ai lu révèle les nouveaux talents, qui seront les maîtres de demain : James Blaylock, David Brin, K. W. Jeter, Loïs McMaster Bujold, Paul Preuss, Tim Powers, Michael Swanwick...

ANDERSON Poul

La reine de l'air et des ténèbres
1268/3
Sur la planète Roland, loin de la Terre, la population se divise en deux groupes hétérogènes. Les scientifiques habitent des cités modernes, sur la côte, tandis qu'à l'intérieur des terres, des paysans superstitieux croient encore à la toute-puissance de la reine de l'Air et des Ténèbres et aux monstres voleurs d'enfants.

La patrouille du temps
1409/3

ASIMOV Isaac

(1920-1992)
Auteur majeur de la S-F américaine, Isaac Asimov est né en Russie. Naturalisé américain, il fait des études de chimie et de biologie, tout en écrivant des romans et des nouvelles qui deviendront des best-sellers. Avec les robots, il trouve son principal thème d'inspiration.

Les cavernes d'acier
404/4
Les cavernes d'acier sont les villes souterraines du futur, peuplées d'humains qui n'ont jamais vu le soleil. Dans cet univers infernal, un homme et un robot s'affrontent.

Les robots
453/3
Face aux feux du soleil
468/3
Sur la lointaine planète Solaria, les hommes n'acceptent plus de se «visionnent» par écran interposé. Dans ces conditions, comment un meurtre a-t-il pu être commis ?

Tyrann
484/3
Un défilé de robots
542/3
Cailloux dans le ciel
552/3
La voie martienne
870/3
Les robots de l'aube
1602/3 & 1603/3
Le voyage fantastique
1635/3
Après avoir été miniaturisée, une équipe de chirurgiens s'embarque à bord d'un sous-marin microscopique et plonge à l'intérieur du corps d'un homme blessé, qui tient le sort du monde entre ses mains.

Les robots et l'empire
1996/4 & 1997/4
Espace vital
2055/3
Asimov parallèle
2277/4 Inédit
La cité des robots
- La cité des robots
2573/6 Inédit
- Cyborg
2875/6
- Refuge
2975/6

Robots et extra-terrestres
- Le renégat
3094/6 Inédit
Une nouvelle grande série sous la direction du créateur de l'univers des robots. Naufragé dans un monde sauvage peuplé de créatures-loups, Derec affronte un robot rebelle.

- L'intrus
3185/6 Inédit
Deuxième volet d'une série passionnante, par deux jeunes talents de la S-F parrainés par Asimov.

- Humanité
3290/6 Inédit
Robots temporels
- L'âge des dinosaures
3473/6 Inédit
- Le robot de Caliban
3503/6

APRIL Jean-Pierre

Berlin-Bangkok
3419/4 Inédit
A Bangkok, la Babel du XXIe siècle, un scientifique allemand en mal d'épouse se fait piéger dans un gigantesque complot.

AYERDHAL

L'histrion
3526/6 Inédit

BLAYLOCK James

Homunculus
3052/4

BLISH James

Semailles humaines
752/3

Science-Fiction

BRIN DAVID
Marée stellaire
1981/5 Inédit
Le facteur
2261/5 Inédit
Elévation
2552/5 & 2553/5

Lorsque les Galactiques décident de donner une leçon aux trop ambitieux humains, Robert Oneagle et Athaclena, la mutante, s'enfoncent dans la forêt pour préparer la contre-attaque.

CANAL RICHARD
Swap-Swap
2836/3 Inédit
Ombres blanches
3455/4 Inédit
Aube noire
3669/5 (Avril 94)

Dans une Amérique où les conflits raciaux se sont exacerbés, un musicien de jazz noir tente de se soustraire aux nouvelles persécutions qui accablent son peuple. Une réflexion sur le racisme, qui clôt une trilogie inaugurée par Swap-Swap.

CARD ORSON SCOTT
Abyss
2657/4

CHERRYH C.J.
Hestia
1183/3
Les adieux du soleil
1354/3
Chanur
1475/4 Inédit
L'épopée de Chanur
2104/3 Inédit
La vengeance de Chanur
2289/4 Inédit
Le retour de Chanur
2609/7 Inédit
L'héritage de Chanur
3648/8 Inédit (Mars 94)
La pierre de rêve
1738/3
L'œuf du coucou
2307/3

Cyteen
2935/6 & 2936/6 Inédit
Forteresse des étoiles
3330/7
Temps fort
3417/8 Inédit

XXIᵉ siècle. Dans le cosmos, les matières premières se raréfient. Sur les ordres de la puissante Compagnie qui exploite le minerai des astéroïdes, Bird et Ben prospectent leur secteur. Soudain, ils captent un SOS lancé par un vaisseau spatial à la dérive...

CLARKE ARTHUR C.
Né en 1917 en Angleterre, Arthur C. Clarke vit depuis de nombreuses années à Ceylan. Cet ancien président de l'Association interplanétaire anglaise, également membre distingué de l'Académie astronautique, a écrit une cinquantaine d'ouvrages, dont certains sont devenus des classiques de la Science-Fiction.

2001 : l'odyssée de l'espace
349/2

Quelque part, du côté d'un satellite de Saturne, une source inconnue émet des radiations d'une extraordinaire puissance. Une mission secrète va entraîner Explorateur I et son équipage aux confins du cosmos, leur permettant de percer le mystère des origines de la vie.

2010 : odyssée deux
1721/3
2061 : odyssée trois
3075/3
Les enfants d'Icare
799/3
Avant l'Eden
830/3
Terre, planète impériale
904/4
L'étoile
966/3

Rendez-vous avec Rama
1047/7
Rama II
3204/7 Inédit (avec Gentry Lee)
Les jardins de Rama
3619/6 Inédit (avec Gentry Lee)

Lorsque Rama II, l'astronef d'origine extra-terrestre, quitte le système solaire, il emporte à son bord trois humains, dont la mission est de reconstituer une colonie, loin de leur planète d'origine. Mais l'entreprise va s'avérer périlleuse.

Après Rendez-vous avec Rama et Rama II, le troisième volume d'une grande série.

Les fontaines du Paradis
1304/3
Les chants de la terre lointaine
2262/4
Base Vénus

Lorsqu'elle reprend conscience, Sparta s'aperçoit que trois ans de son existence ont totalement disparu de sa mémoire. Plus troublant encore : elle se découvre d'étranges pouvoirs. Comme si son corps et ses perceptions avaient été reconfigurés... A la recherche de son passé, Sparta rejoint alors l'orbite de Vénus.

- Point de rupture
2668/4 Inédit
- Maelström
2679/4 Inédit
- Cache-cache
3006/4 Inédit
- Méduse
3224/4 Inédit
- La lune de diamant
3350/4 Inédit
- Les lumineux
3379/4 Inédit
Le fantôme venu des profondeurs
3511/4 Inédit
La Terre est un berceau
3565/7 (avec Gentry Lee)

Science-Fiction

CURVAL Philippe
La face cachée du désir
3024/3

DARTEVELLE Alain
Imago
3601/4

DICK Philip K
Loterie solaire
547/2
Dr Bloodmoney
563/4
Le maître du Haut Château
567/4

En 1947, les Alliés capitulent. Hitler impose alors la tyrannie nazie à l'est des Etats-Unis, tandis que les Japonais s'emparent de l'ouest. Dans la nouvelle civilisation nippone circule cependant une étrange rumeur : un homme vivant dans un Haut Château a écrit un livre racontant la victoire des Alliés en 1945.

L'homme doré
1291/3
Blade Runner
1768/3

Un blade runner, c'est un tueur chargé d'éliminer les androïdes qui s'infiltrent sur Terre. Et Rick est le meilleur blade runner de la côte ouest. Jusqu'au jour où on lui propose une somme fabuleuse pour éliminer de dangereux Nexus 6, signalés en Californie.

Le dieu venu du Centaure
1379/3

DICK & NELSON
Les machines à illusions
1067/3

FARMER Philip José
Les amants étrangers
537/3
L'univers à l'envers
581/2
Des rapports étranges
712/3

FOSTER Alan Dean
Alien
1115/3

Le Nostromo vogue vers la Terre, encore lointaine, lorsque le Cerveau Central réveille l'équipage en hibernation. Il a capté un appel de détresse, en provenance d'un astéroïde mystérieux. Trois navigateurs se portent volontaires. Mais lorsque le Nostromo reprend sa route, il emmène un nouveau passager. La mort a pénétré dans l'astronef.

AlienS
2105/4
Alien 3
3294/4

GIBSON William
Neuromancien
2325/4

Dans une société future hypertechnologique, dominée par les ordinateurs, un homme se perd dans le cyberspace.

Mona Lisa s'éclate
2735/4 Inédit
Gravé sur chrome
2940/3

GODWIN Parke
En attendant le bus galactique
2938/4 Inédit

HABER Karen
Voir aussi Silverberg

Super-mutant
3187/4 Inédit

HALDEMAN Joe
La guerre éternelle
1769/3
Immortalité à vendre
3097/5 Inédit

HAMILTON Edmond
Les rois des étoiles
432/4
Le retour aux étoiles
490/4

HARRISON Harry
Le rat en acier inox
3242/3
Le rat en acier inox se venge
3546/3

HEINLEIN Robert A.
Une porte sur l'été
510/3
Etoiles, garde à vous
562/4
Vendredi
1782/5

Un cerveau d'ordinateur, un corps surentraîné et la beauté en plus : telle est Vendredi. L'agent idéal en ce monde futur. Mais Vendredi, la non-humaine, est hantée par des souvenirs tragiques. Aurait-elle une âme ?

Au-delà du crépuscule
2591/7 Inédit

HERBERT Frank
La ruche d'Hellstrom
1139/5

JETER K. W.
Horizon vertical
2798/4 Inédit

Arrimé à sa Norton, Ny arpente les flancs d'un monde vertical, en quête d'un contrat avec un gang de guerriers ou d'une séquence vidéo qu'il pourra vendre à Info-Express. Mais le chasseur d'images devient bientôt gibier.

Madlands
3309/3 Inédit

JONES Raymond F.
Renaissance
957/4

KEYES Daniel
Des fleurs pour Algernon
427/3

KUBE McDOWELL & McQUAY
Exilé
3689/7 (Mai 94)

Science-Fiction

LEE TANITH

Cyrion
1649/4
Tuer les morts
2194/3
Terre de lierre
2469/3

LEIGH STEPHEN

Le cri du tyrannosaure
3307/4 Inédit

LEINSTER MURRAY

La planète oubliée
1184/2
De gigantesques papillons carnivores, des hannetons tueurs, des fourmis semblables à des loups... Tels sont les prédateurs qui pourchassent les descendants de l'équipage du vaisseau *Icare*, égaré il y a des siècles, sur une planète dont le programme de développement vital s'est arrêté aux Insectes.

LEOURIER CHRISTIAN

La terre de promesse
3709/3 (Juin 94)
Pour clôturer le cycle de Lanmeur, une étrange visite dans un monde parallèle, l'Irgendwo. Mais s'agit-il d'une réalité ou d'un autre niveau virtuel créé par les rêves des Lanmeuriens ?

LEVIN IRA

Un bonheur insoutenable
434/4
Les femmes de Stepford
649/2

McMASTER BUJOLD LOIS

Miles Vorkosigan
3288/5 Inédit
Cordelia Vorkosigan
3687/5 Inédit (Mai 94)
Barrayar
3454/5 Inédit

MOORE CATHERINE L.

Shambleau
415/4
La nuit du jugement
700/3

NIVEN LARRY

L'Anneau-Monde
3527/5

PADGETT LEWIS

L'échiquier fabuleux
689/2

PELOT PIERRE

Delirium circus
773/3

POWERS TIM

Les voies d'Anubis
2011/5
Lorsque Brendan Doyle, jeune professeur californien, accepte de venir faire une conférence à Londres, il ne se doute pas qu'il va être précipité à travers une brèche temporelle. C'est ainsi qu'il se retrouve en 1811, parmi une secte égyptienne qui vénère encore le dieu Anubis.

Sur des mers plus ignorées...
2371/4 Inédit
Le Palais du Déviant
2610/4
A la recherche de la femme qu'il a aimée autrefois, Greg Rivas pénètre dans le Palais du Déviant. Là, il devra affronter l'horreur absolue, en la personne de Norton Jaybush. Greg ne s'en remettra pas. Le monde non plus.

Poker d'âmes
3602/8
A Las Vegas, Scott Crane se livre à un jeu étrange, dont les règles s'inspirent à la fois du poker et des tarots. Mais ici, ce sont des corps et des âmes qu'il s'agit d'échanger. Une intrigue d'une virtuosité éblouissante, mêlant Science-Fiction et fantastique.

RAYER FRANCIS G.

Le lendemain de la machine
424/4

RODDENBERRY GENE

Star Trek
1071/3
Un immense nuage vert, luminescent, fonce vers la Terre, anéantissant tout sur son passage. Seul le croiseur *Enterprise*, dirigé par l'amiral Kirk, peut l'intercepter.
Star Trek, qui inspira une célèbre série télévisée, est devenu un classique de la Science-Fiction.

SILVERBERG ROBERT

L'homme dans le labyrinthe
495/4 (Avril 94)
Les ailes de la nuit
585/3
Jeu cruel
800/3
Les chants de l'été
1392/3
Le château de Lord Valentin
2656/8
Opération Pendule
3059/3 Inédit
La saison des mutants
3021/5 (Avec Karen Haber) (Avril 94)
Tom O'Bedlam
3111/5
Thèbes aux cent portes
3227/4
Au-delà de la ruelle puante où il venait de se matérialiser, rien d'autre n'était visible qu'un palmier malingre, montant dans le ciel bleu immaculé. Il était en Egypte, sous la XVIIIe dynastie et la ville qu'il apercevait, c'était Thèbes aux cent portes !

Science-Fiction

Science-Fiction

VINGE Joan D.
Finismonde
1863/3
Cat le Psion
3114/7 Inédit
Lorsqu'on le recrute comme garde du corps de lady Elnear taMing, Cat le Psion croit à une farce : lui, le paria télépathe, haï en raison de ses origines extra-terrestres, doit entrer au service d'un des cartels les plus puissants de la Fédération humaine !

Les yeux d'ambre
3205/4
Sur son synthétiseur, Shannon jouait la symphonie d'un langage totalement étranger. Et à un milliard et demi de kilomètres, T'uupiech la tueuse lui répondait, dans les vents d'ammoniac, les pluies de polymère et les cendres sulfureuses de Titan... Cinq nouvelles où se mêlent la poésie et la cruauté, le rêve et le cauchemar.

La Reine des Neiges
1707/5 Inédit
Après cent cinquante ans de règne, la belle Arienrhod, la Reine des Neiges et de l'Hiver, ne se lasse pas du pouvoir. Et pourtant, voici que vient le temps de l'Eté et des Etésiens. Alors Arienrhod recourt à de secrets clonages pour se réincarner.

La Reine de l'Eté
3405/6, 3406/6 & 3407/6
Egalement en coffret FJ 6660
Le changement est venu. L'Eté suit l'Hiver. Dans la Salle des Vents, Moon Marchalaube, la nouvelle Reine de l'Eté, attend son peuple. Moon est une sibylle, elle est allée en Extramonde. Mais les Etésiens ne voient en elle qu'un clone d'Arienrhod, l'ancienne Reine des Neiges.

WINTREBERT Joelle
Les maîtres-feu
1408/3

WOLFE Gene
Le livre du soleil lointain
3708/5 (Juin 94)
Dans un vaisseau spatial fendant la nuit d'un futur éloigné, un homme tente de sauvegarder les valeurs de la civilisation, une nouvelle fois compromises par les puissances d'argent.

ZELAZNY Roger
L'île des morts
509/2

POLAR

Policiers classiques, romans noirs, thrillers, suspense... dans la collection Polar, tous les genres du roman criminel, des grands classiques aux auteurs contemporains. Sans oublier les adaptations du cinéma.

Frissons garantis.

ARNSTON HARRISON
Body
3479/5

BAYER WILLIAM
Une tête pour une autre
2085/5

BOILEAU-NARCEJAC
Les victimes
1429/2
Irrésistible Manou ! Pierrre en tombe instantanément amoureux, sans rien connaître d'elle. Elle va l'entraîner dans une effroyable comédie.

Maldonne
1598/2

BLOCH R. & NORTON A.
L'héritage du Dr Jekyll
3329/4 Inédit

COLLINS MAX ALBAN
Dans la ligne de mire
3626/5

CONSTANTINE K.C.
L'homme qui aimait les tomates tardives
3383/4

DePALMA BRIAN
Pulsions
1198/3
A New York, un psychopathe lacère le corps de ses victimes de sauvages coups de rasoirs.

DILLARD J.-M.
Le fugitif
3585/4

GALLAGHER STEPHEN
Du fond des eaux
3050/6 Inédit
Cauchemar au paradis
3671/7 (Avril 94)

GARBO NORMAN
L'Apôtre
2921/7

GARDNER ERLE STANLEY
Perry Mason
- La jeune fille boudeuse
1459/3
- Le canari boiteux
1632/3
- La danseuse à l'éventail
1688/3
Le 16 septembre, John Callender s'installe à l'hôtel Richmel, chambre 511. Le lendemain, le garçon d'étage découvre son client assassiné.

- L'avocat du diable
2073/3

GARTON RAY
Piège pour femmes
3223/5 Inédit
Un soir, Gerry découvre une femme dans son garage. Nue sous son manteau de fourrure, un couteau sanglant à la main. Gerry peut dire adieu à sa vie tranquille...

HENRY D. & HORROCK N.
Neige rouge sang
3568/5

HUTIN PATRICK
Amants de guerre
3310/9

KENRICK TONY
Les néons de Hong-kong
2706/5 Inédit

LASAYGUES FRÉDÉRIC
Back to la zone
3241/3 Inédit

LINDSEY DAVID L.
Mercy
3123/7

LUTZ JOHN
JF partagerait appartement
3335/4
A Manhattan, où les loyers sont si chers, Allie passe une petite annonce pour trouver une co-locataire. Mais Hedra est-elle un bon choix ?

McBAIN ED
Le chat botté
2891/4 Inédit

MAC GERR PAT
Bonnes à tuer
527/3

MAXIM JOHN R.
Les tueurs Bannerman
3273/8
Il suffit d'un rien pour réveiller un ex-agent de la CIA qui dort. Surtout si son beau-père trempe dans un trafic de cocaïne !

POLAR

Crimes   Enquêtes

Au-delà du simple fait divers, la réalité criminelle : des hommes de loi, des écrivains, des journalistes, des témoins tentent d'expliquer ce qui peut, parfois, pousser l'homme à tuer.

Rapports de police, dossiers d'autopsie, portraits psychologiques, articles de presse, témoignages, chaque affaire est repassée avec objectivité au crible de la réalité afin que le lecteur puisse avoir tous les éléments en main.

Paul Lefèvre

Chroniqueur judiciaire à la radio et à la télévision depuis vingt-huit ans, Paul Lefèvre prend aujourd'hui la direction de la première collection de littérature criminelle en France.

BENFORD & JOHNSON
Reality show
7047/4

BREO DENIS & MARTIN WILLIAM J.
Le crime du siècle
7054/5

Autopsie d'un drame peu ordinaire : à Chicago, en 1966, un jeune homme de vingt-quatre ans s'introduit dans un dortoir où dorment neuf élèves infirmières et entreprend de les tuer l'une après l'autre. Une seule parviendra à échapper au massacre ; le témoignage de cette jeune femme permettra de faire condamner le meurtrier.

BUGLIOSI & GENTRY
La tuerie d'Hollywood
7031/8

Le 9 août 1969, un groupe de hippies assaille la villa de l'actrice Sharon Tate et massacre la jeune femme, alors enceinte, et ses quatre invités. Les meurtriers font partie d'une secte, dirigée par un gourou : Charles Manson.

BUGLIOSI & HENDERSON
Meurtre sur une île déserte
7038/7

CARPENTER TERESA
La beauté disparue
7068/7 (Avril 94)

CAUFFIELD LOWELL
Pacte diabolique
7045/6 (Juillet 93)

COLOMBANI ROGER
L'affaire Tangore
7070/4 (Mai 94)

DAVIS DON
Le monstre de Milwaukee
7033/3

ELKIND PETER
L'infirmière diabolique
7071/6 (Juin 94)

FARRELL HARRY
Justice expéditive
7050/5

FAVREAU-COLOMBIER J.
Marie Besnard
7060/7 (Février 94)

FINSTAD SUZANNE
La maîtresse du diable
7034/5

FRANCE DAVID
Des jouets cruels
7057/6 (Février 94)

FRANKLIN & WRIGHT
Les péchés du père
7048/5

GRAYSMITH ROBERT
Les crimes du Zodiaque
7037/4

En décembre 1968, à San Francisco, l'assassinat de deux adolescents à bout portant inaugure une longue série de meurtres. Les seuls indices sont une Chevrolet blanche, une vague description d'un même homme et des messages codés envoyés à la police et aux journaux, tous signés "Zodiaque".

La première collection de littérature criminelle

2892

Achevé d'imprimer en Europe (France)
par Brodard et Taupin à La Flèche (Sarthe)
le 7 mars 1994.   1028 J-5
Dépôt légal mars 1994. ISBN 2-277-22892-3
1er dépôt légal dans la collection : octobre 1990

Éditions J'ai lu
27, rue Cassette, 75006 Paris
Diffusion France et étranger : Flammarion